PENGUIN
COMPANHIA DAS LETRAS

OS LIVROS DA SELVA

RUDYARD KIPLING nasceu em dezembro de 1865 em Bombaim (hoje Mumbai). Foi levado para a Inglaterra em 1871 com a irmã mais nova, Alice, e deixado durante cinco anos com uma família de criação de Southsea que submetia ambos a maus-tratos. Depois desse período, foi mandado para o United Services College em Devon, o internato que ele descreveu com grande afeição no livro *Stalky & Co.* (1899). Kipling voltou à Índia no outono de 1882 para trabalhar como repórter. Os poemas, ensaios e contos que escreveu durante os "sete anos difíceis" passados naquele país, sobretudo a série *Plain Tales from the Hills*, publicada em livro em 1888, fizeram com que o autor imediatamente ganhasse uma boa reputação e, a partir de sua chegada a Londres em 1889, se tornasse uma celebridade literária no mundo todo. Sua fama aumentou com os contos impressionantes da coletânea *Life's Handicap* e com a originalidade de *Barrack-Room Ballads* (1892), cujos poemas "Mandalay", "Tommy" e "Gunga Din" se tornaram imensamente populares nos music halls, que, assim como os hinos e as baladas, foram uma influência duradoura nos versos de Kipling.

Em 1892, Kipling casou-se com a americana Caroline Balestier e viveu com ela em Vermont por quatro felizes anos, durante os quais nasceram suas filhas Josephine e Elsie, e nesse período o autor escreveu algumas de suas melhores obras, entre elas os dois *Livros da Selva* (1894 e 1895). Eles se mudaram para a Inglaterra em 1896. Primeiro moraram em Rottingdean, East Sussex, onde nasceu seu filho John, e depois numa casa chamada Batemans, na cidadezinha de Burwash. Kipling continuou a viajar muito com a família, passando quase todos os verões entre 1898 e 1908 na África do Sul. Numa viagem a Nova York em 1899, sua filha Josephine, então com seis anos, morreu de pneumonia, doença da qual Kipling mal escapou com vida.

Kipling publicou sua obra-prima, *Kim*, em 1901, e a coletânea de contos *Histórias assim* em 1902. Voltou aos temas de anglicismo e história nos livros infantis *Puck of Pook's Hill* (1906) e *Rewards and Fairies* (1910), misturando poemas e contos de modo a criar um efeito intertextual sutil. Seus contos para adultos escritos depois de 1900 têm como foco a vida de pessoas comuns, numa combinação única de reação criativa às novas tecnologias de comunicação do século XX com um forte senso de imaginação para o estranho e o encantamento, intensificado por seu estilo claro e sem rodeios. Seus poemas públicos, entre eles "Recessional", "O fardo do homem branco" e "The Islanders", todos publicados no *Times*, pregavam as virtudes do patriotismo e do dever.

Kipling sempre se identificou com os governantes e oficiais do Império Britânico, embora jamais tenha trabalhado para eles (recusou tanto o título de cavaleiro quanto a Ordem do Mérito). Contudo, sentia uma profunda simpatia por crianças, pelos fora da lei e forasteiros, tipos nos quais muitas vezes empenhava suas melhores energias como escritor, como fica evidente na vitalidade e sutileza de *Os livros da Selva* e *Kim*. Ele apoiou com veemência a Guerra dos Bôeres, sobre a qual escreveu artigos e propaganda militar; isso e o recrudescimento de suas opiniões políticas conservadoras após 1900 o tornaram cada vez menos popular junto a liberais e anti-imperialistas. A aversão era recíproca. Seus livros continuaram a vender e a ser lidos em todo o mundo, e ele recebeu doutorados honoríficos de diversas universidades e o prêmio Nobel em 1907, mas jamais voltou a ter a reputação brilhante que possuíra na década de 1890.

Durante a Primeira Guerra Mundial, Kipling continuou a ser um escritor profundamente patriótico, mas depois de perder o filho John na Batalha de Loos, em 1915, tornou-se um homem mais reservado. Ainda assim, teve um papel importante na Comissão de Túmulos de Guerra, com a bem-sucedida defesa de tratamento igual para todos os postos e a escolha de inscrições para os memoriais. Ele próprio celebrou os mortos com o comovente poema "Epitaphs of the War" e o livro *History of the Irish Guards in the Great War* (1923), um relato sobre o regimento do filho. Seus últimos contos a lidar com a perda e o luto foram escritos com uma perspicácia e uma sutileza nem sempre percebidas por leitores contemporâneos.

Kipling faleceu em 1936.

JULIA ROMEU escreveu, em parceria com Heloisa Seixas, os musicais *Era no tempo do rei* (Prêmio APTR de Melhor Ator para André Dias), com músicas de Aldir Blanc e Carlos Lyra, e *Bilac vê estrelas*, com músicas de Nei Lopes, além de ter lançado o livro *Carmen: A grande pequena notável*, biografia de Carmen Miranda para crianças (Edições de Janeiro, 2014), que ganhou o prêmio FNLIJ 2015 de Melhor Livro Informativo. Trabalha como tradutora literária há mais de dez anos e já traduziu obras de autores como Jane Austen, Charlotte Brontë, William Faulkner, Rudyard Kipling e J. M. Barrie, entre outros. Formada em jornalismo pela PUC-RJ, atualmente cursa o mestrado em Literaturas de Língua Inglesa da UERJ.

KAORI NAGAI leciona na Universidade Kent, na Cantuária. Ela é a autora de *Empire of Analogies: Kipling, India and Ireland* (2006) e de muitos artigos sobre discursos coloniais no século XIX. Editou *Plain Tales from the Hills*, de Kipling, para a Penguin Classics, e foi co-organizadora de uma coleção de ensaios sobre o autor intitulada *Kipling and Beyond* (2010).

JAN MONTEFIORE é professora de literatura inglesa do século XX na Universidade Kent. Publicou, entre outros, o livro *Rudyard Kipling* (2007).

RUDYARD
KIPLING

Os livros da Selva

Mowgli e outras histórias

Tradução de
JULIA ROMEU

Organização, introdução e notas de
KAORI NAGAI

Prefácio e cronologia de
JAN MONTEFIORE

PENGUIN
COMPANHIA DAS LETRAS

Grafia atualizada segundo o Acordo Ortográfico da Língua Portuguesa de 1990, que entrou em vigor no Brasil em 2009.

Published by Companhia das Letras in association with Penguin Group (USA) Inc.

TÍTULO ORIGINAL
The Jungle Books

PREPARAÇÃO
Silvia Massimini Felix

REVISÃO
Jane Pessoa
Márcia Moura

Dados Internacionais de Catalogação na Publicação (CIP)
(Câmara Brasileira do Livro, SP, Brasil)

Kipling, Rudyard, 1865-1936.
Os livros da Selva / Rudyard Kipling; tradução Julia Romeu; organização, introdução e notas de Kaori Nagai; prefácio e cronologia de Jan Montefiore. — 1ª ed. — São Paulo: Penguin Classics Companhia das Letras, 2015.

Título original: The Jungle Books
ISBN 978-85-8285-024-4

1. Literatura infantojuvenil I. Nagai, Kaori. II. Montefiore, Jan. III. Título.

15-09242 CDD-028.5

Índices para catálogo sistemático:
1. Literatura infantojuvenil 028.5
1. Literatura juvenil 028.5

[2015]

EDITORA SCHWARCZ S.A.
Rua Bandeira Paulista, 702, cj. 32
04532-002 — São Paulo — SP
Telefone: (11) 3707-3500 Fax: (11) 3707-3501
www.penguincompanhia.com.br
www.companhiadasletras.com.br
www.blogdacompanhia.com.br

Sumário

Prefácio

JAN MONTEFIORE

Rudyard Kipling (1865-1936) foi ao mesmo tempo um vitoriano e um dos pioneiros do Modernismo; um homem que pregava as virtudes imperialistas da disciplina e do dever mas que, em seu imaginário, simpatizava com as crianças e com os fora da lei; um amante da estabilidade da "Velha Inglaterra" que adorava viajar pelo exterior. Foi um autor de fama mundial, o escritor inglês mais genuinamente popular desde Dickens, e seu poema "Se" é até hoje lido e admirado por pessoas que não leem poesia; mas quando suas cinzas foram enterradas na Abadia de Westminster, ele era considerado por muitos intelectuais como não sendo digno de ser lido a sério, embora fosse admirado por T.S. Eliot, Bertolt Brecht, W. H. Auden e André Gide. A Sussex Edition de sua obra, em 35 volumes, mostra uma diversidade extraordinária: *Kim* e mais três longas ficções em prosa, incluindo *A luz que se apagou*; onze coletâneas de contos, de *Plain Tales from the Hills* (1888) a *Limits and Renewals* (1932); sete livros infantis (os dois *Livros da Selva*, o *Histórias assim*, os dois livros da série *Puck, Stalky & Co.* e *Land and Sea Tales for Scouts and Guides*); textos jornalísticos, de propaganda, de viagem e discursos públicos; o clássico pouco lido *History of the Irish Guards in the Great War*; muitos volumes de poesia e o livro de memórias póstumo *Something of Myself*. Um virtuose do conto, Kipling escreveu comédias irônicas e dramas trágicos, relatos de aventura e trabalho, histórias de fantasmas, farsas de vingança, estudos psicológicos, fábulas sobre animais e sobre máquinas. D. H. Lawrence é o único autor inglês do século XX cuja produção de textos brilhantes e diversificados que escapam às classificações convencionais pode ser comparada com a de Kipling e, como contador de histórias, não há um contemporâneo inglês que se iguale a ele.

Essas contradições tanto vitalizam quanto fragmentam a obra de Kipling, e suas raízes estão nas experiências de deslocamento e exílio que ele viveu na infância. Nascido em Bombaim, onde sua primeira língua foi o híndi corrente falado pelos criados que, ao trazê-lo para a sala de estar, tinham de lembrar-lhe de "falar inglês com o papai e a mamãe", Kipling foi levado ainda pequeno para a Inglaterra junto com a irmã e deixado com uma família de criação em Southsea, suportando seis anos de maus-tratos que quase o deixaram cego e lhe causaram "uma espécie de colapso nervoso". Depois de quatro anos num internato rigoroso do qual aprendeu a gostar, ele voltou a morar com a família e conseguiu um trabalho exaustivo como repórter, algo que fez com que voltasse a entrar em contato tanto com o glamour opulento da Índia quanto com um mundo colonial onde a vida valia pouco e a morte era comum. Kipling insistia em dizer que a infância árdua foi uma vantagem para sua carreira, pois lhe ensinou a sobreviver inventando histórias e entrando em mundos imaginários, ao mesmo tempo que observava os comportamentos dos outros com a devida cautela, sempre mantendo a independência. Mas a fúria, o ódio e o desespero nunca esquecidos dos sombrios anos passados na "Casa da Desolação", mitigados por um deleite em construções imaginárias, continuaram a se refletir no trabalho dele, surgindo em sua identificação com a sabedoria rígida de uma autoridade justa e em seu fascínio pelos estranhos mundos que ficam além da compreensão dessa autoridade.

Depois de ter uma recepção entusiasmada em Londres, sendo de início considerado um jovem gênio vindo da Índia, Kipling passou a dividir opiniões. Na década de 1890, a sra. Oliphant elogiou-o por mostrar como o Império indiano era "defendido e disputado todos os dias com os Poderes da Escuridão", enquanto Robert Buchanan o condenou como um jingoísta que advogava "tudo que é ignorante, egoísta, vil e brutal nos instintos da humanidade". Ambos os escritores definiram Kipling em termos de uma divisão politizada entre a defesa da ordem e um abismo demoníaco, uma identificando-o com o lado civilizado da barreira e o outro, com os poderes da escuridão. É claro que essa oposição é, ela própria, condicionada por maneiras de pensar imperialistas, mas esses escritores acertaram ao sentir que havia uma ligação entre a aliança política de Kipling com a autoridade e as energias potencialmente anárquicas de sua obra. Os contos e poemas irônicos daquele jovem escritor inteligente insistiam em falar da frustração, do perigo e dos mal-entendidos que formavam as condições da vida colonial, onde "duas mil libras de conhecimento/ Passavam a valer apenas um *jezail* de dez rupias" e os soldados britânicos nos acampamentos levavam uma vida monótona aliviada pela camaradagem e por uma eventual perspectiva de luta. Mas ele também era fascinado pela estranheza impenetrável da "vida dos povos da terra, uma vida tão repleta de impossibilidades e maravilhas quanto *As mil e uma noites*", assim como amava a ideia do oceano, cuja turbulência incontrolável e horizontes infinitos podem ser desafiados, mas nunca subjugados pela coragem e pela habilidade humanas.

Mas ver o oceano como uma metáfora social significava identificar o imperialismo com o mundo natural; e isso traz à tona o problema da política de Kipling. Apesar de seu respeito genuíno pela humanidade, assim como pela "alteridade" de muçulmanos, siques e hindus, sua insistência "antropológica" na diferença cultural como um fato social e seu companheirismo pelos soldados rasos, as vastas simpatias de Kipling são baseadas na presunção de uma hierarquia inabalável de classe, raça e gênero. O desafio às classes detentoras de propriedades por socialistas, ao governo masculino pelas feministas e, acima de tudo, ao Império britânico por súditos nacionalistas, fossem bôeres, irlandeses ou indianos, o levaram a escrever textos furibundos, enquanto sua posição condescendente, incerta ou abertamente desdenhosa em relação a irlandeses, judeus ou africanos não é mais defensável que aquela mostrada por seus contemporâneos vitorianos ou eduardianos. Essas opiniões, articuladas com a franqueza e a intensidade que lhe eram características, fizeram com que a obra de Kipling passasse a ser uma verdadeira mina para historiadores pós-coloniais do pensamento imperialista a partir da publicação do livro *Orientalismo*, de Edward Said.

Embora os textos de Kipling sem dúvida sejam influenciados, e às vezes deformados, por suas visões políticas, eles não se resumem a elas. Isso pode ser verificado em sua obra-prima *Kim* (1901), e, em menor grau, nos dois *Livros da Selva*, ficções coloniais em que a "alteridade" é vista com prazer, não ansiedade, da mesma maneira como o livro *Histórias assim* lida com o "outro" mundo da fábula animal e os livros da série *Puck*, com as diferenças e também com a continuidade da história da Inglaterra. Os heróis órfãos Kim e Mowgli — que nunca desenvolvem a disciplina necessária para a vida de trabalho e dever, cujas virtudes Kipling tanto pregava — se libertam da selva e da vida nas ruas de Lahore, aparentemente ameaçando lugares que na realidade são mundos mágicos cujos cidadãos, sejam eles humanos ou animais, se expressam da maneira ricamente retórica e arcaizada que Kipling criou para os indianos falantes do idioma "corrente". Esse análogo ao "corrente" marca sua diferença com a óbvia distância do inglês moderno do narrador, mas é igualmente inteligível e, na página, indistinguível dele, ao contrário dos dialetos cockney ou irlandês, onde não se pronuncia o "g" ou o "h". Esse mundo encantado indiano tem sua própria cultura; a selva, longe de ser um lugar de terror feroz, é regida por uma lei "que nunca proíbe nada sem uma boa razão", enquanto Akela, o lobo, e Bagheera, a pantera, são modelos de nobreza, ao contrário dos cruéis e supersticiosos aldeões. O encantamento de *Kim* vem da maneira como a história do herói, que tem o duplo papel de espião no "Grande Jogo" do governo e de *chela* (discípulo) de um monge budista em busca de salvação, é vivida através de uma rica variedade de mundos sociais indianos recriados com desvelo e evocados com sensualidade. O racismo colonial é zombado através do personagem do menino gordo que toca tambor e chama todos os nativos de "pretos", e do pastor que observa o pio e inocente Teshoo Lama "com o desinteresse profundo da crença que tacha nove décimos do mundo de 'pagão'", enquanto os personagens indianos de *Kim* são muito mais complexos e interessantes que os ingleses. O coronel Creighton talvez seja significativo por seu papel duplo como etnólogo e chefe da inteligência, mas, como personagem, mal existe se comparado a seus agentes Mahbub Ali e Hurree Babu. Dito isso, o imperialismo conservador de Kipling é óbvio não apenas no trabalho de Kim como espião ou no estereótipo de "orientais" como preguiçosos e mentirosos, mas, de maneira mais sutil, nos personagens indianos simpáticos e descritos em detalhes, cujas presunções sobre a benevolência e legitimidade do governo britânico são iguais aos do próprio autor, como o velho soldado situacionista que lembra da "loucura" da Revolta, ou Hurree Babu, que engana os espiões russos ao fingir que se ressente do governo britânico por lhe mandarem para a escola e depois não lhe permitirem usar seus conhecimentos. No mundo de Kim, é impensável que as demandas e queixas nacionalistas sejam justificadas.

Mas os feitos de Kipling vão muito além de seus "escritos indianos" e seus livros infantis. Os contos e poemas que escreveu no fim da vida representam uma contribuição considerável para a literatura modernista, em parte devido à profunda intuição do caos que há sob a "Lei", que Kipling compartilha com Eliot e Conrad, e em parte devido à sua reação às possibilidades da tecnologia da comunicação moderna que, como mostrado nos contos "Mrs. Bathurst" e "Wireless", está entre as primeiras e mais criativas do século XX. Além disso, a amplitude e a versatilidade dos primeiros contos, escritos em estilos que vão da ironia fina ao dialeto popular e à linguagem floreada e arcaizada de seu equivalente ao "corrente", foram desenvolvidas na obra tardia, virando uma ironia e indeterminação que são decididamente modernistas. Uma indeterminação modernista similar é discernível na poesia de Kipling, não apenas nos raros mas muito bem-sucedidos poemas em verso livre, como o "Song of the Galley-Slaves", mas que também nos parecem ser formas obviamente "tradicionais"; o dialeto cockney e as estrofes autoinventadas e elaboradas de *Barrack-Room Ballads*, admiradas por Eliot e Brecht, são logo percebidos como próprios de Kipling, mas não identificáveis com a própria voz do autor. Seus poemas raras vezes ou nunca são narrados pela pessoa dele, assim como o "eu" onisciente que relata tantos de seus contos não é identificável com o próprio Kipling. Mesmo a elegia a seu filho John, "My Boy Jack", assume a forma de um diálogo em que uma mãe ansiosa recebe repetidas vezes a notícia de que o filho foi perdido para "*this wind blowing and this tide*",* um refrão que sugere as explosões de morteiros nas trincheiras e as ondas de tropas avançando na batalha, ao mesmo tempo que localiza a perda não mencionada de Kipling num oceano figurado. Através do uso da forma do monólogo que aprendeu com Browning, o uso da lingua-

* "esse vento que sopra e essa maré." (N.T.)

gem popular "impura" e sua habilidade como parodista (evidente desde *Echoes*, de 1884, escrito em parceria com a irmã, a "Muse among the Motors", de 1904), a modernidade dos poemas de Kipling está na incerteza interpretativa gerada pelas múltiplas vozes e registros que os narram.

Há um evidente tradicionalismo nas contribuições de Kipling, feitas tanto durante quanto após a Primeira Guerra Mundial, à literatura do luto, tal como a inscrição que criou para os cemitérios dos combatentes — "Seus nomes viverão pela eternidade" — e os versos formais de "Epitaphs of the War". No entanto, a famosa parelha "Common Form" — "*If any question why we died/ Tell them, because our fathers lied*"* — é uma zombaria amarga da própria forma de elegia heroica do poema. O estilo de escrever claro e sem rodeios de seus contos que lidam com o luto é de uma ironia caracteristicamente modernista, em especial nas histórias que falam de mulheres que sofreram perdas. "Mary Postgate" é tão ambíguo e aberto à interpretação quanto *A outra volta do parafuso* de Henry James e, assim como essa novela, fala de sexualidade perversa e morte. "The Gardener", narrado num tom seco e casual, participa da má-fé revelada no protagonista, alcançando tanto uma emoção profunda quanto uma ambiguidade irônica.

Kipling continuou a inovar nos contos que escreveu no fim da vida. Seus temas variados — que incluem doenças psicossomáticas, falsificações e as viagens de são Paulo —, sua extensão, complexidade e uso sutil de motivos e símbolos permitiram ao autor alcançar maior amplitude e profundidade em seu tratamento de homens e mulheres. Seus textos sempre haviam insistido na diferença entre os gêneros, em parte através da ênfase na masculinidade e na relação que ocorre entre homens num acampamento

* "Se alguém perguntar por que morremos/ Diga que nossos pais mentiram." (N.T.)

de soldados, num rancho de oficiais ou num clube inglês, com especialistas de diversas áreas conversando; mas a relevância que dá à solidariedade masculina fica ainda mais marcada nas histórias que escreveu no fim da vida, sobre veteranos de guerra tentando lidar com as cicatrizes do conflito através dos rituais e da camaradagem dos maçons, ou sobre marinheiros romanos do século I conversando a respeito da profissão enquanto tomam um copo de vinho. As mulheres de Kipling, por outro lado, são definidas pela sexualidade e pela maternidade, e muitas vezes são associadas a formas mais ou menos complexas com o sobrenatural — como a mulher na história "The Cat that Walked by Himself", que domestica o homem e os animais através de sua magia, mas ainda assim é responsável por deixar entrar o gato indomável. As mulheres que Kipling delineou nessa época, como a ferozmente possessiva mas altruísta Grace Ashcroft de "The Wish House", atingem uma nova profundidade psicológica. Assim como ocorre com a forma do conto, que ele usava com tanta genialidade, Kipling é um escritor cujas limitações paradoxalmente lhe permitem uma amplitude sem igual.

Introdução

KAORI NAGAI

> Escrever *Os livros da Selva* é bastante difícil. Preciso traduzir a linguagem das feras e a da selva para o inglês corrente, mas, como as feras usam "palavras-valise" como aquelas que Humpty-Dumpty falou para Alice do outro lado do espelho, a tradução é muito complicada. Quando um tigre ou um urso diz "Uou" bem alto, isso significa algo muito diferente de "Uou" dito baixo, e quando ele diz "Uou?", como se estivesse fazendo uma pergunta, tem um terceiro significado: é a mesma coisa quando [diz] "Uou-ou" com um espaço no meio.
>
> No lugar onde moro agora, a América, há um número muito grande de bichos, mas eles não são criaturas da selva. Temos raposas, e de tempos em tempos um urso mata um bezerro ou um porco...[1]

I

Os livros da Selva consistem em duas coletâneas de contos, *O livro da Selva* (1894) e *O segundo livro da Selva* (1895), que foram os principais frutos do período americano de Kipling (1892-6), quando morou em Brattleboro, Vermont, cidade natal da mulher com quem acabara de se casar, Caroline ("Carrie"). Kipling, em sua autobiografia

Something of Myself, publicada postumamente em 1937, lembra como, "na tranquilidade e no suspense do inverno de 1892", seu demônio, como chamava seu poder de criação, que estava "com ele" enquanto escrevia *Os livros da Selva*, mostrou-lhe o caminho para escrever "Os irmãos de Mowgli": "Depois de delinear a ideia principal na cabeça, a caneta tomou conta e eu a observei começar a escrever histórias sobre Mowgli e animais que mais tarde se expandiram e se tornaram *Os livros da Selva*".[2] É importante notar que o ato de escrever *Os livros da Selva* coincidiu com e foi inspirado pelo florescer mágico e espontâneo de sua nova vida em família. As ideias iniciais dos livros surgiram em sua mente quando Carrie estava grávida de sua filha mais velha, Josephine, e sua segunda filha, Elsie, nasceu em 1896, logo depois do término de *O segundo livro da Selva*. A criatividade de Kipling também foi intensificada pela vida tranquila que levava na região montanhosa de Vermont, um lugar conhecido por sua grande beleza natural e clima saudável, que foi onde ele construiu sua primeira casa, batizada de Naulakha, na qual a maior parte dos contos de *Os livros da Selva* seria escrita e editada.

Foi durante essa época, a mais feliz e produtiva de sua vida, que Kipling, elogiado por sua habilidade de se identificar com "qualquer coisa ou qualquer pessoa sobre quem estivesse escrevendo",[3] se aventurou no mundo dos animais, pondo-se em suas patas. Rosemary Sutcliff, outra famosa escritora infantil, ao lembrar da experiência que teve ao ler *Os livros da Selva* na infância, se pergunta "como alguém que não havia, ele próprio, habitado um corpo ágil de veludo negro e corrido sobre suas quatro patas podia saber com tanta certeza como é ser uma pantera-negra".[4] O trecho acima, tirado de uma carta que Kipling escreveu em resposta a uma correspondência enviada em 1895 por um menino inglês que era seu fã, mostra de maneira interessante como ele, ao "traduzir" a fala das feras para o inglês, quase passava a falar como os animais, enquanto *Os livros da Selva*, por meio da figura de Humpty-Dumpty, se misturam ao mundo de *Alice através do espelho*, que Kipling tinha certeza de que o menino havia lido. Portanto, escrevendo sobre os animais e da mesma maneira que eles, Kipling buscava ser readmitido à sociedade mágica e privilegiada dos leitores infantis; isso também pode ser visto no tom fraternal com que ele se dirige ao menino. Alguns dos primeiros contos de *Os livros da Selva* foram escritos para a revista *St. Nicholas*, um popular periódico infantil dos Estados Unidos — editado por Mary Mapes Dodge — que Kipling gostava de ler na infância, e ele se deleitava com o desafio de escrever para crianças, as quais via como "um público bem mais importante e exigente que os adultos".[5]

A reputação de Kipling como "Bardo do Império" significa que *Os livros da Selva*, escritos no apogeu do poder imperial britânico, inevitavelmente levam os leitores a interpretá-los como alegorias de suas ideologias imperialistas. No entanto, mesmo aqueles que detestam Kipling por seu imperialismo costumam fazer uma exceção a seus dois livros infantis mais conhecidos, *Os livros da Selva* e o *Histórias assim* (1902), considerando-os seus únicos textos "que valem a pena ser lidos".[6] Em particular *Os livros da Selva*, talvez a mais conhecida das obras-primas de Kipling, tiveram um grande impacto em nossa imaginação com a criação de Mowgli, o menino lobo. Sua estrutura, que inclui a saga de Mowgli em meio a outras histórias de animais mais realistas, encena o encontro do sonho com a realidade; ali Kipling buscou moldar a esfera infantil de brincadeira e imaginação, separada do mundo adulto do trabalho, na forma da selva de Mowgli. Mesmo quando as obras "adultas" de Kipling rapidamente foram perdendo popularidade conforme a hegemonia do Império britânico foi minguando no início do século XX, *Os livros da Selva* permaneceram nas estantes das crianças; eles quase se tornaram sinônimos de alegria da infância e da leitura. Os leitores modernos talvez tenham tido seu primeiro contato com essas histórias através da versão animada da Disney (1967) e de suas continuações, que, embora não cheguem perto de capturar a complexidade do original de Kipling, tiveram um papel significativo em propagar o mito de Mowgli e as imagens que vêm com ele de animais selvagens como parte integral de uma infância feliz.

Uma das primeiras versões de "Os irmãos de Mowgli" indica que Kipling originalmente situou a selva nas "colinas Aravulli", no estado de Mewar em Rajputana (hoje Rajastão), no noroeste da Índia.[7] Ele conhecia bem essa área, tendo visitado-a em 1887 como correspondente especial do *Pioneer*, o jornal indiano para o qual trabalhava na época. No entanto, logo mudou a localização da selva para as "montanhas Seeonee" na região central da Índia, lugar que jamais visitou, e dizem que tirou os detalhes de lá em grande parte do livro de Robert Armitage Sterndale, *Seonee, or Camp Life on the Satpura Range* (1877).[8] Durante o processo de escrever *Os livros da Selva*, portanto, Kipling tomou uma decisão deliberada de se distanciar de suas próprias experiências na Índia, passando a selva de Mowgli para outro lugar, como num reflexo de sua mudança recente para os Estados Unidos. Assim, seu conhecimento e experiências íntimas da Índia foram recompostos de maneira a adquirir novas expressões nas quais a paisagem da Índia foi sobreposta a dos Estados Unidos, já que ambas eram povoadas por "um número muito grande de bichos".

De forma significativa, o cenário da Índia e a criação de um herói menino permitiram que Kipling revivesse sua própria infância na Índia colonial, onde passara os primeiros anos de vida. Assim como Mowgli, Kipling, uma criança anglo-indiana, se considerava um cidadão de dois mundos. Pertencia ao mundo de seus pais ingleses, de onde derivava sua autoridade como criança inglesa, ao mesmo tempo que desfrutava da companhia dos criados nativos, com quem explorava o colorido e exótico mundo indiano de "luzes e escuridão fortes".[9] John McBratney chama isso de um "espaço jubiloso" de infância, um breve período no qual uma criança inglesa nascida na Índia, imersa nas línguas e nas culturas nativas, podia sentir uma verdadeira camaradagem com os nativos, livre da política adulta de hierarquia racial.[10] Ao mesmo tempo, *Os livros da Selva*, que terminam com Mowgli deixando a mata para entrar no mundo humano ao atingir a maturidade, apresentam a selva como um lugar de nostalgia, uma infância perdida há muito tempo que os adultos relembram com ternura. A infância feliz do próprio Kipling na Índia terminou de forma abrupta quando ele foi mandado à Inglaterra para ser educado, aos cinco anos. O trauma de ser arrancado da Índia e o período amargo que passou na propriedade de sua família de criação em Southsea, que ele chamava de "Casa da Desolação", foi convertido em ficção em seu conto semiautobiográfico "Baa Baa Black Sheep" (1888), enquanto em *Os livros da Selva* as lembranças da Índia que guardava com carinho e a irreparável sensação de perda da qual jamais se recuperou foram lindamente sublimadas num mito universal da infância.

Vermont era o Jardim do Éden que Kipling acabara de encontrar e foi, de muitas maneiras, um modelo para a selva de Mowgli. Lá o autor encontrava-se num estado de feliz ignorância dos iminentes infortúnios e tragédias que recairiam sobre ele; essa vida idílica em Vermont acabou sendo ainda mais breve que a infância passada na Índia. A tensão cada vez maior entre Kipling e seu cunhado e vizinho Beatty Balestier levou-o a deixar os Estados Unidos com a família em 1896. Quando os Kipling voltaram a visitar o país em 1899, o escritor e sua filha Josephine ficaram gravemente doentes durante a viagem e ela morreu quando ele ainda convalescia. Depois dessa tragédia, Kipling nunca mais voltou aos Estados Unidos, e Vermont se tornou mais um de seus paraísos perdidos.

II

A reputação de Kipling foi primeiro baseada em seu papel de contador de histórias do povo indiano: ele escrevia não só sobre uma grande variedade de "nativos" de diferentes raças e posições sociais, mas também sobre anglo-indianos que serviam na Índia. Kipling chama todos eles de "meu próprio povo" com muita afeição e um forte senso de camaradagem. Isso é lindamente expressado em sua epígrafe a *Life's Handicap* (1891): "Conheci cem homens na estrada para Delhi e todos eram meus irmãos".[11] Em *Os livros da Selva*, Kipling volta seu olhar para os animais, vistos também como "irmãos" amados que encontrou em sua jornada pela Índia e outros lugares. Assim como o narrador de *Life's Handicap*, que colecionava histórias "de todos os lugares e todo tipo de pessoa", o narrador de *Os livros da Selva* no Prefácio (p. 67) reconhece "sua dívida" com os diversos animais que lhe contaram as histórias maravilhosas que tinham vivido — elefantes, um macaco, um porco-espinho, um urso, um mangusto e muitos outros que "deseja[m] preservar o mais estrito anonimato"; ele se apresenta como um mero "organizador" dessas histórias incríveis. *Os livros da Selva*, portanto, podem ser vistos como uma versão animal de *Life's Handicap*; na verdade Limmershin, a cambaxirra do inverno, "um passarinho muito engraçado" que "sabe contar a verdade" e é identificado como o informante de "A foca branca", lembra um pouco Gobind, um velho contador de histórias nativo de *Life's Handicap* que sempre fornece ao narrador relatos "verdadeiros" que não são necessariamente publicáveis.[12]

Os livros da Selva são, antes de mais nada, histórias de animais, cujas vidas estão profundamente ligadas à sociedade humana e às questões do Império britânico. "Toomai dos elefantes", por exemplo, nos mostra um pouco a vida de Kala Naga, que "havia servido o governo indiano de todas as maneiras possíveis para um elefante" (p. 191) durante sua longa carreira de 47 anos, mostrando também como quatro gerações de *mahouts* nativos, igualmente leais ao governo, haviam cuidado bem dele. Muitos dos personagens de Kipling são baseados em animais que ele conheceu na Índia. Por exemplo, "um mangusto inteiramente selvagem", de acordo com Kipling, "costumava vir se sentar em [seu] ombro em [seu] escritório na Índia",[13] e ele se tornou o modelo para o herói que dá nome ao conto "'Rikki-Tikki-Tavi'". O maroto *Bandar-log*, o "Povo dos Macacos" dos contos de Mowgli, remete a um artigo que Kipling escreveu sobre um grupo de macacos em Simla — "As encostas da colina fervilham com seu clamor" — que enviou "uma delegação" para sua varanda e interrompeu-o ao escrever.[14] A fox terrier do próprio Kipling, Vixen, também aparece como a cadela do narrador em "Servos da rainha"; ela corre "pelo acampamento todo" (p. 230) para encontrar o dono, trazendo lembranças felizes da época que Kipling passou com a cadelinha na Índia.

De muitas maneiras, *Os livros da Selva* podem ser vistos como uma releitura imaginária do livro do pai de Kipling, *Beast and Man in India*, com suas descrições ricas em detalhes dos animais da Índia "em suas relações com o povo".[15] John Lockwood Kipling, um artista e ilustrador talentoso, trabalhou em Bombaim e depois em Lahore de 1865 a 1893 como professor de arte e curador. Pai e filho compartilhavam percepções parecidas sobre os animais e um profundo amor por eles, e existem muitos pontos em comum nas obras de ambos. Kipling havia contribuído com nove epígrafes em verso e dois poemas para o livro do pai — sobre macacos, burros, búfalos, bois e outros.[16] O pai orgulhoso mostrou mais textos do filho sobre animais em seu livro, citando longos trechos dos artigos de jornal escritos por Kipling e também imprimindo a versão completa de uma de suas baladas sobre acampamento militar,

"Oonts!" (1890); ela, de acordo com John Lockwood Kipling, expressa "de forma vívida e verdadeira" o relacionamento do soldado britânico com o camelo.[17]

Por sua vez, Kipling se inspirou muito com o material do livro do pai ao escrever suas histórias de animais. Além disso, John Lockwood Kipling contribuiu com ilustrações para *O livro da Selva* e foi o único ilustrador de *O segundo livro da Selva*. *Os livros da Selva* foram, portanto, um fruto de colaboração familiar, assim como tantos projetos imperiais.

No século XIX, a representação de animais selvagens era popular na forma de livros de história natural ou livros sobre caçadas, com a exploração da natureza sendo parte integral da expansão colonial britânica. Kipling se inspira bastante nessas tradições; uma de suas fontes é o livro de R. A. Sterndale *Natural History of the Mammalia of India and Ceylon* (1884), e o encontro de Mowgli com Shere Khan se alinha à literatura de caçada colonial, que se deleita com a excitação de perseguir animais de grande porte. Também havia nesse período muitas histórias de "fantasia" envolvendo animais, assim como as obras de Lewis Carroll *As aventuras de Alice no país das maravilhas* (1865) e sua continuação *Alice através do espelho* (1871) que, assim como as histórias sobre Mowgli, situavam a jornada de uma criança até a maturidade num mundo de animais falantes. Kipling, em *Something of Myself*, se refere a "alguma lembrança dos Leões Maçons da revista de [sua] infância" como fonte de inspiração para *Os livros da Selva*, assim como "uma frase" em *Nada the Lily* (1892) de H. Rider Haggard, que contém o episódio de dois homens que se tornam reis de lobos-fantasma.[18] A primeira fonte foi identificada como o livro *King Lion* de James Greenwood, cujos capítulos saíram na revista *Boy's Own Magazine* de janeiro a dezembro de 1864.[19]

Em *Os livros da Selva*, Kipling combinou os populares relatos sobre animais exóticos no espaço colonial com o mundo de "faz de conta" dos animais falantes e, ao fazê-lo, levou o velho gênero das histórias sobre animais a novas alturas. Foi particularmente aplaudido por suas descrições vívidas de bichos, que "ajudam [os leitores] a entrar, através do poder da imaginação, na natureza mesma das criaturas",[20] e foi o pioneiro na representação de animais selvagens como personagens com nomes reconhecíveis e muitas histórias interessantes para contar. Os livros de Kipling surgiram depois da publicação de *Beleza negra* (1877), de Anna Sewell, no qual a crueldade dos seres humanos com os cavalos é descrita em detalhes do ponto de vista de um desses animais, mas nenhum escritor jamais havia mostrado feras selvagens sob uma luz positiva antes. *Os livros da Selva* criaram um mercado e um apetite por histórias dessa espécie, abrindo caminho para que escritores naturalistas como Ernest Thompson Seton e Charles G. D. Roberts desenvolvessem o gênero de ficção animal realista, ao mesmo tempo que fazia desabrochar as histórias de fantasia de animais selvagens falantes, incluindo a série de Beatrix Potter sobre Pedro Coelho (1902-12) e *O vento nos salgueiros* (1908) de Kenneth Grahame. Como Kipling comenta em sua autobiografia, *Os livros da Selva* "geraram zoológicos de [imitadores]"; Kipling identifica o escritor americano Edgar Rice Burroughs, autor de *Tarzan, o filho das selvas* (1912), como um desses imitadores, alguém "que 'surrupiou' o tema de *Os livros da Selva* e, eu imagino, divertiu-se muito ao fazê-lo".[21]

Os animais de Kipling muitas vezes foram considerados inexatos ou "francamente humanizados".[22] Como disse Seton:

> Como Kipling não tinha nenhum conhecimento de história natural e não fez nenhum esforço para apresentar esse conhecimento, e como, além disso, seus animais falam e vivem como homens, seus contos

> não são histórias de animais no sentido realista; são contos de fadas maravilhosos e belos.[23]

A verdadeira engenhosidade de *Os livros da Selva*, no entanto, consiste na combinação de histórias de animais realistas cujo cenário é o mundo moderno com a tradição veneranda das fábulas de animais. Numa fábula, em particular na tradição literária ocidental, os animais são usados para representar tipos humanos e suas histórias são comentários implícitos ou sátiras de diversos aspectos da sociedade humana. Essa duplicação da figura do animal nos permite interpretar *Os livros da Selva* como uma alegoria, por exemplo, do imperialismo, da política racial, da infância ou de qualquer outra coisa que queiramos encontrar no texto. Depois da publicação de *Os livros da Selva*, Kipling imediatamente foi louvado como um Esopo moderno.

Além disso, no século XIX, as "fábulas de feras", como as do folclore oriental e africano, eram encaradas como documentos antropológicos vitais que lançavam luz sobre as origens humanas. Pensava-se que originalmente haviam sido contadas por selvagens primitivos que ainda não se diferenciavam dos outros animais e em cujas mentes "a fera semi-humana não é uma criatura fictícia", mas uma realidade.[24] Kipling escreveu seus contos sobre a selva tendo as fábulas de feras em mente, pois isso "pareceu a [ele] ser novo, visto que é uma ideia muito antiga e há muito esquecida".[25] Ele foi bastante influenciado pelas histórias Jataka — fábulas e parábolas budistas que falam das encarnações anteriores de Buda em formas tanto humanas quanto animais — e por histórias de "caçadores nativos na Índia de hoje", a maioria dos quais, de acordo com Kipling, pensava "de maneira muito parecida à do cérebro de um animal"; ele havia "'afanado' livremente de suas histórias".[26] Outra fonte de inspiração foi o livro *Uncle Remus* (1881), de Joel Chandler Harris, que foi baseado em fábulas "negras" reunidas nos estados sulistas dos Estados Unidos e tem como personagem o famoso embusteiro Coelho Quincas. *Uncle Remus* foi um best-seller na época em que Kipling era estudante, e ele afirmou numa carta para Harris que "os ditados das nobres feras" de *Uncle Remus* "correram como um rastilho de pólvora por um internato inglês quando [ele] tinha cerca de quinze anos".[27]

O fato de Kipling ter pegado ideias emprestadas do ancestral gênero das fábulas dá a suas histórias de *Os livros da Selva* uma qualidade mítica, e ele as criou para explorar, na frase de J. M. S. Tompkins, "um mundo selvagem e estranho, ancestral e distante".[28] *Os livros da Selva* nos levam de volta à nossa origem primordial, "indizivelmente variada, selvagem e antiga",[29] com as feras suprindo um elo essencial com a natureza animal e os estágios primitivos do homem, enquanto Mowgli é a expressão da volta do homem ao arcaico e de sua exploração dele. Além disso, ao fazer com que quase todos os contos de *Os livros da Selva* se passassem na Índia, Kipling inseriu suas histórias na tradição oriental de irmandade universal entre seres vivos. Na época de Kipling, em geral supunha-se que nas fábulas indianas ou budistas "era permitido que os animais agissem como animais" devido à crença oriental na transmigração da alma através da reencarnação, que "apaga a distinção entre o homem e o animal e que vê um irmão em cada ser vivo".[30] "O milagre de Purun Bhagat" é um lindo exemplo disso: um homem santo faz amizade com criaturas selvagens que mais tarde avisam-lhe do perigo de um deslizamento de terra iminente, permitindo que ele salve os aldeões. O homem trata seus amigos animais de "*Bhai! Bhai!*" (que significa "Irmão! Irmão!", p. 274), e esse chamado que liga homens e feras se faz presente em todos os contos sobre Mowgli, nos quais os animais recebem o menino lobo como seu irmão.

A Índia deu origem à *Panchatantra*, uma das mais antigas coleções conhecidas de fábulas de animais que se espalhou por diversas partes do mundo, sendo recontadas e mudando de forma no caminho: La Fontaine, por exemplo, reconhece que deveu muito às fontes ancestrais da Índia para escrever suas fábulas.[31] Um elo direto entre *Os livros da Selva* e as fábulas indianas pode se visto em "'Rikki-Tikki-Tavi'", que lembra "The Loyal Mungoose" do *Panchatantra*, no qual um mangusto de estimação luta com uma cobra e a mata para defender o bebê de seu dono. Além disso, "O *ankus* do rei", no qual Mowgli vê homens se matando para obter um aguilhão de elefante incrustado de joias, lembra "O conto do vendedor de indulgências", de Geoffrey Chaucer, que dizem ter sido inspirado em "Os ladrões e o tesouro" das histórias do Jakata. Na verdade, Kipling, numa carta de 1905, contestou uma sugestão de que "O *ankus* do rei" fosse uma releitura de "O conto do vendedor de indulgências", pois era familiar com uma versão indiana da história: "Não lembro de uma época em que não conhecia a história. Devo tê-la tirado de um conto de fadas de minha babá em Bombaim". Para Kipling, "Chaucer era um parvenu" à tradição ancestral da fábula que se originou na Índia e da qual ele próprio tirava inspiração diretamente.[32]

Os livros da Selva, ligados ao resto do globo através da tradição das fábulas que se espalharam por ele, são urdidos a partir de um forte senso de cosmopolitismo, da consciência de que havia, pegando emprestado o título da coletânea de contos que Kipling lançou em 1917, "uma variedade de criaturas" convivendo e compartilhando do mesmo mundo. Kipling tem o cuidado de mostrar como os reinos aparentemente míticos e atemporais dos animais têm na verdade elos profundos com um mundo moderno que sofria os rápidos efeitos da globalização. Em "Os necrófagos", por exemplo, o marabu argala que está na beira de um rio indiano descreve sua experiência de engolir "um pedaço de três quilos de gelo tirado do lago Wenham" (p. 329) que havia acabado de chegar de

Massachusetts num navio quebra-gelo americano, sem saber o que era. Em "Quiquern", uma aldeia inuíte na ilha de Baffin também aparece como parte de um mundo internacional mais vasto: "uma chaleira trazida pelo cozinheiro de um navio do Bazar Bhendy" (a área mais cosmopolita de Mumbai) "podia, no final da vida, acabar sobre uma lâmpada a óleo em algum lugar do lado mais frio do Círculo Polar Ártico" (p. 372). Essa história conta a aventura de Kotuko e uma menina inuíte, uma "estranha" de outra parte do Círculo Polar Ártico, que saem para encontrar alimento para os habitantes da aldeia de Kotuko, que estão morrendo de fome. Ela acaba com a menina sendo integrada à aldeia ao se casar com ele. O movimento e a energia do trenó puxado por cães, que impele a aventura da dupla, são implicitamente justapostos ao movimento dos navios a vapor que acabam levando o relato por escrito, passado de mão em mão por mercadores, das aventuras de Kotuko até Colombo, onde ele é encontrado pelo narrador. Essa sensação de o mundo estar interligado imbrica-se com a ideia de o homem ser um só ou ser parceiro da natureza, mostrado de forma mais sucinta pelo fato de que Kotuko tem o mesmo nome que seu cachorro, que segue uma trajetória paralela à do dono até atingir a maturidade, e é realmente parte integral da identidade dele.

III

A ideia de crianças humanas sendo criadas por lobos e entre lobos tem uma história ancestral e mítica, como na lenda de Rômulo e Remo, os irmãos gêmeos fundadores da cidade de Roma, que, ainda bebês, foram abandonados e atirados num rio, mas depois resgatados por uma loba que lhes deu de mamar até que ficassem saudáveis. Nesse mito as crianças lobo, expulsas de uma comunidade humana e criadas por uma loba, acabam por fundar o que viria a ser o Império romano. Em *Os livros da Selva*, Mowgli, um menino expulso de sua sociedade indiana nativa que foi adotado por uma família de lobos, tem um papel parecido em relação ao Império britânico. A selva, da qual Mowgli vem a se tornar senhor, é mostrada como um epítome do Império, sendo um lugar onde tudo deve ser feito de acordo com determinadas regras. Kipling também a apresenta como o local onde uma lei social mais elevada é criada através de uma integração e uma interação com a natureza. Mowgli, o menino lobo, personifica essa nova lei da qual a aldeia indiana, com sua atitude antagonista e supersticiosa em relação à selva, não pode participar.

No fim do século XIX, ocorreu uma nova onda de interesse nas histórias de crianças lobo como cruciais para uma exploração da origem do homem — assim como dos limites entre humanos e animais, cultura e natureza —, em investigações antropológicas estimuladas pela publicação de *A origem das espécies* (1859), de Charles Darwin. A Índia se tornou o centro das atenções, considerada "o berço"[33] de tais histórias, quando um panfleto intitulado "An Account of Wolves Nurturing Children in their Dens" foi publicado em 1852 por William Henry Sleeman (1788-1856), um oficial e administrador britânico que morava no país. O panfleto apresenta diversos casos de crianças lobo indianas.[34] Essas crianças, descobertas e "salvas" por aldeões, engatinhavam, comiam carne crua e morriam logo após serem capturadas. O testemunho de Sleeman foi repetidamente citado e reimpresso em diversos lugares ao longo do fim do século XIX, além de ser reforçado por muitos relatos de outros indivíduos que afirmaram ter visto casos parecidos pessoalmente. Kipling, trabalhando como jornalista na Índia, deve ter deparado com muitas histórias sobre crianças lobo. Os antropólogos, no entanto, tinham dificuldade em determinar até que ponto tais histórias eram fato ou invenção e declararam a necessidade de examinar com cuidado as evidências. Por exemplo, quando Friedrich Max Müller (1823-1900), um eminente filólogo comparativo e mitólogo, escreveu um artigo curto sobre "crianças lobo", ele enfatizou que era provável que esses chamados testemunhos tivessem origem em mitos e superstições nativas, embora aceitasse cordialmente as evidências apresentadas por "cavalheiros e oficiais ingleses". Müller chega mesmo a comparar crianças lobo com criaturas míticas como serpentes do mar: "Apesar de feridas e mortas, elas continuam a reaparecer, cada vez com mais vigor e vistas por um número maior de pessoas".[35] A figura da criança lobo, portanto, rendia um rico campo de investigação em que fatos e imaginação, mitos e a ansiedade ocidental sobre o lugar do homem na natureza, aguçados pelo medo colonial de nativos como animais selvagens, se entrecruzavam. Talvez seja por isso que o pai de Kipling evitou explorar o assunto em detalhes em seu livro *Beast and Man in India*, afirmando que o lobo estava "além do limite estreito de seu texto",[36] enquanto seu filho agarrou esse material fascinante com ambas as mãos e, a partir dele, criou Mowgli, um dos personagens mais extraordinários da literatura.

Em *Os livros da Selva*, Kipling lida com os mitos que envolvem crianças lobo e os reescreve. Em primeiro lugar, Mowgli é, como observa Daniel Karlin, "quase o oposto da criança lobo típica de Sleeman", que é "estúpida, selvagem, imunda e infeliz", não podendo ser reformada para se adaptar à condição humana.[37] Mowgli é limpo e inteligente, sendo capaz de aprender bem rápido os costumes e maneiras dos aldeões, incluindo sua língua. Além disso as aventuras dele, que por si sós são incríveis e fabulosas, formam um grande contraste com as "superstições" nativas sobre as crianças lobo e os animais da selva. Mowgli despreza as histórias que Buldeo, o caçador da aldeia, conta sobre a selva, considerando-as "teias de aranha e conversa de lua":

> Passei a tarde inteira aqui deitado escutando [...] e, com exceção de uma ou duas vezes, Buldeo não disse uma palavra verdadeira sobre a Selva que fica na porta de sua casa. Como, então, poderei acreditar nas histórias de fantasmas, deuses e duendes que ele diz ter visto? (p. 129)

De sua parte Buldeo, quando vê Mowgli dando ordens a um lobo, afirma que ele é um "Demônio da selva" (p. 139)e incita os aldeões a se voltarem contra ele. Considerando-se que Buldeo é um talentoso contador de histórias que consegue fascinar as crianças com seus relatos maravilhosos, talvez seja possível discernir uma rivalidade entre ele e Kipling nessa arte: ao inventar Mowgli, cujo domínio sobre a selva e conhecimento dela desafia a autenticidade das histórias dos nativos, Kipling substitui Buldeo como verdadeiro contador indiano e astuciosamente transforma a selva indiana num espaço imperial.

Além disso, Mowgli também é diferente da criança lobo típica no fato de que o lobo não é de forma alguma o único animal "totem" cujas características ele apresenta. Mowgli também é uma "rã", apelido carinhoso que seus amigos animais lhe dão e que reflete a agilidade e leveza de seus movimentos. Mowgli, a Rã, é o nome que lhe dá a Mãe Loba devido à sua nudez e vulnerabilidade enquanto criancinha humana, pedindo a proteção dos animais da selva. Ironicamente, o mesmo nome também simboliza seu privilégio de criança humana: ou seja, o fato de ele pertencer a dois mundos e ter a habilidade de passar da selva ao mundo humano da mesma maneira que a rã, um anfíbio, pode se movimentar tanto na terra quanto na água. De fato, Mowgli é acima de tudo um "filhote de homem", abençoado com o encanto de atrair e conquistar uma grande variedade de animais poderosos: nas palavras cheias de humor de Harry Rickett, há "uma fila de aspirantes a pais de criação brigando uns com os outros para cuidar dele".[38] Mowgli cria laços particularmente fortes com Baloo, Bagheera e Kaa, cada um deles assumindo o papel de seu guia e professor. O touro também é um animal especial para Mowgli, pois seus direitos na alcateia são comprados por Bagheera em troca da vida de um deles. Assim, ordena-se a Mowgli nunca "matar ou comer nenhum gado, jovem ou velho" (p. 80) de acordo com a Lei da Selva, e a vida de outro touro é necessária para permitir que ele deixe a selva no fim de sua jornada. Alguns animais, por outro lado, representam perigos e inimigos que Mowgli, o jovem herói, precisa enfrentar como parte de sua chegada à maturidade. No dramático conto "Cão vermelho", por exemplo, ele luta junto com os lobos contra a invasão de uma enorme matilha de dholes (cães selvagens asiáticos). Os cães representam uma ameaça à sociedade da selva e lutar contra eles ajuda Mowgli a se tornar um defensor da justiça e da lei.

Kipling acrescentou mais uma dimensão à hibridez de Mowgli como criança lobo ao enfatizar o relacionamento dele com duas sociedades. Como já vimos, os contos sobre Mowgli entrelaçam dois temas conflitantes relacionados à infância: a alegria que a criança extrai de um ambiente amoroso e seu trauma do abandono, sendo que ambos refletem a experiência da infância do próprio Kipling. Embora o tom geral seja de sensação de felicidade e camaradagem entre animais, Mowgli, mesmo antes de deixar para sempre a selva, sofre ao ser excluído dela em "Os irmãos de Mowgli", e é expulso da aldeia indiana em "Tigre! Tigre!". A dupla identidade de Mowgli é definida por ele pertencer a esses dois mundos e ser rejeitado por ambos. Isso é mostrado de maneira sucinta na canção que ele canta na Pedra do Conselho (p. 144):

> [...] *The Jungle is shut to me*
> *and the village gates are shut. Why?*

*As Mang flies between the beasts and birds, so fly I between the village and the Jungle. Why?**

A polaridade dos dois lares de Mowgli é personificada por suas duas mães de criação, a Mãe Loba na selva e Messua na aldeia indiana. É através do relacionamento de Mowgli com essas duas mães que ele se torna membro de suas respectivas comunidades. O leite com que elas alimentam Mowgli não apenas simboliza o amor materno, mas também facilita, como uma espécie de poção mágica, o movimento dele de um lar para o outro: como observa Jan Montefiore, o leite, dado como alimento tanto pela mãe loba quanto pela mãe humana, "cruza a fronteira entre a humanidade e a selva".[39] Ironicamente, as duas mães também representam o traço essencial de Mowgli de não pertencer ao lugar que escolheu para ser seu lar. A Mãe Loba, que ama Mowgli mais que a seus outros filhos, tem a dolorosa consciência de que ele está destinado a se unir ao homem e não pertence a ela. Messua, por outro lado, dá a Mowgli o nome de Nathoo, de certa forma acreditando que ele é seu filho perdido que foi levado pelo tigre. É muito improvável que Mowgli, filho de um lenhador, seja de fato o filho de Messua, considerando-se que ela é a esposa do homem mais rico de sua aldeia. No entanto, o narrador nunca nega explicitamente tal possibilidade.[40] O encontro dos dois chama a atenção de forma constante e tensa para as maneiras pelas quais Mowgli poderia de fato ser filho de Messua, e essa incerteza textual transforma Mowgli no fantasma de Nathoo, proibindo-o de realmente se instalar na casa dela. Em "A corrida de primavera", Mowgli afinal se liberta desse papel, pois encontra Messua com seu novo

* "A Selva está bloqueada para mim/ e os portões da aldeia estão fechados. Por quê?/ Assim como Mang voa entre as feras e as aves, eu também voo/ entre a aldeia e a Selva. Por quê?" (N. T.)

bebê, que legitimamente preenche o espaço deixado pelo Nathoo original.

De maneira significativa, o fato de Mowgli matar Shere Khan coincide com o momento pelo qual ele passa a ter consciência de sua dupla identidade. Shere Khan, principal vilão de *Os livros da Selva*, representa a transgressão da lei, já que viola repetidas vezes o principal tabu da selva, ou seja, matar e comer o homem; Mowgli a princípio entra na selva como sua presa. A relação entre Mowgli e Shere Khan é a inovação mais original de Kipling no mito da criança lobo. Estruturalmente, as semelhanças entre ambos são espantosas: assim como Mowgli, Shere Khan, o comedor de homens, representa um elo entre a aldeia e a selva, entre a civilização e a natureza, os homens e os animais. Através da batalha dos dois, Kipling explora essa interseção e dramatiza as tensões entre ambos os mundos. Shere Khan, arqui-inimigo de Mowgli, também é um espelho deste: assim como o tigre, o menino lobo é um forasteiro por excelência, duplamente temido e rejeitado pelos dois mundos com os quais cria laços.

Num certo sentido, Kipling transformou o mito da criança lobo num *Bildungsroman*, algo que, de acordo com Elliot L. Gilbert, lida com "o crescimento interno de um jovem — com seus esforços para aceitar o mundo que encontra e descobrir sua verdadeira natureza".[41] Vista sob essa ótica, a criança lobo surge como um adolescente que, sendo sempre um forasteiro, é impelido a embarcar numa jornada para encontrar sua verdadeira identidade e seu lugar no mundo. Para Mowgli, o fim de sua jornada acontece quando ele compreende e aceita o fato de que é um homem. A selva edênica de Mowgli, o mundo mítico e animal da fábula, então se torna um ponto fixo a partir do qual medimos seu progresso constante. Sua educação é completada quando ele afinal se torna um homem em três sentidos (adulto-masculino-humano). Ao deixar a selva, Mowgli leva seus irmãos lobos com ele, indicando que comandar lobos/cães é parte integral de sua humanidade.

IV

A selva de Mowgli é governada pela Lei da Selva que, de acordo com o narrador, é "de longe a lei mais antiga do mundo". Ela é composta por uma série de regras e instruções práticas que cobrem todos os aspectos da vida de um animal. Apesar de sua ênfase pesada na tradição e no hábito, as regras da Lei aparentemente são flexíveis o suficiente para se ajustar a uma nova situação. Por exemplo, sabemos que a "verdadeira razão" pela qual a Lei da Selva proíbe animais de comer homens é porque isso leva à "chegada de homens brancos em elefantes, com armas, e de centenas de homens morenos com gongos, bombas e chicotes" (p. 72), o que claramente se refere ao governo britânico contemporâneo na Índia. A lei concilia tradição e modernidade de forma a gerar novos códigos que se encaixem na realidade atual — a do Império britânico. Além disso, Bagheera reinterpreta as regras da Lei para que Mowgli possa ser aceito como membro da alcateia, e isso pode ser visto como uma interessante alegoria da maneira como os britânicos puseram em marcha sua entrada na Índia e acabaram por dominar todo o seu vasto território.

O aspecto mais marcante da Lei é sua ênfase extraordinária na ordem e na virtude da submissão: "[...] a cabeça, os cascos e o corpo dessa Lei são só uma — Obedece!" (p. 263). Kipling atribui os mesmos princípios ao Exército indiano em "Servos da rainha" (que recebeu o título de "Servos de Sua Majestade" na edição americana), o último episódio de *O livro da Selva* (p. 235):

> [as feras] obedecem, assim como os homens. Mula, cavalo, elefante ou boi, ele obedece ao seu condutor,

> e o condutor ao sargento, e o sargento ao tenente, e o tenente ao capitão, e o capitão ao major, e o major ao coronel, e o coronel ao brigadeiro que comanda três regimentos, e o brigadeiro ao general, que obedece ao vice-rei, que é um servo da imperatriz.

O conto foi inspirado no Rawal Pindi Durbar, o encontro entre o vice-rei lorde Dufferin e o emir do Afeganistão em 1885, sobre o qual Kipling escreveu como correspondente especial. O Afeganistão era um protetorado britânico e o emir, um importante jogador do "Grande Jogo" — a rivalidade entre a Índia britânica e a Rússia pelo controle da Ásia Central. A citação acima mostra o desejo de Kipling de ver o emir como parte da grande cadeia de comando imperial, na qual os animais e seu apego pessoal e lealdade em relação aos donos são usados para representar a solidariedade do Império britânico. Através da mesma ordem de "Obedece!", Kipling reúne e até nivela duas representações da vida animal na Índia: uma que consiste em animais selvagens seguindo a lei da natureza e outra figurada como uma hierarquia militar à qual os animais domesticados se submetem voluntariamente. Desse modo, ele apresenta o Raj britânico como o encontro de espaços diferentes, separados, mas compartilhando a mesma lei, enquanto a incrível afinidade entre a selva de Mowgli e a Índia britânica nos permite ver a primeira como uma metonímia do Império britânico, personificando os ideais imperiais de Kipling.

É interessante que "Servos da rainha" lide com o encontro de britânicos com chefes nativos, considerando-se que os estados indianos de Rajputana foram, como mencionado antes, a inspiração original para a selva de Mowgli. Por exemplo, os Antros Gelados, cenário principal de "A caçada de Kaa" e de "O *ankus* do rei", foram inspirados nas velhas cidades abandonadas de Amber e Chitor, que Kipling visitou durante sua viagem a Rajputana em 1887. Cidades indianas arruinadas e desertas tinham um encanto especial para a imaginação britânica e eram populares atrações turísticas; como dito por Stephen Montagu Burrows num artigo escrito em 1887: "As duas maiores cidades abandonadas da Índia, Ambair [Amber] em Rajputana e Fathpur Sikri, próxima a Agra, atraem todos os anos uma multidão cada vez maior de visitantes"[42] — e Kipling foi um deles. Os estados indianos, assim, representam um espaço de exotismo e fantasia embutidos no Império britânico. Além disso, eram poderosos aliados aos quais os britânicos tiveram de "domesticar" antes de tomar posse. O personagem de Bagheera, nascido e criado no "Palácio do Rei em Oodeypore" (p. 82), representa ao mesmo tempo o poder, a nobreza e o exotismo dos estados indianos, assim como a maneira brutal com que tratavam animais selvagens. Ele é baseado numa pantera-negra real que Kipling viu no zoológico particular do rei em Udaipur (Oodeypore), mesmo lugar onde ele, para seu horror, testemunhou panteras sendo montadas e gratuitamente mortas por prazer e como prova do poder do Estado na reserva de caça do rei.[43] Esses estados indianos, embora fossem sujeitos ao governo britânico devido a diferentes tratados, tinham autorização para exercer poder absoluto sobre a vida animal em seu território. Nos contos de Mowgli, Kipling liberta a pantera da jaula e, portanto, do poder dos estados indianos, explorando um relacionamento muito mais "natural" com animais selvagens do qual o Império britânico podia se orgulhar. Dessa maneira, o Raj britânico pode declarar seus direitos de protetor desses animais e das vastas terras da Índia que eles habitam, nas quais os próprios príncipes nativos são mostrados como animais selvagens e aliados poderosos a ser subjugados.

Os livros da Selva são predominantemente apresentados como uma área de lazer masculina, habitada por jovens heróis como Mowgli, Toomai, Rikki-Tikki-Tavi,

Kotick e Kotuko, e afinidades entre *Os livros da Selva* e ideologias imperialistas também podem ser encontradas no fato de que os contos sobre Mowgli são famosos por terem sido a base dos "Lobinhos", ramo do movimento escoteiro voltado para crianças menores que surgiu em 1916. O escotismo tem sua origem no Império britânico, tendo sido fundado em 1907 pelo tenente-general Robert Baden-Powell — o herói do cerco a Mafeking, que ocorreu durante a Guerra dos Bôeres — para treinar meninos para futuras operações militares através de atividades e brincadeiras ao ar livre. No *Manual do Lobinho* (1916), Baden-Powell, com a permissão de Kipling, usa longos trechos de *Os livros da Selva*.[44] Os jovens escoteiros devem, assim como Mowgli, se tornar "lobos" com corpos fortes e saudáveis que, com a Lei da Selva, aprenderão as regras e as habilidades práticas necessárias para a sobrevivência diária, além de disciplina e ordem. Esses escoteiros tinham a mesma mentalidade dos homens que, esperava-se, viriam a se tornar no futuro, ou seja, "pioneiros nas partes mais selvagens de nosso império", o que incluía "desbravadores, caçadores, exploradores, cartógrafos, nossos soldados e marinheiros, os navegadores do Ártico, os missionários":

> todos esses homens da nossa raça que vivem em meio à natureza selvagem, enfrentando dificuldades e perigos porque esse é seu dever, suportando provações, cuidando de si mesmos, mantendo a reputação dos bretões como homens bravos, gentis e justos em todo o mundo — esses são os escoteiros da nação de hoje — são os "Lobos".[45]

Quando Baden-Powell escreveu essa frase, o Império britânico estava sofrendo os efeitos devastadores da Primeira Guerra Mundial, mas *Os livros da Selva* sempre podiam servir de fonte de inspiração e esperança pela renovação da força e da vitalidade da masculinidade imperial.

A selva de Mowgli é apresentada como um espaço de amizade e hospitalidade, na qual diferentes nações e raças coexistem em harmonia sob a autoridade maior do homem branco. Os animais que são amigos de Mowgli, portanto, representam os súditos leais da colônia, que não desobedeceriam e não podem desobedecer ao homem branco, que Mowgli, sendo um homem (uma espécie à parte), representa. Nas palavras de John McClure: "Estar acima, porém pertencer, ser obedecido como um deus e amado como um irmão, esse é o sonho de Kipling para o governante imperial, um sonho que Mowgli alcança".[46] O uso de animais, que podem ser domesticados e não retrucar na linguagem humana, facilita a construção e a perpetuação dessa fantasia colonial.

Os contos de Mowgli já foram muito criticados por sua caracterização racista dos nativos. Os aldeões não apenas são representados de forma negativa, mas há também uma identificação perturbadora deles com os demonizados adversários animais de Mowgli. Um exemplo é o *Bandar-log*, o "Povo dos Macacos", que Mowgli compara com os aldeões indianos: "Tagarelar — Tagarelar! Falar, falar! Os homens são irmãos de sangue do *Bandar-log*" (p. 297). Esses macacos são os párias da sociedade da selva, "descritos como preguiçosos e irracionais porque não têm nenhuma organização e nenhum código de conduta social", quase, como observa Mark Paffard, da mesma maneira como os Yahoos de *As viagens de Gulliver* (1726).[47] O *Bandar-log* já foi interpretado como uma alegoria política que, nas palavras de Green, representava "os americanos, os liberais, ou qualquer outra 'raça menor sem lei' que [...] Kipling estivesse ansioso para insultar no momento em que escreveu".[48] No contexto colonial, eles simbolizam o lado subversivo e indomável dos súditos da colônia: "uma psique colonial, uma forma de identidade enlouquecedora ou já enlouquecida que ameaça a estabilidade do governo colonial".[49] Para Nirad C. Chaudhuri, um famoso escritor bengali, o *Bandar-log* simplesmente é uma caricatura dos intelectuais bengalis, os babus, que estavam, aos olhos de Kipling, aprendendo a se comportar como os ingleses para poder buscar a independência. Chaudhuri chama a atenção para a representação dos macacos como seres "perversos, sujos, desavergonhados", cujo único desejo é "chamar a atenção do Povo da Selva", que, é claro, equivale aos britânicos, e ele argumenta que a falta de líderes, princípios e perseverança do *Bandar-log* revela que Kipling sabia e ridicularizava o "papel que os bengalis tinham" na luta pela independência.[50]

O *Bandar-log*, um povo numeroso, também representa o medo de que os nativos se tornassem uma multidão impossível de governar, e Kaa, que consegue forçá-los a caminhar para dentro de sua boca com a hipnotizante Dança da Fome, foi criado para ser um guardião que luta contra essa ameaça. A aldeia indiana é mostrada como outra comunidade do *Bandar-log*, uma distopia que apresenta um enorme contraste em relação à natureza edênica e utópica da selva. Os aldeões são caracterizados como muito mais "selvagens" que o *Bandar-log*, precisamente por serem "humanos" e, ao contrário das feras da selva, capazes de capturar, torturar e matar uns aos outros por causa de suas superstições e acima de tudo por dinheiro. A avareza humana é o tema central de "O *ankus* do rei", enquanto em "A invasão da Selva" os aldeões capturam Messua e o marido com a intenção de matá-los para pôr as mãos em seu gado e suas terras. Quando Mowgli mobiliza os animais da selva e arrasa a aldeia, Kipling une seu ímpeto misantrópico contra o lado bárbaro e corrupto da natureza humana — que os nativos representam — com a fantasia colonial de obrigar os nativos a desaparecer. De qualquer maneira, essa representação racista dos nativos serve como justificativa para a presença do homem branco como personificação da lei, da justiça e até da própria humanidade.

A Revolta Indiana de 1857, na qual os nativos se insuflaram contra os colonizadores e que foi a maior crise na história do Raj, marcou uma reviravolta significativa no governo colonial britânico: uma vez reprimida, ela contribuiu para consolidar o Raj, pois o governo britânico imediatamente tirou a administração da Companhia das Índias Orientais e pôs a Índia sob domínio direto da Coroa. Don Randall encontra uma definição apropriada ao dizer que *Os livros da Selva* são "alegorias pós-revolta do Império";[51] nesse contexto, a caçada a Shere Khan pode ser vista como uma maneira de reencenar e reescrever a repressão da Revolta Indiana como um mito imperial, sobretudo considerando-se que no século XIX os tigres simbolizavam o lado feroz e indomável da Índia.[52] A briga de Mowgli com Shere Khan é alçada à condição de eterna batalha entre homem e fera, que, de acordo com Hathi em "Como surgiu o medo", teve origem no assassinato do Homem pelo primeiro dos Tigres, assim como a Revolta Indiana sempre foi representada como uma "retaliação" britânica contra atrocidades nativas. A história de Hathi exclui silenciosamente qualquer sugestão de que o britânico/homem possa ter agido de maneira inapropriada e provocado o ataque dos nativos/tigres.

Enquanto muitos dos contos de *Os livros da Selva* parecem celebrar abertamente os mecanismos do Império britânico, é interessante que "Os necrófagos", em *O segundo livro da Selva*, sugira que existem muitas histórias não oficiais circulando entre os nativos e até entre os animais que precisam ser reprimidas de qualquer maneira. O conto tem a forma de uma conversa entre três animais necrófagos que vivem na periferia do governo britânico: o Crocodilo Mugger, que se alimenta de homens, o Chacal e o Marabu Argala. Sua versão da Revolta Indiana é dada através das reminiscências do Mugger, que passeou pela área onde o conflito ocorria e fez um festim dos cadáveres que encontrou. O fato de ele lamentar a oportunidade perdida de comer uma criança branca durante a rebelião representa uma insubordinação latente contra o governo britânico e a possibilidade de outra revolta. A história termina com Mugger levando um tiro da criança branca que cresceu e se tornou um construtor de pontes, acabando assim de maneira "segura" com a ameaça nativa que persistia. No entanto, os outros dois necrófagos continuam vivos e, com eles, o submundo nativo que fica evidente na versão que Mugger conta da história. Esse conto deve ser lido em conjunção com outro conto de Kipling, "The Bridge-Builders" (incluído na coletânea *The Day's Work*, de 1898), no qual Mugger representa a Mãe Ganga, o rio Ganges personificado, que se ressente por ter sido domado pelas pontes britânicas. Mugger simboliza o poder da natureza indiana que, assim como a Revolta, tinha de ser reprimida pelos britânicos para que seu domínio fosse consolidado.

Mowgli muitas vezes é comparado com o personagem-título do romance *Kim* (1901), um órfão irlandês criado como indiano entre os nativos. Kim, assim como Mowgli, tem uma vida dupla: por um lado ele é um *chela* de seu adorado lama — a quem acompanha na busca deste último por se ver livre da Roda da Vida — e, por outro lado, um menino "inglês" que se deleita com seu papel de agente secreto no Grande Jogo. Tanto Kim quanto Mowgli desfrutam da posição privilegiada de uma criança favorita entre os "nativos", pois a brancura de Kim e a humanidade de Mowgli dão a cada um deles uma superioridade natural; ambos, devido à sua dupla lealdade, vivem uma crise de identidade como parte de seu processo de amadurecimento. Uma grande diferença, no entanto, é que Kim, ao contrário de Mowgli, jamais sofre com a hostilidade dos dois mundos aos quais pertence. Edward Said já observou "a falta de conflito" em *Kim*, que ele interpreta como refletindo a crença absoluta de Kipling na virtude do domínio britânico: "não porque Kipling não conseguisse encará-lo, mas porque, para Kipling, *não havia conflito*" na Índia britânica.[53] *Os livros da Selva*, ao contrário, giram em torno de conflitos que se tornam naturais pelo cenário da selva, onde os animais lutam entre si para sobreviver e quaisquer discordâncias são resolvidas através da violência. Talvez o uso fabuloso de animais falantes permita que a narrativa expresse conflitos e contradições do Raj britânico sem admitir diretamente sua existência. Por exemplo, o fato de Mowgli ser expulso tanto da aldeia quanto da selva pode ser interpretado como o medo de o domínio britânico ser rejeitado pela maior parte do povo. Embora Mowgli tenha muitos defensores poderosos na selva, poucas feras o acompanham em sua partida, e Messua é a única pessoa na aldeia em quem ele confia.

V

Mowgli apareceu pela primeira vez antes de *Os livros da Selva* num conto chamado "No *Rukh*", publicado originalmente na coletânea *Many Inventions* (1893). O conto mostra um Mowgli adulto encontrando engenheiros florestais indianos e impressionando-os com seus conhecimentos profundos sobre os animais da floresta; como consequência, ele recebe uma oferta de emprego no Departamento de Engenharia Florestal, o que lhe permite se casar e constituir família. Em interpretações pós-coloniais de *Os livros da Selva*, "No *Rukh*" é um texto importante que demonstra claramente o lugar de Mowgli na ordem imperial. Ele apresenta contextos históricos e ideológicos que são deixados obscuros em *Os livros da Selva* e põe um ponto final na saga de Mowgli como mito imperial. Por outro lado, muitos estudiosos sentiram que, nas palavras de W. W. Robson, "No *Rukh*" não "pertence ao mesmo impulso imaginativo ou demoníaco" que os outros contos sobre Mowgli, "sem necessariamente conseguir articular o porquê disso".[54] Por exemplo, J. M. S. Tompkins sente que "o Mowgli de 'No *Rukh*' não corresponde exatamente ao Mowgli de *Os livros da Selva*",[55] enquanto Karlin tem o argumento similar de que o conto é "um adiantamento malfeito" do Mowgli de *Os livros da Selva* e deve ser considerado apenas como um dentre muitos outros "texto[s] medíocre[s] que contribu[íram] para a criação de Mowgli".[56]

"No *Rukh*" pode, é claro, ser lido independentemente de *Os livros da Selva*, e não temos nenhuma obrigação de aceitar o futuro de Mowgli como guarda-florestal imperial. De fato, quem se deleitou com o mundo mágico de *Os livros da Selva* talvez prefira não saber da preocupação de Mowgli com questões tão mundanas quanto sua aposentadoria. Por outro lado, é difícil ignorar o fato de que Kipling considerava o Mowgli de "No *Rukh*" como o mesmo Mowgli que existe em *Os livros da Selva*. Ao republicar o conto na *McClure's Magazine* em 1896, Kipling, na nota de margem, o descreve como "o primeiro conto sobre Mowgli a ser escrito, embora fale dos capítulos finais de sua carreira — ou seja, de quando foi apresentado aos homens brancos, se casou e se tornou civilizado".[57] Ele mais tarde incluiria "No *Rukh*" na edição "Outward Bound" de *Os livros da Selva* que foi publicada em 1897, na qual todos os contos de Mowgli foram incluídos e reordenados em um volume, enquanto os contos que não tratam dele foram reunidos de maneira a formar o segundo volume (veja Nota sobre os textos).[58] "No *Rukh*" também aparece no livro *All the Mowgli Stories* de 1933 como a última da saga do menino lobo. Nesta edição, o conto foi incluído no apêndice, de maneira a honrar a qualidade suplementar que tem em relação a *Os livros da Selva*. Essa organização tem a vantagem de mostrar visualmente que os dois textos são separados um do outro, assim como Mowgli tem de deixar a selva para dar início à vida de adulto.

"No *Rukh*", na verdade, tem muito em comum com um dos contos que não tratam de Mowgli, "Toomai dos elefantes", pois as duas histórias mostram a máquina do governo indiano trabalhando a pleno vapor. "Toomai dos elefantes" se passa durante a expedição anual do governo até as colinas Garo para capturar elefantes selvagens, que serão usados a seu serviço. O herói dessa história é o menino nativo Pequeno Toomai, que é filho de um *mahout* e cujo relacionamento privilegiado com o elefante Kala Naga pode ser comparado aos fortes laços de Mowgli com os animais da selva. Toomai é levado para o meio da floresta nas costas de Kala Naga e testemunha uma dança dos elefantes que nenhum homem jamais viu, assim como Mowgli adquire um conhecimento profundo da selva do qual nenhum homem branco pode compartilhar. O sucesso do governo indiano depende fortemente da inclusão desses meninos nativos a quem os animais obedecem de maneira voluntária.

"Toomai dos elefantes" caracteriza de modo implícito os britânicos como governantes benignos e diligentes que se esforçam por cultivar relacionamentos melhores com o mundo natural na Índia. É importante notar que o conto mostra a nova técnica de capturar uma manada inteira de elefantes levando-a a entrar numa paliçada (*keddah*), algo que foi introduzido por George Peress Sanderson na década de 1870. A maneira britânica de pegar elefantes não apenas era um espetáculo impressionante, como também era considerada menos cruel que o método tradicional e comumente usado para capturá-los um a um, através de buracos ou armadilhas. Em "A invasão da Selva", por exemplo, ficamos sabendo que Hathi já sofreu um ferimento grave devido à "estaca afiada do buraco" (p. 306) onde caíra, e é por isso que ele e seus três filhos deixam "a Selva entrar" em cinco aldeias indianas para expulsar os homens. A nova identidade do colonizador britânico como protetor da natureza também é o tema central de

"No *Rukh*". A palavra "*rukh*", no vocabulário do governo local do Punjab, onde Kipling havia trabalhado como jornalista, se referia a "uma reserva florestal", um pedaço de terra separado especialmente pelo governo para cultivar pasto ou árvores que servissem de combustível. Sua procedência é a palavra panjabi "*rakkhna*", que significa manter ou reservar, mesma origem do termo "rakkha", protetor ou guardião. A palavra expressa bem a nova atitude conservacionista do governo indiano em relação à natureza. No meio do século XIX, já ficara claro que os recursos naturais, que estavam se esgotando devido ao rápido desmatamento, não seriam capazes de suprir a demanda crescente por combustível criada pelas novas estradas de ferro e pelo desenvolvimento que surgia com elas. Assim, terrenos do governo ou "*rukhs*" foram selecionados para a plantação e o reflorestamento. É, portanto, no *Rukh* que tanto a "natureza" e uma nova subjetividade imperial de guardião da natureza foram inventadas. Mowgli, o menino lobo, "um ser da Selva" (p. 442), aparece magicamente nesse *rukh*, onde dá à nova natureza gerenciada pelo homem seu selo de aprovação e autenticidade. O mais importante é que Mowgli é a personificação do novo relacionamento do homem com a natureza: de seu olhar vigilante e constante sobre ela, que a vê como um espaço cercado a ser protegido. Deve ter sido com orgulho e excitação consideráveis que Kipling enfatizou que a verdadeira e nobre origem de Mowgli era "o *rukh*".

Os livros da Selva registram a preocupação contemporânea com uma natureza e uma vida animal que estavam desaparecendo, e eles foram lidos nesse contexto: um dos primeiros críticos a avaliá-los observou que "conforme os animais selvagens do mundo vão se tornando mais raros e pouco numerosos, o sentimento de interesse por eles da parte dos povos civilizados fica mais forte".[59] Quando Kipling escrevia *Os livros da Selva*, o mito da enorme abundância de animais existente na natureza, que havia sido o motor do culto às caçadas nas colônias, permitindo assim que o imperialismo fosse caracterizado ao longo de todo o século XIX como uma empreitada masculina e heroica, começou a ser gradualmente dissipado conforme as realidades de caçadas e exploração excessivas de animais foram chamando a atenção do público.[60] Kipling, através da figura de Mowgli, glamoriza um novo tipo de caçador, aquele que não mata sem que seja necessário. "Boa caçada" é o cumprimento-padrão na selva, e a Lei dita que se deve caçar "para comer, não por prazer" (p. 94). Em outras situações, matar só é justificável quando há uma ameaça à vida ou à comunidade, como no caso de Shere Khan ou dos cães selvagens de "Cão vermelho". O herói de Kipling é um novo Homem que aprendeu a lei da natureza.

A consciência de Kipling da violência antropocêntrica que o Homem comete contra os animais e suas devastadoras consequências podem ser vistas de maneira mais clara no conto "A foca branca", no qual ele ataca o comércio internacional de focas que estava quase deixando esses animais extintos. Ele conta a história de Kotick, a Foca Branca, que nasce numa ilha habitada por focas na costa do Alasca e fica determinada a encontrar um esconderijo pacífico para o seu povo depois de ver homens espancando brutalmente seus amigos até a morte. Esse conto mostra do ponto de vista da foca a história contada no livro de Henry Wood Elliott *The Seal-Islands of Alaska*, de 1881, que inclui uma longa lista de viveiros (colônias de criação) nos quais as focas foram caçadas até a extinção. Kipling nos convida a viajar pelos Sete Mares para visitar cada um deles e ouvir a mesma notícia devastadora: "Os homens mataram todas" (p. 160). Kotick, guiado pelo Peixe-Boi, acaba encontrando um santuário perfeito, mas esse final feliz já foi interpretado como indicando ironicamente a destruição final das focas, assim como a vaca-marinha-de-steller é uma espécie extinta de peixe-boi que foi exterminada logo depois de os europeus a descobrirem no século XVIII. Na bela frase de Karlin, "a salvação se torna uma figura de linguagem para a extinção gradual das focas".[61]

"A foca branca" foi originalmente escrita em resposta à tensão anglo-americana em respeito ao direito de caçar focas no mar de Bering no início da década de 1890, época em que Elliott, que já havia defendido essa prática no Alasca, surgiu como um crítico veemente da caça indiscriminada desses animais depois de testemunhar uma queda drástica na população de viveiros outrora abundantes ao longo de um período de dez anos.[62] Kipling claramente se posta ao lado de Elliott na campanha, e isso explica o tom sensacionalista do conto em relação à ameaça iminente de extinção das focas. O conto surgiu de forma oportuna na *National Review* poucas semanas antes de a disputa ser finalmente resolvida através da arbitragem internacional em agosto de 1893. Também é significativo o simbolismo da "brancura" de Kotick, que guia seu povo até um lugar seguro. Isso representa a importância da união anglo-americana para acabar com a rivalidade, assim como da liderança do homem branco para a causa da proteção da natureza, de forma a reparar o passado no qual ele foi a principal força a causar sua destruição.

Em *Os livros da Selva*, discernimos o relacionamento complexo e muitas vezes contraditório do homem com a natureza, sobretudo porque esses livros giram em torno da suposição antropocêntrica de que o homem é o mestre absoluto dos animais, ao mesmo tempo mostrando a força e a brutalidade com que ele os subjuga. O poder de Mowgli como homem é simbolizado de forma mais sucinta no poder de seu olhar, que não pode ser sustentado por seus amigos animais quando ele os encara. Se Adão, o primeiro homem, ganha controle sobre os animais através do ato de lhes dar nome, Mowgli faz o mesmo ao vê-los e conhecê-los, perpetrando o medo em seus corações. O relacionamento dele com os animais também é um eco da promessa de Deus a Noé: "Sede o medo e o pavor de todos os animais da terra" (Gênesis 9,2); essa promessa influencia o mito fundacional da selva contado por Hathi em "Como surgiu o medo", que explica por que os animais "[temem] o Homem acima de todas as coisas" (p. 252). Num momento dramático de "A invasão da Selva", Mowgli força o rebelde Bagheera a se submeter usando o poder de seu olhar e de sua linguagem de humano. Isso situa Bagheera no lugar dele, transformando-o no companheiro afetuoso de Mowgli ("E eu sou apenas uma pantera-negra. Mas te amo, Irmãozinho", p. 302), ao mesmo tempo que consolida a posição especial do Homem no mundo animal ("Tu és da Selva e não és da Selva", p. 302). Embora essa cena muitas vezes seja interpretada da maneira mais óbvia, como uma ilustração alegórica do relacionamento entre o colonizador e o colonizado, ela deve ser vista como primariamente ilustrando aquele entre o homem e os animais, e como mais uma prova de que o controle do homem sobre o reino animal está no âmago de qualquer relacionamento colonial. Aqui vemos de maneira indisfarçada a limitação do sonho de Kipling de uma irmandade entre humanos e animais inspirada pela tradição religiosa oriental: só lhe é permitido existir dentro da estrutura bíblica do domínio absoluto do homem sobre os animais, e isso dá à súplica de Bagheera a seu "Irmãozinho" um tom vazio e irônico.

Os livros da Selva de Kipling são um espaço textual único no qual mundos e discursos conflitantes coexistem: Índia e Grã-Bretanha, homem e natureza, a origem primordial da humanidade e nossa modernidade, a selva dos sonhos de uma criança e o mundo adulto do trabalho, a adoração sincera do Oriente e o racismo crasso, entre outras coisas. Mowgli habita a interseção entre eles e é caracteristicamente marcado pela dualidade: através da figura do menino lobo, Kipling inventa um novo mito do homem moderno. Além disso, Kipling reconhece os mundos dos animais, tanto o real quanto o imaginário, como uma parte integral do Império com a qual formamos laços íntimos. No fim, os livros são um registro precioso dos relacionamentos entre humanos e animais que existiam no Raj britânico no fim do século XIX. Quando Kipling estava fazendo as notas da *Sussex Edition* de *Os livros da Selva*, publicada postumamente em 1937, algumas das descrições já haviam ficado ultrapassadas. Sua nota para "os bois e elefantes das baterias de canhões Armstrong de vinte quilos" nos informa que eles "não são necessários agora que virou moda usar máquinas para puxar a artilharia, e essas baterias foram abolidas há muito tempo".[63] Esses animais que Kipling havia conhecido na Índia tinham desaparecido àquela altura, passando a pertencer ao passado e à imaginação.

Notas

1 Carta escrita para o sr. Bower em 28 nov. 1895, incluída no livro de Rudyard Kipling *Two Christmas Letters* (Org. de David Alan Richards, impressão privada, 2011). A carta faz parte da David Alan Richards Kipling Collection da Beinecke Rare Book and Manuscript Library da Universidade de Yale. Gostaria de agradecer ao sr. Richards e à Beinecke Library pela permissão para citá-la.

2 Rudyard Kipling, *Something of Myself and Other Autobiographical Writings*. Org. de Thomas Pinney. Cambridge: Cambridge University Press, 1990, pp. 67-8 e 122.

3 Rosemary Sutcliff, "Kipling for Children". *Kipling Journal*, n. 156, p. 25, dez. 1965.

4 Ibid.

5 Carta de Kipling para Mary Mapes Dodge, 21 fev. 1892.

In: Thomas Pinney (Org.). *The Letters of Rudyard Kipling*. 6 v. Basingstoke: Macmillan, 1990-2004, v. 2, p. 49.

6 Roger Lancelyn Green, *Kipling and the Children*. Londres: Elek Books, 1965, p. 9.

7 "Página de manuscrito de 'Os irmãos de Mowgli'", fev. 1893. In: Lucille Russel Carpenter, *Rudyard Kipling: A Friendly Profile*. Chicago: Argus Books, 1942. Veja também a nota 3 em "Os irmãos de Mowgli".

8 Para mais informações sobre a mudança feita por Kipling da selva de Mowgli, de Mewar para Seoni, veja por exemplo "Mowgli's Other Jungle", *Kipling Journal*, n. 167, pp. 2-3, set. 1968; John Slater, "Seeonee: The Site of Mowgli's Jungle?"; e Rhona Ghate, "Kipling's Jungle: Fact or Fancy?" (originalmente publicados em *The March of India*, v. 12, n. 12, dez. 1960), ambos os quais podem ser encontrados no site da Kipling Society. Disponível em: <www.kipling.org.uk/rg_junglebooks.htm.>

9 Rudyard Kipling, *Something of Myself*, p. 5.

10 John McBratney, *Imperial Subjects, Imperial Space: Rudyard's Kipling Fiction of the Native-Born*. Columbus: Ohio State University Press, 2002.

11 Um provérbio nativo citado no livro de Rudyard Kipling *Life's Handicap: Being Stories of Mine Own People*. Org. de P. N. Furbank. Londres: Penguin, 1987, p. 3.

12 Ibid., p. 26.

13 Rudyard Kipling, "Author's Notes on the Names in *The Jungle Books*", da *The Sussex Edition of the Complete Works in Prose and Verse of Rudyard Kipling*. v. 12: *The Jungle Books*. Londres: Macmillan, 1937, p. 267.

14 Id., "Simla Notes", *Civil and Military Gazette*, 24 jun. 1885. In: Thomas Pinney (Org.), *Kipling's India: Uncollected Sketches 1884-88*. Basingstoke: Macmillan, 1986, pp. 104-8. A experiência de Kipling com os macacos de Simla também foi transformada em ficção no

conto "Collar-Wallah and the Poison Stick", publicado na revista *St. Nicholas* em fevereiro de 1893.

15 John Lockwood Kipling, *Beast and Man in India: A Popular Sketch of Indian Animals in Their Relation with the People*. 2 ed. Londres: Macmillan, 1904.

16 No livro do pai, Kipling compôs epígrafes em verso para os seguintes capítulos: "Of Monkeys", "Of Asses", "Of Goats and Sheep", "Of Buffaloes and Pigs", "Of Elephants", "Of Camels", "Of Reptiles", "Animal Calls" e "Of Animals and the Supernatural". Também contribuiu com um poema para "Of Cows and Oxen" (mais tarde incluído no livro *Songs from Books*, de 1912, com o título "The Oxen") e para "Of Horses and Mules", uma estrofe de um de seus primeiros poemas, "The Sudder Bazaar" (1884), com uma descrição de um pônei puxando uma *ekka* (carruagem leve usada na Índia). "Of Cows and Oxen" também traz duas ilustrações de John Lockwood Kipling com os títulos "In Time of Drought" e "In a Good Season", ambas emolduradas com quatro linhas em verso compostas por seu filho. As linhas que emolduram "In a Good Season" foram tiradas do poema de Kipling "What the People Said" (1887).

17 John Lockwood Kipling, op. cit., p. 250.

18 Rudyard Kipling, *Something of Myself*, pp. 67-8.

19 Roger Lancelyn Green, *Kipling and the Children*, p. 117.

20 "O livro da Selva", *Saturday Review*, n. 77, p. 639, 1894.

21 Rudyard Kipling, Something of Myself, p. 127.

22 Charles G. D. Roberts, *The Kindred of the Wild: A Book of Animal Life*. Boston: L. C. Page, 1907, p. 27.

23 Ernest Thompson Seton, *Trail of an Artist-naturalist*. Nova York: Charles Scribner's Sons, 1948, p. 353.

24 Edward B. Tylor, *Primitive Culture: Researches into the Development of Mythology, Philosophy, Religion, Language, Art and Custom* (1871). 4 ed. Londres: John Murray, 1903, p. 409.

25 Carta para Edward Everett Hale, 16 jan. 1895. In: Thomas Pinney (Org.), *Letters*, v. 2, p. 168.

26 Ibid.

27 Carta para Joel Chandler Harris, 6 dez. 1895. In: Thomas Pinney (Org.). *Letters*, v. 2, p. 217. Kipling mais tarde transformaria esse episódio em ficção num dos contos sobre Stalky, "The United Idolaters", incluído na coletânea *Debits and Credits* (1926).

28 J. M. S. Tompkins, *The Art of Rudyard Kipling*. 2 ed. Londres: Methuen, 1965, p. 68.

29 Ibid., p. 69.

30 "Beast-Fables", *Chambers Encyclopaedia: A Dictionary of Universal Knowledge*. Londres: William & Robert Chambers, 1908, v. 1, pp. 821-2.

31 Friedrich Max Müller, "On the Migration of Fables". In: *Chips from a German Workshop*. Londres: Longmans, Green & Co, 1875, v. 4, p. 146.

32 Carta para Brander Matthews, 7 fev. 1905. In: Thomas Pinney (Org.), *Letters*, v. 3, p. 176.

33 John Lockwood Kipling, op. cit., p. 281.

34 *Account of Wolves Nurturing Children in Their Dens. By an Indian Official*. Plymouth: Jenkin Thomas, 1852. O panfleto de Sleeman, originalmente publicado de forma anônima, era um trecho retirado de seu longo relatório oficial ao governo indiano que mais tarde foi publicado postumamente como *A Journey through the Kingdom of Oude* (1858).

35 Friedrich Max Müller, "Wolf-Children". *Academy*, pp. 512-3, 7 nov. 1874.

36 John Lockwood Kipling, op. cit., p. 281.

37 Daniel Karlin, "Introduction". In: Rudyard Kipling, *The Jungle Books*. Londres: Penguin Classics, 2000, pp. 17-8.

38 Harry Ricketts, *The Unforgiving Minute: A Life of Rudyard Kipling*. Londres: Chatto & Windus, 1999, p. 207.

39 Jan Montefiore, "Kipling as a Children's Writer and the *Jungle Books*". In: Howard Booth (Org.). *The Cambridge Companion to Rudyard Kipling*. Cambridge: Cambridge University Press, 2011, p. 106.

40 É interessante notar que em *The Jungle Play* (veja a nota da organizadora no início deste conto) fica muito claro que Mowgli não é Nathoo; como a história explora o romance de Mowgli com Dulia, a filha de Messua, isso foi feito para evitar qualquer sugestão de incesto. *The Jungle Play*. Londres: Penguin Books, 2001, p. 30.

41 Elliot L. Gilbert, *The Good Kipling: Studies in the Short Story*. Manchester: Manchester University Press, 1972, p. 71.

42 S. M. Burrows, "A City of Granite". *Macmillan's Magazine*, n. 56, p. 354, 1887.

43 Rudyard Kipling, "Letters of Marque". In: *From Sea to Sea and Other Sketches: Letters of Travel*. Londres: Macmillan, 1900, v. 1, p. 72.

44 Para a ligação entre Kipling e o movimento escoteiro, veja Hugh Brogan, *Mowgli's Sons: Kipling and Baden-Powell's Scouts* (Londres: Cape, 1987).

45 Lord Baden-Powell of Gilwell, *The Wolf Cub's Handbook*. 9 ed. Londres: C. Arthur Pearson, 1938, p. 23.

46 John A. McClure, *Kipling and Conrad: The Colonial Fiction*. Cambridge (MA) e Londres: Harvard University Press, 1981, p. 60.

47 Mark Paffard, *Kipling's Indian Fiction*. Londres: Macmillan, 1989, p. 93.

48 Roger Lancelyn Green, *Kipling and the Children*, p. 120.

49 Jopi Nyman, *Postcolonial Animal Tale from Kipling to Coetzee*. Nova Delhi: Atlantic, 2003, p. 44.

50 Nirad C. Chaudhuri, *Thy Hand, Great Anarch! India: 1921-1952*. Londres: Chatto & Windus, 1987, p. 672.

51 Esse é o subtítulo do capítulo 2 em Don Randall, *Kipling's Imperial Boy: Adolescence and Cultural Hybridity* (Basingstoke: Palgrave Macmillan, 2000).

52 A metáfora do tigre foi usada repetidas vezes durante a Revolta para mostrar os rebeldes como vilões ferozes com sede de sangue. Numa charge da revista *Punch* intitulada "A vingança do leão britânico contra o tigre de

Bengala", por exemplo, um leão representando a Grã-Bretanha pula sobre um tigre prestes a atacar uma mulher branca com um bebê nos braços. *Punch*, n. 33, pp. 76-7, 22 ago. 1857.

53 Edward W. Said, *Culture and Imperialism*. Londres: Vintage, 1994, p. 176.

54 W. W. Robson, "Introduction". In: Rudyard Kipling, *The Jungle Books*. Oxford: Oxford University Press, 1992, p. XIV.

55 J. M. S. Tompkins, *The Art of Rudyard Kipling*, p. 68.

56 Daniel Karlin, "Introduction", p. 13.

57 Rudyard Kipling, "In the Rukh: Mowgli's Introduction to White Men". *McClure's Magazine*, n. 7, p. 23, jun. 1896.

58 Vale notar que a edição "Outward Bound" não inclui *Many Inventions*, pois todos os contos dessa coletânea, incluindo "No *Rukh*", foram espalhados por volumes diferentes, seguindo a proposta da edição de "[reunir] os contos de acordo com o assunto" (Rudyard Kipling, "'Outward Bound' Edition: Preface". In: *The Writings in Prose and Verse of Rudyard Kipling*. Nova York: Charles Scribner's Sons, 1897. v. 1, p. vii). Por exemplo, os contos sobre Mulvaney, famoso personagem irlandês de Kipling, como "My Lord the Elephant" e "'Love-o'-Women'", de *Many Inventions*, foram incluídos em *Soldiers Three and Military Tales* (volumes 2 e 3 da edição "Outward Bound").

59 "The Jungle Book", *Saturday Review*, n. 77, p. 639, 1894.

60 Para ver a importância da caça no contexto imperial, veja por exemplo John M. MacKenzie, *The Empire of Nature: Hunting, Conservation and British Imperialism* (Manchester e Nova York: Manchester University Press, 1988), além da coletânea editada do mesmo autor, *Imperialism and the Natural World* (Manchester e Nova York: Manchester University Press, 1990).

61 Daniel Karlin, "Introduction", p. 11.

62 Veja Charles S. Campbell Jr., "The Anglo-American Crisis in the Bering Sea, 1890-1891" (*Mississippi Valley Historical Review*, v. 48, n. 3, pp. 393-414, dez. 1961).

63 Rudyard Kipling, "Author's Notes on the Names in *The Jungle Books*", p. 478.

Nota sobre os textos

O texto desta edição é baseado nas primeiras edições inglesas de *O livro da Selva* e *O segundo livro da Selva*, publicados respectivamente em maio de 1894 e novembro de 1895 pela Macmillan de Londres. Nessa primeira edição de *O segundo livro da Selva*, "O *ankus* do rei" termina abruptamente na frase "estava o *ankus* coberto de rubis e turquesas" (p. 363), fazendo com que o conto tenha cerca de quinhentas palavras a menos do que deveria. A parte do texto que estava faltando foi reposta na primeira reimpressão de dezembro de 1895 e incorporada aqui. Erros de impressão presentes nas primeiras edições inglesas foram corrigidos através da consulta a edições posteriores, e as mudanças não foram marcadas. O texto de "No *Rukh*", publicado pela primeira vez em *Many Inventions* (1893) e incluído aqui como apêndice, foi tirado da *Sussex Edition* das obras completas de Rudyard Kipling (publicada pela Macmillan em 1937-9), que incorpora as correções finais do autor.

As edições inglesas apareceram simultaneamente com as primeiras edições americanas de *O livro da Selva* e *O segundo livro da Selva*, publicadas em Nova York pela Century. Existem pequenas diferenças entre os textos das edições inglesas e americanas, sendo as mais importantes alguns dos nomes dos personagens animais: Chil (o abutre), Sahi (o porco-espinho) e Mor (o pavão) são, respectivamente, Rann, Ikki e Mao nas edições americanas. O conto "Servos da rainha" de *O livro da Selva* teve o título mudado para "Servos de Sua Majestade" na edição americana. Essas e outras diferenças estão registradas nas notas.

Todos os contos de *Os livros da Selva* foram originalmente publicados em periódicos, muitos deles tanto na Grã-Bretanha quando nos Estados Unidos. O primeiro a ser publicado foi "A foca branca" na *National Review* em agosto de 1893. A revista *St. Nicholas*, um popular periódico infantil americano, publicou cinco dos contos reunidos em *Os livros da Selva*, incluindo "Os irmãos de Mowgli" e "Tigre! Tigre!", os dois primeiros contos sobre Mowgli que Kipling escreveu para *Os livros da Selva*. Outro periódico americano, a *McClure's Magazine*, publicou quatro dos contos e também republicou "No *Rukh*" em junho de 1896 com uma nota introdutória escrita por Kipling. Na Inglaterra, muitos dos contos saíram nas publicações da marca Pall Mall, como a *Pall Mall Magazine* e o *Pall Mall Gazette*. Veja as notas para mais informações.

A primeira edição de *O livro da Selva* continha ilustrações de John Lockwood Kipling, William Henry Drake e Paul Frenzeny, sendo que as dos dois últimos surgiram originalmente nas publicações dos contos em periódicos. John Lockwood Kipling foi o único ilustrador da primeira edição de *O segundo livro da Selva*.

A edição "Outward Bound" de 1897 de *Os livros da Selva* incorpora "No *Rukh*" como o último conto da saga de Mowgli e reorganiza os contos em duas partes (veja também a nota 58 da Introdução). *O livro da Selva* dessa edição contém todos os contos sobre Mowgli na seguinte ordem, acompanhando cronologicamente a transformação de Mowgli de criança em adulto: "Os irmãos de Mowgli", "A caçada de Kaa", "Como surgiu o medo", "Tigre! Tigre!", "A invasão da Selva", "O *ankus* do rei",

"Cão vermelho", "A corrida de primavera" e "No *Rukh*"; essa organização dos contos de Mowgli foi adotada em *All the Mowgli Stories* (1933). Em *O segundo livro da Selva*, todos os outros contos foram incluídos na seguinte ordem: "'Rikki-Tikki-Tavi'", "A foca branca", "Toomai dos elefantes", "Quiquern", "Os necrófagos", "O milagre de Purun Bhagat" e "Servos de Sua Majestade". Essa organização também foi usada na *Sussex Edition*, exceto que esta exclui "No *Rukh*" da parte 1 de *Os livros da Selva*. (Na *Sussex Edition*, "No *Rukh*" foi incluído no volume 5, *Many Inventions*).

Os manuscritos de Kipling de *Os livros da Selva* estão na British Library com instruções severas, dizendo que não devem ser usados para cotejo com nenhuma edição publicada. O manuscrito de uma peça de Kipling intitulada *The Jungle Play* foi descoberto há comparativamente pouco tempo e publicado pela primeira vez em 2001. Baseada livremente nos contos de Mowgli de *Os livros da Selva*, a peça foi escrita em torno de 1900-1, "evidentemente com a intenção séria de ser encenada e publicada, e então guardada e esquecida durante um século" (Thomas Pinney, "Introduction", em Rudyard Kipling, *The Jungle Play*. Londres: Penguin Classics, 2001, p. ix).

Os livros da Selva

O LIVRO DA SELVA

Prefácio

As demandas feitas por uma obra desta natureza alinhadas à generosidade dos especialistas são muito numerosas, e o organizador deixaria de ter qualquer direito ao tratamento grandioso que recebeu se não estivesse disposto a reconhecer suas dívidas da maneira mais ampla possível.

Seus agradecimentos são devidos em primeiro lugar ao erudito e provecto Bahadur Shah, elefante carregador de bagagem número 174 no Registro Indiano que, com a ajuda de sua adorável irmã Pudmini,[1] teve a grande cortesia de fornecer a história de "Toomai dos elefantes" e boa parte das informações contidas em "Servos da rainha". As aventuras de Mowgli foram coletadas em diferentes períodos e em diversos lugares de uma multidão de informantes, a maioria dos quais deseja preservar o mais estrito anonimato. Mas, tanto tempo depois, o organizador sente que pode ter a liberdade de agradecer a um cavalheiro hindu da velha pedra, um estimado residente da parte mais alta de Jakko, por sua avaliação convincente, ainda que um pouco mordaz, das características nacionais de sua casta — os *presbytes*.[2] O porco-espinho Sahi — um sábio de infinitos recursos e destreza — um lobo que foi membro da recém-desfeita Alcateia de Seeonee e um urso que é um artista muito conhecido na maior parte das feiras locais do Sul da Índia, onde a dança que faz amordaçado e guiado por seu dono atrai a juventude, a beleza e a cultura de muitas aldeias, contribuíram com dados valiosos sobre pessoas, modos e hábitos.[3] Usei-os livremente nos contos "Tigre! Tigre!", "A caçada de Kaa" e "Os irmãos de Mowgli". Pelo esboço de "'Rikki-Tikki-Tavi'", o organizador deve muito a um dos mais importantes herpetólogos do Norte da Índia, um investigador destemido e independente que, resolvido "não a viver, mas a saber", há pouco sacrificou a vida aplicando-se excessivamente ao estudo de *Thanatophidia* oriental.[4] Um oportuno acidente de viagem permitiu que o organizador, quando estava no navio *Empress of India*,[5] pudesse prestar um pequeno favor a outro viajante.[6] Quão rico foi o pagamento que recebeu por seus parcos serviços é algo que os leitores de "A foca branca" poderão julgar por si próprios.

Os irmãos de Mowgli*

Chil,[1] *o Abutre, traz a noite*
Pelo Morcego Mang[2] *libertada*
Os rebanhos estão nos seus cercados
Pois nós ficamos soltos até a madrugada
Essa é a hora do orgulho e da força
De garras e presas sobre a relva
Ouça o chamado! Boa caçada a todos!
Que seguem a Lei da Selva.

"Canção noturna da Selva"

Eram sete horas de uma noite bem quente nas colinas Seeonee[3] quando Pai Lobo acordou do descanso do dia, coçou-se, bocejou e espalmou primeiro uma pata, depois a outra, para espantar a sonolência na ponta dos dedos. Mãe Loba estava deitada com o enorme focinho cinza ao lado dos quatro filhotes que guinchavam e caíam uns sobre os outros, e a lua brilhava na boca da caverna onde eles todos moravam. "Argh!", disse Pai Lobo, "está na hora de caçar outra vez"; e ele já ia descer a colina aos pulos quando uma pequena sombra com uma cauda felpuda cruzou a entrada e gemeu: "Que a boa sorte te acompanhe, ó Chefe dos Lobos; e que a boa sorte e dentes brancos e fortes acompanhem as nobres crianças, para que elas nunca esqueçam os famintos deste mundo".

Era o Chacal — Tabaqui, o Lambe-Pratos[4] —, e os lo-

* Publicado pela primeira vez na revista *St. Nicholas* em janeiro de 1894 com ilustrações de W. H. Drake.

bos da Índia desprezam Tabaqui porque ele vai para todo o lado causando confusão, contando mentiras e comendo farrapos e pedaços de couro dos montes de lixo nas aldeias. Mas também o temem, pois Tabaqui, mais do que qualquer outro ali na Selva, tem ataques de loucura, quando esquece que já teve medo de qualquer um e corre pela floresta mordendo tudo o que vê pela frente. Até o tigre foge e se esconde quando o pequeno Tabaqui enlouquece, porque a loucura é a coisa mais vergonhosa que pode acontecer com um animal selvagem. Nós a chamamos de hidrofobia, mas eles chamam de *dewanee*[5] — a loucura — e correm dela.

"Então entra e vê", disse Pai Lobo, com frieza, "mas não há nenhuma comida aqui."

"Para um lobo, não", disse Tabaqui, "mas para alguém tão miserável quanto eu, um osso duro é um festim. Quem somos nós, o *Gidur-log* [o Povo dos Chacais],[6] para ficar escolhendo?" Ele foi depressa até os fundos da caverna, onde encontrou o osso de um cervo com um resto de carne, e ficou ali, roendo alegremente a ponta.

"Muito obrigado por essa boa refeição", disse Tabaqui, lambendo os beiços. "Como são lindas as nobres crianças! Como são grandes seus olhos! E, além disso, tão jovens! De fato, de fato, eu devia ter lembrado que os filhos de reis são homens desde pequenos."

Ora, Tabaqui sabia tão bem quanto qualquer um que não há nada mais azarento que elogiar crianças na presença delas; e ele ficou feliz ao ver Mãe Lobo e Pai Lobo constrangidos.

Tabaqui ficou parado, desfrutando da confusão que causara, e então disse com maldade:

"Shere Khan,[7] o Grande, mudou de campo de caça. Irá caçar nessas colinas pela próxima lua, foi o que me disse."

Shere Khan era o tigre que morava perto do rio Waingunga,[8] a trinta quilômetros de distância.

"Ele não tem o direito!", disse Pai Lobo com raiva. "Pela Lei da Selva, não tem o direito de mudar de paragens sem avisar. Vai assustar toda a caça num raio de quinze quilômetros e eu... eu tenho tido que matar por dois nos últimos tempos."

"A mãe dele não lhe deu o nome de Lungri[9] [o Manco] sem motivo", disse Mãe Loba com um ar grave. "Ele manca de uma pata desde que nasceu. É por isso que só mata gado. Agora, os aldeões do Waingunga estão com raiva de Shere Khan, e ele veio para cá para deixar *os nossos* aldeões com raiva. Vão procurá-lo na Selva toda quando já estiver bem longe, e nós e nossos filhos teremos que correr quando a mata estiver em brasa. Realmente, somos muito gratos a Shere Khan!"

"Devo falar de tua gratidão para ele?", perguntou Tabaqui.

"Fora!", gritou Pai Lobo. "Vai caçar com teu mestre.[10] Já fizeste muito mal por uma noite."

"Irei", disse Tabaqui, sério. "Podem ouvir Shere Khan lá embaixo nos arbustos. Eu nem precisava ter trazido a mensagem."

Pai Lobo apurou os ouvidos e, no vale lá embaixo,[11] que dava para um riachinho, ouviu o rugido seco, furioso e monótono de um tigre que não pegou nada e não se importa se a Selva inteira ficar sabendo disso.

"Que tolo!", disse Pai Lobo. "Começar o trabalho de uma noite com tanto barulho! Por acaso ele acha que nossos cervos são como os bois gordos de Waingunga?"

"Psiu. Não é nem boi nem cervo que ele está caçando esta noite", disse a Mãe Loba. "É o Homem." O grunhido havia se transformado numa espécie de ronronar que parecia vir dos quatro cantos do mundo. Esse é o barulho que atordoa os lenhadores e ciganos que dormem ao ar livre e às vezes os faz correr para dentro da boca do tigre.

"Homem!", disse Pai Lobo, mostrando todos os seus dentes brancos. "Ora! Será que não há besouros e rãs suficientes nos charcos para esse tigre? Ele tem que comer homens, e ainda por cima nas nossas terras?"

A Lei da Selva, que nunca dita nada sem que haja motivo, proíbe qualquer fera de comer um homem, exceto quando ele está matando para mostrar aos seus filhos como matar, ocasião em que tem de caçar fora dos campos de caça de sua alcateia ou da tribo. A verdadeira razão para isso é que matar homens, mais cedo ou mais tarde, significa a chegada de homens brancos em elefantes, com armas, e de centenas de homens morenos com gongos, bombas e chicotes. Então, todos na floresta sofrem. A razão que as feras admitem entre si é o fato de que o homem é o mais fraco e indefeso dos seres e não seria justo atacá-lo. Elas também dizem — e é verdade — que os comedores de homens ficam sarnentos[12] e perdem os dentes.

O ronronar ficou mais forte e se transformou no sonoro "Aargh!" que o tigre emite quando ataca.

Então se ouviu um uivo — um uivo nada tigresco — vindo de Shere Khan.

"Ele errou o bote", disse Mãe Loba. "O que houve?"

Pai Lobo deu alguns passos e ouviu Shere Khan murmurando e tartamudeando furiosamente conforme rolava nos arbustos.

"O tolo cometeu a estupidez de pular sobre a fogueira de um acampamento de lenhadores e queimou os pés", disse Pai Lobo com um grunhido. "Tabaqui está com ele."

"Algo está subindo a colina", disse Mãe Loba, levantando uma orelha. "Prepara-te."

Os arbustos farfalharam em meio à mata e Pai Lobo abaixou as patas de trás, pronto para o pulo. Então, se você estivesse olhando, teria visto a coisa mais incrível do mundo — um lobo que desiste no meio do bote. Ele disparou antes de ver sobre o que estava pulando e depois tentou frear. O resultado foi que deu um salto de pouco mais de um metro para cima, aterrissando quase no mesmo ponto de onde saíra.

"Um homem!", gritou. "Um filhote de homem. Olha!"

Logo diante dele, segurando-se num galho baixo, estava um bebê moreno e nu que mal havia aprendido a andar — a coisinha mais macia e gorducha que já entrou numa caverna de lobos à noite. Ele encarou Pai Lobo e deu uma risada.

"Isso é um filhote de homem?", perguntou Mãe Loba. "Nunca vi um. Traz aqui."

Um lobo que está acostumado a carregar os próprios filhotes pode, se necessário, pegar um ovo na boca sem quebrá-lo, e, embora as mandíbulas de Pai Lobo tenham envolvido as costas do menino, nenhum dente sequer lhe arranhou a pele quando ele foi posto entre os lobinhos.

"Como é pequeno! Como é pelado e... como é valente!", disse Mãe Loba com carinho. O bebê estava empurrando os filhotes para se aproximar de seu pelo quente. "Ora! Ele está se alimentando com os outros. Então isso é um filhote de homem. Agora, já houve outro lobo que podia se gabar de ter um filhote de homem entre sua cria?"

"Já ouvi falar disso algumas vezes, mas nunca aconteceu em nossa Alcateia ou desde que eu nasci", disse Pai Lobo. "Ele é completamente sem pelo e eu poderia matá-lo tocando-o com a pata. Mas, olha, ele ergue o rosto sem medo."

A luz da lua foi bloqueada na entrada da caverna, pois o enorme quadrado formado pela cabeça e pelos ombros de Shere Khan estava enfiado ali. Tabaqui, atrás dele, guinchava: "Senhor, senhor, ele entrou aqui!".

"Shere Khan nos honra com tua presença", disse Pai Lobo, mas havia muita raiva em seus olhos. "O que Shere Khan deseja?"

"Minha presa. Um filhote de homem correu para cá", disse Shere Khan. "Os pais dele fugiram. Me dá o menino."

Como dissera Pai Lobo, Shere Khan havia pulado sobre a fogueira de um acampamento de lenhadores, e estava furioso devido à dor nas patas queimadas. Mas Pai Lobo sabia que a boca da caverna era estreita demais para um tigre entrar. Mesmo na altura em que estava, Shere Khan tinha os ombros e as patas da frente apertados, como um homem ficaria se tentasse lutar dentro de um barril.

"Os lobos são um povo livre", disse Pai Lobo. "Eles recebem ordens do Chefe da Alcateia, e não de um matador de gado listrado. O Filhote de Homem é nosso — nós o mataremos se quisermos."

"Se quiserem, se não quiserem! Que história é essa de querer? Pelo touro que matei, preciso ficar aqui com o focinho enfiado nessa toca de cachorro para exigir o que é meu por direito? Sou eu, Shere Khan, quem fala!"

O rugido do tigre tomou a caverna como um trovão. Mãe Loba sacudiu os filhotes do pelo e pulou para a frente com olhos que eram como duas luas verdes na escuridão encarando os olhos faiscantes de Shere Khan.

"E sou eu, Raksha[13] [A Demônia], quem responde. O Filhote de Homem é meu, Lungri — meu, só meu! Ele não será morto. Viverá para correr com a Alcateia e caçar com a Alcateia; e no fim, vê bem, caçador de filhotinhos nus... comedor de sapos... matador de peixes... ele caçará a *ti*! Agora some daqui ou, pelo sambhur[14] que matei (pois não como bois famintos), tu voltarás para perto de tua mãe, fera queimada da selva, ainda mais manco do que vieste ao mundo! Vai!"

Pai Lobo olhou-a perplexo. Ele quase havia esquecido da época em que ganhara Mãe Loba numa briga justa com cinco outros lobos, nos dias em que ela corria com a Alcateia e não era chamada de A Demônia à toa. Shere Khan talvez pudesse ter enfrentado Pai Lobo, mas não conseguiria fazer frente à Mãe Loba, pois sabia que ali ela tinha todas as vantagens do terreno e lutaria até a morte. Por isso, ele saiu rugindo da caverna e, quando estava lá fora, gritou:

"Cada cão ladra no próprio quintal! Vamos ver o que a Alcateia vai dizer dessa história de criar filhotes de homem. O filhote é meu e vai acabar nos meus dentes, ó ladrões de cauda felpuda!"

Mãe Loba deitou ofegante em meio aos filhotes e Pai Lobo disse a ela gravemente:

"Shere Khan tem razão nisso. O filhote terá de ser mostrado à Alcateia. Mesmo assim o queres, Mãe?"

"Querer!", exclamou ela. "Ele chegou nu, à noite, sozinho e muito faminto; mas não teve medo! Olha, ele já tomou o lugar de um dos meus bebês. E aquele carniceiro manco queria matá-lo para depois fugir para o Waingunga enquanto os aldeões invadiam nossos covis atrás de vingança! Se eu o quero? Sem dúvida que o quero. Fica quieto, rãzinha. Tu, Mowgli — pois de Mowgli, a Rã,[15] eu te chamarei —, tu um dia vais caçar Shere Khan como ele te caçou."

"Mas o que dirá a Alcateia?", perguntou Pai Lobo.

A Lei da Selva diz muito claramente que qualquer lobo pode, quando se casar, se afastar da alcateia à qual pertence; mas, assim que seus filhotes tiverem idade para ficar em pé, ele deve levá-los ao Conselho da Alcateia, que em geral acontece uma vez por mês na lua cheia, para que os outros lobos possam identificá-los. Depois dessa inspeção, os filhotes ficam livres para correr por onde quiserem e, até que cacem seu primeiro cervo, nenhuma desculpa é aceita se um lobo adulto da Alcateia matar um deles. Se o assassino puder ser encontrado, a pena é de morte; e, se você parar para pensar, vai ver que tem de ser assim mesmo.

Pai Lobo esperou até que seus filhotes conseguissem correr um pouco e então, na noite da reunião da Alcateia, foi com eles, Mowgli e Mãe Loba para a Pedra do Conselho — o topo de uma colina coberto por rochas e pedras onde cem lobos poderiam se esconder, se necessário. Akela,[16] o enorme e cinza Lobo Solitário, que liderava toda a Alcateia por ser o mais forte e mais esperto, estava esparramado sobre sua pedra e, abaixo dele, havia quarenta ou mais lobos de todos os tamanhos e cores, de veteranos cinzentos que conseguiam matar um cervo sozinhos até jovens pretos de três anos que pensavam poder fazer o mesmo. O Lobo Solitário já era o líder havia um ano.

Na juventude, caíra duas vezes em armadilhas, e uma vez foi espancado até acreditarem que estava morto; por isso, conhecia as maneiras e os hábitos dos homens. Pouco se falava na Pedra. Os filhotes caíam uns sobre os outros no centro do círculo onde suas mães e pais estavam e, de tempos em tempos, um lobo adulto se aproximava em silêncio de um deles, observava-o cuidadosamente e voltava para o seu lugar. Às vezes, uma das mães empurrava seu filhote para que ele fosse bem iluminado pelo luar e não deixasse de ser visto. Akela, de sua pedra, dizia: "Vós conheceis a Lei... vós conheceis a Lei. Olhai bem, ó lobos!". E as mães ansiosas o imitavam: "Olhai! Olhai bem, ó lobos!".

Afinal — e os pelos do pescoço de Mãe Loba se eriçaram quando o momento chegou —, Pai Lobo empurrou "Mowgli, a Rã", como eles o chamavam, até o centro, onde ele ficou sentado rindo e brincando com alguns pedregulhos que brilhavam ao luar.

Akela nem ergueu a cabeça, continuando com seu aviso monótono: "Olhai bem!". Um rugido abafado veio de trás das pedras — a voz de Shere Khan dizendo: "O filhote é meu. Dai-o a mim. O que o Povo Livre tem a ver com um filhote de homem?". Akela nem balançou as orelhas; só o que disse foi: "Olhai bem, ó lobos! O que o Povo Livre tem a ver com as ordens de qualquer um que não é do Povo Livre? Olhai bem!".

Ouviu-se um coro de grunhidos graves e um jovem lobo de quatro anos repetiu a pergunta de Shere Khan para Akela: "O que o Povo Livre tem a ver com um filhote de homem?". Bem, a Lei da Selva dita que, se houver qualquer dúvida em relação ao direito de um filhote de ser aceito pela Alcateia, ele deve ser defendido por pelo menos dois membros que não sejam seu pai e sua mãe.

"Quem defende esse filhote?", disse Akela. "Membros do Povo Livre, quem fala?" Não houve resposta e Mãe Loba se preparou para o que sabia que seria sua última briga, caso a briga começasse.

Então, o único outro bicho cuja presença é permitida no Conselho da Alcateia — Baloo,[17] o sonolento Urso--Pardo que ensina a Lei da Selva aos lobinhos: o velho Baloo, que pode ir aonde quiser porque come apenas nozes, raízes e mel, ergueu-se nas patas traseiras e grunhiu.

"O Filhote de Homem... o Filhote de Homem?", disse ele. "*Eu* defendo o Filhote de Homem. Um filhote de homem não representa nenhum perigo. Eu não tenho o dom da palavra, mas falo a verdade. Deixai que ele corra com a Alcateia e que seja iniciado com os outros. Eu mesmo o ensinarei."

"Precisamos de mais um", disse Akela. "Baloo falou e ele é o professor dos filhotes. Quem fala além de Baloo?"

Uma sombra negra surgiu no meio do círculo. Era Bagheera,[18] a Pantera-Negra, que tinha o corpo todo cor de ébano, mas cujas pintas de leopardo ficavam visíveis em algumas luzes como as marcas do moiré. Todos conheciam Bagheera e ninguém gostava de desagradá-lo; pois ele era tão esperto quanto Tabaqui, tão valente quanto o búfalo selvagem e tão destemido quanto o elefante ferido. Mas tinha uma voz tão suave quanto mel silvestre pingando de uma árvore e uma pele mais macia que as plumas de uma ave.

"Ó Akela e vós do Povo Livre", ronronou Bagheera. "Não tenho direito de falar na tua assembleia; mas a Lei da Selva diz que, se houver uma dúvida que não for questão de morte em relação a um filhote, a vida do filhote pode ser comprada por um preço. E a lei não diz quem pode ou não pode pagar o preço. Estou certo?"

"Muito bem! Muito bem!", disseram os jovens lobos, que estão sempre com fome. "Ouçamos Bagheera. O filhote pode ser comprado por um preço. É a lei."

"Sabendo que não tenho direito de falar aqui, peço vossa permissão."

"Fala, então!", disseram vinte vozes diferentes.

"Matar um filhote pelado é uma vergonha. Além disso, ele talvez dê uma presa mais interessante quando for adulto. Baloo falou em sua defesa. Agora, à palavra de Baloo, eu acrescento um touro, e um touro gordo, morto há pouco, a menos de um quilômetro daqui, se aceitais o Filhote de Homem de acordo com a lei. Há dificuldade?"

Surgiu um burburinho de vozes que diziam: "De que importa? Ele vai morrer nas chuvas de inverno. Ele vai queimar ao sol. Que mal uma rã pelada pode nos fazer? Deixai-o correr com a Alcateia. Onde está o touro, Bagheera? Vamos aceitá-lo". E então ressurgiu o ladrar de Akela, dizendo: "Olhai bem! Olhai bem, ó Lobos!".

Mowgli ainda estava profundamente interessado nas pedrinhas e não notou quando os lobos vieram um por um olhá-lo. Afinal, todos desceram a colina na direção do touro morto e apenas Akela, Bagheera, Baloo e os lobos de Mowgli ficaram. Os rugidos de Shere Khan ainda cortavam a noite, pois ele estava com muita raiva por Mowgli não lhe ter sido entregue.

"Sim, rosna bem", disse Bagheera para os próprios bigodes. "Chegará o dia em que essa coisinha pelada te fará rosnar em outro tom, ou eu não conheço os homens."

"Foi bem feito", disse Akela. "Os homens e seus filhotes são muito sábios. Talvez ele nos ajude um dia."

"De fato, ele poderá ser uma ajuda na necessidade; pois ninguém espera liderar a Alcateia para sempre", disse Bagheera.

Akela não disse nada. Estava pensando no momento que acontece para o líder de toda Alcateia, quando ele perde sua força e fica mais e mais frágil, até que enfim é morto e surge um novo líder — que, por sua vez, será morto também.

"Leva-o daqui", disse ele a Pai Lobo, "e treina-o como é apropriado para um membro do Povo Livre."

E foi assim que Mowgli entrou na Alcateia de Seeonee pelo preço de um touro e pela palavra de honra de Baloo.

Agora você não deve se incomodar em pular dez ou doze anos inteiros e apenas imaginar a vida maravilhosa que Mowgli levou com os lobos, pois se alguém fosse contá-la, ela daria muitos livros. Ele foi criado com os filhotes, embora eles, é claro, já fossem lobos adultos quando Mowgli mal deixara de ser um bebê, e Pai Lobo lhe ensinou tudo o que sabia e o significado das coisas da Selva, até que cada farfalhar da mata, cada sopro do vento morno da noite, cada nota cantada pelas corujas lá em cima, cada arranhão da garra de um morcego que descansava um pouco numa árvore e cada mergulho de cada peixinho pulando no lago significava tanto para Mowgli quanto significa para um executivo importante o trabalho de seu escritório. Quando não estava aprendendo, ele sentava sob o sol e dormia, comia e depois voltava a dormir; quando se achava sujo ou sentia calor, nadava nos lagos da Selva; e quando queria mel (Baloo lhe ensinara que mel e nozes eram tão gostosos de comer quanto carne crua), subia nas árvores para pegar, algo que Bagheera lhe mostrara como fazer. Bagheera deitava num galho e dizia: “Anda logo, Irmãozinho”, e, no início, Mowgli ficava pendurado como uma preguiça, mas depois passou a se jogar de um galho para o outro quase com a mesma destreza que um macaco. Ele também passou a ter um lugar na Pedra do Conselho, onde a Alcateia se encontrava, e lá descobriu que se encarasse fixamente qualquer lobo, este se via forçado a baixar os olhos. Por isso, começou a encarar os lobos para se divertir. Às vezes, Mowgli catava espinhos longos das patas dos amigos, pois os lobos sofrem muito com espinhos e com carrapichos que prendem no pelo. À noite ele descia a colina até os campos cultivados e olhava com grande curiosidade os aldeões dormindo nos casebres, mas não tinha nenhuma confiança nos homens, pois Bagheera lhe mostrara uma caixa quadrada com um portão guilhotina escondida com tanta esperteza na Selva que Mowgli quase havia sido pego por ela, e lhe explicara que aquilo era uma armadilha. O que mais amava fazer era ir com Bagheera até o coração cálido da floresta, dormir durante todo o sonolento dia e, à noite, ver como a pantera matava. Bagheera matava a torto e a direito conforme sentia fome e Mowgli o imitava — com uma exceção. Assim que ele já tinha idade para compreender, Bagheera lhe disse que não deveria nunca comer gado, pois sua entrada na Alcateia fora comprada pelo preço da vida de um touro. "Toda a Selva é tua", disse Bagheera, "e tu podes matar tudo que tiver força o suficiente para matar; mas em honra do touro que te comprou, não deves nunca matar ou comer nenhum gado, jovem ou velho.[19] Essa é a Lei da Selva." Mowgli obedeceu fielmente.

E ele cresceu e ficou forte, como acontece com qualquer menino que nem percebe estar aprendendo tantas lições e que não precisa pensar em nada além da próxima refeição.

Mãe Loba lhe dissera algumas vezes que não se podia confiar em Shere Khan e que um dia ele teria que matá-lo; mas, enquanto um jovem lobo teria se lembrado desse conselho uma vez por hora, Mowgli esqueceu-o, pois era apenas um menino — embora fosse um menino que teria dito ser um lobo se soubesse falar qualquer língua humana.

Shere Khan sempre estava cruzando com Mowgli na Selva, pois, conforme Akela foi ficando mais velho e mais fraco, o tigre foi se tornando grande amigo dos lobos mais jovens da Alcateia, que iam atrás dele para ficar com seus restos, algo que Akela jamais teria permitido se tivesse ousado exercer sua autoridade até onde devia. Assim, Shere Khan elogiava os lobos e perguntava por que caçadores tão bons se contentavam em ter como líderes um lobo moribundo e um filhote de homem. "Disseram-me", dizia Shere Khan, "que no Conselho não ousais olhá-lo nos olhos"; e os jovens lobos rugiam e eriçavam os pelos.

Bagheera, que tinha olhos e ouvidos por toda parte, sabia um pouco sobre isso e mais de uma vez disse claramente a Mowgli que Shere Khan o mataria um dia desses; mas Mowgli ria e respondia: "Tenho a Alcateia e tenho a ti; e Baloo, apesar de ser tão preguiçoso, talvez dê um ou dois socos por mim. Por que eu deveria ter medo?".

Foi num dia muito quente que Bagheera teve uma ideia — que nasceu depois de ele ouvir algo. Talvez tenha sido Sahi,[20] o Porco-Espinho, quem lhe contou; seja como for, quando ele e Mowgli estavam nas profundezas da Selva, a pantera disse para o menino, que tinha a cabeça apoiada sobre seu lindo pelo negro: "Irmãozinho, quantas vezes eu te disse que Shere Khan é teu inimigo?".

"Tantas vezes quanto há nozes-de-areca naquela palmeira", disse Mowgli que, naturalmente, não sabia contar. "E daí? Estou com sono, Bagheera, e Shere Khan balança a cauda e fala muito, mais nada — que nem Mor, o Pavão."[21]

"Mas isso não é hora de dormir. Baloo sabe disso; eu sei; a Alcateia sabe; e até os cervos, tão tolos, sabem. Tabaqui também já te disse."

"Ho! Ho!", disse Mowgli. "Tabaqui veio para mim há pouco tempo com uma conversa mal-educada de que eu era um filhote pelado de homem e não servia nem para cavar raiz; mas eu peguei Tabaqui pelo rabo e atirei-o duas vezes contra uma palmeira para ele aprender a ter modos."

"Isso foi uma tolice; pois, embora Tabaqui goste de criar confusão, ele teria te dito algo que é do teu grande interesse. Abre esses olhos, Irmãozinho. Shere Khan não ousa te matar na Selva;[22] mas lembra, Akela é muito velho, e logo chegará o dia em que ele não vai mais conseguir matar um cervo e deixará de ser líder. Muitos dos lobos que te olharam quando foste levado ao Conselho estão velhos também, e os jovens lobos acreditam, pois Shere Khan assim lhes disse, que um filhote de homem não tem lugar na Alcateia. Em pouco tempo, tu serás um homem."

"E o que é um homem se não pode correr com seus irmãos?", perguntou Mowgli. "Eu nasci na Selva. Obedeço à Lei da Selva e não há nenhum lobo dos nossos de cuja pata não tirei um espinho. Não há dúvida de que eles são meus irmãos!"

Bagheera se esticou todo e semicerrou os olhos. "Irmãozinho", disse ele, "passa a mão embaixo do meu queixo."

Mowgli esticou a mão morena e forte e, logo abaixo do queixo sedoso de Bagheera, onde os gigantescos músculos protuberantes estavam todos ocultos por pelos brilhantes, encontrou um pedacinho de pele careca.

"Não há ninguém na Selva que saiba que eu, Bagheera, tenho essa marca — a marca da coleira; mas eu, Irmãozinho, nasci em meio aos homens, e foi em meio aos homens que minha mãe morreu — nas jaulas do Palácio do Rei em Oodeypore.[23] Foi por causa disso que paguei o preço por ti no Conselho quando eras um filhotinho pelado. Sim, também nasci em meio aos homens. Nunca tinha visto a Selva. Eles me alimentavam com um pote de ferro que punham entre as barras, até uma noite em que senti que era Bagheera — a Pantera — e não um brinquedo de homem, e quebrei aquele cadeado bobo com um golpe da minha pata e fugi; e, como eu havia aprendido os costumes dos homens, me tornei mais terrível na Selva que Shere Khan. Não é verdade?"

"Sim", disse Mowgli. "Toda a Selva teme Bagheera — todos, exceto Mowgli."

"Ah, tu és *mesmo* um filhote de homem", disse a Pantera-Negra com muito carinho; "e, da mesma maneira como eu voltei à minha Selva, tu deverás voltar a viver com os homens no fim — a viver com os homens que são teus irmãos —, se não fores morto no Conselho."

"Mas por quê? Por que alguém ia querer me matar?", perguntou Mowgli.

"Olha para mim", disse Bagheera, e Mowgli olhou-o fixamente nos olhos. A grande pantera desviou a cabeça em meio minuto.

"Por *isso*", disse ele, remexendo as folhas com a pata. "Nem eu posso te olhar nos olhos, e nasci em meio aos homens e te amo, Irmãozinho. Os outros te odeiam porque os olhos deles não podem encarar os teus; porque és sábio; porque tiraste os espinhos dos pés deles — porque és um homem."

"Eu não sabia dessas coisas", disse Mowgli, emburrado; e franziu as sobrancelhas negras e espessas.

"Qual é a Lei da Selva? Ataca primeiro e anuncia depois. É por teu descuido que eles sabem que és um homem. Mas sê sábio. Meu coração me diz que quando Akela errar sua próxima presa — e a cada caçada lhe custa mais dominar o cervo —, a Alcateia se voltará contra ele e contra ti. Eles farão um Conselho da Selva na Pedra e então... e então... já sei!", disse Bagheera com um salto. "Vai rápido até os casebres dos homens no vale e pega um pouco da Flor Vermelha que eles plantam lá, pois assim, quando chegar a hora, poderás ter um amigo mais forte ainda que eu, Baloo ou aqueles da Alcateia que te amam. Pega a Flor Vermelha."

Flor Vermelha, para Bagheera, queria dizer fogo, só que nenhuma criatura da Selva chama o fogo pelo nome certo. Todas as feras têm um medo mortal dele e inventam cem maneiras de descrevê-lo.

"A Flor Vermelha?", repetiu Mowgli. "Aquela que cresce do lado de fora dos casebres à noite? Pegarei."

"Disse o Filhote de Homem", disse Bagheera, orgulhoso. "Lembra que ela cresce em vasinhos. Pega uma depressa e fica sempre com ela para quando precisares."

"Muito bem!", disse Mowgli. "Eu vou. Mas tens certeza, ó querido Bagheera", perguntou ele, envolvendo o esplêndido pescoço da pantera com um dos braços e olhando bem nos olhos dele, "de que Shere Khan é o culpado?"

"Pelo cadeado quebrado que me libertou, tenho certeza, Irmãozinho."

"Então, pelo touro que me comprou, farei Shere Khan pagar por tudo isso e mais um pouco", disse Mowgli; e saiu aos pulos.

"Isso é um homem. Isso é bem um homem", disse Bagheera de si para si, deitando-se de novo. "Ó, Shere Khan, nenhuma caçada jamais foi tão perversa quanto aquela em que caçaste essa rã dez anos atrás!"

Mowgli já havia atravessado boa parte da floresta, correndo a toda, com o coração em brasa no peito. Ele chegou à caverna quando a bruma da tarde estava se dissipando, respirou fundo e olhou para o vale lá embaixo. Os filhotes tinham saído, mas Mãe Loba, que estava ali no fundo, soube pela respiração dele que algo estava preocupando sua rã.

"O que foi, filho?", perguntou ela.

"Uma conversa de morcego de Shere Khan", disse Mowgli por cima do ombro. "Esta noite vou caçar nos campos arados." E ele mergulhou nos arbustos e desceu a colina até chegar ao rio que passava pelo vale. Lá estacou, pois ouviu o alarido da Alcateia caçando, ouviu o grito do sambhur sendo caçado e o resfolego do cervo sendo perseguido. Então surgiram rugidos amargos e cheios de maldade vindos dos jovens lobos: "Akela! Akela! Que o Lobo Solitário mostre sua força! Abri caminho para o líder da Alcateia! Pula, Akela!"

O Lobo Solitário deve ter pulado e não conseguido agarrar a presa, pois Mowgli ouviu seus dentes se fechando e um guincho quando o sambhur o derrubou com a pata da frente.

Ele não esperou para ouvir mais nada e seguiu em frente; e os gritos foram ficando mais fracos conforme foi se aproximando dos campos onde os aldeões viviam.

"Bagheera falou a verdade", disse ele, ofegante, ao se aninhar num monte de feno que estava perto da janela de um casebre. "Amanhã, vai ser decidido o destino de Akela e o meu."

Então ele enfiou o rosto pela janela e observou o fogo na lareira. Viu a esposa do lavrador se levantar e alimentar o fogo no meio da noite com bolotas pretas; e, quando a manhã chegou e as brumas estavam brancas e frias, viu o Filhote de Homem pegar um pote de vime com o interior de barro, enchê-lo de bolotas de carvão em brasa, enfiá-lo sob a coberta que o envolvia e sair para cuidar das vacas no estábulo.

"Só isso?", disse Mowgli. "Se um filhote consegue, então não há por que ter medo"; assim, ele saiu de trás da casa, postou-se diante do menino, tirou o pote da mão dele e desapareceu em meio à bruma enquanto o outro uivava de medo.

"Eles são muito parecidos comigo", disse Mowgli soprando dentro do pote como tinha visto a mulher fazer. "Esta coisa vai morrer se eu não a alimentar"; e ele jogou galhos e pedaços de tronco seco em cima da coisa vermelha. Quando estava na metade da subida da colina, encontrou Bagheera com o orvalho da manhã brilhando como joias sobre o pelo.

"Akela errou o bote", disse a pantera. "Eles o teriam matado ontem à noite, mas precisam da tua presença. Estavam te procurando na colina."

"Eu estava nos campos arados. Estou pronto. Vê?" Mowgli ergueu o pote do fogo.

"Muito bem! Eu já vi homens enfiando um galho seco dentro desse negócio e logo a Flor Vermelha desabrochou na ponta dele. Não estás com medo?"

"Não. Por que deveria? Agora me lembro — se é que não foi um sonho — como, antes de ser lobo, eu ficava deitado ao lado da Flor Vermelha e era quente e agradável."

Mowgli passou o dia inteiro na caverna cuidando do pote do fogo e enfiando galhos secos lá dentro para ver o que acontecia com eles. Ele encontrou um galho que achou que iria servir e, no fim da tarde, quando Tabaqui veio até a caverna e lhe disse, com bastante grosseria, que devia ir à Pedra do Conselho, riu até fazer o chacal sair correndo. Então foi para o Conselho, ainda rindo.

Akela, o Lobo Solitário, estava deitado ao lado de sua

pedra para mostrar que a Alcateia estava sem líder e Shere Khan, com seu séquito de lobos comedores de restos, andava de um lado para o outro, sendo abertamente bajulado. Bagheera se deitou perto de Mowgli, que pôs o pote do fogo entre os joelhos. Quando estavam todos reunidos, Shere Khan começou a falar — algo que jamais teria ousado fazer quando Akela estava em seu auge.

"Ele não tem direito", sussurrou Bagheera. "Diz isso. Shere Khan é filho de um cão. Ele vai ficar com medo."

Mowgli ficou de pé num pulo. "Povo Livre", exclamou, "por acaso Shere Khan é o líder da Alcateia? O que tem um tigre a ver com nossa liderança?"

"Como ainda não há líder e me pediram para falar...", começou a dizer Shere Khan.

"Quem pediu?", perguntou Mowgli. "Por acaso somos *todos* chacais para adular esse assassino de gado? A liderança da Alcateia diz respeito somente a ela."

Vários lobos gritaram "Silêncio, Filhote de Homem!" e "Deixem-no falar. Ele segue nossa Lei"; e, afinal, os lobos mais velhos rugiram: "Que o Lobo Morto fale". Quando o líder de uma Alcateia erra o bote, ele é chamado de Lobo Morto enquanto estiver vivo, e nunca fica vivo por muito tempo.[24]

Akela ergueu a velha cabeça com ar de cansaço:

"Povo Livre e vós também, chacais de Shere Khan, há doze estações[25] eu vos levo até a caça e vos trago de volta e, durante todo esse tempo, ninguém caiu numa armadilha ou perdeu um membro. Agora, errei o bote. Vós sabeis como essa farsa foi planejada. Sabeis como me levaram até um cervo novo para mostrar a todos minha fraqueza. Foi bem feito. É vosso direito me matar aqui na Pedra do Conselho, agora. Portanto, eu pergunto, quem vem dar um fim à vida do Lobo Solitário? Pois é meu direito, pela Lei da Selva, que venha um a um."

Fez-se um longo silêncio, pois nenhum lobo queria brigar sozinho com Akela até a morte. Então Shere Khan rugiu: "Ora! O que temos nós a ver com esse tolo sem dentes? Ele está condenado à morte. É o Filhote de Homem que já viveu tempo demais. Povo Livre, ele foi minha presa desde o começo. Dai-o a mim. Estou cansado dessa tolice de homem lobo. Há dez anos que ele perturba a Selva. Dai o Filhote de Homem a mim, ou eu sempre caçarei aqui e não vos darei nem um osso. Ele é um homem, filho de um homem, e eu o odeio até a medula dos ossos!".

Mais da metade da Alcateia gritou: "Um homem! Um homem! O que um homem tem a ver conosco? Que ele vá para o seu lugar".

"E fazer com que todo o povo das aldeias se volte contra nós?", bradou Shere Khan. "Não. Dai-o a mim. Ele é um homem e nenhum de nós consegue olhá-lo nos olhos."

Akela ergueu a cabeça de novo e disse: "Ele comeu da nossa comida. Dormiu conosco. Encontrou caça para nós. Não violou nenhuma das regras da Lei da Selva".

"Além disso, paguei um touro para que ele fosse aceito. Um touro não vale grande coisa, mas a honra de Bagheera é algo pelo qual talvez valha a pena lutar", disse Bagheera em seu tom mais doce.

"Um touro pago há dez anos!", rosnou a Alcateia. "Quem liga para ossos de dez anos de idade?"

"Ou para uma promessa, não é?", disse Bagheera com os dentes brancos à mostra. "De que adianta ser o Povo Livre?"

"Nenhum filhote de homem pode correr com o Povo da Selva", uivou Shere Khan. "Dai-o a mim!"

"Ele é nosso irmão em tudo, menos em sangue", continuou Akela, "e quereis matá-lo aqui! De fato, eu já vivi demais. Alguns de vós sois comedores de gado e de outros ouvi dizer que, seguindo o exemplo de Shere Khan, se esgueiram na noite escura e roubam crianças nas portas dos casebres da aldeia. Portanto sei que sois covardes e é com covardes que falo. É certo que preciso morrer e que minha vida não tem valor, ou eu a ofereceria no lugar da vida do Filhote de Homem. Mas, pela honra da Alcateia — uma questão da qual, por não ter um líder, vós esquecestes —, prometo que, se deixardes o Filhote de Homem ir para o lugar dele, quando chegar minha hora de morrer, não mostrarei um dente para vós. Morrerei sem lutar. Isso poupará pelo menos três vidas da Alcateia. Mais que isso, não posso fazer; mas, se quiserdes, posso salvar-vos da vergonha de matar um irmão contra o qual não há acusações — um irmão defendido e de entrada comprada na Alcateia de acordo com a Lei da Selva."

"Ele é um homem! Um homem! Um homem!", rosnou a Alcateia; e a maioria dos lobos começou a se reunir em volta de Shere Khan, cuja cauda balançava de leve.

"Agora, está tudo nas tuas mãos", disse Bagheera para Mowgli. "*Nós* não podemos fazer nada exceto lutar."

Mowgli ficou em pé — com o pote do fogo nas mãos. Então se espreguiçou e bocejou na cara do Conselho; mas estava fervendo de fúria e tristeza, pois, à maneira dos lobos, os outros jamais haviam lhe dito o quanto o odiavam. "Muito bem!", disse ele. "Chega dessa tagarelice de cachorro. Vós me dissestes tantas vezes esta noite que sou um homem que, apesar de ter desejado ser um lobo ao vosso lado até o fim da minha vida, sinto que essas palavras são verdadeiras. Por isso, não vos chamo mais de irmãos, mas de *sag* [cães],[26] como um homem faria. O que fareis e o que não fareis não é decisão vossa. Isso *eu* decido; e, para que vejamos a questão com mais clareza, eu, o homem, trouxe um pouco da Flor Vermelha que vós cães temeis."

Ele atirou o pote do fogo no chão. Alguns dos carvões em brasa queimaram um tufo de musgo seco e todo o Conselho se afastou, horrorizado, das chamas que subiam.

Mowgli enfiou o galho seco no fogo até que ele acendeu e estalou, sacudindo-o acima da cabeça entre os lobos apavorados.

"Tu és o mestre", disse Bagheera baixinho. "Salva Akela da morte. Ele sempre foi teu amigo."

Akela, o velho lobo feroz que nunca tinha pedido piedade na vida, lançou um olhar suplicante a Mowgli, que estava ali completamente nu, com os longos cabelos negros caindo sobre os ombros à luz do galho em chamas que fazia as sombras pularem e estremecerem.

"Ótimo!", disse Mowgli, olhando em torno devagar.[27] "Estou vendo que sois cães. Irei embora para perto do meu povo — se é que eles são meu povo. A Selva se fechou para mim e devo esquecer vossa maneira de falar e vossa companhia; mas serei mais piedoso que vós. Como fui tudo, menos vosso irmão de sangue, prometo que, quando for um homem entre os homens, não vos trairei como fui traído." Ele chutou o fogo com o pé e as fagulhas voaram. "Não haverá guerra entre nós da Alcateia.[28] Mas eu tenho uma dívida a pagar antes de ir." Mowgli caminhou a passos firmes até onde estava Shere Khan, olhando estupidamente para as chamas, e pegou um tufo de pelos do queixo do tigre. Bagheera foi atrás, para o caso de acontecer algum acidente. "De pé, cão! Ponha-te de pé quando um homem fala, ou esses pelos ficarão em brasa!"

Shere Khan achatou as orelhas sobre a cabeça e fechou os olhos, pois o galho em chamas estava muito perto.

"Esse matador de gado disse que ia me matar no Conselho, pois não me matou quando eu era um filhote. É assim que batemos em cães quando somos homens. Move um bigode, Lungri, e eu te enfio a Flor Vermelha goela abaixo!" Mowgli bateu na cabeça de Shere Khan com o galho e o tigre ganiu e chorou, morrendo de medo.

"Pfft! Gato queimado! Vai! Mas lembra que da próxima vez que eu vier à Pedra do Conselho, como um homem, será com a pele de Shere Khan na cabeça. E quanto ao resto, Akela está livre para viver como quiser. Vós *não* o matareis, pois eu não quero. E também não quero que fiqueis mais aqui, com a língua de fora como se fôsseis importantes, em vez de serem cães que eu espanto — assim! Fora!" O fogo queimava furiosamente na ponta do galho e Mowgli sacudiu-o de um lado a outro no círculo, fazendo os lobos saírem correndo e uivando com as fagulhas queimando o pelo. Afinal, sobraram apenas Akela, Bagheera e cerca de dez lobos que haviam ficado do lado de Mowgli. Então Mowgli sentiu uma dor por dentro diferente de tudo que já havia sentido na vida, e ofegou e soluçou com as lágrimas lhe escorrendo pelo rosto.

"O que é isso? O que é isso?", perguntou ele. "Não quero deixar a Selva e não sei o que é isso. Estou morrendo, Bagheera?"

"Não, Irmãozinho. Essas são apenas as lágrimas dos homens", disse Bagheera. "Agora sei que tu és um homem, e não mais um filhote de homem. De fato, a Selva está fechada para ti de agora em diante. Deixa que elas caiam, Mowgli. São apenas lágrimas." Então Mowgli sentou e chorou como se seu coração fosse partir; e ele nunca tinha chorado antes na vida.

"Agora", disse ele, "irei viver com os homens. Mas antes tenho de me despedir da minha mãe"; e Mowgli foi à caverna onde ela morava com Pai Lobo e chorou com o rosto enfiado em seu pelo enquanto seus quatro irmãos uivavam, arrasados.

"Vós não me esquecereis?", disse Mowgli.

"Não enquanto soubermos seguir um rastro", disseram os irmãos. "Vem até o pé da colina quando fores homem e conversaremos contigo; e iremos até os campos brincar contigo à noite."

"Não demora a voltar!", disse Pai Lobo. "Ó, rãzinha sabida, não demora a voltar; pois somos velhos, tua mãe e eu."

"Não demora a voltar", disse Mãe Loba, "meu filhinho nu; pois escuta, filho de homem, eu te amei mais que a qualquer outro dos meus filhotes."

"Virei sem falta", disse Mowgli; "e quando eu vir, será para esticar a pele de Shere Khan sobre a Pedra do Conselho. Não me esqueci! Dizei aos outros da Selva que nunca me esqueçam!"

A alvorada despontava quando Mowgli desceu a colina sozinho,[29] para conhecer essas coisas misteriosas chamadas homens.

CANÇÃO DE CAÇA DA ALCATEIA DE SEEONEE

Baliu o sambhur no raiar do dia
Uma, duas, três vezes!
E uma corça deu um salto, e uma corça deu um salto
Do lago da floresta onde bebem os cervos lá no alto.
E eu, à espreita para servir de guia
Uma, duas, três vezes!

Baliu o sambhur no raiar do dia
Uma, duas, três vezes!
E um lobo voltou às escondidas
Para avisar à Alcateia aguerrida
E o cervo buscamos, dando início à corrida
Uma, duas, três vezes!

A Alcateia rugiu no raiar do dia
Uma, duas, três vezes!
Patas que não deixam qualquer impressão
Olhos que veem na escuridão!
Avisem! Avisem! Atenção! Atenção!
Uma, duas, três vezes!

A caçada de Kaa*

O Leopardo ama suas pintas: para o búfa-
lo, seus chifres são de ouro.
Sê limpo, pois a força do caçador se sabe
pelo brilho de seu couro.
Se tu vês que o touro te derruba, ou que o
sambhur teu sangue aflora;
Não precisa vir nos contar: nós sabemos, e
não é de agora.
Não maltrates os filhotes do estranho, cum-
primenta-os como a seus irmãos.
Podem ser pequenos e gorduchos,[1] *mas fi-*
lhos da ursa quem sabe não são?
"Sou o melhor!", exclama o filhote, orgu-
lhoso da primeira caçada.
Mas a Selva é grande e o filhote é pequeno.
Que ele pense e não fale nada.

Máximas de Baloo

Tudo o que é contado aqui aconteceu um pouco antes de Mowgli ser expulso da Alcateia de Seeonee ou de se vingar do tigre Shere Khan.[2] Foi na época em que Baloo

* Publicado pela primeira vez em *To-day* nas edições de 31 de março e 7 de abril de 1894, com ilustrações de H. R. Millar, e depois na *McClure's Magazine* em junho de 1894, com ilustrações de W. A. C. Pape. Também foi publicado com o título de "Mowgli entre os macacos" numa edição americana, *Kipling Stories and Poems Every Child Should Know* (1909). O "Kaa"

estava ensinando a Lei da Selva a ele. O velho Urso-Pardo, enorme e sério, estava radiante por ter um pupilo tão esperto, pois os jovens lobos só aprendem as regras da Lei da Selva que se aplicam à sua própria alcateia e tribo e fogem das aulas assim que sabem recitar o Verso da Caçada: "Pés que não fazem ruído; olhos que veem no escuro; orelhas que ouvem o vento em seus covis e dentes brancos e afiados, todas essas coisas são as marcas de nossos irmãos, exceto Tabaqui, o Chacal e a Hiena, a quem odiamos". Mas Mowgli, por ser um filhote de homem, teve de aprender bem mais que isso. Às vezes Bagheera, a Pantera-Negra, atravessava preguiçosamente a Selva para ver como seu protegido estava se saindo, e ficava ronronando com a cabeça encostada numa árvore enquanto Mowgli repetia a lição do dia para Baloo. O menino subia em árvores quase tão bem quanto nadava, e nadava quase tão bem quanto corria; por isso Baloo, o Professor, ensinou-lhe as Leis da Mata e da Água: como diferenciar um galho podre de um firme; como falar com educação com as abelhas selvagens ao encontrar uma colmeia a quinze metros do chão; o que dizer a Mang, o Morcego, ao perturbá-lo quando estava dormindo num galho no meio do dia; e como avisar às cobras-d'água dos lagos que ia mergulhar ali. Ninguém do Povo da Floresta gosta de ser perturbado e todos têm a tendência de atacar os intrusos. Por isso, Mowgli também aprendeu o Aviso de Caçada, que deve ser repetido em voz alta até ser respondido sempre que alguém do Povo da Floresta caça fora de seu território. Sua tradução é: "Deixa-me caçar aqui, porque estou com fome"; e a resposta é: "Então caça para comer, não por prazer".

---

do título "pronuncia-se *Kar.* Um nome inventado e inspirado no sibilar estranho que as cobras grandes emitem com a boca aberta" (Kipling). O guia de pronúncia de *All the Mowgli Stories* (1933) diz "Kar, num som meio aspirado".

Isso é para você ver quantas lições Mowgli teve de decorar, e ele ficou muito cansado de repetir a mesma coisa cem vezes; mas, como Baloo disse a Bagheera num dia em que Mowgli levou uma palmada e saiu correndo, furioso: "Um filhote de homem é um filhote de homem, e ele precisa aprender *toda* a Lei da Selva".

"Mas pensa em como ele é pequeno", disse a Pantera-Negra que, por ela, teria transformado Mowgli num menino mimado. "Como toda essa tua conversa vai caber na cabecinha dele?"

"Existe alguma coisa na Selva que é pequena demais para ser morta? Não. É por isso que eu lhe ensino essas coisas e é por isso que lhe dou palmadas muito leves quando ele esquece."

"Leves! O que tu sabes de leveza, Pés de Aço?", rugiu Bagheera. "O rosto dele está todo roxo com essa tua leveza. Ugh."

"Melhor ele ficar roxo dos pés à cabeça por ter levado palmadas minhas, que o amo, do que sofrer algum mal devido à ignorância", respondeu Baloo com veemência. "Eu agora estou lhe ensinando as Palavras Mestras da Selva, que vão protegê-lo dos pássaros, do Povo das Cobras e de tudo que caça sobre quatro patas, exceto sua própria Alcateia. Basta ele lembrar as palavras que vai poder pedir proteção de toda a Selva. Isso não vale umas palmadas?"

"Bom, toma cuidado para não matar o Filhote de Homem. Ele não é um tronco de árvore para tu afiares as garras. Mas o que são essas Palavras Mestras? É mais fácil eu dar ajuda do que pedir", disse Bagheera, esticando uma pata e admirando as garras azul-acinzentadas e afiadas como um cinzel. "Mas, de qualquer maneira, gostaria de saber."

"Vou chamar Mowgli e ele irá repeti-las... se quiser. Vem, Irmãozinho!"

"Minha cabeça está zunindo como uma árvore cheia

de abelhas!", disse uma vozinha emburrada lá de cima, e Mowgli deslizou por um tronco, cheio de raiva e indignação, acrescentando ao aterrissar: "Vim por Bagheera e não por *ti*, urso velho e gordo!".

"Não faz a menor diferença para mim", disse Baloo, embora tenha ficado magoado. "Então diz a Bagheera as Palavras Mestras da Selva que eu te ensinei hoje."

"A Palavra Mestra de qual povo?", perguntou Mowgli, encantado com a oportunidade de se mostrar. "A Selva tem muitas línguas. *Eu* conheço todas."

"Tu sabes um pouco, mas não muito. Vê, ó Bagheera, eles nunca agradecem ao professor. Nunca um lobinho voltou para agradecer ao velho Baloo pelo que ele lhe ensinou. Diz a palavra dos Povos Caçadores então, grande sábio."

"Nós somos do mesmo sangue, tu e eu", disse Mowgli, pronunciando as palavras com o sotaque de urso que todos os povos caçadores usam.

"Muito bem. Agora a dos pássaros."

Mowgli repetiu a lição, sem esquecer do assobio do abutre no fim da frase.

"E, agora, a do Povo das Cobras", disse Bagheera.

A resposta foi um sibilar impossível de descrever, e Mowgli levantou os pés do chão, bateu palmas para si mesmo e pulou nas costas de Bagheera, onde se sentou de lado, dando golpes com os calcanhares no pelo brilhante e fazendo as piores caretas que conseguiu imaginar para Baloo.

"Muito bem! Muito bem! Isso valeu umas palmadas", disse o Urso-Pardo com ternura. "Um dia, tu vais lembrar de mim." Ele então se virou para contar a Bagheera como havia implorado pelo segredo das Palavras Mestras a Hathi,[3] o Elefante Selvagem, que sabe todas essas coisas, e como Hathi tinha levado Mowgli até um lago para pedir a Palavra das Cobras a uma cobra-d'água, pois Baloo não conseguia pronunciá-la, e como Mowgli agora estava praticamente a salvo de qualquer acidente que poderia ocorrer na Selva, porque nenhuma cobra, pássaro ou fera iria machucá-lo.

"Então, não há o que temer", concluiu Baloo, dando tapinhas orgulhosos na barriga peluda.

"Exceto a própria tribo dele", disse Bagheera baixinho; e depois falou alto, para Mowgli: "Cuidado com minhas costelas, Irmãozinho! Que negócio é esse de ficar pulando para cima e para baixo?".

Mowgli estava exigindo atenção, puxando o pelo dos ombros de Bagheera e chutando-o com força. Quando os dois pararam para escutá-lo, ele estava gritando bem alto: "Então vou ter minha própria tribo e passar o dia inteiro pulando de galho em galho com ela".

"Que loucura é essa agora, pequeno sonhador?", perguntou Bagheera.

"Vou, e vou jogar galhos e sujeira no velho Baloo", continuou Mowgli. "Eles me prometeram. Ah!"

"Ufa!" A enorme pata de Baloo empurrou Mowgli para fora das costas de Bagheera e o menino, deitado entre as duas patas da frente da pantera, viu que o urso estava zangado.

"Mowgli", disse Baloo, "estivestes conversando com o *Bandar-log*[4] — o Povo dos Macacos."

Mowgli olhou para Bagheera para ver se a pantera estava zangada também, e os olhos dele estavam frios como o jade.

"Estivestes com o Povo dos Macacos... os macacos cinza... o Povo Sem Lei... os comedores de tudo. Isso é uma grande vergonha."

"Quando Baloo machucou minha cabeça", disse Mowgli, que ainda estava deitado de costas, "eu fui embora, e os macacos cinza desceram das árvores e sentiram pena de mim. Ninguém mais se importou comigo." Ele fungou um pouquinho.

"A pena do Povo dos Macacos!", disse Baloo com uma risada de desdém. "Que é como a rigidez do riacho!

Como o frio do sol do verão! E depois disso, Filhote de Homem?"

"Depois... depois, eles me deram nozes e outras coisas boas de comer e eles... me carregaram até o topo das árvores e disseram que eu era seu irmão de sangue, só que não tinha cauda, e que um dia seria seu líder."

"Eles *não* têm líder", disse Bagheera. "Eles mentem. Sempre mentiram."

"Foram muito gentis e me pediram para voltar. Por que nunca me levastes para ver o Povo dos Macacos? Eles ficam em pé, como eu. Não me batem com suas patas duras. Brincam o dia todo. Eu quero ir lá para cima! Baloo malvado, me deixa ir lá para cima! Vou brincar com eles de novo."

"Ouve, Filhote de Homem", disse o urso, e sua voz ribombou como o trovão numa noite quente. "Eu te ensinei toda a Lei da Selva de todos os povos da Selva — exceto a do Povo dos Macacos que mora nas árvores. Eles não têm lei. São párias. Não têm uma língua própria, mas usam as palavras roubadas que escutam quando ficam espionando nos galhos. Os costumes deles não são como os nossos. Eles não têm líderes. Não têm memória. Eles se gabam e tagarelam e fingem que são importantes e que vão fazer coisas importantes na Selva, mas uma noz caindo os faz morrer de rir e esquecer tudo. Nós da Selva não mexemos com eles. Não bebemos onde os macacos bebem; não vamos onde os macacos vão; não caçamos onde eles caçam; não morremos onde eles morrem. Tu já me ouviste falar do *Bandar-log* até hoje?"

"Não", disse Mowgli num sussurro, pois a floresta ficou muito silenciosa quando Baloo parou de falar.

"O Povo da Floresta não fala dos macacos e não pensa nos macacos. Eles são muitos, são perversos, sujos, desavergonhados, e tudo o que desejam, se é que conseguem ter um desejo fixo, é chamar a atenção do Povo da Selva. Mas nós *não* prestamos atenção neles, mesmo quando jogam nozes e sujeira na nossa cabeça."

Ele mal havia acabado de falar quando uma chuva de nozes e galhos caiu das árvores; e os três ouviram uivos, tossidas e pulos furiosos vindos de lá de cima, perto das copas.

"O Povo dos Macacos é proibido", disse Baloo, "proibido para o Povo da Selva. Não esquece."

"Proibido", disse Bagheera. "Mas ainda acho que Baloo devia ter te avisado deles."

"Eu? Eu? Como eu ia adivinhar que ele ia brincar com esses macacos imundos? O Povo dos Macacos! Arrgh!"

Outra saraivada caiu sobre eles e os dois saíram às pressas dali, levando Mowgli junto. O que Baloo dissera sobre os macacos era realmente verdade. Eles pertenciam às copas das árvores e, como as feras quase nunca olham para cima, não havia motivo para o Povo dos Macacos e o Povo da Selva cruzar o caminho um do outro. Mas, sempre que encontravam um lobo doente ou um tigre ou urso ferido, os macacos o atormentavam e, além disso, atiravam galhos e nozes em qualquer fera para se divertir e na esperança de chamar a atenção. E também uivavam e cantavam músicas sem sentido aos berros, convidando o Povo da Selva a subir em suas árvores e a lutar com eles, ou começavam brigas furiosas entre si por nenhum motivo, deixando macacos mortos num lugar onde o Povo da Selva fosse encontrá-los. Estavam sempre prestes a ter um líder e leis e costumes próprios, mas nunca faziam isso, pois não conseguiam lembrar nada por mais de um dia e, assim, resolveram a questão inventando um ditado: "*O que o Bandar-log pensa hoje, a Selva pensará amanhã*",[5] e com isso se consolavam. Nenhuma das feras conseguia alcançá-los, mas, por outro lado, nenhuma das feras prestava atenção neles, e foi por isso que ficaram tão felizes quando Mowgli foi brincar com eles e quando ouviram o quanto Baloo ficara furioso.

Os macacos não tinham intenção de fazer mais nada em relação ao assunto, pois o *Bandar-log* nunca tem intenção nenhuma; mas um deles inventou o que lhe pareceu ser uma ideia brilhante e disse a todos os outros que Mowgli seria uma pessoa útil de ter na tribo, porque sabia construir um abrigo contra o vento usando gravetos; e se eles o pegassem, poderiam obrigá-lo a ensinar-lhes. É claro que Mowgli, como filho de lenhador, tinha todo tipo de instinto, e costumava construir cabaninhas de galhos caídos sem nem parar para pensar no que fazia. O Povo dos Macacos, espiando das árvores, achou aquela brincadeira uma coisa maravilhosa. Dessa vez, disseram eles, iam mesmo ter um líder e virar o povo mais sábio da Selva — tão sábios que todos iam prestar atenção neles e invejá-los. Assim, eles seguiram Baloo, Bagheera e Mowgli pela Selva no maior silêncio até chegar a hora da soneca do meio-dia. Mowgli, que estava muito envergonhado de seu comportamento, dormiu entre a pantera e o urso, resolvendo que não ia mais se meter com o Povo dos Macacos.

E só acordou com a sensação de mãos em suas pernas e braços — mãozinhas duras e fortes — e depois de galhos batendo em seu rosto, e logo se viu de cabeça para baixo, olhando por entre as folhas que balançavam enquanto Baloo acordava a Selva inteira com seus berros e Bagheera subia aos pulos o tronco com todos os dentes à mostra. O *Bandar-log* emitiu uivos triunfais e saltou para os galhos mais altos, onde Bagheera não ousava pisar, gritando: "Ele prestou atenção em nós! Bagheera prestou atenção em nós. Todo o Povo da Selva nos admira pelas nossas habilidades e nossa esperteza". E então começou sua fuga; e a fuga do Povo dos Macacos pelo mundo das árvores é algo que ninguém consegue descrever. Eles têm avenidas e ruas, ladeiras que sobem e descem, tudo a vinte ou trinta metros do chão, e conseguem passar por ali até durante a noite, se for necessário. Dois dos macacos mais fortes pegaram Mowgli por baixo dos braços e pularam com ele pelas copas das árvores, dando saltos de mais de cinco metros. Se estivessem sozinhos, teriam conseguido se mover com o dobro da velocidade, mas o peso do menino os atrasava. Por mais enjoado e zonzo que estivesse, Mowgli não pôde deixar de gostar daquela corrida maluca, embora os vislumbres que tinha do chão lá embaixo o assustassem e os trancos suspensos no ar no fim de cada pulo fizessem seu coração subir à boca. Sua escolta o levava árvore acima até ele sentir os galhos mais finos e altos estalarem e dobrarem com o peso e depois, com uivos e urras, se atiravam no ar para a frente e para baixo e se agarravam com as mãos ou os pés nos galhos mais baixos da árvore seguinte. Às vezes, Mowgli via quilômetros de extensão da Selva verde e silenciosa, do mesmo jeito que um homem no topo de um mastro pode ver quilômetros de extensão do mar, mas então os galhos e folhas batiam em seu rosto e o garoto percebia que ele e seus guardas estavam quase no chão de novo. Assim, aos trancos e barrancos, aos gritos e pulos, toda a tribo do *Bandar-log* atravessou as estradas das árvores levando Mowgli como prisioneiro.

Durante algum tempo, ele temeu que fossem largá-lo: então ficou com raiva, mas sabia que não devia tentar se libertar; e depois, começou a pensar. A primeira coisa a fazer era avisar Baloo e Bagheera, pois, com a velocidade que os macacos iam, ele sabia que seus amigos deviam ter ficado muito para trás. Era inútil olhar para baixo, pois ele só podia ver a parte de cima dos galhos; assim, Mowgli olhou para cima e viu, lá longe no céu azul, Chil, o Abutre, planando e fazendo círculos enquanto vigiava a Selva, esperando que as coisas morressem. Chil percebeu que os macacos levavam algo e desceu algumas centenas de metros para ver se em sua carga havia algo bom de comer. Ele assobiou de surpresa ao ver Mowgli sendo arrastado até a copa de uma árvore e ouviu-o dizer na língua dos abutres: "Nós somos do mesmo sangue, tu e eu". Uma onda de galhos se fechou sobre o menino, mas Chil planou até a árvore seguinte a tempo de ver a carinha morena surgir de novo. "Vê bem minha trilha!", gritou Mowgli. "Diz a Baloo, da Alcateia de Seeonee, e a Bagheera, da Pedra do Conselho."

"Em nome de quem, irmão?" Chil jamais vira Mowgli antes, embora, é claro, tivesse ouvido falar dele.

"Mowgli, a Rã. Eles me chamam de Filhote de Homem! Vê bem minha trilhaaa!"

Mowgli gritou as últimas palavras conforme era atirado ao ar, mas Chil assentiu, subiu até ficar do tamanho de uma poeira e ali permaneceu, observando com seus olhos de telescópio as copas das árvores balançarem com o progresso da escolta do menino.

"Eles nunca vão longe", disse o abutre, rindo. "Nunca fazem o que planejaram fazer. O *Bandar-log* está sempre se metendo em coisas novas. Dessa vez, se vejo bem, se meteram em algo que vai causar muitos problemas, pois Baloo não é nenhum filhote e Bagheera, que eu saiba, consegue matar mais que cabras."

E Chil ficou ali balançando as asas com os pés encolhidos, esperando.

Enquanto isso, Baloo e Bagheera estavam fervendo de raiva e tristeza. Bagheera subiu árvores como nunca subira antes, mas os galhos finos quebraram com seu peso e ele escorregou para baixo com vários pedaços de tronco nas garras.

"Por que não avisaste o Filhote de Homem?", rugiu ele para o pobre Baloo, que havia saído correndo desajeitadamente na esperança de alcançar os macacos. "De que serviu quase matar o menino de palmadas se não o avisaste?"

"Corre! Corre! Nós... nós ainda podemos alcançá-los!", disse Baloo, ofegante.

"Nesse passo! Nem uma vaca cansada se cansaria. Professor da Lei... espancador de filhotes... se segues rolando assim por um quilômetro, arrebentas. Senta e pensa! Faz um plano. Isso não é hora de perseguição. Eles podem soltá-lo se chegarmos perto demais."

"Arrula! Uuuu! Talvez já o tenham soltado, cansados de carregá-lo. Quem pode confiar no *Bandar-log*? Joga morcegos mortos na minha cabeça! Dá-me ossos podres para comer! Atira-me nas colmeias das abelhas selvagens para que elas me piquem até a morte e me enterra com a hiena, pois sou o mais triste dos ursos! Arulala! Oooaaa! Ó Mowgli, Mowgli! Por que não te avisei para tomar cuidado com o Povo dos Macacos em vez de bater na tua cabeça? Talvez eu tenha arrancado a lição do dia da mente dele, e ele vai estar sozinho na Selva sem as Palavras Mestras."

Baloo pôs as patas nas orelhas e rolou de um lado para o outro, gemendo.

"Pelo menos ele falou todas as palavras certas para mim há pouco tempo", disse Bagheera, impaciente. "Baloo, tu não tens memória nem respeito. O que a Selva ia pensar se eu, a Pantera-Negra, me enroscasse que nem Sahi, o Porco-Espinho, e uivasse?"

"E eu ligo para o que a Selva pensa? Talvez ele já esteja morto."

"Se eles não o atirarem árvore abaixo de brincadeira, ou o matarem por preguiça, não temo pelo Filhote de Homem. Ele é sábio e foi bem ensinado e, acima de tudo, tem os olhos que dão medo ao Povo da Selva. Mas — e isso é um grande mal —, está no poder do *Bandar-log* e eles, por viverem nas árvores, não temem ninguém do nosso povo." Bagheera lambeu uma das patas da frente, pensativo.

"Que tolo que sou! Oh, que tolo mais gordo, marrom e cavador de raízes que sou", disse Baloo, se desenroscando de súbito. "É verdade o que diz Hathi, o Elefante Selvagem: '*Cada um tem seu medo*'; e eles, o *Bandar-log*, temem Kaa, a Cobra da Pedra. Ele consegue subir nas árvores tão bem quanto eles. Rouba os macacos jovens à noite. O som do nome de Kaa os deixa gelados até a ponta do rabo. Vamos falar com Kaa."

"O que ele fará por nós? Kaa não é da nossa tribo, pois não tem pés... e tem olhos perversos", disse Bagheera.

"Ele é muito velho e muito esperto. E, acima de tudo,

está sempre com fome", disse Baloo, cheio de esperanças. "Vamos lhe prometer muitas cabras."

"Kaa dorme um mês inteiro depois de fazer uma refeição. Talvez esteja dormindo agora e, mesmo se estiver acordado, talvez prefira matar suas próprias cabras." Bagheera, que não sabia muita coisa sobre Kaa, estava desconfiado, é claro.

"Nesse caso, talvez tu e eu juntos, velho caçador, consigamos convencê-lo." Ao dizer isso, Baloo esfregou o ombro de pelos marrons desbotados na pantera e os dois saíram para procurar Kaa, o píton da pedra.

Encontraram-no esparramado sobre uma pedra chata e quente à luz do sol da tarde, admirando sua linda roupa nova — pois estivera recolhido nos últimos dez dias mudando de pele e agora tinha a aparência esplêndida —, deslizando a cabeçorra de nariz chato pelo chão, fazendo nós e curvas fantásticas com seus dez metros de corpo e lambendo os beiços ao pensar no jantar.

"Ele ainda não comeu", disse Baloo com um grunhido de alívio assim que viu a bela pele pintadinha de marrom e amarelo da cobra. "Cuidado, Bagheera! Kaa sempre fica meio cego depois de mudar de pele e dá o bote por qualquer coisa."

Kaa não era uma cobra venenosa — na verdade, desprezava as cobras venenosas, considerando-as covardes —, mas sua força vinha de seu abraço e, depois que ele enroscava o corpanzil em alguém, não havia mais nada a dizer. "Boa caçada!", exclamou Baloo, ficando em pé sobre as patas de trás. Como todas as cobras de sua família, Kaa era bastante surdo e não ouviu o cumprimento a princípio. Então ele se enroscou e manteve a cabeça baixa, preparando-se para qualquer eventualidade.

"Boa caçada a nós todos", respondeu. "Ora, Baloo, o que fazes aqui? Boa caçada, Bagheera. Um de nós precisa de comida, pelo menos. Notícias de alguma presa? Uma corça, ou mesmo um cervo novo? Estou vazio como um poço seco."

"Estamos caçando", disse Baloo num tom casual. Sabia que não se deve apressar Kaa. Ele é grande demais.

"Dai-me permissão para ir convosco", disse Kaa. "Um golpe a mais ou a menos não é nada para ti, Bagheera ou Baloo, mas eu... eu tenho de esperar dias numa aleia da floresta e passar metade de uma noite subindo uma árvore só pela chance de pegar um jovem macaco. Bah! Os galhos não são mais como eram quando eu era jovem. São todos ramos secos e quebradiços."

"Talvez teu grande peso tenha algo a ver com isso", disse Baloo.

"Eu tenho um bom tamanho... um bom tamanho", disse Kaa com algum orgulho. "Mas, apesar disso, a culpa é dessas árvores novas. Cheguei muito perto de cair na minha última caçada — muito perto mesmo — e o barulho do escorregão, que aconteceu porque minha cauda não estava bem apertada em volta da árvore, acordou o *Bandar-log* e eles me xingaram de coisas horríveis."

"Minhoca amarela sem pé", disse Bagheera para seus próprios bigodes, como se estivesse tentando lembrar de algo.

"Sssss! Eles me chamaram *disso*?", perguntou Kaa.

"Foi mais ou menos isso que gritaram para nós na última lua, mas não prestamos atenção. Eles dizem qualquer bobagem... até que perdeste todos os teus dentes, ou que não enfrentas nada maior que um cabrito, porque — esse *Bandar-log* é mesmo desavergonhado — tens medo dos chifres dos bodes", continuou Bagheera num tom muito doce.

Vejam bem, uma cobra, principalmente um velho píton cansado como Kaa, quase nunca demonstra estar com raiva, mas Baloo e Bagheera viram os enormes músculos de engolir que ficavam nas laterais da garganta dele se tensionar e sobressair.

"O *Bandar-log* mudou de paragens", disse ele baixinho. "Quando saí ao sol hoje, eu os ouvi dando urras nas copas das árvores."

"É... é atrás do *Bandar-log* que nós estamos", disse Baloo, mas mal conseguiu pronunciar as palavras, pois, pelo que sabia, aquela era a primeira vez que um membro do Povo da Selva admitia estar interessado nos afazeres dos macacos.

"Então, não há dúvida de que não deve ser coisa pequena para levar dois caçadores — líderes na sua parte da floresta, com certeza — a seguir a trilha do *Bandar-log*", respondeu Kaa educadamente, engolindo a saliva com grande curiosidade.

"Na verdade", começou a dizer Baloo, "sou apenas o velho e às vezes muito tolo professor da Lei para os lobinhos da Alcateia de Seeonee, e Bagheera aqui..."

"É Bagheera", disse a Pantera-Negra, e suas mandíbulas se fecharam com um estalo, pois ele não acreditava em humildade. "O problema é esse, Kaa. Aqueles ladrões de nozes e catadores de palmas roubaram nosso Filhote de Homem, de quem talvez tenhas ouvido falar."

"Ouvi alguma coisa de Sahi, cujos espinhos o tornam presunçoso, de uma coisa-homem que entrou na Alcateia, mas não acreditei. Sahi é cheio de histórias mal ouvidas e muito mal contadas."

"Mas é verdade. Ele é um filhote de homem como nunca se viu", disse Baloo. "O melhor, o mais sábio, o mais valente dos filhotes — meu pupilo, que fará com que o nome de Baloo seja famoso em todas as Selvas; e, além do mais, eu... nós... o amamos, Kaa."

"Tsc! Tsc!", disse Kaa, balançando a cabeça de um lado para o outro. "Eu também já conheci o amor. Poderia contar histórias que..."

"Que precisariam de uma noite clara quando estivermos todos bem alimentados para ser suficientemente louvadas", disse Bagheera depressa. "Nosso Filhote de

Homem está nas mãos do *Bandar-log* e sabemos que, de todo o Povo da Selva, eles temem apenas Kaa."

"Temem apenas a mim. E têm bons motivos para isso", disse Kaa. "Tagarelas, tolos, vaidosos... vaidosos, tolos e tagarelas são os macacos. Mas uma coisa-homem em suas mãos é má sorte. Eles se cansam das nozes que apanham e as atiram no chão. Passam metade de um dia carregando um galho, com a intenção de construir coisas maravilhosas com ele, e então o partem ao meio. Não se deve invejar a coisa-homem. E também me chamaram de... peixe amarelo, não foi?"

"Minhoca, foi minhoca", disse Bagheera, "e também de outras coisas que não vou repetir, pois tenho vergonha."

"Precisamos lembrar a eles que devem falar bem de seu mestre. Aaa-ssp![6] Precisamos refrescar suas memórias dispersas. Bem, para onde eles foram com o Filhote de Homem?"

"Só a Selva sabe. Na direção do pôr do sol, acredito eu", disse Baloo. "Achamos que tu saberias, Kaa."

"Eu? Como? Eu os pego quando surgem no meu caminho, mas não caço o *Bandar-log* e não caço sapos... nem a ralé verde das poças, aliás. Ssss!"

"Aqui em cima! Aqui! Aqui! Alô! Alô! Alô, olha para cima, Baloo da Alcateia de Seeonee!"

Baloo olhou para cima para ver de onde vinha a voz e lá estava Chil, o Abutre, descendo num rasante com o sol brilhando nas bordas das asas, que estavam viradas para cima. Estava quase na hora de Chil dormir, mas ele havia sobrevoado a Selva toda procurando o urso, sem conseguir vê-lo no meio da folhagem densa.

"O que foi?"

"Vi Mowgli junto com o *Bandar-log*. Ele me mandou te avisar. Eu observei. O *Bandar-log* foi para além do rio, até a cidade dos macacos — os Antros Gelados.[7] Talvez fiquem lá uma noite, dez noites ou uma hora. Pedi que os morcegos os vigiassem à noite. Essa é minha mensagem. Boa caçada para vós aí embaixo!"

"Que tu enchas a pança e durma bem, Chil!", exclamou Bagheera. "Eu me lembrarei de ti quando matar minha próxima presa e separarei a cabeça só para ti, ó melhor dos abutres!"

"Não é nada. Não é nada. O menino sabia a Palavra Mestra. Eu não poderia ter feito menos." E Chil saiu voando em círculos cada vez mais altos, na direção de seu ninho.

"Ele não esqueceu de usar a língua", disse Baloo com uma risadinha de orgulho. "Que coisa, um menino tão novo lembrar da Palavra Mestra dos pássaros quando estava sendo arrastado pelas árvores!"

"A palavra foi muito bem enfiada na cabeça dele", disse Bagheera. "Mas também estou orgulhoso de Mowgli, e agora precisamos ir para os Antros Gelados."

Todos sabiam onde ficava esse lugar, mas poucos do Povo da Selva iam lá, pois o que chamavam de Antros Gelados era uma velha cidade-fantasma, perdida e enterrada no meio da Selva, e as feras quase nunca usam um lugar que já foi ocupado pelos homens. Os javalis usam, mas as tribos de caçadores, não. Além disso, os macacos viviam lá, se é que se podia dizer que viviam em algum lugar, e nenhum animal que se preze chegava perto dali a não ser em tempos de seca, onde as ruínas dos tanques e reservatórios conservavam um pouco de água.

"A jornada vai levar metade da noite... mesmo na velocidade máxima", disse Bagheera, e Baloo fez uma expressão muito grave. "Irei o mais depressa que posso", disse ele, ansioso.

"Não ousamos esperar por ti. Segue-nos, Baloo. Precisamos dar asas às patas — Kaa e eu."

"Com ou sem patas, posso te alcançar apesar das tuas quatro", disse Kaa com segurança. Baloo fez um esforço para se apressar, mas teve de se sentar, ofegante, e por isso os outros dois deixaram que ele os encontrasse mais tarde enquanto Bagheera disparava na frente no seu trote de pantera. Kaa não disse nada, mas, por mais que a pantera corresse, não conseguiu deixar o imenso píton para trás. Quando chegaram a um riacho da colina, Bagheera saiu na frente, pois pôde atravessá-lo aos pulos, enquanto Kaa teve que nadar, com a cabeça e meio metro do pescoço para fora d'água; mas a cobra recuperou a distância no chão nivelado.[8]

"Pelo cadeado quebrado que me libertou", disse Bagheera quando caiu o crepúsculo, "tu não és nada devagar!"

"Estou com fome", disse Kaa. "E além do mais, eles me chamaram de sapo pintado."

"Minhoca — foi de minhoca, e ainda por cima amarela."

"É a mesma coisa. Vamos logo." E Kaa deslizou pelo chão como se fosse um líquido sendo derramado, encontrando o caminho mais curto com seus olhos firmes e mantendo-se nele.

Nos Antros Gelados, o Povo dos Macacos nem estava pensando nos amigos de Mowgli. Eles haviam levado o menino até a cidade perdida e estavam muito satisfeitos consigo mesmos por enquanto. Mowgli jamais vira uma cidade indiana antes e, embora aquela estivesse quase em ruínas, pareceu-lhe esplêndida. Um rei qualquer a construíra havia muito tempo, sobre uma pequena colina. Ainda era possível ver as ruas de pedra que levavam até os destroços dos portões, onde as últimas farpas de madeira se agarravam às dobradiças gastas e enferrujadas. Árvores haviam crescido para dentro e para fora das paredes; as pedras das muralhas haviam desabado; e trepadeiras selvagens cobriam de enormes folhas as torres da guarda.

Um enorme palácio sem telhado encimava as colinas, e o mármore dos átrios e das fontes estava rachado e manchado de vermelho e verde, enquanto até os paralelepípedos do pátio onde os elefantes do rei costumavam ficar tinham sido arrancados pela grama e pelas raízes das árvores. Do palácio, era possível ver as fileiras e mais fileiras de casas sem telhado que formavam a cidade, parecendo favos de mel vazios onde só havia escuridão; o bloco de pedra disforme que já fora um ídolo, na praça onde davam quatro ruas; os buracos e fendas nas esquinas onde costumavam ficar os poços públicos; e as ruínas dos domos dos templos, com figueiras selvagens nascendo nas laterais. Os macacos diziam que aquela era sua cidade e fingiam desprezar o Povo da Selva por morar na floresta. Mas nunca souberam para que os prédios haviam sido feitos nem como usá-los. Ficavam sentados em círculos no salão onde se reunia o conselho do rei, coçando as mordidas de pulga e fingindo ser homens; ou entravam e saíam correndo das casas sem telhado, pegando pedaços de gesso e tijolos velhos num canto e depois esquecendo onde os haviam escondido, o que causava muitas brigas e gritos; até que desistiam e iam brincar nos terraços do jardim do rei, onde sacudiam as roseiras e laranjeiras para ver as frutas e as flores caírem. Os macacos exploravam todas as passagens e túneis escuros do palácio e as centenas de quartinhos sombrios que havia lá, mas nunca se lembravam do que tinham ou não tinham visto; e assim, perambulavam sozinhos, em duplas ou em grupos, dizendo uns aos outros que se comportavam como homens. Bebiam nos tanques e deixavam a água toda enlameada, brigando então por causa deles; e depois, saíam correndo em bando e gritavam: “Não há ninguém na Selva tão sábio, bom, esperto, forte e gentil quanto o *Bandar-log*”. E logo começavam tudo de novo até se cansar da cidade e voltar para as copas das árvores, torcendo para que o Povo da Selva prestasse atenção neles.

Mowgli, que aprendera a se comportar de acordo com a Lei da Selva, não gostava desse tipo de vida nem a compreendia. Os macacos o arrastaram para os Antros Gelados no fim da tarde e, em vez de ir dormir, como Mowgli teria feito depois de completar uma longa jornada, deram-se as mãos e saíram dançando e cantando suas músicas bobas. Um dos macacos fez um discurso e disse aos seus companheiros que a captura de Mowgli marcava um novo período na história do *Bandar-log*, pois o menino ia lhes mostrar como trançar paus e pedaços de bambu uns nos outros para usar de proteção contra a chuva e o frio. Mowgli pegou algumas trepadeiras e começou a trançá-las enquanto os macacos tentavam imitá-lo; mas em poucos minutos eles perderam o interesse e começaram a puxar o rabo dos amigos ou pular para cima e para baixo sobre as quatro patas, guinchando.

"Desejo comer", disse Mowgli. "Sou um estranho nesta parte da Selva. Trazei-me comida ou me dai permissão para caçar aqui."

Vinte ou trinta macacos saíram aos pulos para buscar nozes e papaias; mas começaram a brigar no meio da rua e deu trabalho demais voltar com as frutas que restaram. Mowgli estava dolorido e furioso, além de faminto, e perambulou pela cidade emitindo o Aviso de Caçada do Estranho de tempos em tempos; mas ninguém lhe respondeu e ele começou a achar que estava num lugar muito ruim mesmo. "Tudo o que Baloo disse sobre o *Bandar-log* é verdade", pensou. "Eles não têm lei, nem Aviso de Caçada, nem líderes — nada além de palavras bobas e mãozinhas que remexem e roubam. Se eu morrer de fome ou for assassinado aqui, vai ser tudo culpa minha. Mas preciso tentar voltar para a minha parte da Selva. Baloo vai me bater com certeza, mas isso é melhor que correr atrás de folhas de roseira que nem um bobo com o *Bandar-log*."

Mowgli mal havia chegado às muralhas da cidade quando os macacos o puxaram de volta, dizendo-lhe que não sabia o quanto era feliz e beliscando-o para que sentisse gratidão. O menino trincou os dentes e não disse nada, indo junto com os macacos que, aos gritos, o levaram até um terraço que dava para reservatórios de arenito vermelho com água até a metade. Havia uma casa de veraneio arruinada no centro do terraço, toda feita de mármore branco e construída para rainhas que já tinham morrido havia mais de cem anos. O domo do telhado desabara e bloqueara a passagem subterrânea que dava no palácio, pela qual as rainhas costumavam entrar; mas as paredes eram feitas de um lindo mármore trabalhado que parecia renda, branco como o leite e incrustado de ágatas, cornalinas, jaspes e lápis-lazúlis e, quando a lua surgiu detrás da colina, sua luz entrou por ali e formou sombras no chão que pareciam um bordado de veludo negro. Por mais que estivesse dolorido, sonolento e faminto, Mowgli não conteve o riso quando vinte macacos, todos falando ao mesmo tempo, começaram a lhe explicar como o *Bandar-log* era poderoso, sábio, forte e gentil, e como ele era tolo por querer deixá-los. "Nós somos poderosos. Somos livres. Somos maravilhosos. Somos o povo mais maravilhoso da Selva! Todos concordamos com isso, então deve ser verdade", gritaram. "Agora, como tu és um ouvinte novo e podes repetir nossas palavras para o Povo da Selva para que eles prestem atenção em nós no futuro, vamos te contar tudo sobre esses seres excelentes que somos." Mowgli não protestou e os macacos vieram às centenas até o terraço ouvir seus próprios oradores tecendo loas ao *Bandar-log* e, sempre que um deles parava para tomar fôlego, todos os outros gritavam ao mesmo tempo: "Isso é verdade; nós todos concordamos". Mowgli assentia, piscava os olhos e dizia "Sim" toda vez que eles lhe faziam alguma pergunta, até que todo aquele barulho o deixou zonzo. "Tabaqui, o Chacal, deve ter mordido todos eles", disse de si para si, "e ficaram loucos. Certamente isso é *dewanee*, a loucura. Será que nunca dormem? Agora tem uma nuvem que vem cobrir a lua. Se ela fosse bem grande, eu poderia tentar fugir na escuridão. Mas estou cansado."

Aquela mesma lua estava sendo observada por dois bons amigos nas ruínas da vala que passava ao longo da muralha da cidade, pois Bagheera e Kaa, sabendo bem como o Povo dos Macacos era perigoso quando havia muitos deles, não queriam correr nenhum risco. Macacos nunca brigam a não ser que estejam na proporção de cem para um, e poucos seres na Selva gostam de uma briga tão injusta.

"Irei até a muralha oeste", sussurrou Kaa, "e descerei bem depressa no ponto em que o chão se inclina a meu favor. Eles não cairão sobre *mim* às centenas, mas..."

"Eu sei", disse Bagheera. "Que pena que Baloo não está aqui; mas precisamos fazer o que pudermos. Quando aquela nuvem cobrir a lua, irei para o terraço. Eles estão fazendo uma espécie de conselho sobre o menino lá."

"Boa caçada", disse Kaa gravemente, deslizando até a muralha oeste. Era a parte da muralha que estava em melhor estado e a imensa cobra demorou um pouco a encontrar uma maneira de subir pelas pedras. A nuvem escondeu a lua e, quando Mowgli estava se perguntando o que iria acontecer a seguir, ouviu os passos leves de Bagheera no terraço. A Pantera-Negra havia corrido colina acima quase sem emitir um som e dava patadas — pois sabia que não devia perder tempo com mordidas — a torto e a direito entre os macacos, que formavam círculos de cinquenta ou sessenta indivíduos cada ao redor de Mowgli. Eles gritaram de medo e fúria e, quando Bagheera tropeçou nos corpos que rolavam e chutavam abaixo dele, um dos macacos berrou: "Só tem um aqui! Vamos matá-lo!". Uma massa frenética de macacos que mordiam, arranhavam, rasgavam e puxavam caiu sobre Bagheera enquanto cinco ou seis agarravam Mowgli, arrastavam-no para cima do muro da casa de veraneio e o empurravam pelo buraco do domo quebrado. Um menino criado por homens teria se machucado bastante, pois a queda era de quase cinco metros, mas Mowgli caiu da maneira como Baloo lhe ensinara e conseguiu aterrissar de pé.

"Fica aqui", gritaram os macacos, "até matarmos teus amigos, e mais tarde vamos brincar contigo... se o Povo Venenoso te deixar vivo."

"Nós somos do mesmo sangue, tu e eu", disse Mowgli na língua das cobras. Ele as ouviu farfalhando e sibilando em meio aos destroços que havia por todo lado, e disse a Palavra Mestra uma segunda vez, para ter certeza de que seria ouvido.

"Isso mesmo. Todos de capelos para baixo!", disseram meia dúzia de vozes baixinho (todas as ruínas da Índia mais cedo ou mais tarde se transformam num esconderijo de cobras, e a velha casa de veraneio estava repleta de najas). "Fica parado, Irmãozinho, pois teus pés podem nos machucar."

Mowgli ficou o mais imóvel que pôde, espiando pelo mármore trabalhado e ouvindo a algazarra da briga em torno da pantera-negra — os gritos, os uivos e os murros, assim como o rugido grave de Bagheera, que corcoveava, girava e mergulhava sob pilhas de inimigos. Pela primeira vez desde que nascera, Bagheera lutava pela vida.

"Baloo deve estar perto; Bagheera não teria vindo sozinho", pensou Mowgli; e ele gritou: "Para a caixa-d'água, Bagheera! Rola até a caixa-d'água! Rola e mergulha! Vai para a água!".

Bagheera ouviu e, ao saber que Mowgli estava a salvo, ganhou mais coragem. Abriu caminho desesperadamente, centímetro a centímetro, direto para os reservatórios, lutando em silêncio com os macacos. E então, da muralha desabada mais próxima à Selva, surgiu o grito de guerra retumbante de Baloo. O velho urso tinha feito o melhor que pôde, mas não conseguira chegar antes. "Bagheera!", gritou ele. "Estou aqui! Vou subir! Vou depressa! Ruuaarr! Meus pés escorregam nas pedras! Esperai-me, ó infame *Bandar-log*!" Ele subiu ofegante até o terraço e, chegando lá, foi coberto até a cabeça por uma onda de macacos, mas firmou-se bem sobre as patas de trás e, esparramando as da frente, abraçou o maior número que pôde e depois começou a bater neles, emitindo um *bat-bat-bat* regular que parecia o ruído de uma roda propulsora. Mowgli ouviu um estrondo e um mergulho e entendeu que Bagheera conseguira chegar à caixa-d'água, onde os macacos não podiam ir. A pantera ficou ali arfando, com a cabeça um pouco acima do nível da água, enquanto três macacos se postaram em cada um dos degraus vermelhos, pulando e dançando de raiva, prontos para atacar de todos os lados se ele saísse para ajudar Baloo. Foi então que Bagheera ergueu o queixo pingando água e, desesperado, disse a Palavra Mestra das cobras, pedindo proteção — "Nós somos do mesmo sangue, tu e eu" — pois acreditava que Kaa, no último minuto, havia fugido com o rabo entre as pernas. Mesmo Baloo, que estava quase soterrado sob os macacos na beirada do terraço, não pôde deixar de rir ao ouvir a pantera-negra pedindo ajuda.

Kaa tinha acabado de passar pela muralha, chegando ao chão com um impacto que deslocou uma das pedras mais altas, lançando-a na vala. Ele não tinha intenção de se pôr em desvantagem e, por isso, se enroscou e desenroscou algumas vezes para ter certeza de que cada metro de seu longo corpo estava no mais perfeito estado. Enquanto isso, a briga de Baloo continuava, os macacos gritavam em volta da caixa-d'água onde estava Bagheera, e Mang, o Morcego, voando de um lado para o outro, levava a notícia da grande batalha para toda a Selva, até que mesmo Hathi, o Elefante Selvagem, trombeteou, e, lá longe, bandos de macacos espalhados pela mata acordaram e vieram saltando pelas estradas de árvore para ajudar os camaradas nos Antros Gelados, e o barulho da refrega acordou todos os pássaros diurnos num raio de quilômetros. Então Kaa veio numa reta, depressa, ansioso para matar. A vantagem de um píton numa briga vem do golpe que ele consegue dar com a cabeça, com o apoio de toda a força e peso de seu corpo. Se você conseguir imaginar uma lança, um aríete ou um martelo que pesa quase meia tonelada e é controlado por uma mente séria e tranquila que mora dentro dele, vai poder entender mais ou menos como era Kaa quando brigava. Um píton de um metro e vinte ou um metro e meio consegue derrubar um homem se o atingir diretamente no peito, e Kaa tinha dez metros de comprimento, como você já sabe. Seu primeiro golpe foi no meio da multidão que rodeava Baloo — ele atingiu o alvo com a boca fechada e em silêncio, e não precisou de um segundo. Os macacos se dispersaram, gritando: "Kaa! É Kaa! Corre! Corre!".

Gerações de macacos haviam aprendido a se comportar por causa das histórias assustadoras que os mais velhos contavam sobre Kaa, o ladrão da noite, que podia deslizar por entre os galhos fazendo tanto ruído quanto o musgo faz para crescer e roubar o macaco mais forte que já existiu; o velho Kaa, que conseguia ficar tão parecido com um galho seco ou um tronco podre que até os mais sábios se enganavam, até serem capturados pelo galho. Kaa era tudo que os macacos temiam na Selva, pois nenhum deles sabia os limites de seu poder, nenhum podia olhá-lo nos olhos e nenhum jamais saíra vivo de seu abraço. Então eles correram, gaguejando de terror, para as muralhas e os telhados das casas, e Baloo deu um suspiro fundo de alívio. Seu pelo era muito mais espesso que o de Bagheera, mas ele sofrera muito na briga. No segundo seguinte, Kaa abriu a boca pela primeira vez e disse uma só palavra sibilante, e os macacos que estavam lá longe, correndo para defender os Antros Gelados, estacaram, trêmulos, até que os galhos vergaram e estalaram sob o peso deles. Os macacos nos muros e casas vazias pararam de gritar e, no silêncio que recaiu sobre a cidade, Mowgli ouviu Bagheera sacudindo o pelo molhado ao sair da caixa-d'água. Foi aí que a algazarra recomeçou. Os macacos subiram mais alto nos muros; agarraram-se aos pescoços dos imensos ídolos de pedra e uivaram ao pular pelas fortificações, enquanto Mowgli, dançando de alegria na casa de veraneio, espiou pela tela de mármore e soltou um pio de coruja por entre os dentes da frente, mostrando seu desprezo.

"Tira o Filhote de Homem da armadilha; não posso fazer mais nada", arfou Bagheera. "Vamos pegar o Filhote de Homem e ir. Eles podem atacar de novo."

"Eles só vão se mover quando eu mandar. Ficai paradosss!", sibilou Kaa, e a cidade ficou em silêncio de novo. "Não pude chegar antes, irmão, mas *acho* que te ouvi chamando", disse ele para Bagheera.

"Eu... talvez tenha gritado no meio da batalha", respondeu Bagheera. "Baloo, estás ferido?"

"Tenho a sensação de que virei cem ursinhos", disse Baloo, sacudindo gravemente uma perna e depois a outra. "Uau! Como estou dolorido. Kaa, acho que te devemos nossas vidas — Bagheera e eu."

"Não tem importância. Onde está o homúnculo?"

"Aqui, numa armadilha. Não consigo sair", disse Mowgli. A curva do domo quebrado estava bem em cima da cabeça dele.

"Levai-o daqui. Ele dança como Mor, o Pavão. Vai esmagar nossos filhos", disseram as cobras lá dentro.

"Ha!", disse Kaa, rindo, "ele tem amigos por toda parte, esse homúnculo. Para trás, homúnculo; escondei-vos, Povo Venenoso. Vou destruir essa parede."

Kaa procurou com cuidado até encontrar uma rachadura desbotada nas veias do mármore, o que indicava um ponto fraco; fez dois ou três corcoveios com a cabeça para tomar distância e então, erguendo dois metros de corpo do chão, deu meia dúzia de golpes com toda a sua força, atingindo o muro com o nariz. A tela de mármore quebrou e caiu com uma nuvem de poeira e detritos, e Mowgli pulou pela abertura e se atirou entre Baloo e Bagheera — com um braço enroscado em cada pescoço grande.

"Estás machucado?", perguntou Baloo, dando-lhe um leve abraço.

"Estou dolorido, faminto e bastante machucado; mas, oh, quanto mal eles vos fizeram, irmãos! Vós sangrais."

"Outros também sangram", disse Bagheera, lambendo os beiços e olhando para os macacos mortos no terraço e em torno da caixa-d'água.

"Não é nada, não é nada se estiveres a salvo, ó minha mais bela rãzinha!", gemeu Baloo.

"Isso veremos mais tarde", disse Bagheera numa voz seca da qual Mowgli não gostou nem um pouco. "Mas aqui está Kaa, a quem devemos a batalha e tu deves a vida. Agradece a ele de acordo com nossos costumes, Mowgli."

Mowgli se virou e viu a enorme cabeça do píton balançando meio metro acima da sua.

"Então esse é o homúnculo", disse Kaa. "Tem a pele muito macia e não é muito diferente do *Bandar-log*. Cuidado, homúnculo, para eu não te confundir com um macaco em algum crepúsculo desses, quando tiver trocado de pele."

"Nós somos do mesmo sangue, tu e eu", respondeu Mowgli. "Devo minha vida a ti esta noite. Minha presa será tua presa sempre que estiveres com fome, ó Kaa."

"Muito obrigado, Irmãozinho", disse Kaa, achando graça. "E o que um caçador valente como esse pega? Pergunto para ir atrás de ti quando fores à caça da próxima vez."

"Não mato nada — sou pequeno demais —, mas levo os bodes para perto daqueles que podem matá-los. Quando estiveres de barriga vazia, vem até mim e verás que falo a verdade. Tenho algumas habilidades aqui", disse Mowgli, mostrando as mãos, "e, se algum dia estiveres numa armadilha, talvez possa pagar a dívida que devo a ti, a Bagheera e a Baloo. Boa caçada a todos, meus senhores."

"Muito bem dito", disse Baloo, pois o agradecimento de Mowgli tinha sido muito bonitinho. O píton pousou a cabeça de leve durante um minuto no ombro do menino. "Um coração valente e uma língua cortês", disse ele. "Com eles, tu irás longe na Selva, homúnculo. Mas agora sai daqui depressa com teus amigos. Vai e dorme, pois a lua já vai se pôr e o que vai acontecer depois tu não deves ver."

A lua estava se escondendo atrás das colinas e os macacos trêmulos e encolhidos sobre as muralhas e fortificações já pareciam estar derrotados e arrasados. Baloo desceu até a caixa-d'água para beber um pouco e Bagheera começou a pôr o pelo em ordem conforme Kaa deslizava até o centro do terraço e fechava as mandíbulas com um estrondo que fez com que todos os macacos o olhassem.

"A lua está se pondo", disse ele. "Ainda há luz o suficiente para ver?"

Das muralhas veio um gemido que pareceu o vento passando nas copas das árvores. "Nós vemos, ó Kaa."

"Bom. Agora começa a dança — a Dança da Fome de Kaa. Ficai parados e observai." Ele se enroscou duas ou três vezes, formando um enorme círculo e balançando a cabeça da direita para a esquerda. Então começou a fazer anéis e oitos com o corpo, além de triângulos suaves que se transformavam em quadrados, em pentágonos e em montes de várias voltas umas sobre as outras, sem nunca parar, nunca se apressar e nunca deixar de cantar sua musiquinha sussurrada. Foi ficando mais e mais escuro, até que afinal as voltas do corpo que Kaa arrastava e esculpia desapareceram; mas ainda era possível ouvir o farfalhar de suas escamas.

Baloo e Bagheera ficaram parados como estátuas, emitindo um rugido pela garganta com os pelos do pescoço eriçados, enquanto Mowgli observava tudo, admirado.

"*Bandar-log*", disse a voz de Kaa afinal, "podeis mover um pé ou mão sem que eu ordene? Falai!"

"Sem que tu ordenes não podemos mover um pé ou mão, ó Kaa!"

"Muito bem! Dai um passo para perto de mim."

Os macacos se aproximaram, impotentes, e Baloo e Bagheera de forma mecânica deram um passo à frente ao mesmo tempo que eles.

"Mais perto!", sibilou Kaa e todos se moveram de novo.

Mowgli pôs as mãos sobre Baloo e Bagheera para afastá-los dali e as duas grandes feras deram um pulo, como se estivessem acordando de um sonho.

"Fica com a mão no meu ombro", sussurrou Bagheera. "Fica com ela aí, ou eu terei de voltar... terei de voltar para perto de Kaa. Aah!"

"É só o velho Kaa fazendo círculos no pó", disse Mowgli. "Vamos embora"; e os três foram para a Selva, saindo por um buraco nas muralhas.

"Ufa!", disse Baloo ao se ver sob as árvores tranquilas de novo. "Nunca mais vou me aliar a Kaa." E ele estremeceu todo.

"Ele sabe mais do que nós", disse Bagheera, trêmulo. "Em pouco tempo, se tivesse ficado ali, teria caminhado para dentro de sua garganta."

"Muitos o farão antes que a lua ressurja", disse Baloo. "Ele terá uma boa caçada... a seu modo."

"Mas o que significou tudo aquilo?", perguntou Mowgli, que não conhecia os poderes hipnóticos de um píton. "Eu só vi uma cobra enorme fazendo círculos bobos até a escuridão cair. E o nariz dele estava todo machucado. Ha! Ha!"

"Mowgli", disse Bagheera com raiva, "o nariz dele estava machucado por *tua* causa, assim como minhas orelhas, meus flancos e minhas patas e o pescoço e os ombros de Baloo estão mordidos por *tua* causa. Nem Baloo nem Bagheera poderão caçar com prazer pelos próximos dias."

"Isso não é nada", disse Baloo. "Temos o Filhote de Homem de novo."

"É verdade; mas ele nos custou muito tempo que poderia ter sido usado em boas caçadas, e também muitas feridas, muitos pelos — minhas costas estão quase carecas —, e, por último, em honra. Pois lembra, Mowgli, que eu, que sou a Pantera-Negra, fui forçado a pedir proteção a Kaa, e Baloo e eu ficamos tão estúpidos quanto dois filhotes de pássaros por causa da Dança da Fome. Tudo isso, Filhote de Homem, aconteceu porque brincaste com o *Bandar-log*."

"Verdade. É verdade", disse Mowgli com grande pesar. "Sou um filhote de homem malvado e sinto uma tristeza no estômago."

"Humpf! O que diz a Lei da Selva, Baloo?"

Baloo não queria que Mowgli tivesse mais problemas, mas não podia mexer com a Lei e, por isso, murmurou: "A tristeza nunca impediu a punição. Mas lembra, Bagheera, que ele é muito pequeno".

"Vou lembrar; mas ele fez besteira e terá que levar umas palmadas. Mowgli, tens algo a dizer?"

"Nada. Fiz uma coisa errada. Tu e Baloo estão feridos. É justo."

Bagheera deu-lhe meia dúzia de tapinhas do tipo que uma pantera considera carinhosos, pois mal teriam acordado um de seus filhotes, mas que, para um menino de sete anos, foram palmadas que você não teria gostado nem um pouco de levar. Quando estava tudo acabado, Mowgli deu um espirro e se levantou sem dizer uma palavra.

"Agora", disse Bagheera, "pula nas minhas costas, Irmãozinho, e vamos para casa."

Uma das belezas da Lei da Selva é que a punição deixa tudo resolvido. Ninguém reclama mais depois.

Mowgli pousou a cabeça nas costas de Bagheera e dormiu tão profundamente que não acordou nem quando foi deixado[9] na caverna onde morava.

CANÇÃO DE VIAGEM DO *BANDAR-LOG*

Vamos subindo, a árvore é nossa estrada,
Tão alto que a lua fica enciumada!
A vida do nosso povo faz nascer a cobiça
Nossas mãos são ágeis e não têm preguiça
É de dar inveja nosso rabo tão comprido
Com o mesmo formato do arco do Cupido
Agora te chateaste, mas... não importa,
Irmão, tua cauda está meio torta!

Sentados nos galhos, formando fileiras
Só pensamos coisas belas, nada de besteiras
Sonhamos com os feitos que vamos realizar
Serão sensacionais, basta começar.
Faremos algo nobre, sábio e melhor
Mas sem gastar uma gota de suor.
Já esquecemos o que será, mas...[10] não importa,
Irmão, tua cauda está meio torta!

Todas as falas que aqui se escuta
Seja em árvore, rio ou gruta
Seja do couro, da escama ou da pena
Misturamos tudo, mais de uma centena
Excelente! Incrível! Com esse nosso plano
Cada macaco agora fala como humano!
Vamos fingir que somos... não importa,
Irmão, tua cauda está meio torta!
É assim que o povo dos macacos se comporta.

Vamos de galho em galho,[11] *sem querer muito trabalho*
Rápidos como um foguete, pendurados nos cipós
Sujando tudo no caminho, em meio a um grande burbu-
[rinho
Vocês ainda vão ouvir falar muito de nós!

Tigre! Tigre![*]

E a caçada, caçador ousado?
Irmão, passei a noite a esperar, gelado.
E quanto à presa que fostes matar?
Ela ainda está na selva a pastar.
E a força que de orgulho te inchava?
Irmão, meu sangue o meu flanco lava.
Por que te apressas, aonde vais ter?
Irmão, vou ao meu covil... morrer.

Quando Mowgli deixou a caverna dos lobos depois da briga com a Alcateia de Seeonee, ele foi até as terras aradas onde os aldeões moravam, mas não quis ficar ali porque eram próximas demais da Selva e ele sabia que tinha feito pelo menos um inimigo mortal no Conselho.[1] Por isso foi em frente, seguindo pela estrada de terra que cruzava o vale e continuando nela num passo apressado e firme por mais de trinta quilômetros, até chegar a uma região que não conhecia. O vale se abria numa enorme

* Publicado pela primeira vez com o título de "Tigre, Tigre" na revista *St. Nicholas* em fevereiro de 1894 com ilustrações de W. H. Drake. "Tigre, Tigre!" na *1ª americana* e na *Sussex*. O título se refere ao famoso poema de William Blake "The Tyger", publicado em *Songs of Experience* (1793): "*Tyger, Tyger, burning bright/ In the forests of the night,/ What immortal hand or eye/ Could frame thy fearful symmetry?*" [Tigre, tigre, brilhando forte/ Nas florestas da noite/ Que mão ou olho imortal/ Pode ter construído tua simetria espantosa?]

planície pontilhada de pedras e rasgada por ravinas. Numa das pontas ficava uma aldeiazinha e na outra a selva fechada descia até os pastos, parando logo antes como se tivesse sido cortada a golpes de enxada. Bois e búfalos pastavam por toda a planície e, quando os menininhos que cuidavam dos rebanhos viram Mowgli, soltaram um grito e saíram correndo, enquanto os cães amarelos que são os párias que se espalham por todas as aldeias indianas começaram a latir. Mowgli continuou a caminhar, pois estava com fome, e, quando chegou ao portão da aldeia, viu o enorme espinheiro que era disposto diante dele na hora do crepúsculo empurrado para o lado.

"Humpf!", disse Mowgli, pois já tinha encontrado mais de uma barricada como essa ao perambular à noite em busca de coisas para comer. "Então os homens daqui também têm medo do Povo da Selva." Ele se sentou perto do portão e, quando um homem apareceu, ficou em pé, abriu a boca e apontou para dentro, mostrando que queria comida. O homem olhou-o com espanto e correu por uma das ruas da aldeia gritando para o sacerdote, que era um homem grande e gordo vestido de branco com uma marca vermelha e amarela na testa.[2] O sacerdote veio até o portão junto com pelo menos cem pessoas, que olharam, falaram, gritaram e apontaram para Mowgli.

"Esses homens não têm modos", disse Mowgli de si para si. "Só o macaco cinza se comportaria como eles." Ele jogou os longos cabelos para trás e franziu o cenho para a multidão.

"Por que estais com medo?", disse o sacerdote. "Vede as marcas nos braços e pernas dele. São mordidas de lobo. É apenas uma criança lobo que fugiu da selva."

É claro que, no meio das brincadeiras, os lobinhos muitas vezes tinham mordiscado Mowgli com mais força do que pretendiam e havia cicatrizes esbranquiçadas espalhadas pelos seus braços e pernas. Mas Mowgli teria sido a última pessoa do mundo a chamá-las de mordidas, pois sabia o que era uma mordida de verdade.

"Arre! Arre!", disseram duas ou três mulheres. "Levar mordida de lobo! Pobrezinho! É um menino bonito. Tem olhos que são como brasas. Palavra de honra, Messua,[3] ele parece um pouco com teu filho que foi levado pelo tigre."

"Quero ver", disse uma mulher com anéis pesados de cobre nos pulsos e tornozelos, espiando Mowgli sob a mão espalmada. "Não é ele. É mais magro, mas parece com meu menino."

O sacerdote era esperto e sabia que Messua era a esposa do aldeão mais rico dali. Por isso, olhou para o céu durante um minuto e disse num tom solene: "O que a selva levou, a selva devolve. Leva o menino para a tua casa, minha irmã, e não esquece de honrar o sacerdote que vê tão longe nas vidas dos homens".

"Pelo touro que me comprou", pensou Mowgli, "toda essa conversa parece até outra Cerimônia da Olhada da Alcateia! Bem, se sou mesmo um homem, um homem serei."[4]

A multidão se dispersou e a mulher chamou Mowgli para ir até seu casebre, onde havia uma cabeceira de cama de laca vermelha, uma grande arca de barro para guardar grãos com desenhos engraçados em relevo, meia dúzia de panelas de cobre, uma imagem de um deus hindu numa alcova e, na parede, um espelho de verdade como aqueles que eles vendem nas feiras do interior por oito centavos.[5]

Ela lhe deu um grande gole de leite[6] e um pedaço de pão e depois pôs a mão sobre sua cabeça e olhou-o nos olhos; pois achou que talvez fosse mesmo seu filho que voltara da selva, para onde fora levado pelo tigre. Assim, disse: "Nathoo, ó Nathoo!". Mowgli não deu sinal de reconhecer o nome. "Não lembras do dia em que te dei sapatos novos?" A mulher tocou o pé dele, que era quase tão duro quanto um casco. "Não", disse ela com tristeza, "estes pés nunca usaram sapatos, mas tu és muito parecido com meu Nathoo, e serás meu filho."

Mowgli ficou inquieto, pois nunca tinha estado sob um teto antes; mas olhou para a palha e viu que conseguiria arrancá-la se quisesse fugir, e notou também que a janela não tinha tranca. "De que serve um homem", pensou ele afinal, "se não pode entender o que os outros homens dizem? Agora, sou tão bobo e mudo quanto um homem seria conosco na Selva. Preciso aprender a falar a língua deles."

Quando morava com os lobos, Mowgli havia aprendido a imitar o bufo dos cervos e o grunhido dos porquinhos selvagens, pois sabia que isso era muito necessário. Assim, logo que Messua pronunciava uma palavra, ele a imitava de maneira quase perfeita e, antes de a noite cair, já aprendera o nome de muitas coisas no casebre.

Houve um problema na hora de ir para a cama, pois Mowgli se recusou a dormir em algo tão parecido com uma armadilha de pantera quanto aquele casebre e, quando eles fecharam a porta, ele saiu pela janela. "Deixa que ele faça como quiser", disse o marido de Messua. "Lembra que ele nunca deve ter dormido numa cama até hoje. Se tiver sido mesmo mandado no lugar do nosso filho, não vai fugir."

Então Mowgli se esticou na grama alta e limpa que crescia ao lado do campo, mas, antes de fechar os olhos, um focinho macio e cinza lhe cutucou embaixo do queixo.

"Ora!", disse o Irmão Cinzento (o mais velho dos filhotes da Mãe Loba). "Bela recompensa por ter te seguido por trinta quilômetros. Tu cheiras a fogo de madeira e gado... bem como um homem já. Acorda, Irmãozinho! Trago notícias."

"Estão todos bem na Selva?", perguntou Mowgli, abraçando o lobo.

"Todos, exceto os lobos que foram queimados pela Flor Vermelha. Agora, escuta. Shere Khan foi caçar bem longe até seu pelo crescer de novo, pois ficou muito chamuscado. Quando voltar, ele jura que vai jogar teus ossos no Waingunga."

"Ele fala uma coisa, eu outra. Também fiz uma promessa. Mas sempre é bom saber notícias. Estou cansado hoje — muito cansado de tantas coisas novas, Irmão Cinzento —, mas me traz as notícias, sempre."

"Não vais esquecer que és um lobo? Os homens não vão te fazer esquecer?", perguntou Irmão Cinzento, ansioso.

"Nunca. Sempre vou lembrar que te amo e amo todos em nossa caverna; mas também vou lembrar que fui expulso da Alcateia."

"E podes ser expulso de outra. Os homens são apenas homens, Irmãozinho, e a conversa deles é como a conversa das rãs no charco. Quando eu vier de novo, vou te esperar no meio do bambuzal que fica ao lado dos pastos."

Durante os três meses que se passaram depois dessa noite, Mowgli mal saiu da aldeia, de tão ocupado que estava aprendendo os modos e costumes dos homens. Primeiro teve que usar panos no corpo, o que o irritou horrivelmente; depois teve que aprender o que era dinheiro, algo que não compreendeu, e aprender a arar, algo cuja utilidade não via. E as criancinhas da aldeia o deixavam muito zangado. Por sorte, a Lei da Selva o ensinara a não perder as estribeiras; mas quando eles riam de Mowgli porque ele não queria brincar ou soltar pipa, ou porque pronunciava alguma palavra errado, só o fato de saber que era covardia matar filhotinhos pelados o impedia de pegá-los e parti-los ao meio. Mowgli não tinha ideia da própria força. Na Selva, sabia que era fraco comparado às feras, mas, na aldeia, o povo dizia que era forte como um touro. Estava claro que não conhecia o que era medo, pois, quando o sacerdote da aldeia lhe disse que o deus do templo ficaria zangado se ele comesse suas mangas, Mowgli pegou a imagem, levou-a até a casa do homem e pediu-lhe que deixasse o deus com raiva para que eles pudessem lutar. Foi um escândalo enorme, mas o sacerdote abafou-o e o marido de Messua deu muita prata para apaziguar o deus.[7] E Mowgli não tinha a menor ideia da diferença que a casta cria entre os homens. Quando o burrico do oleiro escorregou na mina de argila, Mowgli tirou-o de lá pelo rabo e ajudou o homem a empilhar os vasos que tinha feito para a viagem até o mercado de Khanhiwara.[8] Isso foi muito chocante também, pois o oleiro é um homem da casta mais baixa e o burrico dele é ainda pior.[9] Quando o sacerdote brigou com Mowgli, este ameaçou botá-lo em cima do burrico também e, por isso, o homem disse ao marido de Messua que era melhor o menino ser posto para trabalhar o mais depressa possível; assim, o chefe da aldeia mandou Mowgli sair com os búfalos no dia seguinte e cuidar deles enquanto pastavam. Ninguém ficou mais satisfeito com isso do que o próprio Mowgli; e, naquela noite, como fora escolhido para servir a aldeia, ou algo parecido, foi fazer parte de um círculo que se reunia todas as tardes numa plataforma de alvenaria que ficava embaixo de uma grande figueira. Era como se fosse o clube de cavalheiros da aldeia, onde o chefe, o vigia e o barbeiro, que sabiam todas as fofocas do lugar, além do velho Buldeo,[10] o caçador que tinha um mosquete da Torre,[11] se encontravam para fumar. Os macacos tagarelavam nos galhos mais altos e havia um buraco na plataforma onde morava uma naja que ganhava um pratinho de leite todas as noites, porque era sagrada; e os homens ficavam sentados em torno da árvore conversando e chupando seus imensos *huqas* (os narguilés) noite adentro. Contavam histórias assombrosas sobre deuses, homens e fantasmas; e Buldeo contava histórias ainda mais assombrosas sobre as feras da Selva, até que os olhos das crianças sentadas do lado de fora do círculo quase saltavam das órbitas. A maioria das histórias era sobre animais, pois a selva sempre invadia os limites da aldeia. Os cervos e javalis comiam a colheita e, de tempos em tempos, um tigre roubava um homem na hora do crepúsculo, diante do portão.

Mowgli, que, é claro, entendia bem daquele assunto, tinha que esconder o rosto para não mostrar que estava rindo quando Buldeo, com o mosquete da Torre sobre os joelhos, pulava de uma história impressionante para outra. Os ombros do menino tremiam, de tanta graça que ele achava nelas.

Buldeo estava explicando que o tigre que tinha levado o filho de Messua era um tigre-fantasma, com o corpo tomado pelo fantasma de um velho usurário perverso que morrera anos atrás. "E eu sei que é verdade", disse ele, "porque Purun Dass[12] sempre mancava devido à pancada que levou numa rebelião em que seus livros de contabilidade foram queimados, e esse tigre *manca também*, pois a trilha que suas patas deixam é desigual."

"Verdade, verdade, deve ser verdade", disseram os homens de barbas grisalhas, assentindo ao mesmo tempo.

"Será que todas essas histórias são teias de aranha e conversa de lua?", disse Mowgli. "Aquele tigre manca porque nasceu manco, como todo mundo sabe. Falar que a alma de um usurário está numa fera que nunca teve a coragem de um chacal é conversa de criança."

Buldeo ficou mudo de surpresa por um segundo e o chefe da aldeia olhou para Mowgli, atônito.

"Ora! É o moleque da selva, não é?", perguntou Buldeo. "Já que és tão sábio, leva a pele do tigre a Khanhiwara, pois o governo ofereceu cem rupias[13] pela vida dele. Ou, melhor ainda, não fala enquanto os mais velhos estiverem conversando."

Mowgli se levantou para ir embora. "Passei a tarde inteira aqui deitado escutando", disse para Buldeo por sobre o ombro, "e, com exceção de uma ou duas vezes, Buldeo não disse uma palavra verdadeira sobre a Selva que fica na porta da sua casa. Como, então, poderei acreditar nas histórias de fantasmas, deuses e duendes que ele diz ter visto?"

"Já está mais que na hora de esse menino começar a cuidar dos rebanhos", disse o chefe, enquanto Buldeo bufava com a impertinência de Mowgli.[14]

Na maioria das aldeias indianas, o costume é mandar alguns meninos levar o gado e os búfalos para pastar de manhã cedo e trazê-los de volta à noite; e os mesmos animais que pisoteariam um homem branco até a morte permitem que crianças que mal batem na altura do seu nariz[15] lhe deem palmadas e broncas. Os meninos não correm perigo se ficarem perto dos rebanhos, pois nem um tigre ataca uma aglomeração de gado. Mas, se se afastarem para colher flores ou caçar lagartos, às vezes são levados. Mowgli passou pela rua da aldeia ao alvorecer, sentado no lombo de Rama,[16] o maior macho do rebanho; e os búfalos cor de ardósia, com enormes chifres que formam uma curva para trás e olhos ferozes, levantaram dos estábulos um por um e o seguiram, enquanto o menino deixava bem claro para as crianças que iam junto que ele era o chefe ali. Mowgli, brandindo um longo pedaço de bambu polido, disse a Kamya, um dos meninos, que levasse o gado para pastar enquanto ele seguia com os búfalos, e para tomar cuidado e não se afastar do rebanho.

As pastagens indianas são cheias de pedras, arbustos, moitas e pequenas ravinas, em meio aos quais os rebanhos se espalham e desaparecem. Os búfalos em geral ficam nos charcos e lamaçais, onde passam horas chafurdando na lama quente. Mowgli levou-os até uma das pontas da planície, no lugar onde o Waingunga surge de dentro da Selva; então desceu do pescoço de Rama, correu até um bambuzal e encontrou Irmão Cinzento. "Ah", disse Irmão Cinzento. "Estou esperando aqui há muitos dias. Qual o significado desse trabalho de ser pastor de gado?"

"É uma ordem", disse Mowgli. "Sou o pastor da aldeia por enquanto. Quais são as notícias de Shere Khan?"

"Ele voltou para essa região e passou muito tempo

aqui te esperando. Agora foi embora de novo, pois há pouca caça. Mas sua intenção é te matar."

"Muito bem", disse Mowgli. "Enquanto ele estiver longe, que tu ou um de nossos irmãos fique sentado sobre essa pedra, para eu poder ver-vos quando deixar a aldeia. Quando ele voltar, espera por mim na ravina, ao lado da árvore *dhâk*[17] que fica no centro da planície. Não precisamos caminhar para dentro da boca de Shere Khan."

Então Mowgli escolheu um lugar à sombra e se deitou e dormiu, enquanto os búfalos pastavam ao redor. Ser pastor na Índia é uma das coisas mais enfadonhas do mundo. O gado vai de um lado para o outro, mastiga, se deita e depois levanta de novo, sem nem mugir.[18] As vacas só bufam, sendo que os búfalos quase nunca dizem nada, só entram nos charcos lamacentos um depois do outro,[19] afundam devagar na lama até que apenas seu nariz e os olhos azul-celeste ficam acima da superfície e permanecem ali parados como troncos. O sol faz as pedras dançarem no calor e as crianças pastoras ouvem um abutre (nunca mais de um) assobiando lá em cima, quase impossível de ver, e sabem que se morressem, ou se uma vaca morresse, o abutre mergulharia, e o próximo abutre voando a quilômetros dali o veria e o imitaria, assim como outro e mais outro, até que pouco depois de a morte chegar haveria um bando de abutres famintos ali, surgidos do nada. As crianças dormem, acordam e dormem de novo; fazem cestinhos de capim seco trançados e põem grilos lá dentro; pegam dois louva-a-deus e os fazem brigar; fazem um colar de coquinhos vermelhos e pretos; ou observam um lagarto se bronzeando sobre uma pedra, ou uma cobra caçando uma rã perto do charco. Depois, cantam melodias muito longas com estranhos trinados nativos no fim, e um dia parece ser maior que a vida toda da maioria das pessoas, e talvez elas façam um castelo de lama com bonequinhos, cavalinhos e búfalos de lama e ponham juncos nas mãos dos homens e finjam que eles são reis e os bonequinhos são seus exércitos, ou que são deuses que devem ser adorados. A tarde cai, as crianças chamam e os búfalos saem pesadamente da lama grudenta, emitindo barulhos que parecem uma salva de tiros, e eles todos atravessam a planície acinzentada, na direção das luzes bruxuleantes da aldeia.

Dia após dia, Mowgli levava os búfalos até os charcos, dia após dia via as costas de Irmão Cinzento do outro lado da planície, a dois quilômetros e meio de distância (e assim sabia que Shere Khan não tinha voltado), e dia após dia ficava deitado na grama ouvindo os ruídos em volta e sonhando com os tempos antigos na Selva. Se Shere Khan tivesse dado um único passo em falso com sua pata manca nas selvas próximas ao Waingunga, Mowgli o teria ouvido nessas longas manhãs silenciosas.

Finalmente, chegou o dia em que ele não viu Irmão Cinzento no lugar combinado, e riu e levou os búfalos para a ravina próxima à árvore *dhâk*, que estava toda coberta de flores dourado-avermelhadas. Lá estava Irmão Cinzento, com todos os pelos das costas eriçados.

“Ele se escondeu durante um mês para que ficasses desprevenido. Atravessou as montanhas ontem à noite com Tabaqui, seguindo de perto tua trilha”, disse o lobo, ofegante.

Mowgli franziu o cenho. “Não tenho medo de Shere Khan, mas Tabaqui é muito esperto.”

“Não te preocupes”, disse Irmão Cinzento, dando uma lambida nos beiços. “Encontrei Tabaqui no alvorecer. Agora ele está compartilhando sua sabedoria com os abutres, mas contou tudo a *mim* antes de eu lhe partir os ossos. O plano de Shere Khan é esperar por ti no portão da aldeia esta noite — por ti e mais ninguém. Ele agora está dormindo na grande ravina seca do Waingunga.”

“Ele já comeu hoje ou está caçando de barriga vazia?”, perguntou Mowgli, pois a resposta era a diferença entre a vida e a morte para ele.

"Ele matou no alvorecer — um javali — e bebeu também. Lembra que Shere Khan não consegue ficar de jejum nunca, nem por vingança."

"Ah, tolo, tolo! Que filhote de filhote ele é! Comeu e bebeu e agora acha que vou esperar até que acorde! Onde ele está? Se fôssemos dez, poderíamos cair em cima dele enquanto dorme. Os búfalos só vão atacar se sentirem o cheiro dele, e eu não falo sua língua. Achas que podemos encontrar a trilha de Shere Khan para que eles a cheirem?"

"Ele foi por uma parte funda do Waingunga para evitar isso", disse Irmão Cinzento.

"Foi Tabaqui quem o mandou fazer isso, tenho certeza. Shere Khan nunca teria tido essa ideia." Mowgli ficou parado com o dedo na boca, pensando. "A grande ravina do Waingunga... Aquela que dá na planície, a menos de um quilômetro daqui. Eu poderia levar o rebanho pela Selva até a entrada da ravina e depois descer depressa,[20] mas ele escaparia por baixo. Precisamos bloquear a saída. Irmão Cinzento, podes dividir o rebanho em dois para mim?"

"Acho que não... mas trouxe um ajudante sábio." Irmão Cinzento saiu trotando e entrou num buraco. Então surgiu dali de dentro uma imensa cabeça cinza que Mowgli conhecia bem, e o ar quente foi tomado pelo som mais desolador de toda a Selva — o gemido de caça de um lobo ao meio-dia.

"Akela! Akela!", exclamou Mowgli, batendo palmas. "Eu devia saber que não ias me esquecer. Temos muito trabalho pela frente. Divide o rebanho em dois, Akela. Mantém as fêmeas e os filhotes de um lado e os machos de cruza e arado do outro."

Os dois lobos correram em roda[21] para dentro e para fora do rebanho, que bufou e corcoveou, e o dividiram em dois grupos. Num deles estavam as fêmeas cercando os filhotes, olhando feio e escavando o solo, prontas para atacar e pisotear os lobos se eles em algum momento deixassem de se mover. Nos outros estavam os machos velhos e jovens bufando e cavando, mas, embora parecessem mais imponentes, eram muito menos perigosos, pois não tinham filhotes para proteger. Nem seis homens teriam conseguido dividir o rebanho de maneira tão perfeita.

“E agora, quais são as ordens?”, perguntou Akela, ofegante. “Eles estão tentando se juntar de novo.”

Mowgli pulou no lombo de Rama. “Leva os machos para a esquerda, Akela. Irmão Cinzento, quando estivermos longe, deixa as fêmeas juntas e leva-as para o pé da ravina.”

“Até que ponto?”, perguntou Irmão Cinzento, ofegando e mordendo o ar.

“Até um ponto fundo demais para Shere Khan alcançar com um pulo”, gritou Mowgli. “Deixa-as lá até descermos.” Os machos saíram em disparada com Akela rugindo atrás e Irmão Cinzento postou-se diante das fêmeas. Elas partiram para o ataque e ele se manteve logo adiante até chegar ao pé da ravina, enquanto Akela levava os machos para a esquerda.

“Muito bem! Mais uma corrida e chega. Cuidado, cuidado, Akela. Uma mordida a mais e os machos atacarão. Irra! Isso é mais difícil que caçar um antílope negro. Achaste que essas criaturas conseguiam se mover tão depressa?”, gritou Mowgli para Akela.

“Eu... eu já cacei esses animais também na minha época”, disse Akela, ofegante, em meio a uma nuvem de poeira. “Queres que eu os leve para a Selva?”

“Isso! Vira. Vira depressa! Rama está louco de raiva. Ah, se eu soubesse dizer a ele o que preciso que faça hoje.”

Os machos foram virados para a direita dessa vez e se emaranharam nos arbustos. As outras crianças pastoras, que estavam com o gado a menos de um quilômetro dali observando tudo, correram para a aldeia o mais depressa que puderam, gritando que os búfalos tinham ficado loucos e fugido. Mas o plano de Mowgli era bem simples. Tudo o que ele queria era formar um grande círculo no alto da colina e ir para o começo da ravina, para depois descer por ela com os machos e prender Shere Khan entre os machos e as fêmeas; pois sabia que, depois de ter comido uma refeição completa e tomado um monte de água, o tigre não estaria em condições de brigar ou de galgar os barrancos da ravina. Ele começou a falar com os búfalos para acalmá-los, enquanto Akela se postava bem lá atrás e rosnava só uma vez ou outra para apressar a retaguarda. Eles formaram um círculo bem longo, pois não queriam chegar perto demais da ravina e, com isso, alertar Shere Khan. Finalmente Mowgli reuniu o atônito rebanho no topo da ravina, num gramado que dava para uma descida íngreme. Daquela altura, era possível ver as copas das árvores da planície lá embaixo; mas Mowgli ficou olhando os barrancos e viu, com grande satisfação, que eles quase chegavam a formar um ângulo reto, enquanto as trepadeiras que os cobriam não seriam capazes de sustentar um tigre tentando escapar dali de baixo.

"Deixa-os respirar, Akela", disse ele, erguendo a mão. "Ainda não sentiram o cheiro. Deixa-os respirar. Preciso dizer a Shere Khan quem está vindo. Ele está na nossa armadilha."

Mowgli levou as mãos à boca e gritou para a ravina lá embaixo — era quase como gritar por um túnel —, fazendo os ecos pularem de pedra em pedra.

Depois de um longo tempo, ouviu-se o rosnado arrastado e sonolento de um tigre de barriga cheia que tinha acabado de ser acordado.

"Quem está gritando?", disse Shere Khan, e um esplêndido pavão saiu voando da ravina, piando assustado.

"Eu, Mowgli. Ó ladrão de gado, está na hora de ires para a Pedra do Conselho! Para baixo... corre com eles para baixo, Akela! Para baixo, Rama, para baixo!"

O rebanho hesitou por um instante no topo da ladeira, mas Akela deu um grito furioso de caçada e eles se precipitaram para baixo como uma avalanche, jogando areia e pedras para todo lado. Depois que começaram a descer, teria sido impossível pará-los e, antes de chegarem ao pé da ravina, Rama sentiu o cheiro de Shere Khan e urrou.

"Ha! Ha!", riu Mowgli do lombo do búfalo. "Agora, vais ver!" E a torrente de búfalos com seus chifres negros, bocas espumantes e olhos arregalados desabou para o fundo da ravina como pedras levadas por uma enchente, com os mais fracos deles sendo empurrados para as laterais, destruindo as trepadeiras. Eles sabiam o que estava acontecendo — era a terrível disparada de uma manada de búfalos, contra a qual nenhum tigre tem chance. Shere Khan ouviu o estrondo dos seus cascos, se levantou e desceu devagar a ravina, olhando para os dois lados e procurando uma maneira de escapar. Mas as laterais da ravina eram íngremes demais e ele teve de ficar ali, sentindo o peso do jantar e da água no estômago, com vontade de fazer qualquer coisa, menos lutar. O rebanho logo alcançou o charco onde o tigre estivera havia pouco, fazendo uma algazarra que ressoou por toda aquela estreita fenda no chão. Mowgli ouviu mugidos de resposta vindos do pé da ravina e viu Shere Khan se virar (o tigre sabia que, se o pior acontecesse, era melhor enfrentar os machos que as fêmeas com seus filhotes), mas então Rama tropeçou, cambaleou e seguiu adiante, pisoteando uma coisa macia e, com os outros machos logo atrás, bateu com toda força na outra metade do rebanho, enquanto os búfalos mais fracos foram erguidos no ar com o choque do encontro. Os búfalos foram todos dar na planície, jogando a cabeça para a frente, batendo as patas no chão e bufando. Mowgli viu que aquele era o momento e pulou do lombo de Rama, batendo à esquerda e à direita do búfalo com seu bambu.

"Rápido, Akela! Separa-os, ou eles vão começar a brigar uns com os outros. Leva-os para longe, Akela. Rai, Rama! Rai! Rai! Rai, meus filhos. Devagar agora, devagar! Já acabou."

Akela e Irmão Cinzento correram de um lado para o

outro mordiscando as pernas dos búfalos e, embora o rebanho tenha ameaçado sair em disparada ravina acima, Mowgli conseguiu virar Rama na direção contrária e os outros o seguiram para os lamaçais.

Shere Khan não precisava mais ser pisoteado. Estava morto,[22] e os abutres já vinham comer sua carniça.

“Irmãos, foi uma morte de cão”, disse Mowgli, apalpando o peito para encontrar a faca que sempre levava numa bainha pendurada no pescoço agora que vivia com os homens. “Mas ele não teria brigado nunca. Wallah! Sua pele vai ficar bonita na Pedra do Conselho. Precisamos trabalhar depressa.”

Um menino criado por homens jamais sonharia em esfolar um tigre de três metros de comprimento sozinho, mas Mowgli sabia melhor que ninguém como a pele de um animal recobre seu corpo e qual é a melhor maneira de arrancá-la. Ainda assim, foi um trabalho duro, e Mowgli passou uma hora cortando e rasgando, ofegante, enquanto os lobos ficavam ali com a língua de fora ou vinham puxar algo com a boca quando ele mandava. Então o menino sentiu alguém lhe tocando o ombro e, erguendo o olhar, viu Buldeo com o mosquete da Torre. As crianças haviam falado do estouro do rebanho na aldeia e Buldeo saiu furioso, morto de vontade de dar uma bronca em Mowgli por não ter cuidado direito dos búfalos. Os lobos desapareceram de vista assim que viram o homem se aproximando.

“Que maluquice é essa?”, disse Buldeo com raiva. “Achar que pode esfolar um tigre! Onde foi que os búfalos o mataram? Ainda por cima é o Tigre Manco, e há uma recompensa de cem rupias pela cabeça dele. Bem, bem, não serás castigado por deixar o rebanho estourar e talvez eu te dê uma das rupias depois de levar a pele do animal para Khanhiwara.” Ele procurou na faixa que usava na cintura a pedra e o pedaço de metal que usava para fazer fogo e se inclinou para queimar os bigodes de Shere Khan. A maioria dos caçadores nativos sempre queima os bigodes de um tigre para impedir que seu fantasma volte para assombrá-los.

"Hum", disse Mowgli de si para si conforme arrancava a pele de uma das patas da frente. "Então queres levar a pele a Khanhiwara para pegar a recompensa e talvez me dar uma rupia? Agora estou achando que vou precisar da pele eu mesmo. He! Ei, velhote, tira esse fogo daqui!"

"Que jeito é esse de falar com o principal caçador da tua aldeia? Tua sorte e a estupidez dos teus búfalos te ajudaram a matar esse animal. O tigre tinha acabado de comer, ou já estaria a trinta quilômetros daqui. Não consegues nem esfolá-lo direito, moleque, e, ora veja, quer dizer a mim, Buldeo, que não queime os bigodes dele. Mowgli, não vou te dar um *anna*[23] da recompensa, só uma grande surra. Larga a carcaça!"

"Pelo touro que me comprou", disse Mowgli, que estava tentando arrancar a pele do ombro do tigre, "será que vou ter de ficar tagarelando com esse gorila velho o dia inteiro? Akela, vem aqui, esse homem está me perturbando."

Buldeo, que ainda estava inclinado sobre a cabeça de Shere Khan, viu-se estatelado na grama com um lobo cinza sobre ele, enquanto Mowgli continuou a esfolar o tigre como se não houvesse mais ninguém em toda a Índia.

"Isso mesmo", disse ele baixinho. "Tens razão, Buldeo. Nunca vais me dar um *anna* da recompensa. Havia uma guerra antiga entre mim e esse tigre manco — uma guerra muito antiga e... eu ganhei."

Para fazer justiça a Buldeo, se ele fosse dez anos mais novo, teria se arriscado a enfrentar Akela se o houvesse encontrado na mata; mas um lobo que obedecia às ordens de um menino que tinha guerras particulares com tigres comedores de homens não era um animal comum. Aquilo era feitiçaria, mágica da pior espécie, pensou Buldeo, perguntando-se se o amuleto que trazia no pescoço o protegeria. Ele ficou completamente imóvel, esperando que a qualquer momento Mowgli fosse virar um tigre também.

"Marajá! Grande Rei!", disse afinal, num sussurro rouco.

"Sim?", respondeu Mowgli sem virar a cabeça, com uma risadinha.

"Sou um homem velho. Não sabia que eras mais que um pastor. Posso me levantar e ir embora ou teu criado vai me fazer em pedaços?"

"Vai, e vai em paz. Mas, da próxima vez, não te metas com minha presa. Deixa-o ir, Akela."

Buldeo foi cambaleando até a aldeia o mais rápido que pôde, olhando por cima do ombro com medo de que Mowgli fosse virar algo terrível. Quando chegou lá, contou uma história de magia, feitiçaria e bruxaria que fez o sacerdote ficar muito preocupado.

Mowgli continuou a trabalhar, mas já estava quase na hora do crepúsculo quando ele e os lobos conseguiram tirar toda a enorme pele colorida do corpo de Shere Khan.

"Agora, precisamos esconder isso e levar os búfalos para casa! Ajuda-me a juntá-los, Akela."

O rebanho se reuniu em meio à bruma do crepúsculo e, quando eles foram chegando perto da aldeia, Mowgli viu luzes e ouviu as trombetas e os sinos do templo ribombando. Metade do lugar parecia estar esperando por ele no portão. "É porque matei Shere Khan", disse Mowgli para si mesmo; mas uma chuva de pedras assobiou nos seus ouvidos e os aldeões gritaram: "Feiticeiro! Filhote de lobo! Demônio da selva! Vai embora! Sai daqui depressa ou o sacerdote vai te transformar num lobo de novo. Atira, Buldeo, atira!".

O velho mosquete da Torre emitiu um estrondo e um búfalo novo gritou de dor.

"Mais feitiçaria!", gritaram os aldeões. "Ele consegue desviar as balas. Buldeo, o búfalo era *teu*."

"O que é isso agora?", perguntou Mowgli, perplexo, enquanto mais pedras eram atiradas.

"Eles parecem a Alcateia, esses teus irmãos", disse

Akela se sentando calmamente. "Minha cabeça me diz que essas balas significam que estás sendo expulso."

"Lobo! Filhote de lobo! Vai embora", gritou o sacerdote, sacudindo um ramo da planta *tulsi*,[24] que é sagrada.

"De novo? Da última vez, foi porque eu era homem. Agora, é porque sou lobo. Vamos, Akela."

Uma mulher — era Messua — correu na direção do rebanho e exclamou: "Ah, meu filho, meu filho! Estão dizendo que és um feiticeiro que consegue se transformar num animal. Eu não acredito, mas vai embora ou eles vão te matar. Buldeo diz que és um mago, mas sei que vingaste a morte de Nathoo."

"Volta, Messua!", gritou a multidão. "Volta ou vamos atirar pedras em ti!"

Mowgli deu uma risada breve e feia, pois uma pedra o atingira na boca. "Corre para lá, Messua. Essa é mais uma daquelas histórias tolas que eles contam debaixo da árvore grande quando o sol se põe. Pelo menos, paguei pela vida do teu filho. Adeus; e corre depressa, pois vou mandar o rebanho voar mais rápido que essas pedras que eles atiram. Não sou feiticeiro, Messua. Adeus! E agora, mais uma vez, Akela!", gritou ele para o lobo. "Traz o rebanho!"

Os búfalos estavam bastante ansiosos por voltar para a aldeia. Mal precisaram ouvir o rosnado de Akela antes de passarem pelo portão como um redemoinho, fazendo a multidão se espalhar por todos os lados.

"Contai!", gritou Mowgli com desdém. "Pode ser que eu tenha roubado um deles. Contai, pois não cuidarei mais de vossos búfalos. Adeus, filhos de homens, e agradecei a Messua por eu não voltar com meus lobos e vos perseguir por vossa rua."

Ele girou nos calcanhares e foi embora com o Lobo Solitário; e, ao olhar para as estrelas, sentiu-se feliz. "Chega de dormir dentro de uma armadilha, Akela. Vamos pegar a pele de Shere Khan e ir embora. Não; não vamos causar danos à aldeia, pois Messua foi boa comigo."

Quando a lua se ergueu sobre a planície, deixando-a cor de leite, os aldeões horrorizados viram Mowgli, seguido por dois animais e levando um fardo na cabeça, correndo no trote firme dos lobos, que percorre a distância com a rapidez do fogo. Então eles tocaram os sinos do templo e sopraram as trombetas mais alto que nunca; e Messua chorou e Buldeo foi enfeitando cada vez mais a história das suas aventuras na Selva, até acabar dizendo que Akela tinha se erguido nas patas de trás e falado como se fosse um homem.

A lua estava se pondo quando Mowgli e os dois lobos chegaram à colina da Pedra do Conselho, parando na caverna de Mãe Loba.

"Eles me expulsaram da Alcateia dos homens, mãe", gritou Mowgli, "mas eu trouxe a pele de Shere Khan para cumprir minha promessa." Mãe Loba saiu devagar da caverna com os filhotes atrás e seus olhos brilharam quando ela viu a pele.

"Eu lhe disse naquele dia, quando ele enfiou a cabeça e os ombros nessa caverna querendo tua vida, rãzinha... eu lhe disse que a caça ia virar o caçador. Foi bem feito."

"Foi bem feito, Irmãozinho", disse uma voz grave em meio aos arbustos. "A Selva estava desolada sem ti." E Bagheera veio correndo até os pés descalços de Mowgli. Eles subiram até a Pedra do Conselho juntos e Mowgli esticou a pele sobre a pedra chata onde Akela costumava sentar, prendendo-a com quatro pedaços de bambu. Akela deitou-se sobre ela e disse a velha frase do Conselho: "Olhai bem, ó lobos", exatamente como dissera quando Mowgli fora levado ali pela primeira vez.

Desde que Akela tinha sido deposto a Alcateia estava sem líder, caçando e brigando como queriam. Mas eles responderam ao chamado por força do hábito; e alguns estavam mancos por terem caído em armadilhas, alguns tinham sido feridos por tiros, alguns estavam sarnentos por terem comido alimento de má qualidade e muitos haviam desaparecido; mas todos os que tinham restado foram à Pedra do Conselho e viram ali em cima a pele listrada de Shere Khan e as garras enormes na ponta da pata penduradas do tigre.[25]

"Olhai bem, ó lobos. Não cumpri minha promessa?",[26] perguntou Mowgli.

Eles responderam que sim, e um lobo esfarrapado uivou:

"Volta a nos liderar, ó Akela. Volta a nos liderar, ó Filhote de Homem, pois estamos cansados dessa vida sem lei e queremos ser o Povo Livre de novo."

"Não", ronronou Bagheera, "assim não pode ser. Quando estiverdes de barriga cheia, talvez a loucura vos acometa de novo. Não é à toa que vos chamais de Povo Livre. Lutastes pela liberdade e ela agora é vossa. Engoli-a, ó lobos."

"A alcateia dos homens e a alcateia dos lobos me expulsaram", disse Mowgli. "Agora, caçarei na Selva sozinho."

"E nós caçaremos contigo", disseram os quatro filhotes.

Assim, Mowgli foi embora e passou a caçar com seus quatro irmãos lobos na Selva daquele dia em diante. Mas não ficou sozinho para sempre, pois, anos depois, virou homem e se casou.[27]

Mas essa é uma história para adultos.

A CANÇÃO DE MOWGLI

Que ele cantou na Pedra do Conselho
quando dançou sobre a pele de Shere Khan

A Canção de Mowgli — eu, Mowgli, estou cantando. Que a Selva me ouça falar das coisas que fiz.
Shere Khan disse que mataria... mataria! Nos portões, na hora do crepúsculo, mataria Mowgli, a Rã!
Ele comeu e bebeu. Bebe bem, Shere Khan, pois quando beberás de novo? Dorme e sonha com a presa que mataste.
Estou sozinho nas pastagens. Irmão Cinzento, vem até mim! Vem até mim, Lobo Solitário, pois temos uma grande presa a caçar!
Trazei os grandes búfalos machos do rebanho com sua pele azulada e os olhos raivosos. Levai-os de um lado para o outro de acordo com minhas ordens.
Ainda dormes, Shere Khan? Acorda, acorda! Aí venho eu e os búfalos vêm atrás.[28]
Rama, o rei dos búfalos, bateu com a pata no chão. Águas do Waingunga, para onde foi Shere Khan?
Ele não é Sahi para cavar buracos nem Mor, o Pavão, para voar. Não é Mang, o Morcego, para se pendurar nos galhos. Bambuzinhos que rangem em uníssono, dizei-me onde ele foi.
Oh! Ele está ali. Arruu! Ele está ali. Sob as patas de Rama está o Tigre Manco! Levanta, Shere Khan! Levanta e mata! Tem carne aqui para ti; parte os pescoços dos búfalos machos!
Psiu! Ele está dormindo. Não vamos acordá-lo, pois sua força é muito grande. Os abutres desceram dos céus para ver. As formigas pretas subiram à superfície para testemunhar. Há uma grande plateia em sua honra.
Alala! Não tenho roupa no corpo. Os abutres verão que estou nu. Tenho vergonha de encarar toda essa gente.

Empresta-me tua pele, Shere Khan. Empresta-me tua bela pele listrada para eu ir à Pedra do Conselho.
Pelo touro que me comprou, fiz uma promessa... uma pequena promessa. Só falta tua pele para que ela seja cumprida.
Com a faca, com a faca que os homens usam, com a faca do caçador,[29] eu me debruçarei e pegarei meu presente.
Águas do Waingunga, Shere Khan[30] me deu sua pele pelo amor que sente por mim. Puxa, Irmão Cinzento! Puxa, Akela! É pesado o couro de Shere Khan.
A Alcateia dos Homens está zangada. Eles atiram pedras e falam conversa de criança. Minha boca sangra. Vou fugir.
Pela noite, pela noite quente, correi comigo, meus irmãos. Vamos deixar as luzes da aldeia e ir na direção da lua baixa.
Águas do Waingunga, a Alcateia dos Homens me expulsou. Não fiz mal a eles, mas tiveram medo de mim. Por quê?
Alcateia dos Lobos, vós me expulsastes também. A Selva está bloqueada para mim e os portões da aldeia estão fechados. Por quê?
Assim como Mang voa entre as feras e as aves, eu também voo entre a aldeia e a Selva. Por quê?
Danço sobre a pele de Shere Khan, mas meu coração está muito pesado. Minha boca está cortada e ferida com as pedras da aldeia, mas meu coração está muito leve, pois voltei para a Selva. Por quê?
Essas duas coisas brigam dentro de mim assim como as cobras brigam na primavera. A água sai dos meus olhos; mas eu rio enquanto ela cai. Por quê?[31]
Eu sou dois Mowglis, mas a pele de Shere Khan está sob meus pés.
Toda a Selva sabe que matei Shere Khan. Olhai, olhai bem, ó lobos!
Arre! Meu coração está pesado com as coisas que não compreendo.

A foca branca*

Dorme, meu bebê, a noite já caiu
As águas, antes verdes, estão negras como o breu
A lua sobre as ondas lá do céu nos viu
Nos recantos das ondas, nos braços de Morfeu
Macio como uma pluma é teu travesseiro de espuma
Ah, foquinha exausta, podes sonhar
As chuvas não te acordarão, nem os dentes do tubarão
Dormindo nos braços do balanço do mar!
"Cantiga de ninar das focas"

Todas essas coisas aconteceram há muitos anos num lugar chamado Novastoshnah[1] ou Ponto Noroeste, na ilha Saint Paul,[2] lá muito longe, no mar de Bering. Limmershin, a Cambaxirra do Inverno, me contou essa história quando foi soprada pelo vento até os cordames de um navio a vapor que estava a caminho do Japão, e eu a levei para a minha cabine, aqueci-a e a alimentei durante alguns dias até que estivesse em condições de voar até Saint Paul de novo. Limmershin é um passarinho muito engraçado,[3] mas sabe contar a verdade.

* Publicado pela primeira vez na *National Review* em agosto de 1893. Para escrever este conto, Kipling estudou a obra de Henry Wood Elliott (1846-1930), um naturalista e pintor americano que era o principal especialista em focas no Alasca; ele deve ter lido o livro de Elliott *The Seal-Islands of Alaska* (1881), de onde foram tirados todos os nomes e muitas das informações deste conto, e possivelmente também *Our Arctic Provinces: Alaska*

Ninguém vai a Novastoshnah, a não ser a trabalho, e o único povo que tem trabalho a realizar regularmente na ilha são as focas. Nos meses de verão, centenas de milhares delas saem do mar gelado e cinza e vão para lá; pois a praia de Novastoshnah tem as melhores acomodações para focas de todo o mundo. Pega-Peixe[4] sabia disso, e toda primavera saía nadando de onde quer que estivesse — tão depressa quanto um barco torpedeiro — diretamente para Novastoshnah, onde passava um mês brigando com seus companheiros por um bom lugar nas pedras, o mais próximo possível do mar. Pega-Peixe tinha quinze anos de idade e era uma imensa foca cinza com pelos tão grandes no ombro que quase pareciam uma juba, e dentes cruéis e longos de cachorro. Quando ficava de pé sobre

---

and the Seal Islands (1886), do mesmo autor. Esses livros foram baseados na pesquisa que Elliott fez durante suas visitas às ilhas Pribilof na década de 1870. Também é importante notar que, no início da década de 1890, quando Kipling estava escrevendo este conto, Elliott, que antes apoiara a indústria de peles de foca, passou a fazer uma campanha fervorosa contra a caça comercial indiscriminada tanto no mar quanto em terra, tendo notado, ao voltar às ilhas em 1890, que a população de focas fora quase extinta em menos de quinze anos. Sua campanha acabou levando à ratificação da Convenção das Focas do Pacífico Norte em 1911, um tratado internacional sobre a caça às focas que dizem ter salvado esses animais no Alasca. (Veja também a nota 34 deste conto para mais informações contextuais.)

Muitos nomes deste conto são russos devido ao fato de que as ilhas Pribilof, que ficam no mar de Bering próximas à costa oeste do Alasca, foram descobertas por exploradores russos em 1786-7, e pertenceram ao país até 1867, quando foram vendidas, juntamente com o Alasca, para os Estados Unidos. Kotick, a foca branca, também fala russo, e todas as palavras em russo que há no conto ("*poltoos*", "*Ochen Scoochnie!*", "*Stareek*") foram tiradas do glossário incluído em *The Seal-Islands of Alaska*, de Elliott.

as nadadeiras de trás, estendia-se por mais de um metro e vinte de altura, e seu peso, se alguém tivesse coragem de pesá-lo, daria mais de trezentos quilos. Era cheio de cicatrizes por causa das brigas terríveis nas quais já tinha se metido, mas estava sempre pronto para se meter em só mais uma. Pendia a cabeça para um lado, como se estivesse com medo de encarar o inimigo; mas, de repente, jogava-a para a frente com a rapidez de um raio e, quando seus dentes grandes estavam bem presos no pescoço da outra foca, até seria possível que ela escapasse, mas Pega-Peixe não ia ajudar nem um pouco. Contudo, ele nunca perseguia uma foca derrotada, pois isso era contra as Regras da Praia. Só queria um lugar perto do mar para os seus bebês; mas, como havia quarenta ou cinquenta mil outras focas procurando a mesma coisa toda primavera, os assobios, gritos, uivos e bufos que se ouvia na praia faziam uma algazarra tremenda. De uma pequena colina chamada Morro de Hutchinson,[5] era possível ver uma extensão de mais de cinco quilômetros de solo coberto com focas brigando; e as ondas que quebravam na praia ficavam pontilhadas de cabeças de focas correndo em direção à terra para participar das brigas. Os machos brigavam na arrebentação, na areia e nos rochedos de basalto liso onde fazem suas tocas, pois são tão estúpidos e egoístas quanto os homens. Suas esposas só chegavam na ilha no fim de maio ou no começo de junho, pois não queriam participar daquela selvageria; e os machos jovens de dois, três e quatro anos de idade, que ainda não tinham se casado, se afastavam cerca de um quilômetro do mar, passando pelas fileiras de briguentos, e iam em hordas e legiões brincar nas dunas e arrancar todas as coisas verdes que brotavam do chão. Eles eram os *holluschickie*[6] — os solteiros — e devia haver mais ou menos duzentos ou trezentos mil só em Novastoshnah.

Certa primavera, Pega-Peixe tinha acabado de ter sua quadragésima oitava briga quando Matkah,[7] sua esposa macia, lustrosa e de olhos gentis, saiu do mar e pegou-a pelo pescoço e largou-a no pedaço de terra que tinha reservado, dizendo, emburrado: "Atrasada como sempre. *Onde* a senhora estava?".

Pega-Peixe tinha o hábito de não comer nada durante os quatro meses que permanecia nas praias, por isso nessa época ele em geral ficava de mau humor. Matkah sabia que não deveria discutir. Ela olhou em volta e disse com muita doçura: "Como você é atencioso! Pegou nosso lugar de sempre".

"É claro que peguei", disse Pega-Peixe. "Olhe só para mim!"

Ele estava cheio de arranhões e sangrando em vinte lugares diferentes; um dos seus olhos quase tinha sido arrancado e seus flancos estavam muito feridos.

"Ah, os homens, os homens", disse Matkah, abanando-se com a nadadeira de trás. "Por que não podem ser sensatos e decidir calmamente em que lugar cada um vai ficar? Você parece que andou brigando com a Baleia Assassina."

"Não faço *nada* além de brigar desde o meio de maio. A praia está muito cheia nesta temporada, uma desgraça. Encontrei pelo menos cem machos da praia de Lukannon[8] procurando uma casa. Por que esse povo não ficou onde estava?"

"Sempre achei que íamos ser muito mais felizes se fizéssemos nossa toca na ilha das Lontras do que neste lugar tão lotado", disse Matkah.

"Ora! Só os *holluschickie* vão para a ilha das Lontras.[9] Se fôssemos para lá, iam dizer que estávamos com medo. Precisamos preservar as aparências, querida."

Pega-Peixe afundou orgulhosamente a cabeça nos ombros roliços e fingiu que estava dormindo durante alguns minutos, mas passou o tempo todo alerta para ver se havia alguma briga boa acontecendo. Agora que todos os machos e suas esposas estavam em terra, era possível ouvir sua gritaria a quilômetros de distância dali, mais alta do que qualquer tempestade. Havia no mínimo um milhão de focas na praia — velhos, mamães, bebês minúsculos e *holluschickie*, brigando, se estapeando, berrando, se arrastando e brincando juntos —, descendo até o mar e emergindo dele em bandos e batalhões, ocupando cada centímetro do chão até onde a vista alcançava e formando gangues para brigar em meio à névoa. Novastoshnah está quase sempre coberta de névoa, a não ser quando o sol aparece e deixa tudo perolado e furta-cor por alguns instantes.

Kotick,[10] o bebê de Matkah, nasceu no meio de toda essa confusão, com uma cabeça e ombros enormes e olhos de um azul-claro e líquido como todas as foquinhas; mas havia algo no seu pelo que fez a mãe olhá-lo com bastante atenção.

"Pega-Peixe", disse ela afinal, "nosso bebê vai ser branco!"

"Pela concha de um mexilhão! Pelas algas secas!", riu Pega-Peixe com desdém. "Nunca no mundo existiu uma foca branca."[11]

"Não posso fazer nada", disse Matkah. "Agora, vai existir"; e ela cantou baixinho a cantiga que todas as mães focas cantam para os seus bebês:

Até seis semanas você não deve nadar
Ou sua cabeça vai afundar
E as tempestades de verão e o temível tubarão
São ruins para os bebês do mar.

São ruins para os bebês focas, ratinho
São ruins, isso é bem certo
Mas nade e fique forte
Que você terá sorte
Filho do Mar Aberto!

É claro que o bebê não entendeu as palavras da primeira vez que as ouviu. Ele só batia um pouco as nadadeiras e andava cambaleando ao lado da mãe, tendo aprendido logo a sair depressa quando o pai estava brigando com outro macho e os dois rolavam e rugiam pelas pedras escorregadias. Matkah ia no mar pegar coisas para comer e o bebê só se alimentava uma vez a cada dois dias, mas, nessas ocasiões, ele comia tudo o que podia e crescia bastante. A primeira coisa que fez foi engatinhar para uma área mais longe do mar, onde encontrou dezenas de milhares de bebês da sua idade, e eles passavam o tempo brincando que nem cachorrinhos, indo dormir na areia limpa e depois brincando de novo. As focas mais velhas que estavam nas tocas não prestavam atenção neles, os *holluschickie* ficavam no seu território e as foquinhas se divertiam para valer. Quando Matkah voltava da pescaria em alto-mar, ia diretamente para o lugar das brincadeiras e chamava seu filhote como as ovelhas chamam os cordeiros, esperando até Kotick responder. Então traçava a linha mais reta do mundo na direção dele, dando tapas com as nadadeiras da frente e jogando foquinhas a torto e a direito. Sempre havia algumas centenas de mães procurando seus filhotes naquela área e os bebês tinham de prestar atenção onde estavam pisando; mas Matkah disse a Kotick: "Desde que você não se deite em água lamacenta e pegue sarna; ou esfregue areia dura num corte ou arranhão; e desde que nunca vá nadar quando o mar estiver pesado, nada vai lhe fazer mal aqui".

As foquinhas nadam tão mal quanto crianças pequenas, mas não sossegam enquanto não aprendem. Na primeira vez em que Kotick entrou no mar, uma onda levou-o muito para o fundo e sua cabeçona afundou e as patas de trás flutuaram, exatamente como sua mãe disse que aconteceria na canção; e, se a próxima onda não o tivesse atirado na praia, ele teria se afogado. Depois disso, aprendeu a ficar só deitado numa piscina na areia, deixando que as ondas viessem e mal o cobrissem para que batesse as nadadeiras, sempre prestando atenção se não vinha uma onda grande que pudesse machucá-lo. Levou duas semanas para aprender a usar as nadadeiras; e várias vezes afundou demais na água, tossiu, grunhiu, rastejou praia acima, tirou sonecas na areia e desceu de novo, até finalmente começar a considerar que a água era o seu lugar. E aí você pode imaginar como ele se divertiu com os amigos, mergulhando na arrebentação; ou pegando jacaré numa onda e aterrissando no meio de um monte de espuma quando ela quebrava na praia; ou ficando de pé nas patas traseiras e coçando a cabeça como os velhos faziam; ou brincando de empurra-empurra nas pedras escorregadias e cheias de limo que ficavam perto do mar. De tempos em tempos, Kotick via uma barbatana fina, parecida com a de um tubarão, passando perto da praia, e sabia que aquela era a Baleia Assassina, a Orca, que come focas bebês sempre que pode; e então ele disparava para a praia com a rapidez de uma flecha enquanto a barbatana se afastava devagar, como quem não quer nada.

No fim de outubro as focas começaram a deixar Saint Paul na direção do alto-mar, com famílias ou tribos inteiras indo embora ao mesmo tempo; não havia mais brigas pelas tocas e os *holluschickie* brincavam onde queriam. "No ano que vem", disse Matkah para Kotick, "você vai ser um *holluschckie*; mas este ano precisa aprender a pegar peixe."

Eles saíram juntos na sua travessia do Pacífico e Matkah mostrou a Kotick como dormir de barriga para cima com as nadadeiras junto do corpo[12] e o focinho só um pouquinho fora d'água. Nenhum berço é mais confortável do que o doce balanço do Pacífico. Quando Kotick sentiu sua pele toda formigando, Matkah lhe disse que ele estava aprendendo a "sensação da água" e que aquele formigamento significava que ia fazer mau tempo e que era preciso nadar bastante para sair dali. "Daqui a pouco", explicou ela, "você vai saber para onde nadar, mas por enquanto vamos atrás de Porco-do-Mar,[13] pois ele é muito sábio." Um cardume de botos estava mergulhando e atravessando a água, e o pequeno Kotick seguiu-os o mais depressa que pôde. "Como vocês sabem para onde ir?", perguntou, ofegante. O líder do cardume revirou os olhos brancos e mergulhou: "Minha cauda está dormente, meu jovem", respondeu ele. "Isso significa que há uma tempestade mais atrás. Vamos! Quando estiver ao sul da Água Grudenta (era assim que ele chamava o Equador) e sua cauda formigar, isso significa que há uma tempestade à sua frente e você deve rumar para o norte. Vamos. A sensação da água aqui não está boa."

Essa foi uma das muitas coisas que Kotick aprendeu, e ele estava sempre aprendendo. Matkah ensinou-lhe a seguir o bacalhau e o halibute por entre os bancos de areia submersos e a arrancar das tocas os peixes que se escondem no meio das algas; a passar pelos naufrágios que havia a cem braças de profundidade, disparando como uma bala de rifle por uma escotilha e saindo por outra junto com os peixes; a dançar na crista das ondas quando os relâmpagos rasgavam todo o céu e a abanar a nadadeira educadamente para o albatroz-de-cauda-curta[14] e para o tesourão[15] quando eles voavam na direção do vento; a pular mais de um metro acima da superfície como um golfinho, com as nadadeiras junto ao corpo e a cauda curvada; a deixar os peixes-voadores em paz, pois eles são muito cheios de espinhas; a morder o flanco do bacalhau nadando a toda a velocidade a dez braças de profundidade e a nunca parar para espiar um barco ou um navio, principalmente se for um barco a remo.[16] Depois de seis meses, Kotick sabia tudo que valia a pena aprender sobre pescaria em alto-mar; e durante todo esse tempo, não botou as nadadeiras em terra firme nem uma vez.

Mas, um dia, quando Kotick estava quase dormindo,

boiando na água morna em torno da ilha de Juan Fernández,[17] sentiu muito cansaço e muita preguiça, como os humanos quando a primavera toma conta de suas pernas, e lembrou das belas praias macias de Novastoshnah a onze mil quilômetros de distância; das brincadeiras com os amigos, do cheiro das algas, dos gritos das focas e das brigas. No mesmo minuto virou para o norte, nadando sem parar e, conforme foi seguindo em frente, encontrou milhares de companheiros, todos a caminho do mesmo lugar, e eles disseram: "Olá, Kotick! Este ano somos todos *holluschickie* e vamos poder dançar a Dança do Fogo na arrebentação de Lukannon e brincar na grama nova. Mas onde você arrumou essa pele?".

A pele de Kotick era de um branco quase imaculado agora e, embora ele sentisse muito orgulho dela, disse apenas: "Nadem depressa! Meus ossos pedem por terra". Assim, todos eles foram para as praias onde haviam nascido e ouviram os machos velhos, seus pais, brigando em meio à bruma espessa.

Naquela noite, Kotick dançou a Dança do Fogo com as outras focas de um ano de idade. O mar entre Novastoshnah e Lukannon fica cheio de fogo nas noites de verão, e cada foca deixa um rastro que parece óleo fervendo atrás de si e cria um lampejo quando pula, e as ondas, quando quebram, formam listras e redemoinhos fosforescentes. Depois de dançar, as focas se afastaram mais do mar e foram até o território dos *holluschickie*, rolando para cima e para baixo no trigo silvestre novo e contando histórias sobre o que tinham feito enquanto estavam no mar. Falavam sobre o Pacífico como meninos falariam de uma floresta onde tinham ido catar nozes, e se alguém fosse capaz de compreender o que diziam, teria feito uma carta náutica desse oceano como nunca se fez antes. Os *holluschickie* de três e quatro anos de idade desceram a Hutchinson's Hill, gritando: "Saiam da frente, meus jovens! O mar é fundo e vocês ainda não sabem tudo o que tem nele. Esperem até contornarem o Horn.[18] Ei, rapaz, onde você arrumou essa pele?".

"Não arrumei", disse Kotick. "Ela cresceu." E, bem na hora em que ia derrubar no chão a foca que o havia abordado, dois homens de cabelos pretos com caras achatadas e vermelhas surgiram de trás da duna de areia e Kotick, que jamais vira um homem antes, bufou e abaixou a cabeça. Os *holluschickie* apenas se juntaram num bando a alguns metros dali e ficaram olhando-os, atônitos. Os homens eram ninguém menos que Kerick Booterin,[19] o chefe dos caçadores de foca da ilha, e Patalamon, seu filho. Eles vinham da aldeiazinha que ficava a menos de um quilômetro das tocas onde nasciam os bebês, e estavam decidindo que focas iam tanger para o matadouro — pois as focas eram tangidas que nem ovelhas — para transformar em casacos mais tarde.

"Nossa", disse Patalamon. "Olhe! Uma foca branca."

Kerick Booterin ficou quase branco sob o óleo e a fuligem que lhe cobriam a cara, pois ele era um aleúte,[20] e os aleútes não são um povo limpo. Então, começou a murmurar uma reza. "Não toque nele, Patalamon. Não vejo uma foca branca desde... desde que nasci. Talvez seja o fantasma do velho Zaharoff. Ele se perdeu no ano passado, na grande tempestade."

"Não vou nem chegar perto", disse Patalamon. "Ele dá azar. Acha mesmo que é o velho Zaharoff que voltou? Eu não paguei por uns ovos de gaivota que comprei dele."

"Não olhe para ele", disse Kerick. "Leve aquele bando de quatro anos de idade. Os homens têm de tirar a pele de duzentos hoje, mas a temporada ainda está no começo e eles não têm prática. Cem já está bom. Depressa!"

Patalamon sacudiu um chocalho feito com os ossos dos ombros de uma foca diante de um grupo de *holluschickie*, que ficou imóvel, bufando e arfando. Quando chegou mais perto, o grupo começou a andar, e Kerick foi levando-o para longe do mar, sem que aquelas focas em nenhum momento tentassem voltar para perto das outras. Centenas de milhares de focas ficaram observando o grupo sendo levado, mas continuaram a brincar como sempre. Kotick foi o único que fez perguntas e nenhum dos seus amigos soube responder, dizendo apenas que os homens sempre levavam focas daquela maneira, ao longo de um período que durava de seis semanas a dois meses a cada ano.

"Eu vou atrás", disse Kotick e seus olhos quase saltaram das órbitas conforme ele foi caminhando atrás do bando.

"A foca branca está vindo atrás de nós!", exclamou Patalamon. "Essa é a primeira vez que uma foca vem para o matadouro sozinha."

"Psiu! Não olhe para trás", disse Kerick. "É mesmo o fantasma de Zaharoff! Preciso falar com o sacerdote sobre isso."

A distância até o matadouro era de apenas oitocentos metros, mas levavam meia hora para percorrê-la, pois se as focas fossem depressa demais, Kerick sabia que iam se esquentar e que a pele ia sair aos pedaços quando fossem esfoladas. Assim, eles foram bem devagar, passando pelo cabo do Leão-Marinho e pela Casa Webster até chegarem à Casa do Sal,[21] de onde já não era mais possível ver as focas na praia. Kotick foi atrás, ofegante e curioso. Achou que estava no fim do mundo, mas o clamor das focas bebês ali atrás era tão alto quanto o clamor de um trem passando por um túnel. Então Kerick sentou sobre o musgo, pegou um pesado relógio de peltre e deixou que o bando descansasse durante trinta minutos, enquanto Kotick ouvia o orvalho da névoa pingando da aba do seu chapéu. Depois chegaram dez ou doze homens, cada um com um porrete de um metro de comprimento com a ponta de ferro. Ao vê-los, Kerick apontou duas ou três focas do bando que haviam sido mordidas pelos companheiros ou estavam afogueadas demais, e os homens as chutaram para longe com suas botas pesadas feitas de pele de pescoço de morsa. Então Kerick disse: "Vamos!" e os homens bateram nas cabeças das outras focas o mais depressa que conseguiram. Dez minutos depois, o pequeno Kotick não era mais capaz de reconhecer seus amigos, pois suas peles haviam sido arrancadas do focinho às patas traseiras, limpas e atiradas numa pilha no chão. Kotick não aguentou mais. Virou e galopou (uma foca pode galopar bem depressa por pouco tempo) de volta para o mar, com os bigodes pequenos que haviam nascido pouco tempo atrás vibrando de horror. No cabo do Leão-Marinho, onde os enormes leões-marinhos ficam sentados diante da arrebentação, ele se atirou de cabeça na água fria e deixou que ela o embalasse, arfante e arrasado. "O que é isso?", disse um leão-marinho irritado, pois em geral os leões-marinhos não se misturam.

"*Scoochnie! Ochen Schoochnie!*" (Estou só, muito só!), disse Kotick. "Estão matando *todos* os *holluschickie* em *todas* as praias!"

O leão-marinho virou a cabeça na direção da ilha. "Que bobagem!", disse ele. "Seus amigos estão fazendo a mesma algazarra de sempre. Você deve ter visto o velho Kerick acabando com um bando. Ele faz isso há trinta anos."

"É horrível", disse Kotick, remando para trás quando uma onda o cobriu e se ajeitando com um movimento circular das nadadeiras que o deixou na vertical a oito centímetros de uma pedra denteada.

"Muito bom para uma foca de um ano!", disse o leão-marinho, que sabia dar valor a um bom nadador. "Acho que deve ser mesmo bem horrível do seu ponto de vista, mas, como vocês focas vêm aqui ano após ano, é claro que os homens acabaram descobrindo e, a não ser que consigam encontrar uma ilha onde os homens não vão nunca, serão sempre mortas por eles."

"Não existe nenhuma ilha assim?", perguntou Kotick.

"Sigo o *poltoos* (o halibute) há vinte anos e nunca encontrei nenhuma. Mas, veja bem — você parece ter o hábito de se dirigir aos seus superiores —, talvez deva ir à ilhota das Morsas conversar com o Vitch.[22] Talvez ele saiba de alguma coisa. Não saia em disparada desse jeito. É uma distância de quase dez quilômetros e, se eu fosse você, ia para a areia e tirava uma soneca primeiro, filhote."

Kotick sabia que aquele era um bom conselho, por isso nadou até sua praia, saiu do mar e dormiu durante meia hora dando vários tremeliques, do jeito que as focas sempre fazem. Depois, foi direto para a ilhota das Morsas, uma ilha chata quase a noroeste de Novastoshnah que tem várias camadas de pedra e é coberta de ninhos de gaivota, onde as morsas se amontoam, sozinhas.

Ele saiu do mar perto do velho Vitch — aquela morsa do Pacífico Norte que é grande, feia, inchada, cheia de pintinhas, com o pescoço gordo e as presas enormes, que só tem educação quando está dormindo — como estava naquele momento, com a água batendo nas nadadeiras de trás.

"Acorde!", gritou Kotick, pois as gaivotas estavam fazendo muito barulho.

"Rá! Rou! Humpf! O que foi?", disse Vitch, e bateu com as presas na morsa ao lado, acordando-a; esta então bateu na próxima e assim por diante, até que estavam todas acordadas e olhando em todas as direções, exceto na direção certa.

"Oi! Sou eu", disse Kotick, boiando na água e parecendo uma lesminha branca.

"Ora! Eu quase me esfolei!", disse Vitch, e todas as morsas olharam para Kotick do mesmo jeito que uma sala repleta de velhos sonolentos olharia para um menininho. Kotick não queria nem ouvir falar em esfolar naquele momento; já tinha visto focas esfoladas demais. Por isso, disse bem alto: "Não existe nenhum lugar onde os homens não vão nunca, para as focas poderem ir para lá?".

"Vá descobrir", disse Vitch, fechando os olhos. "Vá embora. Estamos ocupados."

Kotick deu seu salto de golfinho e gritou o mais alto que pôde: "Comedor de molusco! Comedor de molusco!". Ele sabia que Vitch nunca tinha pego um peixe na vida e que sempre procurava moluscos e algas, embora fingisse ser uma criatura aterrorizante. Naturalmente, as chickies, as gooverooskies e os epatkas — que são as gaivotas-polares, as gaivotas-tridáctilas e os papagaios-do-mar — fizeram coro e então, segundo me contou Limmershin, durante quase cinco minutos não daria para ouvir nem um tiro de canhão na ilhota das Morsas. Toda a população de lá gritava: "Comedor de molusco! *Stareek* (velho)!", enquanto Vitch rolava de um lado para o outro, rosnando e bufando.

"*Agora* você vai me dizer?", perguntou Kotick, sem fôlego.

"Vá perguntar ao Peixe-Boi",[23] disse Vitch. "Se ele ainda estiver vivo, vai saber lhe dizer."

"Como vou reconhecer o Peixe-Boi quando o vir?", perguntou Kotick, dando uma guinada.

"Ele é a única coisa do mar mais feia que o Vitch!", gritou uma gaivota-polar, passando bem embaixo do nariz de Vitch. "Mais feio e mais mal-educado! *Stareek!*"

Kotick nadou de volta até Novastoshnah, deixando as gaivotas com seus gritos. Lá, descobriu que ninguém simpatizava com sua humilde causa de encontrar um lugar tranquilo para as focas. Disseram-lhe que os homens sempre tinham levado os *holluschickie* para o matadouro, que aquele tinha sido só mais um dia de trabalho e que, se ele não gostava de ver coisas feias, não devia ter ido até lá. Mas nenhuma outra foca vira a matança, e isso era a diferença entre ele e seus amigos. Além do mais, Kotick era uma foca branca.

"O que você deve fazer", disse Pega-Peixe depois de saber das aventuras do filho, "é crescer, virar uma foca adulta como seu pai e ter filhotes na praia. Aí eles lhe deixarão em paz. Daqui a cinco anos, você já deve conseguir lutar sozinho." Até a gentil Matkah, sua mãe, disse: "Você nunca vai conseguir impedir a matança. Vá brincar no mar, Kotick". E Kotick foi dançar a Dança do Fogo com um coraçãozinho muito pesado.

Naquele outono, ele deixou a ilha assim que pôde e foi sozinho, por causa de uma ideia que tinha na sua cabeça dura. Ia encontrar o Peixe-Boi, se é que havia tal criatura no mar, e ia descobrir uma ilha tranquila com praias boas e sólidas para as focas viverem, onde os homens não conseguiriam machucá-las. Assim, explorou sozinho do norte ao sul do Pacífico, chegando a nadar quase quinhentos quilômetros em um dia e uma noite. Teve tantas aventuras que seria impossível contar todas, e escapou por pouco de ser pego pelo tubarão-elefante,[24] o tubarão-baleia e o tubarão-martelo, além de ter conhecido todos os rufiões desonestos que vadiam pelos mares; e conheceu peixes grandes e educados e as vieiras pintadinhas de escarlate que ficam no mesmo lugar durante centenas de anos e se orgulham muito disso; mas não conheceu o Peixe-Boi e nunca encontrou uma ilha da qual gostou. Se a praia era boa e sólida, com um barranco atrás onde as focas pudessem brincar, sempre havia a fumaça de uma baleeira esquentando óleo no horizonte, e Kotick sabia o que *isso* significava. Ou então ele via que as focas já tinham visitado a ilha e sido mortas, e sabia que se os homens já haviam estado num lugar, acabariam voltando para lá.

Kotick encontrou um albatroz-de-cauda-curta que lhe disse que a ilha Kerguelen[25] era o lugar mais tranquilo do mundo mas, quando chegou lá, quase foi atirado contra terríveis penhascos negros por uma tempestade pesada de granizo com raios e trovões. Ainda assim, ao se proteger da tormenta, viu que até ali as focas tinham ido ter seus bebês. E aconteceu a mesma coisa em todas as outras ilhas que visitou.

Limmershin deu uma longa lista delas, pois disse que Kotick passou cinco temporadas explorando os oceanos, com um descanso de quatro meses por ano em Novastoshnah, durante os quais os *holluschickie* caçoavam dele e das suas ilhas imaginárias. Foi às Galápagos, um lugar horroroso e seco no Equador onde quase fritou de calor; às ilhas Georgia, às Órcades, à ilha Esmeralda, à ilha Nightingale, à ilha Gonçalo Álvares, à ilha Bouvet, às ilhas Crozet e até a uma ilhota minúscula ao sul do cabo da Boa Esperança.[26] Porém, em todos os lugares o Povo do Mar lhe dizia a mesma coisa: as focas já tinham estado naquelas ilhas, mas os homens mataram todas. Até quando Kotick nadou milhares de quilômetros para longe do Pacífico e chegou a um lugar chamado cabo Corrientes[27] (isso foi quando estava voltando da ilha Gonçalo Álvares), encontrou umas poucas focas sarnentas numa pedra, e elas lhe disseram que os homens apareciam por lá também. Isso quase partiu seu coração e ele dobrou o cabo Horn para voltar para as suas praias; e, quando estava indo para o norte, parou um pouco numa ilha cheia de árvores viçosas, onde encontrou uma foca muito, muito velhinha que estava morrendo. Kotick pegou peixes para a foca e contou-lhe seus fracassos. "Agora", disse, "vou voltar para Novastoshnah e, se for levado ao matadouro com os *holluschickie*, não vou me importar."

A velha foca disse: "Tente mais uma vez. Sou o último sobrevivente da Colônia Perdida de Masafuera,[28] e na época em que os homens nos matavam às centenas de milhares, havia uma história circulando pelas praias de que um dia uma foca branca surgiria do Norte e levaria o povo das focas até um lugar tranquilo. Sou velho e não viverei para ver esse dia, mas outros viverão. Tente mais uma vez".

E Kotick curvou os bigodes (que eram lindos) e disse: "Sou a única foca branca que já nasceu nas praias, e a única foca, branca ou preta, que já pensou em procurar novas ilhas".

Aquilo o alegrou imensamente; e, quando ele voltou para Novastoshnah naquele verão, Matkah, sua mãe, implorou que se casasse e tivesse filhos, pois não era mais um *holluschickie*, mas um macho adulto com uma juba encaracolada nos ombros, tão pesado, grande e feroz quanto o pai. "Espere mais uma temporada", disse ele. "Lembre-se, mãe, que é sempre a sétima onda que vai mais longe na praia."

É engraçado, mas uma foca fêmea também decidiu esperar até o ano seguinte para se casar, e Kotick dançou a Dança do Fogo com ela ao longo de toda a praia de Lukannon na noite antes de partir na sua última expedição. Dessa vez, ele foi para oeste, pois encontrara a trilha de um enorme cardume de halibute e precisava de pelo menos duzentos quilos de peixe por dia para se manter em boa forma. Perseguiu-os até se cansar e então se enroscou e foi dormir na curva da onda que quebra na ilha do Cobre.[29] Ele conhecia a costa perfeitamente bem, portanto, lá pela meia-noite, quando sentiu que esbarrava de leve num banco de algas, disse: "Hum, a maré está forte hoje", e, virando-se debaixo d'água, abriu os olhos devagar e se espreguiçou. Depois pulou como um gato, pois viu coisas enormes fuçando perto do cardume e farejando as pontas das algas.

"Pelas ondas gigantes do estreito de Magalhães!",[30] disse com seus bigodes. "Que povo é esse, que eu nunca vi nem nas águas mais profundas?"

Eles não se pareciam com nenhuma morsa, leão-marinho, foca, urso-polar, baleia, tubarão, peixe, lula ou vieira que Kotick já vira. Tinham entre seis e nove metros de comprimento e não possuíam nadadeiras de trás, só uma cauda em forma de pá que parecia ter sido esculpida em couro molhado. A cabeça daqueles animais tinha a aparência mais engraçada do mundo, e eles se equilibravam sobre a ponta da cauda no fundo do mar quando não estavam pastando, fazendo mesuras solenes uns para os outros e sacudindo as nadadeiras da frente como um homem gordo sacode os braços.

"Arram", pigarreou Kotick. "Tiveram uma boa caçada, cavalheiros?" As coisas enormes responderam, fazendo mesuras e sacudindo as nadadeiras como o Lacaio Sapo.[31] Quando voltaram a comer, Kotick viu que o lábio superior deles era cortado em dois pedaços, que conseguiam torcer mais ou menos trinta centímetros para longe um do outro, voltando a juntá-los para pegar um punhado de algas. Então enfiavam tudo na boca e mastigavam com ar solene.

"Esse jeito de comer faz a maior lambança", comentou Kotick. Os animais fizeram outra mesura e a foca começou a perder a paciência. "Muito bem", disse. "Se vocês têm uma junta a mais na nadadeira da frente, não precisam se exibir. Estou vendo que fazem mesuras muito elegantes, mas gostaria de saber seus nomes." Os lábios cortados se esticaram e se retorceram e os olhos vítreos esverdeados observaram Kotick; mas eles não disseram nada.

"Ora!", exclamou Kotick, "vocês são o único povo que já conheci que é mais feio que o Vitch — e mais mal-educado."

E de repente, ele se lembrou do que a gaivota-polar lhe gritara quando era apenas uma foquinha de um ano na ilhota das Morsas, e caiu para trás dentro d'água: pois viu que finalmente tinha encontrado o Peixe-Boi! Os peixes-boi continuaram a sugar, pastar e mastigar as algas, e Kotick lhes fez perguntas em todas as línguas que aprendera em suas viagens; e olha que o Povo do Mar fala quase tantas línguas quanto os humanos. Mas os peixes-boi não responderam, porque eles não sabem falar. Só têm seis ossos no pescoço, mas deviam ter sete, e no mar dizem que isso o impede de conversar até com seus companheiros; mas, como você sabe, eles têm uma junta a mais na pata da frente e, sacudindo-a para cima e para baixo, conseguem se comunicar numa espécie de código telegráfico desajeitado.

Quando o dia raiou, a juba de Kotick estava toda espetada e sua paciência tinha ido para o mesmo lugar aonde os caranguejos mortos vão. Então os peixes-boi começaram a ir muito devagar para o norte, parando de tempos em tempos para fazer absurdas conferências cheias de mesuras. Kotick seguiu-os, dizendo a si mesmo: "Criaturas tão idiotas quanto essas teriam sido mortas há muito tempo se não tivessem encontrado uma ilha segura; e o que é bom para o Peixe-Boi é bom para o Pega-Peixe. De qualquer maneira, eu gostaria que se apressassem".

Kotick ficou muito cansado daquilo. O cardume de peixes-boi nunca percorria mais de sessenta ou setenta quilômetros por dia, parava para se alimentar à noite e se mantinha próximo da costa o tempo todo; enquanto Kotick nadava em torno deles, por cima deles e por baixo deles, sem jamais conseguir apressá-los. Conforme foram se aproximando do norte, passaram a fazer uma conferência de mesuras a cada duas ou três horas e Kotick quase arrancou os bigodes de impaciência até ver que estavam seguindo uma corrente de água morna, quando passou a respeitá-los mais. Certa noite, os peixes-boi afundaram como pedras na água cintilante e, pela primeira vez desde que Kotick os conhecera, começaram a nadar depressa. Kotick foi atrás e a rapidez o deixou perplexo, pois ele nunca tinha sonhado que o peixe-boi fosse bom nadador. Eles foram até um penhasco que havia na costa, um penhasco que se estendia até o fundo do mar, e mergulharam num buraco escuro na base dele, a vinte braças da superfície. Foi uma nadada muito, muito longa e Kotick estava desesperado por um pouco de ar fresco quando emergiu do túnel negro por onde os peixes-boi o levaram.

"Pelas minhas barbas!", disse ele ao sair do outro lado, ofegante. "Foi um longo mergulho, mas valeu a pena."

Os peixes-boi haviam se separado e estavam comendo preguiçosamente na arrebentação das praias mais lindas que Kotick já vira. Elas eram cobertas por pedras lisas que se estendiam por quilômetros, perfeitas para se ter focas bebês, e além disso, havia montes de areia dura mais para longe do mar, ondas nas quais as focas poderiam dançar, grama alta onde poderiam rolar e dunas de areia para subir e descer; e o melhor era que Kotick sabia, pela sensação da água que nunca engana uma foca adulta, que nenhum homem jamais tinha posto os pés ali. A primeira coisa que fez foi se assegurar de que havia bastante peixe, e depois nadou por todas as praias e contou as deliciosas ilhotas baixas e cobertas de areia que estavam semiocultas sob a linda bruma espessa. Mais para o norte, longe da costa, havia uma fileira de bancos de areia e pedras que manteriam qualquer barco a pelo menos dez quilômetros de distância da praia e, entre as ilhotas e a ilha principal, havia uma extensão de água funda que ia até os penhascos íngremes; em algum ponto embaixo dos penhascos, ficava a entrada do túnel.

"É como Novastoshnah, mas dez vezes melhor", disse Kotick. "Os peixes-boi devem ser mais sábios do que eu pensava. Os homens não poderiam descer os penhascos, mesmo que habitassem a ilha; e os bancos de areia destruiriam qualquer barco que se aproximasse. Se há um lugar seguro no mar, é aqui." Ele começou a pensar na fêmea que deixara para trás, mas, apesar de estar com pressa de voltar a Novastoshnah, explorou aquela nova região meticulosamente para poder responder a quaisquer perguntas que lhe fizessem.

Então mergulhou, viu bem onde ficava a entrada do túnel e nadou depressa para o sul. Ninguém além de um peixe-boi ou uma foca sonharia com a existência daquele lugar e, quando Kotick olhou para os penhascos ali atrás, mal pôde acreditar que estivera nele.[32]

Levou dez dias para voltar para casa, embora não estivesse nadando devagar; e, quando chegou a terra firme logo acima do cabo do Leão-Marinho, a primeira criatura que viu foi a fêmea que estava esperando por ele, que, pela expressão em seus olhos, compreendeu que Kotick afinal encontrara sua ilha.

Mas os *holluschickie*, seu pai Pega-Peixe e todas as outras focas riram quando ele contou o que descobrira, e um macho jovem mais ou menos da sua idade disse: "Tudo isso é muito bonito, Kotick, mas você não pode chegar de sei lá onde e nos mandar ir embora daqui desse jeito. Lembre-se de que nós estávamos brigando por um lugar para nossos filhos, algo que você nunca fez. Preferiu ficar vagando pelo mar". As outras focas riram ao ouvir isso e o macho jovem começou a virar a cabeça para um lado e para o outro. Ele havia acabado de se casar naquele ano e estava todo pimpão.

"Não tenho filhos pelos quais brigar", disse Kotick. "Só quero mostrar a todos vocês um lugar onde estarão a salvo. Brigar para quê?"

"Bom, se você quer desistir, deixe para lá", disse o jovem macho com uma risada de escárnio.

"Se eu ganhar, você vem comigo?", disse Kotick; e um brilho esverdeado surgiu em seus olhos, pois ele estava com muita raiva de ter que brigar.

"Muito bem", disse o jovem macho com um ar despreocupado. "*Se* você ganhar, eu vou." Ele não teve tempo de mudar de ideia, pois Kotick jogou a cabeça para a frente e afundou os dentes na gordura de seu pescoço. Depois, ficou de pé sobre as patas de trás e arrastou o inimigo pela praia abaixo, sacudindo-o e derrubando-o. Então Kotick rosnou para as outras focas: "Fiz o melhor que pude por vocês nessas cinco últimas temporadas. Encontrei a ilha onde estarão a salvo, mas pelo visto só vão acreditar se eu arrancar a cabeça de seus pescoços bobos. Agora, vão aprender uma lição. Atenção!"

Limmershin me contou que nunca em toda a sua vidinha viu coisa igual ao ataque de Kotick às focas na praia, e olhe que essa cambaxirra vê dez mil focas enormes brigando a cada ano. A foca branca se atirou sobre o maior macho que encontrou, pegou-o pela garganta, sufocou-o e bateu nele até que gritasse por clemência, atirando-o então para o lado e atacando o próximo. O que aconteceu foi que Kotick nunca tinha jejuado por quatro meses como as focas grandes fazem todo ano, e suas viagens pelo fundo do mar o mantiveram em perfeita forma; além do mais, o melhor de tudo é que ele nunca tinha brigado antes. Sua juba branca e encaracolada se eriçou de raiva, seus olhos flamejaram e seus imensos dentes de cachorro brilharam, e ele ficou uma beleza de se ver. O velho Pega-Peixe, seu pai, viu-o passando a toda, jogando as focas mais experientes para o alto como se elas fossem halibutes e atirando os jovens solteiros em todas as direções; e ele soltou um urra e gritou: "Ele pode ser um tolo, mas é o melhor lutador das praias! Não ataque seu pai, meu filho! Estou com você!".

Kotick urrou em resposta e o velho Pega-Peixe entrou na briga com os bigodes espichados, bufando como uma locomotiva, enquanto Matkah e a foca que ia se casar com Kotick se encolhiam e admiravam os machos. Foi uma briga linda, pois os dois continuaram a lutar enquanto houvesse uma foca que ousasse levantar a cabeça e, quando não restou nenhuma, atravessaram a praia de um lado a outro como se estivessem fazendo um desfile, aos urros.

À noite, bem quando a aurora boreal brilhava em meio à névoa, Kotick subiu numa pedra lisa e olhou para as tocas destruídas e as focas feridas. "Agora", disse, "vocês aprenderam a lição."

"Pelas minhas barbas", disse o velho Pega-Peixe se erguendo com dificuldade, pois estava muito mordido. "A própria Baleia Assassina não teria conseguido deixá-los em pior estado. Filho, estou orgulhoso de você, e além do mais *eu* irei para a sua ilha... se é que existe mesmo esse lugar."

"Ouçam, porcos gordos do mar. Quem virá comigo para o túnel do peixe-boi? Respondam ou eu lhes darei outra lição!", rugiu Kotick.

Um murmúrio parecido com o barulho da maré se espalhou por todas as praias. "Nós iremos", disseram milhares de vozes cansadas. "Seguiremos Kotick, a foca branca."

Então Kotick afundou a cabeça entre os ombros e fechou os olhos, orgulhoso. Ele não era mais uma foca branca, pois estava vermelho dos pés à cabeça, de tanto sangue que havia sobre seu corpo. Mesmo assim, não passaria pela vergonha de olhar ou tocar em qualquer de suas feridas.

Uma semana depois, Kotick e seu exército (quase dez mil *holluschickie* e focas mais velhas) foram para o norte, na direção do túnel dos peixes-boi, com ele à frente; e as focas que ficaram em Novastoshnah os chamaram de idiotas. Mas na primavera seguinte, quando todos se encontraram nos locais de pesca do Pacífico, as focas de Kotick contaram cada história sobre as praias que ficavam do outro lado do túnel dos peixes-boi que mais e mais delas deixaram Novastoshnah. É claro que isso não aconteceu de repente, pois as focas não são muito espertas e elas[33] precisam de um bom tempo para ruminar uma decisão; mas a cada ano mais e mais foram saindo de Novastoshnah, Lukannon e outras colônias e indo para as praias silenciosas e protegidas onde Kotick passa todo o verão, ficando maior, mais gordo e mais forte a cada ano, enquanto os *holluschickie* brigam ao seu redor, naquele mar onde nenhum homem vai.[34]

LUKANNON

Isso é uma espécie de Hino Nacional das Focas, e é bem triste.[35]

Encontrei meus amigos de manhã (já sou um ancião!)
Quando rolavam sobre as pedras as ondas do verão.
O clamor do seu coro cobria o som das vagas ferozes —
Nas praias de Lukannon — com dois milhões de vozes.

Canção de temporadas diante de lagoas salgadas,
Canção de batalhões descendo as dunas às lufadas —
Canção de danças noturnas que em chamas deixavam o [mar —
Nas praias de Lukannon — antes de o caçador chegar!

Encontrei meus amigos de manhã (nunca os verei de no- [vo!).
As praias dessa ilha tomadas pelo meu povo.
E sobre as espumas ao largo, até onde as vozes alcançavam
Saudávamos com canções aqueles que à praia chegavam.

As praias de Lukannon — onde cresce o trigo alto,
Onde há liquens tão fresquinhos e a bruma chega de [assalto!
As pedras onde brincamos, tão macias a brilhar!
As praias de Lukannon — que são nosso lar!

Encontrei meus amigos de manhã, são almas desoladas
Na água os homens dão tiros e, na terra, pauladas;
Até a Casa do Sal como ovelhas vão nos levar
Mas ainda cantamos Lukannon — antes de o caçador [chegar.

Voem, gaivotas — gooverooska, voem para o Sul!

E contem nossa desgraça aos reis do mar azul.
Vazias como os ovos que a chuva leva à areia
As praias de Lukannon seus filhos já pranteia!

Rikki-Tikki-Tavi*

Pelo buraco que usou de entrada
Olho Vermelho chamou Pele Enrugada
E o pequeno Olho Vermelho gritou forte:
Nag,[1] *vem dançar com a morte!*
Olho no olho e cabeça a cabeça
(Passo a passo, Nag).
Isso durará até que um pereça
(No meu abraço, Nag).
Um rodopio e ele estava a salvo
(Corre, passa, Nag).
Rá! A cobra errou o alvo!
(Que desgraça, Nag!).

Esta é a história da grande guerra que Rikki-Tikki-Tavi travou sozinho nos banheiros do maior bangalô do acampamento militar de Segowlee.[2] Darzee,[3] o pássaro-alfaiate, ajudou-o, e Chuchundra, o rato-almiscarado,[4]

* Publicado pela primeira vez na revista *St. Nicholas* em novembro de 1893 com ilustrações de W. H. Drake. A pronúncia do título (e do nome do personagem) é "*Rikky-ticky-tar-vi.* Mangustos são tão valentes e espertos como o que tentei descrever, e muitas vezes entram numa casa ou até num escritório onde há gente andando de um lado para o outro o tempo todo e ficam amigos dos humanos de lá. Um mangusto inteiramente selvagem costumava vir se sentar em meu ombro em meu escritório na Índia e, curioso, queimar o nariz na ponta do meu charuto, igualzinho a Rikki no conto" (Kipling).

que nunca vem no meio da sala, mas sempre se esgueira perto das paredes, aconselhou-o; mas foi Rikki-Tikki-Tavi quem lutou.

Ele era um mangusto, um bicho com os pelos e a cauda parecidos com os de um gato, mas com o formato da cabeça e os hábitos mais próximos dos de uma fuinha. Seus olhos e a ponta do nariz que mexia sem parar eram cor-de-rosa; ele conseguia coçar qualquer parte do corpo que quisesse com qualquer pata, da frente ou de trás, que escolhesse usar; podia afofar a cauda até que ela ficasse igual a uma escova redonda; e o grito de guerra que soltava quando corria depressa pela grama alta era: *Rikk-tikk-tikki-tikki-tchk!*

Um dia, uma grande enchente de verão inundou a toca onde ele vivia com a mãe e o pai e o arrastou, aos chutes e engasgos, até uma vala que ladeava uma estrada. Rikki-Tikki-Tavi encontrou um pedacinho de grama flutuando ali e agarrou-se a ele até perder os sentidos. Quando recobrou a consciência, estava deitado sob o sol quente no meio de uma aleia de jardim, todo emporcalhado, e um menininho dizia: "Olhe só esse mangusto morto. Vamos fazer um enterro para ele".

"Não", disse a mãe dele, "vamos levá-lo para casa e secá-lo. Talvez não esteja morto de verdade."

Os dois o levaram para casa e um homem grande o pegou na ponta dos dedos e disse que não estava morto, só meio sufocado; por isso, eles o embrulharam em algodão, puseram-no perto de uma pequena fogueira e ele abriu os olhos e espirrou.

"Muito bem", disse o homem grande (era um inglês que havia acabado de se mudar para o bangalô), "não assustem o bichinho para vermos o que ele vai fazer."

A coisa mais difícil do mundo é assustar um mangusto, pois sua curiosidade vai da ponta do nariz à ponta do rabo. O lema de toda a família mangusto é "Vá correndo descobrir"; e Rikki-Tikki-Tavi era um mangusto de verdade. Ele olhou para o algodão, decidiu que não era bom de comer, deu uma volta completa na mesa, sentou-se, ajeitou o pelo, se coçou e pulou no ombro do menininho.

"Não precisa ter medo, Teddy", disse o pai. "É assim que ele faz amizade."

"Ai! Ele está fazendo cócegas no meu queixo", disse Teddy.

Rikki-Tikki espiou por dentro da gola da camisa do menino, cheirou sua orelha e foi para o chão, onde ficou sentado, esfregando o nariz.

"Minha nossa", disse a mãe de Teddy, "e essa é uma criatura selvagem! Acho que é tão dócil porque fomos gentis com ele."

"Todos os mangustos são assim", disse o marido dela. "Se Teddy não o pegar pelo rabo ou tentar enfiá-lo numa gaiola, ele vai passar o dia inteiro correndo para dentro e para fora de casa. Vamos lhe dar algo para comer."

Eles lhe deram um pedacinho de carne crua. Rikki-Tikki adorou e, quando terminou de comer, foi para a varanda sentar ao sol, afofando os pelos para secá-los até a raiz. Então, sentiu-se melhor.

"Existem mais coisas nesta casa", disse ele de si para si, "do que toda a minha família poderia descobrir durante uma vida inteira. Eu certamente ficarei aqui para descobri-las."

Ele passou o dia todo explorando a casa. Quase se afogou nas banheiras; enfiou o nariz dentro do tinteiro sobre a escrivaninha e queimou-o na ponta do charuto do homem grande, pois subiu no colo dele para ver como se fazia para escrever. À noite, entrou no quarto de Teddy para ver como lampiões a querosene eram acendidos e, quando Teddy foi para a cama, Rikki-Tikki subiu lá também; mas era um companheiro de quarto irrequieto, pois a cada barulhinho que surgia durante a noite, tinha de se levantar e ir descobrir o que estava causando-o. Antes de dormir, a mãe e o pai de Teddy entraram para ver como estava o menino, e encontraram Rikki-Tikki acordado em cima do travesseiro. "Não acho isso bom", disse a mãe de Teddy, "ele pode morder o menino." "Ele não vai fazer isso", disse o pai. "Teddy está mais seguro com esse animalzinho do que estaria se houvesse um cachorro para tomar conta dele. Se uma cobra entrasse no quarto agora..."

Mas a mãe de Teddy não conseguiu pensar numa hipótese tão horrível.

De manhã bem cedo, Rikki-Tikki foi tomar café na varanda empoleirado no ombro de Teddy, ganhando um pouco de banana e de ovo cozido; e ele sentou um pouquinho no colo de todos, pois todo mangusto bem-criado sempre torce para ser um mangusto doméstico um dia e ter cômodos onde brincar; e a mãe de Rikki-Tikki (que costumava morar na casa do general em Segowlee) tinha explicado direitinho para ele o que fazer se um dia encontrasse homens brancos.

Então, Rikki-Tikki foi para o jardim ver o que havia para ser visto. Era um jardim grande, com apenas metade cultivada, repleto de arbustos enormes de rosas Marshal Niel,[5] de limeiras, de laranjeiras, de bambus e de grama alta. Rikki-Tikki lambeu os beiços. "Que lugar esplêndido para caçar", disse ele, ficando com o rabo em forma de escova ao pensar nisso e correndo para cima e para baixo no jardim, farejando tudo até ouvir vozes muito tristes vindas de um espinheiro. Eram Darzee, o pássaro-alfaiate, e sua esposa. Eles tinham feito um ninho lindo, juntando duas folhas grandes, costurando suas bordas com fibras de plantas, e enchendo o meio com algodão e outras coisas macias. O ninho balançava de um lado para o outro enquanto eles choravam, sentados na borda.

"O que aconteceu?", perguntou Rikki-Tikki.

"Estamos destroçados", disse Darzee. "Um de nossos bebês caiu do ninho ontem e Nag comeu-o."

"Hum!", disse Rikki-Tikki. "Isso é muito triste. Mas sou um estranho aqui. Quem é Nag?"

Darzee e a esposa se encolheram no ninho sem responder, pois da grama densa no pé do arbusto veio um sibilar baixo — um som horrível e frio que fez Rikki-Tikki dar um pulo de meio metro para trás. Então, centímetro por centímetro, surgiu da grama a cabeça e o capelo aberto de Nag, a enorme naja negra, que tinha um metro e meio da língua ao rabo. Depois de erguer um terço do corpo do chão, ele ficou balançando de um lado para o outro exatamente como um dente-de-leão balança ao vento, e olhou para Rikki-Tikki com aqueles olhos perversos de cobra que nunca mudam de expressão, não importa o que a cobra estiver pensando.

"Quem é Nag?", disse ele. "Eu sou Nag! O grande deus Brahma[6] pôs sua marca em todo o nosso povo quando a primeira naja abriu seu capelo para tirar o sol de Brahma enquanto ele dormia. Olhe e morra de medo!"

Ele abriu o capelo mais do que nunca e Rikki-Tikki viu a marca atrás da cabeça que é exatamente igual a um colchete fêmea de um colchete de gancho. Ele ficou com medo por um minuto; mas é impossível para um mangusto ficar amedrontado por muito tempo e, embora Rikki--Tikki nunca tivesse visto uma naja viva antes, sua mãe o tinha alimentado com najas mortas, e ele sabia que a principal tarefa de um mangusto adulto é lutar com cobras e comê-las. Nag também sabia disso e, no fundo do seu coração frio, estava receoso.

"Bem", disse Rikki-Tikki, e sua cauda começou a ficar fofa de novo, "com marca ou sem marca, você acha que está certo comer passarinhos caídos do ninho?"

Nag estava pensando e observando o menor movimento na grama atrás de Rikki-Tikki. Sabia que o fato de haver mangustos no jardim significaria a morte dele e de sua família mais cedo ou mais tarde; mas queria pegar Rikki-Tikki de surpresa. Por isso, baixou a cabeça um pouco e virou-a para um dos lados.

"Vamos conversar", disse Nag. "Você come ovos. Por que não posso comer pássaros?"

"Atrás! Olhe para trás!", cantou Darzee.

Rikki-Tikki sabia que não deveria perder tempo olhando. Deu o pulo mais alto que conseguiu e, logo abaixo dele, passou sibilando a cabeça de Nagaina,[7] a cruel esposa de Nag. Ela havia se aproximado de mansinho enquanto Rikki-Tikki falava, com o intuito de matá-lo; e ele ouviu o sibilo furioso que soltou quando errou o alvo. Rikki-Tikki caiu quase atravessado nas costas da cobra e, se fosse um velho mangusto, teria sabido que aquele era o momento de partir sua espinha com uma mordida; mas tinha medo do terrível bote de revanche que a naja dá. Mordeu sim, mas não mordeu por tempo suficiente, e deu um pulo para escapar da cauda que passava, deixando Nagaina ferida e furiosa.

"Darzee, seu miserável!", disse Nag, dando o bote mais alto que pôde na direção do ninho no espinheiro; mas Darzee havia construído o ninho fora do alcance das cobras e ele apenas balançou de um lado para o outro.

Rikki-Tikki sentiu seus olhos ficarem vermelhos e quentes (quando os olhos de um mangusto ficam vermelhos, é porque ele está com raiva) e sentou-se sobre as patas de trás e sobre a cauda como faz um filhote de canguru, olhando em volta e zumbindo de ódio. Mas Nag e Nagaina já haviam desaparecido em meio à grama. Quando uma cobra erra o bote, ela nunca diz nada nem dá qualquer sinal de qual será seu próximo gesto. Rikki-Tikki não quis ir atrás, pois não tinha certeza se conseguiria lutar com duas cobras ao mesmo tempo. Assim, saiu trotando até a aleia de cascalho que ficava perto da casa e se sentou para pensar. Aquilo era uma questão muito séria para ele. Se você ler livros antigos de história natural, vai encontrar a informação de que quando o mangusto briga com uma cobra e é mordido, ele sai correndo e vai comer uma erva que o cura do veneno. Isso não é verdade. A vitória é apenas uma questão de ter os olhos mais rápidos e os pés mais rápidos — é o bote da cobra versus o pulo do mangusto — e, como nenhum olho é capaz de seguir o movimento da cabeça de uma cobra quando ela dá o bote, isso faz com que a coisa seja ainda mais incrível do que se fosse resolvida por uma erva mágica. Rikki-Tikki sabia que era um mangusto jovem, o que o deixava ainda mais satisfeito por ter escapado de um golpe dado por trás. Aquilo lhe deu confiança e, quando Teddy veio correndo pela aleia, Rikki-Tikki estava pronto para receber carinhos. Mas, bem quando Teddy estava se abaixando, algo se remexeu[8] um pouco na poeira, e uma voz disse baixinho: "Cuidado! Eu sou a Morte!". Era Karait,[9] a pequena cobra cor de barro que escolhe se esconder na terra poeirenta; e sua mordida é tão perigosa quanto a da naja. Mas essa cobra é tão pequena que ninguém lembra de sua existência, e por isso ela machuca mais pessoas.

Os olhos de Rikki-Tikki ficaram vermelhos de novo e ele dançou até Karait com aquele balanço peculiar que herdara da família. É um movimento muito engraçado, mas de um equilíbrio tão perfeito que o mangusto consegue sair correndo em qualquer ângulo que quiser; e, quando se lida com uma cobra, isso é uma vantagem. Se Rikki-tikki soubesse que estava fazendo uma coisa muito mais perigosa do que brigar com Nag... Pois Karait é tão pequeno e consegue se virar tão rápido que, a não ser que ele o mordesse perto da nuca, a cobra lhe daria um bote de revanche no olho ou na boca. Mas Rikki não sabia; seus olhos estavam muito vermelhos e ele balançou para a frente e para trás, procurando um lugar bom para atacar. Karait deu o bote. Rikki deu um pulo para o lado e tentou avançar, mas aquela cabecinha perversa cor de poeira chegou a um milímetro do seu ombro e ele teve que pular sobre a cobra, que quase conseguiu lhe morder os calcanhares.

Teddy gritou para dentro da casa: "Olhem, nosso

mangusto está matando uma cobra!"; e Rikki-Tikki ouviu o grito que a mãe de Teddy soltou. O pai saiu com um pedaço de pau, mas, quando chegou, viu que Karait dera um bote comprido demais e Rikki-Tikki tinha pulado, aterrissado nas costas da cobra, enfiado a cabeça entre as patas da frente, mordido o mais próximo da nuca que conseguira e rolado para longe. A mordida paralisou Karait e Rikki-Tikki estava prestes a comê-lo, começando pela cauda, como é o costume de sua família, quando lembrou que uma refeição completa deixa um mangusto lento e que, se quisesse dispor de toda a sua força e rapidez, tinha de manter a magreza. Ele foi tomar um banho de poeira debaixo das mamoneiras enquanto o pai de Teddy matava Karait com o pedaço de pau. "Para que isso?", pensou Rikki-Tikki. "Eu já resolvi tudo." Então a mãe de Teddy tirou-o da poeira e abraçou-o, dizendo que ele tinha salvado Teddy da morte; e o pai de Teddy disse que ele era uma bênção; e Teddy ficou olhando tudo, com os olhos arregalados de medo. Rikki-Tikki achou muita graça em toda aquela comoção, cujo motivo, é claro, não compreendeu. A mãe de Teddy não precisava tê-lo elogiado por ter feito aquilo; era o mesmo que elogiar o filho por brincar na lama. Afinal, Rikki tinha se divertido horrores.

No jantar daquela noite, enquanto passeava por entre as taças de vinho sobre a mesa, ele podia ter enchido três barrigas com coisas gostosas; mas lembrou de Nag e de Nagaina. E, embora fosse muito agradável receber tapinhas e carinhos de Teddy e da mãe dele e ficar sentado no ombro do menino, os olhos do mangusto ficavam vermelhos de tempos em tempos e ele soltava seu grito de guerra: "*Rikk-tikk-tikki-tikki-tchk!*".

Teddy levou Rikki para cama e insistiu que ele dormisse embaixo do seu queixo. Rikki-Tikki era educado demais para morder ou arranhar, mas, assim que Teddy dormiu, saiu para fazer sua ronda noturna pela casa e, no escuro, encontrou Chuchundra, o rato-almiscarado, se esgueirando perto da parede. Chuchundra é um bichinho que tem o coração partido. Ele passa a noite toda gemendo e se lamentando, tentando ganhar coragem para correr até o meio da sala; mas nunca chega lá.

"Não me mate", disse Chuchundra, quase chorando. "Rikki-Tikki, não me mate!"

"Você acha que um matador de cobras mata ratos-almiscarados?", perguntou Rikki-Tikki com desdém.

"Quem mata cobras é morto por elas", disse Chuchundra com mais tristeza do que nunca. "E como vou saber se Nag não vai me confundir com você numa noite escura dessas?"

"Não há o menor perigo disso", garantiu Rikki-Tikki, "mas Nag fica no jardim e sei que você não vai até lá."

"Meu primo Chua,[10] o rato, me disse...", começou a dizer Chuchundra, mas então parou de falar.

"Disse o quê?"

"Psiu! Nag está em toda parte, Rikki-Tikki. Você devia ter conversado com Chua no jardim."

"Mas não conversei — então você é que vai me dizer. Rápido, Chuchundra, ou eu lhe mordo!"

Chuchundra sentou e chorou até as lágrimas pingarem de seus bigodes. "Sou um pobre coitado", soluçou ele. "Nunca tive valentia o suficiente para correr até o meio da sala. Psiu! Não posso lhe contar nada. Não está *ouvindo*, Rikki-Tikki?"

Rikki-Tikki escutou. A casa estava muito silenciosa, mas ele teve a impressão de ouvir o *rac-rac* mais fraco do mundo; um ruído tão baixo quanto o de uma vespa andando sobre o vidro de uma janela: o arranhão seco das escamas de uma cobra passando sobre os tijolos.

"É Nag ou Nagaina", disse o mangusto para si mesmo, "e está rastejando pelo ralo do banheiro. Você tem razão, Chuchundra; eu devia ter falado com Chua."

Rikki-Tikki foi pé ante pé até o banheiro de Teddy,

mas não havia nada lá; ele então rumou para o banheiro da mãe de Teddy. Na base da parede lisa de gesso, havia um buraco servindo de ralo para a água do banho e, quando Rikki-Tikki se aproximou de mansinho pelo canto de alvenaria onde a banheira fica, ouviu Nag e Nagaina conversando aos sussurros lá fora, sob a luz da lua.

"Quando a casa estiver vazia de gente", disse Nagaina para o marido, "*ele* terá de ir embora, e então o jardim será nosso de novo. Entre sem fazer barulho e lembre que o homem grande que matou Karait deve ser o primeiro a ser mordido. Então saia e venha me contar e caçaremos Rikki-Tikki juntos."

"Mas você tem certeza de que teremos algo a ganhar matando as pessoas?", disse Nag.

"Teremos tudo a ganhar. Quando não tinha gente no bangalô, havia algum mangusto aqui? Enquanto o bangalô estiver vazio, seremos o rei e a rainha do jardim; e lembre-se de que, assim que nossos ovos que estão no canteiro dos melões abrirem, o que pode acontecer amanhã mesmo, nossos filhos vão precisar de espaço e tranquilidade."

"Não tinha pensado nisso", disse Nag. "Eu vou, mas não há necessidade de sair atrás de Rikki-Tikki depois. Vou matar o homem grande e sua esposa, e a criança também, se puder, e sair sem fazer barulho. Então o bangalô vai ficar vazio e Rikki-Tikki irá embora."

Rikki-Tikki ficou todo formigando de ódio ao ouvir isso. A cabeça de Nag entrou pelo ralo e o metro e meio de seu corpo gelado veio atrás. Por mais raiva que estivesse sentindo, Rikki-Tikki sentiu muito medo ao ver o tamanho da enorme naja. Nag se enroscou, ergueu a cabeça e observou o banheiro na escuridão, e Rikki-Tikki viu os olhos dele brilhando.

"Se eu o matar aqui, Nagaina vai saber; e se brigarmos no meio do banheiro, ele terá a vantagem. O que devo fazer?", perguntou-se Rikki-Tikki-Tavi.

Nag balançou para a frente e para trás e então Rikki-Tikki ouviu-o bebendo água na maior jarra, a que era usada para encher a banheira. “Muito bom”, disse a cobra. “Bem, quando Karait morreu, o homem grande tinha um pedaço de pau. Talvez ainda o tenha, mas quando vier tomar banho de manhã, não vai estar com ele. Vou esperar aqui até que ele apareça. Nagaina... está me ouvindo? Vou esperar aqui, onde está fresco, até o dia raiar.”

Ninguém respondeu lá fora e Rikki-Tikki soube que Nagaina tinha ido embora. Nag se enroscou todo em torno do bojo da base da jarra de água, e Rikki-Tikki ficou mais silencioso que a morte. Depois de uma hora, começou a se mexer, aproximando-se da jarra músculo por músculo. Nag estava dormindo e Rikki-Tikki olhou para as costas largas da cobra, perguntando-se qual seria o melhor lugar para atacar. “Se eu não partir a espinha dele com o primeiro pulo”, pensou, “ele ainda vai conseguir brigar. E se brigar... ai de você, Rikki!” Ele olhou para o pescoço grosso abaixo do capelo, mas ali era difícil demais de agarrar; e uma mordida próxima à cauda só deixaria Nag furioso.

“Tem que ser a cabeça”, disse Rikki afinal. “A cabeça acima do capelo; e, quando eu estiver lá, não posso soltar.”

Então, Rikki-Tikki pulou. A cabeça de Nag estava um pouco afastada da jarra de água, sob sua curva; e ao cravar os dentes nela, Rikki apoiou as costas contra o bojo de barro vermelho para conseguir segurá-la para baixo. Isso lhe deu apenas um segundo de vantagem, que ele aproveitou ao máximo. Então o mangusto foi sacudido por Nag como os cães fazem com os ratos — de um lado a outro, para cima e para baixo e em círculos amplos; mas seus olhos estavam vermelhos e ele continuou segurando conforme o corpo da naja se contorcia, derrubando a caneca de lata, a saboneteira e a escova, e batendo contra a lateral de metal da banheira. Enquanto se segurava, Rikki foi mordendo com mais e mais força, pois tinha certeza de que levaria pancadas de Nag até morrer; e, em nome da honra da família, preferia que seu corpo fosse encontrado com a mandíbula fechada. Rikki-Tikki estava zonzo e dolorido, sentindo que ia ser feito em pedacinhos, quando surgiu um estrondo de trovão logo atrás dele; um vento quente o fez perder os sentidos e um fogo vermelho lhe chamuscou o pelo. O homem grande tinha acordado com o barulho e lançado o conteúdo dos dois canos de uma espingarda em Nag, logo atrás do capelo.

Rikki-Tikki continuou mordendo com os olhos fechados, pois agora tinha certeza absoluta de que estava morto; mas a cabeça da naja não se mexeu mais, e o homem grande pegou-o e disse: "É o mangusto de novo, Alice; o rapazinho salvou as *nossas* vidas agora". Então a mãe de Teddy entrou no banheiro com o rosto muito branco e viu o que havia sobrado de Nag, enquanto Rikki-Tikki se arrastava até o quarto de Teddy, onde passou metade da noite se sacudindo com cuidado para descobrir se realmente tinha sido quebrado em quarenta pedaços, como lhe parecia.

Quando a manhã chegou, ele estava muito dolorido, mas bastante satisfeito com o que fizera. "Agora vou ter que acertar contas com Nagaina, e ela vai ser pior que cinco Nags; e ainda por cima, é impossível saber quando aqueles ovos vão chocar. Minha nossa! Preciso ir conversar com Darzee", disse ele.

Sem esperar pelo café da manhã, Rikki-Tikki correu até o espinheiro onde Darzee estava cantando uma canção de vitória o mais alto que podia. Todos no jardim estavam comentando a notícia da morte de Nag, pois o varredor tinha jogado o corpo da cobra no lixo.

"Ah, sua bola de penas estúpida!", disse Rikki-Tikki com raiva. "Isso lá é hora de cantar?"

"Nag está morto! Morto! Morto!", cantou Darzee. "O valente Rikki-Tikki pegou-o pela cabeça e segurou firme. O homem grande trouxe o palito que explode e

Nag foi dividido em dois! Nunca mais vai voltar a comer meus bebês."

"Tudo isso é bem verdade; mas onde está Nagaina?", perguntou Rikki-Tikki, olhando em torno com cuidado.

"Nagaina foi até o ralo do banheiro e chamou Nag", continuou Darzee, "e Nag saiu na ponta de um pedaço de pau — o varredor pegou-o com um pedaço de pau e jogou-o no lixo. Vamos cantar sobre o grande Rikki-Tikki dos olhos vermelhos!" E Darzee encheu os pulmões e cantou.

"Se eu conseguisse subir no seu ninho, rolaria seus bebês até o chão!", disse Rikki-Tikki. "Você não sabe como fazer a coisa certa na hora certa. Está bem seguro aí em cima no seu ninho, mas aqui embaixo, para mim, é guerra. Pare de cantar um minuto, Darzee."

"Já que foi o grande e belo Rikki-Tikki que pediu, eu paro", disse Darzee. "O que foi, ó matador do terrível Nag?"

"Pela terceira vez, onde está Nagaina?"

"No lixo perto do estábulo, chorando por Nag. Grande é Rikki-Tikki com seus dentes brancos!"

"Para o diabo com meus dentes brancos! Você já ouviu alguém dizer onde ela guarda seus ovos?"

"No canteiro dos melões, na ponta mais perto do muro, onde bate sol quase o dia todo. Ela os escondeu ali há semanas."

"E você nunca tinha pensado em me contar? Na ponta mais perto do muro, é isso?"

"Rikki-Tikki, você não vai comer os ovos dela, vai?"

"Não exatamente; não. Darzee, se você tiver um pingo de bom senso, vai voar até os estábulos, fingir que sua asa está quebrada e deixar que Nagaina o persiga até esse arbusto. Preciso ir ao canteiro dos melões e, se for agora, ela vai me ver."

Darzee tinha um cérebro peso-pena que não conseguia segurar mais de uma ideia de cada vez; e, só porque sabia que os filhos de Nagaina vinham de ovos como os seus, a princípio não achou que seria justo matá-los. Mas sua esposa era uma pássara sensata e sabia que ovos de naja um dia viram jovens najas; assim, saiu voando do ninho e deixou Darzee ali, mantendo os bebês aquecidos e continuando a cantar sua canção sobre a morte de Nag. Darzee era muito parecido com um homem em alguns aspectos.

Ela agitou as asas diante de Nagaina, que estava ao lado do lixo, exclamando: “Ai, minha asa quebrou! O menino da casa atirou uma pedra em mim e ela quebrou!”. E então bateu as asas com um ar ainda mais desesperado.

Nagaina ergueu a cabeça e sibilou: “Você avisou Rikki-Tikki quando eu pretendia matá-lo. Em verdade lhe digo, você escolheu um lugar ruim para estar com a asa quebrada”. E ela se moveu na direção da esposa de Darzee, deslizando sobre a poeira.

“O menino quebrou minha asa com uma pedra!”, gritou de novo a esposa de Darzee.

“Bom! Quando você estiver morta, talvez se console um pouco ao saber que eu pretendo acertar contas com o menino. Meu marido jaz no lixo esta manhã, mas antes de a noite cair o menino também vai jazer imóvel. Para que fugir? Eu vou pegá-la sem dúvida. Tolinha, olhe para mim!”

A esposa de Darzee sabia que não deveria fazer isso, pois um pássaro que olha nos olhos de uma cobra fica tão assustado que não consegue se mexer. Ela continuou a agitar as asas e soltar pios tristes sem nunca deixar o chão, enquanto Nagaina se movia cada vez mais depressa.

Rikki-Tikki ouviu as duas subindo a aleia e se afastando dos estábulos e correu até a ponta do canteiro de melões perto do muro. Lá, na terra quente que havia perto dos melões, escondidos com grande astúcia, encontrou vinte e cinco ovos mais ou menos do tamanho de ovos de galinha, mas cobertos por uma película esbranquiçada em vez de uma casca.

"Cheguei no dia certo", disse Rikki-Tikki; pois podia ver as cobras bebês enroscadas dentro da película e sabia que, no minuto em que chocassem, seriam capazes de matar um homem ou um mangusto. Ele mordeu a parte de cima dos ovos o mais rápido que pôde, tomando o cuidado de esmagar as jovens najas, virando-os de tempos em tempos para ter certeza de que não tinha deixado escapar nenhum. Afinal, sobraram apenas três, e Rikki-Tikki tinha começado a rir sozinho quando ouviu a esposa de Darzee gritando:

"Rikki-Tikki! Eu levei Nagaina na direção da casa e ela entrou na varanda e... Ah, venha depressa! Ela pretende matar!"

Rikki-Tikki esmagou dois ovos, deu uma cambalhota para trás sobre o canteiro dos melões com o terceiro na boca e correu para a varanda com toda a força dos seus pés. Teddy, a mãe e o pai estavam ali, tomando café mais cedo; mas Rikki-Tikki viu que não comiam nada. Estavam imóveis como pedras e com os rostos pálidos. Nagaina estava enroscada no tapete ao lado da cadeira de Teddy, numa distância a qual seria possível alcançar a perna nua do menino com seu bote; e ela balançava para a frente e para trás, cantando uma canção de vitória.

"Filho do homem grande que matou Nag", disse ela, "fique parado. Ainda não estou pronta. Espere um pouco. Fiquem bem parados, vocês três! Se vocês se moverem, darei o bote, e se não se moverem, darei também. Ó gente tola que matou meu Nag!"

Os olhos de Teddy estavam fixos no pai, e tudo que este podia fazer era sussurrar: "Fique quieto, Teddy. Você não pode se mexer. Teddy, fique quieto".

Então Rikki-Tikki surgiu e gritou: "Vire-se, Nagaina; vire-se e lute!".

"Tudo tem seu tempo", respondeu a naja, sem mover os olhos. "Logo, vou acertar contas com *você*. Olhe para os seus amigos, Rikki-Tikki. Estão imóveis e pálidos. Estão com medo. Não ousam se mover e, se você der um passo para a frente, dou o bote."

"Vá ver seus ovos", disse Rikki-Tikki, "no canteiro dos melões, perto do muro. Vá olhar, Nagaina!"

A enorme cobra virou-se um pouco para trás e viu o ovo na varanda. "Aah! Dê esse ovo aqui!", disse.

Rikki-Tikki pôs uma pata de cada lado do ovo, com os olhos vermelhos como o sangue. "Qual o preço por um ovo de cobra? Por uma jovem naja? Por uma jovem cobra-real? Pela última — a única que sobrou da ninhada? As formigas estão comendo todas as outras que estavam no canteiro dos melões."

Nagaina deu meia-volta, esquecendo todo o resto por um único ovo; e Rikki-Tikki viu o pai de Teddy esticar a mão grande, pegar os dois ombros do menino e arrastá-lo por cima da mesinha sobre a qual estavam as xícaras, para fora do alcance de Nagaina.

"Enganei você! Enganei! Enganei! *Rikk-tck-tck!*", riu Rikki-Tikki. O menino está a salvo e fui eu... eu... eu que peguei Nag pelo capelo ontem à noite no banheiro." Ele começou a pular para cima com as quatro patas ao mesmo tempo, mantendo a cabeça próxima do chão. "Ele me atirou para todos os lados, mas não conseguiu se livrar de mim. Estava morto antes de o homem grande parti-lo em dois. Fui eu! *Rikki-tikki-tck-tck!* Então venha, Nagaina. Venha lutar comigo. Você logo vai deixar de ser viúva."

Nagaina viu que tinha perdido a chance de matar Teddy e que o ovo estava entre as patas de Rikki-Tikki. "Dê o ovo para mim, Rikki-Tikki. Dê-me o último dos meus ovos que eu vou embora e não volto nunca mais", disse ela, abaixando o capelo.

"Você vai mesmo embora para não voltar mais; pois vai para o lixo junto com Nag. Lute, viúva! O homem grande foi pegar a arma. Lute!"

Rikki-Tikki estava correndo em torno de Nagaina, mantendo-se fora do alcance de seu bote, com os olhinhos parecendo carvões em brasa. Nagaina se enroscou e deu o bote. Rikki-Tikki deu um salto para cima e para trás. A cobra deu mais um bote, outro e mais outro, e a cada um deles soltava um *nhac*, atingia o tapete da varanda e voltava a se enrolar como uma mola. Então Rikki-Tikki dançou em círculos para se postar atrás dela e Nagaina deu meia-volta para manter a cabeça diante da dele, de modo que o farfalhar de sua cauda sobre o tapete pareceu o som de folhas secas sendo sopradas pelo vento.

Rikki se esqueceu do ovo, que ficou ali na varanda. Nagaina foi chegando cada vez mais perto e, enquanto o mangusto recuperava o fôlego, pegou o ovo na boca, virou-se na direção dos degraus da varanda e saiu com a rapidez de uma flecha pela aleia, com Rikki-Tikki atrás. Quando a naja corre para salvar a vida, ela faz um movimento que parece o de um chicote batendo no pescoço de um cavalo. Rikki-Tikki sabia que tinha de alcançá-la, ou tudo aquilo recomeçaria. Nagaina foi diretamente para a grama alta perto do espinheiro e, quando Rikki-Tikki estava correndo, ouviu Darzee ainda cantando aquela canção boba de vitória. Mas a esposa de Darzee foi mais sábia. Ela saiu voando do ninho quando Nagaina chegou perto e bateu as asas junto à cabeça da cobra. Se Darzee tivesse ajudado, talvez ela houvesse se virado; mas Nagaina apenas abaixou o capelo e seguiu adiante. Ainda assim, o atraso de um instante fez com que Rikki-Tikki a alcançasse e, quando Nagaina mergulhou na toca de rato onde ela e Nag costumavam morar, seus dentinhos brancos abocanharam a cauda da cobra e ele desceu junto com ela — e olhe que poucos mangustos, por mais sábios e velhos que sejam, têm coragem de seguir a cobra até dentro da toca. Era escuro ali dentro; e Rikki-Tikki não sabia se a toca ficaria mais larga e permitiria que Nagaina se virasse para dar o bote. Ele mordeu com violência e esticou os pés para servir de freio na descida escura por aquela terra quente e úmida. Então, a grama na boca da toca parou de balançar e Darzee disse: "É o fim de Rikki-Tikki. Vamos cantar uma canção fúnebre para ele. O valente Rikki-Tikki está morto! Pois Nagaina sem dúvida irá matá-lo sob a terra".

Assim, ele cantou uma canção muito triste que inventou na hora e, bem quando tinha chegado à parte mais tocante, a grama estremeceu de novo e Rikki-Tikki, coberto de terra, se arrastou para fora da toca pata por pata, lambendo os bigodes. Darzee parou e soltou um gritinho. Rikki-Tikki sacudiu um pouco da terra dos pelos e deu um espirro. "Acabou", disse ele. "A viúva nunca mais vai sair daí." E as formigas vermelhas que moram entre as folhas da grama o ouviram e começaram a descer uma depois da outra para ver se era verdade.

Rikki-Tikki se enroscou na grama e dormiu ali mesmo — dormiu e dormiu até o fim da tarde, pois tinha sido um dia de trabalho duro.

"Agora", disse ele quando acordou, "vou voltar para casa. Conte ao Caldeireiro,[11] Darzee, e ele contará a todo o jardim que Nagaina está morta."

O caldeireiro é um pássaro que faz um barulho igualzinho ao som de um martelinho batendo numa panela de cobre; e está sempre fazendo esse barulho porque é o arauto de todos os jardins indianos e conta as novidades para qualquer um que deseje escutá-las. Quando Rikki-Tikki estava subindo a aleia, ouviu-o bater as notas que usava para chamar a atenção de todos e que parecem um minúsculo gongo daqueles que se usa para anunciar a hora do jantar; e depois dizer várias vezes: "Ding-dong-toc! Nag está morto — dong! Nagaina está morta! Ding-dong-toc!". Isso fez com que todos os pássaros do jardim começassem a cantar e todas as rãs a coaxar; pois Nag e Nagaina costumavam comer rãs além de passarinhos.

Quando Rikki chegou na casa, Teddy, a mãe de Teddy (que ainda estava muito pálida, pois tinha desmaiado) e o pai de Teddy saíram e quase choraram ao vê-lo; e, naquela noite, ele comeu tudo que lhe deram até não aguentar mais e foi para a cama empoleirado no ombro de Teddy, onde a mãe do menino o encontrou quando veio espiar tarde da noite.

"Ele salvou nossas vidas e a vida de Teddy", disse ela para o marido. "Pense só, ele salvou a vida da família toda."

Rikki-Tikki acordou com um pulo, pois os mangustos têm o sono leve.

"Ah, é você", disse ele. "Está preocupada por quê? Todas as najas estão mortas e, mesmo se não estivessem, eu estou aqui."

Rikki-Tikki tinha razão de ficar orgulhoso; mas não ficou arrogante e cuidou do jardim do jeito que um mangusto tinha que cuidar, com dentes, pulos, saltos e mordidas, até que nenhuma naja mais ousou enfiar a cabeça por aqueles muros.

A CANÇÃO DE DARZEE*
Cantada em homenagem a Rikki-Tikki-Tavi

Sou alfaiate e cantor
Júbilo duplo mereço
Como ninguém alço voo
É linda a casa que teço
Por cima e por baixo costuro a canção — e costuro a casa
[que teço.

Volte a cantar aos pequenos
Ó, mãe, encha o pulmão teu!
A peste aqui destes terrenos
A morte do jardim já morreu.
O terror que se escondia nas rosas ficou impotente — jo-
[gado no lixo, já morreu!

Quem nos livrou desse mal?
Diga seu nome e sua casa
Rikki, valente e leal
Tikki, dos olhos em brasa
Rikk-tikki-tikki, das presas de marfim, caçador dos olhos
[em brasa!

Que a ele louvem todas as aves
Que espalhem suas penas como um manto
Cantem-no com palavras suaves
Não, podem deixar que eu canto

* No original, "Darzee's Chaunt". Variação arcaica de "*chant*", ou canção, o "*chaunt*" do título do poema "já era uma poetização na época de Kipling e, portanto, adequada para a dignidade caricata de Darzee" (Daniel Karlin).

Ouçam! Cantarei em louvor de Rikki cauda-de-escova,
[dos olhos vermelhos!

(*Nesse momento Rikki-Tikki interrompeu-o e o resto da*
[*canção foi perdido.*)

Toomai dos elefantes*

Vou me lembrar do que eu era. Cansei desse nó que
[me esgana.
Vou me lembrar da minha velha força e do que deixei
[na Selva.
Não vou vender meu lombo aos homens por um pu-
[nhado de cana.
Vou encontrar meu povo nas suas tocas sobre a relva.

Partirei rumo à luz do dia, rumo à alvorada,
Rumo ao beijo puro do vento, às carícias do ribeiro
Vou esquecer meu grilhão e destruir a cercada
E reencontrar amores perdidos longe do cativeiro!

Kala Nag, que significa Cobra Negra, havia servido o governo indiano[1] de todas as maneiras possíveis para um elefante durante quarenta e sete anos e, como tinha vinte anos completos quando foi capturado, isso significa que estava com quase setenta — uma idade madura para um animal da sua espécie.[2] Ele se lembrava de empurrar um

* Publicado pela primeira vez na revista *St. Nicholas* em dezembro de 1893 com ilustrações de W. H. Drake. Este conto foi inspirado no livro *Thirteen Years Among the Wild Beasts of India* (1878), de George Peress Sanderson, que descreve em detalhes os processos de captura dos elefantes na Índia. Sanderson (1848-92), que acreditam ter sido o modelo para Petersen Sahib, foi o primeiro a usar um sistema que capturava uma manada inteira de elefantes selvagens obrigando-os a correr para dentro de

canhão atolado na lama funda com uma grande almofada de couro amarrada na testa, e isso foi antes da guerra afegã de 1842,[3] quando ainda não tinha desenvolvido toda a sua força. Sua mãe Radha Pyari — Radha, a Querida —, que tinha sido pega na mesma caçada que Kala Nag, lhe disse, antes de suas pequenas presas de leite caírem,[4] que elefantes que sentiam medo sempre se machucavam: e Kala Nag percebeu que esse conselho era bom, pois da primeira vez que ouviu um tiro de espingarda deu marcha a ré, aos urros, até um estande cheio de rifles empilhados, e as baionetas o espetaram no lugar mais macio do corpo. Por isso, antes de completar vinte e cinco anos, ele desistiu de sentir medo e, assim, se tornou o mais amado e mais bem cuidado elefante a serviço do governo da Índia. Carregara quase seiscentos quilos de tendas na marcha até o norte do país; tinha sido içado para dentro de um navio na ponta de um guindaste a vapor e passado dias cruzando a água; depois, fora obrigado a carregar um morteiro nas costas por uma região estranha e rochosa muito longe da Índia, até ver o imperador Teodoro morto em Magdala; e no final voltara no navio a vapor, tendo, segundo os soldados, ganhado o direito de receber a medalha da Guerra da Abissínia.[5] Vira seus amigos elefantes morrerem de frio, epilepsia, fome e

---

uma paliçada. A paliçada leva o nome de *keddah*, palavra que também era usada para se referir ao processo de captura dos elefantes como um todo. Em 1879, Sanderson foi nomeado superintendente das *keddahs* do governo em Daca e passou a liderar uma expedição anual para capturar e treinar elefantes selvagens que seriam usados no serviço público. Kipling menciona "Sanderson Sahib" em "The Killing of Hatim Tai", um conto sobre um elefante "condenado à morte pelo governo por ter pisoteado seu *mahout*" (incluído na coletânea *The Smith Administration*, de 1891). Outra importante fonte de inspiração para este conto é o mito dos "salões de baile" dos elefantes registrado em *Beast and Man in India*, de John Lockwood Kipling (veja a nota 16 deste conto).

insolação num lugar chamado Ali Musjid[6] dez anos depois; e, mais tarde, fora mandado milhares de quilômetros na direção sul, para erguer e empilhar enormes troncos de teca nas madeireiras de Moulmein.[7] Lá, quase matara um jovem elefante insubordinado que estava se esquivando de fazer sua parte do trabalho.

Depois disso foi retirado das madeireiras e levado, junto com algumas dezenas de outros elefantes treinados para essa tarefa, para ajudar a pegar elefantes selvagens nas colinas Garo.[8] O governo indiano é muito rígido na preservação dos elefantes. Existe um departamento inteiro que não faz outra coisa além de caçá-los, pegá-los, treiná-los e mandá-los para qualquer parte do país onde precisem deles para algum trabalho. Kala Nag tinha três metros de altura dos pés aos ombros, e suas presas tinham sido serradas no comprimento de um metro e meio, recebendo um revestimento de anéis de cobre para que não rachassem; mas ele conseguia fazer mais coisas com esses cotocos do que qualquer elefante não treinado consegue fazer com presas pontudas. Quando, depois de semanas e semanas tangendo cuidadosamente os elefantes espalhados pelas colinas, quarenta ou cinquenta criaturas monstruosas eram levadas até a última paliçada e o enorme portão guilhotina feito de troncos de árvore amarrados desabava atrás deles, Kala Nag, ao ouvir o comando, entrava naquele pandemônio de barridos (em geral à noite, quando a luz bruxuleante das tochas fazia com que fosse difícil discernir as distâncias) e, escolhendo o maior macho com as maiores presas,[9] empurrava e batia nele até que ficasse quieto enquanto os homens, sentados nas costas dos outros elefantes, amarravam os menores. Não havia nada que Kala Nag, o velho e sábio Cobra Negra, não entendesse de briga, pois mais de uma vez já tinha enfrentado o ataque de um tigre ferido e, enroscando a tromba macia para protegê-la do perigo, golpeara a fera no meio do pulo com uma jogada rápida de cabeça que inventara sozinho, derrubando o tigre e se apoiando nele com os joelhos enormes até que desse seu último urro e último suspiro, e sobrasse apenas uma coisa peluda e listrada no chão, que o elefante então arrastava pelo rabo.

"Sim", disse Grande Toomai, seu condutor, filho de Toomai Negro, que o levara a Abissínia, e neto de Toomai dos Elefantes, que o vira ser capturado, "não há nada que a Cobra Negra tema, exceto eu. Ele já viu três gerações da família o alimentando e cuidando dele, e ainda verá a quarta."

"Ele também tem medo de *mim*", disse Pequeno Toomai, esticando seu corpo todo de um metro e vinte de altura, coberto por apenas um pedaço de pano. Ele tinha dez anos e era o filho mais velho de Grande Toomai e, de acordo com a tradição, ocuparia o lugar do pai no pescoço de Kala Nag quando fosse grande, e levaria nas mãos o pesado *ankus* de ferro, o aguilhão de elefante que já tinha ficado gasto de tanto ser usado por seu pai, seu avô e seu bisavô. Pequeno Toomai sabia o que dizia; pois tinha nascido à sombra de Kala Nag e brincado com a ponta da sua tromba antes de aprender a andar, e o elefante jamais sonharia em desobedecer às ordens que ele lhe dava com sua vozinha aguda, assim como nem sonhara em matá-lo no dia em que Grande Toomai pusera aquele bebezinho moreno sob suas presas e ordenara que saudasse seu futuro dono. "Sim", disse Pequeno Toomai, "ele tem medo de *mim*." E deu passos largos até Kala Nag, chamou-o de velho porco gordo e mandou-o levantar primeiro um pé e depois o outro.

"Rá!", disse Pequeno Toomai, "tu és um elefante grande." E ele balançou a cabeça macia, repetindo as palavras do pai. "O governo pode pagar pelos elefantes, mas eles pertencem a nós, *mahouts*.[10] Quando fores velho, Kala Nag, um grande Rajá bem rico virá te comprar do governo por causa do teu tamanho e de teus bons modos, e então não terás nada para fazer além de usar brincos de ouro nas orelhas, um *howdah*[11] de ouro nas costas e um pano vermelho e dourado nos flancos, e caminhar na frente das procissões do rei. E eu vou ficar sentado no teu pescoço, ó Kala Nag, segurando um *ankus* de prata, e os homens vão correr diante de nós com cajados dourados gritando: 'Abram caminho para o elefante do rei!'. Isso vai ser bom, Kala Nag, mas não tão bom quanto caçar nas Selvas como agora."

"Humpf!", disse Grande Toomai. "Tu és um menino e tão selvagem quanto um filhote de búfalo. Essa história de ficar correndo para cima e para baixo pelas colinas não é o melhor tipo de serviço público. Estou ficando velho e não gosto muito de elefantes selvagens. Prefiro estar num lugar com alojamentos de tijolo para os elefantes, com uma baia para cada animal, tocos grandes onde amarrá-los de maneira segura e estradas lisas e largas para se exercitar, em vez desse acampamento improvisado. Ah, como o quartel em Cawnpore[12] era bom! Tinha uma feira perto e a gente só precisava trabalhar três horas por dia."

Pequeno Toomai lembrou dos alojamentos para elefantes de Cawnpore e não disse nada. Ele gostava muito mais da vida no acampamento, e detestava aquelas estradas lisas e largas, a busca diária por grama na reserva de forragem e as horas longas em que não havia nada para fazer a não ser observar Kala Nag se remexendo no seu cercado. Pequeno Toomai gostava era de subir as trilhas que só os elefantes conseguiam atravessar; da chegada ao vale lá embaixo; dos vislumbres dos elefantes selvagens comendo a quilômetros de distância; da corrida dos porcos e dos pavões assustados diante das patas de Kala Nag; das chuvas quentes que deixam todo mundo cego e fazem todas as colinas e vales soltarem fumaça; das lindas manhãs cobertas de bruma quando ninguém sabia onde eles iam acampar naquela noite; do tanger constante e cuidadoso dos elefantes selvagens e do tumulto da corrida da última noite, com a algazarra e o brilho das tochas, quando os elefantes se precipitavam para dentro da paliçada como pedras numa avalanche, descobriam que não podiam mais sair e se atiravam nos troncos pesados, sendo obrigados a voltar com gritos, tochas acesas e rajadas de cartuchos vazios. Até um menino pequeno podia ser útil lá dentro, e Toomai era mais útil que três meninos. Ele pegava a tocha e sacudia, e gritava tão alto quanto qualquer um. Mas a diversão começava mesmo quando os elefantes eram levados para fora, e a *keddah*, ou seja, a paliçada, parecia um quadro do fim do mundo, e os homens tinham que fazer sinais uns para os outros, pois não conseguiam se ouvir. Então Pequeno Toomai subia no topo de um dos troncos trêmulos da paliçada, com os cabelos castanho-alourados pelo sol soltos sobre os ombros e ele mais parecendo um duende à luz das tochas; e, quando havia um pouco de silêncio, era possível ouvir seus gritos agudos de incentivo a Kala Nag sobre os barridos, os golpes, as cordas estalando e os gemidos dos elefantes presos. "*Maîl, maîl, Kala Nag!* (Anda, anda, Cobra Negra!) Dant do! (Usa as presas!) *Somalo! Somalo!* (Cuidado! Cuidado!) *Maro! Mar!* (Bate nele, bate nele!) Cuidado com o tronco! Arré! Arré! *Rai! Yai! Kya-a-ah!*", gritava o menino, e a grande briga entre Kala Nag e o elefante selvagem oscilava de um lado para o outro dentro da *keddah*, e os velhos caçadores de elefantes secavam o suor da testa e encontravam tempo para acenar com a cabeça para Pequeno Toomai, se retorcendo de alegria em cima dos troncos.

Mas ele fazia mais que se retorcer. Certa noite, desceu do tronco, se meteu pé ante pé no meio dos elefantes e jogou a ponta de uma corda caída para um condutor que estava tentando prender a perna de um filhote que chutava (os filhotes sempre dão mais trabalho que os animais adultos). Kala Nag o viu, pegou-o com a tromba e entregou-o a Grande Toomai, que lhe deu uns tapas e o pôs de novo em cima do tronco. Na manhã seguinte, ele lhe deu uma bronca, dizendo: "Tu não te contentas com um alojamento de tijolo e com carregar algumas tendas e precisas inventar de ir caçar elefante, seu inútil? Agora esses caçadores estúpidos, que ganham menos que eu, falaram com Petersen Sahib[13] sobre isso". Pequeno Toomai ficou com medo. Ele não sabia muitas coisas sobre os homens brancos, mas achava Petersen Sahib o branco mais importante do mundo. Ele comandava todas as operações da *keddah* — era o homem que pegava todos os elefantes para o governo da Índia e que conhecia mais sobre os hábitos dos elefantes do que qualquer outro homem vivo.

"O que... o que vai acontecer?", perguntou Pequeno Toomai.

"O que vai acontecer! A pior coisa que pode acontecer. Petersen Sahib é louco; se não fosse, por que iria sair caçando esses demônios selvagens? Talvez vá querer até que vires caçador, que vás dormir em qualquer canto dessas Selvas cheias de doença, e que acabes sendo pisoteado até a morte numa *keddah*. Que bom que essa maluquice já vai acabar. Semana que vem a captura vai ter terminado e nós da planície vamos voltar para os nossos postos. Então, vamos marchar em estradas lisas e esquecer todas essas caçadas. Mas, filho, fico zangado que tenhas te metido nesse negócio do povo da selva assamês. Kala Nag não obedece a ninguém além de mim, por isso tenho que entrar com ele na *keddah*, mas ele é apenas um elefante de briga e não ajuda a prender os outros. Por isso fico sentado, como cabe a um *mahout* — não a um mero caçador —, um *mahout*, um homem que ganha uma pensão quando para de trabalhar. Será que a família de Toomai dos Elefantes vai ser pisoteada na poeira de uma *keddah*? Malvado! Malandro! Filho inútil! Vai lavar Kala Nag e cuidar das orelhas dele, e vê bem se não tem espinhos nos pés dele; senão, Petersen Sahib vai te pegar e te obrigar a ser um caçador de animais selvagens — alguém que segue os rastros dos elefantes, um urso das Selvas. Bah! Que vergonha! Vai!"

Pequeno Toomai foi sem dizer uma palavra, mas fez todas as suas queixas a Kala Nag enquanto examinava os pés dele. "Não importa", disse Pequeno Toomai, levantando a ponta da imensa orelha de Kala Nag. "Eles disseram meu nome para Petersen Sahib e talvez... talvez... talvez... quem sabe? Rai! Que espinho enorme tirei agora!"

Nos dias seguintes, os homens reuniram os elefantes, obrigaram os que tinham acabado de ser capturados a caminhar para cima e para baixo entre dois elefantes domesticados, para impedir que dessem trabalho demais na marcha até as planícies, e fizeram uma contagem dos cobertores, cordas e outras coisas que tinham sido gastos ou perdidos na floresta. Petersen Sahib apareceu montado em sua elefanta esperta, Pudmini;[14] estivera pagando os trabalhadores de outros acampamentos espalhados pelas colinas, pois a temporada estava chegando ao fim e havia um secretário nativo sentado diante de uma mesa sob uma árvore para dar os salários dos condutores. Conforme cada homem ia recebendo, ele voltava até onde estava seu elefante e ia para a fila que estava pronta para começar a marcha. Os apanhadores, caçadores e batedores, homens da *keddah* regular que passavam o ano todo na Selva, ficavam sentados nos lombos dos elefantes que faziam parte da tropa permanente de Petersen Sahib, ou encostados nas árvores com as armas atravessadas sobre os braços, caçoando dos condutores que iam embora e rindo quando os animais recém-capturados saíam da fila e desatavam a correr. Grande Toomai se aproximou do secretário com Pequeno Toomai vindo atrás e Machua Appa, o principal rastreador, sussurrou para um amigo: "Lá se vai um bom caçador, ao menos. É uma pena mandar esse galinho mofar nas planícies".

Petersen Sahib tinha orelhas espalhadas por todo o corpo, como é necessário para um homem que precisa ouvir a criatura mais silenciosa do mundo — um elefante selvagem. Ele, que estava esparramado nas costas de

Pudmini, se virou e disse: "Como é isso? Pelo que eu sei, entre os condutores das planícies não há um homem que consiga capturar nem elefante morto".

"Não é um homem, é um menino. Ele entrou na *keddah* depois da última caçada e jogou a corda para Barmao ali, quando estávamos tentando afastar aquele filhote com a mancha no ombro da mãe." Machua Appa apontou para Pequeno Toomai, Petersen Sahib olhou e Pequeno Toomai fez uma mesura até o chão.

"Foi este que jogou uma corda? Ele é menor que um pino de estaca. Qual teu nome, pequeno?", disse Petersen Sahib. Pequeno Toomai estava assustado demais para falar, mas Kala Nag estava atrás dele e, quando Grande Toomai fez um gesto, pegou o menino com a tromba e ergueu-o até a altura da testa de Pudmini, diante do imponente Petersen Sahib. Então Pequeno Toomai cobriu o rosto com as mãos, pois era só uma criança e, quando não estava lidando com elefantes, era tão tímido quanto qualquer uma delas.

"Oho!", disse Petersen Sahib, sorrindo por baixo dos bigodes, "e por que ensinastes *esse* truque ao teu elefante? Foi para que ele te ajudasse a roubar milho verde dos telhados das casas quando as espigas são postas para secar?"

"Milho verde não, Protetor dos Pobres... melões", respondeu Pequeno Toomai, e todos os homens em volta caíram na gargalhada. A maioria das crianças tinha ensinado esse truque aos seus elefantes quando eram pequenas. Pequeno Toomai estava a dois metros e meio do chão e queria muito estar dois metros e meio embaixo da terra.

"Esse é meu filho Toomai, Sahib", disse Grande Toomai, fazendo uma careta. "É um menino muito levado e vai acabar numa cadeia, Sahib."

"Disso, eu duvido", disse Petersen Sahib. "Um menino que consegue encarar uma *keddah* cheia na idade dele não acaba na cadeia. Toma, pequeno, quatro *annas*[15] para comprar doce, porque tens um pouco de cérebro embaixo desse emaranhado enorme de cabelo. Com o tempo, talvez vires um caçador também." Grande Toomai fez uma careta maior ainda. "Mas lembra que as *keddahs* não são um bom lugar para criança brincar", completou Petersen Sahib.

"Eu não posso nunca entrar lá, Sahib?", perguntou Pequeno Toomai com uma exclamação de espanto.

"Podes", disse Petersen Sahib, sorrindo de novo. "Depois que vires a dança dos elefantes. Essa é a hora certa. Vem falar comigo depois que vires a dança dos elefantes e eu te deixarei entrar em todas as *keddahs*."

Ouviu-se outra gargalhada, pois era uma velha piada entre os caçadores dizer que algo ia acontecer depois que se visse a dança dos elefantes, o que significava no dia de São Nunca. Existem clareiras enormes de solo liso escondidas no meio das florestas que são chamadas de salões de baile dos elefantes, mas só são encontradas por acidente, e nenhum homem jamais viu a dança dos elefantes.[16] Quando um condutor conta vantagens sobre sua habilidade e sua valentia, os outros dizem: "E quando foi que *tu* vistes a dança dos elefantes?".

Kala Nag pôs Pequeno Toomai no chão e ele fez outra mesura profunda e foi embora com o pai, entregando a moedinha de quatro *annas* para a mãe, que estava dando de mamar para o seu irmãozinho; eles então foram todos postos sobre o lombo de Kala Nag e a fila de elefantes desceu bufando e gemendo a trilha da colina que terminava nas planícies. Foi uma marcha muito animada por causa dos elefantes novos, que davam trabalho sempre que deparavam com um riacho e toda hora precisavam ser levados na conversa ou ganhar umas palmadas para seguir adiante.

Grande Toomai ia espetando o *ankus* em Kala Nag de vingança, pois estava com muita raiva, mas Pequeno Toomai estava feliz demais para dizer qualquer coisa. Petersen Sahib tinha falado com ele e lhe dado dinheiro, e ele se sentia como um soldado se sentiria se houvesse sido destacado das fileiras e elogiado pelo comandante.

"O que Petersen Sahib quis dizer quando falou da dança dos elefantes?", disse ele afinal, baixinho, para a mãe.

Grande Toomai escutou e rugiu: "Quis dizer que nunca serás um desses rastreadores que mais parecem uns búfalos. Foi *isso*. Tu aí na frente, o que está bloqueando o caminho?".

Um condutor assamês que estava dois ou três elefantes mais para a frente se virou furioso e disse: "Traz Kala Nag para dar umas palmadas nesse jovem que eu estou montando e ensiná-lo a se comportar. Por que Petersen Sahib escolheu logo a *mim* para descer com esse bando de jumentos dos campos de arroz? Põe teu animal ao lado do meu, Toomai, e manda-o cutucá-lo com as presas. Por todos os deuses das colinas, ou esses elefantes novos estão possuídos ou conseguem sentir o cheiro dos seus companheiros na Selva".

Kala Nag bateu nas costelas do elefante novo e o fez perder o ar enquanto Grande Toomai dizia: "Pegamos todos os elefantes selvagens das colinas na última caçada. Isso só aconteceu porque você não tomou cuidado na hora de conduzir. Será que tenho de manter a ordem na fila toda?".

"Essa é boa!", disse o outro condutor. "Nós pegamos todos os elefantes! Haha! Essa gente da planície é muito esperta. Qualquer um menos um cabeça oca que nunca viu a Selva sabe que *eles* sabem que as caçadas da temporada acabaram. Por isso, essa noite todos os elefantes selvagens vão — mas por que desperdiçar informação com uma tartaruga do rio?"

"O que eles vão fazer?", perguntou Pequeno Toomai.

"Ora essa, pequeno. Estás aí? Bem, eu te digo, pois tens a cabeça fria. Eles vão dançar, e compete ao teu pai, que caçou *todos* os elefantes de *todas* as colinas, reforçar as correntes das cercas dele esta noite."

"Que conversa é essa?", disse Grande Toomai. "Há quarenta anos nós dois, pai e filho, cuidamos de elefantes, e nunca ouvimos nada dessa bobagem de dança."

"Sim; mas um homem da planície que mora num casebre só conhece as quatro paredes dela. Bem, deixa teus elefantes soltos esta noite e vê o que acontece. Quanto à dança deles, eu já vi o lugar onde... *Bapree bap!*[17] Quantas curvas tem o rio Dihang?[18] Vamos ter que atravessar mais água e os filhotes vão ter que ir nadando. Vamos parando aí atrás."

E assim, conversando, puxando e esparramando a água dos rios, eles terminaram a primeira etapa da marcha, até chegarem a uma espécie de acampamento onde os novos elefantes eram recebidos; mas perderam a paciência muito antes de chegar lá.

Então, os elefantes foram acorrentados pelas patas de trás a enormes troncos que serviam de estacas, com cordas extras sendo postas nos animais novos e a forragem sendo empilhada diante de todos; e os condutores das colinas voltaram para onde estava Petersen Sahib enquanto havia luz do sol, dizendo aos condutores das planícies que tomassem mais cuidado que nunca naquela noite e rindo quando estes perguntaram por quê.

Pequeno Toomai cuidou do jantar de Kala Nag e, quando a noite caiu, vagou pelo acampamento, indizivelmente feliz, procurando um tam-tam. Quando o coração de um menino indiano está transbordando, ele não sai correndo, fazendo barulho de qualquer jeito. Ele senta e faz uma espécie de celebração sozinho. E Petersen Sahib tinha falado com Pequeno Toomai! Se ele não tivesse encontrado o que queria, acho que teria ficado doente. Mas o vendedor de doces do acampamento lhe emprestou um pequeno tam-tam, que é um tambor onde se bate com a palma da mão. E Toomai se sentou de pernas cruzadas diante de Kala Nag quando as estrelas começaram a surgir com o tam-tam no colo, tocando sem parar; e, quanto mais pensava na grande honra que recebera, mais tocava, sozinho no meio da forragem dos elefantes. Não havia melodia nem letra, mas a batida o deixava feliz. Os novos elefantes puxaram as cordas que os amarravam, gemendo e barrindo de tempos em tempos, e Toomai podia ouvir a mãe na barraca do acampamento pondo seu irmãozinho para dormir com uma música muito, muito antiga sobre o grande deus Shiva, que um dia disse a todos os animais o que eles deviam comer. É uma cantiga de ninar muito doce e o primeiro verso diz:

> *Shiva, que criou a colheita e fez o vento soprar,*
> *Sentado sob o umbral de um dia milenar,*
> *Deu a cada um alimento, destino e função,*
> *Desde o rei no* guddee[19] *até o mendigo no portão.*
> *Todas as coisas fez ele — Shiva, o Preservador.*
> *Mahadeo! Mahadeo! Ele tudo fez —*
> *Espinho para o camelo, grama para o gado*
> *E coração de mãe para a tua cabeça, filhinho tão amado!*

Pequeno Toomai fez um alegre tum-tum-tum no fim de cada verso até começar a sentir sono e se esticar sobre a forragem, ao lado de Kala Nag. Finalmente os elefantes começaram a se deitar um depois do outro como é seu costume, até que apenas Kala Nag, na ponta direita da fila, continuou em pé; e ele balançou devagar de um lado para o outro, com as orelhas espichadas para ouvir o vento da noite que soprava bem devagar pelos morros. O ar estava repleto de todos os barulhos noturnos que, ouvidos juntos, formam um grande silêncio — o clique de um pedaço de bambu batendo no outro, o farfalhar de um bicho correndo pela grama, os pios e arranhões de um pássaro meio acordado (os pássaros ficam acordados à noite com muito mais frequência do que imaginamos) e a água caindo bem lá longe. Pequeno Toomai dormiu durante algum tempo e, quando acordou, a lua brilhava e Kala Nag ainda estava em pé com as orelhas para cima. O menino se virou, fazendo a forragem farfalhar, e viu a curva do enorme lombo do elefante contra metade das estrelas que há no céu; e, enquanto observava, ouviu, tão longe que o barulho mais parecia um alfinete espetando o silêncio, o "uuu-uuu" de um elefante selvagem. Todos os elefantes da fila pularam como se tivessem levado um tiro e seus bufos acabaram acordando os *mahouts* adormecidos; eles saíram das barracas, entraram nos cercados com enormes maços e apertaram algumas cordas e deram nós em outras até voltar a haver silêncio. Um dos novos elefantes quase tinha arrancado sua estaca do chão, por isso Grande Toomai tirou a corrente que prendia a perna de Kala Nag e amarrou as quatro patas do outro, passando então uma corda de fibra de coco na perna da Cobra Negra e mandando que ele se lembrasse que estava bem preso. Grande Toomai sabia que ele, seu pai e seu avô já tinham feito a mesma coisa centenas de vezes antes. Kala Nag não respondeu à ordem com um gargarejo, como sempre fazia. Ficou parado, olhando adiante sob a luz da lua, com a cabeça um pouco erguida e as orelhas abertas como leques, vendo tudo até os picos das colinas Garo.

"Se Kala Nag ficar inquieto durante a noite, cuida dele", disse Grande Toomai para Pequeno Toomai, indo para a barraca dormir. Pequeno Toomai estava quase dormindo também quando ouviu a corda de fibra de coco se partir com um tinido e Kala Nag deixar o cercado com a mesma lentidão e silêncio com que uma nuvem deixa a entrada de um vale. Pequeno Toomai foi atrás dele, descendo devagar e com os pés descalços a estrada iluminada pela lua e sussurrando: "Kala Nag! Kala Nag! Leva-me contigo, ó Kala Nag!". O elefante se virou sem emitir um som, deu três passos na direção do menino, baixou a tromba, ergueu-o até o pescoço e, quando Pequeno Toomai mal havia ajeitado os joelhos no lombo dele, entrou na floresta.

Ouviu-se um barrido furioso vindo da fila de elefantes, e então o silêncio caiu sobre tudo e Kala Nag começou a se mover. Às vezes, um tufo de grama alta roçava no seu flanco como uma onda roça na lateral de um navio e, às vezes, um ramo de pimenta silvestre arranhava suas costas ou um bambu estalava quando seu ombro o tocava; mas, entre uma dessas vezes e a outra, ele se movia sem fazer absolutamente nenhum som, atravessando a densa floresta Garo como se ela fosse fumaça. Estava subindo a colina, mas, embora Pequeno Toomai observasse as estrelas por entre os galhos das árvores, não conseguiu descobrir em que direção. Então Kala Nag chegou ao pico e parou por um minuto; e Pequeno Toomai viu as árvores que se estendiam por quilômetros e quilômetros ao luar, com copas que pareciam cobertas por um pelo cheio de pintinhas, e a névoa branco-azulada pairando sobre o rio no vale. Toomai se inclinou e olhou, sentindo que a floresta ali embaixo dele estava acordada — acordada, viva e repleta de seres. Um enorme morcego daqueles que comem frutas passou roçando na sua orelha; os espinhos de um porco-espinho chacoalharam em meio aos arbustos e, na escuridão, entre os troncos das árvores, ele ouviu um urso-beiçudo[20] farejando e cavando bem fundo a terra úmida e quente. Então os galhos se fecharam sobre ele de novo e Kala Nag começou a descer até o vale — não em silêncio dessa vez, mas que nem um rifle que escapa das mãos de alguém e rola morro abaixo, com o maior estardalhaço. Suas pernas enormes se moviam a intervalos constantes como êmbolos, cobrindo dois metros e meio a cada passo, e a pele enrugada das suas dobras farfalhava. A grama de cada lado dele foi sendo arrancada com o som de uma lona rasgando, os galhos que afastava com os ombros à esquerda e à direita voltavam com um estalo e lhe batiam nos flancos, e longas trepadeiras, todas emaranhadas, se penduravam nas suas presas conforme ele ia balançando a cabeça e abrindo caminho à força. Pequeno Toomai se deitou bem agarrado ao pescoço grande de Kala Nag, para que um galho não batesse nele e o derrubasse no chão, e lamentou não estar de volta ao acampamento. A grama começou a ficar molenga, as patas de Kala Nag começaram a chapinhar e a névoa noturna do pé do vale deixou Pequeno Toomai gelado. Ouviu-se um som de mergulho, de algo sendo esmigalhado e de água corrente conforme Kala Nag atravessava o leito de um rio, dando cada passo com cuidado. Além do ruído da água que fazia redemoinhos em torno das pernas do elefante, Pequeno Toomai foi ouvindo cada vez mais mergulhos e mais barridos vindos de ambos os lados do rio, assim como grandes bufos e rosnados furiosos, até que toda a névoa ao seu redor pareceu repleta de sombras ondulantes. "Ai!", disse ele baixinho, com os dentes batendo. "Os elefantes se reuniram hoje. É *mesmo* a dança, então!"

Kala Nag saiu se sacudindo do rio, barriu para tirar a água da tromba e começou a subir de novo; mas dessa vez não estava sozinho e não teve que abrir caminho. Já havia uma estrada de quase dois metros de largura diante dele, no lugar onde a grama inclinada da selva estava tentando se recuperar e voltar a ficar reta. Muitos elefantes deviam ter passado por ali minutos antes. Pequeno Toomai olhou para trás e viu um elefante selvagem com presas enormes e olhinhos de porco que brilhavam como carvões em brasa acabando de emergir da névoa que pairava sobre o rio. Então as árvores se fecharam de novo e eles continuaram a subir, com barridos e estrondos e o som de galhos se partindo por todos os lados. Finalmente, Kala Nag parou entre dois troncos no pico da colina. Eles faziam parte de um círculo de árvores que crescia em torno de um espaço assimétrico de cerca de um ou dois hectares, e Pequeno Toomai pôde ver que em todo o terreno o chão havia sido pisoteado com tanta força que parecia feito de tijolo. Havia algumas árvores no centro da clareira, mas sua casca tinha sido arrancada e a madeira branca de baixo brilhava à pouca luz da lua que entrava ali. Havia trepadeiras penduradas nos galhos mais altos e as flores que se abriam nelas, enormes, lustrosas e brancas como corriolas, estavam penduradas como se estivessem dormindo; mas dentro dos limites da clareira não havia nem uma folhinha verde — nada, além da terra pisoteada. A luz da lua tornava tudo cinza como o ferro, exceto quando banhava os elefantes, cujas sombras eram negras retintas. Pequeno Toomai viu tudo prendendo a respiração, com os olhos quase saltando das órbitas, e, enquanto olhava, mais e mais elefantes foram surgindo por entre as árvores e entrando na clareira. Pequeno Toomai só sabia contar até dez, e ele contou um monte de vezes nos dedos até perder a conta de quantas dezenas tinha encontrado e começar a ficar zonzo. Ele podia ouvir os elefantes esmagando a grama do lado de fora da clareira conforme subiam a colina; mas, assim que eles passavam do círculo de árvores, começavam a se mover como fantasmas.

Havia machos selvagens de presas brancas, com folhas, nozes e galhos nas rugas do pescoço e nas dobras das orelhas; elefantas gordas de passos lentos, com filhotes inquietos pretos e rosados de mais de um metro e vinte de altura correndo sob suas barrigas; jovens elefantes com as presas começando a nascer e morrendo de orgulho delas; velhas elefantas solteironas compridas e magricelas, com rostos ansiosos e encovados e trombas que pareciam troncos de árvore; velhos machos furiosos com cicatrizes fundas que iam do ombro aos flancos, obtidas em brigas antigas, e a lama seca dos seus banhos solitários pingando dos ombros; e um elefante com uma presa quebrada e as terríveis marcas de um ataque direto de garras de tigre na lateral. Estavam diante uns dos outros, com as cabeças se tocando, ou andando para aqui e para ali sobre o terreno em duplas, ou oscilando, sozinhos — dezenas e dezenas de elefantes. Toomai sabia que, enquanto ficasse deitado bem quieto no pescoço de Kala Nag, nada aconteceria com ele; pois nem na correria e na confusão de uma *keddah* um elefante selvagem ergue a tromba e arrasta um homem para fora do pescoço de um elefante domesticado; e aqueles animais não estavam pensando em homens naquela noite. Em dado momento, eles tiveram um sobressalto e levantaram as orelhas quando ouviram o tilintar de um grilhão na floresta; mas era Pudmini, a elefanta de estimação de Petersen Sahib, com a corrente quebrada, subindo aos bufos a colina. Ela devia ter quebrado as amarras e vindo direto do acampamento de Petersen Sahib; e Pequeno Toomai viu outro elefante, um que ele não conhecia, com marcas fundas de corda nas costas e no peito. Ele também devia ter fugido de um acampamento nas colinas ao redor.

Afinal cessaram todos os sons de elefantes se movendo na floresta, e Kala Nag saiu pesadamente do seu lugar entre as árvores e foi para o meio da multidão, emitindo sons de vários tipos; então todos os elefantes começaram a conversar na sua língua e a ir de um lado para o outro. Ainda deitado, Pequeno Toomai viu dezenas e dezenas de costas largas, orelhas que sacudiam, trombas que oscilavam e olhinhos que reviravam. Ouviu o clique de presas cruzando com outras presas sem querer, o farfalhar seco de trombas entrelaçadas, o roçar de flancos e ombros enormes na multidão e o sibilar incessante das caudas compridas. Então uma nuvem cobriu a lua e o mundo mergulhou na mais profunda escuridão; mas os empurrões e os gargarejos continuaram assim mesmo. Toomai sabia que havia elefantes espalhados por todos os lados e que não seria possível tirar Kala Nag do meio daquela assembleia; por isso, trincou os dentes e continuou ali, trêmulo. Numa *keddah* havia pelo menos as luzes das tochas e os gritos; mas, ali, Toomai estava completamente a sós no escuro, e, em dado momento, a tromba de outro elefante chegou a lhe tocar o joelho. Depois, um dos animais soltou um barrido, e todos os outros o imitaram durante cinco ou dez segundos aterradores. O orvalho das árvores respingou como chuva nos corpos perdidos na escuridão, e ouviu-se um baque surdo, não muito alto a princípio, sem que Pequeno Toomai conseguisse distinguir o que era; o baque foi ficando mais e mais alto e Kala Nag ergueu primeiro uma pata da frente e depois a outra, batendo com elas no chão — um, dois, um, dois, sem parar, como se seus pés fossem martelos mecânicos. Os elefantes estavam pisando todos juntos agora, e o som parecia o de um tambor de guerra sendo tocado na boca de uma caverna. O orvalho caiu das árvores até não haver mais nada para cair, o ribombo continuou, o chão balançou e Pequeno Toomai pôs as mãos nos ouvidos para abafar o som. Mas era como um arrepio gigantesco que passava por todo o seu corpo — essa batida de centenas de pés pesados na terra crua. Uma ou duas vezes, ele sentiu Kala Nag e todos os outros se adiantando alguns passos para a frente; o ribombo então mudava para o som de coisas verdes e suculentas sendo esmigalhadas, mas um ou dois minutos depois, o estrondo dos pés na terra dura recomeçava. Uma árvore gemia e estalava em algum lugar ali perto. Pequeno Toomai esticou o braço e sentiu o tronco, mas Kala Nag foi mais para a frente, ainda pisando com força, e o menino não conseguiu descobrir em que ponto da clareira eles estavam. Os elefantes não emitiram nenhum som, com apenas uma exceção, quando dois ou três filhotinhos guincharam ao mesmo tempo. Então se ouviu uma batida e um empurrão, e depois o estrondo continuou. Deve ter durado duas horas inteiras, e Pequeno Toomai ficou com todos os músculos doendo; mas ele sabia, pelo cheiro do ar noturno, que a alvorada se aproximava.

A manhã surgiu com uma camada de amarelo-pálido atrás das colinas verdes, e o estrondo parou ao primeiro raio, como se a luz fosse uma ordem. Antes que aquele zumbido sumisse da cabeça de Pequeno Toomai, antes mesmo que ele pudesse mudar de posição, já não havia mais nenhum elefante à vista com exceção de Kala Nag, Pudmini e o elefante com as marcas de corda, e não havia nenhum sinal, farfalhar ou sussurro nas colinas que mostrasse para onde os outros tinham ido. Pequeno Toomai ficou observando tudo, com os olhos arregalados de espanto. A clareira que lembrava de ter visto tinha aumentado ao longo da noite. Havia mais árvores no meio dela, mas os arbustos e a grama ao redor tinham desaparecido numa área mais extensa. Pequeno Toomai olhou mais uma vez. Então, entendeu o que eram as batidas. Os elefantes tinham usado as patas para criar mais espaço — tinham transformado a grama densa e a cana suculenta em destroços, os destroços em polpa, a polpa em pequenas fibras e as fibras em terra dura.

"Uaaa!", bocejou Pequeno Toomai, com as pálpebras muito pesadas. "Kala Nag, meu senhor, vamos nos manter ao lado de Pudmini e ir até o acampamento de Petersen Sahib, ou vou cair do teu pescoço."

O terceiro elefante viu os dois indo embora, bufou, se virou e tomou outro caminho. Ele talvez fosse um dos animais de um reizinho nativo, que morava a oitenta, cem ou duzentos quilômetros de distância dali.

Duas horas depois, quando Petersen Sahib tomava café da manhã mais cedo que de costume, seus elefantes, que tinham sido presos com duas correntes na noite anterior, começaram a barrir, e Pudmini, com lama até os ombros, e Kala Nag, cujas patas doíam muito, entraram devagar no acampamento. O rosto de Pequeno Toomai estava cinzento e abatido e seu cabelo estava repleto de folhas e encharcado de orvalho; mas ele tentou saudar Petersen Sahib e exclamou, com a voz fraca: "A dança... a dança dos elefantes! Eu a vi e agora... vou morrer!". Quando Kala Nag se sentou, ele escorregou do seu pescoço, desmaiado.

Mas, como as crianças nativas não são assim tão fáceis de assustar, duas horas depois Pequeno Toomai estava deitado na rede de Petersen Sahib, bastante satisfeito com o casaco de caça do chefe sob a cabeça, depois de ter tomado um copo de leite quente, um pouquinho de conhaque e uma dose de quinino; e, com os velhos caçadores cabeludos e cheios de cicatrizes sentados em três fileiras diante dele, observando-o como se fosse um espírito, contou sua história com palavras curtas, como qualquer criança faria, terminando com a frase:

"E se eu tiver contado uma palavra de mentira, mandai os homens até lá, e eles verão que o povo dos elefantes abriu mais espaço no salão, e encontrarão dez e dez, e muitas vezes dez rastros que dão lá. Eles abriram espaço com as patas. Eu vi. Kala Nag me levou e eu vi. E Kala Nag está com as patas muito cansadas!"

Pequeno Toomai se recostou e dormiu durante toda a tarde e parte da noite e, enquanto dormia, Petersen Sahib e Machua Appa seguiram os rastros dos dois elefantes por vinte e cinco quilômetros pelas colinas. Petersen Sahib já caçava elefantes havia dezoito anos, e só tinha visto um salão de dança como aquele em uma ocasião. Machua Appa não precisou ver a clareira duas vezes para entender o que tinha acontecido ali nem raspar o dedão do pé na terra socada e firme.

"O menino falou a verdade", disse ele. "Tudo isso foi feito ontem à noite e eu contei setenta rastros cruzando o rio. Olha, Sahib, onde o grilhão da pata de Pudmini cortou a casca daquela árvore! Sim; ela esteve aqui também." Eles se olharam e olharam em torno, admirados; pois os costumes dos elefantes estão além da compreensão de qualquer homem, negro ou branco.

"Há quarenta e cinco anos", disse Machua Appa, "sigo meu senhor elefante, mas nunca ouvi falar de uma criança que viu o que esse menino viu. Por todos os deuses das colinas, isso é... o que posso dizer?", completou ele, balançando a cabeça.

Quando eles voltaram ao acampamento, estava na hora da refeição da noite. Petersen Sahib comeu sozinho na sua tenda, mas ordenou que os homens do acampamento dividissem dois carneiros e algumas galinhas e também que recebessem ração dupla de farinha, arroz e sal, pois sabia que haveria um festim. Grande Toomai tinha vindo do acampamento nas planícies a toda procurar seu filho e seu elefante e, agora que os encontrara, olhava para eles como se estivesse com medo dos dois. E houve um festim ao redor das fogueiras diante das fileiras de elefantes em cercados, e Pequeno Toomai foi o grande herói; e os homens morenos e enormes que caçavam elefantes, os rastreadores, condutores e adestradores, e aqueles que sabiam todos os segredos para domesticar os elefantes mais selvagens, o passaram de mão em mão, marcando sua testa com o sangue do peito de um galo selvagem que tinha acabado de ser sacrificado, para mostrar que ele era um homem da floresta, iniciado e livre de todas as Selvas.

E, finalmente, quando as chamas abaixaram e a luz vermelha dos troncos fez com que os elefantes parecessem ter sido pintados de sangue também, Machua Appa, o chefe de todos os condutores de todas as *keddahs* — Machua Appa, o outro eu de Petersen Sahib, que não via uma estrada feita por homens havia quarenta anos; Machua Appa, tão importante que não tinha sobrenome e era chamado apenas de Machua Appa —, ficou em pé com um pulo e ergueu Pequeno Toomai bem alto no ar, gritando: “Escutai, meus irmãos. Escutai, senhores nos cercados ali atrás também, pois sou eu, Machua Appa, quem fala! Este pequeno não vai mais ser chamado de Pequeno Toomai, mas de Toomai dos Elefantes, assim como seu avô. Por toda a longa noite ele viu o que nenhum homem nunca viu, e a bênção do povo dos elefantes e dos deuses das Selvas estão com ele. Ele vai se tornar um grande rastreador; maior até que eu, Machua Appa! Vai seguir o rastro novo, o rastro velho e o rastro misturado com olhos límpidos! Não vai se machucar na *keddah* quando correr embaixo das barrigas deles para amarrar os machos de presas grandes; e, se escorregar diante dos pés do elefante que ataca, o animal vai saber quem ele é e não vai atacá-lo. Airrai! Meus senhores de correntes", continuou ele, se virando para a fileira de cercados, "aqui está o pequeno que viu vossas danças nos seus lugares ocultos — algo que nenhum homem nunca viu! Honrai-o, meus senhores! *Salaam karo*, meus filhos. Saudai Toomai dos Elefantes! Gunga Pershad, ahaa! Hira Guj, Birchi Guj, Kuttar Guj,[21] ahaa! Pudmini — tu o vistes na dança, e tu também, Kala Nag, minha pérola entre os elefantes! — Ahaa! Todos juntos! Para Toomai dos Elefantes. *Barrao*!"

E, ao último grito, a fileira toda atirou as trombas para cima até que elas lhes tocassem as testas, fazendo a saudação completa — os barridos que são como trompetes e que só o vice-rei da Índia escuta, o Salaamut da *keddah*.

Mas foi tudo para Pequeno Toomai, que viu o que nenhum homem viu antes — a dança dos elefantes à noite, sozinho no coração das colinas Garo!

SHIVA E O GRILO

Canção que a mãe de Toomai cantou para o bebê

Shiva, que criou a colheita e fez o vento soprar,
Sentado sob o umbral de um dia milenar,
Deu a cada um alimento, destino e função,
Desde o rei no *guddee* até o mendigo no portão.
Todas as coisas ele fez — Shiva, o Preservador.
Mahadeo![22] Mahadeo! Ele tudo fez —
Espinho para o camelo, grama para o gado
E coração de mãe para a tua cabeça, filhinho tão amado

Deu trigo para os ricos e milhete para os pobres,
Esmolas para os santos que mendigam poucos cobres.
Para o tigre deu a guerra, para o abutre, a carcaça,
E ossos para os lobos maus que uivam depois da caça.
Ninguém era importante ou humilde demais para partici-
[par —
Parbati, ao seu lado, via todos a fila formar.
Quis fazer um gracejo para brincar com o marido,
Pegou um grilinho e botou no peito escondido!
Assim ela enganou Shiva, o Preservador.
Mahadeo! Mahadeo! Vira e vê.
Os camelos são altos, o gado é pesado
Mas esse era o menor dos seres, ó meu filhinho amado!

Quando acabou a distribuição, ela disse, a gargalhar,
“Senhor, de um milhão de bocas, uma sem fome está?”
Shiva riu e disse: “A todos, seu quinhão,
Até para o pequeno perto do teu coração”.
Parbati, a ladra, do peito tirou o que havia furtado
E viu o grilinho comendo uma folha que ali havia brotado!
Viu e se espantou, oferecendo uma prece
A Shiva que deu alimento a tudo que aqui cresce.

Todas as coisas ele fez — Shiva, o Preservador.
Mahadeo! Mahadeo! Ele tudo fez —
Espinho para o camelo, grama para o gado
E coração de mãe para a tua cabeça, filhinho tão amado!

Servos da rainha*

Você pode usar frações, ou até regra de três[1]
Mas se acha alguém assim, não vai achar outra vez[2]
Vira aqui e vira ali, puxa e estica até cansar
E o que parece igual, diferente vai se mostrar[3]

Estava chovendo muito havia um mês inteiro — chovendo sobre um acampamento com trinta mil homens e milhares de camelos, elefantes, cavalos, bois e mulas, todos reunidos num lugar chamado Rawal Pindi,[4] para serem revistados pelo vice-rei da Índia. Ele ia receber uma visita do emir do Afeganistão — um rei rústico de um país muito rústico; e o emir trouxera no seu séquito oitocentos homens e cavalos que nunca tinham visto um acampamento ou uma locomotiva antes, homens selvagens e

* Publicado pela primeira vez com o título de "Servos de Sua Majestade" na *Harper's Weekly* em 3 de março de 1894 com uma ilustração de F. S. Church, e na *Pall Mall Magazine* em março de 1894 com ilustrações de P. Frenzeny. A maioria das edições seguintes, incluindo a *1ª americana* e a *Sussex*, usa "Servos de Sua Majestade" como título. Na *Sussex*, ele foi impresso como último conto de *Os livros da Selva*.
O conto foi inspirado no Rawal Pindi Durbar, o encontro entre o vice-rei, lorde Dufferin, e o emir do Afeganistão, Abdur Rahman, ocorrido em abril de 1885. Kipling cobriu o Durbar como correspondente especial do *Civil and Military Gazette*. Ele escreveu treze artigos que mais tarde foram publicados também no livro *Kipling and Afghanistan* (Jefferson, Carolina do Norte:

cavalos selvagens, de um lugar na ponta da Ásia Central. Todas as noites, alguns desses cavalos partiam as cordas que lhes prendiam as patas e saíam em disparada pela lama que cobria o acampamento em meio à escuridão, ou então os camelos fugiam, saíam correndo e tropeçavam nas cordas das barracas;[5] e você pode imaginar como isso era agradável para os homens que tentavam dormir. Minha barraca ficava longe dos cercados dos camelos e achei que estava a salvo; mas, certa noite, um homem enfiou a cabeça dentro dela e gritou: "Saia depressa! Eles estão vindo! Minha barraca foi derrubada!".

Eu sabia quem "eles" eram, por isso pus as botas e o impermeável e saí correndo para o meio da lama. Little Vixen,[6] minha fox terrier, saiu pelo outro lado; então se ouviu grunhidos e bufos e vi a tenda desabar com o mastro partido e começar a dançar de um lado para o outro como se fosse um fantasma maluco. Um camelo tinha entrado lá por engano e, por mais que eu estivesse molhado e furioso, não pude conter o riso. Depois continuei a correr, porque não sabia quantos camelos tinham fugido e,

---

McFarland, 2005) e tiveram alguns trechos incluídos no livro editado por Thomas Pinney, *Kipling's India* (Basingstoke: Macmillan, 1986). Esses artigos dão uma boa ideia das condições e da atmosfera do acampamento. O conto é em grande parte baseado no décimo artigo, publicado no dia 8 de abril de 1885, que dá uma descrição vívida da revista militar descrita na história e de como o emir ficou impressionado com o espetáculo. O título lembra um dos versos que Kipling fez para o livro do pai, *Beast and Man in India*: "*The black bulk heaving where the oxen pant,/ The bowed head toiling where the guns careen,/ Declare our might, — our slave the elephant/ The servant of the Queen*" [O enorme corpo ofegante dos bois,/ A cabeça pendida dos animais levando canhões que tombam,/ Declarem nossa força, — nosso escravo o elefante/ O servo da rainha] (JLK, p. 207).

em pouco tempo, conforme fui atravessando a lama com dificuldade, fui parar num local de onde já não conseguia mais ver o acampamento. Finalmente, tropecei na base de um canhão, e assim soube que estava perto das barracas de artilharia, onde eles são guardados durante a noite. Como não queria mais ficar chapinhando[7] por ali na chuva e no escuro, pus meu impermeável sobre o cano de um dos canhões e construí um abrigo com duas ou três varetas de limpar espingarda que encontrei, deitando perto da base de outro canhão e me perguntando onde Vixen tinha ido parar e onde exatamente eu me encontrava. Bem quando estava prestes a ir dormir, ouvi o tilintar de um arreio e um grunhido e vi uma mula passar por mim, sacudindo as orelhas molhadas. Soube que pertencia a uma bateria de canhões de montar, pois podia ouvir as correias, os anéis, as correntes e outras peças sacudindo dentro do seu alforje. Os canhões de montar são canhões pequenos, compostos por duas peças que são atarraxadas quando chega a hora de usá-los. Eles são levados montanhas acima, por qualquer caminho que uma mula consegue encontrar, e são muito úteis em batalhas que acontecem em terrenos rochosos. Atrás da mula havia um camelo, com os pés grandes e macios chafurdando e escorregando na lama e o pescoço balançando para a frente e para trás como o de uma galinha perdida. Por sorte, eu tinha aprendido com os nativos o suficiente da língua dos animais — não dos animais selvagens, claro, mas dos animais de acampamento — para entender o que ele estava dizendo. Devia ser o que tinha invadido minha tenda, pois disse para a mula: "O que vou fazer? Para onde vou? Lutei com uma coisa branca que voava, e ela pegou um pedaço de pau e me bateu no pescoço". (Isso só podia ser o mastro quebrado da minha tenda, e fiquei muito feliz de saber que tinha machucado o camelo.) "Vamos continuar a correr?"

"Ah, quer dizer", disse a mula, "que foram você e seus amigos que estavam perturbando o acampamento? Muito bem. Vão levar uma surra por causa disso amanhã; mas não custa nada eu lhe dar umas palmadas agora."

Ouvi o arreio tilintar quando a mula andou para trás e deu dois coices nas costelas do camelo, fazendo um barulho parecido com o de um tambor. "Da próxima vez", disse ela, "você não vai correr pelo meio de uma bateria de mulas à noite gritando 'Ladrões e fogo!'. Sente-se e não mexa mais esse pescoço bobo."

O camelo se vergou como os camelos fazem, que nem uma régua dobrável, e se sentou, gemendo. Ouvi o barulho de cascos na escuridão e um enorme cavalo de tropa chegou trotando como se estivesse no meio de uma parada, pulou a base de um canhão e aterrissou ao lado da mula.

"É uma vergonha", disse ele, bufando pelas narinas. "Esses camelos fizeram a maior algazarra nos nossos cercados de novo — é a terceira vez esta semana. Como um cavalo pode se manter em forma se não puder dormir? Quem está aqui?"

"Sou a mula que carrega a parte de trás do canhão número 2 da Primeira Bateria de Canhões de Monta", disse a mula, "e o outro é um dos seus amigos. Ele também me acordou. Quem é você?"

"Número 15, tropa E, 9º Regimento de Lanceiros — cavalo de Dick Cunliffe. Chegue um pouco mais para lá."

"Ah, desculpe", disse a mula. "Está escuro demais para ver direito. Esses camelos não são enjoados? Saí do meu cercado para ter um pouco de paz aqui."

"Meus senhores", disse o camelo humildemente, "tivemos sonhos ruins no meio da noite e sentimos muito medo. Sou apenas um camelo de carga da 39ª Infantaria Nativa, e não sou corajoso como os senhores."

"Então por que você não ficou lá[8] e carregou a bagagem da 39ª Infantaria Nativa em vez de sair correndo pelo acampamento?", perguntou a mula.

"Foram sonhos tão ruins!", exclamou o camelo. "Sinto muito. Ouçam! O que é isso? Será que devemos correr de novo?"

"Sente-se", disse a mula, "ou vai quebrar essas perninhas de palito entre os canhões." Ela espichou uma das orelhas e escutou. "Bois!", disse. "Bois de artilharia.[9] Palavra de honra, você e seus amigos acordaram o acampamento todo mesmo. É preciso sacudir muito um boi de artilharia para ele se levantar."

Ouvi uma corrente sendo arrastada pelo chão e vi chegar, caminhando ombro a ombro, uma dupla daqueles enormes bois brancos que estão sempre emburrados, e que arrastam os canhões pesados de cerco quando os elefantes se recusam a se aproximar da batalha; quase pisando na corrente deles, vinha outra mula de bateria, gritando alto: "Billy!".

"Esse é um dos nossos recrutas", disse a velha mula para o cavalo de tropa. "Está me chamando. Aqui, meu jovem, pare de gritar; o escuro nunca machucou ninguém até hoje."

Os bois de artilharia se deitaram lado a lado e começaram a ruminar, mas a jovem mula chegou mais perto de Billy.

"Coisas!", disse o recruta. "Coisas horríveis e assustadoras, Billy! Entraram no nosso cercado quando estávamos dormindo. Acha que vão nos matar?"

"Estou com muita vontade de lhe dar um coice daqueles", disse Billy. "Que ideia, uma mula de um metro e quarenta de altura com seu treinamento envergonhando a bateria diante deste cavalheiro!"

"Calma, calma!", disse o cavalo. "Lembre-se de que eles são sempre assim no começo. Na primeira vez em que vi um homem, lá na Austrália, quando tinha três anos, corri por metade de um dia e, se tivesse visto um camelo, ainda estaria correndo."

Quase todos os cavalos usados pela cavalaria inglesa são trazidos da Austrália para a Índia e treinados pelos próprios homens da tropa.

“É verdade”, disse Billy. “Pare de tremer, meu jovem. Na primeira vez em que eles puseram o arreio completo com todas aquelas correntes nas minhas costas, fiquei em pé sobre as patas de trás e chutei tudo para longe. Ainda não tinha aprendido a *verdadeira* técnica de dar coices na época, mas a bateria disse que nunca tinha visto nada igual.”

“Mas isso não foi um arreio nem nada que tilintava”, disse a jovem mula. “Você sabe que não me importo mais com isso, Billy. Eram coisas parecidas com árvores e elas caíram em cima de todos os cercados e começaram a borbulhar; a corda que prendia meu pescoço quebrou, eu não achava meu condutor, não achava você e então saí correndo com... com estes cavalheiros.”

“Hum!”, disse Billy. “Assim que ouvi que os camelos tinham se soltado, me afastei por conta própria.[10] Quando uma mula de bateria — de canhão de monta, ainda por cima — chama bois de artilharia de cavalheiros, é porque deve estar muito assustada. Quem são vocês aí no chão?”

Os bois de artilharia engoliram o que estavam ruminando e responderam ao mesmo tempo: “Sétima dupla do primeiro canhão da Bateria de Canhões Pesados. Estávamos dormindo quando os camelos chegaram, mas, quando fomos pisoteados, levantamos e fomos embora. É melhor ficar em paz deitado na lama que em perigo deitado na palha. Dissemos ao seu amigo aqui que não havia nada a temer, mas ele é tão esperto que não acreditou. Uaaa!”

E continuaram a mastigar.

“É isso que acontece quando a gente sente medo”, disse Billy. “Os bois de artilharia riem da gente. Espero que tenha gostado, meu jovem.”

A jovem mula trincou os dentes e disse algo sobre não ter medo de nenhum boi gordo no mundo; mas um boi apenas bateu os chifres nos do outro e ambos continuaram a mastigar.

"Olhe, não fique com raiva depois de ficar com medo. Esse é o pior tipo de covardia", disse o cavalo. "Para *mim*, qualquer um pode ser perdoado por sentir medo no meio da noite quando vê coisas que não entende. Na Austrália, quebramos nossos cercados um monte de vezes, quatrocentos e cinquenta cavalos, só porque um recruta foi falando que havia serpentes neles até começarmos a morrer de medo até das pontas das cordas que estavam em volta do nosso pescoço."

"No acampamento, não tem problema", disse Billy; "eu mesmo já saí em disparada só por diversão, depois de um ou dois dias parado; mas o que você faz quando está numa batalha?"

"Isso já são outros quinhentos", disse o cavalo. "Nessas horas, Dick Cunliffe está nas minhas costas, e ele enfia os joelhos em mim e só o que tenho que fazer é ver bem onde estou pisando, firmar bem as patas de trás e seguir as rédeas."

"O que significa seguir as rédeas?", perguntou a jovem mula.

"Pelo eucalipto-da-tasmânia que cresce no deserto!",[11] disse o cavalo com uma risada de desdém. "Quer dizer que vocês não aprendem a seguir as rédeas quando lutam? E como conseguem fazer qualquer coisa se não puderem girar no segundo em que a rédea aperta seu pescoço? É questão de vida ou morte para o cavaleiro e, claro, para você também. Dê uma volta com as patas de trás bem embaixo do corpo no instante em que sentir a rédea no pescoço. Se não tiver espaço para girar, empine um pouco e gire sobre as patas traseiras. Seguir as rédeas é isso."

"Não é assim que nos ensinam", disse Billy, a mula, com frieza. "Eles nos dizem para obedecer ao homem à frente; dar passagem quando ele mandar e seguir adiante quando mandar. Suponho que acabe dando no mesmo. Mas, tirando toda essa história sofisticada de empinar, que deve ser muito ruim para os cascos, qual é *sua função*?"

"Depende", disse o cavalo. "Em geral, tenho que entrar na batalha no meio de um monte de gritos e de homens cabeludos com facas — facas longas e brilhantes, piores que as facas do ferreiro — e tenho que me certificar de que a bota de Dick esteja tocando a bota do próximo homem sem esmigalhá-la. Posso ver a lança de Dick à direita do meu olho direito e com isso, sei que estou seguro. Não ia gostar de ser o homem ou o cavalo que tenta impedir a mim e a Dick de ir em frente quando estamos com pressa."

"As facas não machucam?", perguntou a jovem mula.

"Bom, levei um corte no peito uma vez, mas não foi culpa de Dick..."

"Eu não ia me importar nem um pouco em saber de quem era a culpa se alguém me machucasse!", exclamou a jovem mula.

"Mas devia", disse o cavalo. "Se não confiar no cavaleiro, é melhor fugir logo. É isso que alguns dos nossos cavalos fazem, e não os culpo. Como eu ia dizendo, não foi culpa de Dick. O homem estava deitado no chão, eu me estiquei para não pisar nele e ele me cortou fundo. Da próxima vez que eu tiver que passar por um homem deitado no chão, vou pisar — e com força."

"Hum!", disse Billy, "tudo isso parece ser uma grande tolice. Facas são sempre sujas. A coisa certa a fazer é escalar uma montanha com uma sela com peso bem distribuído, se segurar com as quatro patas e as orelhas também e rastejar e se espremer até estar centenas de metros acima dos outros, numa pedra onde só haja espaço para os seus cascos. Então você fica parado, no mais profundo silêncio — nunca peça para um homem segurar sua cabeça, meu jovem —, enquanto os canhões são montados, e depois é só ficar olhando as balinhas que saem com um estrondo e caem sobre as copas das árvores lá embaixo."

"Você nunca tropeça?", perguntou o cavalo.

"Dizem que quando uma mula tropeçar, você vai encontrar uma orelha numa galinha", disse Billy. "De vez em quando *talvez* uma sela mal-arrumada desequilibre uma mula, mas é muito raro. Gostaria de poder mostrar a vocês como fazemos. É lindo. Ora, levei três anos para descobrir o que os homens queriam com aquilo. O truque é nunca ficar visível contra o céu, porque senão você pode tomar um tiro. Lembre-se disso, meu jovem. Sempre se esconda o melhor que puder, mesmo se tiver que se desviar mais de um quilômetro do caminho. Eu sou o líder da bateria em escaladas desse tipo."

"Correr o risco de tomar um tiro sem ter a chance de avançar sobre as pessoas que atiram!", disse o cavalo, pensativo. "Eu não ia aguentar isso. Ia querer avançar... com Dick."

"Ah, não ia querer não; você sabe que quando os canhões estão em posição, o trabalho passa a ser todo deles. É um método científico e bem pensado; mas facas... bah!"

O camelo de carga estava balançando a cabeça para a frente e para trás havia algum tempo, ansioso por participar da conversa. Então o ouvi dizer, depois de pigarrear nervosamente:

"Eu... eu... eu já lutei um pouco, mas não escalando nem correndo."

"Não. Agora que você mencionou", disse Billy, "reparei que não parece feito para escalar ou correr... muito. E como foi, velho fardo de feno?"

"Do jeito certo", disse o camelo. "Nós nos sentamos..."

"Pelos meus arreios e minha armadura!", disse o cavalo baixinho. "Nós nos sentamos!"

"Nós nos sentamos — cem de nós", continuou o camelo, "numa praça enorme, e os homens empilharam nossos *kajawahs*,[12] nossos alforjes e nossas selas do lado de fora dela e deram tiros se escondendo atrás do nosso corpo. Isso mesmo, saíram dando tiros de todas as laterais da praça."

"Que homens? Qualquer homem?", perguntou o cavalo. "Na escola de montaria, eles nos ensinam a deitar e deixar nossos donos atirarem se protegendo atrás de nós, mas eu só confio em Dick Cunliffe. Sinto cócegas na barriga e, além do mais, não consigo ver nada quando estou com a cabeça no chão."

"Que importa qual homem está atirando?", disse o camelo. "Há muitos homens e muitos outros camelos por perto, além de muitas nuvens de fumaça. Eu não sinto medo. Fico bem quieto, esperando."

"E, no entanto", disse Billy, "tem pesadelos e acaba bagunçando o acampamento no meio da noite. Ora! Ora! Antes que eu me deitasse, antes sequer que me sentasse, e deixasse um homem atirar por trás de mim, a cabeça dele teria um encontro com meus cascos. Você já ouviu coisa pior?"

Fez-se um longo silêncio e então um dos bois de artilharia ergueu a cabeça grande e disse: "Isso é uma grande maluquice mesmo. Só existe um jeito de lutar".

"Ah, nos conte qual é", disse Billy. "Não se incomode comigo, *por favor*. Vocês devem lutar se apoiando no próprio rabo, não é?"

"Só existe um jeito", responderam os dois ao mesmo tempo (Eles deviam ser gêmeos). "E o jeito é este: pôr vinte duplas de nós puxando o canhão assim que Duas-Caudas dá um barrido." ("Duas-Caudas" é o apelido que os animais de acampamento deram para o elefante).

"E por que o Duas-Caudas tem que barrir?", perguntou a jovem mula.

"Para mostrar que não vai chegar mais perto da fumaça do outro lado. Duas-Caudas é muito covarde. Então puxamos o canhão juntos... Eia! Uuuaa! Eeeia! Uuuaa! Não escalamos como gatos ou corremos como bezerros. Atravessamos o terreno numa linha reta, em vinte duplas, eles nos desatam, e ficamos pastando enquanto os canhões conversam na outra ponta do terreno com uma cidade qualquer com muros de argila, até que pedaços da parede caiam e a poeira suba como se muito gado estivesse voltando para casa."

"Oh! E vocês escolhem esse momento para pastar?", disse a jovem mula.

"Esse momento ou qualquer outro. Comer é sempre bom. Comemos até nos atarem de novo e empurramos o canhão de volta até o lugar onde Duas-Caudas fica esperando por ele. Às vezes, há canhões na cidade que respondem aos nossos. Então alguns de nós são mortos, e sobra mais pasto para quem ficou. Isso é o destino — o destino, só isso. Mesmo assim, Duas-Caudas é muito covarde. Esse é o jeito certo de lutar. Somos irmãos de Hapur.[13] Nosso pai era o touro sagrado de Shiva. Tenhamos dito."

"Bom, realmente aprendi algo esta noite", disse o cavalo. "Vocês cavalheiros da bateria de canhão de monta sentem vontade de comer quando as balas estão zunindo e Duas-Caudas está logo atrás?"

"Tanta vontade quanto de deixar homens se esparramarem sobre nós ou de correr na direção de pessoas segurando facas. Nunca tinha ouvido falar nisso. Uma protuberância na montanha, uma carga bem distribuída, um condutor que deixa você escolher seu caminho, e pode contar comigo; mas essas outras coisas... não!", disse Billy, batendo com força o pé no chão.

"É claro", disse o cavalo, "que nem todo mundo é igual, e imagino que sua família por parte de pai não conseguiria compreender muitas coisas."

"Não é da sua conta quem é minha família por parte de pai", disse Billy, zangado, pois todas as mulas detestam lembrar que seu pai é um burro. "Meu pai era um cavalheiro do Sul e conseguia derrubar, morder e destruir a coices qualquer cavalo que lhe cruzasse o caminho. Lembre-se disso, seu *brumby*!"

Brumby significa um cavalo selvagem sem nenhuma educação. Imagine o que Ormonde ia achar se um cavalo de ônibus o chamasse de pangaré,[14] e você vai conseguir entender o que o cavalo australiano sentiu. Vi o branco dos seus olhos brilhar no escuro.

"Ouça aqui, seu filho de um burro importado de Málaga", disse ele com os dentes trincados, "saiba que eu sou parente por parte de mãe de Carbine, vencedor da Melbourne Cup,[15] e na minha terra não estamos acostumados a ser tratados com desdém por qualquer mula tagarela e teimosa numa bateria de canhãozinho chinfrim. Está preparado?"

"Fique nas patas de trás!", guinchou Billy. Os dois empinaram de frente um para o outro e eu esperava uma briga furiosa quando uma voz ribombante veio da escuridão à direita e disse: "Crianças, por que vocês estão brigando aí? Fiquem quietos".

Os dois animais baixaram com uma risada de nojo, pois nem um cavalo nem uma mula suporta ouvir a voz de um elefante.

"É Duas-Caudas!", disse o cavalo. "Eu não o suporto. Não é justo ter uma cauda de cada lado!"

"É exatamente o que eu penso", disse Billy, chegando perto do cavalo para ter seu apoio moral. "Nós somos parecidos em algumas coisas."

"Devemos ter saído como as nossas mães", disse o cavalo. "Não vale a pena brigar por causa disso. Ei! Duas-Caudas, você está amarrado?"

"Estou", disse Duas-Caudas, com uma risada que lhe sacudiu a tromba toda. "Já me puseram no cercado para dormir. Ouvi o que vocês estavam dizendo. Mas não fiquem com medo. Eu não vou até aí."

O cavalo, a mula e o camelo disseram, não muito baixo: "Com medo de Duas-Caudas — que maluquice!". E os bois continuaram: "Lamentamos que você tenha ouvido, mas é verdade. Duas-Caudas, por que tem medo dos canhões quando eles disparam?".

"Bem", disse Duas-Caudas esfregando uma das pernas na outra, exatamente como um menininho declamando um poema,[16] "não tenho certeza se vocês iam entender."

"Não entendemos, mas temos que puxar os canhões", disseram os bois.

"Eu sei, e sei que vocês são muito mais corajosos do que pensam que são. Mas para mim é diferente. O capitão da minha bateria me chamou de Anacronismo Paquidérmico[17] no outro dia."

"Isso é outro jeito de lutar, não é?", perguntou Billy, que estava recobrando a animação.

"*Você* não sabe o que isso significa, é claro, mas eu sei. Significa entre uma coisa e outra, e é bem aí que eu fico. Consigo ver dentro da cabeça o que vai acontecer quando uma bala estoura; e vocês bois não conseguem."

"Eu consigo", disse o cavalo. "Pelo menos um pouco. Tento não pensar nisso."

"Consigo ver mais que você, e penso nisso *sim*. Sei que tenho um corpo muito grande para cuidar e sei que ninguém sabe como me curar quando fico doente. Só o que eles fazem é cortar o salário do meu condutor até eu melhorar, e não confio no meu condutor."[18]

"Ah", disse o cavalo. "Isso explica tudo. Eu confio em Dick."

"Você poderia pôr um regimento inteiro de Dicks nas minhas costas que eu não ia me sentir nem um pouco melhor. Sei o suficiente para me sentir mal, mas não o suficiente para seguir em frente, apesar disso."

"Nós não entendemos", disseram os bois.

"Eu sei que não entendem. Não estou falando com vocês. Vocês não sabem o que é sangue."

"Sabemos, sim. É a coisa vermelha que encharca o chão e cheira mal."

O cavalo deu um coice, um pulo e um bufo.

"Não fale nisso", disse ele. "Só de pensar, sinto o cheiro. E me dá vontade de sair correndo — quando Dick não está nas minhas costas."

"Mas não tem sangue aqui", disseram o camelo e os bois. "Por que você é tão burro?"

"É uma coisa horrível", disse Billy. "Não estou com vontade de correr, mas não quero falar nisso."

"É isso!", disse Duas-Caudas, sacudindo o rabo para explicar.

"Claro que é isso. É disso que estamos falando a noite toda", exclamaram os bois.

Duas-Caudas bateu o pé até que o grilhão de ferro que havia nele tilintasse. "Ah, não estou falando com vocês. Vocês não conseguem ver dentro da cabeça."

"Não. Vemos pelos nossos quatro olhos", disseram os bois. "Vemos o que está à nossa frente."

"Se eu conseguisse fazer *isso* e mais nada, não iam precisar de vocês para puxar os canhões. Se eu fosse como meu capitão... ele consegue ver coisas dentro da cabeça antes de os tiros começarem e se treme todo, mas é esperto demais para correr. Se eu fosse como ele, conseguiria puxar os canhões. Mas, se fosse assim tão sábio, jamais estaria aqui. Seria um rei na floresta como costumava ser, e ia passar metade do dia dormindo e tomar banho quando quisesse. Faz um mês que não tomo um bom banho."

"Tudo isso é muito bonito", disse Billy, "mas dar um nome longo para uma coisa não a torna melhor."

"Psiu!", disse o cavalo. "Acho que entendi o que Duas-Caudas quis dizer."

"Vai entender melhor daqui a um minuto", disse Duas-Caudas, com raiva. "Agora me explique por que exatamente não gosta disso!"

E ele começou a barrir furiosamente com toda a força da tromba.

"Pare com isso!", disseram Billy e o cavalo ao mesmo tempo, e eu os ouvi batendo as patas no chão e estremecendo. O barrir de um elefante é sempre uma coisa terrível, principalmente numa noite escura.

"Não vou parar", disse Duas-Caudas. "Podem me explicar, por favor? Harrummmf! Brrrr! Haruuum! Rrrraaaa!" Ele parou de repente e então ouvi um ganido no escuro e vi que Vixen finalmente tinha me encontrado. Ela sabia tão bem quanto eu que a coisa que um elefante mais teme no mundo é um cachorrinho latindo;[19] por isso, parou para atazanar Duas-Caudas no cercado dele, dando latidos agudos em torno de suas patas grandes. Duas-Caudas se remexeu e gemeu. "Vá embora, cãozinho!", disse ele. "Não fareje meus calcanhares ou eu chuto você. Cãozinho bonzinho — cachorrinha bonitinha! Vá para casa, sua ferinha barulhenta! Oh, por que alguém não a tira daqui? Ela vai me morder daqui a pouco."

"Parece-me", disse Billy para o cavalo, "que nosso amigo Duas-Caudas tem medo de quase tudo. Se eu ganhasse uma refeição completa por cada cachorro que já chutei até o outro lado do pátio, seria quase tão gordo quanto Duas-Caudas."

Assobiei e Vixen correu para perto de mim, toda enlameada, lambendo meu nariz e me contando uma longa história sobre como tinha me procurado pelo acampamento todo. Nunca lhe disse que entendia a língua dos animais, pois ela teria tomado muitas liberdades. Apenas a embrulhei no meu casaco enquanto Duas-Caudas se remexia, batia com o pé no chão e rugia para si mesmo.

"Extraordinário! Realmente, é extraordinário!", disse ele. "Isso é um traço da nossa família. Bem, para onde foi a ferinha?"

Eu o ouvi tateando com a tromba.

"Todos parecemos ser afetados de diversas maneiras", continuou Duas-Caudas, assoando o nariz. "Os senhores ficaram assustados quando barri, não é, cavalheiros?"

"Não fiquei exatamente assustado", disse o cavalo, "mas me senti como se tivesse marimbondos na sela. Não comece de novo."

"Tenho medo de um cachorrinho e o camelo aqui tem medo de pesadelos."

"É muita sorte nossa não termos que lutar todos do mesmo jeito", disse o cavalo.

"O que eu gostaria de saber", disse a jovem mula, que estava quieta havia muito tempo, "é *por que* temos de lutar?"

"Porque é o que nos dizem para fazer", disse o cavalo com um bufo de desdém.

"São ordens", disse Billy, a mula; e fechou a mandíbula com um estalo.

"*Hukm hai!*" (É uma ordem), disse o camelo com um gargarejo; e Duas-Caudas e os bois repetiram: "*Hukm hai!*".

"Sim, mas quem dá a ordem?", disse a mula recruta.

"O homem que anda à sua frente; ou senta nas suas costas; ou segura a corda do seu focinho; ou torce seu rabo", disseram Billy, o cavalo, o camelo e os bois, um depois do outro.

"E quem dá as ordens a eles?"

"Agora você está querendo saber demais, meu jovem", disse Billy, "e essa é uma das maneiras de levar um coice. Tudo o que você tem de fazer é obedecer ao homem adiante e não fazer perguntas."

"Ele tem razão", disse Duas-Caudas. "Não posso obedecer sempre, porque fico entre uma coisa e outra; mas Billy tem razão. Obedeça ao homem que fica ao seu lado e lhe dá a ordem ou vai parar toda a bateria, além de levar uma surra."

Os bois de artilharia se levantaram para ir embora. "Vai nascer o dia", disseram eles. "Vamos voltar para o nosso cercado. É verdade que só vemos pelos olhos e que não somos muito espertos; mas fomos os únicos que não sentimos medo esta noite. Boa noite, gente valente."

Ninguém respondeu e o cavalo disse, para mudar o rumo da conversa: "Onde está aquele cachorrinho? Onde há um cachorro, há um homem por perto".

"Estou aqui", latiu Vixen, "embaixo da base do canhão com meu dono. Seu camelo desajeitado, você derrubou nossa barraca. Meu dono está muito zangado."

"Ora!", disseram os bois. "Deve ser um homem branco."

"É claro que é", disse Vixen. "Vocês acham que quem cuida de mim é um condutor de bois preto?"

"Irra! Puá! Ugh!", disseram os bois. "Vamos embora, rápido."

Eles mergulharam na lama e, de alguma maneira, conseguiram enfiar a parelha que os prendia um no outro na vara de uma carroça de munição, emperrando-a.

"*Agora*, vocês fizeram besteira", disse Billy calmamente. "Não tentem sair. Vão ficar presos aí até de manhã. Qual é o problema?"

Os bois soltaram um daqueles longos bufos sibilantes que o gado indiano solta, e depois empurraram, apertaram, giraram,[20] bateram com as patas no chão, escorregaram e quase caíram na lama, rugindo ferozmente.

"Vocês vão quebrar o pescoço daqui a pouco", disse o cavalo. "Qual é o problema com homens brancos? Eu vivo com eles."

"Eles... nos... comem! Empurre!", disse o boi que estava mais perto; a parelha se partiu com um estalo e os dois foram embora, caminhando pesadamente.

Eu nunca tinha entendido o que fazia o gado indiano ter tanto medo dos ingleses. Nós comemos carne de vaca — algo que nenhum condutor de bois sonha em fazer — e é claro que o gado não gosta disso.

"Que eu seja açoitado com meus próprios arreios! Quem teria pensado que esses dois bobões iam perder a cabeça?", disse Billy.

"Deixe para lá. Vou dar uma olhada nesse homem. Quase todos os homens brancos têm coisas nos bolsos, eu sei", disse o cavalo.

"Pode ir sem mim. Também não gosto muito deles. Além do mais, homens brancos que não têm onde dormir quase sempre são ladrões, e há muita propriedade do governo nas minhas costas. Venha, meu jovem, vamos voltar para o nosso cercado. Boa noite, australiano! Acho que vamos nos ver na parada amanhã. Boa noite, velho fardo de feno! Tente controlar as emoções, certo? Boa noite, Duas-Caudas! Se você passar por nós amanhã, nada de barrir. Isso estraga nossas fileiras."

Billy, a mula, saiu pisando firme com o gingado de um velho soldado. O cavalo veio enfiar o focinho no meu peito e eu lhe dei alguns biscoitos enquanto Vixen, que é uma cachorrinha muito arrogante, lhe contava mentiras sobre as dezenas de cavalos que nós dois possuíamos.

"Vou estar na parada amanhã no meu carrinho de cachorro", disse ela. "Você vai estar onde?"

"À esquerda do segundo esquadrão. Sou eu que marco o passo de toda a minha tropa, senhorita", disse o cavalo polidamente. "Agora, preciso voltar para perto de Dick. Minha cauda está toda enlameada e ele vai levar duas horas trabalhando duro para me aprontar para a parada."

A grande parada com todos os trinta mil homens aconteceu naquela tarde e Vixen e eu conseguimos um bom lugar perto do vice-rei e do emir do Afeganistão, com seu enorme chapéu alto e preto de lã de astracã que tem a estrela de diamante no centro. A primeira parte do desfile foi sob sol intenso e os regimentos passaram em ondas, com todos os homens dando passos no mesmo segundo e canhões numa fileira bem retinha, até ficarmos zonzos com a luminosidade. Então veio a cavalaria, bradando a linda canção "Bonnie Dundee",[21] e Vixen espichou as orelhas do seu lugar no carrinho de cachorro. O segundo esquadrão de lanceiros passou e lá estava o cavalo, com a cauda parecendo seda, a cabeça encostada no peito e uma orelha para a frente e outra para trás, marcando o passo para todos os outros, com as pernas se movendo com a elegância de quem dança uma valsa. Depois passaram os canhões e vi Duas-Caudas e dois outros elefantes numa fileira, presos a um canhão de vinte quilos, com vinte duplas de bois caminhando atrás. A sétima dupla estava com uma nova parelha e parecia cansada e dolorida. Por fim vieram os canhões de monta e Billy, a mula, tinha o porte de alguém que comandava todas as tropas, e seus arreios tinham sido polidos até brilhar. Soltei um viva solitário por Billy, a mula, mas ele não olhou nem para a esquerda nem para a direita.

A chuva começou a cair de novo e durante algum tempo havia névoa demais para ver o que as tropas estavam fazendo. Eles tinham formado um enorme semicírculo na planície e estavam se espalhando numa fileira. A fileira cresceu e cresceu até ficar com um quilômetro e duzentos metros de ponta a ponta — uma parede sólida de homens, cavalos e canhões. Então ela veio andando em linha reta na direção do vice-rei e do emir e, conforme ia se aproximando, o chão começou a tremer que nem o convés de um navio a vapor quando os motores estão a toda.

Se você não esteve lá, não pode imaginar o efeito assustador que esse avanço direto das tropas tem sobre os espectadores, mesmo quando eles sabem que aquilo é apenas uma revista. Olhei para o emir. Até então, ele não tinha mostrado nem sombra de espanto ou qualquer outra emoção; mas naquele momento seus olhos foram ficando cada vez mais arregalados e ele pegou as rédeas do pescoço do cavalo e olhou para trás. Por um minuto, pareceu que ia desembainhar a espada e sair cortando os homens e mulheres ingleses nas carruagens atrás, para poder escapar dali. Então as tropas estacaram, o chão parou de tremer, a fileira inteira bateu continência e trinta bandas começaram a tocar ao mesmo tempo. Foi o fim da revista; os regimentos foram para os seus acampamentos debaixo de chuva e uma banda de infantaria começou a tocar:

Os animais entraram dois a dois,
Hurra!

Os animais entraram dois a dois,
Elefantes, mulas e mais depois
E todos entraram na arca
Para sair da chuva!

Então ouvi um velho chefe de tribo de cabeleira grisalha que tinha vindo com o emir da Ásia Central fazendo perguntas a um oficial nativo.

"Diga-me", disse ele, "de que maneira essa maravilha foi feita?"

E o oficial respondeu: "Foi dada uma ordem[22] e eles obedeceram".

"Mas as feras são tão sábias quanto os homens?", perguntou o chefe.

"Elas obedecem, assim como os homens. Mula, cavalo, elefante ou boi, ele obedece ao seu condutor, e o condutor ao sargento, e o sargento ao tenente, e o tenente ao capitão, e o capitão ao major, e o major ao coronel, e o coronel ao brigadeiro que comanda três regimentos, e o brigadeiro ao general, que obedece ao vice-rei, que é um servo da imperatriz. É assim que é feito."

"Que pena que não é assim no Afeganistão!", disse o chefe. "Pois lá, só obedecemos à nossa própria vontade."

"E é por isso", disse o oficial nativo, torcendo o bigode, "que seu emir, a quem vocês não obedecem, tem de vir aqui receber ordens do nosso vice-rei."

CANÇÃO DE PARADA DOS ANIMAIS DE ACAMPAMENTO

Elefantes da equipe dos canhões[23]
A Alexandre demos a força de um gigante
Nossas ágeis pernas, nossas sábias frontes;
Submetemo-nos ao serviço: não voltaremos a ser livres [nesta terra —
Abram caminho, abram caminho, para a fila dos Canhões de Guerra!

Bois de artilharia[24]
Os heróis que usam arreios evitam os tiros de bala
E o que sabem sobre a pólvora os faz correr, sem fala;
Então entramos em ação e voltamos a puxar o canhão —
Abram caminho, abram caminho, para as parelhas
Dos Canhões de Guerra!

Cavalos da cavalaria[25]
Pela marca no meu pelo, a mais linda das canções
É tocada por lanceiros, hussardos e dragões,
E mais doce que o estábulo ou a água bem fresquinha —
É ouvir "Bonnie Dundee", canto da cavalaria!

Queremos freio e arreios e pelo bem cuidado
Cavaleiros bem hábeis e um espaçoso cercado
Vocês hão de ver, nas colunas do esquadrão
Como a "Bonnie Dundee" os cavalos dançarão!

Mulas de canhões de monta[26]
Quando meus amigos e eu subimos a colina,
Seguimos sempre em frente, mesmo em meio à neblina,
Pois sabemos escalar melhor que ninguém
Amamos a montanha, para o alto e além!

Boa sorte ao sargento que nos deixa escolher a estrada;
Má sorte a quem deixa um lado da sela mais pesada:

Pois sabemos escalar melhor que ninguém
Amamos a montanha, para o alto e além!

Camelos do comissariado
Nós, os camelos, não temos uma canção camelar
Para nos ajudar a marchar
Mas cada pescoço é um trombone peludo[27]
(Ra-ta-ta-ta! É um trombone peludo!)
E isso é que entoamos para tudo:
Não Vamos! Nos Recusamos!
Grite a notícia para o céu!
O fardo de alguém caiu mais além,
Pena que não foi o meu!
Uma carga pesada caiu na estrada —
Viva! Vamos parar e brigar!
Urrr! Yarrh! Grr! Arrh!
Mas alguém já foi pegar!

Todos os animais juntos
Nós somos filhos do acampamento
Fazer o melhor é nosso intento;
Temos parelhas, temos arreios
Temos os fardos, temos os freios.
Nossa fileira vai pela campina
Como uma corda comprida e fina,
Corcoveando por toda a terra
Levando tudo para a guerra!
Enquanto o homem caminha ao lado
Quieto, com sono e empoeirado
Não sabemos por que eles ou nós
Passamos cada dia nessa marcha feroz
Somos filhos do acampamento
Fazer o melhor é nosso intento;
Temos parelhas, temos arreios
Temos os fardos, temos os freios.

O SEGUNDO LIVRO DA SELVA[*]

* Para mais notas sobre os contos de Mowgli, incluindo glosas sobre a flora e a fauna indianas e a pronúncia e origens dos nomes dos personagens, veja as notas de *O livro da Selva*.

Como surgiu o medo*

O riacho sumiu — o lago secou,
E eu teu companheiro sou;
Com a língua seca e o rabo baixo
Cada um luta para chegar ao riacho;
O medo deixa as feras arrasadas
E todas esquecem das suas caçadas
Perto do riacho o cervinho espia,
O lobo esquálido já sem sua valentia
E o cervo macho dali não sai
Ao ver as presas que lhe tomaram o pai.
O lago sumiu — o riacho secou,
E eu teu amigo agora sou,
Até a nuvem a chuva desmanchar
E a Trégua da Água terminar.

A Lei da Selva — que é de longe a lei mais antiga do mundo — prevê quase todo tipo de acidente que pode acontecer com o Povo da Selva, e nenhuma época ou lugar jamais viu surgir artigos tão perfeitos quanto os dela. Se você já leu os outros contos sobre Mowgli, deve lembrar que ele[1] passou boa parte da vida na Alcateia de Seeonee, aprendendo a

* Publicado pela primeira vez com o título de "Como o medo surgiu na Selva" na *Pall Mall Budget* em 7 e 14 de junho de 1894 com ilustrações de Cecil Aldin, e no *Pall Mall Gazette*, em 14 e 15 de junho de 1894 como "A lei da Selva" como uma epígrafe em verso. Também publicado com o título "Uma estranha história da Selva" no *New York World* em 10 de junho de 1894.

Lei com Baloo, o Urso-Pardo; e foi Baloo quem lhe disse, quando o menino foi perdendo a paciência com todas aquelas ordens, que a Lei era como um cipó gigante, pois caía nas costas de todo mundo e ninguém conseguia escapar. "Quando tiveres vivido tanto quanto eu, Irmãozinho, verás que toda a Selva obedece ao menos uma Lei. E não será uma visão agradável", disse Baloo.

Essa conversa entrou por um ouvido e saiu pelo outro, pois um menino que passa a vida comendo e dormindo só se preocupa com o que está diante dos seus olhos. Mas certo ano as palavras de Baloo se concretizaram e Mowgli viu toda a Selva seguindo a mesma Lei.

Tudo começou quando as chuvas de inverno quase não caíram e Sahi, o Porco-Espinho, ao encontrar Mowgli no meio do bambuzal, lhe contou que os inhames silvestres estavam sumindo. Bem, todo mundo sabe que Sahi é ridiculamente chato na hora de escolher sua comida e não come nada além do que é melhor e mais maduro.[2] Por isso, Mowgli riu e disse: "E que me importa isso?".

"Não importa muito *agora*", disse Sahi, chacoalhando os espinhos severamente, "porém mais tarde, veremos. Ainda é possível mergulhar naquele laguinho fundo embaixo das Pedras das Abelhas,[3] Irmãozinho?"

"Não. A água boba está toda sumindo e eu não quero quebrar a cabeça", disse Mowgli, que tinha certeza[4] de

---

A história de Hathi sobre "como surgiu o medo" na floresta se assemelha à promessa de Deus a Noé: "Sede o medo e o pavor de todos os animais da terra e de todas as aves do céu, como de tudo o que se move na terra e de todos os peixes do mar: eles são entregues nas vossas mãos" (Gênesis 9,2). O título inicial de Kipling para *Os livros da Selva* era "Contos da Arca de Noé" (carta a Mary Mapes Dodge, 24 nov. 1892. In: Thomas Pinney (Org.). *The Letters of Rudyard Kipling*. Basingstoke: Macmillan, 1990, v. 2, p. 72).

que sabia mais que cinco animais da Selva juntos, não importando quem fossem os cinco.

"Poderia ser bom para ti. Uma rachadurazinha talvez deixasse alguma coisa entrar nessa cabeça." Sahi se abaixou depressa para impedir Mowgli de puxar os pelos do seu nariz, e o menino foi contar a Baloo o que o porco-espinho tinha dito. Baloo fez uma cara muito séria e murmurou de si para si: "Se eu estivesse sozinho, mudaria meus campos de caça agora, antes que os outros pensassem nisso. Mas... caçar no meio de estranhos acaba em briga... e talvez eles machuquem meu Filhote de Homem.[5] Vamos esperar e ver como vão ser as flores da *mohwa*".

Naquela primavera a *mohwa*,[6] a árvore de que Baloo tanto gostava, não chegou a florescer. As flores lisas cor de um creme esverdeado foram mortas pelo calor antes de nascer, e só caíram algumas pétalas malcheirosas quando o urso ficou de pé sobre as patas de trás e sacudiu a árvore. Então, centímetro a centímetro, aquele calor anormal foi chegando ao coração da Selva, deixando todas as folhas amarelas, marrons e, por fim, pretas. A vegetação que crescia na lateral das ravinas ficou parecendo arame quebrado e películas enroscadas de matéria morta; os lagos escondidos secaram e endureceram, deixando a última pegada na sua beirada marcada como se tivesse sido gravada no ferro; as trepadeiras de caule suculento caíram das árvores onde se agarravam e morreram aos seus pés; os bambus murcharam, batendo uns nos outros quando o vento quente soprava; e o musgo soltou das pedras nas profundezas da Selva, até que elas ficaram carecas e quentes como as rochas azuladas e trêmulas do leito de um rio.

Os pássaros e o Povo dos Macacos foram para o Norte no começo do ano, pois sabiam o que vinha pela frente; e os cervos e porcos selvagens foram até bem longe, aos campos secos das aldeias, às vezes morrendo diante dos olhos de homens que não tinham forças para matá-los. Chil, o

Abutre, ficou por ali e engordou, pois havia muita carcaça para comer; e, noite após noite, trazia para os animais, fracos demais para forçar sua presença em novos campos de caça, a notícia de que o sol estava matando a Selva numa extensão de três dias de voo em qualquer direção.

Mowgli, que nunca soubera o que era fome de verdade, passou a comer mel velho, de três anos de idade, que ele raspava das colmeias desertadas nas pedras — mel preto como o abrunho e cheio de um açúcar seco que parecia poeira. Ele também cavava buracos em busca de larvas enterradas bem fundo sob os troncos das árvores e roubava os filhotes das vespas. Todos os animais da Selva tinham virado pele e ossos e Bagheera podia matar três vezes numa noite e mal conseguir uma refeição completa. Mas a falta d'água era o pior, pois, embora o Povo da Selva quase nunca beba, precisa beber muito.

E o calor continuou sem parar, sugando toda a umidade, até que afinal o leito principal do Waingunga se tornou o único rio que ainda tinha um filete d'água entre as margens mortas; e quando Hathi, o Elefante Selvagem, que vive por mais de cem anos, viu uma saliência fina e azulada de pedra surgindo bem no centro da água, soube que estava vendo a Pedra da Paz, e naquele instante ergueu a tromba e proclamou a Trégua da Água, assim como seu pai havia proclamado cinquenta anos antes. Os cervos, os porcos selvagens e os búfalos repetiram a proclamação com vozes roucas; e Chil, o Abutre, voou formando grandes círculos no céu, assobiando e piando o aviso.

Pela Lei da Selva, é pena de morte matar nos lugares onde se bebe água quando a Trégua da Água tiver sido declarada. O motivo disso é que beber é mais importante que comer. Todos na Selva dão algum jeito quando só falta comida; mas água é água, e quando só há uma fonte de abastecimento, toda a caça cessa quando o Povo da Selva vai lá beber o que precisa. Nas épocas boas, quando havia bastante água, quem ia beber no Waingunga — ou em qualquer outro lugar — fazia isso arriscando a vida, e esse risco era grande parte do fascínio das tarefas noturnas. Abaixar-se com tanta esperteza que nem uma folha se movia; afundar-se até a altura dos joelhos nas águas rasas e ensurdecedoras que abafam todo o som que vem de trás; beber, olhando por cima de um dos ombros, com cada músculo pronto para o pulo desesperado causado pelo mais absoluto terror; rolar na areia da margem e voltar, com o focinho molhado e a barriga inchada, até a manada admirada, era algo com o qual todos os jovens cervos de chifres lustrosos se deliciavam, exatamente por saberem que a qualquer momento Bagheera ou Shere Khan poderia pular sobre eles e derrubá-los no chão. Mas agora aquela brincadeira de vida e morte tinha acabado e o Povo da Selva ia, faminto e cansado, até o rio quase seco, onde tigres, ursos, cervos, búfalos e porcos bebiam juntos a água pestilenta, continuando ali diante dela, exaustos demais para ir embora.

Os cervos e os porcos tinham passado o dia caminhando à procura de algo melhor que casca de árvore seca e folhas murchas. Os búfalos não tinham encontrado nenhuma poça lamacenta na qual se refrescar, e nenhum campo cheio de coisas frescas para roubar. As cobras tinham deixado a Selva e ido até o rio na esperança de encontrar uma rã perdida. Elas se enroscavam em pedras molhadas e nunca ameaçavam dar o bote quando o focinho de um porco que cavava o chão em busca de raízes as tirava do lugar. As tartarugas do rio havia muito tinham sido mortas por Bagheera, o mais esperto dos caçadores, e os peixes tinham se enfiado no fundo da lama ressecada. Só a Pedra da Paz atravessava o rio como uma longa cobra, e as ondinhas cansadas sibilavam ao secar sobre sua lateral quente.

Era para lá que Mowgli ia todas as noites para se refrescar e ter companhia. Nem o mais faminto dos seus inimigos teria gostado de capturar o menino nessa época. Sua pele nua o fazia parecer mais magro e infeliz que qualquer um dos outros. O sol havia desbotado seu cabelo até que ele ficasse cor de estopa; suas costelas estavam tão proeminentes que pareciam o aro de um cesto e seus joelhos e cotovelos, que pareciam bolotas por ser sobre eles que rastejava quando caçava, davam aos membros magros a aparência de folhas de grama com nós no meio. Mas seus olhos sob a franja emaranhada estavam atentos e tranquilos, pois Bagheera, que foi quem o aconselhou nessa época difícil, lhe disse para se mover sem fazer barulho, caçar devagar e nunca, por nenhum motivo, perder a paciência.

"É uma época perversa", disse a Pantera-Negra numa noite que estava quente como uma fornalha, "mas passará, se conseguirmos chegar vivos ao final dela. Teu estômago está cheio, Filhote de Homem?"

"Tem alguma coisa no meu estômago, mas não presta para enchê-lo. Tu achas, Bagheera, que as chuvas nos esqueceram e nunca vão voltar?"

"Não. Ainda vamos ver a *mohwa* florescer e os cervinhos gordos de grama nova. Vamos à Pedra da Paz saber das novidades. Sobe nas minhas costas, Irmãozinho."

"Isso não é época de carregar peso. Ainda consigo ficar de pé, mas... nós dois não estamos parecendo bois gordos."

Bagheera olhou seu corpo empoeirado e magrelo e sussurrou: "Ontem, matei um boi preso à parelha. Cheguei num ponto tão baixo que acho que não teria tido coragem de dar o bote se ele estivesse solto. Uou!".

Mowgli riu. "Sim, somos todos grandes caçadores agora", disse ele. "Eu sou muito corajoso — para comer larvas." E os dois atravessaram juntos a grama estalando de seca e foram até a margem do rio, onde bancos de areia parecendo renda surgiam em todas as direções.

"A água não vai viver por muito tempo", disse Baloo,

se aproximando deles. "Olhem do outro lado! Ali tem trilhas que parecem as estradas dos homens."

Na planície que se estendia para além da outra margem, a grama dura da Selva tinha morrido em pé e, depois de morta, sido mumificada. As trilhas muito usadas pelos cervos e pelos porcos, que iam todas dar no rio, tinham aberto valas secas na grama de três metros de altura e, embora fosse cedo, cada uma dessas avenidas longas estava repleta de animais correndo para beber o primeiro gole de água do dia. Dava para ouvir as corças e os filhotes tossindo em meio à poeira grossa como rapé.

Mais para cima, no lugar em que o riacho formava um lago lamacento em torno da Pedra da Paz, estava o Guardião da Trégua da Água, Hathi, o Elefante Selvagem, com seus filhos, emaciados e cinzentos sob a luz da lua, balançando para a frente e para trás sem parar. Um pouco adiante estava a vanguarda dos cervos; mais à frente, os porcos e búfalos selvagens; e, na margem oposta, onde as árvores altas desciam até a beira da água, estava o lugar reservado para Aqueles que Comem Carne — tigres, lobos, panteras, ursos e outros.

"De fato, estamos todos seguindo a mesma Lei", disse Bagheera, entrando na água e olhando para as fileiras de cervos e porcos se empurrando para lá e para cá, com chifres que batiam uns nos outros e olhos que observavam tudo. "Boa caçada para vós que sois do meu sangue", disse ele, deitando-se na água com uma das laterais para fora; e então acrescentou, com os dentes cerrados: "Se não fosse pela Lei, seria uma caçada *muito* boa".

As orelhas rápidas dos cervos captaram a última frase e um sussurro amedrontado passou pelas fileiras. "A Trégua! Lembra da Trégua!"

"Paz, paz!", gargarejou Hathi, o Elefante Selvagem. "A Trégua permanece, Bagheera. Isso não é hora de falar em caçada."

"Quem sabe disso melhor que eu?", respondeu Bagheera, virando os olhos amarelos rio acima. "Sou um comedor de tartarugas — um caçador de rãs. *Uaaaaaa!* Que pena que não me alimento mastigando galhos!"

"*Nós* também achamos uma pena", baliu um cervinho que tinha nascido naquela primavera e não estava nem um pouco feliz com isso. Por mais arrasado que estivesse o Povo da Selva, nem Hathi conseguiu conter o riso; e Mowgli, deitado na água morna com o peso apoiado sobre os cotovelos, deu uma gargalhada e bateu os pés na espuma.

"Bem dito, chifre novo", ronronou Bagheera. "Quando a Trégua acabar, eu me lembrarei de ti." E seus olhos penetraram a escuridão para que ele tivesse certeza de que iria reconhecer o cervinho.

Gradualmente, a conversa foi se espalhando pelas poças. Dava para ouvir o porco fungando e empurrando os outros, pedindo mais espaço; os búfalos bufando entre si conforme atravessavam os bancos de areia; e os cervos contando histórias tristes sobre como tinham andado até ficar com as patas doendo em busca de comida. De tempos em tempos, faziam alguma pergunta aos Comedores de Carne do outro lado do rio, mas todas as notícias eram ruins e o vento quente e ensurdecedor da Selva ia e vinha, por entre pedras e galhos batendo, espalhando gravetos e poeira sobre a água.

"Os homens também estão morrendo ao lado de seus arados", disse um jovem sambhur. "Passei por três deles entre o pôr do sol e a noite. Eles se deitam e ficam quietos, e os bois fazem o mesmo. Também vamos nos deitar um pouco."

"O rio ficou menor desde a noite passada", disse Baloo. "Ó Hathi, já vistes seca como esta alguma vez?"

"Vai passar, vai passar", disse Hathi, espirrando água nas costas e nas laterais.

"Temos alguém aqui que não vai suportar muito tempo", disse Baloo, olhando para o menino que amava.

"Eu?", disse Mowgli, indignado, sentando-se na água. "Não tenho pelos longos para cobrir meus ossos, mas... mas se alguém arrancasse teu couro, Baloo..."

Hathi estremeceu todo ao pensar nisso e Baloo disse severamente: "Filhote de Homem, não é bonito dizer isso a um Professor da Lei. *Nunca* ninguém me viu sem meu couro".

"Não quis te ofender, Baloo; só quis dizer que tu és, como se diz, um coco com casca, enquanto eu sou o mesmo coco, só que nu. Essa tua casca marrom...", disse Mowgli, que estava sentado de pernas cruzadas explicando as coisas com um gesto do indicador como sempre fazia, até que Bagheera correu uma pata macia pelas suas costas e enfiou a cabeça dele dentro da água.

"De mal a pior", disse a Pantera-Negra quando o menino ressurgiu na superfície, cuspindo água. "Primeiro, Baloo ia ser esfolado, e depois virou um coco. Toma cuidado para ele não fazer como fazem os cocos maduros."

"E o que eles fazem?", disse Mowgli, distraído por um minuto, embora essa fosse uma das piadas mais antigas da Selva.

"Quebram tua cabeça", disse Bagheera muito sério, enfiando-o na água de novo.

"Não é uma coisa boa zombar do teu professor", disse o urso quando Mowgli tinha sido enfiado na água pela terceira vez.

"Não é uma coisa boa! Mas não é isso que tu queres? Essa coisa pelada correndo por aí é uma zombaria de macaco com aqueles que já foram bons caçadores, e puxa os bigodes dos melhores de nós de brincadeira." Quem disse isso foi Shere Khan, o Tigre Manco, que foi claudicante até a água. Esperou um instante para desfrutar da sensação que causou entre os cervos da margem oposta; e então baixou a cabeça quadrada e listrada e começou a beber, grunhindo: "A Selva virou um parque de diversões para filhotes pelados agora. Olha para mim, Filhote de Homem!".

Mowgli olhou — olhou fixamente — com o máximo de insolência que pôde e, depois de um minuto, Shere Khan desviou o olhar, inquieto. “Filhote de Homem isso, Filhote de Homem aquilo”, resmungou ele, continuando a beber. “Esse filhote não é nem homem nem filhote, ou teria sentido medo. Na temporada que vem, vou ter que pedir sua permissão para beber água. Arragh!”

“Pode ser que isso aconteça mesmo”, disse Bagheera, olhando-o diretamente nos olhos. “Pode ser mesmo... Aargh, Shere Khan! Que vergonha trouxestes para cá dessa vez?”

O Tigre Manco havia mergulhado o queixo e a mandíbula na água, e manchas escuras e oleosas estavam saindo delas e indo embora com a corrente.

“Homem!”, respondeu Shere Khan, tranquilo. “Matei um faz uma hora.” E ele continuou a ronronar e rugir de si para si.

A fileira de animais se sacudiu e tremeu, e surgiu um sussurro que foi se transformando numa exclamação. “Homem! Homem! Ele matou um homem!” Então todos olharam para Hathi, o Elefante Selvagem, que pareceu não escutar. Hathi nunca faz nada até chegar a hora de fazer, e esse é um dos motivos de ter uma vida tão longa.

“Matar um homem numa época como essa! Não havia outra coisa para caçar?”, perguntou Bagheera com desdém, saindo da água maculada e sacudindo cada pata à maneira dos gatos.

“Matei por escolha... não para comer.” O sussurro horrorizado recomeçou e os olhinhos brancos e atentos de Hathi se viraram na direção de Shere Khan. “Por escolha”, continuou Shere Khan com a voz arrastada. “E agora vim beber água e me limpar. Alguém vai me proibir?”

As costas de Bagheera começaram a se curvar como um bambu no vento forte, mas Hathi ergueu a tromba e falou calmamente:

"Matastes por escolha?", perguntou ele; e quando Hathi faz uma pergunta, é melhor responder.

"Isso mesmo. Era meu direito, era minha noite. Tu sabes disso, ó Hathi." Shere Khan falou quase com cortesia.

"Sei, sim", respondeu Hathi; e depois de um pequeno silêncio, perguntou: "Já bebestes tudo o que querias?".

"Por hoje, sim."

"Então, vai. O rio é para beber, não para conspurcar. Ninguém além do Tigre Manco teria se jactado desse direito nessa época em que nós... sofremos juntos... tanto os homens quanto o Povo da Selva. Limpo ou sujo, vai para o teu covil, Shere Khan!"

As últimas palavras ecoaram como as notas cristalinas de um trompete, e os três filhos de Hathi deram meio passo à frente, embora não houvesse necessidade. Shere Khan se afastou devagar, sem ter coragem de rosnar, pois sabia — assim como todo mundo sabe — que, no fim das contas, Hathi é o Senhor da Selva.

"Que direito é esse de que Shere Khan falou?", sussurrou Mowgli no ouvido de Bagheera. "Matar um homem é *sempre* uma vergonha. É o que diz a Lei. Mas Hathi falou que..."

"Pergunta a ele. Não sei, Irmãozinho. Com ou sem direito, se Hathi não tivesse dito nada, eu teria dado uma lição nesse açougueiro manco. Vir à Pedra da Paz logo depois de matar um homem, e ainda por cima falar disso com orgulho, é tramoia de chacal. Além do mais, ele maculou a água boa."

Mowgli esperou um minuto para tomar coragem, pois ninguém gosta de abordar Hathi diretamente, e então perguntou em voz alta: "O que é esse direito de Shere Khan, ó Hathi?". As duas margens repetiram essas palavras, pois todo o Povo da Selva é muito curioso, e eles tinham acabado de ver algo que ninguém, além de Baloo, que estava muito pensativo, tinha entendido.

"É uma velha história", disse Hathi; "mais velha que a Selva. Fiquem em silêncio nas duas margens que eu conto."

Um ou dois minutos se passaram enquanto os porcos e os búfalos se empurravam e cutucavam, e então os líderes das manadas grunhiram, um depois do outro: "Nós esperaremos". E Hathi andou à frente até ficar com água quase pela altura dos joelhos no lago em volta da Pedra da Paz. Embora estivesse magro, enrugado e com as presas amarelas, parecia mesmo ser aquilo que a Selva o considerava[7] — seu senhor.

"Vós sabeis, crianças", disse ele, "que temeis o Homem acima de todas as coisas." Fez-se um murmúrio de concordância.

"Essa história tem a ver contigo, Irmãozinho", disse Bagheera a Mowgli.

"Eu? Eu sou da Alcateia — um caçador do Povo Livre", respondeu Mowgli. "Que tenho eu a ver com os homens?"

"E não sabeis por que temeis o Homem?", continuou Hathi. "Esse é o motivo. No começo da Selva, que ninguém sabe quando foi, o Povo da Selva andava junto, sem temer uns aos outros. Naqueles dias não havia seca e as folhas, flores e frutas cresciam na mesma árvore e não comíamos nada além de folhas, flores, grama, fruta e casca de árvore."

"Que bom que eu não nasci nessa época", disse Bagheera. "Casca de árvore só presta para afiar as garras."

"E o Senhor da Selva era Tha,[8] o Primeiro dos Elefantes. Ele arrancou a Selva das águas profundas com a tromba e, nos locais em que fez sulcos com as presas, os rios passaram a correr, e onde bateu com o pé no chão surgiram lagos de água boa, e quando ele barriu com a tromba — assim — as árvores caíram na terra. Foi assim que a Selva foi feita por Tha; é essa a história que me contaram."

"E a história não foi ficando nem um pouco mais magrinha ao ser recontada", sussurrou Bagheera, e Mowgli riu, escondendo a boca com a mão.

"Naquela época, não havia milho, melões, pimenta ou cana, assim como não havia casebres como esses que já vistes; e o Povo da Selva nada sabia do Homem, mas vivia junto na Selva, formando um só povo. Mas logo começaram a brigar pela comida, embora houvesse pasto suficiente para todos. Eles eram preguiçosos. Cada um queria comer sem se levantar, como às vezes conseguimos fazer hoje em dia, quando as chuvas de primavera são boas. Tha, o Primeiro dos Elefantes, estava ocupado fazendo novas selvas e guiando os rios em seus leitos. Não podia estar em todos os lugares e por isso fez do Primeiro dos Tigres o senhor e juiz da Selva, a quem o Povo da Selva devia levar seus confrontos. Naquela época, o Primeiro dos Tigres comia frutas e grama com os outros. Era tão grande quanto eu e muito bonito, todo colorido como a flor da trepadeira amarela. Não havia listras ou barras na sua pele naqueles dias bons em que a Selva era nova. Todo o Povo da Selva se postava diante dele sem medo, e sua palavra era a Lei de toda a Selva. Naquela época, lembrai, éramos um só povo. Mas, certa noite, houve uma briga entre dois cervos — uma contenda por pasto, como as que hoje resolveis com chifres e patas — e dizem que, quando os dois falaram juntos perante o Primeiro dos Tigres deitado sobre as flores, um dos cervos o empurrou com os chifres e o Primeiro dos Tigres esqueceu que era senhor e juiz da Selva e, pulando sobre o cervo, quebrou-lhe o pescoço.

"Até aquela noite nenhum de nós havia morrido, e o Primeiro dos Tigres, vendo o que tinha feito, e enlouquecendo com o cheiro do sangue, correu para os pântanos do Norte, e nós da Selva, sem um juiz, começamos a brigar entre nós. Tha ouviu o barulho das brigas e voltou; e alguns disseram isso e outros aquilo, mas ele viu o cervo morto entre as flores e perguntou quem tinha matado, e nós da Selva não contamos, porque o cheiro do sangue nos enlouqueceu, assim como nos enlouquece hoje em dia.[9] Corremos em círculos, pulando, gritando e balançando a cabeça. Assim, Tha deu uma ordem às árvores de galhos baixos e às trepadeiras que tocam o chão da Selva, dizendo-lhes que marcassem o assassino do cervo, para que ele o reconhecesse; e Tha disse: 'Quem agora vai ser o Senhor do Povo da Selva?'. O Macaco Cinza que vive nos galhos deu um pulo para o alto e respondeu: 'Eu serei o Senhor da Selva agora'. Ao ouvir isso Tha riu e disse: 'Que assim seja', e foi embora muito zangado.

"Crianças, conheceis o Macaco Cinza. Ele era na época como é hoje. No início fez cara de sábio, mas em pouco tempo começou a se coçar e a pular para todos os lados e, quando Tha voltou, encontrou-o pendurado num tronco de cabeça para baixo, caçoando de quem estava no chão; e eles caçoavam de volta. Assim, não havia Lei da Selva — só conversa boba e palavras sem sentido.

"Então Tha nos chamou a todos e disse: 'O primeiro dos seus mestres trouxe a Morte para a selva, e o segundo, a Vergonha. Agora chegou a hora de haver uma Lei, e uma Lei que não podereis violar. Agora conhecereis o Medo e, quando o encontrardes, sabereis que ele é vosso senhor, e os outros sentirão o mesmo'. E nós da Selva perguntamos: 'O que é Medo?'. E Tha disse: 'Procurai até encontrar'. Assim, caminhamos pela Selva toda procurando o Medo, e logo os búfalos..."

"Ugh!", disse Mysa,[10] líder dos búfalos, do banco de areia onde eles estavam.

"Sim, Mysa, foram os búfalos. Eles voltaram com a notícia de que o Medo vivia numa caverna na Selva, e que ele não tinha pelos e andava sobre as pernas de trás. Então o Povo da Selva seguiu a manada até encontrar essa caverna, e o Medo estava na entrada, e ele, como os búfalos disseram, era pelado e andava sobre as pernas de trás. Quando nos viu, ele gritou e sua voz nos encheu do medo que temos agora, e saímos correndo, pisoteando e machucando uns aos outros porque estávamos amedrontados. Naquela noite, me disseram, o Povo da Selva não se deitou todo junto como era nosso costume, mas cada tribo se afastou da outra — o porco ficou com o porco, o cervo com o cervo; chifre a chifre, casco a casco — todos com seus iguais, tremendo na Selva.

"Só o Primeiro dos Tigres não estava conosco, pois ainda se escondia nos pântanos do Norte e, quando lhe falaram da Coisa que tínhamos visto na caverna, ele disse: 'Eu irei até essa Coisa e quebrarei seu pescoço'. E ele correu a noite toda até ir dar na caverna, mas as árvores e trepadeiras no seu caminho, lembrando da ordem dada por Tha, baixaram seus galhos e o marcaram enquanto ele corria, passando os dedos pelas suas costas, seu flanco, sua cabeça e sua mandíbula. Em todos os locais em que o tocaram, ficou uma marca no seu pelo amarelo. *E até hoje seus filhos têm essas listras!* Quando ele chegou à caverna, o Medo, Aquele que Não Tem Pelos, esticou a mão e chamou-o de 'O Listrado que Vem à Noite', e o Primeiro dos Tigres ficou amedrontado perante Aquele que Não Tem Pelos e voltou correndo e uivando para os pântanos."

Mowgli deu uma risadinha baixa nesse momento, com o queixo dentro d'água.

"E uivou tão alto que Tha ouviu-o e perguntou: 'Que tristeza é essa?'. E o Primeiro dos Tigres, erguendo o focinho na direção do céu recém-feito, que hoje é tão antigo, disse: 'Devolvei meu poder, ó Tha. Fui envergonhado perante toda a Selva e fugi correndo d'Aquele que Não Tem Pelos, e ele me chamou de um nome vergonhoso'. 'E por quê?', disse Tha. "Porque estou sujo da lama dos pântanos', disse o Primeiro dos Tigres. 'Então nada e rola na grama molhada e, se for lama, ela decerto sairá', disse Tha; e o Primeiro dos Tigres nadou e rolou e rolou, até que a Selva girou em círculos diante dos seus olhos; mas nenhuma listra do seu pelo mudou e Tha, observando-o, riu. Então o Primeiro dos Tigres perguntou: 'O que fiz para que isso me acometesse?'. Tha respondeu: 'Mataste o cervo e soltaste a Morte na Selva, e com a Morte vem o Medo, de modo que o Povo da Selva está com medo uns dos outros assim como tu estás d'Aquele que Não Tem Pelos'. O Primeiro dos Tigres disse: 'Eles jamais me temerão, pois eu os conheço desde o começo'. E Tha disse: 'Vai e vê'. E o Primeiro dos Tigres correu de um lado para o outro, gritando pelo cervo, pelo porco, pelo sambhur, pelo porco-espinho e por todos os Povos da Selva; mas todos correram daquele que tinha sido seu juiz, pois estavam com medo.

"Então o Primeiro dos Tigres voltou com o orgulho em pedaços e, batendo a cabeça no chão, rasgou a terra com todas as patas e disse: 'Lembra que já fui o Senhor da Selva! Não me esquece, ó Tha. Deixa que meus filhos lembrem que um dia fui livre da vergonha e do medo!'. E Tha disse: 'Isso eu farei, porque tu e eu juntos vimos a Selva nascer. Por uma noite de cada ano, tudo será como era antes de o cervo ser morto — para tu e teus filhos. Nessa noite, se encontrardes Aquele que Não Tem Pelos — e o nome dele é Homem —, não sentireis medo dele, mas ele sentirá medo de vós como se fôsseis os juízes da Selva e os senhores de todas as coisas. Tem clemência dele na noite do seu medo; pois já soubestes o que é o Medo também'.

"Assim, o Primeiro dos Tigres respondeu: 'Estou satisfeito'; mas quando foi beber água, viu as listras pretas nos seus flancos, lembrou-se do nome que lhe dera Aquele que Não Tem Pelos e ficou com muita raiva. Por um ano viveu nos pântanos, esperando até que Tha cumprisse sua promessa. E numa noite em que o Chacal da Lua (a Estrela da Tarde) estava muito distante no céu, sentiu que sua noite chegara e foi até aquela caverna encontrar Aquele que Não Tem Pelos. Então aconteceu o que Tha tinha prometido, pois Aquele que Não Tem Pelos prostrou-se diante dele e ficou deitado no chão, e o Primeiro dos Tigres golpeou-lhe e quebrou-lhe a espinha, achando que havia apenas uma dessas coisas na Selva e que tinha matado o Medo. Depois, farejando a presa, ouviu Tha vindo do norte da mata e logo escutou a voz do Primeiro dos Elefantes, que é a voz que escutamos agora."

O trovão ribombava pelos morros secos e sulcados, sem trazer chuva — só relâmpagos quentes que lampejavam para além dos penhascos — e Hathi continuou: "Essa foi a voz que ele ouviu, e ela disse: 'É assim tua clemência?'. O Primeiro dos Tigres lambeu os beiços e respondeu: 'Que importa? Eu matei o Medo'. E Tha disse: 'Ó cego e tolo! Tu libertaste os pés da Morte e ela vai te perseguir até que morras. Ensinaste o Homem a matar!'.

"O Primeiro dos Tigres se empertigou diante da presa e disse: 'Ele está como estava o cervo. Não há mais Medo. Agora, eu voltarei a julgar os Povos da Selva'.

"E Tha disse: 'Nunca mais os Povos da Selva virão a ti. Jamais cruzarão teus rastros ou dormirão perto de ti, nem te seguirão ou dormirão perto da tua toca. Apenas o Medo te seguirá e, com um golpe que não verás, te obrigará a esperar a seu bel-prazer. Ele fará o chão se abrir debaixo dos teus pés, a trepadeira se enredar no teu pescoço e os troncos de árvore crescerem em torno de ti mais alto do que consegues pular, e finalmente pegará tua pele para esquentar seus filhotes quando eles estiverem com frio. Tu não tiveste clemência com ele, e ele não terá contigo'.

"O Primeiro dos Tigres se sentia muito intrépido, pois os efeitos da Noite ainda estavam nele, e por isso disse: 'A Promessa de Tha é a Promessa de Tha. Tu não vais roubar minha Noite?'. E Tha respondeu: 'Tua Noite te pertence, como eu disse, mas há um preço a pagar. Tu ensinaste o Homem a matar, e ele aprende depressa'.

"O Primeiro dos Tigres disse: 'Ele está aqui sob meus pés, com a espinha partida. Que a Selva saiba que eu matei o Medo'.

"Então Tha riu e disse: 'Mataste um de muitos, mas tu mesmo contarás à Selva — pois tua Noite acabou!'.

"E o dia nasceu; e da boca da caverna saiu outro ser que é Aquele que Não Tem Pelos; ele viu o morto adiante, viu o Primeiro dos Tigres sobre o corpo, pegou um pedaço de pau com a ponta afiada e..."

"Eles atiram uma coisa que corta, hoje em dia", disse Sahi, descendo depressa o banco de areia; pois Sahi era considerado um prato excepcionalmente gostoso pelos gondi — eles o chamam de *Ho-Igoo*[11] — e conhecia bem a perversa machadinha gondi que sai girando pela planície que nem uma libélula.

"Era um pedaço de pau com a ponta afiada, que nem o que eles põem no fundo das armadilhas", disse Hathi; "e, quando ele o atirou, atingiu o Primeiro dos Tigres no flanco. Assim, aconteceu o que Tha dissera, pois o Primeiro dos Tigres saiu uivando pela Selva até arrancar o pedaço de pau e toda a Selva ficou sabendo que Aquele que Não Tem Pelos podia atingir alguém de longe, e sentiram mais medo do que antes. Foi assim que o Primeiro dos Tigres ensinou Aquele que Não Tem Pelos a matar — e sabeis o mal que isso causou a todos os nossos povos desde então — com a corda, o buraco, a armadilha escondida, o pedaço de pau que voa, e a mosca que queima e que sai da fumaça branca (Hathi se referia ao rifle) e a Flor Vermelha que nos tira do esconderijo. Mas, por uma noite por ano, Aquele que Não Tem Pelos teme o Tigre como Tha prometeu, e o Tigre nunca lhe deu motivos para ter menos medo. Onde o encontra, ele o mata, lembrando da vergonha do Primeiro dos Tigres. Nos outros dias, o Medo anda por toda a Selva."

"Iiii! Aooo!", disseram os cervos, pensando no que tudo aquilo significava para eles.

"E só quando há um grande Medo sobre todos, como há agora, nós da Selva conseguimos deixar de lado nossos pequenos medos e ficar juntos no mesmo lugar, como estamos fazendo neste momento."

"O Homem teme o Tigre só por uma noite?", perguntou Mowgli.

"Só por uma noite", disse Hathi.

"Mas eu — nós — a Selva toda sabe que Shere Khan mata homens duas, três vezes por lua."

"Mesmo assim. Nessas ocasiões ele ataca por trás e vira a cabeça ao dar o bote, pois está cheio de medo. Se o Homem o olhasse, ele sairia correndo. Mas na sua Noite, ele vai abertamente até a aldeia. Anda por entre as casas e enfia a cabeça pela porta, e os homens caem com a cara no chão, e ele mata. Uma morte nessa única Noite."

"Oh!", disse Mowgli de si para si, rolando na água. "*Agora* entendi por que Shere Khan me mandou olhar para ele. Mas não deu certo, porque não conseguiu sustentar o olhar e eu... eu certamente não caí aos seus pés. Mas não sou homem; sou do Povo Livre."

"Huumm", disse Bagheera, emitindo o som do fundo da garganta peluda. "O Tigre sabe qual é sua Noite?"

"Ela só acontece quando o Chacal da Lua aparece bem longe na névoa do fim da tarde. Às vezes, é no verão seco e, às vezes, durante as chuvas — a Noite do Tigre. Se não fosse pelo Primeiro dos Tigres, ela jamais teria acontecido e nenhum de nós teria conhecido o Medo."

Os cervos gemeram tristemente e os lábios de Bagheera se abriram num sorriso perverso. "E os homens conhecem essa... história?", perguntou ele.

"Ninguém sabe exceto os tigres e nós, os elefantes — os Filhos de Tha. Agora vós dos lagos a ouviram e eu, Hathi, tenho dito."

Hathi mergulhou a tromba na água, num sinal de que não queria conversar.

"Mas... mas... mas", disse Mowgli, voltando-se para

Baloo, "por que o Primeiro dos Tigres não continuou a comer grama, folhas e árvores? Ele só quebrou o pescoço do cervo. Não *comeu*. O que o levou até a carne quente?"

"As árvores e trepadeiras o marcaram, Irmãozinho, e o transformaram na coisa listrada que vemos hoje. Ele jamais voltaria a comer os frutos delas; mas daquele dia em diante se vingou dos cervos e dos outros, os Comedores de Grama", explicou Baloo.

"Então *tu* sabias a história. Não sabias? Por que eu nunca a ouvi antes?"

"Porque a Selva está cheia dessas histórias. Se eu começasse a contar, nunca ia terminar. Larga minha orelha, Irmãozinho."

A LEI DA SELVA

Só para você ter uma ideia da imensa variedade da Lei da Selva, traduzi em versos (pois Baloo sempre as recitava numa espécie de canção) algumas das leis que se aplicam aos lobos. Existem, é claro, centenas e centenas de outras, mas estas vão servir de exemplo das regras mais simples.

Essa é a Lei da Selva, tão antiga e imutável quanto o céu;
Quando um lobo a viola, ele morre, mas prospera o lobo
[que é fiel.
Como a hera que envolve o tronco, a lei sobe, desce e vol-
[teia —
Pois a força da Alcateia é o lobo, e a força do lobo é a
[Alcateia.

Lava sempre da cauda ao focinho; bebe água, mas nunca
[demais;
E lembra que a noite é da caça; mas o dia é para o sono e
[não mais.

O chacal pode seguir o tigre, mas, filhote, quando deixares
[o ninho,
Lembra que o lobo é um caçador — vai buscar tua comida
[sozinho.

Fica em paz com os senhores da Selva — o tigre, o urso, a
[pantera.
Não perturbes Hathi, o Silencioso, e não caçoes do javali,
[que é uma fera.

Quando duas Alcateias se encontram e nenhuma quer ce-
[der a presa,

Deita e espera que os líderes conversem — talvez resolvam
[com gentileza.

Quando brigares com um lobo da Alcateia, briga sozinho
[e em outra terra,
Para que os outros não tomem partido e a Alcateia não
[diminua com a guerra.

O covil do lobo é seu refúgio, e onde ele escolheu fazer seu
[lar,
Nem o Chefe dos Lobos pode ir, nem mesmo o Conselho
[pode entrar.

O covil do lobo é seu refúgio, mas se está em local aparen-
[te,
O Conselho lhe mandará um aviso, e ele o fará de novo
[mais à frente.

Se matares antes da meia-noite, não acordes a Selva com
[teu ladrar,
Para não assustar os cervos dos campos e teus irmãos com
[fome deixar.

Podes matar por ti, tua loba e também pelos filhotes; mas
Não por prazer; e o homem *sete vezes não matarás*.

Se tirares a presa do mais fraco, não há ninguém que tudo
[mereça;
Pois o menor tem o Direito da Alcateia, e são dele a pele e
[a cabeça.

A presa da Alcateia é de todos. Podes comer onde a morte
[ocorreu;
Que nenhum leve a carne para longe, ou a morte será des-
[tino seu.

A presa do lobo é só dele. Ele escolhe o que fazer com ela,
Até obter permissão, a Alcateia não pode comê-la.

O Direito do Filhote dura um ano. E toda a Alcateia deve
Deixar que coma depois do caçador; e negar, ninguém se
[atreve.

O Direito do Covil é da mãe. Por um ano a Alcateia lhe
[deve
Um quarto de cada presa para os filhotes; e negar, nin-
[guém se atreve.

O Direito da Caverna é do pai — sozinho ele pode caçar.
Está livre dos chamados da Alcateia; e só o Conselho o
[pode julgar.

Por sua idade e esperteza, e por ser o mais forte da grei
Em tudo que a lei não prevê, a palavra do chefe é a lei.

Estas são as Leis da Selva, e de fato são muitas, não es-
[queças;
Mas a cabeça, os cascos e o corpo dessa Lei são só uma
[— Obedece!

O milagre de Purun Bhagat*

Quando sentimos na terra um tremor
Fomos correndo pegá-lo pela mão
Pois por ele tínhamos o amor
Que desafia a compreensão.

E quando veio ruindo o morro
E o mundo pela torrente foi levado
Nós, humildes, fomos em seu socorro
Mas ele não mais atenderá nosso chamado

Chora quem o salvou pelo amor
Que os animais sabem sentir.
Ele se foi, só resta a dor
E o povo dele só faz nos repelir!

"Lamento dos Langures"[1]

Havia um homem na Índia que era primeiro-ministro de um dos estados semi-independentes da parte noroeste do país. Era um brâmane, de uma casta tão alta que as castas deixaram de ter qualquer significado para ele; e seu pai fora um oficial importante em meio ao colorido, à confusão e à balbúrdia de uma antiga corte hindu. Mas,

* Publicado pela primeira vez com esse título no *Pall Mall Gazette* e no *Pall Mall Budget* em 18 de outubro de 1894 com ilustrações de Cecil Aldin. Também publicado no *New York World* em 14 de outubro de 1894 com o título "Um milagre dos dias de hoje". O poema "Canção de Kabir" foi publicado pela primeira

quando Purun Dass cresceu, percebeu que a ordem ancestral[2] das coisas estava mudando e que, se alguém desejasse progredir,[3] precisava ter uma boa reputação entre os ingleses e imitar tudo que eles acreditavam ser bom. Ao mesmo tempo, um oficial nativo tem que manter a boa opinião do seu senhor. Era uma tarefa difícil, mas o jovem e silencioso brâmane, ajudado por uma boa educação inglesa recebida numa universidade de Mumbai, realizou-a com tranquilidade e galgou, passo a passo, os postos até se tornar primeiro-ministro do reino.[4] Ou seja, tinha mais poder real que seu senhor, o marajá.

Quando o velho rei — que desconfiava dos ingleses, com suas estradas de ferro e telégrafos — morreu, Purun Dass já tinha renome com seu jovem sucessor, que tivera um tutor inglês; e os dois juntos, com Purun Dass sempre se certificando de que o rei receberia o crédito por tudo, fundaram escolas para meninas, abriram estradas, criaram dispensários e feiras de ferramentas agrícolas estaduais e publicaram relatórios anuais sobre o "Progresso Moral e Material do Estado", deixando o Ministério das Relações Exteriores e o Governo da Índia deliciados. Poucos estados indianos aceitam o progresso inglês sem reservas, pois não acreditam, como Purun Dass mostrou acreditar, que o que é bom para os ingleses decerto será duas vezes melhor para os asiáticos. O primeiro-ministro se tornou um amigo ilustre de vice-reis, governadores, vice-governadores, médicos missionários, missionários comuns e oficiais ingleses calejados que vinham caçar nas reservas estaduais, assim como de diversos turistas que viajavam para cima e para baixo na Índia no frio, mostrando aos nativos como as coisas deviam ser feitas.

---

vez como epígrafe em verso de "O milagre de Purun Bhagat"; o título original nos periódicos da série *Pall Mall* era: "Canção de Kabir (trad.)". "O Purun Bhagat do título do conto pronuncia-se *Poorun Bhugatt* [e] significa 'Purun, o Homem Santo'" (Kipling).

Em seu tempo livre, ele distribuía bolsas para estudantes de medicina e administração de instituições que seguiam uma linha estritamente inglesa e escrevia cartas para o *Pioneer*,[5] maior jornal diário indiano, explicando os objetivos do seu senhor.

Finalmente, Purun Dass foi fazer uma visita à Inglaterra e teve que pagar somas enormes para os sacerdotes quando voltou; pois até um brâmane de casta tão alta quanto ele cai de posição ao cruzar o mar Negro. Em Londres, conheceu todo mundo que valia a pena conhecer — homens cujos nomes já tinham sido ouvidos no mundo todo — e viu muito mais do que contou ao regressar. Recebeu títulos honoríficos de grandes universidades, fez discursos e falou da reforma social hindu para senhoras inglesas de roupa de gala, até que toda a cidade exclamou: "Esse é o homem mais fascinante que já conhecemos num jantar desde que uma mesa foi posta pela primeira vez na História!".

Quando voltou à Índia, foi coberto de glórias, pois o vice-rei em pessoa fez uma visita especial para dar ao marajá a Grande Cruz da Estrela da Índia[6] — toda feita de diamantes, fitas e esmalte; e, na mesma cerimônia, enquanto os canhões ribombavam, Purun Dass foi sagrado cavaleiro comandante da Ordem do Império Indiano,[7] de modo que passou a ser chamado de Sir Purun Dass e a ter seu nome seguido das iniciais KCIE.[8]

Naquela noite, no jantar na enorme tenda do vice-rei, ele se levantou com a insígnia e o colar da Ordem no peito e, respondendo ao brinde pela saúde do seu senhor, fez um discurso que poucos ingleses teriam conseguido superar.

No mês seguinte, enquanto a cidade voltava à tranquilidade abrasadora de sempre, Purun Dass fez algo que nenhum inglês jamais teria sonhado fazer: ele morreu, pelo menos para tudo que dizia respeito às questões mundanas. A insígnia de cavaleiro cheia de joias foi devolvida ao governo indiano e um novo primeiro-ministro foi nomeado para cuidar de tudo e, em todos os cargos subordinados, começou uma grande dança das cadeiras. Os sacerdotes sabiam o que tinha acontecido e o povo adivinhou; mas a Índia é o único lugar do mundo onde um homem pode fazer o que desejar e ninguém pergunta por quê; e o fato de que Dewan[9] Sir Purun Dass, KCIE, havia aberto mão de posição, palácio e poder e passado a levar a tigela de esmolas e usar a veste ocre de um Sunnyasi ou homem santo não foi considerado nada de extraordinário. Ele passara, como recomenda a Velha Lei, vinte anos sendo jovem, vinte anos sendo guerreiro — embora jamais houvesse encostado numa arma na vida — e vinte anos como chefe de um lar. Usara sua riqueza e poder para aquilo que sabia ser seu verdadeiro valor; aceitara a honra quando a haviam oferecido; vira homens e cidades de terras próximas e distantes, e homens e cidades o tinham honrado. Agora, abandonaria todas essas coisas como um homem abandona um manto do qual não precisa mais.

Quando passou pelos portões da cidade vestindo uma pele de antílope e levando uma muleta com apoio de metal sob um dos braços e uma tigela de esmola feita de coco-do-mar[10] marrom polido na mão, descalço, sozinho e com os olhos voltados para o chão, ouviu os tiros que davam dos bastiões em homenagem ao seu feliz sucessor. E assentiu. Toda aquela vida tinha terminado; e ele sentia tanta raiva ou apreço por ela quanto um homem sente por um sonho esbatido. Era um Sunnyasi — um mendicante sem casa que andava a esmo, dependendo dos outros pelo pão de cada dia; e, enquanto houver uma fatia de pão para dividir na Índia, nem um sacerdote, nem um mendigo passará fome. Purun Dass jamais provara carne vermelha na vida e muito raramente comera peixe. Uma nota de cinco libras teria sido o suficiente para pagar suas despesas pessoais com comida durante qualquer um dos anos em que tivera milhões em dinheiro ao seu dispor. Mesmo quando estava sendo celebrado em Londres, mantivera na mente seu sonho de paz e tranquilidade — a longa estrada indiana, branca e empoeirada, com marcas de pés descalços por toda a sua extensão, o tráfego incessante e lento e, na hora do crepúsculo, a fumaça pungente das fogueiras subindo sob as figueiras, onde os viajantes sentavam para fazer a refeição da noite.

Quando chegou a hora de fazer esse sonho virar realidade, o primeiro-ministro tomou as providências necessárias e, depois de três dias, teria sido mais fácil achar uma bolha na imensa massa do oceano Atlântico que Purun Dass entre os milhões de pessoas que perambulam pela Índia, com seus encontros e desencontros.

À noite, ele espalhava a pele de antílope onde quer que estivesse quando a escuridão caía — às vezes, num monastério dos Sunnyasi na beira da estrada; às vezes, ao lado de uma das pilastras de lama que servia de templo a Kala Pir, onde os Joguis,[11] que são outra ordem misteriosa de homens santos, o recebiam como recebem todos aqueles que sabem quanto valem as castas e ordens; às vezes, nos arredores de uma pequena aldeia hindu, onde as criancinhas se aproximavam pé ante pé com a comida que seus pais tinham preparado; e, às vezes, no breu das pastagens sem vegetação, onde a chama de sua fogueira de gravetos acordava os camelos sonolentos. Tudo era uma coisa só para Purun Dass — ou Purun Bhagat, como ele se chamava agora. A terra, o povo e a comida, tudo era uma coisa só. Mas, inconscientemente, seus pés foram levando-o para o nordeste; do sul para Rohtak; de Rohtak para Kurnool; de Kurnool para as ruínas de Samanah,[12] e depois subindo o rio pelo leito seco do Gugger,[13] que só enche quando a chuva cai nas colinas, até que, um dia, ele viu ao longe a silhueta dos grandes Himalaias.

Então Purun Bhagat sorriu, pois lembrou que sua mãe era uma brâmane Rajput nascida perto de Kulu[14] — uma mulher das montanhas, sempre com saudade da neve — e que a mínima gota de sangue das montanhas sempre acaba levando um homem de volta ao lugar a que ele pertence.

"É lá", disse Purun Bhagat, subindo as ladeiras mais baixas das Sewaliks,[15] onde os cactos se erguem como candelabros de sete braços, "que eu vou sentar e adquirir conhecimento"; e o vento frio dos Himalaias assobiou no seu ouvido conforme ele atravessava o caminho que levava a Simla.[16]

Da última vez em que estivera ali perto, chegara com grande pompa, escoltado por uma cavalaria barulhenta, para visitar o mais gentil e afável dos vice-reis; e os dois tinham passado uma hora conversando sobre amigos comuns de Londres e sobre o que o povo da Índia realmente achava das coisas. Dessa vez, Purun Bhagat não fez nenhuma visita, apenas se apoiou na balaustrada que ladeava a estrada principal, observando a vista gloriosa das planícies se espraiando sessenta e cinco quilômetros abaixo, até que um policial muçulmano de lá lhe disse que estava atrapalhando o trânsito; e o homem santo fez um reverente *salaam*[17] para a lei, pois sabia o valor dela, e buscava uma lei também. Então seguiu em frente e, naquela noite, dormiu num casebre em Chota Simla,[18] que parece ser o finalzinho da terra, mas era apenas o início de sua jornada. Tomou a estrada Himalaia-Tibete, uma pequena trilha de três metros de largura aberta com explosivos na rocha sólida, que às vezes segue por pedaços de madeira dispostos sobre precipícios de trezentos metros de altura; ou atravessa vales cálidos e úmidos cercados por montanhas de todos os lados; ou sobe por colinas cobertas de grama onde o sol bate como se passasse pelo vidro de uma lente; ou serpenteia por florestas escuras onde o orvalho pinga das folhas, as samambaias cobrem os troncos das árvores dos pés à cabeça e os faisões conversam. E encontrou pastores tibetanos com seus cães e rebanhos de ovelhas, com cada ovelha levando um saquinho de bórax[19] nas costas; lenhadores ambulantes; lamas do Tibete com seus mantos e suas cobertas em peregrinação até a Índia; mensageiros de pequenos estados encravados nas montanhas, cavalgando furiosamente pôneis pintados ou malhados; escoltas de rajás que visitavam outros reinos; e, às vezes, durante longos dias claros, não via nada além de um urso-negro rosnando e procurando raízes no vale lá embaixo. No início, o alarido do mundo ainda ressoava em seus ouvidos, como o alarido de um túnel ainda ressoa depois de o trem ter passado por ele; mas depois que deixou o Passo de Mutteeanee,[20] tudo isso ficou para trás e Purun Bhagat viu-se a sós consigo mesmo, caminhando e pensando com os olhos no chão e a cabeça nas nuvens.

Certa noite, ele atravessou a passagem mais alta que já encontrara até então, depois de uma escalada de dois dias, e saiu diante de uma fileira de picos nevados que pontilhavam o horizonte — montanhas que tinham entre quatro mil e quinhentos e seis mil metros de altura, parecendo tão próximas que seria possível atingi-las com uma pedrada, embora na realidade estivessem a oitenta ou cem quilômetros de distância. A passagem era encimada por uma floresta densa e escura — composta de cedros do Himalaia, nogueiras, cerejeiras, oliveiras e pereiras silvestres, mas principalmente deodaras, que são os cedros; e sob a sombra dos deodaras estava um templo abandonado de Kali — que é Durga, que é Sitala,[21] e que às vezes é adorada como forma de proteção contra a varíola.

Purun Dass varreu o chão de pedra, sorriu para a estátua alegre, construiu uma pequena lareira de lama nos fundos do templo, esticou sua pele de antílope sobre uma cama de folhas de pinheiro, pôs sua *bairagi* — sua muleta de apoio de metal — sob a axila e se sentou para descansar.

Logo abaixo de onde ele estava, a face da montanha se estendia por quase quinhentos metros, sem qualquer vegetação, até uma pequena aldeia de casas com paredes de pedra e telhados de terra batida que se agarravam à subida íngreme. Ao redor dela, minúsculos campos em rampas niveladas se espalhavam como os pedaços de uma colcha de retalhos sobre os joelhos da montanha, e vacas do tamanho de besouros pastavam entre os círculos de pedra lisa onde era feita a debulha. Ao olhar para o outro lado do vale, os olhos se enganavam com o tamanho das coisas e, a princípio, não percebiam que o que parecia ser vegetação rasteira na face oposta da montanha na verdade era uma floresta com pinheiros de trinta metros de altura. Purun Bhagat viu uma águia mergulhar no espaço enorme, mas o grande pássaro virou um pontinho antes de chegar à metade dele. Nuvens esparsas eram sopradas de uma ponta a outra do vale, batendo num dos lados da montanha ou escasseando quando se nivelavam com a parte mais alta da passagem. "Aqui, encontrarei a paz", disse Purun Bhagat.

Bem, um homem da montanha não se assusta com uma distância de algumas centenas de metros para cima ou para baixo e, assim que os aldeões viram a fumaça no templo abandonado, o sacerdote da aldeia subiu pela montanha dividida em rampas para dar boas-vindas ao estranho.

Quando encarou os olhos de Purun Bhagat — olhos de um homem acostumado a controlar milhares de outros —, fez uma mesura até o chão, pegou a tigela de esmolas sem dizer uma palavra e voltou para a aldeia, dizendo: "Finalmente, temos um homem santo. Nunca vi homem igual. Ele é das planícies, mas sua cor é pálida — um brâmane dos brâmanes". Então todas as donas de casa da aldeia disseram: "Você acha que ele vai ficar conosco?". E cada uma delas fez o que pôde para cozinhar a refeição mais gostosa para o Bhagat. A comida das montanhas é muito simples, mas com trigo-sarraceno, milho indiano, arroz, pimentão vermelho, peixinhos tirados do riacho no vale, mel das colmeias que parecem canos de chaminé construídas nas paredes de pedra, damascos secos, cúrcuma, gengibre silvestre e broas de farinha, uma mulher devota consegue fazer coisas boas; e o sacerdote levou a tigela cheia de volta para o Bhagat. Perguntou se ele ia ficar ali e se precisava de um *chela* — um discípulo — para pedir esmolas em seu nome. Quis saber também se tinha um cobertor para se proteger do frio e se a comida estava gostosa.

Purun Bhagat comeu e agradeceu ao homem que levou a comida. Estava com vontade de ficar. Não era preciso dizer mais nada, garantiu o sacerdote. Que a tigela fosse posta do lado de fora do templo, no vão entre aquelas duas raízes retorcidas, e o Bhagat seria alimentado todos os dias; a aldeia se sentia honrada por tal homem desejar permanecer entre eles; e ele olhou timidamente para o rosto do Bhagat.

Aquele dia marcou o fim das perambulações do Bhagat. Encontrara o lugar onde devia ficar — seu silêncio e seu espaço. Depois disso o tempo parou e ele, sentado na entrada do templo, não saberia dizer se estava vivo ou morto; se era um homem que controlava seus braços e pernas, ou se era uma parte das colinas, das nuvens, da chuva fugidia e da luz do sol. Repetia uma palavra baixinho centenas e centenas de vezes, até que, a cada repetição, parecia sair um pouco mais do corpo, chegando ao umbral de uma revelação tremenda; mas, na hora em que a porta estava se abrindo, seu corpo o arrastava de volta e, lamentando, ele sentia que estava mais uma vez trancado na carne e nos ossos de Purun Bhagat.

Todas as manhãs, a tigela de esmolas era silenciosamente enfiada no buraco entre as raízes que ficavam diante do templo. Às vezes, era o sacerdote que a trazia; às vezes, um mascate ladakhi[22] que estava hospedado na aldeia e, ansioso por cair nas boas graças dos aldeões, galgava o caminho; mas, na maioria das vezes, era a mulher que tinha feito a comida na noite anterior; e ela murmurava, num sussurro que era quase silêncio: "Rogue por mim perante os deuses, Bhagat. Fale por fulana, esposa de sicrano!". De tempos em tempos, um menino mais valente recebia a honra de ir, e Purun Bhagat o ouvia deixar a tigela e sair correndo com toda a força das suas perninhas; mas o homem santo nunca descia até a aldeia. Ela se espalhava como um mapa aos seus pés. Ele podia ver as reuniões noturnas que aconteciam no círculo onde era feita a debulha, pois só ali o chão era plano; podia ver o maravilhoso verde sem nome do arroz nascente, o anil do milho indiano; os campos de trigo-sarraceno, cada um parecendo um cais e, quando era época, as flores vermelhas do amaranto, cujas minúsculas sementes, por não serem nem grão nem carne, podem ser comidas pelos hindus em tempo de jejum.

Quando o ano virava, os telhados dos casebres pareciam quadrados do mais puro ouro, pois era ali que os aldeões punham as espigas de milho para secar. A apicultura e a colheita, o plantio do arroz e a debulha, tudo passava diante dos olhos de Purun Bhagat, como um bordado sendo feito lá embaixo, nos campos diversos,[23] e ele pensava neles e se perguntava qual, afinal, era seu sentido.

Mesmo na populosa Índia, um homem não pode passar um dia inteiro sentado sem que animais selvagens subam em cima dele como se fosse uma pedra; e, naquele lugar remoto, não demorou até que esses animais, que conheciam bem o templo de Kali, aparecessem para espiar o invasor. Os langures, enormes macacos de barba cinza que moram nos Himalaias, foram naturalmente os primeiros, pois estão sempre fervilhando de curiosidade; e, depois de derrubar a tigela de esmolas, sair rolando-a pelo chão, cravar os dentes na muleta de apoio de metal e fazer caretas para a pele de antílope, eles decidiram que o humano que ficava sentado daquele jeito, tão imóvel, era inofensivo. À noite eles saltavam dos pinheiros, estendiam as mãozinhas pedindo coisas para comer e iam embora agarrados num cipó, fazendo curvas graciosas. Também gostavam do calor do fogo e se apinhavam tanto em torno dele que Purun Bhagat tinha que empurrá-los dali para alimentar as chamas; e, de manhã, quase sempre encontrava um macaquinho peludo embaixo do seu cobertor. Um ou outro membro da tribo passava o dia todo ao seu lado, observando as neves e guinchando com um ar indizivelmente sábio e triste.

Depois dos macacos veio um barasingh,[24] aquele cervo grande que parece o veado-vermelho, só que maior. Ele queria roçar a camada aveludada que recobria seus chifres novos nas pedras frias da estátua de Kali, e bateu as patas com força no chão quando viu um homem no templo. Mas Purun Bhagat não se moveu e, aos poucos, o enorme macho se aproximou e tocou o ombro dele com o focinho. Purun Bhagat pousou a mão fresca nos chifres cálidos e seu toque acalmou o animal assustado, que baixou a cabeça, deixando que o homem arrancasse com cuidado o veludo. Depois disso, o macho passou a trazer a fêmea e o filhote — bichos gentis que murmuravam sobre o cobertor do homem santo — ou a vir sozinho à noite, com os olhos brilhando à luz verde das chamas, para pegar seu quinhão de nozes frescas. Afinal, o cervo-almiscarado, que é o mais tímido e quase o menor dos mosquídeos, veio também, com as orelhas grandes de coelho bem eretas; até o mushick-nabha[25] silencioso e malhado teve que descobrir o que significava aquela luz no templo e pousar seu focinho de alce no colo de Purun Bhagat, indo e vindo com as sombras do fogo. Purun Bhagat se referia a todos como "meu irmão" e quando os chamava baixinho ao meio-dia, dizendo "*Bhai! Bhai!*",[26] eles saíam da floresta se estivessem ao alcance do som. O urso-negro tibetano, mal-humorado e desconfiado — o sona,[27] que tem uma marca branca em formato de V sob o queixo —, passou por ali mais de uma vez; e, como o Bhagat não deu sinal de medo, o sona não deu sinal de raiva, apenas ficou observando-o, aproximou-se e pediu um pouco de carinho e um pedaço de pão ou algumas frutinhas silvestres. Muitas vezes, no silêncio do amanhecer, quando o Bhagat subia até o alto da passagem estreita para ver o dia vermelho caminhando pelos picos nevados, encontrava o sona bufando perto dos seus calcanhares, enfiando curiosamente a pata da frente sob os troncos caídos e tirando-a de lá com um *uuf* de impaciência; ou então seus passos de manhã cedo acordavam o sona, que dormia enroscado em algum lugar, e a fera ficava de pé, pensando em brigar, até ouvir a voz do Bhagat e reconhecer seu melhor amigo.

Quase todos os eremitas e homens santos que moram longe das grandes cidades têm a reputação de conseguir realizar milagres com os animais selvagens; mas o milagre consiste apenas em ficar parado, nunca fazer um gesto brusco e, pelo menos por um bom tempo, não olhar diretamente para um visitante. Os aldeões viram a silhueta do barasingh se aproximando, furtivo como uma sombra, pela floresta escura atrás do templo; viram o minaul, o faisão dos Himalaias, exibindo suas cores mais lindas ao lado da estátua de Kali; e os langures sentados sobre as patas de trás lá dentro, brincando com cascas de noz. Algumas das crianças também ouviram o sona cantando de si para si como os ursos fazem atrás das pedras roladas; e a reputação de milagreiro do Bhagat seguiu firme.

Nada, no entanto, estava mais distante da sua mente que a ideia de milagres. Ele acreditava que todas as coisas formavam um grande milagre e, quando um homem sabe disso, sabe de algo no qual pode basear muitas coisas. O Bhagat tinha certeza de que não havia nada grande e nada pequeno no mundo; e passava o dia e a noite refletindo, tentando chegar ao cerne de tudo, de volta ao lugar de onde viera sua alma.

Nesse pensar, seus cabelos cresceram até a altura do ombro, a base da sua muleta de apoio de metal fez um buraco na laje de pedra que ficava ao lado da pele de antílope e o vão entre os troncos de árvore onde a tigela de esmolas era depositada dia após dia se alargou e virou uma cavidade quase tão lisa quanto a casca do coco; e cada animal sabia exatamente qual era seu lugar diante da fogueira. Os campos mudaram de cor com as estações; os locais onde era feita a debulha ficaram cheios e vazios e depois cheios de novo, e de novo; e de novo e de novo, quando chegava o inverno, os langures pulavam entre os galhos cobertos por finas camadas de neve até chegar a primavera, quando as macacas mães traziam seus bebezinhos de olhos tristes dos vales lá embaixo, onde era mais quente. Pouca coisa mudou na aldeia. O sacerdote ficou mais velho e muitas das criancinhas que costumavam subir com a tigela de esmolas passaram a mandar seus próprios filhos; e, quando você perguntava aos aldeões há quanto tempo o homem santo deles vivia no templo de Kali, eles respondiam: "Desde sempre".

Então vieram chuvas de verão como fazia muitas temporadas não se via nas montanhas. Durante três meses o vale ficou coberto por nuvens e uma bruma úmida — e caiu uma garoa incessante que, às vezes, se transformava numa tempestade com raios e trovões. O templo de Kali ficava quase sempre acima do nível das nuvens e, durante um mês inteiro, o Bhagat nem vislumbrou a aldeia. Ela estava escondida sob um chão branco de nuvens que se movia, ondulava e inchava, sem nunca se afastar do seu cais — as laterais molhadas do vale.

Durante todo esse tempo, ele não ouviu nada além do som de um milhão de fios d'água descendo das árvores sobre sua cabeça e correndo pelo chão sob seus pés, encharcando os pinheiros, pingando das samambaias e nascendo de canais que tinham acabado de ser abertos na montanha. Então o sol saiu e fez surgir o incenso bom dos deodaras e dos rododendros, e aquele cheiro distante e limpo que o Povo das Montanhas chama de "cheiro de neve". O sol quente durou uma semana e, depois, as chuvas se reuniram para uma última tormenta, cuja água caiu em pingos grossos que arrancaram a terra do chão, fazendo-a pular e voltar em forma de lama. Purun Bhagat fez uma fogueira alta naquela noite, pois tinha certeza de que seus irmãos iam precisar de calor; mas nenhum animal foi até o templo, embora ele tenha chamado e chamado até cair de sono, perguntando-se o que teria acontecido na mata.

No coração negro da noite, com a chuva batendo como mil tambores, o Bhagat acordou com alguém puxando seu cobertor e, esticando o braço, encontrou a mãozinha de um langur. "Está melhor aqui que nas árvores", disse ele, estendendo um pedaço do cobertor, "toma isso, vai te aquecer." O macaco agarrou a mão dele e puxou com força. "É comida, então?", disse Purun Bhagat. "Espera um pouco que eu vou preparar alguma coisa." Quando se ajoelhou para jogar madeira no fogo, o langur correu até a porta do templo, guinchou e correu de volta, pegando o joelho de Bhagat.

"O que foi? O que te incomoda, irmão?", disse Purun Bhagat, pois os olhos do langur estavam repletos de coisas que ele não conseguia decifrar. "A não ser que alguém da tua casta tenha sido pego numa armadilha — e ninguém põe armadilhas aqui —, não sairei com esse tempo. Vê, irmão, até o barasingh veio procurar abrigo."

Os chifres do cervo bateram na estátua sorridente de Kali quando ele entrou depressa no templo. Ele os baixou diante de Purun Bhagat e bateu as patas no chão, ansioso, soltando o ar pelas narinas meio fechadas.

"Hai! Hai! Hai!", disse o Bhagat, estalando os dedos. "É *isso* que eu recebo por te abrigar por uma noite?" Mas o cervo empurrou-o na direção da porta e, quando o fez, Purun Bhagat ouviu o som de algo se abrindo com um suspiro e viu duas lajes do chão se afastar uma da outra, enquanto a terra molhada lá embaixo estalava os lábios.

"Agora entendi", disse Purun Bhagat. "Não culpo meus irmãos por não terem vindo sentar perto do fogo esta noite. A montanha está caindo. Mas... por que eu deveria ir embora?" Seus olhos pousaram na tigela de esmolas e ele mudou de expressão. "Eles me deram comida boa desde que... desde que cheguei aqui e, se não me apressar, amanhã não haverá nenhuma boca no vale. Tenho que ir avisá-los lá embaixo. Afasta-te, irmão! Deixa-me chegar ao fogo."

O barasingh se afastou, hesitando, enquanto Purun Bhagat enfiava uma tocha no meio das chamas, torcendo-a até que estivesse bem acesa. "Ah, viestes me avisar", disse ele, se levantando. "Nós faremos melhor, faremos melhor. Sai agora e me empresta teu pescoço, irmão, pois tenho apenas dois pés."

Ele agarrou os pelos arrepiados do barasingh com a mão direita, ergueu a tocha com a esquerda e saiu do templo, ganhando a noite desvairada. Não havia nenhum sopro de vento, mas a chuva quase apagou a tocha enquanto o enorme cervo corria barranco abaixo, com as patas traseiras escorregando. Assim que os dois deixaram a floresta para trás, outros irmãos do Bhagat se uniram a eles. Embora não conseguisse ver, ele ouviu os langures caminhando ao seu redor e, ali atrás, o *uuuu*, *uuuu* do sona. A chuva emaranhou seus longos cabelos brancos até que eles parecessem cordas; seus pés descalços chapinhavam na água e o manto laranja colou no seu velho corpo frágil; mas ele continuou a descer com passos firmes, apoiando-se no barasingh. Não era mais um homem santo, mas Sir Purun Dass, KCIE, primeiro-ministro de um Estado bastante grande, um homem acostumado a mandar, indo salvar vidas. Pelo caminho íngreme e encharcado desceram todos juntos, o Bhagat e seus irmãos, cada vez mais para baixo até o cervo bater os cascos e tropeçar na parede de um dos pátios de debulha, bufando ao sentir o cheiro dos homens. Eles já estavam entrando numa das ruazinhas tortas da aldeia, e o Bhagat bateu com a muleta nas janelas trancadas da casa do ferreiro, enquanto sua tocha ardia sob o abrigo do beiral. "Acordem! Saiam!", exclamou Purun Bhagat; e não reconheceu a própria voz, pois fazia anos que não falava com outro homem. "A montanha está caindo! Acordem e saiam, vocês aí dentro!"

"É nosso Bhagat", disse a mulher do ferreiro. "Está com seus animais. Pegue os pequenos e dê o alarme."

O alarme passou de casa em casa enquanto os animais, espremidos na rua estreita, ajuntavam-se em torno do Bhagat, com o sona bufando, impaciente.

As pessoas correram para a rua — não eram mais que setenta almas — e, no brilho das tochas, viram o Bhagat segurando o aterrorizado barasingh, enquanto os macacos puxavam sua saia com um ar súplice e o sona sentava sob as patas de trás e rugia.

"Cruzem o vale e subam a outra montanha!", gritou Purun Bhagat. "Não deixem ninguém para trás! Nós seguiremos vocês!"

E as pessoas correram como só o Povo das Montanhas consegue correr, pois sabiam que, quando há um deslizamento, é preciso ir para o local mais alto possível do outro lado do vale. Eles saíram a toda, chapinhando no riachinho lá embaixo e subindo ofegantes as rampas niveladas dos campos que ficavam adiante, com o Bhagat e seus irmãos atrás. Galgaram a montanha seguinte, dizendo o nome de cada um em voz alta, que era como faziam a chamada da aldeia, seguidos pelo enorme barasingh, que subia com dificuldade, levando o cada vez mais fraco Purun Bhagat. Finalmente, o cervo parou à sombra de um grande pinheiral que ficava a cento e cinquenta metros montanha acima. Seu instinto, que o ajudara a prever o deslizamento, lhe disse que estaria a salvo ali.

Purun Bhagat caiu quase desfalecido ao lado dele, pois o frio da chuva e a subida terrível o estavam matando; mas, primeiro, disse para as poucas tochas que se espalhavam ali adiante: "Fiquem aqui e façam uma contagem"; e então, sussurrando para o cervo ao ver as luzes se aproximarem umas das outras: "Fique comigo, irmão. Fique... até... eu me ir!".

O ar foi cortado por um suspiro que virou um murmúrio, um murmúrio que virou um estrondo, e um estrondo que ficou forte demais para ser captado pela audição, e a ladeira onde os aldeões estavam foi atingida em meio à escuridão, oscilando com a força do golpe. Então, uma nota musical tão longa e profunda quanto o dó de um órgão abafou todo o resto por cerca de cinco minutos, enquanto até as copas dos pinheiros tremiam com o som. O som morreu, e o ruído da chuva caindo em quilômetros de chão duro e grama mudou, transformando-se em batidas abafadas da água sobre a terra fofa. Isso contava sua própria história.

Nenhum aldeão — nem mesmo o sacerdote — teve coragem de falar com o Bhagat que havia salvado suas vidas. Eles se agacharam sob os pinheiros e esperaram pelo raiar do dia. Quando ele chegou, olharam para o outro lado do vale e viram que aquilo que antes fora floresta, campo e pastos cortados por aleias se transformara numa enorme confusão vermelha e crua em forma de leque, com algumas árvores enfiadas de cabeça para baixo na ribanceira. O vermelho subia pela montanha onde eles haviam se refugiado, formando uma represa no riachinho, que começara a formar um lago cor de tijolo. Da aldeia, do caminho que levava ao templo, do próprio templo e da floresta que ficava atrás dele não restara nenhum vestígio. Um pedaço de um quilômetro e meio de largura e seiscentos metros de fundura da montanha se soltara e despencara, aplainando-se no chão.

E os aldeões, um a um, atravessaram pé ante pé o pinheiral para rezar diante do seu Bhagat. Viram o barasingh debruçado sobre ele, mas o cervo correu quando se aproximaram, e ouviram os langures chorando nos galhos, e o sona gemendo mais acima; mas seu Bhagat estava morto, sentado de pernas cruzadas com as costas contra a árvore, com a muleta sob o braço e o rosto voltado na direção nordeste.

O sacerdote disse: “Vejam o milagre que aconteceu depois do milagre, pois é nessa postura que todos os Sunnyasis devem ser enterrados! Portanto, construiremos um templo para o nosso homem santo bem onde ele está agora”.

Eles construíram o templo no espaço de menos de um ano; era um pequeno templo de pedra e terra que batizaram de A Colina do Bhagat, onde até hoje vão rezar levando luzes, flores e oferendas. Mas não sabem que o santo que reverenciam é Purun Dass, KCIE, DCL.,[28] ph.D. etc., ex-primeiro-ministro do progressivo e iluminado Estado de Mohiniwala,[29] e membro honorário ou correspondente de numerosas sociedades científicas e de estudo, algo que nunca lhe fez nenhum bem neste mundo nem fará no outro.

CANÇÃO DE KABIR*

Oh, leve era o mundo que ele tinha nas mãos!
Oh, pesados os domínios de que era potentado!
Ele deixou o *guddee*[30] e com um sudário surrado
Partiu com as vestes de um *bairagi*[31] declarado!

Agora a estrada branca para Delhi é um andor.
E a sal e o *kikar*[32] o protegem do calor;
Sua casa é o campo, o deserto e o prado —
Ele busca o Caminho, um *bairagi* declarado!

Ele observou o Homem e tem os olhos bem abertos
(Somos todos Um só e o Kabir sabe, decerto);
O Vapor Rubro do Fazer está quase todo dissipado —
Ele começou a Travessia, o *bairagi* declarado!

Para saber discernir entre todos que aqui vão
Do menor ao Mais Alto, que são todos irmãos
Ele deixou o conselho e com um sudário surrado
("Vós ouvis?", disse o Kabir), um *bairagi* declarado!

* Kabir foi um místico, poeta e reformista religioso indiano do século XV que buscou unir hindus e muçulmanos através da fé num Deus universal. Ele rejeitava o sistema de castas e a idolatria e pregava a igualdade espiritual de toda a humanidade. Seus ensinamentos fizeram surgir um movimento religioso chamado Kabir Panth ("Caminho de Kabir") e também foram incorporados às Escrituras sique. Kabir também é mencionado na epígrafe em verso do capítulo 14 de *Kim* (1901). Uma seleção de seus poemas foi traduzida para o inglês por Rabindranath Tagore e publicada em 1915 com o título *Songs of Kabir*.

A invasão da Selva*

Que as ervas, as heras e as flores
Ocultem-nos como uma muralha
Vamos esquecer a visão, os odores,
Os sons e mãos dessa gentalha!

As raízes do carvalho invadem o altar, va-
[lentes
E lava tudo a alva chuvarada!
E as corças pisam sobre o campo sem se-
[mentes
E lá não temerão mais nada;
E, derrotadas, caem as casas sem viventes
E lá não habitará mais nada!

Você deve se lembrar, se leu os contos de *O livro da Selva*,[1] que depois de Mowgli pregar a pele de Shere Khan na Pedra do Conselho, ele disse a todos os lobos que tinham sobrado na Alcateia de Seeonee que dali em diante iria caçar sozinho; e os quatro filhos de Mãe Loba e Pai Lobo disseram que iam caçar com ele. Mas não é fácil mudar sua vida inteira de uma vez só — principalmente na Selva. Depois que os lobos da desorganizada Alcateia foram se

* Publicado pela primeira vez no *Pall Mall Gazette* nos dias 12 e 13 de dezembro de 1894 e no *Pall Mall Budget* no dia 13 de dezembro de 1894, com ilustrações de Cecil Aldin, e depois na *McClure's Magazine* em janeiro de 1895 com ilustrações de W. A. C. Pape.

afastando com um ar furtivo, a primeira coisa que Mowgli fez foi voltar para a caverna onde morava e dormir um dia e uma noite inteiros. Depois, contou à Mãe Loba e ao Pai Lobo tudo que eles conseguiriam compreender das suas aventuras entre os homens; e, quando fez o sol da manhã refletir na lâmina da faca de esfolar — a mesma que usara para tirar a pele de Shere Khan —, os dois afirmaram que ele tinha aprendido algo valioso. Então Akela e Irmão Cinzento tiveram que explicar seu papel na grande disparada dos búfalos na ravina, e Baloo subiu devagar o morro para ouvir a história toda, enquanto Bagheera se coçava inteiro de puro prazer ao saber como Mowgli tinha ganhado sua guerra.

Já passava muito do alvorecer, mas ninguém sonhava em ir domir, e Mãe Loba levantava a cabeça e respirava fundo de satisfação quando o vento trazia o cheiro da pele de tigre sobre a Pedra do Conselho.

"Se não fosse por Akela e Irmão Cinzento", disse Mowgli no fim, "eu não teria conseguido fazer nada. Ah, minha mãe, minha mãe! Se tivestes visto os búfalos azuis da manada disparar ravina abaixo ou correr pelos portões quando a Alcateia dos Homens atirou pedras em mim!"

"Fico feliz de não ter visto a segunda coisa", disse Mãe Loba com frieza. "Não é costume *meu* permitir que meus filhotes sejam corridos de um lado para o outro como chacais! Eu teria cobrado o preço da Alcateia dos Homens; mas teria poupado a mulher que te deu o leite. Sim, teria poupado somente ela."

"Paz, paz, Raksha", disse Pai Lobo preguiçosamente. "Nossa Rã voltou para casa — e ficou tão sabido que o próprio pai dele precisa lhe lamber os pés; e o que é um cortezinho na testa? Deixa o Homem em paz." Baloo e Bagheera repetiram: "Deixa o Homem em paz".[2]

Mowgli, com a cabeça sobre o flanco da mãe, sorriu contente, dizendo que, por ele, nunca mais queria voltar a ver, ouvir ou cheirar o Homem.

"Mas e se o Homem não te deixar em paz, Irmãozinho?", perguntou Akela, levantando uma das orelhas.

"Nós somos *cinco*", disse Irmão Cinzento, olhando para todos em volta e fechando a mandíbula na última palavra.

"Nós também podemos participar dessa caçada", disse Bagheera com um farfalhar da cauda, olhando para Baloo. "Mas por que pensar no Homem[3] agora, Akela?"

"Por este motivo", respondeu o Lobo Solitário. "Quando a pele daquele ladrão amarelo foi pendurada na pedra, segui minha própria trilha de volta até a aldeia, virando de lado e me deitando, para deixar rastros confusos caso alguém quisesse nos seguir. Mas, depois de ter estragado a trilha até que eu mesmo mal conseguisse reconhecê-la, Mang, o Morcego, veio guinchando por entre as árvores e se aboletou logo acima de mim. E disse: 'A aldeia da Alcateia dos Homens que expulsou o Filhote de Homem está zumbindo como um ninho de marimbondos'."

"Joguei uma pedra bem grande neles", riu Mowgli, que muitas vezes brincava de jogar mamões papaia maduros num ninho de marimbondos e correr até o próximo lago antes que os insetos o alcançassem.

"Perguntei a Mang o que ele tinha visto. Ele disse que a Flor Vermelha estava aberta no portão da aldeia e que os homens estavam sentados em torno dela, portando armas. E *eu* sei muito bem", disse Akela, olhando para as velhas cicatrizes que tinha na lateral do corpo, "que homens não portam armas por prazer. Logo, Irmãozinho, um homem armado seguirá nossa trilha — se é que já não está fazendo isso."

"Mas por que ele fará isso? Os homens me expulsaram. O que mais eles querem?", perguntou Mowgli, com raiva.

"Tu és um homem, Irmãozinho", respondeu Akela. "Não cabe a nós, os Caçadores Livres, dizer a ti o que os teus fazem, nem por que o fazem."

Ele mal teve tempo de tirar a pata do lugar na hora em que a faca de esfolar foi enfiada bem fundo no chão. O golpe de Mowgli foi tão rápido que um ser humano normal não teria conseguido vê-lo; mas Akela era um lobo, e até um cão, que é um parente muito distante do lobo selvagem, seu ancestral, acorda de um sono profundo com a roda de uma carroça já tocando seu flanco e ainda assim consegue pular para longe sem se machucar antes que a roda o alcance.

"Da próxima vez", disse Mowgli muito sério, devolvendo a faca para a bainha, "fala da Alcateia dos Homens e de Mowgli como *duas* coisas diferentes — não uma."

"Pfff! Esse dente é afiado", disse Akela, farejando o buraco que a lâmina abrira na terra, "mas viver com a Alcateia dos Homens estragou teu olho, Irmãozinho. Eu poderia ter matado um cervo no tempo em que levaste para atacar."

Bagheera ficou de pé num pulo, jogou a cabeça o mais para trás que pôde, farejou e tensionou cada músculo do corpo. Irmão Cinzento logo fez o mesmo, mantendo-se um pouco à esquerda para pegar o vento que soprava da direita, enquanto Akela correu quinze metros mais para a frente e, abaixando-se de leve, tensionou os músculos também. Mowgli ficou olhando, com inveja. Seu olfato era melhor que o da imensa maioria dos humanos, mas ele nunca atingira a precisão milimétrica de um focinho da Selva; e os três meses passados na aldeia fumarenta o tinham deixado muito pior do que era antes. Mas ele umedeceu o dedo, esfregou-o no nariz e ficou de pé para pegar o cheiro de cima que, embora mais fraco, é o mais exato.

"Um homem", rosnou Akela, armando o bote.

"Buldeo!", disse Mowgli, sentando-se. "Está seguindo nossa trilha, e aquilo é o sol refletindo na sua arma. Olhai!"

Foi apenas um raio fraquinho de sol batendo por uma fração de segundo no gatilho do velho mosquete da Torre, mas nada na Selva reflete o sol exatamente daquele jeito, exceto quando as nuvens passam correndo pelo céu.

Nessas ocasiões um pedaço de mica, um laguinho ou até uma folha bem encerada brilha que nem um heliógrafo.[4] Mas aquele dia estava sem nuvens e sem vento.

"Eu sabia que os homens iam nos seguir", disse Akela, triunfante. "Não é à toa que fui líder da Alcateia!"

Os quatro lobos de Mowgli não disseram nada, apenas desceram o morro com o corpo baixo, sumindo nos arbustos e na vegetação rasteira.[5]

"Onde ides sem explicar nada?", gritou Mowgli.

"Psiu! Antes do meio-dia, vamos ter rolado o crânio dele até aqui", respondeu Irmão Cinzento.

"Para trás! Para trás! Esperai! Um homem não se alimenta de outro homem!", gritou Mowgli, nervoso.

"Quem era um lobo até agora há pouco? Quem tentou enfiar a faca em mim por pensar que ele era um homem?",[6] perguntou Akela, enquanto os Quatro voltavam, emburrados, e se sentavam ao lado de Mowgli, obedecendo.

"Tenho que ter uma razão para tudo que resolvo fazer?", disse Mowgli, furioso.

"Isso é o Homem! Aqui falou um homem!", murmurou Bagheera com os próprios bigodes. "Era bem assim que os homens falavam em volta das jaulas em Oodeypore. Nós da Selva sabemos que o homem é o mais sábio de todos. Se confiássemos nos nossos ouvidos, saberíamos que ele é o mais tolo de todos." Erguendo a voz, ele acrescentou: "O Filhote de Homem tem razão. Os homens caçam em bandos. Matar um deles é uma má caçada, a não ser que saibamos o que os outros vão fazer. Vinde, vamos ver o que esse homem quer conosco".

"Nós não vamos", rugiu Irmão Cinzento. "Caça sozinho, Irmãozinho. *Nós* sabemos o que queremos! O crânio já ia estar pronto para ser trazido a essa altura."

Mowgli estivera olhando de um lobo para outro, com o peito arfando e os olhos cheios de lágrimas. Ele se adiantou e, apoiando-se sobre um dos joelhos, disse: "Não sei o que quero? Olhai para mim!".

Eles olharam, hesitantes, e quando desviaram os olhos, Mowgli voltou a chamá-los diversas vezes, até deixá-los com todos os pelos do corpo eriçados e todas as patas tremendo, enquanto o menino mantinha o olhar fixo.

"Agora", disse ele, "de nós cinco, quem é o líder?"

"Tu és o líder, Irmãozinho", disse Irmão Cinzento, lambendo o pé de Mowgli.

"Então, segui-me", e os quatro lobos foram atrás dele com o rabo entre as pernas.

"Isso aconteceu porque ele viveu na Alcateia dos Homens", disse Bagheera, indo atrás dos outros com seus passos macios. "Há outras coisas na Selva além da Lei da Selva agora, Baloo."

O velho urso não disse nada, mas pensou muitas coisas.

Mowgli atravessou a Selva sem fazer qualquer ruído, perpendicularmente à trilha de Buldeo, até que, afastando a folhagem, viu o velhote com o mosquete no ombro, correndo pela trilha de dois dias atrás[7] com passos curtos como os de um cachorro.

Você deve lembrar que Mowgli deixou a aldeia com o peso do couro recém-arrancado de Shere Khan sobre os ombros e com Akela e Irmão Cinzento trotando atrás, de modo que aquela trilha ficara bem marcada. Logo Buldeo chegou ao ponto até onde Akela fora confundir os rastros, como você sabe. Então ele se sentou, tossiu, pigarreou e deu alguns passos em várias direções pela Selva para tentar encontrar a trilha de novo e, enquanto fazia tudo isso, poderia ter acertado uma pedrada naqueles que o observavam, de tão perto que eles estavam. Ninguém consegue ser mais silencioso que um lobo quando ele não deseja ser ouvido; e, embora os lobos achassem que Mowgli se movia de maneira muito desajeitada, ele podia ir e vir como uma sombra. Eles cercaram o velhote como um cardume de botos cerca um barco a vapor que segue na velocidade máxima e, enquanto faziam isso, conversavam sem se preocupar, pois sua fala ficava num registro tão grave que os humanos não treinados não conseguem ouvir. (No outro extremo fica o guincho de Mang, o Morcego, que muita gente também não ouve. Esse é o tom de todas as falas de pássaros, morcegos e insetos.)

"Isso é melhor que capturar qualquer presa", disse Irmão Cinzento conforme Buldeo se agachava, espiava e bufava. "Ele parece um porco perdido na mata da beira do rio. O que está dizendo?", perguntou, pois Buldeo murmurava algo furiosamente.

Mowgli traduziu: "Disse que alcateias de lobos devem ter dançado ao meu redor. Disse que nunca viu uma trilha assim na vida. Disse que está cansado".

"Vai conseguir descansar antes de encontrar a trilha de novo", disse Bagheera com frieza, contornando um tronco sem emitir qualquer barulho naquela brincadeira de cabra-cega. "E *agora*, o que o magricelo vai fazer?"

"Comer ou soprar fumaça pela boca. Os homens sempre brincam com a boca", disse Mowgli; e os rastreadores silenciosos viram o velhote encher, acender e fumar um narguilé, prestando bastante atenção no cheiro do tabaco para poder encontrar Buldeo até na noite mais escura, caso fosse necessário.

Então um pequeno grupo de carvoeiros desceu o caminho e, naturalmente, parou para conversar com Buldeo, cuja fama de caçador se espalhava por um raio de pelo menos trinta quilômetros. Todos se sentaram e acenderam seus narguilés, enquanto Bagheera e os outros se aproximavam e observavam Buldeo começar a contar a história de Mowgli, o menino demônio, do começo ao fim, com exageros e mentiras. Buldeo contou como fora ele quem na realidade matara Shere Khan; como Mowgli tinha virado um lobo, lutado com ele a tarde toda e depois virado menino de novo e encantado seu rifle, de modo que a bala desviou quando ele atirou, matando um dos seus próprios búfalos; e como a aldeia, sabendo que ele era o mais valente caçador de Seeonee, o mandara matar aquele menino demônio. Disse também que a aldeia havia capturado Messua e o marido, que sem dúvida eram o pai e a mãe do menino demônio, e barrado as saídas do seu casebre, e que em breve iam torturá-los para fazê-los confessar que eram um bruxo e uma bruxa, e depois matá-los queimados.

"Quando?", perguntaram os carvoeiros, com muita vontade de assistir à cerimônia.

Buldeo disse que nada seria feito até que ele regressasse, pois o povo queria que o Menino da Selva estivesse morto antes de prosseguir. Depois disso, iriam se livrar de Messua e do marido e dividiriam suas terras e búfalos entre todos da aldeia. O marido de Messua tinha uns búfalos muito bons, ainda por cima. Era uma ideia excelente acabar com bruxos, pensou Buldeo; e pessoas que abrigavam meninos lobos saídos da Selva claramente estavam entre os piores deles.

Mas, disseram os carvoeiros, o que ia acontecer se os ingleses soubessem daquilo? Os ingleses, segundo eles tinham ouvido dizer, eram um povo completamente maluco que não deixava fazendeiros honestos matar bruxos em paz.

Ora, disse Buldeo, o chefe da aldeia ia dizer que Messua e o marido tinham morrido de mordida de cobra. Estava tudo combinado, e a única coisa que faltava era matar o menino lobo. Não teriam eles por acaso visto semelhante criatura?

Os carvoeiros olharam em torno, apreensivos, e agradeceram aos céus por não terem visto; mas disseram que não tinham dúvida de que, se alguém pudesse encontrá-lo, seria um homem tão valente quanto Buldeo. O sol já estava baixando e eles estavam com vontade de ir até a aldeia de Buldeo para ver a tal bruxa malvada. Buldeo disse que, embora fosse seu dever matar o demônio, não conseguia nem pensar em deixar um grupo de homens desarmados atravessar uma Selva da qual o menino lobo poderia sair a qualquer minuto sem escoltá-los. Ele, portanto, os acompanharia e, se o filho da feiticeira aparecesse — bem, então lhes mostraria como o melhor caçador de Seeonee lidava com esse tipo de coisa. O brâmane, disse Buldeo, lhe ensinara um sortilégio para protegê-lo da criatura que tornava tudo perfeitamente seguro.

"Que diz ele? Que diz ele? Que diz ele?", repetiam os lobos de alguns em alguns minutos; e Mowgli traduziu até chegar à parte que falava da bruxa, pois isso não entendeu direito, dizendo depois que o homem e a mulher que tinham sido tão bons com ele estavam presos numa armadilha.

"Os homens prendem outros homens em armadilhas?",[8] perguntou Irmão Cinzento.

"É o que ele disse. Não consegui entender essa conversa. São todos malucos. Que têm Messua e seu homem a ver comigo para serem presos numa armadilha? E o que é toda essa história sobre a Flor Vermelha? Preciso ir ver isso. Seja o que for que queiram fazer com Messua, não o farão até que Buldeo volte. Então..." E Mowgli se concentrou bastante, com os dedos brincando em volta do punho da faca de esfolar, enquanto Buldeo e os carvoeiros iam embora, muito valentes, em fila indiana.

"Vou depressa voltar para a Alcateia dos Homens", disse Mowgli, afinal.

"E aqueles lá?", perguntou Irmão Cinzento, olhando com fome as costas morenas dos carvoeiros.

"Cantai para eles", disse Mowgli com um sorriso maroto. "Não quero que cheguem ao portão da aldeia antes do anoitecer. Podeis atrapalhá-los?"

Irmão Cinzento mostrou os dentes brancos com desprezo. "Podemos fazê-los andar em círculos como bodes presos a uma estaca — se é que eu conheço os homens."

"Disso, não preciso. Canta um pouco para que eles

não se sintam sozinhos no caminho, e a canção não precisa ser das mais doces, Irmão Cinzento. Vai com eles, Bagheera, e ajuda a cantar. Quando a noite chegar, me encontra na aldeia — Irmão Cinzento sabe onde é."

"Não é uma caçada fácil ficar atrás das presas do Filhote de Homem. Quando poderei dormir?", perguntou Bagheera, bocejando, mas seus olhos mostravam que estava radiante com aquela brincadeira. "Eu, cantar para homens pelados! Mas vamos tentar."

Ele baixou a cabeça para que o som chegasse mais longe e emitiu um longo rugido de "Boa caçada" — um chamado da meia-noite dado à tarde, o que em si já é uma coisa aterrorizante. Mowgli ouviu-o ribombar cada vez mais alto e depois diminuir, morrendo numa espécie de gemido arrepiante logo atrás de onde ele estava, e riu sozinho enquanto atravessava correndo a Selva. Viu os carvoeiros correndo para perto uns dos outros; e o cano do mosquete do velho Buldeo tremendo que nem folha de bananeira e apontando para todas as direções ao mesmo tempo. Então Irmão Cinzento gritou Ya-la-hi! Yalaha!, que é o chamado da caçada dos antílopes quando a Alcateia persegue o nilgó,[9] aquele imenso animal azul, e ele pareceu estar vindo dos confins da terra e chegar cada vez mais perto, mais perto, mais perto, até parar de repente numa nota aguda. Os outros três lobos responderam, e até Mowgli poderia ter jurado que a Alcateia inteira estava participando da caçada; então, todos começaram a cantar uma magnífica canção matinal da Selva, com cada movimento, floreio e ornamento que um lobo barítono conhece. Essa é uma transcrição grosseira da canção, mas você precisa imaginar como ela fica quando quebra o silêncio da tarde na mata:

Há pouco não havia sinal
Dos nossos corpos na pradaria
Agora vamos tomando a trilha
De volta à nossa moradia

Na manhã mansa, cada pedra e arbusto
Ergue-se sobre a verde relva
Pois brada além: "Bom descanso a quem
Obedece à Lei da Selva!".

Por chifre e couro nosso povo
Espera às escondidas
Imóveis, prontos para o bote
Nossos Barões tomarão vidas
Os bois do Homem, fracos, magros
Com a canga nova levam o arado
E quando o sol nasce, vermelho
O talao[10] *está ensanguentado*

Ide ao covil! O sol desponta
Atrás desse gramado
No bambuzal ouve-se o som
De avisos sussurrados
Caçamos sob a luz da lua
A manhã ofusca nosso olhar;
E pelos céus os patos anunciam
Ao Homem que o dia vai chegar

Está seco o orvalho que nos molhou
E a tudo o mais à nossa volta
E na poça de lama onde bebemos
A argila seca se solta
A escuridão traiçoeira mostra
Cada marca de garra sobre a relva;
Pois brada além: "Bom descanso a quem
Obedece à Lei da Selva!".

Mas nenhuma tradução consegue reproduzir o efeito da canção ou o profundo desprezo que os quatro lobos expressaram em cada palavra da letra ao ouvirem as árvores se agitando quando os homens treparam depressa nos galhos, com Buldeo recitando encantamentos e sortilégios. Depois de cantar, os animais se deitaram e dormiram, pois, assim como todos que vivem do que conseguem com o próprio esforço, tinham uma maneira de pensar bastante metódica; e ninguém consegue trabalhar sem dormir.

Enquanto isso, Mowgli estava percorrendo catorze quilômetros por hora, balançando de cipó em cipó, deliciado por ainda estar em tão boa forma depois de todos aqueles meses de confinamento entre os homens. Só pensava em tirar Messua e o marido da armadilha, fosse ela qual fosse, pois tinha uma desconfiança natural de armadilhas. Mais tarde, prometeu para si mesmo que iria se vingar da aldeia como um todo.

Estava na hora do crepúsculo quando Mowgli viu as pastagens das quais se lembrava tão bem e a árvore *dhâk* onde Irmão Cinzento o esperara na manhã em que matara Shere Khan. Por mais raiva que estivesse sentindo de toda a raça dos homens, algo fechou sua garganta e o deixou ofegante quando ele olhou para os telhados da aldeia. Notou que todos tinham voltado dos campos muito mais tarde que o normal e que, em vez de irem cozinhar a refeição da noite, foram se reunir sob a árvore da aldeia, conversando e gritando.

"Os homens precisam sempre estar fazendo armadilhas para outros homens, ou não ficam satisfeitos", disse Mowgli. "Duas noites atrás[11] foi para Mowgli — mas aquela noite parece ter acontecido há muitas chuvas. Hoje, aconteceu com Messua e seu homem. Amanhã, e por muitas noites depois, voltará a ser a vez de Mowgli."

Ele foi caminhando pé ante pé colado ao lado externo do muro até chegar ao casebre de Messua, e então espiou pela janela. No cômodo estava Messua, amordaçada e com as mãos e pés amarrados, respirando com dificuldade e gemendo; e seu marido, preso à cabeceira colorida da cama. A porta que dava para a rua estava trancada e três ou quatro pessoas estavam sentadas ali, encostadas nela.

Mowgli conhecia bem os costumes dos aldeões. Ele imaginou que, enquanto pudessem comer, conversar e fumar, não fariam mais nada; porém, assim que tivessem se alimentado, ficariam perigosos. Buldeo não demoraria muito a chegar e, se sua escolta houvesse cumprido seu dever, teria uma história muito interessante para contar. Por isso, Mowgli entrou pela janela e, debruçando-se sobre o homem e a mulher, cortou as amarras, tirou as mordaças e olhou em volta para ver se havia um pouco de leite no casebre.

Messua estava quase louca de dor e medo (tinha sido espancada e apedrejada durante toda a manhã) e Mowgli precisou pôr a mão sobre sua boca para impedi-la de gritar. O marido estava apenas confuso e com raiva, e ficou sentado, tirando poeira e outras coisas da barba, parte da qual tinha sido arrancada.

"Eu sabia — eu sabia que ele viria", disse Messua afinal, aos soluços. "Agora *sei* que é meu filho." E agarrou-se a Mowgli, apertando-o contra o peito. Até aquele momento, o menino estivera perfeitamente calmo, mas então começou a tremer todo, o que o deixou muito surpreso.

"Por que essas amarras? Por que fostes amarrados?", perguntou ele, depois de um momento de silêncio.

"Querem nos matar por ter te tratado como um filho — por que mais seria?", disse o homem, zangado. "Olha! Estou sangrando."

Messua não disse nada, mas foi para os ferimentos *dela* que Mowgli olhou, rangendo os dentes ao ver o sangue.

"Quem fez isso?", perguntou. "Vão pagar o preço."

"Isso foi obra de toda a aldeia. Eu era rico demais. Tinha gado demais. *Por isso* ela e eu fomos considerados feiticeiros por ter te dado abrigo."

"Não compreendo. Que Messua conte a história."

"Eu te dei leite, Nathoo; lembras?", perguntou Messua, timidamente. "Porque és meu filho, que o tigre levou, e porque te amava muito. Eles disseram que eu era tua mãe, a mãe de um demônio, e, portanto, merecia morrer."

"E o que é um demônio?", perguntou Mowgli. "A morte, já vi."

O homem ergueu as sobrancelhas com uma expressão desanimada, mas Messua riu. "Vê!", disse ela para o marido. "Eu sabia! Sabia que ele não era feiticeiro! É meu filho... meu filho!"

"Filho ou feiticeiro, de que isso nos serve?", perguntou o homem. "É como se já estivéssemos mortos."

"Aquele é o caminho que atravessa a Selva", disse Mowgli, apontando pela janela. "Vossas mãos e pés estão soltos. Ide agora."

"Nós não conhecemos a Selva, meu filho, como... como tu conheces", explicou Messua. "Acho que eu não poderia caminhar até muito longe."

"E os homens e mulheres cairiam sobre nós e nos arrastariam até aqui de novo", disse o marido.

"Hum!", disse Mowgli, coçando a palma da mão com a ponta da faca. "Não quero fazer mal a ninguém da aldeia... *por enquanto*. Mas não acho que vão impedir-vos de ir. Daqui a pouco tempo, terão muita coisa a lhes ocupar. Ah!", exclamou ele, erguendo a cabeça e ouvindo gritos e passos rápidos lá fora. "Quer dizer que finalmente deixaram Buldeo vir para casa, não foi?"

"Mandaram Buldeo te matar esta manhã!", exclamou Messua. "Tu o encontraste?"

"Sim, nós... eu o encontrei. Ele tem uma história para contar; e, enquanto estiver contando, há tempo de fazer muita coisa. Mas, primeiro, vou descobrir o que eles querem fazer. Pensai para onde quereis ir e me contai quando eu voltar."

Mowgli pulou pela janela e voltou a correr pela parte exterior do muro da aldeia até conseguir escutar o que diziam as pessoas amontoadas em torno da figueira-dos-pagodes. Buldeo estava deitado no chão, tossindo e gemendo, e todos lhe faziam perguntas. Seu cabelo tinha se soltado e caído por sobre os ombros; suas mãos e pernas estavam esfoladas, pois tinham subido em várias árvores, e ele mal podia falar; mas estava profundamente consciente da posição importante que ocupava. De tempos em tempos, mencionava demônios, canções, magia e encantamentos, só para dar à multidão um gostinho do que estava por vir. Depois, pediu água.

"Bah!", disse Mowgli. "Tagarelar — Tagarelar! Falar, falar! Os homens são irmãos de sangue do *Bandar-log*. Agora, vai lavar a boca com água; depois, vai soprar fumaça; e, quando tiver acabado de fazer tudo, nem assim vai ter uma história para contar. São seres muito sábios, os homens. Não deixarão ninguém para vigiar Messua até seus ouvidos estarem entupidos dos contos de Buldeo. E eu estou ficando tão preguiçoso quanto eles!"

Ele se sacudiu e voltou com passos suaves para o casebre. Quando estava diante da janela, sentiu algo lhe tocando o pé.

"Mãe", disse, pois conhecia bem aquela língua, "que fazes tu aqui?"

"Ouvi meus filhos cantando na mata e segui aquele que amo mais. Rãzinha, tenho vontade de ver a mulher que te deu leite", disse Mãe Loba, toda molhada de orvalho.

"Eles a amarraram e querem matá-la. Cortei as amarras e ela vai atravessar a Selva com seu homem."

"Eu também irei. Estou velha, mas ainda tenho dentes." Mãe Loba ficou de pé sobre as patas de trás e espiou pela janela, vendo o interior escuro do casebre.

Depois de um minuto, ela pousou as patas no chão sem fazer ruído e tudo o que disse foi: "Eu dei teu primeiro leite; mas Bagheera falou a verdade: o Homem acaba voltando a viver com os homens".

"Talvez", disse Mowgli, com uma expressão nada satisfeita. "Mas, hoje, estou muito distante desse caminho. Espera aqui, mas não deixa que ela te veja."

"*Tu* nunca tiveste medo de mim, Rãzinha", disse Mãe Loba, dando marcha a ré, se embrenhando na grama alta e desaparecendo, como sabia fazer muito bem.

"E agora", disse Mowgli alegremente, saltando para dentro do casebre de novo, "estão todos sentados em torno de Buldeo, que está contando o que não aconteceu. Quando ele tiver acabado de falar, eles afirmam que vão entrar aqui trazendo a Flor... trazendo fogo, e queimar vocês dois. E então?"

"Conversei com meu marido", disse Messua. "Kanhiwara[12] fica a cinquenta quilômetros daqui, mas em Kanhiwara talvez encontremos os ingleses..."

"E de que alcateia eles são?", perguntou Mowgli.

"Não sei. Eles são brancos e dizem que governam a terra toda e não permitem que as pessoas queimem ou batam umas nas outras sem testemunhas. Se conseguirmos chegar lá esta noite, viveremos. Senão, morreremos."

"Vivereis, então. Nenhum homem passará pelos portões esta noite. Mas o que *ele* está fazendo?" O marido de Messua estava de gatinhas, cavando a terra num dos cantos do casebre.

"Pegando um pouco de dinheiro que guardou", disse Messua. "Não podemos levar mais nada."

"Ah, sim. Aquela coisa que passa de mão e mão e nunca esquenta. Também se precisa disso fora daqui?"

O homem arregalou os olhos de espanto e raiva. "Ele não é um demônio, é um tolo. Com o dinheiro, posso comprar um cavalo. Estamos machucados demais para andar até muito longe e daqui a uma hora a aldeia irá atrás de nós."

"Eu digo que eles *não* irão até que eu decida, mas um cavalo é boa ideia, pois Messua está cansada." O homem ficou de pé, pôs suas últimas rupias no pano que levava em volta da cintura e deu um nó. Mowgli ajudou Messua a passar pela janela e o ar frio da noite a reviveu, mas a Selva, à luz das estrelas, parecia muito escura e terrível.

"Conheceis o caminho até Kanhiwara?", sussurrou Mowgli.

Eles assentiram.

"Que bom. Agora lembrai de não sentir medo. E não é preciso ir depressa. Mas... mas pode ser que haja alguma cantoria na Selva, à frente e atrás de vós."

"Achas que teríamos arriscado passar a noite na Selva por qualquer outro motivo além do medo da fogueira? É melhor ser morto por feras que pelos homens", disse o marido de Messua; mas esta olhou para Mowgli e sorriu.

"Eu disse", continuou Mowgli, como se fosse Baloo repetindo uma velha Lei da Selva pela centésima vez para algum filhote desatento, "que ninguém na Selva mostrará os dentes para vós; ninguém na Selva erguerá as garras contra vós. Nem homem nem fera irão impedir-vos de seguir adiante até que estejais diante de Kanhiwara. Haverá guardiões em torno de vós." Ele se virou depressa para Messua, dizendo: "*Ele* não acredita, mas tu acreditas?".

"Sem dúvida, meu filho. Sejas tu homem, espírito ou lobo da Selva, eu acredito."

"*Ele* terá medo quando ouvir meu povo cantando. Tu compreenderás. Vai agora, devagar, pois não há motivo para pressa. Os portões estão fechados."

Messua se atirou aos pés de Mowgli, soluçando, mas ele a levantou bem depressa, sentindo um arrepio. Então ela se pendurou no seu pescoço e disse todas as bênçãos que conseguiu lembrar, mas seu marido olhou com ciúme para os seus campos e disse: "*Se* chegarmos a Kanhiwara e eu conseguir falar com os ingleses, vou abrir um processo contra o brâmane, o velho Buldeo e os outros que vai roer essa aldeia até os ossos. Eles vão me pagar o dobro pelos campos que não cultivei e os búfalos que não alimentei. Vou exigir justiça".

Mowgli riu. "Não sei o que é justiça, mas... volta aqui depois das chuvas para ver o que sobrou."

Eles partiram rumo à Selva e Mãe Loba pulou para fora do seu esconderijo.

“Vai atrás!”, disse Mowgli. “E avisa a toda a Selva que esses dois estão protegidos. Fala um pouco. Quero chamar Bagheera.”

Ela deu um uivo bem longo que foi morrendo devagar, e Mowgli viu o marido de Messua estremecer e virar para trás, com vontade de correr de volta para o casebre.

“Anda”, gritou Mowgli, achando aquilo engraçado. “Eu disse que haveria cantoria. Esse chamado vai ser ouvido até Kanhiwara. É a Graça da Selva.”

Messua convenceu o marido a seguir em frente; a escuridão envolveu os dois e a Mãe Loba, enquanto Bagheera surgia do nada já quase diante de Mowgli, estremecendo de deleite com a noite que enlouquece o Povo da Selva.

“Senti vergonha dos teus irmãos”, disse ele, ronronando.

“Por quê? Eles não cantaram uma canção bonita para Buldeo?”, perguntou Mowgli.

“Cantaram bem demais! Bem demais! Fizeram até com que *eu* esquecesse meu orgulho e, pelo cadeado quebrado que me libertou, saí cantando pela Selva como se estivesse fazendo a corte na primavera! Não nos ouviste?”

“Estava no meio de outra caçada. Pergunta a Buldeo se ele gostou da canção. Mas onde estão os Quatro? Não quero que ninguém da Alcateia dos Homens passe por aqueles portões esta noite.”

“E quem precisa dos Quatro?”, disse Bagheera, trocando o peso de uma pata para outra com os olhos ardendo e ronronando mais alto que nunca. “Eu posso impedi-los, Irmãozinho. É matança, afinal? Cantar e ver os homens subindo nas árvores me deixou ansioso. Quem é o Homem? Por que deveríamos nos importar com eles? Essa coisa pelada e morena que cava, sem pelo e sem presa, esse comedor de terra?[13] Passei o dia a segui-los, no meio do dia, à luz branca do sol. Obriguei-os a correr de um lado para o outro como os lobos fazem com os cervos. Sou Bagheera! Bagheera! Bagheera! Dancei com esses homens como danço com minha sombra. Olha!" A enorme pantera pulou como um gatinho pulando sobre uma folha seca girando ao vento, deu um golpe com a pata direita e outro com a esquerda no ar, fazendo-o cantar, e aterrissou sem fazer barulho, pulando mais uma vez e mais outra, enquanto aquela mistura de ronronar com grunhido ia aumentando como o ronco do vapor numa caldeira. "Sou Bagheera, na Selva, na noite, e minha força está em mim. Quem irá aparar meu golpe? Filhote de Homem, com uma patada eu poderia achatar tua cabeça e deixá-la como uma rã morta no verão!"

"Bate, então!", disse Mowgli no dialeto da aldeia, *não* na linguagem da Selva; e as palavras humanas fizeram Bagheera estacar, sentado sobre as patas traseiras que tremiam sob seu corpo, com a cabeça na altura da do menino. Mais uma vez Mowgli encarou-o como tinha encarado os irmãos rebeldes, olhando diretamente nos olhos cor de berilo, até que o brilho vermelho que havia surgido em meio ao verde se apagou como a luz de um farol a trinta quilômetros de distância; até que os olhos baixaram e a enorme cabeça da pantera foi com eles, cada vez mais para perto do chão; e sua língua vermelha e áspera lambeu os calcanhares do menino.

"Irmão... irmão... irmão!", sussurrou Mowgli, fazendo uma carícia leve e contínua que ia do pescoço às costas arfantes da fera. "Fica calmo, fica calmo! É culpa da noite, não tua."

"Foram os cheiros da noite", disse Bagheera, arrependido. "Esse ar é como um chamado para mim. Mas como *tu* sabes?"

É claro que o ar em torno de uma aldeia indiana é repleto de todo tipo de cheiro e, para qualquer criatura que toma quase todas as decisões pensando com o nariz, os cheiros são tão enlouquecedores quanto a música e as drogas para os seres humanos. Mowgli acalmou a pantera por mais alguns minutos e Bagheera se deitou como um gato diante do fogo, com as patas dobradas sob o peito e os olhos semicerrados.

"Tu és da Selva e não és da Selva", disse ele afinal. "E eu sou apenas uma pantera-negra. Mas te amo, Irmãozinho."

"Está demorando muito essa conversa debaixo da árvore", disse Mowgli, sem prestar atenção na última frase. "Buldeo deve ter contado muitas histórias. Eles logo devem vir arrancar a mulher e seu homem do casebre para botá-los na Flor Vermelha. Mas vão descobrir que os dois fugiram da armadilha. Ho! Ho!"

"Não, escuta", disse Bagheera. "A febre saiu do meu sangue. Que eles *me* encontrem lá dentro! Poucos voltarão a sair de casa depois de me ver. Não é a primeira vez que entro numa gaiola; e não acho que vão conseguir *me* prender com cordas."

"Então não faz nenhuma besteira", disse Mowgli, rindo; pois estava começando a se sentir tão louco quanto a pantera, que tinha acabado de entrar no casebre pisando macio.

"Puah!", bufou Bagheera. "Esse lugar fede a homem, mas aqui está uma cama igualzinha a que eles me deram para eu me deitar nas gaiolas do rei em Oodeypore. Vou deitar aqui." Mowgli ouviu as tábuas da cama estalando sob o peso da enorme fera. "Pelo cadeado quebrado que me libertou, eles vão achar que pegaram uma presa enorme! Vem sentar ao meu lado, Irmãozinho; vamos desejar-lhes 'boa caçada' juntos!"

"Não; tenho outra ideia no estômago. A Alcateia dos Homens não saberá que estou envolvido nessa brincadeira. Faz tua caçada sozinho. Não desejo vê-los."

"Que assim seja", disse Bagheera. "Lá vêm eles!"

A conferência sob a figueira-dos-pagodes na outra ponta da aldeia tinha ficado cada vez mais barulhenta. Ela acabou com gritos selvagens e homens e mulheres correndo enlouquecidos pelas ruas, sacudindo porretes, pedaços de bambu, foices e facas. Buldeo e o brâmane lideravam a horda, mas os outros vinham logo atrás, gritando: "A bruxa e o bruxo! Vamos ver se moedas em brasa os farão confessar! Vamos queimar o casebre com eles dentro! Vamos lhes ensinar o que acontece quando se abriga demônios lobo! Não, vamos bater neles primeiro! Tochas! Mais tochas! Buldeo, esquenta os canos do teu mosquete!".

Eles então tiveram alguma dificuldade com a tranca. Ela tinha sido fechada com bastante firmeza; mas a multidão se atirou contra a porta e a luz das suas tochas enfim banhou o cômodo onde, com o corpo todo esticado na cama, as patas cruzadas com a pontinha pendendo de um dos lados, negro como a noite e terrível como um demônio, estava Bagheera. Fez-se meio minuto de silêncio desesperado, durante o qual os primeiros a entrar tentaram abrir caminho porta afora à unha e Bagheera ergueu a cabeça e bocejou — um bocejo lento e deliberado, como o que dava quando queria insultar alguém tão importante quanto ele. Seus lábios enormes se arregaçaram para trás e para cima; a língua vermelha se enroscou; a mandíbula inferior baixou e baixou até mostrar a goela quente quase até o fundo; e os gigantescos dentes de cachorro apareceram claramente até a raiz, fechando-se então com o estalo metálico da engrenagem de um cofre. No minuto seguinte, a rua estava vazia; Bagheera pulara pela janela e se pusera ao lado de Mowgli, enquanto a turba se atropelava, aos gritos, em meio ao pânico e à pressa de ir para os casebres.

"Eles não vão mais sair até o raiar do dia", disse Bagheera calmamente. "E agora?"

O silêncio da sesta da tarde parecia ter tomado conta da aldeia, mas, ao apurar os ouvidos, os dois escutaram o som de pesadas caixas de grãos sendo arrastadas sobre pisos de pedra batida e empurradas contra as portas. Bagheera tinha razão: ninguém da aldeia sairia mais de casa até a alvorada. Mowgli sentou-se e ficou pensando, com a expressão cada vez mais sombria.

"O que eu fiz de errado?", disse Bagheera afinal, num tom súplice.

"Só fizeste coisas boas. Agora, vigia-os até que o dia chegue. Eu vou dormir." Mowgli correu para a Selva, desabou[14] sobre uma pedra e dormiu o dia todo e a noite toda.

Quando acordou, Bagheera estava ao seu lado e havia um cervo recém-morto aos seus pés. Bagheera ficou observando curiosamente enquanto Mowgli usava a faca de esfolar, comia e bebia, até que o menino virou-se para ele com o queixo apoiado nas mãos.

"O homem e tua mulher[15] chegaram a salvo até os arredores de Kanhiwara", disse Bagheera. "Tua mãe[16] mandou o recado por Chil. Eles encontraram um cavalo antes da meia-noite no dia em que foram libertos e chegaram lá bem depressa. Não é bom?"

"É bom", disse Mowgli.

"E a Alcateia dos Homens na aldeia não saiu até o sol estar alto esta manhã. Então comeram sua comida e voltaram correndo para as casas."

"E por acaso te viram?"

"Talvez tenham visto. Eu estava rolando na poeira diante do portão quando o dia amanheceu, e talvez tenha cantado uma cançãozinha sozinho. Agora, Irmãozinho, não há mais nada a fazer. Vem caçar comigo e com Baloo. Ele tem novas colmeias para te mostrar e nós todos queremos tua companhia de novo, como tínhamos antigamente. Desanuvia esse olhar que dá medo até em *mim*. O homem e a mulher não vão ser postos na Flor Vermelha e tudo vai bem na Selva. Não é verdade? Vamos esquecer a Alcateia dos Homens."

"Eles serão esquecidos... em breve. Onde Hathi vai comer esta noite?"

"Onde quiser. Quem sabe o que faz o Silencioso? Mas por quê? O que Hathi pode fazer e nós não?"

"Pede que ele e seus três filhos venham me ver."

"Mas, na verdade, Irmãozinho, não é... não é correto

dizer 'Vem' e 'Vai' para Hathi. Lembra que ele é o Senhor da Selva e que antes de a Alcateia dos Homens mudar teu olhar, ele te ensinou uma Palavra Mestra[17] da Selva."

"Não faz diferença. Eu tenho uma Palavra Mestra para ele agora. Pede que venha ver Mowgli, a Rã, e se ele não quiser te ouvir, pede que venha por causa do Saque dos Campos de Bhurtpore."[18]

"O Saque dos Campos de Bhurtpore", repetiu Bagheera duas ou três vezes para ter certeza de que tinha decorado. "Eu vou. O pior que pode acontecer é Hathi ficar zangado, e eu daria as caçadas de uma lua inteira para ouvir uma Palavra Mestra que comanda o Silencioso."

Ele foi e Mowgli ficou ali, enfiando furiosamente a faca de esfolar na terra. O menino nunca tinha visto sangue humano na vida até ver — e o que era pior ainda para ele — e sentir o cheiro do sangue de Messua nas amarras que a prendiam. E Messua fora boa com ele e, até onde Mowgli podia compreender o que era amor, amava-a tão completamente quanto odiava o resto da humanidade. Mas, por mais que os odiasse e odiasse sua língua, sua crueldade e sua covardia, por nada que a Selva tinha a oferecer tiraria uma vida humana e voltaria a ter nas narinas aquele terrível cheiro de sangue. Seu plano era simples, mas muito mais arrasador; e Mowgli riu sozinho ao pensar que fora uma das histórias de Buldeo contadas à noite sob a figueira-dos-pagodes que botara aquela ideia na sua cabeça.

"Era mesmo uma Palavra Mestra", sussurrou Bagheera no seu ouvido. "Estavam comendo perto do rio e obedeceram como se fossem bois. Olha, lá vêm eles agora."

Hathi e seus três filhos tinham aparecido do jeito de sempre, sem emitir um som. A lama do rio ainda estava fresca nos seus flancos e Hathi mastigava com um ar pensativo o caule verde de um pé novo de banana-da-terra que arrancara do solo com as presas. Mas cada nervo no seu vasto corpo mostrou a Bagheera, que sabia ver as coisas ao deparar com elas, que ali não estava o Senhor da

Selva falando com o Filhote de Homem, mas um ser com medo diante de outro sem medo. Os três filhos de Hathi caminhavam pesadamente lado a lado, atrás do pai.

Mowgli mal ergueu a cabeça quando Hathi desejou-lhe "boa caçada". Continuou a balançar para a frente e para trás e a pular de um pé para o outro por um longo tempo antes de começar a falar e, quando abriu a boca, dirigiu-se a Bagheera, não aos elefantes.

"Vou contar uma história que me foi contada pelo caçador que caçastes hoje", disse Mowgli. "Ela fala de um elefante velho e sábio que caiu numa armadilha, sendo que a estaca afiada do buraco[19] deixou nele uma cicatriz esbranquiçada que vai de um pouco acima do calcanhar até o topo do ombro." Mowgli fez um gesto largo e quando Hathi se virou, a luz da lua mostrou uma longa cicatriz branca na lateral cinzenta do seu corpo, como se ele tivesse sido açoitado por um chicote em brasa. "Os homens vieram tirá-lo da armadilha", continuou Mowgli, "mas ele partiu as cordas, pois era forte, fugiu e desapareceu até seu ferimento se curar. Até que, certa noite, voltou, furioso, para os campos daqueles caçadores. E agora eu me lembrei que esse elefante tinha três filhos. Essas coisas aconteceram há muitas, muitas chuvas, num lugar muito distante — nos campos de Bhurtpore. O que aconteceu com esses campos na colheita seguinte, Hathi?"

"A colheita foi feita por mim e pelos meus três filhos", respondeu Hathi.

"E à lavoura que ocorre depois da colheita?", perguntou Mowgli.

"Não houve lavoura", respondeu Hathi.

"E aos homens que viviam das sementes que brotavam do chão?"

"Eles foram embora."

"E aos casebres onde os homens dormiam?"

"Nós destruímos os telhados e a Selva engoliu as paredes."

"E o que mais aconteceu?"

"Um bom pedaço de chão, de um tamanho que levo duas noites para percorrer na direção que vai do leste para o oeste, e de um tamanho que levo três noites para percorrer na direção de norte a sul, foi tomado pela Selva. Permitimos a invasão da Selva em cinco aldeias; e nessas aldeias, e nas suas terras, nos pastos e no chão macio dos campos, não há um único homem que tira a comida do solo. Esse foi o Saque dos Campos de Bhurtpore, feito por mim e pelos meus três filhos; e agora eu pergunto, Filhote de Homem, como ficaste sabendo disso?", perguntou Hathi.

"Um homem me contou; e agora vejo que até Buldeo pode falar a verdade. Foi bem feito, Hathi da cicatriz branca; mas da segunda vez será melhor, pois haverá um homem para comandar. Sabes qual é a aldeia da Alcateia dos Homens que me expulsou? Eles são preguiçosos, estúpidos e cruéis; brincam com a boca e não matam os mais fracos para comer, mas para se divertir. Quando estão de barriga cheia, querem jogar sua própria gente na Flor Vermelha. Isso tudo eu vi. Não acho bom que continuem a viver aqui. Tenho ódio deles!"

"Mata-os, então", disse o mais jovem dos três filhos de Hathi, pegando um tufo de grama, esfregando-o nas patas da frente para limpá-lo e jogando-o longe, enquanto olhava furtivamente de um lado para o outro com os olhinhos vermelhos.

"De que me servem ossos brancos?", perguntou Mowgli, furioso. "Por acaso sou um filhote de lobo, para brincar ao sol com uma cabeça arrancada? Matei Shere Khan, e sua pele apodrece na Pedra do Conselho. Mas... mas não sei para onde foi Shere Khan e meu estômago ainda está vazio. Agora, vou tomar aquilo que posso ver e tocar. Deixa a Selva invadir aquela aldeia, Hathi!"

Bagheera estremeceu e se encolheu. Na pior das hipóteses, ele podia compreender uma corrida rápida pela rua da aldeia e um golpe com a esquerda e outro com a direita na multidão, ou uma matança bem planejada de alguns homens enquanto aravam os campos na hora do crepúsculo; mas esse plano de deliberadamente fazer com que uma aldeia inteira desaparecesse diante dos olhos dos homens e das feras o assustava. Foi quando compreendeu por que Mowgli mandara chamar Hathi. Ninguém além daquele longevo elefante poderia planejar e realizar tal guerra.

"Que eles corram como os homens correram dos campos de Bhurtpore, até que a água da chuva seja o único arado e o barulho da chuva nas folhas grossas substitua o ruído dos seus fusos — até que Bagheera e eu durmamos na casa do brâmane e os cervos bebam no tanque atrás do templo. Deixa a Selva entrar, Hathi!"

"Mas eu... mas nós não temos nada contra eles, e é preciso a fúria rubra de uma grande dor para podermos destruir os lugares onde os homens dormem", disse Hathi, oscilando, hesitante.

"E sois os únicos comedores de grama da Selva? Trazei seus povos. Que os cervos, os porcos e os nilgós cuidem disso. Não precisareis mostrar nem um palmo de couro até que os campos estejam sem vegetação. Deixa a Selva entrar, Hathi!"

"Não teremos que matar ninguém? Minhas presas ficaram vermelhas no Saque dos Campos de Bhurtpore, e não desejo despertar esse cheiro de novo."

"Nem eu. Não quero nem os ossos deles na nossa terra limpa. Que encontrem um novo covil. Não podem ficar aqui! Vi e senti o cheiro do sangue da mulher que me deu comida — a mulher que teriam matado, se não fosse por mim. Só o cheiro da grama nova às portas deles poderá apagá-lo. Ele queima na minha boca. Deixa a Selva entrar, Hathi!"

"Ah!", disse Hathi. "Era assim que a cicatriz da estaca me queimou o couro até vermos as aldeias morrerem sob a vegetação da primavera. Agora, compreendo. Tua guerra será nossa guerra. Vamos permitir a invasão da Selva."

Mowgli mal tivera tempo de acalmar a respiração — pois estava tremendo todo de fúria e ódio — quando os elefantes desapareceram. Bagheera ficou ali, fitando-o com terror nos olhos.

“Pelo cadeado quebrado que me libertou!”, disse a Pantera-Negra afinal. “És *tu* aquela coisinha pelada que eu defendi perante a Alcateia quando éramos todos jovens? Senhor da Selva, quando minha força se for, me defende... defende Baloo... defende a todos nós! Somos filhotes diante de ti! Cervinhos que se perderam da corça!”

Ouvir Bagheera se comparando com um cervinho perdido perturbou completamente Mowgli e ele riu, arfou, soluçou e riu de novo, até que teve que mergulhar num lago para parar com aquilo. Então nadou em círculos, entrando e saindo da água em meios aos reflexos do luar assim como faz a rã que lhe deu o nome.

A essa altura, Hathi e os três filhos tinham se dirigido cada um para um ponto da bússola, e estavam marchando em silêncio pelos vales, a quase dois quilômetros de distância dali. Atravessaram a floresta durante dois dias, percorrendo quase cem quilômetros; e cada passo que davam e cada balanço das suas trombas iam sendo comentados por Mang, Chil, o Povo dos Macacos e todos os pássaros. Depois, começaram a comer, e comeram sem fazer nenhum ruído durante mais ou menos uma semana. Hathi e seus filhos são como Kaa, o Píton da Pedra. Só se apressam quando precisam.

Ao final desse período, espalhou-se pela Selva um boato de que havia comida e água melhor no vale tal e tal — e ninguém sabe quem começou a dizer isso. Os porcos — que, é claro, vão até os confins da terra por uma refeição completa — foram os primeiros a rumar para lá, com hordas e hordas escorregando nas pedras; e os cervos os imitaram, assim como as raposinhas selvagens que vivem dos mortos e moribundos das manadas; e os pesados nilgós foram junto com os cervos, com os búfalos selvagens dos pântanos logo atrás. A menor coisinha teria feito aquela multidão dispersa que pastava, descansava, bebia água e voltava a pastar dar meia-volta; mas sempre que havia algum motivo para ter medo, alguém aparecia e acalmava todos. Às vezes era Sahi,[20] o Porco-Espinho, que chegava dizendo que havia bons pastos logo adiante; às vezes era Mang, que guinchava alegremente e voava sobre uma clareira para mostrar que não tinha nada ali; e às vezes era Baloo que chegava com a boca cheia de raízes, pisando firme ao lado de uma fileira malformada e, aos sustos e palmados, a obrigava a voltar para a estrada certa. Muitos animais se feriram, fugiram ou perderam o interesse, mas muitos restaram e seguiram adiante. Depois de uns dez dias, a situação era esta: os cervos, porcos e nilgós se espalhavam por um círculo com um raio de cerca de doze ou quinze quilômetros, enquanto os Comedores de Carne se mantinham nas suas bordas. No centro desse círculo ficava a aldeia, ao redor da aldeia os campos estavam quase prontos para a colheita e em meio a esses campos havia homens sobre algo chamado *machans* — plataformas que parecem poleiros de pombo, sustentadas por quatro postes —, prontos para afugentar pássaros e outros ladrões de grãos. Então, os cervos não tiveram mais que ser convencidos. Os Comedores de Carne estavam logo ali atrás e os forçaram a seguir adiante, até o centro.

Numa noite escura, Hathi e os três filhos saíram silenciosamente da Selva e quebraram os postes dos *machans* com as trombas, fazendo com que eles caíssem como o caule que se parte quando a cicuta floresce, e os homens que despencaram de lá ouviram o gorgorejar profundo dos elefantes vindo bem de perto. Depois, a vanguarda daquele exército confuso de cervos disparou, tomando os pastos e os campos da aldeia; os porcos selvagens com os cascos afiados que usam para cavar raízes vieram junto, e o que os cervos deixaram para trás, eles destruíram; e de tempos em tempos, um alarido emitido pelos lobos sacudia as manadas, que corriam de um lado para o outro em desespero, pisoteando a cevada nova e achatando as margens dos canais de irrigação. Antes do alvorecer, o ataque que vinha do lado externo do círculo cedeu num ponto. Os Comedores de Carne haviam se retirado e deixado um caminho aberto para o sul, e uma multidão de cervos fugiu por ele. Outros, mais corajosos, se deitaram na grama para terminar de comer na noite seguinte.

Mas o trabalho estava praticamente feito. Quando os aldeões foram examinar os campos de manhã, viram que a colheita estava perdida. Aquilo significaria a morte se não saíssem dali, pois todos os anos a fome se mantinha tão próxima deles quanto a Selva da aldeia. Quando mandaram os búfalos pastar, os animais famintos viram que os cervos tinham acabado com os pastos e, por isso, entraram na Selva e fugiram com seus irmãos selvagens;[21] e quando o crepúsculo caiu, os três ou quatro pôneis que pertenciam à aldeia estavam deitados nos estábulos, com a cabeça aberta. Só Bagheera poderia ter dado aqueles golpes, e só Bagheera teria tido a ideia de, num gesto de insolência, arrastar a última carcaça até a rua.

Os aldeões não tiveram coragem de fazer fogueiras nos campos aquela noite e por isso Hathi e seus três filhos foram comer o que havia sobrado; e onde Hathi restolha, ninguém mais se alimenta. Os homens decidiram viver das sementes guardadas para plantio até as chuvas caírem, e depois trabalhar na terra dos outros até conseguirem recuperar o ano perdido; mas, enquanto o vendedor de sementes pensava nos seus engradados cheios de milho e em como ia aumentar os preços na hora de vender, as presas afiadas de Hathi arrebentavam uma das paredes do seu celeiro de barro e destruíam o enorme cesto de vime fechado[22] com estrume de vaca onde estava aquele tesouro.

Quando essa última perda foi descoberta, foi o brâmane quem falou. Ele rezara para os seus próprios deuses, mas sem obter resposta. Era possível, disse, que, sem saber, a aldeia tivesse ofendido um dos deuses da Selva, pois não havia dúvida de que a Selva estava contra eles. Assim, eles mandaram chamar o chefe da tribo mais próxima dos gondi — caçadores baixinhos, sábios e de pele muito negra que vivem nas profundezas da Selva e cujos ancestrais eram a mais antiga raça da Índia, os aborígenes donos da terra. Receberam o gondi da melhor maneira que puderam e ele ficou de pé sobre uma perna, com o arco na mão e duas ou três flechas envenenadas enfiadas no pano que trazia amarrado ao corpo, olhando com um misto de medo e desprezo para os ansiosos aldeões e seus campos arruinados. Eles queriam saber se seus deuses — os deuses antigos — estavam zangados e que sacrifícios deviam ser oferecidos. O gondi não disse nada e apenas pegou um ramo da *karela*,[23] trepadeira cujo fruto é a amarga cabaça selvagem, e passou-o de um lado para o outro diante da porta do templo, bem na cara do deus hindu. Então mostrou, com a mão aberta, a estrada que levava a Kanhiwara, voltando para a sua Selva e observando o movimento do povo de lá. Sabia que, quando a Selva invade um lugar, só os homens brancos podem detê-la.

Não foi preciso perguntar o que ele queria dizer. A cabaça selvagem ia crescer no lugar onde os aldeões tinham adorado seu deus e, quanto antes se salvassem, melhor.

Mas é difícil arrancar uma aldeia do lugar. Os aldeões ficaram ali enquanto havia comida. Tentaram pegar nozes na Selva, mas sombras com olhos ardentes os observavam, passando diante do seu nariz mesmo ao meio-dia e, quando eles voltavam correndo para as suas casas, viam que nos troncos pelos quais haviam passado menos de cinco minutos antes a casca tinha sido arrancada pelo golpe de uma enorme pata cheia de garras. Quanto mais se refugiavam na aldeia, mais ousadas ficavam as criaturas selvagens que brincavam e berravam nos pastos diante do Waingunga. Não tiveram coragem[24] de consertar as paredes dos fundos dos estábulos vazios que davam para a Selva; os porcos selvagens as pisotearam e as trepadeiras, com suas raízes grossas, não demoraram a invadir aquele terreno novo, com a grama cortante crescendo logo depois.[25] Os homens solteiros fugiram primeiro, espalhando até bem longe a notícia de que a aldeia estava condenada. Quem, perguntaram eles, podia lutar contra a Selva, ou os deuses da Selva, se até a naja da aldeia tinha deixado sua toca na plataforma sob a figueira-dos-pagodes? Assim, o pouco comércio que eles faziam com o mundo exterior foi deixando de acontecer conforme os caminhos abertos nos vales foram ficando cada vez menores e mais escassos. E os barridos que Hathi e seus três filhos soltavam todas as noites deixaram de incomodá-los; não havia mais nada a se esvair.[26] A colheita e as sementes tinham sido levadas. Os campos mais distantes já estavam perdendo o formato e era hora de implorarem pela caridade dos ingleses em Kanhiwara.

Como é costume entre os nativos, os aldeões adiaram a partida de um dia para o outro, até que as primeiras chuvas os surpreenderam, os telhados esburacados deixaram uma enchente entrar, os pastos ficaram com um palmo d'água e todas as coisas verdes surgiram numa explosão depois do calor do verão. Então, eles saíram chapinhando — homens, mulheres e crianças — para enfrentar a chuva quente que cobria tudo, mas, naturalmente, se voltaram para observar seus lares pela última vez.

Quando a última família passava com seus fardos pelo portão, ouviu palha e vigas desabando por trás do muro. Eles viram uma tromba negra e lustrosa como uma cobra que se ergueu no ar por um instante, esparramando a palha encharcada. Ela desapareceu e ouviu-se outro estrondo, seguido de um guincho. Hathi estava arrancando os telhados dos casebres como quem colhe vitórias-régias, e tinha sido atingido por uma viga que quicou no chão. Só foi preciso isso para que passasse a usar toda a sua força, pois, de todas as coisas que há na Selva, um elefante selvagem furioso é a mais destruidora. Ele deu um coice numa parede de barro que desmoronou com o golpe e, ao fazê-lo, derreteu com a força da torrente e virou uma lama amarela. Então Hathi se virou, barriu e disparou pelas ruas estreitas, empurrando casebres à esquerda e à direita, fazendo tremer as portas e derrubando as telhas; enquanto seus três filhos arrasavam tudo o que encontravam, como haviam feito no Saque dos Campos de Bhurtpore.

"A Selva vai engolir esses restos", disse uma voz muito séria no meio dos destroços. "São os muros externos que temos que derrubar." E Mowgli, com a chuva escorrendo pelos ombros e braços nus, pulou de uma parede que se ajeitava no chão como um búfalo cansado.

"Tudo a seu tempo", disse Hathi, ofegante. "Oh, como minhas presas ficaram vermelhas em Bhurtpore! Para os muros externos, crianças! Com a cabeça! Juntos! Agora!"

Os quatro empurraram lado a lado; o muro externo se deslocou, rachou e caiu, enquanto os aldeões, mudos de horror, viam as cabeças ferozes e sujas de barro dos destruidores pela fenda. Então fugiram, sem casa e sem comida, pelo vale, enquanto sua aldeia, que não passava de uma ruína pisoteada, derretia ali atrás.

Um mês depois, o lugar tinha virado um morro sulcado, coberto por vegetação nova e macia; e ao fim do período das chuvas, a Selva se espalhava, absoluta, onde menos de seis meses antes houvera campos arados.

CANÇÃO DE MOWGLI CONTRA OS HOMENS

Para lutar contra vós, soltarei as trepadeiras
Chamarei toda a Selva para destruir vossas fileiras!
Os tetos serão destruídos
As vigas das casas ruirão
E as *karelas*, amargas *karelas*
A tudo cobrirão!

Nos portões dos vossos conselhos, meu povo cantará
Nas portas dos celeiros, o morcego dormirá;
E só a cobra fará a vigília,
Diante da lareira apagada;
E as *karelas*, amargas *karelas*
Nascerão nas vossas moradas!

Não vereis meu exército; o farfalhar na campina
É tudo o que ouvireis para adivinhar vossa sina,
E o lobo será vosso pastor
Suas marcas serão extirpadas
E as *karelas*, amargas *karelas*
Germinarão na vossa aldeia amada!

Aqueles que lutam por mim vossa colheita farão;
Vós ficareis com os restos, sem trigo para o vosso pão
E os cervos serão os bois
Dos campos livres do arado
E as *karelas*, amargas *karelas*
Tomarão vossos cercados!

Já soltei contra vós as perversas trepadeiras
Já chamei toda a Selva para arrasar vossas fileiras!
As árvores estão sobre vós!
As vigas das casas ruirão
E as *karelas*, amargas *karelas*
A tudo cobrirão!

Os necrófagos*

Quando chamas Tabaqui de meu irmão,
quando convidas a hiena para comer,
Podes fazer uma trégua com Jacala[1] *—*
que é todo pança e quatro pés para correr.
Lei da Selva

"Respeitem os mais velhos!"

Era uma voz grossa — uma voz pastosa que teria lhe dado arrepios — uma voz que parecia algo macio se partindo em dois.

"Respeitem os mais velhos! Ó companheiros do rio... respeitem os mais velhos!"

Em toda a extensão do rio, não se via nada a não ser uma pequena frota de saveiros de madeira com velas quadradas, carregados de pedras para construção, que tinham acabado de passar por baixo da ponte da estrada de ferro[2] e estavam descendo a correnteza. Eles haviam acabado de usar seus lemes desajeitados para aproveitar o vento e evitar o banco de areia formado pelo cascalho que ficava abaixo dos pilares da ponte e, quando passa-

* Publicado pela primeira vez no *New York World* nos dias 8, 9, 10 e 12 de novembro de 1894 e também na *Pall Mall Budget* nos dias 8 e 15 de novembro de 1894, com ilustrações de Cecil Aldin, e no *Pall Mall Gazette* em 14 e 15 de novembro de 1894. "Canção da onda" apareceu originalmente como epígrafe em verso do conto nas publicações *Pall Mall* com a palavra "Tradução" abaixo do poema.

vam, com três barcos lado a lado, a horrível voz falou de novo:

"*Ó brâmanes do rio... respeitem os mais velhos e os enfermos!*"

Um barqueiro que estava sentado na popa se virou, ergueu a mão e disse um impropério, enquanto os barcos seguiam em frente, com a madeira estalando à luz do crepúsculo. O largo rio indiano, que parecia mais uma cadeia de laguinhos que um curso d'água, estava liso como um espelho, refletindo o céu cor de argila no meio, mas salpicado de amarelo e violeta perto das margens baixas. Riachinhos desaguavam nele na estação das chuvas, mas agora suas bocas secas estavam abertas acima do nível da água. Na margem esquerda, quase debaixo da ponte da estrada de ferro, ficava uma aldeia com casinhas feitas de barro, tijolo, pau e palha, cuja rua principal, que estava cheia de gado voltando aos seus estábulos, ia dar no rio, terminando num píer de tijolo rústico cujos degraus podiam ser descidos pelas pessoas que desejavam se lavar. Esse rio era o Ghaut da aldeia de Mugger-Ghaut.[3]

A noite caía depressa sobre os campos de lentilha, arroz e algodão daquele terreno baixo que todo ano era inundado; sobre os juncos que ficavam à beira da curva do rio e sobre a vegetação emaranhada dos pastos que se estendiam mais além. Os papagaios e corvos, que estavam tagarelando e gritando enquanto tomavam seu gole de água noturno, tinham voado mais para longe do rio para fazer seus ninhos, cruzando os batalhões de raposas-voadoras[4] que iam na direção contrária; e nuvens e mais nuvens de aves aquáticas chegaram assobiando e "buzinando" para se abrigar em meio aos juncos. Havia gansos, tanto da Índia quanto dos Andes, marrecos, piadeiras, patos-reais e patos brancos, com maçaricos e um flamingo aqui e ali.

Um pesado marabu argala[5] vinha na retaguarda, voando como se cada um dos seus gestos lentos fosse ser o último.

"Respeitem os mais velhos! Brâmanes do rio... respeitem os mais velhos!"

O Marabu virou levemente a cabeça, fez um pequeno desvio na direção daquela voz e pousou com dificuldade no banco de areia sob a ponte. Foi aí que deu para ver a fera safada que ele era. Visto de costas, o pássaro impunha imenso respeito, pois tinha quase um metro e oitenta de altura e mais parecia um vigário careca muito imponente. De frente era outra coisa, pois sua cabeça e seu pescoço, parecidos com os de Ally Sloper,[6] não tinham nem uma pena sequer, e ele possuía uma horrível bolsa de pele embaixo do queixo — que usava para guardar tudo que o bico, afiado como uma picareta, conseguisse roubar. Suas pernas eram longas e finas, mas ele as movia com delicadeza, e olhou-as com orgulho enquanto ajeitava as penas cinzentas da cauda, observava o ombro liso e se empertigava em posição de sentido.

Um chacal sarnento, que estava soltando latidos agudos numa ribanceira baixa, levantou as orelhas e o rabo e atravessou depressa a água rasa para se postar ao lado do Marabu.

Ele era o mais inferior da sua casta — não que o melhor dos chacais preste para muita coisa, mas esse era particularmente ordinário, pois era meio mendigo, meio bandido, alguém que limpava as pilhas de lixo da aldeia, passava da covardia desesperada à ousadia insana e estava sempre com fome e cheio de ideias marotas que nunca davam bom resultado.

"Ugh!", disse ele, sacudindo-se com um ar melancólico assim que chegou. "Que a sarna vermelha destrua todos os cães desta aldeia! Estou com três mordidas para cada pulga do corpo, só porque olhei — só olhei, veja bem — para um sapato velho num estábulo de vaca. Vou comer lama, por acaso?" Ele coçou logo abaixo da orelha esquerda.

"Ouvi dizer", disse o Marabu com uma voz que parecia uma serra cega tentando cortar um pedaço grosso de madeira, "que havia um filhotinho de cachorro dentro desse sapato."

"Ouvir é uma coisa; saber é outra", disse o Chacal, que conhecia muitos provérbios, pois aprendera ouvindo a conversa dos homens ao redor das fogueiras da aldeia no fim da tarde.

"É bem verdade. Por isso, para me certificar, cuidei desse filhotinho enquanto os cães estavam ocupados em outro lugar."

"*Muito* ocupados", disse o Chacal. "Bem, devo passar algum tempo sem ir à aldeia procurar restos. Então havia mesmo um filhotinho cego naquele sapato?"

"Está aqui dentro", disse o Marabu, apertando os olhos sobre o bico para olhar para a bolsa cheia. "Uma coisinha pequena, mas aceitável, agora que não existe mais caridade no mundo."

"Aaai! O mundo anda feito de ferro", gemeu o Chacal. Então seus olhos inquietos viram a menor das ondulações na água e ele continuou, depressa. "A vida é difícil para todos, e não duvido nem que nosso excelente mestre, o Orgulho do Ghaut, a Inveja do Rio..."

"Um mentiroso, um bajulador e um chacal nasceram todos do mesmo ovo", disse o Marabu, sem se dirigir a ninguém em particular; pois ele próprio era um belo mentiroso quando se dava ao trabalho.

"Sim, a Inveja do Rio", repetiu o Chacal, erguendo a voz. "Não duvido que até mesmo ele deve achar que, desde que a ponte foi construída, a comida boa anda mais escassa. Mas, por outro lado, embora eu jamais fosse dizer isso diante da sua nobre presença, ele é tão sábio e virtuoso... enquanto eu, ó que pena! Eu não sou..."

"Quando o Chacal diz que é cinza, é mais negro que a noite!", murmurou o Marabu. Ele não conseguiu ver o que se aproximava.

"*Ele* sempre consegue comida, e assim..."

Ouviu-se um ruído baixo e áspero, como se um barco houvesse acabado de encalhar num banco de areia. O Chacal deu meia-volta depressa e encarou (é sempre melhor encarar) a criatura sobre a qual estivera falando. Era um crocodilo de mais de sete metros de comprimento, envolto no que parecia ser uma placa de metal bem grossa, cheia de pinos, quilhas e cristas, com as pontas amarelas dos dentes superiores visíveis sobre sua linda e fina mandíbula inferior. Era o Crocodilo Mugger de Mugger-Ghaut, mais velho que qualquer homem da aldeia e que dera nome ao lugar; o demônio daquele rio antes de a ponte da estrada de ferro surgir — assassino, comedor de homens e fetiche local, tudo ao mesmo tempo. Ficou ali, com o queixo na água rasa, mantendo-se no lugar com um movimento quase invisível da cauda —, e o Chacal bem sabia que bastava um golpe daquela mesma cauda na água para levá-lo margem acima com a velocidade de uma locomotiva.

"Que encontro auspicioso, Protetor dos Pobres!", bajulou ele, dando um passo atrás a cada palavra. "Ouvimos uma voz deleitosa e viemos aqui, na esperança de uma doce conversa. Minha presunção desrabada me levou a falar de você enquanto aguardava aqui. Espero que não tenha escutado nada."

É claro que o Chacal só tinha dito aquilo tudo para ser ouvido, pois sabia que bajular era a melhor maneira de conseguir coisas boas para comer, e o Mugger sabia que o Chacal falara por causa disso, e o Chacal sabia que o Mugger sabia, e o Mugger sabia que o Chacal sabia que o Mugger sabia; e assim, ficaram ambos muito satisfeitos.

A velha fera subiu resfolegante pela margem, murmurando: "Respeitem os mais velhos e enfermos!". E conforme suas pernas curtas foram carregando o corpo inchado como um barril, os olhinhos não pararam de brilhar como brasas sob as pálpebras pesadas e espinhentas da cabeça triangular. Então ele se ajeitou e, por mais que o

Chacal estivesse acostumado com aquilo, não conseguiu deixar de se espantar ao ver, pela centésima vez, como o Mugger ficava exatamente igual a uma tora de madeira levada pelas águas. Ele até se posicionara no ângulo exato que um tronco ficaria ao dar na margem, prestando atenção na corrente daquela estação, daquele horário e daquele lugar. Tudo isso era apenas questão de hábito, é claro, porque o Mugger estava ali por prazer; mas um crocodilo nunca fica com a barriga cheia e, se o Chacal tivesse se enganado com aquela semelhança, não teria vivido para refletir sobre ela.

"Não escutei nada, meu filho", disse o Mugger, fechando um dos olhos. "Tinha água nos ouvidos e, além do mais, estava quase desmaiando de tanta fome. Desde que a ponte da estrada de ferro foi construída, o povo da minha aldeia deixou de me amar; e isso está partindo meu coração."

"Ah, que vergonha!", disse o Chacal. "E um coração tão nobre, ainda por cima! Mas, para mim, os homens são todos iguais."

"Não, existem diferenças enormes", respondeu o Mugger gentilmente. "Alguns são magros como mastros. Já outros são gorduchos como filhotes de cha... de cachorro. Eu jamais insultaria os homens sem motivo. Existem homens de todos os tipos, mas meus longos anos me mostraram que, de maneira geral, são seres muito bons. Homens, mulheres e crianças — não vejo problema neles. E lembre-se, meu filho, que aquele que censura o mundo será censurado pelo mundo."

"Bajulação é pior que uma lata vazia dentro da barriga. Mas o que acabamos de escutar foi sabedoria", disse o Marabu, pousando um dos pés no chão.

"Mas considerem a ingratidão deles com essa excelente criatura", disse o Chacal afetuosamente.

"Não, não, ingratidão, não!", disse o Mugger. "Eles não pensam nos outros; só isso. Mas eu notei, deitado no meu posto depois do vau, que os degraus da nova ponte são uma subida cruel, tanto para os velhos quanto para as crianças pequenas. Os velhos, na verdade, não merecem tanta consideração, mas sinto pena — muita pena mesmo — das criancinhas gordas. Ainda assim acho que, daqui a pouco tempo, quando a ponte não for mais uma novidade, veremos as pernas nuas e morenas do meu povo entrando corajosamente no vau, como antes. E então o velho Mugger será honrado de novo."

"Mas eu tenho certeza de que vi guirlandas de cravos-de-defunto flutuando perto da margem do Ghaut hoje de tarde mesmo", disse o Marabu. Guirlandas de cravos-de-defunto são um sinal de reverência em toda a Índia.

"Um engano... um engano. Foi a esposa do vendedor de doces. A cada ano ela vem perdendo um pouco da visão e não consegue distinguir uma tora de madeira de mim — o Mugger do Ghaut! Percebi o erro quando ela atirou a guirlanda, pois estava deitado bem às margens do Ghaut e, se a mulher tivesse dado mais um passo, eu teria lhe mostrado a diferença. Mas sua intenção foi boa e precisamos levar em conta o espírito no qual a oferenda foi feita."

"De que servem guirlandas de cravos-de-defunto quando se foi parar numa pilha de lixo?", disse o Chacal procurando pulgas, mas sem tirar os olhos do Protetor dos Pobres.

"É verdade, mas a pilha de lixo onde meu corpo será jogado ainda não começou a crescer. Cinco vezes já vi o rio se afastar da aldeia e criar uma faixa nova de terra no fim da rua. Cinco vezes vi a aldeia reconstruir suas casas nas margens, e ainda verei o mesmo acontecer outras cinco vezes. Não sou um gavial[7] sem fé que caça peixes, eu, que hoje estou em Kasi e amanhã em Prayag,[8] como diz o ditado. Sou o verdadeiro e constante vigia do vau. Não é à toa, meu filho, que a aldeia leva meu nome, e, como diz o ditado, 'aquele que vigia por muito tempo acabará tendo sua recompensa'."

"*Eu* vigio há muito tempo... muito tempo mesmo... quase desde que nasci, e minha recompensa até agora foram mordidas e tapas", disse o Chacal.

"Ho! Ho! Ho!", gargalhou o Marabu.

O Chacal nasceu em agosto
As chuvas caíram em setembro
"Tamanho dilúvio", exclamou o Chacal
"Na minha vida não me lembro!"[9]

Os marabus têm uma peculiaridade muito desagradável. De tempos em tempos, têm um ataque de nervos ou uma cãibra nas pernas e, embora sejam mais impressionantes de se ver que qualquer outro membro da família das cegonhas, que são todos bastante imponentes, de repente desatam a fazer uma espécie de dança de guerra maluca com as pernas compridas,[10] abrindo um pouco as asas e balançando a cabeça para cima e para baixo; e por um motivo que só eles conhecem, sempre têm o cuidado de sincronizar os piores ataques com as mais terríveis afrontas. Depois de cantar a última palavra da sua canção, o Marabu ficou em posição de sentido de novo, dez vezes mais marabuzento que antes.

O Chacal se arrepiou, embora já tivesse três anos de idade; mas não é possível se ressentir de um insulto vindo de alguém que tem um bico de um metro de comprimento e força para enfiá-lo em qualquer lugar como se fosse uma lança. O Marabu era um covarde notório, mas o Chacal era ainda pior.

"Precisamos viver antes de aprender", disse o Mugger, "e, além do mais, é preciso que se diga algo: existem muitos chacais por aí, meu filho, mas um mugger como eu não é comum. Apesar de tudo isso, não sou orgulhoso, pois o orgulho é a perdição; mas preste atenção, isso foi o destino, e ninguém que nada, anda ou corre deve se revoltar contra seu destino. Estou satisfeito com o meu. Com boa sorte, olhos atentos e o hábito de se certificar se um riacho ou um remanso tem outra saída antes de entrar nele, pode-se fazer muita coisa."

"Certa vez ouvi dizer que até o Protetor dos Pobres já cometeu um erro", disse o Chacal maldosamente.

"É verdade; mas foi aí que meu destino me ajudou. Isso foi antes de eu atingir meu tamanho total — antes daquele período de fome que depois foi seguido por mais outros três. Pelas Margens Direita e Esquerda do Ganga![11] Como os rios eram cheios naquela época! Sim, eu era jovem e estouvado e, quando veio a enchente, fiquei mais satisfeito do que se pode imaginar. Naquela época, pouca coisa me deixava muito feliz. A aldeia estava submersa e eu fui me afastando bastante do Ghaut, nadando até os campos de arroz, que estavam cheios de lama boa. Também me lembro de um par de pulseiras de vidro que encontrei naquela noite e me deram bastante trabalho. Sim, pulseiras de vidro; e, se não me falha a memória, um sapato. Devia ter sacudido os dois sapatos, mas estava com fome. Depois, aprendi a lição. Sim. Então, me alimentei e fui descansar; mas quando estava pronto para voltar ao rio a enchente tinha secado e eu caminhei pela lama que cobria a rua principal. Quem o faria, senão eu? Todo o meu povo saiu das suas casas, sacerdotes, mulheres e crianças, e eu observei todos com benevolência. A lama não é um bom lugar para se brigar. Um barqueiro disse: 'Peguem machados e o matem, pois ele é o mugger do vau'. 'Não é verdade', disse o *brāhmaṇa*.[12] 'Olhem, ele está levando a enchente embora! É o deus da aldeia.' Então eles jogaram muitas flores sobre mim e um teve a boa ideia de pôr um bode no meio da rua."

"Carne de bode é tão gostosa!", disse o Chacal.

"Mas eles são peludos demais e, quando estão na água, às vezes lhe dão um golpe cruzado com a pata. Mas eu aceitei o bode e fui para o Ghaut coberto de honra. Mais tarde, meu destino me mandou o barqueiro que desejara cortar meu rabo com um machado. O barco encalhou num velho banco de areia, do qual você não deve se lembrar."

"Nem *todo mundo* aqui é chacal", disse o Marabu. "Não era o banco de areia que surgiu quando os barcos de pedra afundaram no ano da grande seca... um banco comprido que durou três enchentes?"

"Havia dois", disse o Mugger; "um mais alto e outro mais baixo."

"Isso, esqueci. Passava um canal entre os dois, que mais tarde secou", disse o Marabu, que tinha muito orgulho da sua memória.

"No banco mais baixo, crianças, encalhou a embarcação de quem me desejara mal. Ele estava dormindo na popa e, ainda com sono, pulou no rio, ficando com a água na altura da cintura — não, não passou da altura dos joelhos — para empurrar o barco. O barco vazio seguiu e voltou a bater no pedaço de terra que, naquela época, havia logo adiante. Eu fui atrás, pois sabia que viriam homens para arrastá-lo para cima."

"E eles vieram?", disse o Chacal, bastante admirado. Aquilo era caçar num nível que o impressionava.

"Vieram ali e mais abaixo também. Eu não fui mais além, mas isso me deu três homens num dia — todos *manjis* (barqueiros) bem alimentados e, com exceção do último, com o qual me descuidei, nenhum teve chance de gritar para avisar os outros em terra."

"Ah! Que bela caçada! Mas como é preciso ser esperto e saber avaliar bem a situação!", disse o Chacal.

"Não é ser esperto, meu filho, mas pensar. Um pouco de pensamento na vida é como um pouco de sal no arroz, como dizem os barqueiros, e eu sempre pensei muito. O Gavial, meu primo, o comedor de peixes, já me contou como é difícil para ele ir atrás de alimento, e como um peixe é diferente do outro, e como ele tem que conhecer todos, tanto quando estão juntos como quando estão separados. Eu digo que isso é sabedoria; mas, por outro lado, meu primo Gavial vive em meio ao seu povo. O *meu* povo não nada em cardumes com a boca para fora d'água como faz o rewa; não vive subindo para a superfície ou virando de lado, como o mohoo e o pequeno chapta; e nem vai se reunir nos bancos de areia depois da enchente, como o batchua e o chilwa."[13]

"Todos esses peixes são muito gostosos", disse o Marabu, fechando o bico com estrépito.

"Meu primo diz isso e afirma que caçá-los é muito difícil, mas eles não sobem nas margens para escapar do seu nariz afiado. O *meu* povo é diferente. Sua vida é na terra, nas casas, entre o gado. Eu preciso saber o que fazem e o que estão prestes a fazer e, juntando a cauda com a tromba, como diz o ditado, construo o elefante inteiro. Tem um ramo verde e um anel de ferro pendurado numa porta? Então o velho Mugger sabe que nasceu um menino naquela casa, que um dia vai entrar no Ghaut para brincar. Uma donzela vai se casar? O velho Mugger sabe, pois vê os homens levando presentes de um lado para o outro; e ela também entra no Ghaut para se banhar antes do casamento e... ele vai estar lá. O rio mudou de curso e trouxe terra nova para onde antes só havia areia? O Mugger sabe."

"E de que serve saber isso?", perguntou o Chacal. "Até eu, que tive uma vida curta, já vi o rio mudar de curso." Os rios indianos estão quase sempre mudando de curso no seu leito, e às vezes correm de três a cinco quilômetros mais para um lado ou outro numa estação, inundando os campos de uma das margens e espalhando lama boa na outra.

"Não há informação mais útil", disse o Mugger, "pois novas terras significam novas brigas. O Mugger sabe. Oho! O Mugger sabe. Assim que a água seca, ele rasteja pelos riachinhos onde os homens pensam que nem um cachorro ia conseguir se esconder, e espera. Logo, chega um fazendeiro dizendo que vai plantar pepinos ali e melões acolá, na terra nova que o rio lhe deu. Ele sente a lama boa com os dedos dos pés. Em pouco tempo vem outro, dizendo que vai pôr cebolas, cenouras e cana-de-açúcar no lugar tal e tal. Eles se esbarram como dois barcos à deriva, e um revira os olhos sob o turbante azul para o outro. O velho Mugger vê e ouve. Um chama o outro de irmão e eles vão demarcar as divisas da nova terra. O Mugger vai com eles de um ponto a outro, rastejando bem baixo pela lama. E então, eles começam a brigar! Dizem palavras iradas! Puxam o turbante um do outro! Erguem seus *lathis* (porretes), até que um cai de costas na lama e o outro foge correndo. Quando ele volta, a briga está resolvida, e só restou o porrete de bambu coberto de ferro do perdedor para contar a história. Mas eles não são gratos ao Mugger. Não... Gritam 'Assassino!' e suas famílias brigam com pedaços de pau, em grupos de vinte de cada lado. Meu povo é um bom povo — jats do Norte — malwais do Bêt.[14] Não machucam ninguém só para se divertir e, quando a briga acaba, o velho Mugger espera rio abaixo, onde ninguém na aldeia pode vê-lo, perto daquele *kikar*[15] ali. Então eles chegam, meus jats de ombros largos — oito ou nove juntos sob a luz das estrelas, trazendo o morto numa cama. São velhos com barbas cinzentas e vozes tão graves quanto a minha. Acendem uma pequena fogueira... Ah! Como eu conheço bem essa fogueira! E bebem tabaco e assentem ao mesmo tempo num círculo ou numa fila que dá no cadáver sobre a margem. Dizem que a Lei dos Ingleses vai trazer uma corda para cuidar daquilo, e que a família do outro homem vai morrer de vergonha, pois ele será enforcado na grande praça onde fica a cadeia. Então os amigos do morto dizem: 'Ele merece a forca!' e a conversa começa de novo — uma, duas, vinte vezes na longa noite. Então um deles finalmente diz: 'A briga foi justa. Vamos aceitar o dinheiro pela morte, exigir um pouco mais do que o assassino está oferecendo e esquecer tudo isso'. Então eles brigam pelo dinheiro, pois o morto era um homem forte que deixou muitos filhos. Mas antes da *amratvela* (aurora), eles tocam o corpo com o fogo, como dita o costume, e o morto vem ter comigo, e *ele* não diz nada. Aha! Meus filhos, o Mugger sabe... o Mugger sabe... e meus jats de Malwa são um povo bom!"

"Eles são avarentos demais — têm a mão fechada demais para o meu gosto", disse o Marabu com a voz rouca. "Não desperdiçam nem o brilho do chifre da faca, como diz o ditado; quem consegue viver dos restos de um malwai?"

"Eu vivo dos restos... *deles*", disse o Mugger.

"Agora, em Calcutá, nos velhos tempos", continuou o Marabu, "tudo era jogado nas ruas e podíamos escolher o que comer. Era uma época deliciosa. Mas, hoje, as ruas são tão limpas quanto uma casca de ovo e meu povo voa para longe. Ser limpo é uma coisa; mas tirar o pó, varrer e esfregar tudo sete vezes por dia deixa até os deuses cansados."

"Um chacal do Sul me contou que seu irmão lhe disse que em Calcutá todos os chacais são gordos como lontras na estação das chuvas", disse o Chacal com a boca cheia d'água só de pensar.

"Ah, mas lá está cheio de caras-brancas — de ingleses — e eles trazem cães de barco de algum lugar rio abaixo, cães enormes e gordos que deixam esses mesmos chacais bem magrinhos", afirmou o Marabu.

"Então eles têm o coração tão duro quanto o dessa gente aqui? Eu devia ter imaginado. Nem a terra, nem o céu, nem a água têm piedade de um chacal. Eu vi as barracas de um cara-branca no ano passado, depois das chuvas, e roubei um arreio amarelo novo para comer. Mas os caras-brancas não curtem o couro do jeito certo. Passei muito mal."

"É melhor do que o que aconteceu comigo", disse o Marabu. "Quando estava no meu terceiro ano e era um pássaro jovem e ousado, fui até o rio por onde chegam os barcos grandes. Os barcos dos ingleses são três vezes maiores que essa aldeia."

"Ele já foi até Delhi e diz que lá as pessoas andam

de cabeça para baixo", murmurou o Chacal. O Mugger abriu o olho esquerdo e fitou o Marabu com um olhar penetrante.

"É verdade", insistiu o enorme pássaro. "Um mentiroso só mente quando acha que vão acreditar. Ninguém que não tenha visto aqueles barcos *poderia* acreditar na verdade."

"*Isso* faz mais sentido", disse o Mugger. "E o que aconteceu depois?"

"De dentro desse barco eles tiravam enormes pedaços de uma coisa branca que, depois de algum tempo, virava água. Muitos pedaços quebravam e caíam nas margens, e o resto eles punham depressa numa casa com paredes grossas. Mas um barqueiro, rindo, pegou um pedaço mais ou menos do tamanho de um cachorro pequeno e atirou para mim. Todo o meu povo engole as coisas sem pensar, e eu engoli aquele pedaço, como é nosso hábito. Imediatamente fui tomado por um frio enorme que surgiu no meu papo e desceu até a ponta dos meus pés, deixando-me sem fala enquanto o barqueiro ria de mim. Nunca senti um frio desses. Dancei de tristeza e espanto até recobrar o fôlego e depois dancei e gritei em protesto contra a falsidade do mundo; e os barqueiros zombaram de mim até caírem. O mais incompreensível de tudo, tirando aquele frio extraordinário, foi que, quando parei de me lamentar, não havia mais nada no meu papo!"

O Marabu tinha se esforçado ao máximo para descrever o que sentira depois de engolir um pedaço de três quilos de gelo tirado do lago Wenham que chegara num navio quebra-gelo americano, naquela época em que Calcutá ainda não usava máquinas para fabricar o próprio gelo;[16] mas, como ele não sabia o que era gelo e o Mugger e o Chacal sabiam menos ainda, a história não fez tanto sucesso.

"*Qualquer coisa*", disse o Mugger, voltando a fechar o olho esquerdo, "pode sair de um navio que é três vezes maior que Mugger-Ghaut. Minha aldeia não é pequena."

Ouviu-se um apito vindo da ponte lá em cima e o trem *Delhi Mail* passou a toda, com os vagões brilhando e as sombras seguindo-os fielmente ao longo do rio. Ele foi adiante, fazendo o maior barulho até voltar a ser engolido pela escuridão; mas o Mugger e o Chacal estavam tão acostumados que nem viraram a cabeça.

"E aquilo por acaso é menos assombroso que um barco três vezes maior que Mugger-Ghaut?", disse o pássaro, erguendo os olhos.

"Eu vi aquilo sendo construído, meu filho. Vi os pilares da ponte subindo pedra por pedra e, quando os homens caíam — quase todos tinham os pés extraordinariamente firmes, mas *às vezes* caíam —, eu estava preparado. Depois que o primeiro pilar ficou pronto, não lhes ocorreu procurar o corpo no rio para queimar. Foi outra ocasião na qual eu lhes poupei bastante trabalho. Não houve nada de estranho na construção da ponte", disse o Mugger.

"Mas aquilo que passa por ela puxando os vagões é bem estranho", insistiu o Marabu.

"É, sem dúvida, uma nova raça de boi. Um dia, ele não vai conseguir manter o equilíbrio lá em cima e vai cair, assim como os homens. Então, o velho Mugger estará preparado."

O Chacal olhou o Marabu e o Marabu olhou o Chacal. Se havia alguma coisa da qual eles tinham certeza era que aquela locomotiva podia ser qualquer coisa no mundo, menos um boi. O Chacal já a observara muitas vezes do outro lado das cercas de babosa que ladeavam a linha férrea, e o Marabu vira locomotivas desde que a primeira chegara à Índia. Mas o Mugger só vira aquilo de baixo, de onde o domo de metal parece com o lombo de um boi.

"Hummm, sim, um novo tipo de boi", repetiu o Mugger devagar, para que a certeza se firmasse na sua mente.

"É um boi com certeza", disse o Chacal.

"Por outro lado, pode ser...", disse o Mugger, irritado.

“Com certeza... com toda certeza”, afirmou o Chacal, sem esperar que o outro terminasse a frase.

“O quê?”, perguntou o Mugger com raiva, sentindo que os outros sabiam mais que ele. “Pode ser o quê? *Eu* não terminei de falar. Você disse que era um boi.”

“É qualquer coisa que o Protetor dos Pobres desejar. Sou criado *dele*... não da coisa que cruza o rio.”

“Seja o que for, é obra dos caras-brancas”, disse o Marabu, “e, se eu fosse você, não ficava deitado num lugar tão próximo dele quanto esse banco de areia.”

“Você não conhece os ingleses como eu”, disse o Mugger. “Havia um cara-branca aqui quando a ponte estava sendo construída e, de tardinha, ele pegava um barco e ficava andando de um lado para o outro sobre as tábuas, sussurrando: ‘Ele está aqui? Ele está aqui? Traga minha arma’. Eu conseguia ouvi-lo antes de conseguir vê-lo. Ouvia cada som que fazia, estalando as tábuas, bufando e sacudindo a arma, rio acima e rio abaixo. Sempre que pegava um dos seus trabalhadores, economizando bastante dinheiro em madeira para a fogueira, ele se postava nas margens do Ghaut e gritava bem alto que ia me caçar e livrar o rio de mim — o Mugger de Mugger-Ghaut! *Eu!* Crianças, passei horas e horas nadando debaixo do barco dele e ouvindo-o atirar em toras de maneira; e, quando tinha bastante certeza de que estava cansado, subia bem ao seu lado e fechava a mandíbula diante do seu rosto. Quando a ponte estava pronta, ele foi embora. Todos os ingleses caçam assim; a não ser quando são eles a presa.”

“Quem caça os caras-brancas?”, perguntou o Chacal num ganido excitado.

“Ninguém hoje em dia, mas eu já cacei em outra época.”[17]

“Eu me lembro um pouco dessa caçada. Era jovem na época”, disse o Marabu, batendo o bico com um ar significativo.

"Eu estava bem estabelecido aqui. Lembro que minha aldeia estava sendo construída pela terceira vez quando meu primo, o Gavial, veio me dizer que havia águas ricas para além de Benares. No início eu não quis ir, pois meu primo, que é um comedor de peixes, nem sempre sabe distinguir o bom do ruim; mas ouvi meu povo conversando à noite e o que eles disseram me deu certeza."

"E o que eles disseram?", perguntou o Chacal.

"Disseram o bastante para fazer com que eu, o Mugger de Mugger-Ghaut, deixasse a água e usasse os pés. Viajava à noite, usando os menores riachinhos que me serviam; mas estava no começo da estação quente e os cursos d'água estavam baixos. Andei por estradas cheias de poeira; atravessei a grama alta; subi morros à luz da lua. Até pedras eu galguei, crianças... pensem só nisso! Cruzei o rabo de Sirhind, o sem-água,[18] antes de encontrar os riachinhos que correm para o Ganga. Foi uma jornada de um mês, na qual deixei meu povo e as margens conhecidas. Uma coisa espantosa!"

"Que tipo de comida comeu no caminho?", perguntou o Chacal, que guardava a alma no seu pequeno estômago e não ficara nem um pouco impressionado com as viagens por terra do Mugger.

"Qualquer comida que consegui encontrar... *primo*", disse o Mugger devagar, arrastando bem cada palavra.

Não se chama alguém de primo na Índia a não ser que se pense ser possível estabelecer alguma espécie de ligação de sangue; e, como só nos velhos contos de fada um mugger se casa com um chacal, o Chacal soube muito bem por que subitamente fora alçado ao círculo familiar do crocodilo.[19] Se os dois estivessem sozinhos, ele não teria se importado, mas os olhos do Marabu brilharam de tanto que ele achou graça naquela brincadeira feia.

"Sem dúvida, meu pai, eu devia ter adivinhado", disse o Chacal. Um mugger não gosta de ser chamado de pai de chacal e o Mugger de Mugger-Ghaut disse isso — isso e muito mais, que não vale a pena repetir aqui.

"O Protetor dos Pais disse que temos um parentesco. Como posso me lembrar o grau exato dele? Além do mais, comemos a mesma comida. Foi ele que disse", respondeu o Chacal.

Isso tornou tudo ainda pior, pois o que o Chacal estava insinuando era que o Mugger, naquela marcha por terra, devia ter comido comida fresca a cada dia, em vez de guardá-la até que estivesse na condição apropriada, como faz todo mugger que se preze e a maioria dos animais selvagens. Na verdade, um dos principais sinais de desprezo ao longo do leito do rio é chamar alguém de "comedor de carne fresca". Isso é quase tão ruim quanto chamar um homem de canibal.

"Essa comida foi ingerida há trinta anos", disse o Marabu, muito sério. "Mesmo que passemos mais trinta anos falando dela, nem assim vai voltar. Agora nos conte o que aconteceu quando você chegou às águas boas depois dessa extraordinária jornada por terra. Se déssemos ouvidos aos uivos de cada chacal, os negócios da cidade parariam, como diz o ditado."

O Mugger deve ter ficado contente com a interrupção, pois continuou depressa:

"Pelas Margens Direita e Esquerda do Ganga! Quando cheguei lá, as águas estavam como nunca vi!"

"Melhor ainda que na grande enchente do ano passado?", perguntou o Chacal.

"Melhor! Aquela enchente foi coisa que acontece a cada cinco anos — dois ou três estranhos afogados, algumas galinhas e um boi morto numa água lamacenta e mexida. Mas nesse ano do qual estou falando, o rio estava baixo e liso e, como o Gavial me dissera, os ingleses mortos vieram por ele abaixo, amontoados uns sobre os outros. Foi nesse ano que cheguei à circunferência que tenho agora... à circunferência e ao comprimento. De

Agra, de perto de Etawah e das águas largas perto de Allahabad..."[20]

"Ah, o redemoinho que surgiu na base da muralha do forte de Allahabad!", disse o Marabu. "Havia tantos deles lá que eram como as piadeiras em meio aos juncos, rodando e rodando... assim!"

O pássaro começou sua horrível dança de novo, enquanto o Chacal observava, com inveja. Naturalmente, ele não conseguia lembrar do terrível ano da Revolta, do qual os outros dois estavam falando. O Mugger continuou:

"Isso, era perto de Allahabad. Bastava ficar quieto na água parada e deixar vinte deles passarem para escolher um; e, além disso, os ingleses não são cobertos de joias, argolas no nariz e tornozeleiras como minhas mulheres de hoje em dia. Adorar ornamentos é acabar com uma corda no pescoço em vez de um colar, como diz o ditado. Todos os muggers de todos os rios ficaram gordos nessa época, mas foi meu destino ficar mais gordo que todos os outros. A notícia era que os ingleses estavam sendo caçados até dentro do rio e, pelas Margens Direita e Esquerda do Ganga, nós acreditamos! Enquanto segui para o sul, acreditei nisso, e desci o rio até depois de Monghyr e dos túmulos que ficam na margem."

"Conheço esse lugar", disse o Marabu. "Desde essa época, Monghyr virou uma cidade perdida. Muito pouca gente mora lá agora."

"Depois disso, subi o rio bem devagar e com muita preguiça e um pouco acima de Monghyr surgiu um barco cheio de caras-brancas — vivos! Lembro que eram mulheres, deitadas sob um pano disposto sobre alguns pedaços de pau, e chorando muito. Ninguém atirou nem uma bala contra os vigias do vau naquela época. Todas as armas estavam sendo usadas em outros lugares. Ouvíamos dia e noite o som que vinha da terra e que sumia quando o vento mudava. Tirei o corpo todo da água bem diante do barco, pois nunca tinha visto caras-brancas vivos, embora os conhecesse bem do outro jeito. Uma criança branca pelada se ajoelhou na lateral do barco e, debruçando-se, quis, é claro, enfiar a mão no rio. É uma coisa bonita ver como as crianças amam água corrente. Eu já tinha me alimentado naquele dia, mas ainda havia um espacinho vazio dentro de mim. Mesmo assim, foi por diversão, não por fome, que dei o bote nas mãos da criança. Eram alvos tão fáceis que nem olhei ao fechar a boca; mas tão pequenas que, embora minha mandíbula tenha feito o som certo — tenho certeza —, a criança tirou-as dali depressa, sem se machucar. Elas devem ter passado entre um dente e outro, aquelas mãozinhas brancas. Eu devia ter agarrado o menino pelo cotovelo; mas, como disse, foi só por diversão e por uma vontade de ver coisas novas que dei o bote. Primeiro um, depois outro, começou a gritar no barco, e eu logo voltei à superfície para observá-los. O barco era pesado demais para eu virar. Eram apenas mulheres, mas aquele que confia em mulheres anda sobre as lentilhas-d'água de um lago, como diz o ditado. E, pelas Margens Direita e Esquerda do Ganga! É verdade."

"Uma vez, uma mulher me deu um pedaço de pele de peixe seca", disse o Chacal. "Eu estava tentando roubar o bebê dela, mas comida de cavalo é melhor que coice de cavalo, como diz o ditado. O que a mulher fez?"

"Ela atirou na minha direção com uma arma curta de um tipo que eu nunca tinha visto antes, e nunca vi desde então. Cinco vezes, uma seguida da outra" (o Mugger deve ter deparado com um revólver daqueles antigos); "e eu fiquei de boca aberta, espantado, com a cabeça envolta em fumaça. Nunca tinha visto nada igual. Cinco vezes, com a rapidez com que balanço a cauda... assim!"

O Chacal, que estava cada vez mais interessado na história, mal teve tempo de pular para trás quando a enorme cauda passou por ele como uma foice.

"Só depois do quinto tiro eu afundei", disse o Mugger, como se não tivesse nem sonhado em atingir um dos seus ouvintes, "emergindo a tempo de ouvir um barqueiro dizendo para aquelas mulheres brancas que eu certamente devia estar morto. Uma das balas tinha se alojado embaixo de uma das placas do meu pescoço. Não sei se ainda está lá, pois não posso virar a cabeça. Dê uma olhada, meu filho. Vai ver que minha história é verdadeira."

"Eu?", disse o Chacal. "Um comedor de sapatos velhos, um roedor de ossos, vai ter a presunção de duvidar da palavra da Inveja do Rio? Que meu rabo seja arrancado por filhotinhos cegos se a sombra de tal pensamento tiver passado pela minha humilde mente. O Protetor dos Pobres teve a bondade de informar a mim, seu escravo, que certa vez na vida foi ferido por uma mulher. Isso basta, e eu contarei a história a todos os meus filhos, sem pedir nenhuma prova."

"Cortesia demais, às vezes, não é melhor que grosseria; pois um convidado pode se engasgar de tanto doce, como diz o ditado. Eu *não* desejo que quaisquer filhos que você venha a ter saibam que o Mugger de Mugger-Ghaut foi ferido uma única vez por uma mulher. Eles terão muitas outras coisas em que pensar se só conseguirem carne com tanto esforço quanto o pai."

"Já foi esquecido há muito tempo! Nem chegou a ser dito! Nunca houve uma mulher branca! Não existiu o barco! Nada aconteceu, nadinha mesmo."

O Chacal sacudiu a cauda peluda para mostrar como sua memória fora completamente apagada e se sentou fazendo uma careta.

"Na verdade, muita coisa aconteceu", disse o Mugger, derrotado na segunda tentativa da noite de vencer o amigo numa discussão. (Mas nenhum dos dois ficou com rancor. Comer ou ser comido era a Lei do rio, e o Chacal ficava com sua parte dos restos depois que o Mugger terminava a refeição). "Deixei aquele barco e subi o rio e, quando cheguei a Arrah[21] e aos remansos que ficam ali atrás, não havia mais ingleses mortos. O rio ficou vazio durante algum tempo. Depois, surgiram um ou dois mortos de casacos vermelhos, não ingleses,[22] mas todos do mesmo tipo — hindus e *purbeeahs*.[23] Depois, grupos de cinco ou seis e, finalmente de Arrah até o norte depois de Agra, foi como se aldeias inteiras houvessem se jogado na água. Eles saíam um depois do outro dos riachinhos, como toras trazidas pelas chuvas. Quando o rio subiu, eles também subiram, às hordas, dos bancos de areia onde descansavam; e a enchente os arrastou pelos campos e pela selva por seus longos cabelos. Eu também ouvi armas durante a noite toda enquanto ia para o norte e, de dia, os pés calçados dos homens cruzando os vaus, e aquele barulho que uma carroça pesada faz na areia debaixo d'água; e cada ondulação trazia mais mortos. No fim das contas, até eu senti medo, pensando: 'Se isso está acontecendo com os homens, como o Mugger de Mugger-Ghaut escapará?'. Havia barcos surgindo atrás de mim também, sem velas, queimando incessantemente sem nunca afundar, como fazem aqueles barcos que levam algodão."

"Ah!", disse o Marabu. "Chegam barcos assim em Calcutá. São altos e negros, têm uma cauda que bate na água e..."

"Já sei, são três vezes maiores que minha aldeia. Esses barcos eram baixos e brancos; batiam a água nas laterais, e não eram maiores do que devem ser os barcos nas histórias de quem fala a verdade. Eles me deixaram com muito medo e eu saí da água e voltei para o meu rio, passando o dia escondido e caminhando à noite, quando não encontrava riachinhos para me ajudar. Voltei para a minha aldeia, porém não esperava ver ninguém do meu povo lá. Mas eles estavam arando, semeando e colhendo e indo de um lado para outro nos campos, tão silenciosos quanto o gado."

"E ainda havia comida boa no rio?", perguntou o Chacal.

"Mais do que eu tinha vontade de comer. E olhe que

não como lama. Mas até *eu* estava cansado e, lembro-me bem, um pouco assustado com esse ir e vir constante dos silenciosos. Ouvi o povo da minha aldeia dizer que os ingleses estavam todos mortos; mas aqueles que eram trazidos com o rosto virado para baixo pela correnteza *não* eram ingleses, como meu povo viu. Então meu povo disse que era melhor não dizer nada, apenas pagar os impostos e arar a terra. Depois de um longo tempo o rio ficou limpo, e aqueles que eram trazidos por ele obviamente tinham se afogado nas enchentes, como eu vi bem; e, embora nessa época não fosse mais tão fácil conseguir comida, fiquei muito feliz. Algumas mortes aqui e ali é uma coisa boa... mas até o Mugger às vezes fica satisfeito, como diz o ditado."

"Incrível! Realmente incrível!", disse o Chacal. "Fiquei gordo só de ouvir falar de tanta comida boa. E depois, se é que me permite perguntar, o que o Protetor dos Pobres fez?"

"Eu disse a mim mesmo que jamais sairia explorando de novo... E, pelas Margens Direita e Esquerda do Ganga, cumpri a promessa. Assim vivi no Ghaut, perto do meu povo, observando-os ano após ano; e eles me amaram tanto que jogaram guirlandas de cravos-de-defunto na minha cabeça sempre que a viram emergir. Sim, e meu destino foi muito bom comigo, e o rio todo é muito bondoso por respeitar minha pobre e enferma presença; só que..."

"Ninguém é completamente feliz, do bico à ponta da cauda", disse o Marabu, compreensivo. "De que mais precisa o Mugger de Mugger-Ghaut?"

"Daquela criancinha branca que não peguei", disse o Mugger, com um suspiro profundo. "Ele era muito pequeno, mas eu não me esqueci. Estou velho agora, mas, antes de morrer, desejo experimentar só mais uma coisa nova. É verdade que eles são um povo tolo, barulhento e de pés pesados, e que não seria uma grande caçada pegar um, mas eu lembro dos velhos tempos perto de Benares, e se o menino ainda estiver vivo, deve lembrar também. Talvez ele suba e desça a margem de algum rio contando como certa vez passou as mãos entre os dentes do Mugger de Mugger-Ghaut e viveu para contar a história. Meu destino foi muito bom, mas isso às vezes me atormenta em sonho — lembrar daquela criancinha branca na popa do barco." Ele bocejou e fechou a mandíbula. "E agora, vou descansar e pensar. Fiquem em silêncio, meus filhos, e respeitem os mais velhos."

O Mugger se virou com dificuldade e subiu pesadamente até o topo do banco de areia, enquanto o Chacal se afastava com o Marabu, indo para debaixo de uma árvore solitária que ficava na ponta mais próxima da ponte da estrada de ferro.

"Foi uma vida agradável e proveitosa", disse o Chacal, sorrindo e erguendo a cabeça para olhar para o pássaro, que era muito mais alto. "E, veja bem, em nenhum momento ele se deu ao trabalho de me dizer em que lugar das margens pode haver um pedaço de comida. Já *eu* lhe falei cem vezes de coisas boas descendo o rio. Como é verdadeiro o ditado: 'Todos se esquecem do chacal e do barbeiro depois que a notícia foi contada!'. E agora ele está indo dormir! Arre!"

"Como um chacal pode caçar com um mugger?", perguntou o Marabu friamente. "Se um ladrão é grande e o outro é pequeno, é fácil ver quem vai ficar com o espólio."

O Chacal se virou, ganindo impaciente, e ia se enroscar na sombra quando, de repente, se encolheu todo e olhou por entre os galhos úmidos da árvore, na direção do trecho da ponte que ficava bem acima da sua cabeça.

"O que foi agora?", perguntou o Marabu, abrindo uma asa, apreensivo.

"Vamos esperar para ver. O vento está soprando de nós para eles, mas eles não estão nos procurando... aqueles dois homens."

"Homens, hein? Meu cargo me protege. Todos na Índia sabem que sou sagrado." O Marabu, por ser um necrófago de primeira classe, pode ir onde quiser e, por isso, esse membro da família não se moveu um centímetro.

"Já eu não valho um golpe de nada melhor que um sapato velho", disse o Chacal, apurando os ouvidos de novo. "Ouça esses passos!", continuou ele. "Isso não é couro de interior, mas o sapato calçado de um cara-branca. Ouça de novo! Ferro batendo em ferro lá em cima! É uma arma! Meu amigo, esses ingleses tolos de passos pesados vieram ter uma conversa com o Mugger."

"Então, vá avisá-lo. Faz bem pouco tempo que ele foi chamado de Protetor dos Pobres por alguém muito parecido com um chacal faminto."

"Que meu primo proteja seu próprio couro. Ele já me falou diversas vezes que não há nada a temer da parte dos caras-brancas. Devem ser caras-brancas. Nenhum aldeão de Mugger-Ghaut ousaria vir atrás dele. Olhe, eu disse que era uma arma! Agora, se tivermos sorte, vamos ter alimento antes do nascer do sol. Ele não consegue escutar bem quando está fora d'água e... dessa vez, não é uma mulher!"

A luz da lua refletiu num cano de arma disposto entre as vigas da ponte, fazendo-o cintilar por um minuto. O Mugger estava deitado no banco de areia, tão imóvel quanto a própria sombra, com as patas da frente um pouco abertas e a cabeça pousada entre elas, roncando como — bem, como um crocodilo.

Uma voz na ponte sussurrou: "É um tiro estranho... quase reto até embaixo... mas não dá para errar. Melhor tentar acertar na nuca. Nossa! Como ele é enorme! Mas o povo da aldeia vai ficar maluco se ele levar um tiro. É o *deota* (divindade) desse lugar".

"Não quero nem saber", respondeu outra voz. "Ele matou quinze dos meus melhores *coolies* quando a ponte estava sendo construída e já está na hora de acabar com sua raça. Faz semanas que estou num barco atrás dele.

Fique pronto para usar o Martini[24] assim que eu descarregar esses dois canos nele."

"Cuidado com o recuo, então. Uma arma de calibre quatro não é brincadeira."

"Isso ele é quem vai decidir. Lá vai!"

Ouviu-se um estrondo parecido com o som de um pequeno canhão (os rifles maiores de caçar elefante fazem quase tanto barulho quanto um) e um rastro duplo de fogo, seguido pelo estalo forte de um Martini, cujas balas longas são mais que páreo para a carapaça de um crocodilo. Mas as balas explosivas já tinham resolvido o assunto. Uma delas entrou bem na nuca do Mugger, a um palmo da espinha, enquanto a outra explodiu um pouco mais para baixo, no começo do rabo. Em noventa e nove por cento dos casos, um crocodilo mortalmente ferido consegue se arrastar até o fundo do rio e fugir; mas o Mugger de Mugger-Ghaut tinha sido literalmente arrebentado em três pedaços. Ele mal moveu a cabeça antes de sua vida expirar, e então ficou ali, tão achatado quanto o Chacal.

"Trovões e raios! Raios e trovões!", disse o infeliz animalzinho. "Será que aquela coisa que puxa os vagões por sobre a ponte finalmente despencou?"

"Foi apenas uma arma", disse o Marabu, embora até as penas da sua cauda estivessem tremendo. "Apenas uma arma. Ele está morto, com certeza. Lá vêm os caras-brancas."

Os dois ingleses tinham descido correndo a ponte e subido o banco de areia, onde ficaram admirando o comprimento do Mugger. Então um nativo cortou a cabeçorra do bicho com um machado e quatro homens o arrastaram pela areia.

"Da última vez em que enfiei a mão na boca de um mugger", disse um dos ingleses, se abaixando (era o homem que havia construído a ponte),[25] "tinha mais ou menos cinco anos de idade e estava descendo o rio de barco, vindo de Monghyr. Eu fui um filho da Revolta, como eles dizem. Minha pobre mãe estava no barco também e ela sempre me contava sobre como tinha usado a pistola velha do meu pai para atirar na cabeça do monstro."

"Bom, você sem dúvida se vingou do chefe do clã — apesar de a arma ter feito seu nariz sangrar. Ei, barqueiros! Arrastem essa cabeça até a margem que vamos botá-la para ferver e ficar com o crânio. A pele está arrebentada demais para guardar. Vamos dormir, então. Valeu a pena passar a noite em claro por isso, não valeu?"

Curiosamente, o Chacal e o Marabu disseram exatamente a mesma coisa menos de três minutos depois de os homens irem embora.

CANÇÃO DA ONDA

Chegou à margem a ondulação
Queimando no sol dourado
Tocou da donzela a mão
Tendo pelo vau regressado

Ó jovem dos pés delicados
Descanse[26] *aqui do outro lado*
Disse a onda, "Espere, dama,
É a morte que te chama!"

Quando meu amor chama, eu vou
Não hei de tratá-lo com frieza
Foi um peixe que a onda causou
Pulando na água com firmeza

Ó jovem dos pés delicados
Atravesse com cuidado
Disse a onda, "Espere, dama,
É a morte que te chama!"

Não casará a donzela
Desdenhosa, diz o ditado
A onda deu na cintura dela
E o rio ficou mais agitado

Moça tola atravessou
À terra nunca chegou
Lá longe, a ondulação fugiu,
E de carmim se tingiu!

O *ankus* do rei*

Desde o dilúvio, esses quatro não se cansam: tudo o que existe, consomem
A boca de Jacala, a pança do abutre, as mãos do macaco e os olhos de homem.
Ditado da Selva[1]

Kaa, o enorme Píton da Pedra, tinha acabado de mudar de pele, talvez pela ducentésima vez[2] desde que nascera; e Mowgli, que nunca se esquecera que devia a vida a ele desde aquela noite nos Antros Gelados,[3] da qual você talvez se lembre, foi lhe dar os parabéns. Mudar de pele sempre deixa uma cobra emburrada e deprimida até que a nova comece a brilhar e ficar bonita. Kaa não caçoava mais de Mowgli; pelo contrário, ele, assim como o resto do Povo da Selva, considerava o menino o Senhor da Selva, e lhe dava todas as notícias que um píton do seu tamanho naturalmente descobria. Kaa sabia tanto

* Publicado pela primeira vez na revista *St. Nicholas* em março de 1895 com ilustrações de W. A. C Pape. Na revista, o conto começa assim: "Essas histórias da Selva são contadas do mesmo jeito que Baloo corria das Abelhas da Pedra — tanto de trás para a frente quanto de frente para trás; e você precisa aceitá-las de qualquer jeito — assim como a rã aceitou as formigas brancas depois das chuvas". Esse primeiro parágrafo foi omitido das edições em livro. Já foi sugerido que "O conto do vendedor de indulgências", de Geoffrey Chaucer, foi uma das fontes de inspiração para este conto.

sobre o que eles chamam de Selva do Meio — ou seja, a vida que corre perto da terra ou debaixo dela, a vida das pedras, das tocas e dos troncos de árvore — que aquilo que não conhecia poderia ser escrito na menor das suas escamas.

Naquela tarde, Mowgli tinha se sentado no meio de um círculo formado pela pele fina e quebradiça de Kaa, que estava espalhada por entre as pedras em enormes espirais, do jeitinho que a cobra a deixara. Kaa, com grande gentileza, se enroscara sob os ombros largos e nus de Mowgli, de modo que o menino estava recostado numa espécie de poltrona viva.

"Até as escamas dos olhos são perfeitas", sussurrou Mowgli, brincando com a pele antiga. "É estranho ver aquilo que cobre sua cabeça descartado aos seus pés!"

"Sim, mas eu não tenho pés", disse Kaa. "E, como esse é o costume de todo o meu povo, não o considero estranho. Nunca sentes que tua pele está velha e áspera?"

"Quando sinto isso vou me lavar, Cabeça Chata; mas é verdade, quando está muito calor eu já quis poder despojar-me da minha pele sem sentir dor e andar por aí sem ela."

"Eu me lavo, mas *também* me despojo da minha pele. Que tal minhas escamas novas?"

Mowgli correu a mão pelo desenho em diagonal das costas imensas da cobra. "A tartaruga tem costas mais duras, mas não tão coloridas", disse ele sentenciosamente. "A rã, que me deu seu nome, é mais colorida, mas não tão dura. É muito bonito de ver — como as pintinhas das pétalas de um lírio."

"Ela precisa de água. A cor de uma pele nova só aflora direito depois do primeiro banho. Vamos dar um mergulho."

"Eu te levo", disse Mowgli; e ele se agachou, rindo, para levantar a parte do meio do gigantesco corpo de Kaa, bem onde a circunferência era maior. Foi como se um homem tentasse erguer um cano de sessenta centímetros de diâmetro; e Kaa ficou com o corpo mole, bufando e achando graça. Então começou a brincadeira de todas as tardes — o menino no auge da sua força e o píton com a suntuosa pele nova se enfrentando numa luta, uma prova de agilidade e resistência. É claro que Kaa podia esmigalhar uma dúzia de Mowglis se realmente quisesse; mas ele brincava com cuidado e nunca usava mais de um décimo da sua força. Desde que Mowgli ficara forte o suficiente para aguentar algumas pancadas, Kaa lhe ensinara esse jogo, que lhe fortalecia os músculos melhor que qualquer outra atividade. Às vezes, o menino ficava enrolado quase até a altura do pescoço nas espirais do corpo de Kaa, tentando soltar um dos braços e agarrá-lo pelo pescoço. Então Kaa relaxava um pouco o corpo e Mowgli, movendo os dois pés bem depressa, tentava impedir o movimento daquela imensa cauda que era jogada para trás, em busca de uma pedra ou um toco de árvore onde se firmar. Eles oscilavam juntos, se encarando, com cada um esperando uma chance, até que aquela bela estátua virava um redemoinho de escamas pretas e amarelas e pernas e braços se debatendo para ver quem levava a melhor. "Agora! Agora! Agora!", dizia Kaa, fazendo avanços com a cabeça que nem as mãos rápidas de Mowgli conseguiam aparar. "Olha! Estou te pegando aqui, Irmãozinho! Aqui e aqui! Tuas mãos estão dormentes? E agora aqui!"

A brincadeira sempre acabava do mesmo jeito — com um golpe reto e firme da cabeça da cobra que fazia o menino rolar várias vezes no chão. Mowgli não conseguia aprender a se proteger daquela estocada rápida como um raio e, como Kaa dizia, nem valia a pena tentar.

"Boa caçada!", grunhiu Kaa no final; e Mowgli, como sempre, estava esparramado no chão a seis metros dali, rindo, ofegante. Ele se levantou com os dedos todos sujos de grama e seguiu Kaa até o lugar onde a sábia cobra se banhava — um lago escuro de águas pretas retintas cercado por pedras e cheio de tocos de árvore submersos que o tornavam mais interessante. O menino mergulhou como o Povo da Selva faz — sem emitir um som — e nadou até o outro lado; emergiu também sem emitir um som e virou de barriga para cima, pondo os braços sob a cabeça, observando a lua que surgia por trás das pedras e quebrando o reflexo dela com os dedos dos pés. A cabeça em forma de diamante de Kaa cortou o lago como uma lâmina e veio pousar no ombro de Mowgli. Eles ficaram ali parados, se deliciando a boiar na água fresca.

"Isso é *muito* bom", disse Mowgli depois de alguns instantes, sentindo-se sonolento. "Na Alcateia dos Homens, a essa hora, lembro que eles iam se deitar em cima de pedaços duros de madeira dentro daquelas armadilhas de barro e, depois de ter o cuidado de impedir todos os ventos bons de entrar, punham um pano sujo sobre as cabeças pesadas e emitiam canções perversas pelo nariz. É melhor na Selva."

Uma naja apressada deslizou por uma pedra abaixo, bebeu um pouco de água, desejou-lhes "Boa caçada!" e foi embora.

"Ssss", sibilou Kaa, como se tivesse se lembrado de alguma coisa de repente. "Então a Selva te dá tudo que desejas, Irmãozinho?"

"Nem tudo", disse Mowgli, rindo; "ou haveria um novo Shere Khan bem forte para matar a cada lua. *Agora* eu conseguiria matá-lo com minhas próprias mãos, sem ajuda dos búfalos. E também já quis que o sol brilhasse no meio das chuvas e que as chuvas cobrissem o sol no verão escaldante; e nunca estou de estômago vazio, mas sempre tenho vontade de matar mais um bode; e sempre que mato um bode, gostaria que tivesse sido um cervo; e sempre que mato um cervo, gostaria que tivesse sido um nilgó. Mas todo mundo se sente assim."

"Não tens nenhum outro desejo?", insistiu a enorme cobra.

"O que mais eu poderia desejar? Tenho a Selva e a

Graça da Selva! Existe mais alguma coisa entre o nascer e o pôr do sol?"

"Olha, a naja disse...", começou a explicar Kaa.

"Que naja? Aquela que foi embora agorinha não disse nada. Estava caçando."

"Foi outra."

"Conversas muito com o Povo Venenoso? Eu deixo que sigam seu caminho. Eles carregam a morte nos dentes da frente e isso não é bom, pois são seres muito pequenos. Mas com que capelo falaste?"

Kaa se virou devagar na água como um barco a vapor no mar revolto. "Há três ou quatro luas", disse ele, "fui caçar nos Antros Gelados, lugar do qual, creio eu, tu não deves ter esquecido. E a coisa que estava caçando passou gritando pelos tanques e foi dar naquela casa cuja parede quebrei por ti, enfiando-se no chão."

"Mas o povo dos Antros Gelados não vive em tocas." Mowgli sabia que Kaa estava falando do Povo dos Macacos.

"Essa coisa não estava vivendo, mas procurando viver", respondeu Kaa, com uma leve tremida da língua. "Ela correu para dentro de uma toca muito funda. Eu fui atrás e, depois de matá-la, adormeci. Quando acordei, segui em frente."

"Para dentro da terra?"

"Isso mesmo. Afinal deparei com Capelo Branco (uma naja branca), que falou de coisas sobre as quais nada sei, e me mostrou muitas coisas que nunca vi antes."

"Um bicho novo para comer? E foi uma boa caçada?" Mowgli se virou depressa de lado, interessado.

"Não era bicho nenhum e teria quebrado todos os meus dentes; mas Capelo Branco disse que qualquer homem — e ele falava como alguém que conhece bem essa raça — daria o ar quente dos seus pulmões só para poder ver aquelas coisas."

"Vamos lá olhar", disse Mowgli. "Agora eu me lembrei de que um dia já fui homem."

"Devagar... devagar. Foi a pressa que matou a cobra amarela que comeu o sol. Nós dois conversamos sob a terra e eu falei de ti, dizendo que eras um homem. Capelo Branco, que realmente é tão velho quanto a Selva, disse: 'Faz tempo que não vejo um homem. Que ele venha e veja essas coisas, pela menor das quais muitos homens morreriam'."

"*Deve* ser um bicho novo. Mas o Povo Venenoso não nos conta quando há algo bom para caçar. Não é um povo amistoso."

"*Não* é um bicho. É... é... eu não sei o que é."

"Vamos lá. Nunca vi um capelo branco e quero ver as outras coisas. Ele as matou?"

"São coisas já mortas. Ele diz que é o guardião de todas elas."

"Ah! Como um lobo guarda a carne que levou para a sua toca. Vamos lá."

Mowgli nadou até a margem, rolou na grama para se secar e os dois foram para os Antros Gelados, a cidade abandonada da qual você já deve ter ouvido falar. Mowgli não tinha mais o menor medo do Povo dos Macacos naquela época, mas o Povo dos Macacos tinha o mais profundo horror de Mowgli. Porém, suas tribos estavam espalhadas pilhando a Selva e, por isso, os Antros Gelados estavam vazios e silenciosos, banhados pela luz da lua. Kaa levou Mowgli até o pavilhão da rainha, que ficava no terraço, deslizou por cima das suas ruínas e mergulhou no buraco da escada quase destruída que saía do seu centro e levava até um local subterrâneo. Mowgli deu o Chamado das Cobras — "Nós somos do mesmo sangue, tu e eu" — e foi atrás de gatinhas. Eles rastejaram durante um longo tempo pela passagem em declive que fazia várias curvas e finalmente foram dar na raiz de uma grande árvore de nove metros de altura que deslocara uma pedra enorme da parede. Passaram pelo buraco e chegaram a uma grande galeria subterrânea, cujo teto em forma de domo também fora quebrado pelas raízes, de modo que alguns raios de sol iluminavam a escuridão.

"Um covil seguro", disse Mowgli, erguendo-se e firmando os pés no chão, "mas fundo demais para visitar todos os dias. E o que há aqui para se ver?"

"Por acaso, eu sou nada?", disse uma voz no meio da galeria; e Mowgli viu algo branco se mover e, pouco a pouco, ergueu-se diante dele a mais imensa naja que o menino encontrara em toda a sua vida — uma criatura com quase dois metros e meio de largura e que, por viver no escuro, se descolorara até ficar do tom de marfim velho. Até as marquinhas redondas que havia no seu capelo aberto tinham ficado da cor amarelo-claro. Seus olhos eram vermelhos como rubis e ele era profundamente assombroso.

"Boa caçada!", disse Mowgli, que sempre levava duas coisas consigo: suas boas maneiras e sua faca.

"Como está a cidade?", disse a Naja Branca, sem responder ao cumprimento. "A enorme cidade murada... cidade de cem elefantes, vinte mil cavalos, gado incontável... cidade do rei que comanda vinte reis? Estou perdendo minha audição e faz tempo que não ouço os tambores de guerra."

"O que está sobre nossa cabeça é a Selva", respondeu Mowgli. "De elefantes, só conheço Hathi e seus filhos. Bagheera matou todos os cavalos de uma aldeia e... o que é um rei?"

"Eu te expliquei", disse Kaa num tom suave para a naja. "Expliquei há quatro luas que tua cidade já não existe."

"A cidade — a grande cidade da floresta cujos portões são guardados pelas torres do rei — jamais perecerá. Eles a construíram antes de o pai do meu pai sair do ovo, e ela durará até que os filhos dos meus filhos estejam tão brancos quanto eu. Salomdhi, filho de Chandrabija, filho de Viyeja, filho de Yegasuri, construída nos dias de Bappa Rawal.[4] E *vós*, sois gado de quem?"

"Perdi o rastro da conversa", disse Mowgli, virando-se para Kaa. "Não entendo o que ele diz."

"Nem eu. Ele é muito velho. Pai das najas, aqui há apenas a Selva e tem sido assim desde o começo."

"Então quem é esse", disse a Naja Branca, "que se senta diante de mim sem medo, que não sabe o nome do rei, que fala como nós por sua boca de homem? Quem é ele, que carrega uma faca, mas tem língua de cobra?"

"Mowgli é como me chamam", disse o menino. "Sou da Selva. Sou do Povo dos Lobos e Kaa, que está aqui, é meu irmão. Quem és tu, pai das najas?"

"Sou o guardião do tesouro do rei. Kurrun Raja construiu a pedra que fica sobre mim, na época em que minha pele era escura, para que eu ensinasse o que é a morte àqueles que entrassem aqui para roubar. Então eles baixaram o tesouro até essa caverna e eu ouvi a canção dos brâmanes, meus mestres."

"Huuum", disse Mowgli de si para si. "Já lidei com um brâmane na Alcateia dos Homens e... sei o que sei. O mal vai surgir aqui em pouco tempo."

"Desde que minha guarda começou, a pedra foi erguida cinco vezes, mas sempre para pôr mais, nunca para tirar. Não há riquezas como as daqui — os tesouros de cem reis. Mas faz muito, muito tempo desde que a pedra foi movida pela última vez e eu acho que minha cidade me esqueceu."

"Não há cidade. Olha para cima. Lá estão as raízes das árvores enormes, afastando as pedras umas das outras. Árvores e homens não crescem no mesmo lugar", insistiu Kaa.

"Duas e três vezes os homens encontraram o caminho que vem dar aqui", respondeu a Naja Branca, furiosamente. "Mas só disseram algo quando eu surgi diante deles me arrastando na escuridão, e então gritaram durante pouco tempo. Mas *vós* vindes aqui com mentiras, tanto o homem quanto a cobra, querendo me fazer acreditar que minha cidade não existe mais e que minha guarda chegou ao fim. Os homens mudam pouco com o passar dos anos. Mas *eu* não mudo nunca! Até que a pedra seja erguida e os brâmanes desçam cantando as canções que conheço, e me deem leite quente para comer, e me levem para a luz de novo, eu... eu... *eu* e mais ninguém serei o guardião do tesouro do rei! Vós dizeis que a cidade está morta e que aquelas são as raízes das árvores? Então abaixai e pegai e o que quiserdes. Não há na terra tesouro como esse. Homem com língua de cobra, se conseguires sair vivo pelo caminho pelo qual entraste, reis inferiores serão teus servos!"

"Perdi o rastro de novo", disse Mowgli com frieza. "Será que um chacal conseguiu descer tão fundo e morder o grande Capelo Branco? Ele certamente é louco. Pai das najas, não vejo nada aqui que desejo levar."

"Pelos deuses do sol e da lua, é loucura de morte a que acomete o menino!", sibilou a naja. "Antes que teus olhos se fechem, te concederei essa graça. Olha e vê o que nenhum homem viu antes!"

"Dá-se mal quem na Selva fala em conceder graças a Mowgli", disse o menino com os dentes cerrados. "Mas a escuridão muda tudo, eu bem sei. Vou olhar, se isso te satisfaz."

Ele apertou os olhos e observou a galeria em torno, erguendo então do chão um punhado de algo que brilhava.

"Ora!", disse. "Isso parece com aquelas coisas com as quais eles gostavam de brincar na Alcateia dos Homens; mas são amarelas, enquanto as de lá eram marrons."

Ele largou as moedas de ouro e seguiu em frente. O chão da galeria estava coberto por uma camada de quase dois metros de altura de moedas de ouro e prata que tinham saído dos sacos onde originalmente haviam sido guardadas e, com a passagem de muitos anos, o metal tinha se amalgamado até parecer a areia molhada na maré baixa. Sobre ele, dentro dele e saindo dele como pedaços de naufrágios saem da areia estavam *howdahs*[5] de prata trabalhada cravejados de joias, cobertos com placas de ouro marchetado e adornados com granadas e turquesas. Havia palanquins e liteiras onde se carregavam rainhas, feitos de prata esmaltada e tendo varas com castão de jade e anéis de âmbar nas cortinas; candelabros de ouro com esmeraldas penduradas que tremulavam nas hastes; imagens tacheadas de deuses esquecidos, com um metro e meio de altura, feitas de prata e com olhos de gemas; cotas de malha de aço com detalhes em ouro embutido e debruadas com pequenas pérolas enegrecidas e podres; elmos incrustados de rubis sangue de pombo; escudos de laca, de casco de tartaruga e de couro de rinoceronte com tiras e tachões de ouro vermelho e esmeraldas nas bordas; espadas, adagas e facas de caça com punhos de diamante; vasos e conchas de ouro usados em sacrifícios e altares portáteis tão sagrados que nunca tinham visto a luz do dia; cálices e braceletes de jade; queimadores de incenso, pentes e potes para perfume, hena e maquiagem, todos de ouro trabalhado; anéis para dedos e narizes; braceletes, tiaras e cinturões sem conta; cintos de sete dedos de largura com diamantes quadrados e rubis; e caixas com três fechos de ferro cuja madeira fora transformada em pó, mostrando a pilha de safiras-estrelas não lapidadas, opalas, crisoberilos, safiras, rubis, diamantes, esmeraldas e granadas que tinham sido guardadas lá dentro.

A Naja Branca tinha razão. Não seriam uns meros vinténs que pagariam aquele tesouro, produto de séculos de guerras, saques, comércio e impostos. Só as moedas eram de um valor incalculável, sem levar em conta todas as pedras preciosas; e o peso apenas do ouro e da prata talvez chegasse a trezentas toneladas. Todos os governantes nativos da Índia, por mais pobres que sejam, têm uma pilha assim, à qual sempre acrescentam coisas; e, embora de muito em muito tempo algum príncipe esclarecido às vezes mande quarenta ou cinquenta carroças repletas de prata para ser trocadas pela proteção do governo, a imensa maioria guarda seus tesouros e o local onde estão escondidos com muito ciúme.

Mas Mowgli, naturalmente, não entendia o que aquelas coisas significavam. As facas o deixaram um pouco interessado, mas não tinham o peso tão bom quanto o da sua e, assim, ele as largou no chão. Afinal, encontrou algo de fato fascinante disposto diante de um *howdah* quase coberto de moedas. Era um *ankus*, um aguilhão de elefante, de cerca de sessenta centímetros de comprimento — mais ou menos do tamanho de um croque, aqueles pedaços de madeira com um gancho numa das pontas que ajudam a ancorar os barcos pequenos. O castão era um rubi redondo e brilhante e o punho de vinte centímetros era todo incrustado de turquesas muito juntas, o que o tornava bastante fácil de segurar. Abaixo dele havia uma borda de jade com um desenho de flores — só que as folhas eram esmeraldas e as pétalas eram rubis presos na pedra verde. O resto do punho era do mais puro marfim, enquanto a ponta afiada era de ferro com detalhes em ouro e desenhos de caçadas de elefantes; e esses desenhos atraíram Mowgli, que viu que eles tinham algo a ver com seu amigo Hathi.

A Naja Branca estava observando-o atentamente.

"Não vale a pena morrer para ver isso?", perguntou a cobra. "Não te concedi uma imensa graça?"

"Não entendo", disse Mowgli. "Essas coisas são duras e frias e nada boas de comer. Mas isso", continuou ele, erguendo o *ankus*, "eu desejo levar para poder ver à luz do sol. Tu dizes que tudo isso é teu. Tu me dás se eu te trouxer rãs para comer?"

A Naja Branca quase estremeceu de deleite perverso. "É claro que darei", disse ele. "Darei tudo que está aqui dentro... até que vás embora."

"Mas vou agora. Este lugar é escuro e frio e eu desejo levar essa coisa de ponta de espinho para a Selva."

"Olha perto do teu pé! Que há aí?"

Mowgli apanhou algo branco e liso. "É o osso da cabeça de um homem", disse ele, muito sério. "E ali há mais dois."

"Eles vieram levar o tesouro há muitos anos. Conversei com eles no escuro e não se moveram mais."

"Mas por que eu haveria de precisar dessa coisa chamada tesouro? Se quiseres me dar o *ankus* para levar, foi uma boa caçada. Se não, foi uma boa caçada de qualquer maneira. Não brigo com o Povo Venenoso e também aprendi a Palavra Mestra da tua tribo."

"Só há uma Palavra Mestra aqui. E ela é minha!"

Kaa avançou com os olhos em chamas. "Quem me mandou trazer o homem aqui?", sibilou ele.

"Eu, é certo", ceceou a velha naja. "Faz tempo que não vejo um homem e esse fala nossa língua."

"Mas ninguém falou em matar. Como posso voltar para a Selva e dizer que o atraí para a morte?", disse Kaa.

"Eu não falo em matar até que chegue a hora. E se queres saber como vais voltar, ali está o buraco na parede. Silêncio agora, gordo matador de macacos! Basta que eu toque teu pescoço que a Selva não te verá mais. Jamais entrou aqui um homem que saiu com ar sob as costelas. Sou o guardião do tesouro da cidade do rei!"

"Mas, seu verme branco da escuridão, estou te dizendo que não há nem rei nem cidade! A Selva cobre tudo!", gritou Kaa.

"Ainda há o tesouro. E eu posso fazer isso. Espera um pouco, Kaa das Pedras, e vê o menino correr. Há espaço para uma boa perseguição aqui. A vida é boa. Corre de um lado para o outro um pouco e me diverte, menino!"

Mowgli pôs a mão sobre a cabeça de Kaa, devagar.

"A coisa branca só lidou com homens da Alcateia dos Homens até agora. Não me conhece", sussurrou ele. "Ele pediu por essa caçada. E a terá." Mowgli estava de pé, segurando o *ankus* com a ponta virada para baixo. Ele atirou-o depressa, atravessando o capelo da enorme naja e prendendo-a ao chão. Num átimo, o peso de Kaa estava sobre o corpo que se contorcia, paralisando-o do capelo ao rabo. Os olhos vermelhos ardiam e os quinze centímetros da cabeça que haviam ficado livres davam botes furiosos à esquerda e à direita.

"Mata!", disse Kaa enquanto Mowgli levava a mão à faca.

"Não", disse ele, abrindo a lâmina. "Jamais voltarei a matar, a não ser para comer. Mas olha, Kaa!" Ele pegou a cobra pela parte de trás do capelo, forçou-a a abrir a boca com a lâmina da faca e mostrou as terríveis presas de onde saía o veneno, que estavam negras e mortas na gengiva superior. A Naja Branca tinha vivido mais que seu veneno, como às vezes acontece com as cobras. "*Thuu*"[6] ("Está seco"),[7] disse Mowgli; e, mandando Kaa se afastar com um gesto, ele pegou o *ankus*, libertando a Naja Branca.

"O tesouro do rei precisa de um novo guardião", disse ele gravemente. *Thuu*, não te saíste bem. Corre de um lado para o outro e me diverte, *Thuu*!"

"Fui desonrado. Mata-me!", sibilou a Naja Branca.

"Falou-se demais em matar. Vamos embora agora. Vou levar a coisa da ponta de espinho, *Thuu*, porque briguei contigo e ganhei."

"Toma cuidado, então, para que essa coisa não acabe te matando. Ela é a morte! Lembra, é a morte! Há o suficiente nela para matar os homens de toda a minha cidade. Tu não a terás por muito tempo, homem da Selva, nem aquele que a tomar de ti. Vão matar, matar e matar por ela! Minha força secou, mas o *ankus* fará meu trabalho. Ele é a morte! A morte! A morte!"

Mowgli saiu rastejando pelo buraco, indo dar de novo na passagem, e a última coisa que viu foi a Naja Branca dando botes furiosos com suas presas inofensivas nos rostos dourados e impassíveis dos deuses que estavam deitados no chão, sibilando: "É a morte!".

Eles ficaram felizes de se ver mais uma vez na luz do

dia; e, quando Mowgli já estava na sua própria Selva, fazendo o *ankus* brilhar com os raios da manhã, sentiu-se quase tão feliz quanto quando encontrava um ramo novo de flores para pôr no cabelo.

"Isso brilha mais que os olhos de Bagheera", disse, deliciado, rodando o rubi. "Vou mostrá-lo a ele; mas o que *Thuu* quis dizer quando falou em morte?"

"Não sei dizer. Estou triste até a pontinha do rabo por ele não ter sentido tua faca. Sempre há mal nos Antros Gelados — sobre o chão e sob ele. Mas agora estou com fome. Vais caçar comigo nessa alvorada?", perguntou Kaa.

"Não; Bagheera tem de ver essa coisa. Boa caçada!" E Mowgli saiu dançando, rodopiando o grande *ankus* e parando de tempos em tempos para admirá-lo, até chegar à parte da Selva onde Bagheera quase sempre ficava e encontrá-lo bebendo água depois de um farto jantar. Mowgli lhe contou todas as suas aventuras do começo ao fim e Bagheera ficou farejando o *ankus* enquanto escutava. Quando Mowgli chegou às palavras finais da Naja Branca, Bagheera ronronou de aprovação.

"Então o que o Capelo Branco disse é assim mesmo?", perguntou Mowgli depressa.

"Eu nasci nas jaulas do rei em Oodeypore, e tenho no estômago um pouco de conhecimento sobre os homens. Muitos deles matariam três vezes numa noite só para obter aquela pedra vermelha."

"Mas a pedra torna a coisa pesada; minha faquinha brilhante é melhor. E... vê! A pedra vermelha não é boa de comer. Então *por que* matariam?

"Mowgli, vai dormir. Tu viveste entre os homens e..."

"Eu me lembro. Os homens matam quando não caçam; por prazer e até sem motivo. Acorda de novo, Bagheera. Para que foi feita essa coisa de ponta de espinho?"

Bagheera entreabriu os olhos — estava com muito sono — e neles surgiu um brilho de malícia.

"Foi feita pelos homens para enfiar na cabeça dos filhos de Hathi e tirar sangue deles. Já vi outros parecidos nas ruas de Oodeypore, diante das nossas jaulas. Essa coisa já provou o sangue de muitos como Hathi."

"Mas por que eles os enfiam na cabeça dos elefantes?"

"Para ensinar a eles a Lei dos homens. Como não têm nem garras nem dentes, os homens fazem coisas como essa... e outras piores."

"Sempre vejo mais sangue quando me aproximo dos homens, mesmo nas coisas que eles fabricam!", disse Mowgli com nojo. Estava um pouco cansado do peso do *ankus*. "Se soubesse, não teria levado isso. Primeiro foi o sangue de Messua nas amarras e agora é o de Hathi. Não vou mais usá-lo. Vê!"

O *ankus* brilhou enquanto voava pelos ares, enfiando-se com a ponta para baixo a cinquenta metros de distância[8] dali, em meio às árvores. "Assim, limpo minhas mãos da morte", disse Mowgli, esfregando as mãos na terra fresca e úmida. "*Thuu* disse que a morte ia me seguir. Ele é velho, branco e louco."

"Branco ou preto, morte ou vida, *eu* estou indo dormir, Irmãozinho. Não consigo caçar a noite toda e uivar o dia todo, como fazem alguns."

Bagheera foi para um covil de caça que conhecia a cerca de três quilômetros dali. Mowgli subiu facilmente numa árvore conveniente, amarrou três ou quatro trepadeiras umas nas outras e, em menos tempo do que o necessário para explicar o que fez, já estava se balançando numa rede a quinze metros do chão. Embora a luz do dia não o desagradasse tanto, ele seguia o hábito dos amigos e a usava o mínimo que podia. Quando acordou em meio aos povos muito gritalhões que viviam nas árvores, já estava na hora do crepúsculo de novo; Mowgli então lembrou que estivera sonhando com as lindas pedras que tinha jogado fora.

"Vou pelo menos olhar a coisa de novo", disse, deslizando por uma trepadeira até a terra; mas Bagheera chegara antes dele. Mowgli ouviu-o farejando à meia-luz.

"Onde está a coisa de ponta de espinho?", perguntou o menino.

"Um homem pegou. Aqui está seu rastro."

"Agora vamos ver se *Thuu* falou a verdade. Se a coisa pontuda é mesmo a morte, esse homem vai morrer. Vamos segui-lo."

"Vamos matar primeiro", disse Bagheera. "Um estômago vazio cria olhos desatentos. Os homens andam muito devagar e a Selva está tão úmida que manterá a mais leve das marcas no lugar."

Eles mataram assim que puderam, mas tinham se passado quase três horas quando terminaram de comer e beber e começaram a seguir os rastros do homem. O Povo da Selva sabe que nada compensa uma refeição apressada.

"Achas que a coisa pontuda vai se virar nas mãos do homem e matá-lo?", perguntou Mowgli. "*Thuu* disse que ela era a morte."

"Vamos ver quando o encontrarmos", disse Bagheera, trotando com a cabeça baixa. "É um bicho só", afirmou ele, querendo dizer que havia apenas um homem, "e o peso da coisa o fez enfiar o calcanhar fundo no chão."

"Hai! Está mais claro que o relâmpago de verão", respondeu Mowgli; e eles passaram a caminhar no passo apressado e irregular de quem segue um rastro, alternando entre a escuridão e a luz da lua e seguindo as marcas deixadas por aqueles dois pés descalços.

"Agora, ele começou a correr depressa", disse Mowgli. "Os dedos dos pés estão separados." Ele seguiu por um pedaço de terra molhada. "E por que se virou aqui?"

"Espera!", disse Bagheera atirando-se o máximo que pôde para a frente com um pulo magnífico. A primeira coisa a fazer quando uma trilha deixa de se explicar é sair dela sem deixar seus próprios rastros confusos no chão.

Bagheera se virou no local onde aterrissou, olhando para Mowgli e exclamando: "Aqui há outro rastro que veio na direção dele. É de um pé menor, esse segundo rastro, e o dedão vira para dentro".

Mowgli correu para olhar. "São os pés de um caçador gondi", disse ele. "Olha! Aqui ele arrastou o arco na grama. É por isso que o primeiro rastro virou para o lado tão depressa. Pé Grande se escondeu de Pé Pequeno."

"É verdade", disse Bagheera. "Agora, para que não estraguemos as marcas cruzando os rastros um do outro, vamos cada um seguir uma trilha. Eu vou atrás de Pé Grande, Irmãozinho, e tu atrás de Pé Pequeno, o gondi."

Bagheera pulou de volta para a trilha original, deixando Mowgli debruçado sobre os curiosos rastros de dedões voltados para dentro do homenzinho selvagem da floresta.

"Primeiro", disse Bagheera, movendo-se passo a passo ao longo da cadeia de pegadas, "eu, Pé Grande, me virei aqui. Depois me escondi atrás de uma pedra e fiquei parado, sem ousar mexer os pés. Explica tua trilha, Irmãozinho."

"Primeiro eu, Pé Pequeno, cheguei a uma pedra", disse Mowgli, correndo pela sua trilha. "Depois me sentei debaixo da pedra, apoiado na mão direita e com o arco pousado entre os dedos dos pés. Esperei por um longo tempo, pois a marca dos meus pés está funda aqui."

"Eu também", disse Bagheera, escondido atrás da pedra. "Esperei, pousando a ponta da coisa de ponta de espinho sobre uma pedra. Ela escorregou, pois aqui está um arranhão na pedra. Explica tua trilha, Irmãozinho."

"Um... dois gravetos e um galho grande estão quebrados aqui", disse Mowgli baixinho. "E então, como explicar *isso*? Ah! Está claro agora. Eu, Pé Pequeno, fui embora fazendo barulho e pisando firme para que Pé Grande me ouça." Ele se afastou da pedra passo a passo até dar entre as árvores, com a voz ficando mais alta conforme se distanciava, chegando então a uma pequena cascata. "Eu... fui... até... bem... longe... onde... o... ruído... da...

água... caindo... abafou... meus... ruídos; e... aqui... esperei. Explica tua trilha, Bagheera, Pé Grande!"

A pantera estivera procurando em todas as direções para ver como a trilha de Pé Grande se afastava de trás da pedra. Então, começou a falar.

"Eu saí de trás da pedra de joelhos, arrastando a coisa com ponta de espinho. Como não vi ninguém, corri. Eu, Pé Grande, corri depressa. A trilha está clara. Vamos cada um seguir a sua. Vou correndo!"

Bagheera disparou ao longo da trilha bem marcada e Mowgli seguiu os passos do gondi. Durante algum tempo, fez-se silêncio na Selva.

"Onde estás, Pé Pequeno?", gritou Bagheera. A voz de Mowgli respondeu a menos de cinquenta metros à direita.

"Hum!", disse a pantera com uma bufada grave. "Os dois correram lado a lado, se aproximando!"

Eles seguiram depressa por mais oitocentos metros, sempre mantendo a mesma distância um do outro, até que Mowgli, cuja cabeça não estava tão próxima do chão quanto a de Bagheera, exclamou: "Eles se encontraram. Foi uma boa caçada... olha! Aqui estava Pé Pequeno com o joelho sobre uma pedra... e mais ali, Pé Grande".

A menos de dez metros diante deles, deitado sobre uma pilha de pedras quebradas, estava o corpo de um homem de uma das aldeias do distrito com uma flecha fininha de penas pequenas, típica dos gondi, atravessada nas costas e no peito.

"Por acaso *Thuu* era tão velho e tão louco assim, Irmãozinho?", perguntou Bagheera docemente. "Aqui está pelo menos uma morte."

"Vamos continuar a seguir. Mas onde está o bebedor de sangue de elefante? O espinho do olho vermelho?"

"Está com Pé Pequeno... ou não. Agora, a trilha voltou a ser de um bicho só."

Os rastros de um homem leve que tinha corrido depressa enquanto segurava um peso no ombro esquerdo rodeavam um longo vale de grama seca, onde cada pegada parecia marcada a ferro quente ao olhar aguçado dos rastreadores.

Nenhum dos dois disse uma palavra até a trilha ir dar nas cinzas de uma fogueira de acampamento escondida numa ravina.

"Mais um!", disse Bagheera, estacando como se tivesse sido transformado em pedra.

O corpo do gondi franzino estava estirado no chão com os pés nas cinzas. Bagheera lançou um olhar interrogativo a Mowgli.

"Essa morte foi feita com um bambu", disse o menino, depois de uma rápida olhada. "Usei algo parecido com os búfalos quando servi a Alcateia dos Homens. O Pai das Najas — de quem me sinto triste por ter caçoado — conhecia bem essa raça, e eu já devia conhecer também. Não disse que os homens matam sem motivo?"

"Na verdade, matam por pedras vermelhas e azuis", respondeu Bagheera. "Lembra que *eu* já estive nas gaiolas do rei em Oodeypore."

"Um, dois, três, quatro rastros", disse Mowgli, debruçando-se sobre as cinzas. "Quatro rastros de homens com pés calçados. Eles não andam tão depressa quanto os gondis. Mas que mal o pequeno caçador da floresta lhes fizera? Vê, eles ficaram conversando, todos os cinco, de pé, antes de o matarem. Bagheera, vamos voltar. Meu estômago está pesado dentro de mim, mas ainda pula para cima e para baixo como um ninho de papa-figos na ponta de um galho."

"Não é uma boa caçada deixar a presa escapar. Segue!", disse a pantera. "Esses oito pés calçados não foram longe."

Nada mais foi dito durante quase uma hora, enquanto eles seguiam a trilha larga dos quatro homens com pés calçados.

O sol já estava alto e quente quando Bagheera disse: "Sinto cheiro de fumaça".

"Os homens sempre sentem mais vontade de comer que de correr", respondeu Mowgli, trotando em zigue-zague por entre os arbustos baixos da nova Selva que eles estavam explorando. Bagheera, um pouco à esquerda, emitiu um som indescritível pela garganta.

"Aqui está um que nunca mais vai comer nada", disse ele. Uma trouxa tinha se aberto e havia algumas roupas coloridas espalhadas sob um arbusto; em torno delas, havia um pouco de farinha no chão.

"Isso foi feito pelo bambu também", disse Mowgli. "Vê! Aquele pó branco é o que os homens comem. Eles mataram esse aqui... que carregava sua comida... e o deram de comer para Chil, o Abutre."

"É o terceiro", disse Bagheera.

"Vou levar rãs novas e grandes para o Pai das Najas e deixá-lo gordo de tanto comer", disse Mowgli de si para si. "Esse bebedor de sangue de elefante é a morte em pessoa... mas ainda não entendo!"

"Segue!", disse Bagheera.

Eles não tinham percorrido nem oitocentos metros quando ouviram Ko, o Corvo, cantando uma canção fúnebre no topo de uma tamargueira sob cuja sombra estavam três homens deitados. Um fogo quase apagado soltava fumaça no centro de um círculo, sob uma placa de ferro onde havia uma broa queimada de pão sem fermento. Perto do fogo, lampejando à luz do sol, estava o *ankus* coberto de rubis e turquesas.

"Essa coisa trabalha rápido; tudo termina aqui", disse Bagheera. "Como esses morreram, Mowgli? Não há qualquer marca em nenhum deles."

Um habitante da Selva aprende, através da experiência, tanto quanto muitos médicos sobre plantas e frutinhas venenosas. Mowgli cheirou a fumaça que saía do fogo, arrancou um pedaço do pão enegrecido, provou-o e cuspiu-o.

"Maçã da Morte", disse ele, tossindo. "O primeiro

deve ter posto na comida para esses aqui, que o mataram, depois de ter matado o gondi."

"Uma boa caçada mesmo! Uma morte atrás da outra", disse Bagheera.

"Maçã da Morte" é o nome dado na Selva à figueira-do-inferno ou datura, o veneno mais rápido de toda a Índia.

"E agora?", disse a pantera. "Será que tu e eu vamos precisar matar um ao outro por aquele algoz dos olhos vermelhos?"

"Será que ele sabe falar?", perguntou Mowgli num sussurro. "Será que eu o ofendi quando o atirei longe? Não pode fazer mal a nós dois, pois não desejamos o que os homens desejam. Se for deixado aqui, certamente continuará a matar um homem depois do outro, tão depressa quanto caem nozes com o vento forte. Não amo os homens, mas nem eu desejo ver morrer seis numa noite."

"De que isso importa? São apenas homens. Mataram uns aos outros e ficaram muito satisfeitos", disse Bagheera. "O primeiro homenzinho da floresta caçava bem."

"Ainda assim, eles são como filhotes; e um filhote se afoga para morder a luz da lua refletida na água. A culpa foi minha", disse Mowgli, falando como se entendesse tudo. "Nunca mais trarei coisas estranhas para a Selva... nem se forem tão belas quanto flores. Isso", disse ele, pegando o *ankus* com cuidado, "vai voltar para o Pai das Najas. Mas, primeiro, precisamos dormir e não podemos dormir ao lado desses que dormem. E também precisamos enterrar *isso*, para que ele não fuja e mate mais seis. Cava um buraco para mim debaixo daquela árvore."

"Mas, Irmãozinho", disse Bagheera, indo para o lugar que o menino havia indicado, "estou lhe dizendo que isso não foi culpa do bebedor de sangue. O problema são os homens."

"É a mesma coisa", disse Mowgli. "Cava um buraco fundo. Quando acordarmos, eu pego isso e o levo de volta."

* * *

Duas noites depois, enquanto a Naja Branca se lamentava em meio à escuridão da galeria subterrânea, desonrada, roubada e sozinha, o *ankus* de turquesa entrou girando pelo buraco na parede e caiu com estrépito sobre o chão de moedas de ouro.

"Pai das Najas", disse Mowgli, tomando o cuidado de se manter do outro lado da parede, "arruma um membro jovem e forte do teu povo para ajudar-te a guardar o tesouro do rei, para que nenhum outro homem saia daqui vivo."

"Ah! Então ele voltou. Eu disse que aquilo era a morte. Como é possível que ainda estejas vivo?", murmurou a velha naja, se enroscando amorosamente no punho do *ankus*.

"Pelo touro que me comprou, eu não sei! Essa coisa matou seis vezes numa só noite. Que ela não saia mais daqui."

CANÇÃO DO PEQUENO CAÇADOR

Antes do grito do macaco, antes do voo do pavão
Antes que Chil, o Abutre, mergulhe do céu ao folhedo
Pela Selva, devagar, passa um fantasma na escuridão
Ó Pequeno Caçador, ele é o Medo!
Com passos mansos na clareira, ele fica à espreita
Seu sussurro faz farfalhar todo o arvoredo
O suor te encharca a fronte, a presença que suspeitas
Ó Pequeno Caçador, ela é o Medo!

Quando as pedras ficam estriadas à luz da lua,
Quando as trilhas ficam úmidas no ar azedo,
Surge algo ali atrás — uma sombra má e crua
Ó Pequeno Caçador, ela é o Medo!
Ajoelha-te, pega o arco; manda a flecha pelo ar;
Ataca o arbusto que faz de ti um brinquedo
Mas mostram tuas mãos frouxas e tua face alvar
Ó Pequeno Caçador, que estás com Medo!

Quando o calor sufoca, quando morrem e caem os pinhei- [ros,
Quando a chuva cega açoita até o rochedo;
Há uma voz que é mais alta que o trovão do aguaceiro
Ó Pequeno Caçador, é a do Medo!
As flores estão afogadas, as pedras foram arrastadas
O relâmpago mostra da Selva cada dedo
Mas tua garganta seca, teu coração dispara como uma [boiada!
Ó Pequeno Caçador, isso é o Medo!

Quiquern*

O Povo do Gelo do Leste derrete como a neve
Implora por café e açúcar, vai para onde o ho-
[mem branco o leve.
O Povo do Gelo do Oeste aprende a roubar e
[brigar:
Vende suas peles no posto de troca: vende a
[alma a quem quiser tomar.

O Povo do Gelo do Sul negocia com o barco e
[sua tripulação;
Suas mulheres têm fitas nos cabelos, mas nas
[tendas reina a confusão.
Mas o Povo do Gelo Antigo, que o branco não
[alcança,
Sua tradição persiste e do chifre do narval[1]
[ele faz sua lança!
Tradução

"Ele abriu os olhos. Olhe!"

"Ponha-o dentro da pele de novo. Vai ser um cachorro forte. Na quarta lua, vamos lhe dar um nome."

* Publicado pela primeira vez no *Pall Mall Gazette*, nos dias 24 e 25 de outubro de 1895, e depois na *McClure's Magazine* em novembro de 1895. Kipling nunca atravessou o oceano Ártico e o *Reader's Guide* atribui boa parte das informações de que precisou para escrever este conto a "um explorador que o visitou em Vermont" (ORG, p. 3007), enquanto R. A. Du-

"O nome de quem?", perguntou Amoraq.

Os olhos de Kadlu passaram pela casa de neve toda coberta por peles até pousar num menino de catorze anos chamado Kotuko que estava sentado em cima do banco de dormir, fazendo um botão de marfim de morsa. "Dê-lhe meu nome", disse Kotuko com um sorriso. "Um dia, vou precisar dele."

Kadlu sorriu de volta até que seus olhos ficaram quase cobertos pela gordura das bochechas chatas e assentiu para Amoraq, enquanto a feroz mãe do cãozinho gania por ver seu bebê se remexendo longe do seu alcance na pequena bolsa de pele de foca pendurada sobre o calor da lâmpada a óleo.[2] Kotuko continuou a esculpir o botão e Kadlu atirou uma trouxa de arreios de couro para cachorros num quartinho minúsculo que havia num dos cantos da casa, tirou seu pesado casaco de caça de pele de rena, enfiou-o

---

rand, no livro *A Handbook to the Poetry of Rudyard Kipling* (Nova York: Doubleday, 1914), p. 314, refere-se ao texto de Franz Boas "The Central Eskimo" (1888) como fonte original para o poema "Angutivun Tina" (veja a p. 396 e a nota do poema abaixo). Kipling parece ter se mantido bastante fiel aos relatos de Boas sobre a vida e a mitologia inuíte, mas também deve ter consultado outras fontes (o Círculo Polar Ártico era um tópico bastante popular na Grã-Bretanha no século XIX), pois muitas das palavras nativas do conto não usam a ortografia de Boas.

O "Quiquern" do título "pronuncia-se *Kwai-kern*, e os lugares mencionados no conto podem ser encontrados em mapas daquela região, dentro do Círculo Polar Ártico. Não deixem de procurá-los" (Kipling). De acordo com Boas, "Qiqirn" é um "espírito do qual os nativos sentem grande medo [...] um fantasma que tem a forma de um enorme cão quase sem pelos [...] Se chegar perto de cães ou homens, eles têm ataques de loucura e só se recuperam depois de Qiqirn ir embora. Ele tem um medo profundo dos homens e sai correndo assim que *angakoq* (o feiticeiro da aldeia) denuncia sua presença" (p. 597).

dentro de uma rede feita de barbas de baleia que estava sobre outra lâmpada e sentou-se sobre o banco de dormir para cortar um pedaço de carne de foca congelada até que Amoraq, sua esposa, trouxesse o jantar de sempre, composto por carne cozida e sopa de sangue. Ele tinha saído de madrugada para ir até as tocas das focas que ficavam a treze quilômetros de distância dali, e voltado com três bem grandes. Na metade da passagem ou túnel baixo feito de neve que levava até a porta interna da casa, era possível ouvir os latidos e ganidos dos cães da matilha que puxava seu trenó, se atropelando na briga por um lugar quentinho depois de terem sido liberados do trabalho.

Quando os ganidos ficaram altos demais, Kotuko rolou preguiçosamente para fora do banco de dormir e pegou um chicote com um punho de quarenta e cinco centímetros feito de barba de baleia flexível e uma correia pesada e trançada de mais de sete metros de comprimento. Ficou de gatinhas e entrou na passagem, onde, pelo barulho, parecia que todos os cães estavam comendo-o vivo; mas essa era apenas a algazarra que sempre faziam antes das refeições. Quando Kotuko saiu do outro lado, meia dúzia de cabeças peludas o seguiu com os olhos enquanto ele ia a uma espécie de patíbulo cheio de ganchos feitos de ossos de mandíbula de baleia, onde ficava pendurada a carne dada aos cães; quebrava aquela matéria congelada em pedaços grandes com uma lança de ponta chata; e esperava com uma das mãos na cadeira e a outra segurando a comida. Cada cão era chamado pelo nome — o mais fraco primeiro, e ai daquele que avançasse antes da sua vez, pois o chicote fino disparava como um raio e arrancava mais ou menos um dedo de pelo e couro. Cada cão simplesmente rugia, fechava a mandíbula com um estalo uma vez, engolia depressa sua porção e voltava correndo pela passagem, enquanto o menino ficava de pé na neve sob as luzes fulgurantes da aurora boreal,[3] impondo a lei. O último a ser servido era o enorme líder negro da matilha, que mantinha a ordem quando os cães estavam nos arreios, e, para ele, Kotuko dava ração dupla de carne e também uma chibatada extra.

"Ah!", disse Kotuko, enrolando o chicote. "Tem um pequeno sobre a lâmpada que ainda vai uivar muito. *Sarpok!* Entrem!"

Ele passou rastejando pelos cachorros enroscados, espanou a neve seca do casaco com o batedor de barba de baleia que Amoraq deixava sempre perto da porta, bateu no teto coberto de peles da casa para arrancar qualquer formação de gelo que talvez houvesse pingado do domo do telhado e se aninhou no banco. Os cães na passagem roncavam e ganiam enquanto dormiam, o macho bebê que estava dentro do capuz pesado de pele de Amoraq dava chutes e gania, e a mãe do filhote que tinha acabado de receber seu nome manteve-se deitada ao lado de Kotuko, com os olhos fixos na pele de foca, quentinha e segura sobre a chama larga e amarela da lâmpada.

Tudo isso aconteceu lá longe, no Norte, depois de Labrador; depois do Estreito de Hudson, onde as grandes marés jogam o gelo de um lado para o outro; ao norte da Península de Melville; ao norte até dos Estreitos de Fury e Hecla, que são tão fininhos; no lado norte da Terra de Baffin, onde a Ilha de Bylot se ergue sobre o gelo do Estreito de Lancaster que nem um pudim virado de cabeça para baixo. Sabe-se pouco sobre o que há ao norte do Estreito de Lancaster, exceto que lá ficam Devon do Norte e a Terra de Ellesmere;[4] mas mesmo ali vivem algumas pessoas que são, digamos assim, vizinhas do Polo Norte.

Kadlu era um inuíte — o que algumas pessoas chamam de esquimó[5] — e sua tribo, composta por cerca de trinta pessoas no total, era parte do tununirmiute[6] — povo que vive no lugar que chamam de "a região que fica depois de alguma coisa". Nos mapas, essa costa desolada chama-se Navy Board Inlet,[7] mas o nome inuíte é melhor porque essa região fica depois de todas as coisas do mundo. Durante nove meses por ano, lá há apenas gelo, neve e tempestade atrás de tempestade; e faz um frio que quem nunca viu o termômetro baixar muito de zero não consegue nem imaginar. Durante seis desses nove meses fica tudo escuro, e isso é o mais horrível. Nos três meses de verão, só há gelo dia sim, dia não, e todas as noites, e então a neve começa a derreter nos morros mais ao sul, alguns salgueiros-das-terras-áridas abrem seus botões felpudos e uma ou outra raiz de ouro minúscula finge que vai florescer; praias de cascalho bom e pedras redondas se estendem até o mar aberto e pedras polidas e estriadas emergem da neve granulada. Mas tudo isso dura apenas algumas semanas e o inverno feroz logo toma conta da terra de novo; enquanto no mar as placas de gelo sobem e descem perto do litoral, se batendo, se quebrando e se ajeitando até todas formarem uma só camada de três metros de profundidade que vai da costa até as águas profundas.

No inverno, Kadlu seguia as focas até o extremo da camada de gelo que cobria a terra e atirava sua lança quando elas saíam pelos respiradouros. As focas precisam do mar aberto para viver e pescar peixe, e o gelo às vezes cobre uma distância de cento e trinta quilômetros de água a partir de um pedaço de terra, sem nenhuma ruptura. Na primavera, ele e seu povo se afastavam do gelo que derretia e iam para o interior rochoso da ilha, onde armavam tendas de pele e capturavam pássaros marinhos ou jovens focas que estivessem tomando sol nas praias. Mais tarde, iam mais para o sul da Terra de Baffin, atrás das renas e do estoque de um ano de salmão que conseguiam pescar nas centenas de riachos e lagos do interior; voltando para o Norte em setembro ou outubro para pegar boi-almiscarado[8] e para a caçada às focas que acontecia todo inverno. Esse deslocamento era feito em trenós puxados por cães, que cobriam de trinta a cinquenta quilômetros por dia, ou às vezes pela costa em grandes "barcos das mulheres"[9] feitos de pele, quando os cães e bebês ficavam deitados nos pés das remadoras e as mulheres cantavam ao deslizar de cabo em cabo sobre as águas geladas e calmas. Todos os luxos que os tununirmiutes conhecem vêm do Sul — madeira para os esquis dos trenós, ferro batido para as pontas dos arpões, facas de aço, chaleiras de metal que são muito melhores para fazer comida que do jeito antigo com pedra-sabão,[10] pederneira e aço para fazer fogo e às vezes até fósforos, fitas coloridas para os cabelos das mulheres, espelhinhos baratos e tecido vermelho para debruar os casacos mais chiques de pele de rena. Kadlu usava o lindo chifre branco e retorcido do narval e os dentes do boi-almiscarado (que valem tanto quanto pérolas)[11] para fazer trocas com os inuítes do Sul, e eles, por sua vez, faziam trocas com os baleeiros e as estações de missionários nos Estreitos de Exeter e de Cumberland;[12] e assim ia seguindo a cadeia, até que uma chaleira trazida pelo cozinheiro de um navio do Bazar Bhendy[13] podia, no final da vida, acabar sobre uma lâmpada a óleo em algum lugar do lado mais frio do Círculo Polar Ártico.

Kadlu, por ser um bom caçador, era rico em arpões de ferro, facas de neve, dardos de caçar passarinho e todas as outras coisas que tornam a vida mais fácil no frio profundo, e era o chefe da sua tribo, ou, como eles dizem, "o homem que sabe tudo por experiência".[14] Isso não lhe dava nenhuma autoridade, a não ser pelo fato de que, de tempos em tempos, podia aconselhar seus amigos a ir caçar em outro lugar; mas Kotuko usava o posto do pai para ser um pouco mandão com os outros meninos daquele jeito preguiçoso dos inuítes, quando todos saíam à noite para jogar bola à luz da lua, ou para cantar a Canção da Criança para a aurora boreal.

Mas aos catorze anos um inuíte já se considera um homem, e Kotuko estava cansado de fazer armadilhas para aves selvagens e raposas-kit,[15] e muito cansado de ajudar as mulheres a mastigar as peles de foca e de rena (que é o melhor método de amaciá-las) durante o dia todo enquanto os homens caçavam. Ele queria entrar na *quaggi*, a Casa-da-Canção, quando os caçadores se reuniam ali para falar dos seus mistérios e o *angekok*, o feiticeiro, os assustava até que entrassem nos mais deliciosos transes depois que as lâmpadas eram apagadas, nas ocasiões em que era possível ouvir o Espírito da Rena batendo os cascos no teto e, se alguém atirava uma lança no breu da noite, ela voltava coberta de sangue quente. Kotuko queria atirar as botas pesadas na rede com o ar cansado de um chefe de família e apostar com os caçadores quando eles vinham visitar à noite e jogavam uma espécie de roleta rústica feita com uma panela de metal e um prego. Havia centenas de coisas que desejava fazer, mas os homens riam dele e diziam: "Espere até você estar preso na fivela,[16] Kotuko. Caçar não é *sempre* pegar".

Agora que o pai de Kotuko tinha dado seu nome a um filhote de cachorro, as coisas pareciam mais promissoras. Um inuíte não desperdiça um bom cão no filho até que o menino saiba alguma coisa sobre dirigir um trenó; e Kotuko tinha certeza absoluta de que sabia tudo que havia para saber.

Se o filhote não tivesse uma saúde de ferro, teria morrido de tanto comer e ser manuseado. Kotuko fez para ele miniarreios com um tirante, e arrastava-o por todo o chão da casa gritando: "*Aua! Ja aua!*" (Vá para a direita). "*Choiachoi, Ja choiachoi!*" (Vá para a esquerda). "*Ohaha!*" (Pare). O cachorrinho não gostou nada, mas achou que ser enxovalhado desse jeito era felicidade pura se comparado ao que sentiu ao ser posto no trenó pela primeira vez. Ele simplesmente sentou na neve e brincou com o tirante de couro de foca que ia do arreio até a *pitu*, a grande correia presa à parte de trás do trenó. Então a matilha começou a andar e o filhote sentiu o pesado trenó de três metros de comprimento passando por cima dele e arrastando-o pela neve, enquanto Kotuko ria até lágrimas lhe caírem dos olhos. Depois disso, durante dias e dias ele sofreu com o chicote cruel que sibila como o vento sobre o gelo, levou mordidas de todos os companheiros por não saber trabalhar direito, sentiu o arreio o esfolando e deixou de poder dormir com Kotuko, tendo que ficar com o lugar mais frio da passagem que dava na casa. Foi um período triste para o filhotinho.

O menino também aprendeu, tão depressa quanto o cão, embora cuidar de um trenó puxado por cães seja de partir o coração. Cada cachorro é preso por um tirante separado, sendo que os mais fracos ficam mais perto de quem dirige,[17] e cada tirante vai da pata esquerda dianteira do cão até a correia principal, onde é preso por uma espécie de botão e um nó que pode ser desfeito com um movimento do punho, soltando um animal de cada vez. Isso é muito necessário, porque os cachorros mais jovens muitas vezes embaralham o tirante nas pernas de trás e podem ser cortados até o osso por ele. E *todos*, sem exceção, querem ir visitar os amigos enquanto correm, pulando para dentro e para fora em meio aos tirantes. Então eles brigam, e o resultado é uma mixórdia maior que uma linha de pesca embaraçada. Boa parte dessa confusão pode ser evitada através do uso científico do chicote. Todos os meninos inuítes têm orgulho de ser mestres do açoite longo, mas é fácil acertar um alvo marcado no chão; difícil é se inclinar e pegar um cão que está saindo do lugar bem no lombo quando o trenó está correndo a toda. Se você gritar o nome de um dos cães por ter ido "visitar" alguém, mas acidentalmente acertar outro com o chicote, os dois vão começar a brigar no mesmo segundo e fazer com que todos os outros parem. Além disso, se estiver viajando com um companheiro e começar a conversar, ou se estiver sozinho e começar a cantar, os cachorros vão estacar, se virar e sentar para ouvir o que você tem a dizer. Uma ou duas vezes, Kotuko viu o trenó seguir em frente sem que ele estivesse dentro, por ter se esquecido de bloqueá-lo depois de parar; e quebrou muitos chicotes e destruiu algumas correias antes de conseguir controlar sozinho uma matilha completa de oito cães e um veículo leve. Então sentiu que era uma pessoa importante e, sobre o gelo liso e negro, com um coração valente e gestos rápidos, passava ventando pelas planícies, tão depressa quanto uma matilha no calor da caçada. Percorria dez quilômetros até os respiradouros das focas e, quando estava nos campos de caça, virava o punho, soltava um tirante do *pitu* e deixava o enorme líder negro correr livremente, pois ele, na época, era o mais esperto da matilha. Assim que o cão farejava um respiradouro, Kotuko parava o trenó enfiando dois chifres serrados na neve, onde eles ficavam parecendo duas alças de carrinho de bebê protuberantes, pois com isso os cachorros não podiam fugir. Depois, engatinhava bem devagar para a frente e esperava até a foca sair para respirar. Então dava um golpe rápido com a lança e a linha de pescar e logo puxava a foca até a borda do gelo, enquanto o cão líder vinha ajudá-lo a arrastar a carcaça até o trenó. Era nessa hora que os cachorros que estavam presos começavam a latir e a espumar de excitação, e Kotuko açoitava todos com o longo chicote, que lhes queimava a cara como se fosse uma barra de ferro incandescente, até que a carcaça ficasse completamente congelada. Voltar para casa era a parte mais difícil. O trenó carregado tinha que ser dirigido com cuidado pelo gelo áspero, e os cachorros se sentavam e olhavam com ares famintos para a foca em vez de puxar. Finalmente, eles chegavam ao caminho que dava na aldeia, liso de tanto ser usado pelos trenós, e iam emitindo um *toodle-ki-yi*[18] pelo gelo, com a cabeça baixa e o rabo ereto, enquanto Kotuko cantava a "Angutivun tai-na tau-na-ne taina" (A canção do caçador que regressa),[19] e vozes o saudavam de casa em casa sob o céu escuro e pontilhado de estrelas.

Quando Kotuko, o cão, ficou adulto, passou a se divertir também. Foi brigando com perseverança pelas melhores posições da matilha, com cachorro atrás de cachorro, até que, numa bela noite, por causa de um pedaço de comida, enfrentou o grande líder negro (Kotuko, o menino, viu uma luta justa) e o transformou no cão número dois, como eles dizem. Assim, foi promovido ao longo tirante do líder, correndo um metro e meio na frente de todos os outros: era seu dever sagrado acabar com todas as disputas, estivessem os cães nos arreios ou não, e ele usava uma coleira de fios de cobre, muito grossa e pesada. Em ocasiões especiais, podia comer comida cozida dentro de casa e, às vezes, dormir no banco com Kotuko. Era um bom caçador de focas e conseguia manter um boi-almiscarado acuado correndo em volta dele e ameaçando morder suas canelas. Dava até mesmo a maior prova de valentia possível para um cão de trenó: enfrentar o esquálido lobo-do-ártico, que em geral todos os cachorros do Norte temem mais que qualquer outro animal que caminha sobre a neve. Ele e seu dono — que não consideravam a matilha de cães comuns como companhia — caçavam juntos dia após dia e noite após noite, com o menino envolto em peles e a fera amarela com seus pelos longos, olhos atentos e dentes brancos. Tudo que um inuíte precisa fazer é conseguir comida e peles para ele e sua família. As mulheres transformam as peles em roupas e às vezes ajudam a capturar bichos menores; mas a maior parte da comida — e olhe que esse povo come uma enorme quantidade — precisa ser encontrada pelos homens. Se o estoque deixar de ser suprido, não há ninguém ali de quem se possa comprar, pedir ou pegar emprestado. O povo morre.

Um inuíte não pensa nessa possibilidade até ser forçado a fazê-lo. Kadlu, Kotuko, Amoraq e o bebezinho que se remexia dentro do capuz de pele e mastigava pedaços de gordura de baleia o dia todo eram tão felizes quanto qualquer família do mundo. Vinham de um povo muito pacífico — os inuítes raramente se irritam e quase nunca batem nos filhos — que não sabia bem o que era contar uma mentira séria e conhecia ainda menos o hábito de roubar. Ficavam satisfeitos em obter o necessário para viver usando suas lanças no coração daquele frio cruel e inexorável; em dar sorrisos gordurosos e contar estranhas histórias de fantasmas e fadas à noite; em comer até não poder mais e em cantar sem parar a Canção das Mulheres — "Amna aya, aya amna, ah! ah!"[20] — nos longos dias escuros passados à luz da lâmpada, enquanto remendavam suas roupas e seu equipamento de caça.

Mas houve um inverno terrível em que tudo se voltou contra eles. Os tununirmiutes voltaram da pesca anual de salmão e construíram suas casas no gelo novo ao norte da Ilha de Bylot, prontos para ir atrás das focas assim que o mar congelasse. Mas o outono chegou cedo e foi feroz. Durante todo o mês de setembro houve tempestades contínuas que quebraram o gelo liso das focas nos trechos em que ele estava com apenas um metro e vinte ou um metro e meio de grossura, arrastando-o para o interior da ilha e formando uma barreira denteada e acidentada de cerca de trinta quilômetros de largura, sobre a qual era impossível passar de trenó. A borda da banquisa onde as focas costumavam pescar durante o inverno ficou a cerca de trinta quilômetros dessa barreira, fora do alcance dos tununirmiutes. Ainda assim, eles poderiam ter conseguido sobreviver ao inverno com seu estoque de salmão congelado e gordura de baleia e com os animais que conseguissem pegar nas armadilhas; mas, em dezembro, um dos seus caçadores deparou com uma *tupik* — uma tenda feita de pele — onde estavam três mulheres e uma menina quase mortas que tinham vindo do Norte com seus homens, cujos barquinhos de caça frágeis tinham sido destruídos enquanto eles iam atrás do chifrudo narval. Kadlu, é claro, teve que distribuir as mulheres entre as casas da aldeia de inverno, pois nenhum inuíte ousa recusar uma refeição a um estranho. Ele nunca sabe quando chegará sua vez de precisar de ajuda. Amoraq levou a menina, que tinha cerca de catorze anos de idade, para a sua casa, onde ela passou a trabalhar como uma espécie de criada. Pelo corte do seu capuz em ponta e a estampa de losangos compridos das suas calças de pele de rena, eles imaginaram que vinha da Terra de Ellesmere. A menina nunca tinha visto panelas de lata e trenós de pés de madeira antes; mas Kotuko, o menino, e Kotuko, o cão, gostavam muito dela.

Então todas as raposas foram para o Sul e nem o carcaju,[21] aquele ladrãozinho feroz de cabeça chata da neve, se incomodou em cair na fileira de armadilhas armadas por Kotuko. A tribo perdeu dois dos seus melhores caçadores, que ficaram aleijados depois de uma briga com um boi-almiscarado, e isso fez com que os outros tivessem que trabalhar mais. Kotuko saía, dia após dia, com um trenó leve de caça e seis ou sete dos cachorros mais fortes, procurando até que seus olhos doessem por um trecho de gelo liso onde alguma foca talvez tivesse feito um respiradouro com as unhas. Kotuko, o cão, ia longe nas suas explorações e, no silêncio completo dos campos de gelo, Kotuko, o menino, ouvia seus ganidos de excitação diante de um respiradouro a cinco quilômetros de distância tão bem quanto se o animal estivesse ao seu lado. Quando o cachorro encontrava um buraco, o menino construía para si um muro baixo de neve para se proteger um pouco do vento gélido e esperava dez, doze, vinte horas até que a foca saísse para respirar, com os olhos grudados na marca minúscula que fizera sobre o respiradouro para guiar a trajetória da lança, tendo um pequeno tapete de pele de foca sob os pés e as pernas presas na *tutareang*[22] — a fivela da qual os velhos caçadores costumavam lhe falar. Essa fivela ajuda um homem a não tremer as pernas enquanto espera horas a fio que a foca, que tem os ouvidos muito bons, suba para respirar. Embora não seja muito excitante, você pode acreditar que ficar parado usando a fivela nas pernas com o termômetro marcando temperaturas que chegam a quarenta graus negativos é o trabalho mais duro que um inuíte pode fazer. Quando uma foca era capturada, Kotuko, o cão, saía aos pulos, arrastando o tirante, para ajudar a levar o corpo até o trenó, perto do qual estavam os cachorros, cansados, famintos e emburrados, atrás do abrigo de gelo.

Uma foca não durava muito, pois cada boca na pequena aldeia tinha o direito de ser alimentada, e nem os ossos, nem a pele, nem os tendões eram desperdiçados. A carne em geral reservada aos cães era usada para alimentar as pessoas, e Amoraq dava pedaços de velhas tendas de pele que guardara sob o banco de dormir para a matilha, que, faminta, uivava, uivava, ia dormir e, quando acordava, uivava mais um pouco. Pelas lâmpadas das casas, era possível ver que a fome estava próxima. Nas temporadas boas, quando havia bastante gordura, a chama das tigelinhas em forma de barco das lâmpadas ficava com mais de cinquenta centímetros de altura — chamas alegres, oleosas e amarelas. Agora, elas mal chegavam a quinze centímetros: Amoraq diminuía com cuidado o pavio feito de musgo quando uma chama, por descuido, subia demais por um segundo, e os olhos de toda a família acompanhavam seu gesto. O maior horror da fome naquele frio enorme não é morrer, mas morrer no escuro. Todos os inuítes temem a escuridão que os envolve sem descanso durante seis meses por ano; e, quando as chamas estão baixas nas casas, a mente das pessoas começa a ficar confusa e incerta.

Mas o pior ainda estava por vir.

Os cães famintos rosnavam e se mordiam nas passagens das casas, olhando furiosos para as estrelas frias e farejando o vento inclemente, noite após noite. Quando paravam de uivar, o silêncio ressurgia com o peso de uma tempestade de neve batendo na porta; os homens podiam ouvir o próprio sangue pulsando nos caminhos finos dos ouvidos e o próprio coração batendo tão alto quanto os tambores de um feiticeiro ecoando na escuridão. Certa noite, Kotuko, o cão, que estava mais desanimado que de costume nos seus arreios, deu um pulo e empurrou a cabeça contra o joelho de Kotuko, o menino. Kotuko acariciou-o, mas o cão continuou a lhe dar marradas, pedindo atenção. Então Kadlu acordou e agarrou a cabeçorra de lobo do animal, olhando nos seus olhos vítreos. O cão ganiu como se estivesse com medo e estremeceu entre os joelhos de Kadlu. Os pelos do seu pescoço se eriçaram e ele rosnou como se houvesse um estranho à porta; depois, deu latidos alegres, rolou no chão e roeu a bota de Kotuko como se fosse um filhote.

"O que ele tem?", perguntou Kotuko, pois estava começando a sentir medo.

"A doença", respondeu Kadlu. "É a doença dos cães." Kotuko, o cão, ergueu o focinho e deu diversos uivos.

"Nunca vi isso. O que ele vai fazer?", perguntou Kotuko.

Kadlu deu de ombros e atravessou a casa, indo pegar seu arpão curto. O enorme cão olhou-o, uivou mais uma vez e saiu com o rabo baixo pela passagem, enquanto os outros se afastavam para lhe dar bastante espaço. Quando estava do lado de fora, ele latiu furiosamente, como se estivesse seguindo os rastros de um boi-almiscarado, e, aos latidos e pulos, desapareceu de vista. Seu problema não era hidrofobia,[23] mas loucura pura e simples. O frio, a fome e, acima de tudo, a escuridão, haviam lhe perturbado a cabeça; e, quando a terrível doença dos cães aparece numa matilha, ela se espalha como o fogo na mata. No próximo dia de caçada, outro cachorro ficou doente e foi morto ali mesmo por Kotuko, enquanto se debatia e tentava morder os outros entre os tirantes. Então o segundo cão, o animal negro que costumava ser o líder, de repente começou a latir, anunciando que encontrara um rastro de rena imaginário; quando o tiraram do *pitu*, ele correu até a boca de um despenhadeiro, fugindo ao exemplo de Kotuko, o cão, e carregando seus arreios consigo.

Depois disso, ninguém mais saiu para caçar com os cães. Precisavam deles para outra coisa, e os animais pressentiram isso; embora estivessem amarrados, sendo alimentados à mão, seus olhos estavam repletos de desespero e medo. Para piorar as coisas, as velhas da aldeia começaram a contar histórias de fantasmas e a dizer que tinham encontrado os espíritos dos caçadores mortos naquele outono, e que eles tinham feito as mais horríveis previsões.

Kotuko lamentou mais a perda do seu cachorro que qualquer outra coisa, pois, embora um inuíte consuma uma quantidade enorme de comida, ele também sabe como passar fome. Mas a fome, a escuridão, o frio e a combinação de todas essas coisas foram minando suas forças e ele começou a ouvir vozes e a ver pessoas imaginárias com o canto dos olhos. Certa noite, quando Kotuko tirara a fivela das pernas depois de dez horas esperando diante de um respiradouro de onde não saíra nada, e estava cambaleando de volta para a aldeia, fraco e tonto, ele parou para se recostar numa pedra, que por acaso estava equilibrada sobre uma ponta fina e proeminente de gelo. Seu peso tirou-a do lugar, ela começou a rolar pesadamente e, depois de Kotuko pular para o lado para sair do seu caminho, saiu deslizando pela encosta de gelo, rangendo e sibilando.

Kotuko não precisou de mais nada. A vida toda, tinha acreditado que cada pedra e rocha tem um dono (um *inua*), em geral um ser feminino de um olho só chamado *tornaq*, e que, quando uma *tornaq* queria ajudar um homem, ela rolava atrás dele dentro da sua casa de pedra e lhe perguntava se ele a aceitaria como espírito-guardião. (Nos degelos de verão, as pedras que estavam sendo sustentadas pelo gelo rolavam por toda aquela terra, por isso a gente entende facilmente como aquela ideia de pedras que tinham vida surgiu entre os inuítes). Kotuko ouviu o sangue pulsando nos seus ouvidos, como tinha acontecido durante todo aquele dia, e achou que era a *tornaq* da pedra falando com ele. Quando chegou em casa, tinha certeza absoluta de que tivera uma longa conversa com ela e, como todo o seu povo acreditava que aquilo era perfeitamente possível, ninguém o contradisse.

"Ela me disse: 'Vou pular, vou pular do meu lugar na neve!'", exclamou Kotuko com o olhar vago, reclinando--se para a frente à meia-luz da casa. "Ela disse: 'Vou ser sua guia'. Disse: 'Vou guiar você para bons respiradouros'. Amanhã, vou sair para caçar e a *tornaq* vai me guiar."

Então o *angekok*, o feiticeiro da aldeia, entrou na casa e Kotuko contou sua história pela segunda vez. A segunda foi tão interessante quanto a primeira.

"Siga os *tornait* (os espíritos das pedras) que eles vão nos trazer comida de novo", disse o *angekok*.

A menina do Norte havia passado os últimos dias deitada perto da lâmpada, comendo muito pouco e dizendo ainda menos, mas, na manhã seguinte, quando Amoraq e Kadlu puseram suprimentos e arreios num pequeno trenó para Kotuko, carregando-o com equipamento de caça e toda a gordura de baleia e carne de foca congelada de que podiam abrir mão, ela pegou a corda usada para puxar o veículo e postou-se com ar de decisão ao lado do menino.

"Sua casa é minha casa", disse, enquanto o pequeno trenó de esquis feitos de osso rangia e estalava atrás deles, em meio à terrível noite do Ártico.

"Minha casa é sua casa", disse Kotuko, "mas eu acho que nós dois iremos ver Sedna juntos."

Sedna é a Senhora do Mundo dos Mortos, e os inuítes acreditam que todos que morrem precisam passar um ano no seu reino horroroso antes de ir para o Quadliparmiut, o Lugar Feliz, onde não há gelo e renas gordas vêm trotando quando você chama.

Por toda a aldeia, o povo gritava: "As *tornait* falaram com Kotuko. Elas vão mostrar um lugar de gelo aberto para Kotuko. Ele vai nos trazer focas de novo". Suas vozes logo foram engolidas pela escuridão gelada e Kotuko e a menina aproximaram o corpo um do outro, puxando o trenó pelas cordas ou ajeitando seus esquis no gelo conforme caminhavam na direção do oceano Ártico. Kotuko insistiu que a *tornaq* da pedra lhe dissera para ir para o Norte — e, assim, para o Norte eles foram, guiados por Tuktuqdjung, a Rena — aquelas que nós chamamos de Ursa Maior.[24]

Nenhum europeu teria conseguido percorrer oito quilômetros por dia naquele terreno acidentado cheio de pedaços de gelo; mas aqueles dois sabiam exatamente o gesto com o punho que se deve fazer para o trenó pular sobre um monte de neve, a puxada que o tira de uma fenda no chão e a quantidade de força necessária para que alguns golpes silenciosos de uma lança abram caminho num trecho em que a passagem parece impossível.

A menina nada dizia, mantendo a cabeça baixa, com o rosto largo e moreno coberto pelo longo debruado de pele de carcaju do seu capuz de arminho. O céu sobre a cabeça deles era de um negro intenso que parecia veludo, com um traço de vermelho profundo na altura do horizonte, onde as estrelas imensas ardiam como lampiões. De tempos em tempos, uma onda esverdeada de aurora boreal cruzava o domo do firmamento, tremulava como uma bandeira e desaparecia; ou um meteoro lampejava na escuridão, deixando uma chuva de fagulhas atrás de si. Nesses momentos, eles conseguiam ver a superfície cheia de sulcos e ranhuras da banquisa, toda estriada de cores estranhas — vermelho, cobre e azul; mas, à luz normal das estrelas, tudo voltava a ser do mesmo tom gelado de cinza. Você deve se lembrar que a banquisa tinha sido sacudida e perturbada pelas tempestades de outono até se transformar numa barafunda congelada. Estava repleta de barrancos e ravinas; buracos fundos como minas abertas na terra que iam até a parte do gelo que não derretia nunca; morros de velho gelo negro que tinham sido enfiados no fundo da banquisa por alguma tempestade e então trazidos para cima de novo; gelo esculpido em blocos arredondados e em pontas afiadas como as de um serrote pelo vento; e vales de doze ou quinze hectares que ficavam a cerca de dois metros abaixo do nível do resto do terreno. De uma certa distância, aqueles montes de gelo pareciam focas, morsas, trenós virados, homens numa caçada ou até o próprio Espírito do Urso-Branco de Dez Pernas,[25] mas, apesar de por todo lado haver essas formas fantásticas que pareciam prestes a ganhar vida, não se ouvia sequer o mais leve eco de um som. E, cruzando esse deserto de silêncio, onde as luzes súbitas faiscavam e voltavam a se apagar, iam devagar aquele trenó e os dois que o puxavam, como seres de um pesadelo — um pesadelo sobre o fim do mundo no fim do mundo.

Quando eles ficavam cansados, Kotuko fazia o que os caçadores chamam de uma "meia casa", uma cabaninha de gelo muito pequena, dentro da qual os dois se aninhavam com a lâmpada de viagem e tentavam descongelar a carne de foca. Eles dormiam e voltavam para a marcha — caminhando cinquenta quilômetros por dia para conseguir chegar oito quilômetros[26] na direção norte. A menina quase nunca falava nada, mas Kotuko murmurava de si para si e, de vez em quando, começava a cantar as canções que tinha aprendido na Casa-da-Canção — canções de verão, sobre renas e salmões, todas horrivelmente inapropriadas para aquela estação. Declarava que tinha ouvido a *tornaq* rosnando para ele e corria enlouquecido até o topo de um morro, jogando os braços para cima e falando alto, num tom ameaçador. Para dizer a verdade, Kotuko estava muito perto da loucura nesses dias; mas a menina tinha certeza de que ele estava sendo guiado pelo seu espírito-guardião e de que tudo acabaria dando certo. Portanto, ela não ficou surpresa quando, no fim do quarto dia de marcha, Kotuko, cujos olhos ardiam como bolas de fogo, lhe disse que a *tornaq* estava seguindo-os pela neve na forma de um cachorro de duas cabeças. A menina olhou para o local que Kotuko indicava e achou ter visto uma Coisa entrando silenciosamente numa ravina. Com certeza não era um ser humano, mas todos sabiam que as *tornait* aparecem em forma de urso, foca ou outros animais.

Talvez tenha sido o próprio Espírito do Urso-Branco de Dez Pernas que estava ali; mas pode ter sido qualquer coisa, pois Kotuko e a menina estavam com tanta fome que não podiam confiar nos seus olhos. Não tinham conseguido capturar nada, nem visto nenhum sinal de um animal desde que haviam deixado a aldeia; sua comida ia durar menos de uma semana e, além do mais, havia uma tempestade a caminho. Uma tempestade polar dura dez dias sem descanso e, durante todo esse tempo, estar desabrigado é morte certa. Kotuko construiu uma casa de gelo grande o suficiente para caber o trenó (pois nunca é boa ideia ficar longe da sua carne) e, quando estava dando forma ao último bloco irregular de gelo que sustenta todo o telhado, viu a Coisa olhando-o de um pequeno penhasco de gelo que ficava a cerca de oitocentos metros dali. Havia uma névoa na atmosfera e a Coisa parecia ter doze metros de comprimento e três de altura, com seis metros de rabo e um formato cujos contornos tremiam.[27] A menina viu também, mas, em vez de gritar de terror, disse baixinho: "É o Quiquern. O que vem depois?".

"Ele vai falar comigo", disse Kotuko, mas a faca de neve tremia na sua mão, pois, por mais que um homem possa acreditar que seja amigo de espíritos estranhos e feios, quase nunca gosta que lhe peçam para provar isso. Quiquern é o fantasma de um gigantesco cão sem dentes e sem pelos, que dizem viver muito ao norte e perambular pela terra antes que alguma coisa importante aconteça. Podem ser coisas boas ou ruins, mas nem mesmo os feiticeiros gostam de falar de Quiquern. Ele faz os cachorros enlouquecerem. Assim como o Espírito do Urso, tem diversos pares extras de pernas — seis ou oito — e aquela Coisa que pulava para cima e para baixo na bruma tinha mais pernas do que qualquer cão real precisaria.

Kotuko e a menina se aninharam depressa dentro da casinha de gelo. É claro que, se Quiquern quisesse pegá-los, poderia ter arrasado a casinha, mas de qualquer maneira era um grande conforto sentir que havia uma parede de trinta centímetros de neve entre eles e aquela escuridão perversa. A tempestade chegou com o vento emitindo um som agudo que parecia um apito de trem e continuou por três dias e três noites, sem mudar nem melhorar por um minuto sequer. Eles alimentaram a chama da lâmpada de pedra que puseram entre os joelhos e mastigaram a carne de foca morna, vendo a fuligem negra se espalhar pelo teto durante setenta e duas horas que demoraram muitíssimo a passar. A menina foi ver o estoque de comida que havia no trenó; ele não ia durar mais que dois dias. Kotuko olhou para as pontas de ferro e as amarras feitas de tendão de rena do seu arpão, sua lança de caçar foca e seu dardo de caçar passarinho. Só havia uma coisa a fazer.

"Nós iremos para Sedna daqui a pouco tempo... muito pouco tempo", sussurrou a menina. "Daqui a três dias, vamos deitar e ir. Sua *tornaq* não vai fazer nada? Cante uma canção do *angekok* para que ela venha até aqui."

Ele começou a emitir o uivo agudo das canções mágicas e a tempestade foi amainando devagar. No meio da canção, a menina teve um sobressalto e pousou a mão enluvada e depois a cabeça no chão de gelo do abrigo. Kotuko imitou-a e os dois ficaram de joelhos, olhando nos olhos um do outro e tentando escutar, com cada músculo do corpo tenso. Ele arrancou um pedaço fino de barba de baleia da ponta de uma armadilha para pássaro que estava no trenó e, depois de endireitá-lo, espetou-o num buraquinho no gelo, firmando-o com a luva. A barba de baleia tinha sido ajustada com quase tanta precisão quanto uma agulha de bússola e agora, em vez de escutar, eles ficaram observando. A vareta fina estremeceu um pouco — o menor tremor do mundo — e depois vibrou sem parar durante alguns segundos; então parou e vibrou de novo, dessa vez apontando para outro ponto da bússola.

"Cedo demais!", disse Kotuko. "Alguma banquisa grande rachou lá fora."

A menina apontou para a vareta e balançou a cabeça. "É a grande quebra", disse ela. "Ouça o gelo do chão. Está batendo."

Dessa vez, quando eles ajoelharam, ouviram estranhíssimos grunhidos e batidas abafadas, aparentemente vindos de baixo dos seus pés. Às vezes, parecia que um filhotinho de cachorro cego estava ganindo sobre a lâmpada; às vezes, que uma pedra estava sendo moída no gelo duro; e, às vezes, soava como batidas abafadas num tambor; mas era sempre um ruído arrastado e muito leve, que parecia ter viajado uma enorme distância por um tubo pequeno.

"Não vamos para Sedna aqui deitados", disse Kotuko. "O gelo está rachando. A *tornaq* nos enganou. Vamos morrer."

Isso talvez pareça absurdo, mas eles dois estavam cara a cara com um perigo bastante real. A tempestade de três dias havia levado as águas fundas da baía de Baffin[28] na direção sul, fazendo com que o nível do mar subisse na borda do vasto gelo que se estende da Ilha de Bylot até o oeste. Além disso, a forte corrente que parte na direção leste a partir do Estreito de Lancaster carregara consigo, quilômetro a quilômetro, aquilo que eles chamam de gelo à deriva — grandes pedaços de gelo que não formaram campos fixos; e esse gelo estava bombardeando a banquisa ao mesmo tempo que as ondas do mar revolto a golpeavam, enfraquecendo-a. Aquilo que Kotuko e a menina estavam ouvindo era essa luta acontecendo a cinquenta ou sessenta quilômetros de distância, e a varetinha de barba de baleia vibrou para avisá-los.

Como os inuítes dizem, quando o gelo acorda depois do seu longo sono de inverno, não há como saber o que vai acontecer, pois o gelo sólido da banquisa muda de forma quase tão rapidamente quanto uma nuvem. Estava claro que aquela tempestade era uma tempestade de primavera fora de época, e qualquer coisa era possível.

Mas os dois se sentiram mais felizes que antes. Se a banquisa rachasse, eles não teriam mais que esperar e sofrer. Espíritos, duendes e feiticeiros se espalhavam pelo gelo que quebrava e, como eles talvez fossem entrar no território de Sedna ao lado de diversas Coisas selvagens, sentiam uma onda de excitação. Quando deixaram o abrigo depois da tempestade, o som estava ficando cada vez mais forte e o gelo duro ao redor deles gemia e vibrava.

"Ele ainda está esperando", disse Kotuko.

No topo de um morro, sentado ou agachado, estava a Coisa de oito pernas que eles tinham visto três dias antes — e ela soltava uivos horríveis.

"Vamos atrás", disse a menina. "Talvez ele conheça algum caminho que não leve até Sedna." Mas ela cambaleou de fraqueza ao pegar a corda do trenó. A Coisa foi andando lenta e desajeitadamente por sobre as arestas do gelo, sempre na direção oeste que levava para longe do mar, e eles seguiram enquanto os urros da borda da banquisa ribombavam, cada vez mais próximos. A borda estava rachada em todas as direções durante um trecho que se estendia por entre cinco e seis quilômetros, e grandes formações de gelo com três metros de altura e áreas que iam de alguns metros quadrados até oito hectares subiam, desciam e se chocavam umas contra as outras e contra o pedaço ainda sólido da banquisa, conforme as ondas pesadas tomavam e sacudiam tudo. Essa bateria de gelo era, por assim dizer, a vanguarda do exército que o mar estava jogando contra a banquisa. As batidas e vibrações incessantes dessas formações quase abafavam o ruído rasgado das camadas de gelo à deriva sendo atiradas sob a banquisa como cartas de baralho sendo empurradas depressa sob uma toalha de mesa. Nos locais em que a água era mais rasa, essas camadas de gelo se empilhavam até alcançar quinze metros de altura, e a que estivesse mais embaixo, em meio a um monte de lama, era golpeada pelo mar gelado até que a pressão levasse todo o conjunto adiante mais uma vez. Além da banquisa e do gelo à deriva, a tempestade e as correntes estavam destruindo os icebergs, verdadeiras montanhas de gelo flutuantes que tinham quebrado do lado da Groenlândia[29] ou da margem norte da baía de Melville.[30] Eles vinham, solenes, com as ondas quebrando por todos os lados, e avançavam sobre a banquisa como uma frota de navios antigos com todas as velas enfunadas. Mas um iceberg que parecia pronto para levar o mundo todo consigo batia na banquisa, rolava, inofensivo,[31] e chafurdava num lago de espuma, lama e respingos congelados, enquanto um iceberg muito menor e mais baixo rasgava o gelo chato, atirando toneladas de destroços[32] para todos os lados e abrindo uma fenda de um quilômetro e meio de extensão antes de parar. Alguns caíam como espadas, rasgando um canal de margens em forma de serrote, enquanto outros se partiam numa chuva de blocos de diversas toneladas cada, que rodopiavam entre os montes de gelo. E ainda havia outros que se erguiam inteiros da água quando se chocavam contra a banquisa, se retorciam como se sentissem dor e caíam solidamente para o lado enquanto o mar batia nas suas laterais. O gelo se triturava, se juntava, se dobrava e se arqueava em todas as formas possíveis até onde a vista alcançava ao longo de toda a margem norte da banquisa. Do ponto onde estavam Kotuko e a menina, a confusão parecia apenas uma ondulação estranha no horizonte, mas a cada segundo ela se aproximava mais deles e, ao longe, os dois ouviam estrondos pesados que pareciam o barulho de uma artilharia em meio à bruma. Isso mostrava que a banquisa estava sendo atirada contra os penhascos de ferro da Ilha de Bylot, o pedaço de terra que ficava ao sul, atrás deles.

"Isso nunca aconteceu antes", disse Kotuko, atônito. "Não é chegada a hora. Como pode a banquisa quebrar *agora*?"

"Vamos seguir *aquilo*!", exclamou a menina, apontando para a Coisa que corria, mancando, desesperada diante deles. Os dois foram atrás, arrastando o trenó, enquanto a marcha ensurdecedora do gelo chegava cada vez mais perto. Finalmente, os campos de gelo ao redor dos dois racharam e quebraram em todas as direções, e as fendas se abriram como dentes de lobos. Mas, no lugar onde a Coisa estava parada, sobre um monte antigo de blocos de gelo de cerca de quinze metros de altura, o chão não se movia. Kotuko deu um pulo desesperado para a frente, arrastou a menina consigo e rastejou até a base do monte. A conversa do gelo foi ficando cada vez mais alta ao redor deles, mas o monte se manteve firme e, quando a menina olhou para Kotuko, ele atirou o cotovelo direito para cima e para fora, fazendo o sinal inuíte que significava que tinha avistado uma ilha. E fora mesmo para um pedaço de terra que aquela Coisa manca de oito pernas os levara — uma ilhota de granito e praias de areia perto da costa, tão coberta e disfarçada de gelo que nenhum homem teria conseguido diferenciá-la da banquisa, mas feita de solo sólido, e não gelo móvel. As banquisas que rachavam e viravam pó se chocavam e ricocheteavam ao redor da ilhota, mas, por sorte, um pedaço de gelo liso flutuou na direção norte, jogando para o lado os destroços mais pesados exatamente como uma relha de arado virando a terra. É claro que havia o perigo de um campo de gelo golpear com muita força a ilhota e rachá-la ao meio, mas Kotuko e a menina não se preocuparam depois que construíram sua casa de gelo e começaram a comer, ouvindo o gelo bater na praia e deslizar sobre ela. A Coisa tinha desaparecido e Kotuko estava falando, animado, a respeito do poder que tinha sobre os espíritos, agachado diante da lâmpada. No meio dos seus devaneios, a menina começou a rir, balançando para a frente e para trás.

Atrás dela, entrando devagarzinho no abrigo, estavam duas cabeças, uma amarela e uma preta, que pertenciam aos dois cães mais tristes e envergonhados que já se viu. Kotuko, o cão, era um deles, e o ex-líder da matilha o outro. Os dois estavam gordos, com a aparência boa e as mentes perfeitamente normais; mas presos um ao outro de um jeito muito estranho. Você deve se lembrar que quando o ex-líder da matilha fugiu, ainda estava com os arreios. Ele deve ter encontrado Kotuko, o cão, e brincado ou brigado com ele, pois o arreio do seu ombro tinha ficado preso no fio de cobre trançado da coleira de Kotuko e apertado os dois cães, de modo que nem um nem outro conseguia se afastar o suficiente para roer o tirante, com ambos unidos pelo pescoço. Isso, junto com a liberdade de caçar sozinhos, devia ter ajudado a curar sua loucura. Eles estavam sãos.

A menina empurrou os dois animais, que tinham uma expressão contrita, na direção de Kotuko e, chorando de rir, exclamou: "Este é o Quiquern que nos guiou até uma terra segura! Olhe suas oito pernas e duas cabeças!".

Kotuko cortou os arreios e os dois pularam nos braços dele, numa barafunda amarela e preta, tentando explicar como tinham recuperado a sanidade. O menino passou a mão pelas costelas dos cachorros, que estavam bem forradas. "Eles encontraram comida", disse ele, sorrindo. "Acho que ainda vamos demorar um pouco para ir para Sedna. Minha *tornaq* mandou os dois. Não estão mais com a doença."

Logo depois de terem cumprimentado Kotuko, os cães, que tinham sido forçados a dormir, comer e caçar juntos pelas últimas semanas, se atracaram ferozmente um ao outro e viu-se uma linda batalha na casa de neve. "Cachorros famintos não brigam", disse Kotuko. "Eles encontraram as focas. Vamos dormir. Nós acharemos comida."

Quando eles acordaram, havia mar aberto diante da praia norte da ilha, e todo o gelo solto fora levado na direção da terra. O som das ondas batendo pela primeira vez no ano é um dos mais maravilhosos para os inuítes, pois significa que a primavera logo vai chegar. Kotuko e a menina deram-se as mãos e sorriram: o estrondo das águas entre o gelo os fez lembrar da época do salmão, das renas e do cheiro dos salgueiros-das-terras-áridas florescendo. Diante dos seus olhos, o mar começou a congelar entre os pedaços de gelo que flutuavam, de tão intenso que era o frio; mas no horizonte havia um imenso clarão vermelho, que era a luz do sol surgindo. Estava tão distante que era como vê-lo bocejar enquanto dormia, em vez de vê-lo se erguer, e durou apenas alguns minutos — mas marcava o fim de uma estação. Nada, pensaram eles, poderia mudar isso.

Kotuko encontrou os cachorros brigando por uma foca recém-morta que estivera seguindo os peixes que as tempestades sempre trazem. Foi a primeira de cerca de vinte ou trinta focas que apareceram na ilha ao longo daquele dia e, antes que o mar congelasse por completo, centenas de animais negros de olhos espertos estavam se refestelando na água rasa e boiando junto com o gelo.

Foi bom comer fígado de foca de novo; encher as lâmpadas de gordura sem se preocupar e ver a chama subir quase um metro; mas, assim que o novo gelo ficou duro o suficiente, Kotuko e a menina carregaram o trenó e obrigaram os dois cães a puxar como nunca tinham puxado na vida, pois tinham medo do que podia ter acontecido na sua aldeia. O clima continuava tão cruel quanto antes; mas é mais fácil puxar um trenó cheio de comida boa que caçar de barriga vazia. Eles deixaram vinte e cinco carcaças de focas enterradas no gelo da praia, prontinhas para ser usadas, e correram de volta até seu povo. Os cães mostraram o caminho assim que Kotuko lhes disse o que esperava deles e, embora não houvesse nenhum marco de estrada à vista, em dois dias estavam ladrando diante da aldeia. Apenas três cachorros responderam ao seu chamado; os outros tinham sido comidos e as casas estavam quase todas escuras.[33] Mas quando Kotuko gritou "*Ojo!*" (carne cozida), surgiram algumas vozes fracas e, quando ele fez a chamada da aldeia nome por nome, falando cada um bem alto, ninguém deixou de responder.

Uma hora depois, as labaredas das lâmpadas ardiam na casa de Kadlu, a água estava esquentando, o conteúdo das panelas começava a ferver e a neve pingava do teto enquanto Amoraq preparava uma refeição para toda a aldeia, o bebê mastigava um pedaço de gordura bem nutritivo e os caçadores, de forma lenta e metódica, se entupiam ao máximo de carne de foca. Kotuko e a menina contaram sua história. Os dois cães estavam sentados entre eles e, sempre que alguém falava seu nome, viravam uma orelha cada um e faziam a cara mais envergonhada desse mundo. Os inuítes dizem que um cachorro que já enlouqueceu e se recuperou fica a salvo de qualquer ataque futuro da doença.

"Então a *tornaq* não nos esqueceu", disse Kotuko. "A tempestade veio; o gelo quebrou e as focas nadaram atrás dos peixes que ficaram com medo da tempestade. Agora, há respiradouros a menos de dois dias daqui. Que os melhores caçadores saiam amanhã para trazer as focas que eu matei com minha lança — vinte e cinco delas, enterradas no gelo. Depois de comermos essas, vamos atrás das outras na banquisa."

"E o que *você* vai fazer?", disse o feiticeiro da aldeia, no mesmo tom de voz que usava com Kadlu, o mais rico entre os tununirmiutes.

Kotuko olhou para a menina do Norte e disse, muito sério: "*Nós* vamos construir uma casa". Ele apontou para o lado noroeste da casa de Kadlu, pois é nesse lado que um filho ou uma filha vão morar quando se casam.

A menina virou as mãos, com as palmas para cima, e sacudiu a cabeça num gesto de quem não sabe o que fazer. Era uma estrangeira, encontrada à beira da inanição, e não podia oferecer nada para ajudar nos afazeres domésticos.

Amoraq pulou do banco onde estava e começou a amontoar coisas no colo da menina — lâmpadas de pedra, ferramentas de ferro usadas para raspar peles, chaleiras de metal, peles de rena enfeitadas com dentes de boi-almiscarado e agulhas fortes como as que os marinheiros usam para costurar lona — o mais belo enxoval já visto do lado norte do Círculo Polar Ártico; e a menina do Norte fez uma mesura até encostar a cabeça no chão.

"E esses dois também!", disse Kotuko, rindo e indicando os cachorros, que enfiaram os focinhos frios no rosto da menina.

"Ah!", disse o *angekok* pigarreando com um ar importante, como se tivesse pensado em tudo aquilo. "Assim que Kotuko deixou a aldeia, eu fui para a Casa-da-Canção e cantei a magia. Cantei durante toda a longa noite e chamei o Espírito da Rena. Foi *minha* canção que trouxe a tempestade que quebrou o gelo e levou os dois cachorros até Kotuko quando o gelo estava prestes a lhe partir os ossos. *Minha* canção trouxe as focas depois do gelo quebrado. Meu corpo ficou imóvel na *quaggi*, mas meu espírito correu pelo gelo e guiou Kotuko e os cães em tudo o que fizeram. Fui *eu*."

Todo mundo estava de barriga cheia e com sono e, por isso, ninguém o contradisse; e o *angekok* pegou mais um pedaço de carne cozida e se deitou para dormir junto com os outros, na casa quentinha, bem iluminada e cheirando a gordura.

Mais tarde Kotuko, que desenhava muito bem no estilo dos inuítes, entalhou figuras contando todas essas aventuras num longo pedaço de marfim chato com um buraco numa das pontas. Quando ele e a menina se mudaram para o Norte, para a Terra de Ellesmere, no ano do Maravilhoso Inverno Aberto, deixaram o marfim com as figuras com Kadlu, que o perdeu nas pedras, no verão em que seu trenó quebrou nas margens do lago Netilling em Nikosiring;[34] onde, na primavera seguinte, um inuíte do lago o encontrou e o vendeu para um homem em Imigen,[35] que trabalhava de intérprete num baleeiro do estreito de Cumberland; que, por sua vez, vendeu-o a Hans Olsen, que depois obteve o posto de contramestre num enorme navio a vapor que levava turistas até o Cabo Norte, na Noruega. Quando a estação turística acabou, o barco passou a fazer a rota entre Londres e a Austrália, parando no Ceilão, e lá Olsen vendou o marfim a um joalheiro cingalês[36] por duas safiras falsas. Eu o encontrei embaixo de alguns papéis numa casa em Colombo e o traduzi para a minha língua.

ANGUTIVUN TINA*

Esta é uma tradução bastante livre da Canção do caçador que regressa,[37] que os homens costumavam cantar depois da caçada às focas. Os inuítes sempre repetem as coisas muitas vezes.

Nossas luvas estão duras com o sangue congelado,
A neve deixou nossas peles em desmazelo,
Quando voltamos com as focas — as focas!
Vindos do outro lado da camada de gelo.

Au jana! Aua! Oha! Haq!
As matilhas ladram, eriçando o pelo
Os chicotes estalam e os homens regressam,
Regressam do outro lado da camada de gelo!

Perseguimos a foca até seu esconderijo,
Fizemos nossa marca e vigiamos com zelo,
Ouvimos o bicho arranhar lá embaixo,
Lá, do outro lado da camada de gelo.

Erguemos a lança quando ele veio respirar
E atiramos para baixo sem atropelo
E o pegamos assim e o matamos assim,
Lá, do outro lado da camada de gelo.

Nossas luvas estão duras com o sangue congelado,
A neve que cai nos cega como num pesadelo,
Mas voltamos para ver nossas esposas de novo,
Vindos do outro lado da camada de gelo!

* O título aparece como "Angutivun Tina" na *1ª americana* e "Ang-utivun Tina" em outras edições, incluindo a *Sussex*.

Au jana! Aua! Oha! Haq!
As matilhas ladram, eriçando o pelo
E as esposas ouvem seus homens que regressam,
Regressam do outro lado da camada de gelo.

Cão vermelho*

Por excelentes noites pálidas — nossas
[noites de corrida
Em vasto terreno caçando, vendo mais
[longe que a vida!
Pelos odores da manhã, antes que o orva-
[lho tenha secado!
Pela fuga em meio à bruma, com o cervo
[apavorado!
Pelos gritos dos companheiros quando o
[sambhur já se ia
Pelos tumultos da escuridão!
Pelo sono no covil durante o dia!
Já começou, vamos para a ação.
Que ressoe nossa vozearia!

Foi depois da invasão da Selva que começou a parte mais agradável da vida de Mowgli. Ele tinha a consciência tranquila que surge quando pagamos uma dívida justa;[1] e todos na Selva eram seus amigos, pois todos na Selva tinham medo[2] dele. As coisas que fez, viu e ouviu quando vagava de um povo a outro, com ou sem seus quatro companheiros, dariam muitas, muitas histórias, todas tão

* Publicado pela primeira vez com o título de "Boa caçada" no *Pall Mall Gazette* em 29 e 30 de julho de 1895 e na *McClure's Magazine* em agosto de 1895 com ilustrações de W. A. G. Pape. Quando o conto ainda era um manuscrito, Kipling também anotou "O Povo Pequeno das Pedras" como um título possível.

longas quanto esta. Por isso, você nunca vai saber como ele conheceu e escapou do Elefante Louco de Mandla,[3] que matou vinte e dois bois que levavam onze carroças de prata cunhada para o tesouro do governo, espalhando as rupias brilhantes na poeira; como lutou com Jacala, o Crocodilo, durante toda uma longa noite nos Pântanos do Norte, quebrando a faca de esfolar nas placas duras que cobriam as costas da fera; como encontrou uma faca nova e mais longa pendurada no pescoço de um homem que tinha sido morto por um javali selvagem, e como encontrou o javali e matou-o, considerando aquele um preço justo a pagar pela arma; como, no meio da Grande Fome,[4] viu-se entre uma manada de cervos que fugia e quase morreu esmagado pelos animais em pânico; como salvou Hathi, o Silencioso, que tinha caído numa armadilha[5] com uma estaca no fundo, e como no dia seguinte ele próprio caiu numa armadilha de leopardo muito bem-feita, mas Hathi quebrou as barras de madeira que o rodeavam; como ordenhou as búfalas selvagens no pântano e como...

Mas é preciso contar uma história de cada vez. Pai Lobo e Mãe Loba morreram e Mowgli empurrou uma pedra enorme para fechar a boca da caverna e cantou a Canção da Morte para chorar por eles; Baloo ficou muito velho e cheio de artrose; e até Bagheera, cujos nervos eram de aço e cujos músculos eram de ferro, parecia mais lento na hora de matar uma presa. Akela passou de cinza a branco como o leite devido à idade; suas costelas ficaram proeminentes, ele andava como se fosse feito de madeira e Mowgli passou a caçar por ele. Mas os jovens lobos, os filhos da desfeita Alcateia de Seeonee, aumentaram e ficaram mais fortes e, quando havia cerca de quarenta deles, lobos de cinco anos de idade com pernas ágeis e sem chefe,[6] Akela lhes disse que deviam se juntar e seguir a Lei, escolhendo alguém para comandá-los como era próprio do Povo Livre.

Mowgli não se envolvia nessas questões, pois, como

ele dizia, já tinha comido uma fruta azeda, e sabia em qual árvore ela nascia; mas quando Phao, filho de Phaona[7] (seu pai fora o Rastreador Cinzento, da época em que Akela era o líder), brigou e ganhou a posição de líder da Alcateia de acordo com a Lei da Selva, e quando os velhos chamados e velhas canções voltaram a soar sob as estrelas, o menino foi até a Pedra do Conselho em homenagem aos velhos tempos. Quando escolhia dizer alguma coisa, a Alcateia esperava até que terminasse, e ele se sentava ao lado de Akela na pedra, um pouco além do lugar onde ficava Phao. Esses foram os dias de boas caçadas e boas dormidas. Nenhum estranho tinha vontade de invadir as Selvas que pertenciam ao povo de Mowgli, como a Alcateia era chamada, os jovens lobos foram ficando gordos e fortes, e havia muitos filhotes para levar à Cerimônia da Olhada. Mowgli sempre comparecia à Cerimônia da Olhada, pois se lembrava da noite em que uma pantera-negra ajudara um bebezinho moreno e pelado a entrar na Alcateia; e os dizeres "Olhai, olhai bem, ó lobos" faziam seu coração transbordar sentimentos estranhos.[8] O resto do seu tempo, ele passava na Selva; provando, tocando, vendo e sentindo coisas novas.

Certo dia, na hora do crepúsculo, quando ele trotava despreocupadamente pelas montanhas para dar a Akela metade do cervo que tinha matado com os quatro lobos atrás, lutando e rolando uns sobre os outros de pura alegria de viver, Mowgli ouviu um grito que não escutava desde os maus tempos de Shere Khan. Era o que na Selva eles chamam de *Pheeal*,[9] uma espécie de uivo que o chacal dá quando está caçando atrás de um tigre ou quando há uma presa grande a ser capturada. Se você conseguir imaginar uma mistura de ódio, triunfo, medo e desespero, com uma espécie de malignidade por trás, vai ter uma ideia do que foi o *Pheeal* que ressoou, tremulou e morreu vindo de bem longe, do outro lado do Waingunga. Os Quatro eriçaram o pelo e começaram a rosnar. A mão de

Mowgli voou para a faca e ele também estacou como se tivesse virado pedra.[10]

"Nenhum Listrado ousaria caçar aqui", disse depois de algum tempo de silêncio.

"Esse não é o grito de Aquele que Vai na Frente", disse Irmão Cinzento. "É uma grande caçada. Ouça!"

O som surgiu de novo, uma mistura de soluço com risada, como se o chacal tivesse os lábios macios de um ser humano. Então Mowgli respirou fundo e correu até a Pedra do Conselho, passando, no caminho, por lobos da Alcateia que se apressavam também. Phao e Akela estavam na Pedra juntos e abaixo estavam os outros, com todos os músculos retesados. As mães e os filhotes iam depressa para os covis; pois, quando o *Pheeal* soa, não é a época de coisas frágeis estarem ao relento.

Não ouviram nada exceto o Waingunga gorgolejando na escuridão e os ventos da noite assobiando por entre as copas das árvores, até que subitamente um lobo uivou do outro lado do rio. Não era um lobo da Alcateia, pois todos estavam na Pedra. O tom do uivo mudou, se tornando um lamento;[11] "*Dhole!*",[12] ele dizia, "*Dhole! Dhole! Dhole!*" Dentro de poucos minutos eles ouviram pés cansados sobre as pedras; e um lobo esquálido e molhado, com sangue vermelho lhe manchando os flancos, a pata da frente direita destroçada e as mandíbulas brancas de espuma se atirou no meio do círculo e ficou ofegando aos pés de Mowgli.

"Boa caçada! Quem é teu líder?", perguntou Phao num tom grave.

"Boa caçada! Sou um Won-tolla",[13] respondeu o lobo. Queria dizer que era um lobo solitário, que garantia sozinho a sobrevivência dele próprio, da sua companheira e dos seus filhotes em algum covil isolado. Won-tolla significa forasteiro — alguém que fica de fora de qualquer alcateia. Quando ele arquejava, os outros viam seu coração sacudi-lo para a frente e para trás.

"O que passa por aqui?", disse Phao, pois essa é a pergunta que todos na Selva fazem depois do *Pheeal.*

"Os dholes, os dholes do Dekkan...[14] Cão Vermelho, o Matador! Eles vieram do Sul para o Norte, dizendo que não havia mais nada no Dekkan e matando tudo que encontravam pelo caminho. Quando essa lua era nova, havia quatro comigo — minha companheira e três filhotes. Ela os ensinava a caçar nas pradarias, se escondendo para encurralar o cervo, como fazemos nós, que somos do campo aberto. À meia-noite, ouvi-os ladrando juntos na trilha. No vento da madrugada, encontrei os cadáveres na grama — quatro, Povo Livre, eram quatro quando a lua era nova! Então fui atrás do meu Direito de Sangue e encontrei os dholes."

"Quantos?", perguntou Mowgli, e todos na Alcateia emitiram rugidos vindos do fundo da garganta.

"Não sei. Três deles não vão mais matar, mas no final me fizeram sair correndo como o cervo; saí correndo com três pernas. Olha, Povo Livre!"

Ele estendeu a pata da frente estraçalhada, coberta de sangue negro e seco. A parte mais baixa do seu flanco tinha recebido mordidas cruéis e sua garganta estava arranhada e rasgada.

"Come", disse Akela, saindo de diante da carne que Mowgli lhe trouxera; o forasteiro atirou-se sobre ela, morto de fome.

"Vosso povo não vai perder essa carne", disse ele humildemente depois de acabar com o pior da fome. "Espera minha força voltar um pouco, Povo Livre, e eu também matarei! Está vazio meu covil, que estava cheio quando a lua era nova, e a dívida de sangue ainda não foi toda paga."

Phao ouviu os dentes do forasteiro partindo um osso de quarto traseiro e rosnou de aprovação.

"Vamos precisar desses dentes", disse ele. "Havia filhotes com os dholes?"

"Não, não. Caçadores vermelhos, todos eles; cães adultos da matilha, pesados e fortes."[15]

Isso significava que os dholes, os cães caçadores do Dekkan, tinham vindo para brigar, e os lobos sabiam bem que até o tigre entrega uma presa recém-morta para eles. Os dholes varam a Selva numa linha reta e, tudo o que encontram, atacam e destroem. Embora não sejam tão grandes e nem de longe tão espertos quanto os lobos, são muito fortes e numerosos. Por exemplo, os dholes só se consideram uma matilha quando passam de cem cabeças, enquanto para os lobos quarenta já formam uma alcateia bastante grande. Os passeios de Mowgli o tinham levado até bem perto das planícies de grama alta do Dekkan, e ele muitas vezes vira os intrépidos dholes comendo, brincando e se coçando em meio aos buracos e moitas que usam como covis. Mowgli os desprezava e odiava porque eles não tinham o cheiro do Povo Livre, porque não viviam em cavernas e, acima de tudo, porque tinham pelos entre os dedos, enquanto ele e seus amigos não tinham. Mas ele sabia, pois Hathi lhe contara, que uma matilha de dholes caçadores era uma coisa terrível. O próprio Hathi sai do seu caminho e, até que estejam todos mortos ou até que a caça esteja escasseando, os dholes continuam a matar sem parar.

Akela também sabia um pouco sobre os dholes; ele disse para Mowgli, baixinho: "É melhor morrer com a Alcateia inteira que sozinho e sem líder. É uma boa caçada e... será a minha última. Mas, na idade dos homens, tu terás muitos outros dias e noites, Irmãozinho. Vai para o Norte e te esconde e, se algum lobo estiver vivo depois que os dholes passarem, ele vai te levar notícias da briga."

"Ah", disse Mowgli, num tom muito grave, "então eu devo ir para os pântanos, pegar peixinhos e dormir nas árvores, ou devo ir pedir ajuda ao *Bandar-log* e ficar comendo nozes enquanto a Alcateia briga lá embaixo?"

"É briga de morte", disse Akela. "Tu nunca enfrentastes o dhole — o Matador Vermelho. Até o Listrado..."

"Aowa! Aowa!", disse Mowgli com doçura. "Já matei um macaco listrado.[16] Ouve: havia um lobo que era meu pai, uma loba que era minha mãe e há um velho lobo cinza — não muito esperto; ele agora ficou branco — que é meu pai e minha mãe. Por isso eu", continuou ele, erguendo a voz, "digo que, quando os dholes vierem, se vierem, Mowgli e o Povo Livre são do mesmo sangue para essa caçada; e digo, pelo touro que me comprou, pelo touro que Bagheera pagou por mim nos velhos tempos que vós da Alcateia não lembrais, digo e *repito*; que as árvores e o rio me ouçam e sirvam de testemunhas; digo que essa minha faca será como um dente da Alcateia... e ela não é nada cega. O que eu disse é minha Palavra."

"Tu não conheces os dholes, homem com língua de lobo", exclamou Won-tolla. "Só procuro cobrar minha dívida de sangue deles antes que me façam em muitos pedaços. Movem-se devagar, matando o que encontram, mas daqui a dois dias eu terei um pouco de força e irei atrás da minha dívida de sangue. Mas para vós, Povo Livre, meu conselho é: ide para o Norte e comei pouco durante algum tempo, até que os dholes se vão. Não se dorme[17] nessa caçada."

"Escutai o forasteiro!", disse Mowgli, rindo. "Povo Livre, nós devemos ir para o Norte, comer lagartos e ratos da margem do rio, para não encontrarmos os dholes. Eles vão matar todas as presas nos nossos campos de caça enquanto nos escondemos no Norte até que queiram nos devolver o que é nosso. Os dholes são cães — filhos de cães — vermelhos, de barriga amarela, sem covil e com pelos entre os dedos! Eles têm seis ou oito filhotes de cada vez como se fossem Chikai, o Pequeno Rato Pulador.[18] Sem dúvida devemos fugir, Povo Livre, e implorar que os povos do Norte nos deixem comer o refugo do gado morto! Vós conheceis o ditado: no Norte, ficam os vermes;

no Sul, os piolhos. *Nós* ficamos na Selva. Escolhei, oh, escolhei. É uma boa caçada. Para a Alcateia — a Alcateia inteira —, para o covil e os filhotes; pela presa que se mata sozinho e a presa que se mata em bando; pela companheira que afugenta o cervo e o filhotinho dentro da caverna... é guerra! É guerra! É guerra!"

A Alcateia respondeu com um ladrar estrondoso que ressoou pela noite como uma árvore caindo. "É a guerra!", gritaram os lobos.

"Ficai com eles", disse Mowgli para os Quatro. "Vamos precisar de cada dente. Phao e Akela devem preparar a batalha. Eu vou contar os cães."

"Vai ser a morte!", exclamou Won-tolla, erguendo-se um pouco. "O que pode essa criatura pelada fazer contra os cães vermelhos? Lembrai que até mesmo o Listrado..."

"Tu és mesmo um forasteiro", disse Mowgli para ele, "mas conversaremos depois que os dholes estiverem mortos. Boa caçada a todos!"

Ele saiu correndo noite adentro, louco de excitação e mal vendo onde punha o pé; e a consequência natural disso foi que se estatelou depois de tropeçar numa das enormes espirais de Kaa, que estava deitado observando um caminho que os cervos usavam para passar perto do rio.

"Kssha!", sibilou Kaa, furioso. "Isso é coisa de alguém do Povo da Selva, fazer esse barulho todo e estragar a caçada de uma noite inteira? E ainda por cima com as presas correndo tanto!"

"Foi culpa minha", disse Mowgli, se levantando. "Eras tu mesmo que eu estava procurando, Cabeça Chata, mas a cada vez que nos vemos tens um braço meu a mais de largura e comprimento. Não há ninguém como tu na Selva, velho, sábio, forte e mais lindo Kaa."

"Aonde será que vai dar *essa* trilha?", disse Kaa, num tom mais gentil. "Não se passou nem uma lua desde que um Homúnculo que carrega uma faca atirou pedras na minha cabeça e me chamou de nomes feios de macaco só porque eu estava dormindo sem me esconder."

"Sim, e todos os cervos saíram ventando, e Mowgli estava caçando, e esse mesmo Cabeça Chata era surdo demais para ouvir um assobio e deixar livre os caminhos das presas", respondeu Mowgli serenamente, sentando-se em meio às espirais coloridas.

"E agora esse mesmo Homúnculo vem com palavras suaves e macias ter com esse mesmo Cabeça Chata, dizendo-lhe que ele é sábio, forte e lindo, e esse mesmo Cabeça Chata acredita e oferece uma espiral, assim, para o mesmo Homúnculo sentar e... Estás confortável? Nem Bagheera conseguiria arrumar-te um assento tão bom, não é verdade?"

Kaa tinha formado uma espécie de rede com o corpo para sustentar o peso de Mowgli, como sempre fazia. O menino esticou o braço na escuridão, aproximou o pescoço forte e flexível de Kaa até que a cabeça da cobra estivesse sobre seu ombro e então lhe contou tudo que havia acontecido na Selva aquela noite.

"Talvez eu seja sábio", disse Kaa no fim, "mas sem dúvida sou surdo, ou teria ouvido o *Pheeal*. Não é à toa que os comedores de grama estão inquietos. Quantos dholes são?"

"Ainda não vi. Vim logo ter contigo. És mais velho que Hathi. Mas, ó Kaa", disse Mowgli, estremecendo de alegria, "que boa caçada vai ser! Poucos entre nós verão outra lua."

"E *tu* vais lutar? Lembra que és um homem; e lembra qual alcateia te expulsou. Os lobos que cuidem dos cães. *Tu* és homem."

"As nozes do ano passado são a terra preta deste ano", disse Mowgli. "É verdade que sou homem, mas está no meu estômago que esta noite eu disse ser um lobo. Pedi que o rio e as árvores fossem minhas testemunhas. Sou do Povo Livre, Kaa, até os dholes terem ido embora."

"Povo Livre", resmungou Kaa. "Ladrões livres, isso sim! E tu te amarraste num nó mortal para honrar lobos mortos! Não é uma boa caçada."

"O que eu disse é minha Palavra. As árvores sabem, o rio sabe. Até que os dholes vão embora, minha palavra não será renegada."

"Ngssh! Isso muda todas as trilhas. Pensei em te levar comigo para os pântanos do Norte, mas a palavra de alguém — até mesmo a palavra de um filhotinho pelado de homem — é a palavra de alguém. Agora eu, Kaa, digo..."

"Pensa bem, Cabeça Chata, antes de também te amarrares no nó mortal. Não preciso da tua palavra, pois bem sei..."

"Que assim seja, então", disse Kaa. "Não vou dar minha palavra; mas o que teu estômago te diz para fazer quando os dholes chegarem?"

"Eles vão ter que atravessar o Waingunga a nado. Pensei em recebê-los com minha faca na parte rasa, tendo a Alcateia às costas; e assim, com cortes e mordidas, podemos fazê-los desviar do caminho e descer o rio, ou esfriar um pouco suas gargantas."

"Os dholes não se desviam do seu caminho e suas gargantas são quentes", disse Kaa. "Não restará nem filhote de homem nem filhote de lobo quando acabar essa caçada, apenas ossos secos."

"Alala! Se formos morrer, que seja. Vai ser uma ótima caçada. Mas meu estômago é jovem e eu não vi muitas chuvas. Não sou sábio nem forte. Tens um plano melhor, Kaa?"

"Eu já vi cem chuvas e mais cem. Quando Hathi ainda tinha dentes de leite,[19] minha trilha na poeira já era longa. Pelo Primeiro Ovo, sou mais velho que muitas árvores e já vi tudo que a Selva faz."

"Mas *essa* é uma caçada nova", disse Mowgli. "Os dholes nunca cruzaram nosso caminho antes."

"O que é, já foi. O que será nada mais é que um ano

esquecido completando uma volta. Fica quieto enquanto eu conto esses meus anos."

Durante uma hora inteira, Mowgli ficou deitado em cima de Kaa, brincando com a faca, enquanto a cobra, com a cabeça imóvel no chão, pensava em tudo o que vira e aprendera desde o dia em que saíra do ovo. A luz dos seus olhos se apagou, deixando-os parecidos com duas opalas leitosas e, de tempos em tempos, ele fazia um leve movimento mecânico com a cabeça da direita para a esquerda, como se estivesse caçando enquanto dormia. Mowgli tirou uma soneca, pois sabia que a melhor coisa para se fazer antes de caçar é dormir, e era treinado para conseguir cair no sono a qualquer hora do dia ou da noite.

Então, o menino sentiu Kaa ficando maior e mais largo sob seu corpo, conforme o enorme píton se inflava, sibilando tão alto quanto uma espada tirada de uma bainha de aço.

"Vi todas as estações mortas", disse Kaa, afinal, "as grandes árvores, os velhos elefantes e as pedras que eram nuas e afiadas antes de o musgo crescer. *Tu* ainda estás vivo, Homúnculo?"

"A lua acabou de nascer",[20] disse Mowgli. "Não entendo o que..."

"Psiu! Voltei a ser Kaa. Eu sabia que tinha passado pouco tempo. Agora vamos ao rio e eu vou te mostrar o que fazer para lutar com os dholes."

E ele foi em linha reta para o braço principal do Waingunga, mergulhando um pouco depois do lago que escondia a Pedra da Paz, com Mowgli ao lado.

"Não, não vai nadando. Eu vou depressa. Sobe nas minhas costas, Irmãozinho."

Mowgli enroscou o braço esquerdo no pescoço de Kaa, deixou o direito pender ao longo do corpo dele e esticou os pés. Então Kaa nadou contra a corrente como só ele conseguia fazer, criando ondulações na água que subiam até a altura do pescoço de Mowgli e fazendo os pés do menino balançar de um lado para o outro no redemoinho que o movimento do seu corpo criava. Cerca de um quilômetro e meio depois da Pedra da Paz, o Waingunga se estreita em meio a um desfiladeiro de rochas de mármore que têm entre vinte e cinco e trinta metros de altura, e a corrente sai em disparada sobre diversas pedras de aparência muito feia. Mas Mowgli não se preocupou com a água: nenhuma água do mundo poderia lhe dar medo, nem por um segundo. Estava olhando para o desfiladeiro de ambos os lados e farejando, inquieto, pois havia um cheio agridoce no ar, muito parecido com o odor de um enorme formigueiro num dia quente. Instintivamente, Mowgli afundou mais dentro d'água, erguendo a cabeça só para respirar, e Kaa se ancorou com uma enroscada dupla da cauda numa pedra submersa, segurando-o numa das suas espirais enquanto a água passava a toda por eles.

"Este é o Lugar da Morte", disse o menino. "Por que viemos para cá?"

"Elas estão dormindo", disse Kaa. "Hathi não sai da frente para o Listrado passar. Mas tanto Hathi quanto o Listrado saem da frente para os dholes passarem, e os dholes, dizem, não dão passagem a ninguém. Mas a quem o Pequeno Povo das Pedras dá passagem? Diz-me, Senhor da Selva, quem são as Senhoras da Selva?"

"Elas", sussurrou Mowgli. "Este é o Lugar da Morte. Vamos embora."

"Não, olha bem, pois elas estão dormindo. Está do mesmo jeito que era quando eu não tinha nem o tamanho do teu braço."

O mármore rachado e gasto do desfiladeiro do Waingunga vinha sendo usado desde o nascimento da Selva pelo Pequeno Povo das Pedras[21] — as frenéticas, furiosas e negras abelhas selvagens da Índia; e como Mowgli bem sabia, todos os rastros desapareciam a cerca de oitocentos metros da região que ocupavam. Durante séculos, um enxame do Pequeno Povo construíra colmeias em cada uma daquelas fissuras, manchando o mármore branco de mel rançoso e fazendo favos altos, largos e negros no meio da escuridão das reentrâncias, sem que nem homem, nem fera, nem fogo, nem água os tocassem. Em ambos os lados, o desfiladeiro estava coberto de cima a baixo com algo parecido com uma cortina de veludo tremulante, e Mowgli afundou ao ver aquilo, pois era um amontoado de milhões de abelhas adormecidas. Havia também uns morrinhos, umas coisas que se pareciam com grinaldas ou tocos de árvore pontilhando o mármore — eram os velhos favos de anos passados e as novas colmeias construídas à sombra do desfiladeiro, onde o vento nunca batia; e uma imensa quantidade de destroços esponjosos que tinha rolado de lá de cima e ficado presa nas árvores e trepadeiras que cresciam na parede de pedra. Apurando os ouvidos, Mowgli ouviu mais de uma vez o farfalhar de um favo pesado de mel virando e caindo em algum ponto das galerias escuras; depois, um estrondo de asas furiosas batendo e o pinga-pinga irremediável do mel desperdiçado, formando um filete que cairia de alguma borda do desfiladeiro e iria se derramar, lento, sobre os galhos. Havia uma minúscula praia de menos de um metro e meio de largura num dos lados do rio e, sobre ela, pilhas e mais pilhas dos destroços de anos incontáveis. Lá estavam abelhas e zangões mortos, favos velhos e asas de mariposas e besouros saqueadores que tinham aparecido ali em busca de mel, todos formando pilhas de um pó preto finíssimo. Só o cheiro pungente daquilo era o suficiente para amedrontar qualquer coisa que não tivesse asas e soubesse o que era o Pequeno Povo.

Kaa continuou a nadar rio acima até chegar a um banco de areia na entrada do desfiladeiro.

“Aqui está a matança desta temporada”, disse ele. “Olha!”

No banco estavam os esqueletos de dois jovens cervos e de um búfalo. Mowgli viu que nenhum lobo ou chacal tocara naqueles ossos, que estavam dispostos da maneira natural do esqueleto.

"Eles passaram da fronteira... não sabiam",[22] murmurou Mowgli, "e o Pequeno Povo os matou. Vamos embora antes que elas acordem."

"Elas só acordam na alvorada", disse Kaa. "Agora, eu vou te contar. Há muitas, muitas chuvas, cem cervos do Sul vieram para cá sem conhecer a Selva, com uma alcateia perseguindo-os. Cegos de medo, eles pularam de lá de cima e a alcateia estava se guiando pela visão, pois seguiam furiosamente a trilha, sem prestar atenção em mais nada. O sol estava alto e o Povo Pequeno é numeroso e muito violento. Muitos da alcateia também pularam no Waingunga, mas estavam mortos antes de caírem na água. Aqueles que não pularam também morreram nas pedras lá de cima. Mas os cervos ficaram vivos."

"Como?"

"Porque chegaram antes, correndo para salvar a vida, pulando antes que o Povo Pequeno se desse conta, e já estavam no rio quando elas se reuniram para matar. A alcateia, vindo atrás, se perdeu por completo sob o peso do Povo Pequeno, que fora despertado pelos pés daqueles cervos."[23]

"Os cervos ficaram vivos?", repetiu Mowgli, devagar.

"Pelo menos não morreram *daquele jeito*, embora não houvesse ninguém esperando lá embaixo com um corpo forte para protegê-los da correnteza, como um certo Cabeça Chata velho, gordo, surdo e amarelo vai esperar por um Homúnculo... sim, mesmo que haja todos os dholes do Dekkan no seu rastro. O que teu estômago te diz?"

A cabeça de Kaa pousou no ombro molhado de Mowgli e sua língua estremeceu perto da orelha do menino. Fez-se um longo silêncio antes de ele sussurrar:[24]

"Isso é puxar os bigodes da morte, mas... Kaa, tu és, de fato, o mais sábio de toda a Selva."

"Muitos já disseram o mesmo. Olha, se os dholes te seguirem..."

"Sem dúvida, irão seguir. Ho! Ho! Tenho muitos espinhos debaixo da língua para espetar no couro deles."

"Se eles te seguirem, cegos e furiosos, olhando só para os teus ombros, quem não morrer lá em cima vai engolir água aqui ou mais adiante, pois o Povo Pequeno vai sair e cobrir tudo. As águas do Waingunga são famintas e eles não terão um Kaa para segurá-los, por isso quem ainda estiver vivo vai descer até as águas rasas que passam perto dos covis do Seeonee e, lá, tua Alcateia poderá avançar sobre suas gargantas."

"Ahai! Eowawa! Melhor que isso, só se as chuvas caíssem na temporada de seca. Agora, é só resolver o pequeno problema da corrida e do pulo. Vou me mostrar para os dholes, para que eles me sigam de perto."

"Já viste as pedras ali em cima? Do lado da terra?"

"Na verdade, não. Tinha me esquecido disso."

"Vai olhar. É um terreno podre, cheio de rachaduras e buracos. Se enfiares um desses pés desajeitados sem olhar para onde vais, será o fim da caçada. Olha, vou deixar-te aqui e só por tua causa irei falar com a Alcateia, para que os lobos saibam onde devem esperar os dholes. Por mim, não seria do mesmo sangue que *nenhum* lobo."

Quando Kaa não gostava de alguém, podia ser mais desagradável que qualquer outro ser do Povo da Selva, com a possível exceção de Bagheera. Ele nadou rio abaixo e, diante da pedra, encontrou Phao e Akela escutando os ruídos da noite.

"Psiu! Ei, seus cães", disse, alegremente. "Os dholes vão chegar pelo rio. Se não tiverdes medo, podereis matá-los nas águas rasas."

"Quando eles virão?", perguntou Phao. "E onde está meu Filhote de Homem?", perguntou Akela.

"Virão quando virão", disse Kaa. "Espera e vê. Quanto ao *teu* Filhote de Homem, de quem aceitaste a Palavra deixando-o exposto à morte, *teu* Filhote de Homem está *comigo*, e se já não está morto não é graças a ti, cachorro branquelo! Esperai aqui pelo dhole, e ficai felizes pelo fato de que eu e o Filhote de Homem estamos lutando do vosso lado."

Kaa disparou rio acima de novo e se atracou no meio do desfiladeiro, olhando para cima, para a beirada do precipício. Logo, viu a cabeça de Mowgli se movendo contra as estrelas; então se ouviu um assobio e o *tchibum* nítido de um corpo caindo na água com os pés para baixo; e, no minuto seguinte, o menino estava descansando mais uma vez numa das curvas de Kaa.

"Não é um grande pulo para dar à noite", disse Mowgli, muito sério. "Já pulei duas vezes essa altura só por diversão; mas aquele lugar lá em cima é perverso... arbustos baixos e barrancos fundos... tudo cheio do Povo Pequeno. Pus pedras grandes, uma em cima da outra, ao lado de três dos barrancos. Vou jogá-las para baixo com os pés enquanto estiver correndo, pois então o Povo Pequeno vai subir atrás de mim, zangado."

"Essa é a esperteza do homem", disse Kaa. "És sábio, mas o Povo Pequeno está sempre zangado."

"Não, na hora do crepúsculo todas as asas de perto e de longe descansam um pouco. Vou brincar com os dholes no crepúsculo, pois eles caçam melhor de dia. Agora, estão seguindo o rastro de sangue de Won-tolla."

"Assim como Chil nunca abandona um boi morto, os dholes nunca abandonam uma presa ferida para que ela possa deixar um rastro de sangue", disse Kaa.

"Então eu lhes darei um novo rastro de sangue... do sangue deles próprios, se puder, e darei poeira para comerem. Tu ficarás aqui, Kaa, até eu vir com meus dholes?"

"Ficarei, mas e se eles te matarem na Selva, ou o Povo Pequeno te matar antes de conseguires pular no rio?"

"Quando o amanhã chegar, vamos conhecer o amanhã", disse Mowgli, usando um ditado da Selva; e continuou: "Quando eu estiver morto, estará na hora de cantar a Canção da Morte. Boa caçada, Kaa".

Ele largou o pescoço do píton e desceu o rio como um tronco levado pelas águas, remando na direção da margem mais distante, onde encontrou água parada, e rindo alto de pura alegria. O que Mowgli mais amava na vida era, como o próprio dizia, "puxar os bigodes da Morte" e fazer o Povo da Selva sentir que ele era seu soberano. Muitas vezes, com a ajuda de Baloo, o menino roubara colmeias de abelhas construídas em árvores distantes e, por isso, sabia que o Povo Pequeno não gostava do cheiro de alho silvestre. Assim, colheu um pouco, amarrou-o com uma corda feita de casca de árvore e seguiu o rastro de sangue de Won-tolla, que se estendia na direção sul a partir dos covis por uma distância de cerca de oito quilômetros. Andava olhando para as árvores com a cabeça virada para o lado, rindo o tempo todo.

"Já fui Mowgli, a Rã", disse ele de si para si. "Declarei que sou Mowgli, o Lobo. Agora terei que ser Mowgli, o Macaco, antes de virar Mowgli, o Cervo. No fim, serei Mowgli, o Homem. Ho!", completou, passando o polegar pela lâmina da sua faca, que tinha quarenta e cinco centímetros de comprimento.

O rastro de Won-tolla, repleto de manchas fedidas e negras de sangue, seguia por uma floresta de árvores folhosas que cresciam bem juntas umas das outras, continuando na direção nordeste e ficando cada vez mais fraco até chegar a cerca de três quilômetros das Pedras das Abelhas. Entre a última árvore e o matagal que cobria as Pedras das Abelhas havia um campo aberto com tão pouca vegetação que mal seria possível esconder um único lobo. Mowgli foi trotando pela floresta, calculando as distâncias entre os galhos e às vezes subindo um tronco e dando um pulo experimental de uma árvore para a outra, até chegar ao campo aberto, que examinou com grande cuidado durante uma hora. Depois se virou, voltou a seguir o rastro de Won-tolla no ponto onde o abandonara, se acomodou numa árvore com um galho comprido que ficava a cerca de dois metros e meio do chão, pendurou seu punhado de alho numa forquilha segura e ficou parado, afiando a faca na sola do pé.[25]

Um pouco antes do meio-dia, quando o sol estava bem quente, ele ouviu o ruído de passos e sentiu o cheiro abominável de uma matilha de dholes trotando sem descanso e sem pena e seguindo o rastro de Won-tolla. Vistos de cima, os dholes vermelhos parecem ter menos da metade do tamanho de um lobo, mas Mowgli sabia como seus pés e suas mandíbulas eram fortes. Ele ouviu o ladrar agudo do líder que farejava os rastros e desejou-lhe: "Boa caçada!".

A fera olhou para cima e seus companheiros estacaram logo atrás, dezenas e dezenas de cães vermelhos com rabos compridos, ombros fortes, quartos estreitos e bocas sangrentas. Os dholes são um povo muito lacônico em qualquer ocasião e não têm boas maneiras nem quando estão no seu próprio território, o Dekkan. Devia haver quase duas centenas ali embaixo, mas Mowgli viu que os líderes farejavam avidamente os rastros de Won-tolla e tentavam fazer a matilha seguir em frente. Aquilo não podia acontecer, ou eles chegariam aos covis da Alcateia em plena luz do dia, e a intenção do menino era mantê-los sob aquela árvore até a hora do crepúsculo.

"Com a permissão de quem viestes para cá?", perguntou Mowgli.

"Todas as Selvas são nossas", respondeu um dhole, mostrando seus dentes brancos. Mowgli olhou para baixo com um sorriso e imitou perfeitamente o barulhinho agudo do Chikai, o Rato Pulador do Dekkan, querendo que os dholes entendessem que não os considerava melhores que aquele roedor. A matilha se aproximou mais do tronco da árvore e o líder ladrou furiosamente, chamando Mowgli de macaco. Em resposta, Mowgli esticou a perna sem pelos e remexeu os dedos dos pés bem acima da cabeça do líder. Aquilo foi suficiente, e mais que suficiente, para causar uma ira insana na matilha. Quem tem pelo entre os dedos dos pés não gosta que ninguém os faça lembrar disso. Mowgli tirou o pé bem na hora que o líder pulou e disse, num tom muito doce: "Seus cães vermelhos! Voltai para o Dekkan e comei lagartos! Ide ter com Chikai, vosso irmão, seus cães, cães, cães vermelhos! Com pelos entre todos os dedos dos pés!". E ele remexeu os dedos dos pés uma segunda vez.

"Desce ou iremos ficar aqui até que morras de fome, macaco pelado!", gritou a matilha, e isso era exatamente o que Mowgli queria. Ele se esticou todo no galho, com a bochecha colada no tronco e o braço direito livre e, durante cerca de cinco minutos, disse à matilha tudo o que pensava e sabia sobre ela, seus modos, seus costumes, suas companheiras e seus filhotes. Em nenhuma língua existem palavras mais amargas e mordazes que aquelas que o Povo da Selva usa para demonstrar desprezo. Quando você parar para pensar, vai ver que não poderia ser diferente. Como Mowgli dissera a Kaa, ele tinha muitos espinhos debaixo da língua e, de forma lenta e deliberada, levou os dholes do silêncio aos rosnados, dos rosnados aos uivos e dos uivos ao ladrar mais rouco e ensandecido. Eles tentaram responder aos insultos, mas era como um filhote tentando imitar a ira de Kaa, e durante todo o tempo Mowgli manteve os pés formando um nó em volta do tronco e a mão direita dobrada ao lado do corpo, pronta para agir. O enorme líder da matilha tinha pulado no ar muitas vezes, mas o menino não quis se arriscar a dar um golpe em falso. Afinal, tão furioso que adquiriu uma força maior que a natural, o cão deu um pulo de mais de dois metros do chão. Então a mão de Mowgli deu um golpe tão rápido quanto o da cabeça de uma cobra de árvore, agarrando-o pelo pescoço. O tronco sacudiu quando o peso do cão pendeu, e Mowgli quase foi arrastado para o chão. Mas o menino não largou a fera e foi erguendo-a, mole como um chacal afogado, centímetro a centímetro até trazê-la para cima do tronco. Com a mão esquerda, pegou a faca e cortou a cauda vermelha e felpuda, atirando o dhole de volta lá embaixo. Não precisava ter feito mais nada. Agora, os dholes só voltariam a seguir os rastros de Won-tolla depois de matar Mowgli ou terem sido mortos por ele. O menino os viu sentando-se em círculos com um tremor dos quartos que significava vingança ou morte,[26] e, por isso, subiu até uma forquilha mais alta, ajeitou as costas numa posição confortável e foi dormir.

Depois de três ou quatro horas, Mowgli acordou e contou a matilha. Estavam todos lá, quietos, robustos e furiosos, com olhos de aço. O sol começava a se pôr. Dentro de meia hora, o Povo Pequeno das Pedras terminaria de trabalhar e, como você sabe, os dholes não lutam bem na hora do crepúsculo.

"Eu não precisava de observadores tão atentos", disse o menino, ficando de pé sobre o tronco, "mas vou me lembrar disso. Vós sois dholes de verdade, mas, na minha opinião, em número grande demais. É por esse motivo que não devolvo o rabo daquele grande comedor de lagartos. Não estás satisfeito, cão vermelho?"

"Eu mesmo vou estraçalhar teu estômago", gritou o líder, mordendo a raiz de uma árvore.

"Não, pensa bem, rato sábio do Dekkan. Agora haverá muitas ninhadas de cachorrinhos vermelhos sem rabo! Isso mesmo, com tocos sangrentos que ardem quando a areia está quente. Vai para casa, cão vermelho, e chora, dizendo que um macaco fez isso. Não queres ir? Então vem comigo, que eu vou te ensinar muitas coisas."

Mowgli pulou à moda dos macacos[27] para a próxima árvore, e assim seguiu para mais uma e mais uma, com a matilha atrás, erguendo as cabeças famintas. De tempos em tempos, o menino fingia que ia cair e os cães pulavam uns sobre os outros, na pressa de participar da morte. Era uma cena curiosa — o menino carregando uma faca cuja lâmina brilhava à luz do sol que passava pelos galhos e, lá embaixo, a matilha silenciosa com os pelos vermelhos em brasa, ajuntando-se e correndo atrás dele. Quando Mowgli chegou à última árvore, pegou o alho e esfregou no corpo cuidadosamente, enquanto os dholes gritavam de desdém. "Macaco com língua de lobo, pensas que vais disfarçar teu cheiro?", disseram eles. "Nós vamos seguir-te até a morte."

"Pegai tua cauda", disse Mowgli, atirando-a para trás, no caminho que acabara de cruzar. A matilha, é claro, saiu correndo naquela direção ao sentir o cheiro de sangue.[28] "E agora, segui... até a morte!"

Ele já tinha escorregado pelo tronco da árvore e começado a correr como o vento com seus pés descalços até as Pedras das Abelhas quando os dholes se deram conta do que Mowgli estava fazendo.

Os cães soltaram um uivo profundo e partiram naquele meio galope pesado que consegue, depois de algum tempo, alcançar qualquer ser vivo. Mowgli sabia que uma matilha de dholes se move muito mais devagar que uma alcateia de lobos, ou jamais teria se arriscado a correr mais de três quilômetros bem diante deles. Os cães tinham certeza de que acabariam pegando o menino, e este tinha certeza de que podia fazer com eles o que bem entendesse. Sua única preocupação era mantê-los com raiva o suficiente para impedi-los de desistir cedo demais. Correu com passos rápidos e ágeis, com o líder sem rabo a menos de cinco metros dele e a matilha se espalhando[29] por cerca de quatrocentos metros de terreno, louca e cega com a fúria da matança. Mowgli usou o ouvido para manter sempre a mesma distância dos cães, reservando suas últimas forças para a disparada pelas Pedras das Abelhas.

O Povo Pequeno tinha ido dormir no início do crepúsculo, pois não estava na temporada das flores que abrem mais tarde;[30] mas, quando os primeiros passos de Mowgli soaram no chão oco, ele ouviu um barulho que fazia parecer que toda a terra estava zumbindo. Então ele correu como nunca correra antes, chutando uma, duas, três pilhas de pedra para dentro dos barrancos escuros de cheiro adocicado; ouviu um estrondo como o de ondas quebrando dentro de uma caverna, viu com o rabo do olho o ar ficando negro às suas costas, viu a corrente do Waingunga lá embaixo e uma cabeça chata em formato de losango na água; deu um pulo para a frente com todas as suas forças, com o dhole sem rabo quase mordendo seus ombros em pleno voo, e caiu com os pés para baixo na segurança do rio, ofegante e triunfal. Não tinha levado nem uma picada, pois o cheiro do alho afastara o Povo Pequeno só por aqueles segundos necessários para que atravessasse as pedras. Quando emergiu, o corpo de Kaa estava segurando-o, e algumas coisas pulavam da beira do precipício: pareciam ser enormes bolas de abelhas que caíam como balas de canhão; e, assim que cada bola tocava a água, as abelhas voavam para cima e o corpo de um dhole saía girando na correnteza. Lá em cima, ouviam-se gritos furiosos e breves, abafados por um ribombo que parecia um trovão — o ribombo das asas do Povo Pequeno das Pedras. Alguns dos dholes também haviam caído nos barrancos que levavam às cavernas subterrâneas, e lá sufocaram, lutaram e morderam o nada entre os favos que desmoronavam, até que, com os cadáveres erguidos no ar por ondas de abelhas, saíam pelo mesmo buraco e vinham dar no rio, rolando sobre as pilhas de destroços negros. Havia dholes que tinham dado pulos curtos demais e ido parar nas árvores das pedras, sendo então tomados pelas abelhas; mas a maioria, enlouquecida com as picadas, tinha se atirado no rio; e, como Kaa dissera, as águas do Waingunga são famintas.

Kaa segurou Mowgli com força até o menino recuperar o fôlego.

“Não podemos ficar aqui”, disse ele. “O Povo Pequeno acordou mesmo. Vem!”

Nadando com quase o corpo todo debaixo d'água e mergulhando sempre que podia, Mowgli desceu o rio com a faca na mão.

"Devagar, devagar!", disse Kaa. "Um dente não mata cem a não ser que seja o dente de uma naja, e muitos dos dholes caíram depressa na água quando viram o Povo Pequeno acordar. *Esses* não se machucaram."[31]

"Melhor para a minha faca, então. Puá! O Povo Pequeno não desiste!" Mowgli afundou de novo. A superfície da água estava coberta de abelhas selvagens zumbindo furiosamente e picando tudo o que encontravam.

"Nunca ninguém perdeu nada ficando em silêncio", disse Kaa, cujas escamas eram impossíveis de penetrar pelos ferrões, "e tu ainda tens uma longa noite para a caçada. Ouve como eles uivam!"

Quase metade da matilha tinha visto seus companheiros caindo naquela armadilha e, desviando bruscamente, se atirado na água pelas beiradas do desfiladeiro íngreme. Seus gritos de fúria e suas ameaças contra o "macaco" que havia causado sua vergonha se misturavam com os lamentos e rosnados daqueles que tinham sido punidos pelo Povo Pequeno. Ir para as margens do rio seria a morte e todos os dholes sabiam disso. A matilha foi carregada pela corrente, descendo até chegar às pedras[32] do Lago da Paz, mas mesmo ali o furioso Povo Pequeno os seguiu e os forçou a entrar na água de novo. Mowgli podia ouvir a voz do líder sem rabo pedindo que seu povo aguentasse e matasse todos os lobos de Seeonee. Não perdeu tempo escutando.

"Alguém está matando ali atrás, em meio à escuridão!", disse um dhole com raiva. "A água está manchada de sangue!"

Mowgli mergulhara como uma lontra e arrastara um dhole para debaixo d'água antes que ele pudesse abrir a boca; com isso, círculos escuros e gosmentos surgiram no Lago da Paz quando o cadáver subiu, virando de lado. Os dholes tentaram nadar para trás, mas a corrente forçou-os a seguir enquanto o Povo Pequeno atacava suas cabeças e orelhas e os ruídos desafiadores da Alcateia de Seeonee soavam cada vez mais altos e graves na escuridão profunda adiante. Mowgli mergulhou de novo e outro dhole emergiu morto; o clamor ressurgiu na retaguarda da matilha, com alguns afirmando que era melhor ir para a margem, outros pedindo que o líder os levasse de volta para o Dekkan e ainda outros exigindo que Mowgli aparecesse para ser morto.

"Eles vêm para a briga com dois estômagos e muitas vozes", disse Kaa. "O resto é com teus irmãos lá adiante. O Povo Pequeno vai voltar a dormir e eu também vou me deitar. Não ajudo lobos."[33]

Um lobo de três pernas veio correndo pela margem, pulando para cima e para baixo, pousando a cabeça de lado perto do chão, arqueando as costas e dando alguns chutes no ar como se estivesse brincando com seus filhotes. Era Won-tolla, o Forasteiro, que não disse uma palavra, continuando aquela brincadeira ensandecida diante dos dholes. Estes já estavam havia muito tempo na água e nadavam com dificuldade, sentindo o peso dos seus pelos molhados e da cauda felpuda que parecia esponja, tão cansados e amedrontados que também ficaram em silêncio, observando o par de olhos em brasa que os seguia.

"Essa não é uma boa caçada", disse um deles, afinal.

"Boa caçada!", exclamou Mowgli, emergindo bravamente ao lado da fera e enfiando sua longa faca embaixo do ombro dela, empurrando com força para que a lâmina não quebrasse.

"Estás aí, Filhote de Homem?", perguntou Won-tolla da margem.

"Pergunta aos mortos, forasteiro", respondeu Mowgli. "Nenhum desceu o rio? Eu enchi de terra a boca desses cães; enganei-os em plena luz do dia e seu líder está sem o rabo, mas ainda restam alguns poucos aqui. Para onde devo levá-los?"

"Vou esperar", disse Won-tolla. "Há uma longa noite adiante e eu verei bem."[34]

O ladrar dos lobos de Seeonee soava cada vez mais próximo. "Para a Alcateia, a Alcateia inteira, é a guerra", diziam eles. E uma curva no rio levou os dholes para a frente, jogando-os nos bancos de areia que ficavam diante dos covis de Seeonee.

Foi então que eles perceberam seu erro. Deviam ter saído da água oitocentos metros mais adiante e obrigado os lobos a lutar em terreno seco. Agora, era tarde demais. A margem estava pontilhada de olhos em brasa e, com exceção do horrível *Pheeal* que não cessara desde o pôr do sol, não havia qualquer ruído na selva. Foi como se Won-tolla houvesse adulado os cães para convencê-los a deixar o rio. O líder dos dholes disse: "Desviai para terra!". A matilha inteira se atirou na margem, se debatendo na água que cobria o banco de areia até que a superfície do Waingunga estivesse rasgada pela espuma, com as enormes ondulações indo de um lado a outro como se tivessem sido causadas pela passagem de um barco. Mowgli foi atrás em meio à disparada, dando golpes com a faca na massa compacta de dholes que cobria a praia como uma onda.

Então começou a longa luta, com os animais formando uma massa compacta que se espalhava por toda a areia molhada de sangue, por entre as raízes emaranhadas das árvores, por dentro dos arbustos e ao redor deles e pelo meio da grama, pois, mesmo depois do ataque das abelhas, ainda havia duas vezes mais dholes que lobos. Mas os cães encontraram lobos que lutavam por tudo o que fazia deles uma alcateia; e não eram apenas os machos caçadores, que são animais atarracados, de peito largo e caninos brancos; também estavam lá, brigando pelos seus filhotes, as enlouquecidas *lahinis*[35] — como são chamadas as fêmeas que guardam os covis —, e, mordendo e puxando os inimigos ao lado delas, lobos de um ano de idade com os pelos novos ainda macios. Você deve saber que os lobos atacam a garganta ou mordem o flanco, enquanto os dholes preferem morder mais para baixo.[36] Assim, enquanto os dholes estavam saindo da água, tendo que erguer a cabeça, os lobos estiveram em vantagem; mas, na terra firme, foram os lobos que sofreram mais, embora tanto na água quanto na terra a faca de Mowgli continuasse trabalhando do mesmo jeito.[37] Os Quatro haviam aberto caminho para ir ajudá-lo.[38] Irmão Cinzento, agachado entre os joelhos do menino, protegia seu estômago, enquanto os outros guardavam suas costas e as laterais do corpo ou o rodeavam quando o golpe de um dhole que se atirara, gritando, sobre a lâmina incansável, o derrubava no chão. Quanto aos outros lobos, estavam no meio de uma terrível confusão — uma massa violenta que oscilava da direita para a esquerda e da esquerda para a direita ao longo da margem, e também se movia lentamente em círculos. Aqui, via-se um monte que pulsava como uma bolha num redemoinho e que, estourando qual uma bolha mesmo, atirava para cima quatro ou cinco cães feridos, com cada um tentando voltar para o centro da luta; ali, via-se um único lobo atacado por dois ou três dholes que o arrastavam para a frente e o estraçalhavam; acolá, um filhote era carregado pelos animais ao seu redor, apesar de estar morto desde o começo da batalha, enquanto sua mãe, enlouquecida de fúria, mordia tudo o que via até perecer; e talvez as brigas mais duras fossem entre um lobo e um dhole que, esquecendo todo o resto, manobravam para ver quem golpeava primeiro até serem engolfados pela multidão de lutadores uivantes. Em dado momento Mowgli passou por Akela, que estava com um dhole em cada flanco e com as mandíbulas quase sem dentes mordendo as ancas de um terceiro; e em outro viu Phao, com os caninos rasgando a garganta de um cão, arrastando a fera, que se debatia, até deixá-la enfraquecida o suficiente para ser morta pelos filhotes. Mas a maior parte da batalha foi um turbilhão cego e sufocado na escuridão; um golpe, um pulo, um ganido, um gemido e um pandemônio sem fim por todos os lados.

Conforme a noite foi passando, o movimento daquele carrossel louco foi acelerando. Os dholes estavam cansados e com medo[39] de atacar os lobos mais fortes, embora ainda não ousassem fugir;[40] mas Mowgli sentia que tudo logo estaria acabado e passou a se contentar em aleijar os cães em vez de matá-los. Os filhotes de um ano foram ficando cada vez mais valentes; era possível respirar de tempos em tempos; e, às vezes, só o brilho da faca era suficiente para fazer um dhole dar meia-volta.[41]

"A carne está muito perto do osso", disse Irmão Cinzento, ofegante e sangrando em vinte lugares.

"Mas o osso ainda não foi partido", respondeu Mowgli. "Aowawa! É *assim* que se faz na Selva!" A lâmina ensanguentada passou como um raio pelo flanco de um dhole que tinha um lobo agarrado nos seus quartos.

"Ele é meu!", rosnou o lobo, de nariz franzido. "Deixa comigo!"

"Teu estômago *ainda* está vazio, forasteiro?", disse Mowgli.

Won-tolla estava terrivelmente ferido, mas sua mandíbula paralisara o dhole, que não conseguia se virar para mordê-lo.

"Pelo touro que me comprou!", exclamou o menino com uma risada amarga, "é o sem-rabo!"

E, de fato, era o líder amarelo-avermelhado dos cães.

"Não é sábio matar filhotes e *lahinis*", continuou Mowgli filosoficamente, limpando o sangue dos olhos, "sem matar o pai do covil. E meu estômago me diz que esse pai de covil vai te matar."[42]

Um dhole pulou para ajudar seu líder, mas, antes que seus dentes chegassem ao flanco de Won-tolla, Mowgli enfiou a faca no peito dele e Irmão Cinzento cuidou do resto.

"É assim que se faz na Selva", disse Mowgli.

Won-tolla não disse nada e, com a própria vida se esvaindo, apertou sem parar as mandíbulas na espinha do dhole. O líder estremeceu, sua cabeça pendeu e ele ficou imóvel. Won-tolla desabou sobre ele.

"Hum! A dívida de sangue foi paga", disse Mowgli. "Canta a canção, Won-tolla."

"Ele não caçará mais", disse Irmão Cinzento, "e Akela também foi silenciado há bastante tempo."

"O osso foi partido!", ladrou Phao, filho de Phaona. "Eles estão indo embora! Matai, matai até que eles se vão, ó caçadores do Povo Livre!"

Um dhole atrás do outro estava deixando aquelas areias encharcadas de sangue e entrando no rio e na selva densa, indo contra e a favor da correnteza ou para onde mais vissem que havia um caminho livre.

"A dívida! A dívida!", gritou Mowgli. "Pagai a dívida! Eles mataram o Lobo Solitário! Não deixai nem um cão vivo!"

Ele estava a caminho do rio com a faca nas mãos, tentando impedir qualquer cão que ousasse entrar na água, quando, de debaixo de um monte de nove cadáveres, surgiram a cabeça e os quartos dianteiros de Akela. Mowgli desabou de joelhos ao lado do Lobo Solitário.

"Eu não disse que essa seria minha última briga, Irmãozinho?", disse Akela, ofegante. "Foi uma boa caçada. E tu, Irmãozinho?"

"Estou vivo, depois de ter matado muitos."

"É verdade. Vou morrer e... quero morrer pelas tuas mãos, Irmãozinho."

Mowgli ajeitou a cabeça coberta de cicatrizes de Akela sobre os joelhos e envolveu o pescoço ferido do lobo com os braços.

"Já passou muito tempo desde a velha época de Shere Khan, quando um filhote de homem rolava, pelado, na poeira", disse Akela, tossindo.

"Não, não, eu sou um lobo. Sou do mesmo sangue que o Povo Livre!", exclamou Mowgli. "Não é pela minha vontade que sou homem."

"Tu és um homem, Irmãozinho, lobinho que ajudei a criar. És um homem completo, pois, se não fosses, a Alcateia teria fugido dos dholes. Devo-te minha vida e hoje tu salvaste a Alcateia assim como uma vez já te salvei. Esqueceste? Todas as dívidas estão pagas agora. Vai para o teu povo. Eu volto a te dizer, olho do meu olho, que essa caçada acabou. Vai para o teu povo."

"Não irei nunca. Caçarei sozinho na Selva. Juro."

"Depois do verão vêm as chuvas e depois das chuvas vem a primavera. Vai antes que te expulsem."

"Quem vai me expulsar?"

"Mowgli expulsará Mowgli. Volta para o teu povo. Volta a viver com os homens."

"Quando Mowgli expulsar Mowgli, eu irei", respondeu o menino.

"Não há mais nada aqui para ti",[43] disse Akela. "Agora, quero falar com meu povo.[44] Irmãozinho, podes me ajudar a ficar de pé? Eu também sou um líder do Povo Livre."

Com muito cuidado e carinho, Mowgli envolveu o corpo de Akela com os dois braços e o pôs de pé.[45] O Lobo Solitário respirou fundo e começou a cantar a Canção da Morte que um líder da Alcateia deve cantar quando morre. Sua voz foi ficando cada vez mais forte, ressoando até o outro lado do rio, até chegar às últimas palavras, que foram: "Boa caçada!". Akela então saiu do abraço de Mowgli por um instante e, dando um salto, caiu morto sobre sua última matança, que também foi a mais terrível.

Mowgli ficou com a cabeça encostada nos joelhos sem se importar com mais nada, enquanto os últimos dholes moribundos[46] eram alcançados e atacados sem piedade pelas *lahinis*. Devagar, os lamentos foram cessando e os lobos voltaram, mancando e com o sangue estancando, para contar seus mortos. Quinze machos e meia dúzia de *lahinis* haviam perdido a vida diante do rio e, entre os outros, não havia nenhum que não se ferira. Mowgli não ergueu a cabeça para nada até que chegou a alvorada fria, quando o focinho ensanguentado de Phao lhe tocou a mão. O menino se afastou para mostrar o corpo esquálido de Akela.

"Boa caçada!", disse Phao, como se Akela ainda estivesse vivo. E, olhando sobre o ombro mordido, ordenou aos outros: "Uivai, cães! Um lobo morreu esta noite!".

Mas, da matilha de duzentos dholes guerreiros, dos cães vermelhos do Dekkan, que afirmam que nenhum ser vivo da Selva ousa enfrentá-los,[47] nenhum voltou para casa para levar a notícia.

A CANÇÃO DE CHIL

Essa foi a canção que Chil cantou quando os abutres aterrissaram um atrás do outro no leito do rio, depois que a grande luta terminou. Chil é amigo de todo mundo, mas no fundo é um ser frio, pois sabe que quase todos na Selva acabam sendo consumidos por ele.

Foram meus companheiros avançando na escuridão
(*Chil!*[48] *Atenção, é Chil!*)
Agora chego assobiando para anunciar o fim da ação
(*Chil! Vanguardas de Chil!*)
Aqueles que me avisavam quando havia uma nova caçada
E a quem eu mandava dizer quando via os cervos na cha-
[pada
Esse é o fim da trilha — eles não dirão mais nada!

Aqueles que faziam a caçada em implacável perseguição
(*Chil! Atenção, é Chil!*)
Que encurralavam o sambhur e o atiravam no chão
(*Chil! Vanguardas de Chil!*)
Aqueles que se demoravam, os que chegavam na frente
Aqueles que usavam garras, aqueles que usavam dentes.
Esse é o fim da trilha — não caçarão nenhum vivente.

Eram meus companheiros. Sua morte me traz tristeza.
(*Chil! Atenção, é Chil!*)
Agora venho consolar quem mais conheceu sua grandeza.
(*Chil! Vanguardas de Chil!*)
Com os flancos estraçalhados, na boca o sangue a correr
Estão todos arrasados, mortos em pilhas no alvorecer
Esse é o fim da trilha — e os abutres terão o que comer.

A corrida de primavera*

O Homem volta aos homens! Dai o aviso
[pela Selva!
Já vai partindo quem foi nosso Irmão
Ouve então e avalia, ó Povo da Selva,
Quais animais daqui não o abandonarão

O Homem volta aos homens! Ele chora na
[Selva.
É imensa a tristeza que do nosso Irmão
emana
O Homem volta aos homens! (Como o
[amávamos na Selva!)
E não podemos segui-lo nessa trilha hu-
[mana

No segundo ano depois da grande briga com os cães vermelhos e a morte de Akela, Mowgli devia estar com quase dezessete anos. Parecia mais velho, pois exercícios vigorosos, ótima alimentação e banhos sempre que se sentia minimamente encalorado e empoeirado o tinham feito ficar mais forte e mais alto que a maioria dos meninos da sua

* Publicado pela primeira vez no *Pall Mall Gazette* nos dias 26 e 27 de setembro de 1895 e no *Civil and Military Gazette* nos dias 27, 28 e 30 de setembro e 4, 5 e 7 de outubro de 1895. Também publicado com o título de "Mowgli deixa a Selva para sempre" na *Cosmopolitan Magazine* em outubro de 1895, com ilustrações de W. H. Drake.

idade. Ele conseguia passar meia hora se balançando sem parar num galho alto quando tinha necessidade de olhar as estradas das árvores. Conseguia parar um jovem cervo no meio do galope, agarrar sua cabeça e atirá-lo com o flanco no chão. Conseguia até derrubar os enormes javalis azulados que viviam nos Pântanos do Norte. O Povo da Selva, que costumava temer sua inteligência, agora temia também sua força e, quando ele caminhava em silêncio para ir resolver uma coisa ou outra, o aviso sussurrado de que estava vindo deixava sem ninguém as aleias que cruzavam a mata. Mas a expressão dos seus olhos era sempre gentil. Mesmo quando brigava, seus olhos nunca soltavam faíscas como os de Bagheera. Apenas ficavam mais interessados e animados; e essa era uma das coisas que o próprio Bagheera não compreendia.

Ele mencionou isso para Mowgli, que riu e disse: "Quando erro o golpe numa caçada, fico com raiva. Quando passo dois dias de estômago vazio, fico com muita raiva. Nessas horas, por acaso meus olhos não mostram isso?".

"A boca fica com fome",[1] respondeu Bagheera, "mas os olhos não dizem nada. Caçando, comendo ou nadando, estão sempre iguais... como uma pedra sob a chuva ou sob o sol." Mowgli encarou Bagheera preguiçosamente com seus olhos de pestanas compridas e, como sempre, a cabeça da pantera abaixou. Bagheera sabia quem mandava ali.

Eles estavam deitados na parte alta de um morro que dava para o Waingunga e a bruma da manhã se espalhava ali embaixo, formando círculos brancos e verdes. Quando o sol despontou, eles se transformaram num mar borbulhante e colorido de vermelho e dourado, se dissiparam e deixaram que os raios baixos listrassem a grama seca sobre a qual Mowgli e Bagheera descansavam. Estava no fim da estação fria, as folhas e árvores pareciam gastas e esmaecidas e, quando o vento soprava, ouvia-se um farfalhar seco que parecia um tique-taque. Uma folhinha bateu furiosamente num galho, fazendo tap-tap-tap como se estivesse presa numa correnteza. Aquilo fez Bagheera ficar alerta, pois ele farejou o ar da manhã com um rosnado grave, atirou-se de costas no chão e golpeou a folhinha com as patas da frente.

"O ano está virando", disse ele. "A Selva segue em frente. O Tempo da Nova Língua está próximo. A folha sabe. É uma coisa muito boa."

"A grama está seca", respondeu Mowgli, arrancando um punhado do chão. "Até o Olho-da-Primavera (que é uma flor vermelha e lustrosa em forma de trompete que nasce na grama) está fechado e... Bagheera, fica *bem* para uma pantera-negra deitar assim de costas e bater com as patas no ar como se fosse um gatinho?"

"Uááá", bocejou Bagheera. Parecia estar pensando em outras coisas.

"Eu perguntei se fica *bem* para uma pantera-negra bocejar, rosnar, uivar e rolar desse jeito. Lembra que tu e eu somos Senhores da Selva."

"Sim, sim. Já ouvi, Filhote de Homem." Bagheera rolou de barriga para baixo depressa e se sentou, com poeira nos fiapos de pelo preto. (Estava acabando de perder o pelo do inverno.) "Sem dúvida que somos os Senhores da Selva! Quem é mais forte que Mowgli? Quem é mais sábio?" Havia um arrastado curioso na sua voz que fez Mowgli se virar para ver se por acaso a pantera estava caçoando dele, pois a Selva é repleta de palavras que soam como uma coisa, mas querem dizer outra. "Eu disse que é claro que somos os Senhores da Selva", repetiu Bagheera. "Fiz algo errado? Não sabia que o Filhote de Homem não deitava mais no chão. Por acaso ele voa?"

Mowgli se sentou com os cotovelos nos joelhos, observando o vale banhado pela luz do dia. Em algum ponto da mata lá embaixo, um passarinho de voz fina experimentava dar as primeiras notas da sua canção de primavera. Não era mais que a sombra do canto ribombante que emitiria mais tarde, mas Bagheera ouviu.

"Eu bem disse que o Tempo da Nova Língua estava próximo", rosnou a pantera, balançando a cauda.

"Eu ouvi", respondeu Mowgli. "Bagheera, por que estás tremendo todo? O sol está quente."

"Esse é Ferao,[2] o pica-pau escarlate", disse Bagheera. "*Ele* não esqueceu. Agora eu também tenho que me lembrar da minha canção." E ele começou a ronronar e murmurar sozinho, sempre parecendo insatisfeito com o que saía.

"Não há nenhum bicho para caçar por aí hoje", disse Mowgli preguiçosamente.

"Irmãozinho, estás com os *dois* ouvidos tapados? Esse não foi um chamado de caça, mas minha canção, que estou preparando para quando precisar."[3]

"Eu tinha esquecido. Vou saber quando chegar o Tempo da Nova Língua, pois é quando tu e os outros fogem e me deixam sozinho." Mowgli falou isso com bastante raiva.

"Mas, Irmãozinho", disse Bagheera, "nós nem sempre..."

"Sempre, sim", disse Mowgli, erguendo furiosamente o dedo indicador. "Vós fugis *sim* e eu, que sou o Senhor da Selva, preciso ficar sozinho. Como foi na estação passada, quando eu queria colher cana-de-açúcar dos campos da Alcateia dos Homens? Mandei um mensageiro... tu mesmo! Mandei-te falar com Hathi e pedir-lhe que viesse tal noite e colhesse a grama doce para mim com a tromba."

"Ele só demorou duas noites para vir", disse Bagheera, se encolhendo um pouco, "e, daquela grama longa e doce que tanto amas, colheu mais que qualquer filhote de homem consegue comer em todas as noites da temporada das chuvas. E isso foi culpa dele, não minha."

"Ele não veio na noite que eu pedi. Não, estava barrindo, correndo e rugindo pelos vales à luz da lua. Seus rastros pareciam os rastros de três elefantes, pois ele não estava se escondendo entre as árvores. Dançou à noite diante das casas da Alcateia dos Homens. Eu vi, mas ele não veio me ver; e *eu* sou o Senhor da Selva!"

"Era o Tempo da Nova Língua", disse a pantera, sempre com grande humildade. "Quem sabe, Irmãozinho, não tenhas te esquecido de chamá-lo usando a Palavra Mestra. Ouve só o Ferao!"[4]

O mau humor de Mowgli parecia ter se dissipado. Ele se deitou com a cabeça sobre os braços e os olhos fechados. "Não sei... nem quero saber", disse, com sono. "Vamos dormir, Bagheera. Meu estômago está pesado. Faz um descanso para minha cabeça."

A pantera voltou a se deitar com um suspiro, pois podia ouvir Ferao praticando sem parar sua canção de primavera, ou o que eles chamam de Nova Língua.

Numa Selva indiana, as estações passam de uma para outra quase sem causar mudanças. Parece haver apenas duas delas — a estação das chuvas e a da seca. Mas, se você prestar atenção no que está acontecendo sob as torrentes de chuva e as nuvens de fumaça e poeira, vai descobrir que todas as quatro aparecem na ordem normal. A primavera é a mais maravilhosa, pois ela não tem que cobrir campos inteiros sem nenhuma vegetação com folhas e flores novas, apenas fazer surgir coisas verdes sobre os restos das plantas tinhosas que o gentil inverno permitiu sobreviver e fazer com que a terra seminua e estagnada se sinta jovem e viçosa de novo. E faz isso tão bem que não há primavera no mundo como a da Selva.

Num dia, todas as coisas estão cansadas e até os cheiros que sobem no ar pesado parecem velhos e usados. Não dá para explicar, mas a gente sente que é assim. Então vem o dia seguinte, em que nada mudou para a visão, mas todos os cheiros são novos e deliciosos; e os bigodes do Povo da Selva estremecem até a ponta, e os pelos de inverno caem dos seus corpos como tranças emaranhadas. Às vezes, cai um pouquinho de chuva e todas as árvores, arbustos, bambus, musgos e plantas de folhas suculentas acordam e crescem tão depressa que é quase possível ouvi-las fazendo isso; e, sob esse ruído, há, dia e noite, um zumbido grave. *Esse* é o som da primavera — uma retumbância vibrante que não vem nem das abelhas, nem da água que cai, nem do vento nas copas das árvores; é o ronronar de um mundo cálido e feliz.

Até este ano, Mowgli sempre se deliciara com a mudança das estações. Era ele que em geral via o primeiro Olho-da-Primavera escondido no meio da grama e a primeira massa de nuvens de primavera, que são diferentes de todas as outras coisas da Selva. Ouvia-se sua voz em inúmeros lugares úmidos, cheios de flores e banhados pela luz das estrelas, participando dos coros das rãs gorduchas ou caçoando das corujinhas que ficam de cabeça para baixo, piando em meio às noites brancas. Assim como todo o resto do seu povo, Mowgli escolhia a primavera para dar seus passeios — correndo só pela alegria de sentir o ar quente, atravessando cinquenta, sessenta ou setenta quilômetros entre o crepúsculo e o surgimento da estrela da manhã e voltando sem fôlego, rindo e envolto em flores estranhas. Os Quatro não o seguiam nessas peregrinações loucas pela Selva, indo cantar canções com os outros lobos. O Povo da Selva fica muito ocupado na primavera e Mowgli podia ouvi-lo rosnando, berrando ou assobiando, de acordo com a espécie. Naquela estação, suas vozes ficam diferentes que nas outras épocas do ano, e esse é um dos motivos pelos quais a primavera é chamada de Tempo da Nova Língua.

Mas, como ele disse a Bagheera, naquela primavera seu estômago estava com uma sensação diferente. Desde que as folhas do bambu tinham ficado com manchinhas marrons, estava aguardando ansioso pela manhã em que os cheiros mudariam. Mas, quando ela veio e Mor, o Pavão, todo azul, dourado e cor de bronze, deu um grito que ecoou por toda a mata enevoada, Mowgli abriu a boca para passar o grito adiante e se engasgou com as palavras, sentindo algo que ia dos dedos dos pés à raiz dos cabelos — uma sensação de infelicidade completa. Ele se examinou todo, para se certificar de que não havia pisado num espinho. Mor continuou a anunciar os cheiros novos, os outros pássaros o imitaram e, das pedras que margeiam o Waingunga, veio o grito rouco de Bagheera — que fica entre o piado da águia e o relinchar do cavalo. O *Bandar-log* se espalhou pelos galhos que desabrochavam lá em cima, fazendo a maior algazarra, enquanto Mowgli continuou ali, com o peito, que se estufara para responder a Mor, murchando em suspiros de tristeza.

Ele olhou para cima, mas viu apenas o *Bandar-log* fazendo troça e correndo pelas árvores e Mor, com a cauda aberta em pleno esplendor, dançando na ladeira mais abaixo.

"Os cheiros mudaram!", gritou Mor. "Boa caçada, Irmãozinho! Onde está tua resposta?"

"Boa caçada, Irmãozinho!", assobiou Chil, o Abutre, e sua companheira, dando um rasante juntos. Os dois voaram por debaixo do nariz de Mowgli, passando tão perto que algumas penas macias fizeram cócegas nele.

Uma leve chuva de primavera — que eles chamam de chuva de elefante — atravessou a Selva num círculo de oitocentos metros de circunferência, deixando as folhas novas molhadas e sacudidas e morrendo num arco-íris duplo e em leves trovoadas. O zumbido de primavera cessou por um minuto, mas todos os seres da Selva pareciam estar cantando ao mesmo tempo. Todos, menos Mowgli.

"Comi comida boa", disse ele de si para si. "Bebi água boa. E minha garganta não está queimando e fechando, como aconteceu quando mordi a raiz pintadinha de azul que Oo, a Tartaruga, disse ser comida limpa. Mas meu estômago está pesado e eu, sem nenhum motivo, falei coisas muito feias para Bagheera e para os outros, para o Povo da Selva e meu próprio povo. Às vezes sinto calor e às vezes frio, e em outras vezes não sinto nem uma coisa nem outra, só raiva daquilo que não posso ver. Huhu! Está na hora de correr! Hoje vou atravessar as cordilheiras; sim, vou dar uma corrida de primavera até os Pântanos do Norte e voltar. Faz tempo que minhas caçadas têm sido fáceis demais. Os Quatro virão comigo, pois estão ficando mais gordos que larvas brancas."

Ele chamou, mas nenhum dos Quatro respondeu. Estavam num lugar onde não podiam ouvir Mowgli, cantando as canções de primavera — a Canção da Lua e a Canção do Sambhur — com os lobos da Alcateia, pois, na primavera, o Povo da Selva não vê muita diferença entre o dia e a noite. Mowgli emitiu um ladrar agudo, mas só obteve em resposta o miado de desdém do pequeno e malhado gato-ferrugem, que subia e descia os galhos, procurando os primeiros ninhos. Com isso, ele estremeceu todo de raiva e tirou metade da faca da bainha. Então se encheu de orgulho, embora não houvesse ninguém ali para vê-lo, e saiu pisando duro morro abaixo, com o queixo enfiado no peito e o cenho franzido. Mas ninguém do seu povo lhe fez nenhuma pergunta, pois estavam todos muito ocupados com seus assuntos.

"Sim", disse Mowgli de si para si, embora no fundo do coração soubesse que não tinha motivo. "Quando os dholes vermelhos vêm do Dekkan ou a Flor Vermelha dança entre os bambus, a Selva toda corre para Mowgli e diz que ele é grande e sábio como um elefante. Mas agora, só porque o Olho-da-Primavera floresceu e Mor precisa, de fato, mostrar as pernas nuas numa dança de primavera, a Selva fica tão maluca quanto Tabaqui... Pelo touro que me comprou, eu sou o Senhor da Selva ou não? Silêncio! Que fazeis aqui?"

Dois jovens lobos da Alcateia estavam descendo devagar por uma aleia, procurando um campo aberto onde pudessem lutar. (Você deve lembrar que a Lei da Selva proíbe brigas diante da Alcateia.) Os pelos do seu pescoço estavam duros como arames e eles ladravam furiosamente, agachados, tentando dar o primeiro golpe. Mowgli saltou para a frente e pegou um pescoço espichado em cada mão, esperando atirar os animais para trás, como já fizera muitas vezes em brincadeiras ou caçadas da Alcateia. Mas jamais tinha interferido numa briga de primavera antes. Os dois lobos pularam e o derrubaram no chão e, sem perder tempo dizendo uma palavra, se atracaram e começaram a rolar.

Mowgli ficou de pé menos de um segundo depois de cair, com a faca e os dentes brancos à mostra e, naquele instante, teria matado os lobos pelo simples motivo de estarem brigando quando ele queria silêncio, embora a Lei lhes desse pleno direito de fazer isso. Ele dançou em volta dos dois, pronto para dar um golpe duplo assim que houvesse um intervalo na refrega, mas, enquanto esperava, pareceu perder toda a força do corpo, baixando a ponta da faca e enfiando-a na bainha.

"Eu comi veneno", concluiu Mowgli. "Desde que interrompi o Conselho com a Flor Vermelha... desde que matei Shere Khan, ninguém da Alcateia conseguia me derrubar. E esses dois são da rabeira da Alcateia, caçadores sem importância. Minha força se foi e logo irei morrer. Ó Mowgli, por que não matas os dois?"

A briga continuou até um lobo sair correndo e Mowgli ficou sozinho sobre aquele chão remexido e ensanguentado, às vezes olhando para a faca e às vezes para os seus braços e pernas, enquanto aquela tristeza que jamais experimentara antes se alastrava como água cobrindo uma tora de madeira.

Ele matou logo no início daquela noite e comeu bem pouco, pois queria estar em boa forma para a sua corrida de primavera, e comeu sozinho porque todo o Povo da Selva estava longe dali, cantando ou brigando. Era uma perfeita noite branca, como eles dizem. Todas as coisas verdes pareciam, só naquele dia, ter crescido mais do que crescem num mês inteiro. O galho cujas folhas estavam amarelas um dia antes pingava seiva quando Mowgli o quebrou. O musgo estava fundo e quente sob seus pés, a grama nova estava com as pontas macias e todas as vozes da Selva ressoavam como uma corda grave da harpa tocada pela lua — a lua cheia da Nova Língua, cuja luz brilhante banhava as pedras e os lagos, se embrenhava entre os troncos e as trepadeiras e era coada por um milhão de folhas. Por mais que estivesse infeliz,[5] Mowgli cantou em voz alta de pura alegria ao começar a andar. Sentia-se como se estivesse voando, pois escolhera ir pela longa ladeira que dá nos Pântanos do Norte passando pelo coração da Selva principal, onde o solo macio abafava seus passos. Um homem criado por homens teria caminhado com cuidado e tropeçado diversas vezes à luz enganadora da lua, mas os músculos de Mowgli, treinados depois de anos de experiência, o sustentavam como se ele fosse uma pena. Quando um toco de madeira podre ou uma pedra oculta o faziam pisar em falso, ele recuperava o equilíbrio sem diminuir o passo e fazia isso sem esforço e sem pensar. Quando se cansou de ir pelo chão, ergueu as mãos para a trepadeira mais próxima, à moda dos macacos, e pareceu flutuar e não subir até os galhos mais altos, de onde seguiria a estrada da árvore até que seu humor mudasse, quando então desceria numa longa curva macia até o solo. Passou por águas rasas, paradas e quentes, cercadas por pedras molhadas, onde mal conseguiu respirar por causa do cheiro forte das flores noturnas e das que cresciam nas trepadeiras; por aleias escuras onde o luar formava faixas tão perfeitas quanto os quadrados do chão de mármore de uma igreja; por arbustos onde a vegetação nova e úmida chegava até a altura do seu peito, enroscando-o pela cintura; e por picos de morros coroados de pedras quebradas por onde foi saltando, passando sobre os covis das raposinhas assustadas. Ouviu, bem longe, o *chug-chug* de um javali afiando as presas num tronco; e, mais tarde, encontraria a enorme fera sozinha, rasgando a casca vermelha de uma árvore, com a boca pingando espuma e os olhos rútilos. Às vezes, virava-se ao ouvir o som de rosnados e chifres batendo, vendo que estava passando por uma dupla furiosa de sambhur cambaleando para a frente e para trás de cabeça baixa, com o corpo listrado do sangue que fica negro à luz do luar. Ou, num riachinho de águas rápidas, ouvia Jacala, o Crocodilo, bramindo como um touro; ou atrapalhava dois membros do Povo Venenoso que estavam enroscados; mas, antes que as cobras pudessem dar o bote, ele já passara pelas suas escamas furta-cores e se embrenhara no fundo da Selva de novo.

E assim correu, às vezes gritando, às vezes cantando de si para si, o mais feliz dos seres em toda a Selva naquela noite, até que foi alertado pelo cheiro das flores de que estava perto dos pântanos, sendo que estes ficavam muito além dos campos mais distantes onde costumava caçar.

Ali era outro lugar em que um homem treinado por homens teria afundado depois de dar três passos, mas os pés de Mowgli tinham olhos e pulavam de um monte de terra instável para outro sem pedir ajuda aos olhos da cabeça. Ele seguiu para o meio do pântano, assustando os patos com sua corrida, e sentou-se num tronco de árvore coberto de musgo que estava enfiado na água preta. O pântano ali ao redor estava agitado, pois durante a primavera o Povo dos Pássaros tem o sono muito leve e enormes bandos passaram voando ao longo de toda a noite. Mas ninguém prestou atenção em Mowgli, ali sentado entre os juncos altos, cantarolando músicas sem letra e examinando as solas ásperas dos pés morenos para ver se tinha deixado escapar algum espinho. Toda a sua tristeza parecia ter ficado para trás, na Selva em que morava, e ele estava começando a cantar outra música quando ela voltou — dez vezes pior que antes. Para piorar ainda mais as coisas, a lua estava se pondo.

Dessa vez, Mowgli ficou assustado. “A Coisa está

aqui também!", disse ele à meia-voz. "Ela me seguiu." E ele olhou por cima do ombro para ver se a Coisa não estava parada ali atrás. "Não tem ninguém aqui." Os ruídos noturnos do pântano continuaram, mas nenhum pássaro ou fera falou com ele, e aquela nova infelicidade foi ficando maior.

"Eu engoli veneno", disse Mowgli, num tom de espanto. "Devo ter engolido veneno por descuido e estar perdendo minha força. Senti medo... embora não tenha sido eu quem sentiu medo... Mowgli sentiu medo quando os dois lobos brigaram. Akela, ou mesmo Phao, teria silenciado ambos; mas Mowgli sentiu medo. Isso é um sinal certeiro de que engoli veneno... Mas quem na Selva se importa? Eles cantam, uivam, brigam e correm aos pares sob a lua, enquanto eu... *Hai mai*![6] Estou morrendo nos pântanos desse veneno que engoli." Ele sentiu tanta pena de si mesmo que quase chorou. "E depois", continuou, "eles vão me encontrar deitado nesta água negra. Não, vou voltar para a minha Selva e morrer sobre a Pedra do Conselho, e Bagheera, a quem amo, se não estiver gritando no vale, talvez passe algum tempo guardando meus restos, para que Chil não me use como fez com Akela."

Uma lágrima grande e quente caiu no seu joelho e, por mais triste que estivesse, Mowgli ficou feliz por estar tão triste, se é que você entende como é essa felicidade do avesso. "Como Chil, o Abutre, usou Akela", repetiu ele, "na noite em que salvei a Alcateia dos cães vermelhos." Ficou em silêncio durante alguns instantes, pensando nas últimas palavras do Lobo Solitário, das quais você sem dúvida se lembra. "Akela me disse muitas coisas bobas antes de morrer, pois, quando nós morremos, nossos estômagos mudam. Ele disse... mas eu sou da Selva *sim*!"

Mowgli ficou excitado ao lembrar da briga na margem do Waingunga e gritou alto as últimas palavras, fazendo com que uma fêmea de búfalo selvagem que estava no meio dos juncos ficasse de pé num pulo e bufasse: "Um homem!".

"Uuuh!", disse Mysa, o búfalo selvagem (Mowgli ouviu-o virar o corpo na lama). "Esse não é um homem. É só o lobo pelado da Alcateia de Seeonee. Em noites como essa, ele corre para lá e para cá."

"Uuuh!", disse a fêmea, voltando a baixar a cabeça para pastar. "Achei que era um homem."

"Já disse que não é. É algum perigo, ó Mowgli?", mugiu Mysa.

"É algum perigo, ó Mowgli?", repetiu o menino num tom zombeteiro. "É só nisso que Mysa pensa: é perigo? Mas com Mowgli, que passa a noite indo para lá e para cá na Selva vigiando tudo, tu não te importas."

"Como ele grita alto!", disse a fêmea.

"É assim que gritam aqueles que, depois de arrancar a grama do chão, não sabem como comê-la", respondeu Mysa com desdém.

"Por menos que isso, na última estação de chuvas eu teria arrancado Mysa da lama, montado nele e atravessado o pântano a galope", gemeu Mowgli de si para si. Ele esticou o braço para quebrar um dos juncos macios, mas desistiu com um suspiro. Mysa continuou a mastigar sem parar a grama alta que já tinha regurgitado. "Não vou morrer *aqui*", disse o menino com raiva. "Mysa, que é do mesmo sangue que Jacala e os porcos, zombaria de mim. Vou para além do pântano ver o que aparece. Nunca fiz uma corrida de primavera assim — fria e quente ao mesmo tempo. Levanta, Mowgli!"

Ele não conseguiu resistir à tentação de se aproximar furtivamente de Mysa por entre os juncos e espetá-lo com a ponta da faca. O enorme búfalo deu um salto da lama onde estava, emitindo um urro que parecia um tiro de canhão, e Mowgli riu tanto que teve de se sentar.

"Agora tu podes dizer que uma vez o lobo pelado da Alcateia de Seeonee te pastoreou, Mysa", gritou ele.

"Um lobo, *tu*?", rosnou o búfalo, batendo a pata na lama. "Toda a Selva sabe que já fostes pastor de gado manso, assim como os filhotes de homem que gritam em meio à poeira naqueles campos lá longe. *Tu*, um ser da Selva! Que caçador teria rastejado como uma cobra em meio aos sanguessugas e por uma brincadeira baixa — uma brincadeira de chacal —, me envergonhado perante minha fêmea? Vem para terra firme que eu... eu..." Mysa espumou de raiva, pois é um dos bichos mais mal-humorados da Selva.

Mowgli observou-o urrar e bufar sem nunca mudar a expressão dos olhos. Quando o búfalo parou de gritar e espalhar lama, disse: "Que covil da Alcateia dos Homens há aqui perto dos pântanos, Mysa? Não conheço esta Selva".

"Vai para o Norte, então", disse o búfalo furiosamente, pois a espetada que Mowgli lhe dera tinha doído bastante. "Foi uma brincadeira de pastorzinho de vaca pelado. Vai contar para eles na aldeia que fica logo depois do pântano."

"A Alcateia dos Homens não gosta de histórias da Selva e eu também não acho, Mysa, que um arranhão a mais ou a menos no teu couro vale uma reunião de conselho. Mas vou ver essa aldeia. Vou, sim. Pisa macio! Não é toda noite que o Senhor da Selva vem te pastorear."

Ele foi para o solo instável que ficava nas bordas do pântano, sabendo muito bem que Mysa jamais teria coragem de avançar ali, e, enquanto corria, riu da raiva do búfalo.

"Minha força não se foi por completo", disse. "Pode ser que o veneno não tenha chegado ao osso. Tem uma estrela baixa ali na frente." Mowgli pôs aos mãos sobre os olhos para ver melhor. "Pelo touro que me comprou, é a Flor Vermelha... a Flor Vermelha ao lado da qual já me deitei... antes mesmo de ir para a Alcateia de Seeonee pela primeira vez! Agora que a vi, vou terminar a corrida."

O pântano acabava diante de uma planície larga onde

uma luz bruxuleava. Fazia muito tempo que Mowgli não se preocupava com as questões dos homens, mas nessa noite o brilho da Flor Vermelha o atraiu como se fosse um bicho novo para caçar.[7]

"Vou olhar", disse ele, "e vou ver[8] até onde a Alcateia dos Homens veio."

Esquecendo que não estava mais na sua Selva, onde podia fazer o que quisesse, Mowgli atravessou despreocupadamente o gramado molhado de orvalho até chegar ao casebre onde estava a luz. Três ou quatro cachorros latiram, dando o alarme, pois ele estava nos arredores de uma aldeia.

"Ho!", disse Mowgli, sentando-se sem fazer qualquer ruído depois de emitir um rugido de lobo que silenciou os vira-latas. "O que vier, virá. Mowgli, o que tu tens a ver com os covis da Alcateia dos Homens?" Ele esfregou a boca, lembrando que fora atingido por uma pedra bem naquele local anos atrás, quando a outra Alcateia dos Homens o expulsara.

A porta do casebre abriu e uma mulher observou a escuridão em torno. Uma criança chorou e a mulher disse por cima do ombro: "Dorme. Foi só um chacal que acordou os cachorros. Daqui a pouco, a manhã vai chegar".

Mowgli, sentado na grama, começou a tremer como se estivesse com febre. Conhecia bem aquela voz, mas, para se certificar, disse baixinho, surpreso ao ver como se lembrou depressa da língua dos homens: "Messua! Ó Messua!".

"Quem chama?", perguntou a mulher com a voz trêmula.

"Tu esqueceste?", disse Mowgli, com a garganta seca.

"Se for mesmo tu, diz que nome eu te dei. Diz!" Ela tinha fechado um pouco a porta e pôs a mão sobre o peito.

"Nathoo! É Nathoo!", disse Mowgli, pois, como você sabe, esse foi o nome que Messua lhe deu quando ele chegou à Alcateia dos Homens.

"Vem, meu filho", disse ela, e Mowgli foi até um ponto banhado pela luz e encarou Messua, a mulher que fora boa com ele e cuja vida salvara da Alcateia dos Homens havia muito tempo. Estava mais velha, de cabelos grisalhos, mas seus olhos e sua voz não tinham mudado. Como todas as mulheres, ela esperava que Mowgli não houvesse mudado desde que o vira pela última vez, e, com uma expressão intrigada, fitou-o do peito até a cabeça, que batia no topo da porta.

"Meu filho", gaguejou ela, prostrando-se aos pés dele. "Mas não é mais meu filho. É um semideus da mata! Ahai!"

Mowgli, iluminado pela luz vermelha da lâmpada a óleo, forte, alto e lindo, com os longos cabelos negros lhe cobrindo os ombros, a faca pendurada no pescoço e coroado com uma guirlanda de jasmim branco, podia facilmente ser confundido com um deus selvagem de uma lenda da Selva. A criança que estava quase dormindo no catre deu um pulo e gritou de terror. Messua foi acalmá-la enquanto Mowgli ficou ali, olhando para as jarras de água, as panelas, a cesta de grãos e todos os outros artefatos humanos dos quais se lembrava tão bem.

"O que queres comer ou beber?", murmurou Messua. "Tudo isso te pertence. Nós te devemos nossas vidas. Mas és aquele que eu chamava Nathoo ou és mesmo um semideus?"

"Sou Nathoo", disse Mowgli. "Estou muito longe do lugar onde moro. Vi essa luz e vim até aqui. Não sabia que estavas aqui."

"Depois que fomos para Kanhiwara", disse Messua, timidamente, "os ingleses quiseram nos proteger daqueles aldeões que queriam nos queimar. Lembras?"

"Sim, não me esqueci."

"Mas quando a lei inglesa estava pronta, fomos à aldeia daqueles homens maus e ela não estava mais lá."

"Disso, também me lembro", disse Mowgli, com as narinas tremendo.

"Por isso, meu homem foi trabalhar nos campos, e afinal, como ele era mesmo um homem forte, conseguimos um pedaço de terra aqui. Não somos tão ricos quanto na outra aldeia, mas não precisamos de muita coisa... nós dois."

"Onde está ele... o homem que cavou a terra quando estava com medo naquela noite?"

"Está morto... faz um ano."

"E quem é ele?", perguntou Mowgli, indicando a criança.

"Meu filho, que nasceu há duas chuvas. Se fores um semideus, concede a ele a Graça da Selva para que fique a salvo em meio ao teu... ao teu povo, como nós ficamos naquela noite."

Messua ergueu a criança e ela, esquecendo o medo, esticou os braços para brincar com a faca pendurada no peito de Mowgli, que afastou os dedinhos dali com muito cuidado.

"E se tu fores Nathoo, a quem os tigres levaram", continuou a mulher, com a garganta apertada, "então, ele é teu irmão mais novo. Dá-lhe a bênção de um irmão mais velho."

"*Hai mai!* Que sei eu disso que se chama bênção? Não sou um deus nem irmão dele e... Ó mãe, minha mãe, meu coração está pesado no peito." Mowgli pôs a criança no chão, tremendo.

"Não é à toa", disse Messua, remexendo as panelas. "É de ficar correndo nos pântanos à noite. Não há dúvida de que uma febre te pegou até a medula." Mowgli deu um sorrisinho diante da ideia de que qualquer coisa na Selva poderia lhe fazer mal. "Vou fazer um fogo e te dar leite quente. Tira essa guirlanda de jasmim, o cheiro fica muito forte num lugar tão pequeno."

Mowgli sentou, murmurando e cobrindo o rosto com as mãos. Diversos sentimentos estranhos o invadiram, exatamente como se tivesse sido envenenado, e ele se sentia tonto e um pouco enjoado. Bebeu o leite quente em grandes goles enquanto Messua lhe dava tapinhas no ombro de tempos em tempos, sem saber ao certo se aquele era seu filho Nathoo que se perdera havia tantos anos ou um ser sobrenatural da Selva, mas feliz por ele ser de carne e osso, ao menos.

"Filho", disse ela afinal, com os olhos cheios de orgulho, "alguém já te disse que és o mais belo dos homens?"

"Hein?", disse Mowgli, pois nunca, é claro, ouvira nada parecido. Messua deu uma risadinha suave e alegre. A expressão no rosto dele já era suficiente para deixá-la feliz.

"Sou a primeira, então? É certo, embora seja raro, que uma mãe diga essas coisas boas ao filho. És muito lindo. Nunca vi um homem como tu."

Mowgli virou a cabeça, tentando olhar por cima do ombro musculoso, e Messua riu de novo, durante tanto tempo que ele, sem saber por quê, foi forçado a rir com ela, e o menino correu de um para outro aos risos também.

"Não, tu não deves rir do teu irmão", disse Messua, apertando o menino contra o peito. "Quanto tiveres metade da beleza dele, vamos casar-te com a filha mais nova de um rei e terás elefantes enormes para montar."

Mowgli só conseguia entender uma de cada três palavras do que era dito ali; e o leite quente estava fazendo efeito nele depois da sua corrida de sessenta e cinco quilômetros; assim, ele se aninhou e, um minuto depois, dormia profundamente. Messua tirou o cabelo de cima dos seus olhos, cobriu-o com um pedaço de pano e sentiu-se feliz. Como é costume do Povo da Selva, Mowgli dormiu o resto da noite e todo o dia seguinte, pois seus instintos, que nunca descansavam, lhe disseram que não havia nada a temer. Ele afinal acordou com um salto que fez o casebre todo tremer, pois o pano que lhe cobria os olhos o fez sonhar com armadilhas; e ali ficou, com a mão sobre a faca e os olhos pesados de sono, pronto para qualquer briga.

Messua riu e pôs a refeição da noite diante dele. Havia

apenas alguns bolos grosseiros feitos no fogo fumarento, um pouco de arroz e um punhado de compota de tamarindo — apenas o suficiente para Mowgli ficar sem fome até conseguir a presa daquela noite. O cheiro do orvalho nos pântanos o deixou faminto e inquieto. Queria terminar sua corrida de primavera, mas o menino insistiu em ficar nos seus braços, e Messua fez questão de pentear seus longos cabelos negro-azulados. E ela cantou enquanto penteava, canções tolas de criança pequena, às vezes chamando Mowgli de filho e às vezes implorando que ele desse um pouco do seu poder para a criança. A porta do casebre estava fechada, mas Mowgli ouviu um som que conhecia bem e viu a boca de Messua se escancarar de horror ao ver uma enorme pata cinza aparecer por debaixo dela. Lá fora, Irmão Cinzento soltou um ganido abafado e contrito de ansiedade e medo.

"Sai e espera. Não vieste quando eu chamei", disse Mowgli na língua de Selva, sem nem virar a cabeça; e a enorme pata cinza desapareceu.

"Não... não traga teus... teus servos contigo", disse Messua. "Eu... nós sempre vivemos em paz com a Selva."

"Isso é a paz", disse Mowgli, ficando de pé. "Pensa naquela noite na estrada até Kanhiwara. Havia dezenas de outros iguais a esse diante e atrás de ti. Mas estou vendo que, mesmo na primavera, o Povo da Selva nem sempre esquece. Vou embora, mãe."

Messua se afastou humildemente — ele era mesmo um deus da mata, pensou ela —, mas, quando as mãos de Mowgli tocaram a porta, seu lado mãe a fez envolver o pescoço dele com os braços, sem querer largá-lo.

"Volta!", sussurrou ela. "Se fores ou não meu filho, volta, pois eu te amo. E olha, ele também sofre."

A criança chorava porque o homem com a faca brilhante estava indo embora.

"Volta aqui", repetiu Messua. "De noite ou de dia, essa porta nunca estará fechada para ti."

A garganta de Mowgli se fechou como se suas cordas vocais estivessem sendo puxadas, e ele teve que fazer muito esforço para responder: "Voltarei com certeza".

"E agora", disse, afastando a cabeça do lobo que estava na porta, tentando lhe fazer um carinho, "tenho algo a reclamar de ti, Irmão Cinzento. Por que os Quatro não vieram quando eu chamei há tanto tempo?"

"Há tanto tempo? Foi noite passada. Eu... nós... estávamos cantando na Selva, as canções novas, pois é o Tempo da Nova Língua. Tu lembras?"

"É verdade, é verdade."

"E, assim que as canções foram cantadas", continuou Irmão Cinzento, ansioso, "eu segui teus rastros. Corri para longe dos outros e vim atrás de ti como se pisasse em brasas. Mas, ó Irmãozinho, que fizeste *tu*... comendo e bebendo com a Alcateia dos Homens?"

"Se tivesses vindo quando eu chamei, isso nunca teria acontecido", disse Mowgli, correndo muito mais depressa.

"E agora, o que vai acontecer?", perguntou Irmão Cinzento.

Mowgli ia responder quando uma menina de vestido branco veio descendo uma aleia que passava pelos arredores da aldeia. Irmão Cinzento afundou na vegetação no mesmo instante e Mowgli, sem fazer ruído, foi de marcha a ré até um campo onde a plantação era alta. Estava tão perto dela que poderia tê-la tocado quando os caules verdes e mornos se fecharam diante do seu rosto e ele desapareceu como um fantasma. A menina gritou, pois achou ter visto um espírito, e depois deu um suspiro fundo. Mowgli abriu as plantas com as mãos e ficou observando-a até ela sumir de vista.

"E agora eu não sei", disse ele, suspirando também. "*Por que* tu não vieste quando chamei?"

"Nós vamos contigo... vamos contigo", murmurou Irmão Cinzento, lambendo o calcanhar de Mowgli. "Vamos te seguir sempre, a não ser no Tempo da Nova Língua."

"E tu virias comigo até a Alcateia dos Homens?", sussurrou Mowgli.

"Não fui atrás de ti na noite em que nossa velha Alcateia te expulsou? Quem te acordou quando dormias nos campos?"

"Sim, mas farias isso de novo?"

"Não vim atrás de ti hoje?"

"Sim, mas farias isso mais uma vez, e mais uma e talvez mais uma, Irmão Cinzento?"

Irmão Cinzento ficou em silêncio. Quando abriu a boca, rugiu de si para si: "A Pantera-Negra disse a verdade".

"Que disse ele?"

"O Homem acaba voltando a viver com os homens. Raksha, nossa mãe, disse..."

"Akela também disse isso na noite do Cão Vermelho", murmurou Mowgli.

"E Kaa, que é o mais sábio de todos nós, também."

"Que dizes tu, Irmão Cinzento?"

"Eles já te expulsaram uma vez, com uma conversa má. Cortaram tua boca com pedras. Mandaram Buldeo te matar. Teriam te jogado na Flor Vermelha. Tu, e não eu, disseste que são perversos e tolos. Tu, e não eu — só sigo o que faz meu povo —, permitiu que a Selva invadisse sua aldeia. Tu, e não eu, cantaste uma canção contra eles que foi ainda mais amarga que nossa canção contra os cães vermelhos."

"Eu perguntei o que dizes *tu*?"

Eles conversavam enquanto corriam. Irmão Cinzento trotou mais um pouco sem responder e então disse, decidindo sua lealdade: "Filhote de Homem... Senhor da Selva... Filho de Raksha... Meu irmão de covil... Embora eu me esqueça disso durante algum tempo na primavera, tua trilha é minha trilha, teu covil é meu covil, tua presa é minha presa e tua briga de morte é minha briga de morte. Falo também pelos outros três. Mas o que dirás à Selva?"

"Boa pergunta. Quando se vê a presa, não é bom esperar demais antes de matá-la. Vai na frente e chama todos para a Pedra do Conselho e eu lhes direi o que há no meu estômago. Mas talvez eles não venham... como é o Tempo da Nova Língua, talvez me esqueçam."

"Tu nunca esqueceste nada?", perguntou Irmão Cinzento, irritado, por sobre o ombro, enquanto se preparava para sair a galope. Mowgli foi atrás, pensativo.

Em qualquer outra época, aquela notícia teria atraído todos os seres da Selva com os pelos do pescoço eriçados, mas na primavera eles estavam ocupados caçando, lutando, matando e cantando. Irmão Cinzento foi correndo de um para outro, anunciando: "O Senhor da Selva vai voltar a viver com os homens. Venham para a Pedra do Conselho!". E o povo feliz e agitado respondia apenas: "Ele vai voltar para a Selva no calor do verão. As chuvas vão atraí-lo para o seu covil. Vem correr e cantar conosco, Irmão Cinzento".

"Mas o Senhor da Selva vai voltar a viver com os homens", repetia Irmão Cinzento.

"Eee... Yowa? E o Tempo da Nova Língua fica pior por causa disso?", respondiam eles. Por isso quando Mowgli, com o coração pesado, subiu aquelas pedras das quais lembrava tão bem para ir até o local onde fora apresentado à Alcateia, encontrou apenas os Quatro, Baloo, que estava quase cego de tão velho, e o pesado Kaa do sangue frio, enroscado no lugar vazio de Akela.

"Então tua trilha termina aqui, Homúnculo?", disse Kaa enquanto Mowgli se jogava no chão, com o rosto nas mãos. "Chora teu choro. Somos do mesmo sangue, tu e eu... homem e cobra."

"Por que não fui feito em pedaços pelos cães vermelhos?",[9] gemeu o menino. "Minha força se foi e não é porque engoli veneno. De noite e de dia, ouço passos atrás de mim quando caminho. Quando viro a cabeça, é como se alguém tivesse se escondido naquele instante.

Vou procurar atrás das árvores e ele não está ali. Chamo e não ouço nada, mas é como se alguém estivesse escutando e se recusando a responder. Eu me deito, mas não consigo descansar. Faço a corrida de primavera, mas continuo inquieto. Caio na água, mas continuo sem me refrescar. Matar me deixa nauseado, mas não tenho vontade de lutar a não ser para matar. A Flor Vermelha está no meu corpo, meus ossos viraram água... e... não sei o que sei."

"De que adianta falar?", disse Baloo devagar, virando a cabeça na direção do local onde Mowgli estava deitado. "Akela, às margens do rio, disse que Mowgli expulsaria Mowgli da Selva e voltaria para a Alcateia dos Homens. Eu disse o mesmo. Mas quem ouve Baloo hoje em dia? E Bagheera? Onde está Bagheera esta noite? Ele também sabe disso. É a Lei."

"Quando nos conhecemos nos Antros Gelados, Homúnculo, eu soube", disse Kaa, mexendo um pouco as imensas curvas do seu corpo. "O Homem acaba voltando a viver com os homens, embora a Selva não o expulse."

Os Quatro se entreolharam e fitaram Mowgli, intrigados, mas obedientes.

"Então a Selva não está me expulsando?", gaguejou Mowgli.

Irmão Cinzento e os outros três rugiram furiosamente, dizendo: "Enquanto estivermos vivos, ninguém ousará...".

Mas Baloo os interrompeu.

"Eu te ensinei a Lei. É minha vez de falar", disse ele. "E, embora não consiga mais ver as pedras que estão diante de mim, enxergo longe. Rãzinha, vai seguir tua trilha; vai fazer um covil com teu sangue, tua alcateia, teu povo; mas quando precisares de pata, presa, olho ou de uma palavra levada depressa noite adentro, lembra, Senhor da Selva, que a Selva atenderá teu chamado."

"A Selva do Meio também é tua", disse Kaa. "Meu povo é numeroso."

"*Hai mai*, meus irmãos", exclamou Mowgli, erguendo os braços com um soluço. "Não sei o que sei, não quero ir, mas meus dois pés me carregam. Como vou deixar essas noites?"

"Não, levanta a cabeça, Irmãozinho", disse Baloo. "Não há vergonha nessa caçada. Quando o mel foi comido, deixamos a colmeia vazia."

"Quando nossa pele sai", disse Kaa, "não podemos voltar a entrar nela. É a Lei."

"Ouve, tu que és quem eu mais amo", disse Baloo. "Não há palavra nem vontade que te prenda aqui. Levanta a cabeça! Quem há de questionar o Senhor da Selva? Eu te vi ali mais à frente, brincando entre as pedrinhas brancas quando eras uma rãzinha; e Bagheera, que te comprou pelo preço de um touro novo recém-morto, também te viu. Daquela Cerimônia da Olhada só restamos nós dois, pois Raksha, a mãe do teu covil, morreu, assim como teu pai; a velha Alcateia se foi há muito; tu sabes o que aconteceu com Shere Khan; e Akela morreu entre os dholes, onde, se não fosse por tua sabedoria e tua força, a segunda Alcateia de Seeonee também teria perecido. Lá, restam apenas ossos velhos. Tu não és mais um filhote de homem que pede permissão à Alcateia, mas o Senhor da Selva que mudou de trilha. Quem há de questionar os caminhos que o Homem escolhe?"

"Mas Bagheera e o touro que me comprou", disse Mowgli. "Eu não quero..."

Suas palavras foram interrompidas por um rugido e um estrépito vindo do arbusto ali adiante e Bagheera, leve, forte e terrível como sempre, surgiu e se postou diante dele.

"*Está feito*", disse ele, mostrando a pata direita encharcada. "Eu não vim. Foi uma longa caçada, mas ele agora está morto nos arbustos. Um touro de dois anos de idade — o touro que te libertou, Irmãozinho. Todas as dívidas estão pagas agora. Quanto ao resto, as palavras de

Baloo também são minhas." A pantera lambeu os pés de Mowgli. "Lembra que Bagheera te amou!", exclamou, desaparecendo com um pulo. No pé do morro, exclamou de novo, num longo grito: "Boa sorte na tua nova trilha, Senhor da Selva! Lembra que Bagheera te amou!".

"Tu ouviste", disse Baloo. "Não há mais nada a dizer. Vai; mas antes, vem aqui. Ó sábia rãzinha, vem aqui!"

"É difícil deixar a pele para trás",[10] disse Kaa. Mowgli soluçava sem parar com a cabeça enfiada no pelo do urso cego e os braços em volta do seu pescoço, enquanto Baloo tentava dobrar o corpo fraco para lamber os pés do menino.

"As estrelas estão pouco brilhantes", disse Irmão Cinzento, farejando o vento da madrugada. "Onde vamos dormir esta noite? Pois, de agora em diante, seguiremos novas trilhas."

E este é o último dos contos de Mowgli.[11]

CANÇÃO DE DESPEDIDA

Esta é a canção que Mowgli ouviu atrás de si na Selva conforme voltava para o casebre de Messua.

Baloo
Pede aquele que mostrou toda manhã
Os caminhos da Selva a uma sábia Rã
Segue a lei da sua nova alcateia
Garanto a ti que essa é uma boa ideia!
Seja a Lei dos Homens boa ou má
Como se a houvesses escrito a seguirás
Durante toda noite e todo dia
Sem questionar, farás dela o teu guia.
Por esse velho urso que te ama
Com o maior amor que se proclama
Quando tua alcateia te ferir
Pensa: "Isso é bobagem de Tabaqui".
Quando tua alcateia te machucar
Pensa: "Shere Khan ainda vou matar".
Se estiveres prestes a tirar uma vida
Segue a Lei e encontra outra saída.
(Raiz e palma, espata[12] e mel
Protegei-o de tudo que é cruel.)
Vento e Árvore, Água e Relva,
Leva contigo a Graça da Selva!

Kaa
A raiva logo o medo traz
Os olhos da cobra veem mais
Veneno de naja não tem cura
E suas palavras também são duras.
A fala franca trará um dia
A força que vem da cortesia.
Não dá bote maior que o corpo;
Nem se pendura em tronco roto.

Mede tua fome por tuas presas,
Caça quando tiveres certeza
Se quiseres dormir, saciado
Encontra um buraco bem cavado
Pois, se em descuido te pegar
Teu assassino vai te encontrar.
Norte, Sul, Leste, Oeste
Fecha a boca e evita a peste.
(Seres das tocas, dos lagos, das fendas
Protegei o menino por todas as sendas!)
Vento e Árvore, Água e Relva,
Leva contigo a Graça da Selva!

Bagheera
Numa jaula me criei
Dos homens conheço a lei[13]
Pelo meu cadeado quebrado
Com tua raça tem cuidado!
Na alvorada ou à luz da lua
Não sigas a trilha de gato de rua
Em conselho, caçada ou covil
Não dês trégua ao homem vil.
Faz silêncio a quem disser
"É mais fácil o que vier"
Faz silêncio a quem pedir
Tua ajuda para o fraco ferir.
Não sejas arrogante como o *bandar*
Não contes vantagem depois de caçar.
Que nenhuma canção ou chamada
Faça-te abandonar tua caçada.
(Na névoa da manhã ou no ar primevo
Servi-o, Guardiões dos Cervos!)
Vento e Árvore, Água e Relva,
Leva contigo a Graça da Selva!

Os três

Na trilha que deverás seguir
Até onde não ousamos ir,
Onde a Flor Vermelha se abrir;
Quando estiveres a sonhar
Longe do céu do nosso lar
Ouvindo quem te ama passar
Quando acordares na alvorada
Com até mesmo a alma cansada
Com a saudade da Selva adorada
Vento e Árvore, Água e Relva,
Leva contigo a Graça da Selva!

APÊNDICE

No *Rukh**

O Único Filho voltou a deitar e sonhou
[que teve um sonho.
Com um crepitar de brasa, um ramo no
[fogo acendeu
E o Único Filho acordou de novo e per-
[guntou ao breu:
"Eu nasci de uma mulher e fui aninhado
[no seu colo?
Pois sonhei com um pelo cinza a me es-
[quentar sobre o solo
Eu nasci de uma mulher e fui embalado
[por um pai?
Pois sonhei que longos dentes me prote-
[giam dos ais.
Eu nasci de uma mulher e aprendi a brin-
[car só?
Pois sonhei com companheiros que me
[mordiam sem dó.
E eu usei o leite coalhado[1] *para o meu pão*
[molhar?
Pois sonhei com uma criança arrancada
[do seu lar.
Essa noite tão escura a lua ainda não alumia,

* Publicado pela primeira vez em *Many Inventions* (1893). Republicado com o subtítulo "Mowgli é apresentado aos homens brancos" na *McClure's Magazine* de junho de 1896 com ilustrações de W. A. C. Pape. Na *McClure's*, Kipling escreveu uma introdução para o conto que diz:

Mas eu vejo o negror do céu como se fosse
[meio-dia!
E são muitas, muitas léguas até onde o
[sambhur passa
Mas eu ouço o cervinho e a corça a fazer
[uma arruaça!
E são muitas, muitas léguas até onde ter-
[mina o roçado
Mas eu sinto o odor do vento que sopra
[entre ele o elevado!
O Único Filho

Esta história [...] foi o primeiro conto sobre Mowgli a ser escrito, embora fale dos capítulos finais de sua carreira — ou seja, de quando foi apresentado aos homens brancos, se casou e se tornou civilizado, sendo que podemos concluir que tudo isso ocorreu cerca de dois ou três anos após ele finalmente ter deixado seus amigos da Selva [...] Aqueles que conhecem a geografia da Índia saberão que há uma longa distância entre Seeonee e uma reserva florestal no Norte do país; mas, embora muitas coisas curiosas devam ter acontecido com Mowgli, não temos registro certo de suas aventuras durante esse período. No entanto, circulam algumas lendas sobre elas.

Rukh é o nome de uma reserva florestal no vocabulário do governo local do Punjab, sendo que o termo era "em geral usado no Punjab para se referir a terras do governo ou outras terras reservadas especialmente para o cultivo de madeira para combustível ou grama" (*Calcutta Review* v. 46, n. 92, p. 276. 1867). A partir da metade do século XIX, o governo indiano criou uma série de reservas de terras (*rukhs*) para cultivar florestas estatais e, assim, atender à demanda crescente por madeira e outros recursos. "No Rukh" celebra o trabalho duro do Departamento de Engenharia Florestal do Império para plantar e administrar as reservas e foi nele que Mowgli surgiu pela primeira vez. O OED, até pouco tempo atrás, dizia que o termo vinha da palavra híndi *rūkh*, que significa "árvore", mas ele na realidade vem da palavra panjabi *rakkhna*, que significa guardar ou reservar e que também deu origem ao termo *rakkha*, que significa protetor ou guardião.

De todas as engrenagens de serviço público que impulsionam o governo indiano, não há nenhuma mais importante que o Departamento de Engenharia Florestal. O *reboisement*[2] de toda a Índia fica nas suas mãos; ou ficará, quando o governo tiver o dinheiro necessário para realizá-lo. Seus funcionários lutam com torrentes de areia e dunas móveis, fazendo armações de vergas nas suas laterais, construindo barreiras à sua frente e empilhando grama áspera e pinheiros compridos[3] em cima delas, como aprenderam em Nancy.[4] São responsáveis por toda a madeira dos estados onde ficam os Himalaias, assim como pelas encostas nuas que as monções encharcam até transformá-las em barrancos secos e ravinas profundas; e cada um deles já praguejou alto, lamentando o que o descuido pode fazer com a natureza. Esses homens realizam experimentos com batalhões de árvores estrangeiras, tentando convencer o eucalipto-da-tasmânia[5] a criar raízes e, talvez, acabar com a febre que ataca muito às margens do canal. Nas planícies, sua tarefa principal é manter os aceiros das florestas resguardados, pois assim, quando chega a seca e o gado passa fome, eles podem abrir as reservas para os rebanhos das aldeias e deixar que os homens colham gravetos. Eles desgalham e desbastam[6] as árvores para suprir de combustível os trens que não usam carvão; calculam os lucros das suas plantações até a quinta casa decimal; são os médicos e as parteiras das imensas florestas de teca da Alta Birmânia, das seringueiras das selvas do Leste e das galhas da região Sul; e sempre sofrem de falta de verba. Mas, como o trabalho de um engenheiro florestal o leva para longe dos caminhos mais usados das estações regulares, eles aprendem muito mais que apenas as lendas da mata; passam a conhecer o povo e a organização da Selva, encontrando tigres, ursos, leopardos, cães selvagens e cervos não em uma ou duas ocasiões depois de dias de procura, mas repetidas vezes durante o cumprimento do dever. Passam bastante tempo na sela do cavalo ou dentro de uma barraca; cuidam dos brotos de árvore e trabalham ao lado de mateiros rudes e rastreadores cabeludos; até que as matas que mostram o sinal do seu zelo, por sua vez, deixam sua marca neles, que param de cantar as grosseiras canções francesas que aprenderam em Nancy e ficam tão silenciosos quanto os animais que rastejam pela grama.

Gisborne estava trabalhando havia quatro anos no Departamento de Engenharia Florestal. No início, amava o serviço sem saber por quê, pois ele lhe permitia passar o dia ao ar livre, andando a cavalo, e lhe dava autoridade. Depois, passou a detestá-lo, e teria dado um ano de salário para passar um mês em qualquer grande cidade da Índia. Quando essa crise passou, as florestas o receberam de novo e ele sentiu-se satisfeito em poder servi-las, aumentando os aceiros, observando a imensidão verde das suas novas plantas contra a folhagem mais antiga, abrindo caminho para o riacho que secava e seguindo e fortalecendo os últimos vestígios da floresta, que afinal morria diante da grama alta. Num dia quente, aquela grama seria queimada e cem animais que viviam ali correriam das chamas pálidas, ardendo sob o sol a pino. Depois, a floresta cresceria devagar no chão negro, em fileiras perfeitas de brotos, e Gisborne, ao ver isso, ficaria bastante contente. Seu bangalô, uma casinha de telhado de palha e paredes brancas composta por dois cômodos, ficava nas bordas de um imenso *rukh*, com vista para ele. Gisborne nem fingia ter um jardim, pois o *rukh* avançava até sua porta na forma de um bambuzal, e ele ia da varanda até o coração da mata sem precisar de uma trilha muito larga.

Abdul Gafur, um gordo mordomo muçulmano, servia Gisborne quando ele estava em casa e passava o resto do tempo fofocando com o grupinho de criados nativos cujos casebres ficavam atrás do bangalô. Havia dois cavalariços, um cozinheiro, um carregador de água e um faxineiro, só isso. Gisborne limpava suas próprias armas e não tinha cachorro. Cachorros assustavam os animais, e aquele homem gostava de saber onde os súditos do seu reino bebiam água quando a lua surgia, onde comiam logo antes da alvorada e onde se escondiam do calor do sol. Os mateiros e guardas-florestais viviam em casebres lá no meio do *rukh*, aparecendo apenas quando um deles era machucado por uma fera selvagem ou um tronco caído. Ou seja, Gisborne vivia só.

Na primavera, não brotavam muitas folhas novas no *rukh*, que permanecia seco e intocado pela estação enquanto aguardava a chuva. Só então se ouvia mais urros e uivos na escuridão; o tumulto de uma grande batalha entre tigres, o bramido de um cervo arrogante ou o som constante de um velho javali afiando as presas num tronco de árvore. Nessa época, Gisborne deixava completamente de lado a arma que já usava pouco, pois acreditava que seria um pecado caçar. No verão, ao longo do calor furioso de maio, o ar do *rukh* parecia distorcido e Gisborne ficava atento ao primeiro sinal de fumaça que mostraria se havia um incêndio na floresta. Então chegavam as chuvas com um ribombo, fazendo o *rukh* desaparecer sob diversas camadas de névoa quente e enormes gotas passarem a noite toda batucando nas folhas largas; e ouvia-se o som de água corrente e de coisas verdes suculentas se abrindo ao serem atingidas pelo vento; e os raios rasgavam o céu para além da folhagem densa, até que o sol se libertava de novo e a mata fumegava sob o céu lavado. Então, o calor e o frio seco deixavam tudo com cor de tigre de novo. Assim, Gisborne aprendeu a conhecer seu *rukh* e foi muito feliz. Seu pagamento chegava todo mês, mas ele não precisava de dinheiro para quase nada. As notas se acumulavam na gaveta onde guardava as cartas da sua família e a máquina de recarregar espoletas.[7] Quando tirava alguma coisa de lá, era para comprar algo do Jardim Botânico de Calcutá[8] ou pagar à viúva de um mateiro uma soma que o governo da

Índia jamais autorizaria como compensação pela morte do seu marido.

O pagamento era bom, mas, às vezes, a violência era necessária, e Gisborne se vingava sempre que podia. Certa noite, um batedor chegou quase sem fôlego para lhe contar que um guarda-florestal tinha sido encontrado morto às margens do rio Kanye, com a cabeça quebrada como se fosse a casca de um ovo. Gisborne saiu de madrugada para procurar o assassino. Só os turistas e às vezes alguns soldados jovens ficam conhecidos como grandes caçadores. Os engenheiros florestais consideram o *shikar*[9] parte do seu trabalho, e ninguém fica sabendo disso. Gisborne foi a pé até o lugar onde ocorrera a morte: a viúva gemia diante do cadáver estendido no leito do rio, enquanto dois ou três homens examinavam pegadas no solo úmido. "É o Vermelho", disse o homem. "Sabia que ia acabar comendo homens em algum momento, mas sem dúvida ainda há animais o suficiente para caçar, até para ele. Deve ter feito isso por pura maldade."[10]

"O Vermelho dorme nas pedras que ficam depois dos pés de *sal*",[11] disse Gisborne. Ele conhecia o tigre suspeito.

"Não agora, Sahib, não agora. Deve estar caçando e matando para todo lado. Lembra que as primeiras mortes sempre vêm em três. Nosso sangue os enlouquece. Talvez ele esteja atrás de nós neste instante mesmo."

"Talvez tenha ido para a próxima casa", disse outro. "Até lá, são só quatro *koss*.[12] Wallah, quem é esse?"

Gisborne se virou junto com os outros. Um homem descia o leito seco do riacho, vestido apenas com um pano amarrado à cintura, mas levando na cabeça uma guirlanda das corriolas, que são flores brancas que nascem num tipo de trepadeira. Andava tão silenciosamente sobre as pedrinhas que até Gisborne, acostumado aos pés macios dos rastreadores, se espantou.

"O tigre que matou", disse o homem, sem qualquer saudação antes, "foi beber água e agora está dormindo debaixo de uma pedra detrás daquele morro." Sua voz era cristalina, muito diferente do tom anasalado da maioria dos nativos, e o rosto iluminado pela luz da lua podia ser o de um anjo perdido em meio à mata. A viúva parou de chorar o corpo e fitou o estranho com olhos arregalados, voltando então para o seu dever com força redobrada.

"Devo mostrar ao Sahib?", perguntou o homem, sem rodeios.

"Se tens certeza...", disse Gisborne.

"Tenho, sim. Vi faz apenas uma hora... aquele cachorro. Não está no tempo de ele comer carne de homem. Ainda tem uma dúzia de dentes bons na cabeça perversa."

Os homens que estavam ajoelhados diante do corpo se afastaram em silêncio, temendo que Gisborne lhes pedisse para ir também, e o rapaz deu uma risadinha.

"Vem, Sahib!", exclamou ele, girando nos calcanhares e caminhando diante do outro.

"Mais devagar. Não consigo ir nesse passo", disse o homem branco. "Para um instante. Não conheço teu rosto."

"Pode ser. Acabei de chegar nesta floresta."

"Veio de que aldeia?"

"Não tenho aldeia. Vim de lá." Ele esticou o braço na direção do Norte.

"És cigano, então?"

"Não, Sahib. Sou um homem sem casta e sem pai."

"Como os outros te chamam?"

"Mowgli, Sahib. E qual o nome do Sahib?"

"Sou o responsável por esse *rukh*. Meu nome é Gisborne."

"Como? Eles contam as árvores e as folhas de grama daqui?"

"Isso mesmo; para que ciganos como tu não toquem fogo nelas."

"Eu! Não destruiria a Selva por nenhum prêmio no mundo. É minha casa."

Ele se virou para Gisborne com um sorriso irresistível e ergueu a mão num aviso.

"Agora, Sahib, precisamos caminhar fazendo um pouco de silêncio. Não há necessidade de acordar o cão, embora ele durma um sono bastante pesado. Talvez fosse melhor se eu seguisse sozinho e o obrigasse a correr a favor do vento na direção do Sahib."

"Por Alá! Desde quando os tigres são obrigados a correr de um lado para o outro como o gado, de acordo com a vontade de um homem pelado?", perguntou Gisborne, chocado com a audácia do rapaz.

Ele deu outra leve risada. "Então vem comigo e atira nele do teu jeito, com esse grande rifle inglês."

Gisborne seguiu a trilha do seu guia, e nela se retorceu, rastejou, galgou[13] e se agachou, sofrendo as muitas agonias de uma caçada na Selva. Estava roxo e pingando de suor quando Mowgli finalmente lhe pediu que erguesse a cabeça e olhasse para a pedra azulada e quente que ficava perto de um minúsculo lago da encosta. Às margens dele estava o tigre, esticado e relaxado, lambendo preguiçosamente a pata da frente e o cotovelo enorme. Era velho, de dentes amarelados e bastante sarnento,[14] mas, naquele lugar e sob a luz do sol, tinha uma certa imponência.

Gisborne sabia que aquele comedor de homens não era um adversário de valor. Era um verme que devia ser morto o mais depressa possível. Recobrou o fôlego, pousou o rifle na pedra e assobiou. A fera virou a cabeça devagar a vinte passos da boca do rifle e Gisborne alvejou-o com frieza, acertando um tiro atrás do ombro e outro um pouco abaixo do olho. Daquela distância, os ossos pesados do tigre não serviam de proteção para as balas.

"Bom, não teria valido a pena guardar a pele, de qualquer maneira", disse ele conforme a fumaça se dissipava e a fera se contorcia e resfolegava numa última agonia.

"Uma morte de cão para um cão", disse Mowgli baixinho. "De fato, dessa carniça não vale a pena levar nada."

"Os bigodes. Tu não levas os bigodes?", perguntou Gisborne, sabendo que os mateiros davam valor àquilo.

"Eu? Por acaso sou um reles *shikari*[15] da Selva para mexer em focinho de tigre? Ele que fique aí. Seus amigos já estão chegando."

Um abutre deu um rasante, soltando um assobio, enquanto Gisborne tirava os cartuchos vazios do rifle e enxugava o rosto.

"Se não és um *shikari*, onde aprendeu a conhecer os tigres?", perguntou ele. "Nenhum rastreador teria feito melhor."

"Detesto todos os tigres", disse Mowgli rispidamente. "Que o Sahib me dê a arma para carregar. É muito bonita. E para onde o Sahib vai agora?"

"Para a minha casa."

"Posso ir junto? Nunca vi a casa de um homem branco por dentro."

Gisborne voltou para o seu bangalô com Mowgli caminhando ao seu lado sem emitir qualquer ruído, com a pele morena brilhando à luz do sol.

Ele olhou curiosamente a varanda e as duas cadeiras que havia lá, tocou as persianas de bambu com desconfiança e entrou, sempre espiando por cima do ombro. Gisborne fechou uma persiana para que o cômodo ficasse na sombra. Ela caiu com estrépito, mas quase antes de tocar o lajeado da varanda Mowgli já dera um salto e estava do lado de fora, com o peito arfante.

"É uma armadilha!", exclamou.

Gisborne riu. "Os homens brancos não fazem armadilhas para outros homens. Tu és mesmo um ser da Selva."

"Entendi", disse Mowgli. "Ela não prende ninguém. Eu... nunca tinha visto uma coisa como essa até hoje."

Ele entrou pé ante pé e observou com olhos arregalados os móveis dos dois cômodos. Abdul Gafur, que estava servindo o almoço, encarou-o com profundo nojo.

"Tanto trabalho para comer e tanto trabalho para

deitar depois de comer!", disse Mowgli com um sorriso. "Na Selva é melhor. É realmente maravilhoso. Há muitas coisas ricas aqui. O Sahib não tem medo de ser roubado? Nunca vi coisas tão maravilhosas." Ele estava olhando para uma placa empoeirada de Benares que ficava num suporte meio bambo.

"Só um ladrão da Selva roubaria alguma coisa daqui", disse Abdul Gafur, pondo um prato na mesa com força. Mowgli arregalou os olhos e observou o muçulmano de barba branca.

"Na minha terra, quando os bodes balem muito alto, nós cortamos a garganta deles", respondeu ele alegremente. "Mas não tenhas medo. Já estou indo embora."

Ele se virou e desapareceu no *rukh*. Gisborne ficou olhando-o e deu uma risada que terminou num leve suspiro. Um engenheiro florestal não vê muita coisa interessante fora do trabalho e aquele filho da floresta que parecia conhecer os tigres como outras pessoas conhecem os cães teria sido uma distração.

"Ele é um rapaz extraordinário", pensou Gisborne. "Parece uma ilustração do *Dicionário Clássico*. Gostaria de tê-lo contratado como caçador. Não tem graça fazer o *shikar* sozinho e esse menino teria sido um *shikari* perfeito. De onde diabos será?"

Naquela noite, ele sentou-se na varanda sob as estrelas, fumando e divagando. A fumaça saía em rolos do seu cachimbo. Quando se dissipou, Gisborne percebeu Mowgli sentado de braços cruzados na ponta da varanda. Nem um fantasma teria feito menos barulho. O homem branco deu um pulo e deixou cair o cachimbo.

"Não há nenhum homem com quem conversar no *rukh*", disse Mowgli. "Por isso, vim aqui." Ele apanhou o cachimbo e estendeu-o a Gisborne.

"Ah", disse Gisborne. Depois de uma longa pausa, acrescentou: "Que há de novo no *rukh*? Encontraste outro tigre?".

“Os nilgós estão mudando de pasto na lua nova, como de costume. Os porcos estão comendo perto do rio Kanye agora, pois não querem comer perto dos nilgós; e uma das porcas foi morta por um leopardo na grama alta perto da foz. Isso é tudo o que sei.”

“E como sabes tudo isso?”, perguntou Gisborne, se inclinando para a frente e olhando naqueles olhos que cintilavam à luz das estrelas.

“Como não haveria de saber? Os nilgós têm seus costumes e seus hábitos e até uma criança sabe que os porcos não comem perto deles.”

“Eu não sabia”, disse Gisborne.

“Tsc! Tsc! E és tu quem comanda? Foi isso que os homens dos casebres me disseram. És tu quem comanda esse *rukh*?” Ele riu sozinho.

“É muito fácil falar e contar história de criança”, retrucou Gisborne, irritado com a risada. “Dizer que isso e mais isso acontece no *rukh*. Ninguém pode negar o que dizes.”

“Quanta à carcaça da porca, te mostrarei os ossos dela amanhã”, respondeu Mowgli, impassível. “Quanto à questão dos nilgós, se o Sahib ficar bem quieto sentado, eu trago um até aqui e, ao ouvir os sons com cuidado, o Sahib saberá de onde ele veio.”

“Mowgli, a Selva te deixou louco”, disse Gisborne. “Quem pode levar um nilgó para qualquer lugar que seja, como se ele fosse uma vaca?”

“Quieto! Fica quieto então. Eu vou.”

“Nossa, mas esse homem é um fantasma!”, disse ele, pois Mowgli desaparecera em meio à escuridão e ele não ouviu o som de passos. O *rukh* se estendia como veludo negro ao brilho incerto das estrelas — num silêncio tão grande que a mais leve brisa que passava entre as copas das árvores era ouvida, como o suspiro de uma criança que dorme em paz. Abdul Gafur empilhava pratos no abrigo que servia de cozinha.

"Silêncio aí dentro!", gritou Gisborne, preparando-se para escutar como só sabe fazer um homem acostumado à quietude do *rukh*. Para manter a dignidade no seu isolamento, ele tinha o hábito de vestir uma roupa mais formal todas as noites na hora de jantar, e a camisa branca engomada ficou rangendo com sua respiração até que virasse um pouco de lado. Depois, o tabaco um pouco velho do cachimbo começou a estalar e ele largou o cachimbo para lá. Então, com exceção do sopro da noite no *rukh*, fez-se o mais absoluto silêncio.

De uma distância inconcebível, arrastando-se por uma escuridão imensurável, veio o eco muito, muito leve do uivo de um lobo. Depois, o silêncio de novo, pelo que pareceu serem diversas horas. Afinal, quando suas pernas estavam completamente dormentes abaixo da altura dos joelhos, Gisborne ouviu algo que soava como uma batida distante vinda da vegetação rasteira. Ele achou que talvez houvesse imaginado o ruído, mas então ele foi repetido uma e depois outra vez.

"Veio do oeste", murmurou Gisborne. "Algo vem de lá." O barulho aumentou — uma batida cada vez maior e um farfalhar cada vez mais próximo, acompanhado dos bufos pesados de um nilgó que vinha a toda, fugindo em pânico sem perceber para onde ia.

Uma sombra surgiu, confusa, por entre os troncos de árvore, deu meia-volta, girou mais uma vez, bufando, e, pisando forte no chão, correu quase até o alcance da mão de Gisborne. Era um nilgó macho pingando suor, com um pedaço de trepadeira enroscado nos chifres e os olhos brilhando com a luz que vinha da casa. O animal estacou ao ver o homem e fugiu pela borda do *rukh* até sumir na escuridão. O primeiro pensamento que surgiu na mente atônita de Gisborne foi que era indecente arrastar o enorme macho azul do *rukh* para ser examinado daquela maneira — fazê-lo fugir em meio à noite que devia lhe pertencer.

Então, enquanto ele olhava adiante, espantado, uma voz suave surgiu no seu ouvido, dizendo:

"Ele veio da foz, onde comandava sua manada. Veio do oeste. O Sahib acredita agora? Ou devo trazer a manada toda, para que ele a conte? O Sahib é quem comanda esse *rukh.*"

Mowgli voltara a sentar na varanda, um pouco ofegante. Gisborne encarou-o com a boca aberta. "Como fizeste isso?", perguntou.

"O Sahib viu. Obriguei o macho a vir, assim como faço com os búfalos. Ho! Ho! Ele vai ter uma história boa para contar quando voltar para a manada."

"Não conheço esse truque. Quer dizer que corres tão depressa quanto os nilgós?"

"O Sahib viu. Se a qualquer momento o Sahib precisar saber mais sobre o que fazem os animais, eu, Mowgli, estarei aqui. Esse é um bom *rukh*. Ficarei nele."

"Fica, então, e a qualquer momento que precisares de uma refeição, meus homens prepararão uma para ti."

"Muito bem. Gosto de comida preparada", respondeu Mowgli depressa. "Nenhum homem pode dizer que não como tantas coisas cozidas e assadas quanto os outros homens. Virei buscar essa refeição. E, da minha parte, prometo que o Sahib haverá de dormir tranquilo na sua casa à noite, e que nenhum ladrão irá invadi-la para levar seus ricos tesouros."

A conversa terminou com a partida abrupta de Mowgli. Gisborne ficou ali sentado, fumando, por um bom tempo e chegou à conclusão de que, naquele rapaz, finalmente encontrara o mateiro e guarda-florestal ideal pelo qual o departamento estava sempre procurando.

"Preciso convencê-lo a trabalhar para o governo de alguma maneira. Um homem que consegue afugentar nilgós deve saber mais sobre o *rukh* que cinquenta outros juntos. Ele é um milagre — um *lusus naturae*[16] — e nasceu para ser um guarda-florestal, bastando que concorde em ter residência fixa em algum lugar", disse Gisborne.

Abdul Gafur não teve uma opinião tão boa de Mowgli. Na hora de deitar, disse a Gisborne que estranhos vindos de sabe-se lá onde quase sempre eram ladrões profissionais e que ele, pessoalmente, não gostava de párias pelados que não sabiam a maneira correta de se dirigir aos brancos. Gisborne riu e mandou o mordomo ir para os seus aposentos, e ele se retirou, bufando de raiva. No meio da noite, encontrou uma razão para se levantar e bater na filha de treze anos. Ninguém ficou sabendo o motivo da briga, mas Gisborne ouviu o grito.

Nos dias seguintes, Mowgli continuou a ir e vir, silencioso como uma sombra. Ele tinha feito uma espécie de abrigo perto do bangalô, ainda dentro do *rukh*; Gisborne, quando ia até a varanda respirar ar fresco, às vezes o via sentado ao luar com a testa encostada no joelho, ou deitado ao comprido num galho, bem agarrado a ele como uma fera da noite. De lá, Mowgli o saudava e o mandava dormir sossegado, ou descia e contava histórias prodigiosas sobre os costumes dos animais do *rukh*. Certa vez, entrou nos estábulos e foi encontrado olhando os cavalos com profundo interesse.

"Isso", disse Abdul Gafur com ênfase, "é um sinal claro de que um dia ele vai roubar um. Se mora perto dessa casa, por que não aceita um emprego honesto? Não, tem que ficar para cima e para baixo como um camelo desembestado, virando a cabeça dos bobos e fazendo os abestalhados abrirem a boca e se meterem em confusão." O mordomo dava ordens num tom severo a Mowgli sempre que o encontrava, mandando-o ir buscar água ou depenar galinhas, e o menino, rindo despreocupadamente, obedecia.

"Ele não tem casta", disse Abdul Gafur. "Aceita fazer qualquer coisa. Muita atenção, Sahib, ou vai acabar fazendo coisa demais. Uma cobra é uma cobra e um cigano da Selva é um ladrão até a morte."

"Fica quieto", disse Gisborne. "Eu permito que cuides da tua família do jeito que quiseres, contanto que não faças muito barulho, pois conheço teus costumes e hábitos. *Meus* costumes, tu não conheces. Não há dúvida de que o rapaz é um pouco louco."

"Muito pouco louco, garanto", disse Abdul Gafur. "Mas vamos ver no que isso vai dar."

Alguns dias depois, Gisborne teve que passar três dias no *rukh* para realizar algumas tarefas. Abdul Gafur, por ser velho e gordo, foi deixado em casa. Não gostava de dormir nos casebres dos mateiros e era inclinado a exigir contribuições no nome do patrão, tirando grãos, óleo e leite de gente para quem era muito difícil fazer tais gentilezas. Gisborne saiu a cavalo de manhã bem cedo, um pouco chateado por não ter encontrado o homem da Selva na varanda, pronto para acompanhá-lo. Gostava dele — da sua força, sua rapidez, seus passos silenciosos e do sorriso franco e fácil; da sua ignorância em relação a todas as formas de cerimônia e saudações e das histórias infantis que contava (e nas quais Gisborne agora acreditava) sobre o que os animais faziam no *rukh*. Depois de uma hora cavalgando em meio à mata, ele ouviu um farfalhar ali atrás e viu Mowgli trotando perto do estribo.

"Temos três dias de trabalho pela frente", disse Gisborne, "entre as árvores novas."

"Bom", disse Mowgli. "Sempre é bom zelar por árvores novas. Podem ser um bom abrigo se os animais as deixam em paz. Precisamos mudar os porcos de lugar de novo."

"De novo? Como?", perguntou Gisborne, sorrindo.

"Ah, eles estavam cavando a terra e afiando as presas perto dos brotos de sal na noite passada e, então, eu os espantei dali. Por isso não estava na varanda esta manhã. Os porcos não deviam estar em nenhum ponto desse lado do *rukh*. Precisamos mantê-los abaixo da foz do rio Kanye."

"Se um homem conseguisse domar nuvens, ele o faria; mas, Mowgli, se tu, como dizes, é pastor desse *rukh* sem ter nenhum lucro nem receber pagamento..."

"É o *rukh* do Sahib", disse Mowgli, erguendo a cabeça depressa. Gisborne assentiu em agradecimento e continuou: "Não seria melhor trabalhar por um salário do governo? A gente recebe uma pensão depois de muitos anos de serviço".

"Já pensei nisso", disse Mowgli. "Mas os rastreadores moram em casebres com portas fechadas e isso, para mim, parece demais com uma armadilha. No entanto, penso que..."

"Pensa bem, então, e me diz depois. Vamos parar aqui para tomar café."

Gisborne apeou, tirou a refeição da manhã dos alforjes que ele próprio fizera e viu o dia nascer quente acima do *rukh*. Mowgli deitou na grama ao lado dele, olhando para o céu.

Logo disse, num sussurro preguiçoso: "Sahib, deste ordem no bangalô para que tirassem a égua branca do estábulo hoje?".

"Não, ela é velha, gorda e ainda por cima um pouco manca. Por quê?"

"Alguém está montado nela, atravessando bem depressa a estrada que vai até a linha do trem."

"Bah, isso fica a dois *koss* daqui. O barulho que ouves deve ser de um pica-pau."

Mowgli ergueu o braço para impedir o sol de bater nos seus olhos.

"A estrada faz uma curva grande quando sai do bangalô. Não é mais de um *koss* no máximo, se a gente andar numa linha reta como o abutre voa; e o som também voa, assim como os pássaros. Vamos ver?"

"Que bobagem! Correr um *koss* nesse sol para ver um barulho na floresta."

"Bem, a égua é do Sahib. Eu só quis trazê-la até aqui.

Se não for a égua do Sahib, então não importa. Se for, o Sahib pode fazer com ela o que quiser. Mas é certo que estão cavalgando-a depressa."

"Mas como vais trazê-la até aqui, seu louco?"

"O Sahib esqueceu? Pelo caminho dos nilgós e nenhum outro."

"Então levanta e corre, se estás tão preocupado."

"Ah, eu não corro!" Mowgli ergueu a mão, pedindo silêncio e, ainda deitado de costas, emitiu um som bem alto três vezes — um ruído grave e gorgolejante que Gisborne não conhecia.

"Ela vai vir", disse Mowgli depois. "Vamos esperar na sombra." Seus longos cílios cobriram os olhos atentos e ele começou a dormitar em meio ao silêncio da manhã. Gisborne esperou pacientemente; o rapaz sem dúvida era louco, mas era o companheiro mais divertido que um engenheiro florestal solitário podia desejar.

"Ho! Ho!", disse Mowgli preguiçosamente, com os olhos fechados. "Ele caiu. Bem, primeiro virá a égua e depois o homem." Ele então bocejou enquanto o pônei macho de Gisborne relinchava. Três minutos depois, a égua branca de Gisborne, com sela e arreios, mas sem cavaleiro, chegou correndo à clareira onde eles dois estavam sentados e postou-se do lado do companheiro.

"Ela não está muito quente", disse Mowgli, "mas, nesse calor, o suor vem rápido. Logo vamos ver quem era o cavaleiro, pois os homens andam mais devagar que os cavalos... principalmente quando são gordos e velhos."

"Alá! Isso é obra do demônio!", exclamou Gisborne, pois ouvira um grito na Selva.

"Não se preocupe, Sahib. Ele não vai se machucar. E também vai dizer que foi obra do demônio. Ah! Ouve. Quem é esse?"

Era a voz de Abdul Gafur que gritava, apavorado, pedindo que as coisas desconhecidas tivessem piedade dele e dos seus cabelos brancos.[17]

"Não, não consigo dar nem mais um passo", uivou ele. "Estou velho e perdi o turbante. Arré! Arré! Mas vou seguir em frente. Vou sim, e depressa. Vou correr! Ó demônios do abismo, eu sou muçulmano!"

A vegetação se abriu e surgiu Abdul Gafur sem turbante, sem sapatos, com o pano que usava amarrado à cintura solto, com as mãos fechadas em punho sujas de lama e grama e o rosto roxo. Ele viu Gisborne, deu outro grito e atirou-se aos seus pés, exausto e trêmulo. Mowgli ficou observando com um sorriso tranquilo.

"Isso não é piada", disse Gisborne num tom severo. "Este homem pode morrer, Mowgli."

"Ele não vai morrer. Só está com medo. Não precisava ter corrido."

Abdul Gafur gemeu e se levantou, com o corpo todo tremendo.

"Foi bruxaria... uma bruxaria demoníaca!", disse ele, aos soluços, tateando o peito em busca de algo. "Eu pequei e por isso fui açoitado por demônios por toda a mata. Mas desisti. Estou arrependido. Pega, Sahib!" Ele estendeu a mão com um rolo de papéis sujos.

"O que significa isso, Abdul Gafur?", perguntou Gisborne, já sabendo o que viria.

"Tranca-me na *jail-khana*.[18] As notas estão todas aqui, mas tranca-me num lugar seguro onde nenhum demônio poderá ir atrás. Cometi um pecado contra o Sahib e o sal dele, que comi; e se não fosse por aqueles malditos demônios da mata, poderia ter comprado um pedaço de terra bem longe daqui e vivido em paz durante o resto dos meus dias." Abdul Gafur bateu a cabeça no chão num ataque de desespero e mortificação. Gisborne virou o rolo de notas de um lado para o outro. Era seu salário acumulado dos últimos nove meses — o rolo que ficava na gaveta junto com as cartas da sua família e a máquina de recarregar espoletas. Mowgli ficou olhando Abdul Gafur e rindo sozinho. "Não há necessidade de me pôr em cima da égua de novo. Vou caminhar devagar para casa com o Sahib e depois ele pode me mandar com uma escolta para a *jail-khana*. O governo dá uma pena de muitos anos por esse crime", disse o mordomo, emburrado.

A solidão do *rukh* faz com que se pense de maneira muito diferente sobre muitas coisas. Gisborne olhou para Abdul Gafur, lembrando que ele era um empregado muito bom e que um novo mordomo teria que aprender todos os hábitos da casa e, mesmo que fosse competente, ainda assim seria um rosto novo e uma voz nova.

"Ouve, Abdul Gafur", disse ele. "Cometeste um grave erro e perdeste por completo tua *izzat*[19] e tua reputação. Mas acho que isso te acometeu de repente."

"Alá! Eu nunca tinha desejado essas notas antes. O Mal me agarrou a garganta quando eu as vi."

"Nisso, eu também posso acreditar. Então vai para a minha casa e, quando eu voltar, mandarei um menino levar as notas ao banco, e não falaremos mais sobre o caso. És velho demais para a *jail-khana*. Além do mais, tua família não tem culpa."

Em resposta, Abdul Gafur soluçou, prostrado entre as botas de montaria de couro de vaca que Gisborne usava.

"Quer dizer que não serei mandado embora?", gaguejou.

"Vamos ver. Vai depender da tua conduta quando voltarmos. Sobe na égua e volta devagar."

"Mas dos demônios! O *rukh* está cheio de demônios."

"Não tem problema, meu velho. Eles não te farão mais nenhum mal, a não ser que as ordens do Sahib não sejam obedecidas", disse Mowgli. "Se não forem, talvez eles te levem para casa... pela estrada dos nilgós."

A boca de Abdul Gafur se escancarou enquanto ele torcia o pano da cintura, olhando para Mowgli.

"Os demônios são *dele*? Dele! E eu que tinha pensado em voltar e botar a culpa nesse feiticeiro!"

"Foi uma boa ideia, *Huzrut*;[20] mas, antes de cavarmos uma armadilha, precisamos ver quão grande é o bicho que pode cair dentro dela. Já eu só achei que um homem tinha pegado um dos cavalos do Sahib. Se soubesse que a intenção era me tornar um ladrão aos olhos do Sahib, meus demônios teriam te trazido até aqui pelas pernas. Ainda há tempo para isso."

Mowgli lançou um olhar interrogativo a Gisborne; mas Abdul Gafur caminhou depressa até a égua branca, subiu com dificuldade no seu lombo e partiu a toda, causando barulhos e ecos na mata.

"Muito bem", disse Mowgli. "Mas ele vai cair de novo, a não ser que segure na crina."

"Agora está na hora de me contares o que significam essas coisas", disse Gisborne, com alguma severidade. "Que história é essa de demônio? Como os homens podem ser tangidos pelo *rukh* como o gado? Responde."

"O Sahib está zangado porque eu salvei o dinheiro dele?"

"Não, mas isso foi feito com um truque qualquer que não me agrada."

"Está certo. Bem, se eu me levantasse e desse três passos para dentro do *rukh*, ninguém, nem mesmo o Sahib, me encontraria até que eu quisesse ser encontrado. Não tenho vontade de fazer isso, mas também não tenho vontade de contar. Tem um pouco de paciência, Sahib, e eu logo te mostrarei tudo, pois, se quiseres, um dia vamos caçar cervos juntos. Não há nenhuma obra do demônio aqui. Eu… eu apenas conheço o *rukh* tão bem quanto um homem conhece a cozinha da própria casa."

Mowgli falou no mesmo tom que teria usado com uma criança impaciente. Gisborne, intrigado, atônito e bastante irritado, não disse nada, apenas olhou para o chão, pensativo. Quando ergueu a cabeça, o homem da Selva tinha desaparecido.

"Não é bom", disse uma voz tranquila vinda do meio

da vegetação, "que dois amigos fiquem zangados. Espera até de noite, Sahib, quando o ar estiver frio."

Gisborne, assim, foi deixado a sós, abandonado no coração do *rukh*, e ele xingou, depois riu, voltou a montar no pônei e continuou a cavalgar. Visitou o casebre de um mateiro, supervisionou a plantação de algumas árvores novas, deu ordens para que fosse feita uma queimada num terreno cheio de grama seca e partiu para o lugar onde gostava de acampar, uma pilha de rochas afiadas com um teto tosco de galhos e folhas que não ficava muito distante das margens do rio Kanye. Já estava na hora do crepúsculo quando viu o abrigo, e o *rukh* despertava para a vida silenciosa e voraz da noite.

Havia uma fogueira acesa sobre o morro e o vento trazia o aroma de um ótimo jantar.

"Hum", disse Gisborne. "É melhor que carne fria, pelo menos. O único homem que poderia estar por essas bandas seria Muller, e, oficialmente, ele deveria estar supervisionando o *rukh* de Changamanga.[21] Acho que deve ser por isso que está no meu território."

O gigantesco alemão que era o chefe do Departamento de Engenharia Florestal de toda a Índia, o mateiro-chefe da Birmânia a Bombaim,[22] tinha o hábito de voejar como um morcego, sem aviso, de um lugar para outro, e aparecer bem onde era menos esperado. Sua teoria era que visitas surpresa, a descoberta de imperfeições e uma bronca dada ao vivo num subordinado eram infinitamente melhores que os processos lentos realizados por carta que podiam terminar numa reprimenda oficial feita por escrito — algo que, anos depois, ainda estaria na ficha de um guarda-florestal. Como ele dizia: "Se eu falar com minhas meninos como se fosse uma tio holandês, eles dizem 'É só aquele felho Muller' e se comportam melhor. Mas se minha secretárrio escreve e diz que *Herr* Muller, o inspetor-gerral, não compreende e está muito irritado — isso non é bom, porque em primeirro lugar, eu non estar lá, e em segundo o idiota que chega depois de mim pode dizer parra minhas melhorres meninos: 'Olhem, vocês levarram bronca de minha predecessor'. Mas essa histórria de mandachuva[23] não faz crescer árvorre".

A voz grave de Muller saía da escuridão atrás da fogueira e ele estava inclinado sobre os ombros do seu cozinheiro preferido: "Menas molho, sua filho de Belial! Molho inglês é parra temperar, non parra encharcar. Ah, Gisborne, focê fai comer uma jantar muito ruim. Fai acampar com quem?", perguntou ele, aproximando-se para apertar a mão do outro.

"Sozinho, senhor", respondeu Gisborne. "Não sabia que estava por aqui."

Muller examinou o corpo esguio do homem mais novo. "Bom! Isso muito bom! Uma cavalo e algumas coisas parra comer sem esquentar. Quando eu erra jovem, acampava assim. Agora, focê fai jantar comigo. Fui à sede do departamento fazer minha relatórrio mês passada. Escrevi metade — Ho! Ho! —, deixei o resto parra minhas secretárrios e fim dar uma folta. A governo non está feliz com essas relatórrios. Eu disse isso ao vice-rei em Simla."

Gisborne deu uma risadinha, lembrando das muitas histórias que eram contadas sobre os conflitos entre Muller e o governo inglês. Sua rebeldia era tolerada, pois era o melhor engenheiro florestal que havia.

"Gisborne, se eu encontrar focê sentado em sua bangalô fazendo relatórios parra mim sobre os árforres em vez de cavalgar por entre eles, vou lhe transferir parra o meio da Deserto de Bikanir[24] parra fazer o reflorestamento de *lá*. Estou cansado de ficar lendo relatórrios e papéis em vez de fazer meu trabalho."

"Não há muito perigo de eu ficar perdendo tempo com meus relatórios anuais. Detesto-os tanto quanto o senhor."

A partir de então, os dois passaram a falar de questões profissionais. Muller fez algumas perguntas e Gisborne recebeu ordens e dicas até o jantar ficar pronto. O alemão não permitia que nenhuma distância da base de suprimentos interferisse no trabalho do seu cozinheiro; e a refeição servida no meio da floresta começou com peixe de água doce com molho inglês e temperos e terminou com café e conhaque.

"Ah!", disse Muller no final com um suspiro de satisfação, acendendo um charuto e desabando sobre sua cadeira de armar muito puída. "Quando eu faz relatórrios, sou livre-pensador e ateu, mas aqui na *rukh* sou mais que criston. Também sou pagon." Ele rolou a ponta do charuto com deleite sob a língua, pousou as mãos nos joelhos e observou o coração enevoado e irrequieto do *rukh*, repleto de barulhos furtivos; gravetos estalando, num ruído parecido com o do fogo que crepitava ali atrás; o suspiro e o farfalhar de um galho vergado pelo calor que voltava a ficar reto na noite fresca; o burburinho incessante do rio Kanye; e o murmúrio da grama infestada de vida que subia morro acima até sumir de vista. Muller soltou uma grande baforada e começou a recitar Heine em voz alta.

"Sim, é muito bom. Muito bom. 'Sim, eu faço milagres e, por Deus, elas se realizam também.' Lembro quando, daqui até os campos arrados, o *rukh* era menor que sua joelho e, na época da seca, o gado comia as ossos da gado morto. Agora, as árforres voltarram. Forram plantadas por uma livre-pensador, porque ele entende exatamente a causa que lhes causou o efeito. Mas as árforres tinham o culto das felhas deuses — 'e as deuses cristãs uivam alto.'[25] Elas non iam conseguir fifer no *rukh*, Gisborne."

Algo se moveu numa das trilhas — se moveu e saiu das sombras, sendo iluminado pela luz das estrelas.

"Eu falei a ferdade. Psiu! Aqui está Fauno[26] em pessoa parra fer o inspetor-geral. *Himmel*, é a deus delas! Olhe!"

Era Mowgli, coroado com sua guirlanda de flores brancas e segurando um galho descascado até a metade.

Mowgli, olhando com grande desconfiança para a fogueira e pronto para voar de volta para o meio da mata ao menor sinal de perigo.

"É um amigo meu", disse Gisborne. "Está me procurando. Ohé, Mowgli!"

Muller mal teve tempo de exclamar antes de o rapaz se postar ao lado de Gisborne, exclamando: "Foi um erro ir embora. Foi um erro, mas eu não sabia que a companheira daquele que foi morto diante desse rio estava acordada procurando por ti. Se soubesse, não teria ido embora. Ela seguiu teu rastro de montanhas distantes até aqui, Sahib."

"Ele é um pouco louco", explicou Gisborne, "e fala dos animais daqui como se fossem seus amigos."

"É clarro... é clarro. Se Fauno non os conhece, quem haverria de conhecer?", disse Muller com um ar muito grave. "O que ele está dizendo sobre as tigres, essa deus que te conhece tão bem?"

Gisborne voltou a acender o charuto e, quando terminou de contar as aventuras de Mowgli, ele tinha sido queimado quase até a altura do seu bigode. Muller ouviu tudo sem interromper. "Isso não é loucurra", disse ele no final, depois de Gisborne descrever como Abdul Gafur fora levado até perto deles. "Não é loucurra, de jeito nenhum."

"Então, o que é? Ele me largou sozinho esta manhã, irritado, depois de eu lhe perguntar como tinha feito isso. Acho que o rapaz foi possuído por alguma coisa."

"Non, non é possesson, mas é espantoso. Normalmente, eles morrem cedo... esses pessoas. E focê disse que seu empregado ladron non disse o que fez a pônei disparrar, e é clarro que a nilgó não podia falar."

"Não, mas diabos... não havia nada para fazê-los disparar. Eu fiquei escutando e tenho os ouvidos muito bons. O nilgó e o homem simplesmente vieram correndo... loucos de medo."

Em resposta, Muller olhou Mowgli de cima a baixo e fez um gesto, pedindo que se aproximasse. Ele veio como um cervo pisando numa trilha cheia de sangue.

"Non vou te fazer mal", disse Muller, na língua dos nativos. "Estende o braço."

Ele passou a mão pelo braço de Mowgli até a altura do cotovelo, apalpou-o e assentiu. "Foi o que pensei. Agorra, mostra o joelho." Gisborne observou Muller apalpando a rótula de Mowgli e sorrindo. Duas ou três cicatrizes logo acima do calcanhar lhe chamaram a atenção.

"Ganhaste essas cicatrizes quando erras muito jovem?", perguntou ele.

"Sim", respondeu Mowgli com um sorriso. "Foram provas de amor dos pequenos." Ele então se dirigiu a Gisborne por sobre o ombro: "Esse Sahib sabe tudo. Quem é ele?".

"Isso eu te dirrei depois, meu amigo. Muito bem, onde eston *eles*?", perguntou Muller.

Mowgli fez um gesto largo em torno da cabeça.

"Enton quer dizer que sabes tanger as nilgós? Olha! Meu égua está ali, amarrada a uma estaca. Consegues trazê-la parra perto de mim sem assustá-la?"

"Se eu consigo trazer a égua até o Sahib sem assustá-la!", repetiu Mowgli, erguendo a voz um pouco mais que o normal. "Se a corda estiver desamarrada, nada poderia ser mais fácil."

"Solta as amarras da cabeça e das patas!", gritou Muller para o cavalariço. Elas mal tinham caído ao chão quando a égua, um imenso animal negro que viera da Austrália, ergueu a cabeça e virou as orelhas.

"Cuidado! Non querro que ela se meta no *rukh*", disse Muller.

Mowgli estava de pé diante do fogo — com a aparência idêntica à daquele deus grego que é descrito com tantos detalhes nos romances. A égua relinchou, ergueu uma das patas de trás, descobriu que estava sem suas amarras e se aproximou depressa do dono, em cujo peito aninhou a cabeça, suando um pouco.

"Ela veio sozinha! Meus cavalos fazem isso", exclamou Gisborne.

"Vê se ela sua", disse Mowgli.

Gisborne pousou uma das mãos no flanco úmido.

"Já basta", disse Muller.

"Já basta", disse Mowgli e uma pedra ali atrás ecoou a última palavra.

"É sobrenatural, não é?", perguntou Gisborne.

"Non, apenas espantoso... completamente espantoso. Focê ainda non entendeu, Gisborne?"

"Confesso que não."

"Bem, enton eu non vou lhe dizer. Ele diz que um dia vai lhe mostrar. Serria cruel se eu o fizesse. Mas non entendo por que non está morto. Tu, escuta." Muller virou-se para Mowgli e voltou a falar na língua dos nativos. "Sou a chefe de todas os *rukhs* da Índia e de outras parra além do Água Negra.[27] Non sei quantas homens eston sob meu comando — cinco, dez mil. O que querro de ti é isto: que não andes mais parra cima e parra baixo no *rukh* tangendo ferras parra brincar ou se mostrar, mas que trabalhes parra mim, que represento o governo no Departamento de Engenharia Florestal, e que vivas nesse *rukh* como guarda-florestal; que afastes as bodes das camponeses quando eles non tiverrem permisson parra pastar no *rukh*; que os deixes entrar quando tiverem permisson; que diminuas, do jeito que quiserres, o númerro de javalis e nilgós quando houver demais; que digas a Gisborne Sahib onde eston os tigres e que ferras eston nas florestas; e que avises quando houver um incêndio no *rukh*; pois poderrás avisar mais rápido que qualquer outro. Por esse trabalho, receberrás um pagamento em prata todo mês e, no fim, quando tiverres uma esposa e gado e, talvez, filhos, receberrás uma penson. O que dizes?"

"Foi exatamente isso que eu...", começou a dizer Gisborne.

"Meu Sahib falou disso esta manhã. Passei o dia caminhando sozinho e pensando no assunto e já sei minha resposta. Aceito, mas só se puder trabalhar neste *rukh* e nenhum outro; com Gisborne Sahib e nenhum outro."

"Assim será. Dentro de uma semana, chegarrá a documento em que o governo promete essa penson. Depois disso, tu montarás teu casebre no local que Gisborne Sahib mandar."

"Eu ia falar com você sobre isso", disse Gisborne.

"Foi melhor eu non saber que ia fer essa homem. Jamais haverá um guarda-florestal como ele. Ele é um milagre. Acredite em mim, Gisborne, um dia focê irá descobrir isso. Ouça, ele é irmon de sangue de todas as ferras do *rukh*!"

"Eu ficaria mais tranquilo se conseguisse compreendê-lo."

"Isso vai acontecer. Olhe, só uma vez durrante todo o tempo que venho trabalhando parra o governo, e já faz trinta anos, conheci uma menino que erra como essa homem. E ele morreu. Às vezes a gente ouve falar deles nos relatórrios dos censos, mas todos morrem. Essa homem conseguiu viver e ele é um anacronismo, pois já existia antes da Idade do Ferro, da Idade da Pedra. Olhe, ele vem dos primórdios da históRria da homem — Adão no paraíso! Agora, só falta uma Eva! Não! Ele é mais felho que essa história infantil, assim como o *rukh* é mais felho que seus deuses. Gisborne, eu agorra virei pagon de uma vez por todas."

Durante todo o resto daquela longa noite, Muller ficou fumando e olhando a escuridão, com múltiplas citações a lhe sair dos lábios e uma expressão de enorme espanto no rosto. Ele foi para sua barraca, mas logo saiu de novo no seu majestoso pijama cor-de-rosa e as últimas palavras que Gisborne o ouviu dizer para o *rukh* em meio ao silêncio profundo da meia-noite foram estas, pronunciadas com imensa ênfase:

Embora nos cubramos de sedas e joias
Tu és nobre, nu e ancestral
Libitina é tua mãe e Príapo
Teu pai, um deus e um grego.[28]

"Agorra eu sei que, pagon *ou* criston, nunca saberrei todos os segredos do *rukh*!"

Uma semana mais tarde, no bangalô, era meia-noite quando Abdul Gafur, pálido de raiva, postou-se no pé da cama de Gisborne e, sussurrando, pediu-lhe que acordasse.

"Levanta, Sahib", gaguejou ele. "Levanta e traz tua arma. Minha honra se foi. Levanta e mata antes que alguém veja."

O rosto do velho estava tão diferente que Gisborne ficou olhando-o, sem entender nada.

"Foi por isso, então, que aquele pária da Selva me ajudou a polir a mesa do Sahib, a trazer água e a depenar galinhas. Eles fugiram juntos apesar de todas as minhas surras e agora ele está lá, no meio dos seus demônios, arrastando a alma dela para o abismo. Levanta, Sahib, e vem comigo!"

Abdul Gafur enfiou o rifle nas mãos de Gisborne, que ainda estava meio dormindo, e quase o arrastou para fora do quarto, levando-o até a varanda.

"Eles estão no *rukh*; a menos de um tiro da casa. Vem em silêncio comigo."

"Mas o que foi? O que aconteceu, Abdul?"

"Mowgli e seus demônios. E minha própria filha", disse o mordomo. Gisborne soltou um assobio e foi atrás dele. Ele sabia que havia um motivo para Abdul Gafur ter batido na filha à noite, e que havia um motivo para Mowgli ter feito tarefas domésticas para um homem que seus próprios poderes, quaisquer que fossem, tinham mostrado ser um ladrão. Além do mais, na floresta, não se demora muito para fazer a corte.

Havia uma flauta sendo soprada no *rukh*, parecendo a canção de um deus que perambulava pela mata e, quando eles se aproximaram, ouviram também um burburinho de vozes. A trilha dava numa clareira semicircular, parcialmente fechada por grama alta em um trecho e árvores em outro. No centro, sobre um tronco caído, com as costas viradas para os dois que o observavam e o braço em torno do pescoço da filha de Abdul Gafur, estava Mowgli, usando uma nova coroa de flores e tocando uma flauta tosca de bambu cuja música fazia quatro imensos lobos dançar solenemente, de pé sobre as patas de trás.

"Esses são os demônios dele", sussurrou Abdul Gafur. Ele segurava um monte de cartuchos. As feras emitiram um longo rugido trêmulo e ficaram imóveis, fitando intensamente a menina com seus olhos verdes.

"Olha", disse Mowgli, pondo de lado a flauta. "Há algo a temer nisso? Eu te disse, Coraçãozinho Valente, que não havia, e tu acreditaste. Teu pai disse... ah, se pudesses ter visto teu pai correndo pelo caminho dos nilgós! Teu pai disse que eles eram demônios; e, por Alá, que é teu deus, não me espanto de que ele tenha acreditado nisso."

A menina deu uma risadinha cristalina e Gisborne ouviu Abdul ranger os poucos dentes que lhe restavam. Ela não se parecia nada com a menina que Gisborne via se esgueirando com uma expressão tímida pela sua propriedade, silenciosa e coberta com um véu — era uma mulher feita surgida da noite para o dia, como uma orquídea que desabrocha depois de apenas uma hora no calor úmido.

"Mas eles são meus companheiros e irmãos, filhos da mãe que me deu leite, como eu te contei atrás da cozinha", continuou Mowgli. "Filhos do pai que me protegeu do frio deitando na boca da caverna quando eu era uma criancinha pelada. Olha", disse ele, quando um dos lobos ergueu a mandíbula cinza e lambeu seu joelho, "meu irmão sabe que falo dele. Sim, quando eu era criança ele era um filhote que rolava comigo na lama."

"Mas tu disseste que teus pais são humanos", disse a menina com ternura, se aninhando no ombro dele. "É *mesmo* verdade, não é?"

"Se eu disse! Não, eu sei que meus pais foram humanos, pois tu tens meu coração, pequena." A cabeça da menina pousou abaixo do queixo de Mowgli. Gisborne ergueu a mão para impedir o avanço de Abdul Gafur, que não estava nem um pouco impressionado com aquela cena extraordinária.

"Mas ainda assim eu fui um lobo entre os lobos, até que chegou a hora em que os seres da Selva me pediram para partir, pois eu era um homem."

"Quem te pediu para partir? Essas não parecem ser palavras de um homem que fala a verdade."

"Os próprios animais. Pequena, tu nunca irias acreditar na história, mas foi assim que aconteceu. Os animais da Selva me pediram para partir, mas esses quatro me seguiram porque eu sou seu irmão. Depois, trabalhei de pastor de gado entre os homens, pois já tinha aprendido sua língua. Ho! Ho! Os rebanhos alimentaram meus irmãos, até que uma mulher, uma velha, muito amada, me viu à noite brincando com eles nos campos. Os homens disseram que eu tinha sido possuído por demônios e me expulsaram daquela aldeia com paus e pedras; os quatro vieram comigo, mas caminharam ocultos, não abertamente. Foi então que aprendi a comer carne cozida e a falar com coragem. Fui de aldeia em aldeia, meu coração, pastoreando o gado, cuidando do búfalo, ajudando nas caçadas, e nenhum homem ousou erguer um dedo contra mim mais de uma vez." Mowgli se agachou e fez carinho na cabeça de um dos lobos. "Faz isso também. Eles não fazem mal nem são mágicos. Vê, já te conhecem."

"As matas estão repletas de demônios de todos os tipos", disse a menina, estremecendo.

"Isso é mentira. Mentira de criança", respondeu Mowgli, sem hesitar. "Já me deitei na grama orvalhada sob as estrelas e a noite escura e sei do que estou falando. A Selva é minha casa. Por acaso um homem teme as vigas do seu teto, ou uma mulher a lareira do seu homem? Debruça-te e faz carinho neles."

"Eles são cães e são sujos", murmurou a menina, se inclinando com a cabeça virada para o lado.

"Depois de comer da fruta, se lembra da lei!", disse Abdul Gafur, desgostoso. "Por que essa espera, Sahib? Mata!"

"Psiu. Vamos descobrir o que aconteceu", disse Gisborne.

"Fizeste muito bem", disse Mowgli, voltando a enlaçar a menina. "Cães ou não, eles passaram comigo por mil aldeias."

"Ahí, e onde estava teu coração então? Passando por mil aldeias. Já estiveste com mil donzelas. E eu que não sou... que não sou mais donzela, tenho teu coração?"

"Pelo que devo jurar? Por Alá, de quem tu falas?"

"Não, pela vida que tens. Isso bastará para me deixar satisfeita. Onde estava teu coração naquela época?"

Mowgli deu uma risada. "Na minha barriga, pois eu era jovem e estava sempre com fome. Por isso aprendi a seguir rastros e a caçar, chamando meus irmãos e mandando-os para um lado e para o outro, como um rei faz com seus exércitos. Foi por isso que tangi o nilgó para o Sahib jovem e tolo e a égua grande e gorda para o Sahib grande e gordo quando eles questionaram meu poder. Teria conseguido tanger os próprios homens com a mesma facilidade. Até agora", disse ele, erguendo um pouco a voz, "que sei que atrás de mim estão teu pai e Gisborne

Sahib. Não, não corre, pois não há dez homens no mundo que ousariam dar um passo adiante. Lembrando que teu pai já te bateu mais de uma vez, queres que eu dê a ordem e o faça correr em círculos pelo *rukh* de novo?" Um lobo se levantou e mostrou os dentes.

Gisborne sentiu Abdul Gafur tremer ao seu lado. No segundo seguinte ele estava sozinho, pois o mordomo gordo estava correndo pela clareira.

"Só sobrou Gisborne Sahib", disse Mowgli, ainda sem se virar. "Mas eu comi o pão de Gisborne Sahib; e logo irei trabalhar para ele e meus irmãos serão seus criados e ajudarão a assustar as feras e passar adiante as novidades. Esconde-te na grama."

A menina saiu correndo e a grama alta se fechou atrás dela e de um lobo que foi junto para tomar conta. Mowgli se virou com seus três serviçais e encarou Gisborne, que se aproximava.

"Essa é toda a mágica", disse o rapaz, apontando os três. "O Sahib gordo sabia que nós, que somos criados entre os lobos, passamos algum tempo correndo sobre os cotovelos e os joelhos. Ao apalpar meus braços e pernas, descobriu a verdade que tu não sabias. É tão espantoso assim, Sahib?"

"De fato, é mais espantoso que a magia. Foram esses lobos que assustaram o nilgó?"

"Sim, e teriam assustado Eblis[29] se eu os mandasse fazê-lo. São meus olhos e meus pés."

"Então cuidado, pois Eblis pode ter um rifle de dois canos. Teus demônios ainda têm coisas a aprender, pois estão um atrás do outro e dois tiros matariam todos os três."

"Ah, mas eles sabem que serão teus servos assim que eu for guarda-florestal."

"Guarda ou não, Mowgli, fizeste Abdul Gafur passar uma grande vergonha. A honra dele foi maculada por ti."

"Ela já tinha sido maculada quando ele pegou teu dinheiro, e mais ainda quando, há pouco, sussurrou no teu ouvido, mandando-te matar um homem desarmado. Eu próprio falarei com Abdul Gafur, pois sou um funcionário do governo e ganharei uma pensão. Ele vai celebrar o casamento com o rito que quiser e, se não o fizer, vai ser corrido mais uma vez. Falarei com ele esta madrugada. Quanto ao resto, o Sahib tem sua casa e essa é a minha. Está na hora de dormir de novo, Sahib."

Mowgli girou sobre os calcanhares e desapareceu em meio à grama, deixando Gisborne sozinho. A vontade do deus da mata tinha sido deixada clara; e Gisborne voltou para o bangalô, onde Abdul Gafur, dilacerado de fúria e medo, andava de um lado para o outro na varanda.

"Calma, calma", disse Gisborne, sacudindo o homem, que parecia prestes a ter um ataque. "Muller Sahib fez daquele homem um guarda-florestal e tu sabes que isso é um emprego público que dá uma pensão no final do tempo de serviço."

"Ele é um pária... um *Mlech*[30]... um cão que vive entre cães... um comedor de carniça! Que pensão paga por isso?"

"Só Alá sabe; e tu ouviste que o mal já foi feito. Queres que todos os outros criados fiquem sabendo? Faz o *shadi*[31] depressa, e a menina transformará o rapaz num muçulmano. Ele é muito bonito. Tu te espantas que, depois de tantas surras, ela tenha querido fugir com ele?"

"Ele disse que vai me perseguir com suas feras?"

"Foi o que me pareceu. Não sei se o que ele faz é magia, mas, se for, é uma magia poderosa."

Abdul Gafur refletiu durante alguns instantes e então desatou a chorar e uivar, esquecendo que era muçulmano:

"Tu és um brâmane! Eu sou tua vaca! Resolve tudo e salva minha honra, se ela puder ser salva!"

Assim, pela segunda vez, Gisborne adentrou o *rukh* e chamou por Mowgli. A resposta veio de uma grande altura e o tom não foi nada submisso.

"Fala baixo", disse Gisborne, olhando para cima. "Ainda é possível te negar o emprego e caçar a ti e a teus lobos. A menina tem que passar mais esta noite na casa do pai. Amanhã será o *shadi*, feito de acordo com a lei muçulmana, e então poderás levá-la contigo. Leva-a até Abdul Gafur."

"Já ouvi." Fez-se um murmúrio de vozes discutindo algo entre as folhas. "E também vamos obedecer... pela última vez."

Um ano depois, Muller e Gisborne estavam cavalgando pelo *rukh* juntos, falando de negócios. Eles se aproximaram das pedras que ficavam na margem do rio Kanye, com Muller indo um pouco à frente. À sombra de um espinheiro estava um bebê moreno e nu e, em meio ao matagal logo atrás, surgiu a cabeça de um lobo cinza. Num átimo, Gisborne agarrou o rifle que Muller havia sacado e a bala passou zunindo pelos galhos superiores das árvores.

"Está louco?", vociferou Muller. "Olhe!"

"Estou vendo", disse Gisborne em voz baixa. "A mãe está em algum lugar aqui perto. Cáspite, assim você vai acordar a alcateia toda!"

O arbusto se abriu mais uma vez e uma mulher sem véu na cabeça pegou depressa a criança.

"Quem deu o tiro, Sahib?", perguntou ela, assustada, para Gisborne.

"Esse Sahib. Ele não lembrou do povo do teu marido."

"Não lembrou? Bem que pode ser verdade, pois nós que moramos com eles esquecemos que não são humanos. Mowgli está rio abaixo, pegando peixe. O Sahib deseja vê-lo? Vinde, vós que não tendes modos. Saí dos arbustos e cumprimentai os Sahibs."

Muller foi arregalando cada vez mais os olhos. Ele jogou as pernas para um dos lados da égua abaixada e desmontou enquanto quatro lobos saíam do matagal e vinham lamber a mão de Gisborne. A mãe pôs a criança no peito e empurrou os lobos encostados nos seus pés descalços.

"Você tinha toda razão em relação a Mowgli", disse Gisborne. "Tinha intenção de lhe dizer isso, mas fiquei tão acostumado com esses quatro nos últimos doze meses que me esqueci."

"Non precisa pedir desculpas", disse Muller. "Non foi nada. *Gott in Himmel*![32] 'Sim, eu faço milagres e, por Deus, elas se realizam também!'"

Notas

ABREVIAÇÕES

1ª americana: Primeiras edições americanas de *O livro da Selva* e *O segundo livro da Selva* (veja "Nota sobre os textos").

Boas: BOAS, Franz. "The Central Eskimo". In: *Annual Report of the Bureau of American Ethnology to the Secretary of the Smithsonian Institution*, v. 6. Washington: Government Printing Office, 1888.

DK: Notas de Daniel Karlin para *Os livros da Selva*. Londres: Penguin Classics, 1987.

Elliott: ELLIOTT, H. W. *The Seal-Islands of Alaska*. Washington: Government Printing Office, 1881.

Hobson-Jobson: YULE, Henry; BURNELL, Arthur (Orgs.). *Hobson-Jobson: A Glossary of Colloquial Anglo-Indian Words and Phrases* (1886). 2 ed. Londres: John Murray, 1903.

JLK: KIPLING, John Lockwood. *Beast and Man in India: A Popular Sketch of Indian Animals in Their Relation with the People* (1891). 2 ed. Londres: Macmillan, 1904.

K: KIPLING, Rudyard. "Author's Notes on the Names in The Jungle Books", v. 12 da *Sussex Edition* (veja *Sussex* abaixo), pp. 471-8.

NRG: *NewReader's Guide to the Works of Rudyard Kipling* (disponível no site da Kipling Society: <www.kipling.org.uk>).

OED: *Oxford English Dictionary Online* (<www.oed.com>).

ORG: R. E. Harbord (Org.). *The Reader's Guide to Rudyard's Kipling Work*. 8 v. Canterbury: Gibbs, 1961-72.

Sanderson: SANDERSON, G. P. *Thirteen Years Among the Wild Beasts of India* (1878). 2 ed. Londres: W. H. Allen, 1879.

Sterndale, *Seonee*: STERNDALE, *R. A. Seonee or Camp Life in the Satpura Range: A Tale of Indian Adventure* (1877). 2 ed. Londres: Sampson Low, 1877.

Sterndale, *Mammalia*: STERNDALE, R. A. *Natural History of the Mammalia of India and Ceylon*. Calcutá: Thacker, Spink, 1884.

Sussex: *The Sussex Edition of the Complete Works in Prose and Verse of Rudyard Kipling* (abreviada para "*Sussex Edition*"). v. 12: *The Jungle Books*. Londres: Macmillan, 1937.

O LIVRO DA SELVA

PREFÁCIO [PP. 67-8]

1 Aparece em "Toomai dos elefantes" como a elefanta de estimação de Petersen Sahib. É interessante observar que o irmão dela, um elefante carregador de bagagem do Exército indiano, tem o nome do último imperador do Império Mogol (Bahadur Shah II, 1775-1862), que foi deposto pelos britânicos depois da Revolta Indiana de 1857.

2 O gênero *presbytes*, referente aqui aos langures — macacos de barba branca e membros e caudas longas. São identificados com o macaco-deus Hanuman e considerados sagrados pelos hindus. A colina Jakko, a mais alta das colinas Simla, tem uma grande população de macacos e um velho templo dedicado a Hanuman no topo.

3 "Refere-se a três personagens: Sahi, o porco-espinho, o 'sábio'; um lobo anônimo; e um urso. Ursos dançantes eram um entretenimento comum em feiras de aldeias indianas" (DK). Na *1ª americana*, Sahi aparece como "Ikki"; veja também a nota 20 de "Os irmãos de Mowgli". Para "Seeonee", veja a nota 3 de "Os irmãos de Mowgli".

4 Referência a um mangusto. Um herpetólogo é um especialista em répteis, enquanto *Thanatophidia* (do grego

thanatos/"morte" e *ophis*/"cobra") é um nome científico para cobras venenosas. A frase "não a viver, mas a saber" [*not to live but know*] é uma referência ao poema de Robert Browning "A Grammarian's Funeral" (incluído em *Men and Women*, 1855).

5 Um navio a vapor da Canadian Pacific Line que fazia viagens regulares entre Vancouver e o Extremo Oriente. O próprio Kipling viajou para o Japão no *Empress of India* em 1892 com sua mulher Carrie, com quem havia acabado de se casar.

6 "Outro passageiro" (*Sussex*); supostamente Limmershin, a cambaxirra do inverno de "A foca branca" (veja a nota 3 deste conto).

OS IRMÃOS DE MOWGLI [PP. 69-92]

1 "Pronuncia-se Cheel" (K). "Rann, o Abutre" (*1ª americana*). *Chīl* ou *cheel* é um nome indiano para o milhafre, parente do abutre usado no original. O nome vem "de seu grito agudo e fino [que é] um som constante e característico da Índia" (JLK, p. 34).

2 "O morcego é *Mung*, um nome inventado" (K).

3 O distrito de Seoni fica na cordilheira Satpura, uma cadeia de colinas no centro da Índia. Kipling nunca visitou Seoni, mas leu sobre o lugar em *Seonee* de Sterndale e em outras fontes. Note que Kipling usa uma grafia incomum, pois o padrão na época era "Seoni" ou "Seonee" (*Encyclopaedia Britannica*, 9 ed., 1875-89). Ele já havia usado a grafia "Seonee" em *A luz que se apagou* (1890) e *The Naulahka* (1892). De acordo com um dos primeiros manuscritos do conto (que data de fevereiro de 1893 e hoje faz parte da Carpenter Collection da Biblioteca do Congresso, tendo sido dado originalmente a uma amiga da família, Susan Bishop, que trabalhou para eles como ajudante e babá na época em que a filha mais velha de Kipling, Josephine, nasceu), a selva de Mowgli originalmente ficava nas "colinas Aravulli" no estado de Mewar, Rajastão, região noroeste da Índia. A

primeira frase desse manuscrito é: "Eram cerca de sete horas de uma noite muito quente nas colinas Aravulli quando o Pai Lobo acordou do sono do dia, coçou-se, bocejou e espalmou primeiro uma pata, depois a outra, para espantar a sonolência na ponta dos dedos". A primeira página do manuscrito de Bishop foi reproduzida no livro de Lucile Russel Carpenter, *Rudyard Kipling: A Friendly Profile* (Chicago: Argus Books, 1942); a mesma página também pode ser vista no site da Biblioteca do Congresso: <www.loc.gov/exhibits/british/images/vc203a.jpg> (acesso em: 8 fev. 2013).

4 "O nome do Chacal pronuncia-se *Tabarky*. Acho que eu mesmo inventei esse nome (acento tônico em bar)" (K); de acordo com JLK, no entanto, "um gandulo ou parasita é o *tabáqi kūtta*, um cão (lambe) pratos" (p. 264). Essa frase expressa o mais profundo desdém, sobretudo porque os cães eram associados com os párias na sociedade hindu.

5 A hidrofobia (que literalmente significa "medo da água") é outro nome para a raiva ou loucura canina, doença transmitida através da mordida de animais infectados, principalmente cachorros. Os chacais na maioria das vezes sofriam de hidrofobia, em parte devido a seu contato com cães selvagens ou de aldeia, pondo em perigo a vida do gado e dos humanos. Como escreve JLK: "O chacal que sofre de raiva é uma criatura mortal que pode ser encontrada com mais frequência do que se imagina" (p. 280).

6 *Gidur-log* "significa literalmente 'Povo dos Chacais'. *Gidur*, cuja pronúncia é *Geeder*, é um nome indiano para o chacal e *log* — cuja pronúncia é sempre logue, para rimar com vogue — significa povo" (K). Note que os colchetes usados para glosas sobre os nomes em "Os irmãos de Mowgli" e nos contos subsequentes estão no original. Essas intervenções "editoriais" feitas por Kipling são interessantes, considerando-se que o narrador de *Os livros da Selva* se passa por "organizador" das histórias.

7 "Pronuncia-se *Sheer Karn*. '*Shere*' significa 'Tigre' em alguns dos dialetos indianos e '*Khan*' é um título que

indica certa superioridade, para mostrar que ele era um chefe dos tigres" (K).

8 "Um rio de verdade na região central da Índia. Pronuncia-se *Wine-gunger* (com o acento tônico no *gung*, eu acho)" (K). A grafia moderna é "Wainganga".

9 "Pronuncia-se como se escreve. Significa literalmente 'manco', o que Shere Khan era" (K).

10 Na Índia, acreditava-se que um chacal idoso ou solitário (conhecido como *kole baloo*) que foi expulso de sua alcateia "se entregava aos serviços de um tigre": "É função dele descobrir a localização e avisar onde está qualquer gado perdido ou outro animal que achar que poderá render uma refeição a seu mestre real, sem que ele espere que lhe caibam os restos que sobrarem depois do jantar do tigre" (Edward Balfour, *The Cyclopaedia of India and of Eastern and Southern Asia*. Londres: B. Quaritch, 1885, v. 3, p. 877).

11 "No vale escuro" (*1ª americana*).

12 Muitos acreditavam que os tigres ficavam sarnentos ou doentes como consequência de comer carne humana: "É estranho, mas parece que a carne humana não é saudável [para tigres]; pois sua pele fica sarnenta depois que eles passam a comer só isso. Eu já atirei num 'comedor de homens' do lombo de um elefante e vi que não valia a pena levar a pele" (Frederick Marryat, *The Mission, or Scenes in Africa* [1845]. Londres: George Bell & Sons, 1895, p. 169.) No entanto, também era comum atribuir a condição de "sarnento" dos tigres comedores de homens à sua idade avançada, e alguns até rejeitavam o popular mito de que comedores de homens eram sempre sarnentos. De acordo com Sterndale, "velhos tigres sarnentos muitas vezes passam a comer homens, o que descobrem ser fácil, mas muitos dos comedores de homens que vi tinham pelos muito brilhantes; não há nada na carne humana em si que cause sarna ou outra doença" (*Seonee*, p. 72).

13 "('A demônia') em quem a Mãe Loba se transforma quando qualquer um mexe com seus filhotes se pronuncia *Ruk-sher* (com o acento tônico em Ruk)" (K).

14 Um cervo grande da espécie dos alces. Sterndale descreve

um sambhur macho como “o rei dos cervos indianos”, admirando seu tamanho e imponência (*Seonee*, p. 89).

15 “Um nome que inventei. Não significa ‘rã’ em nenhuma língua que conheço. Pronuncia-se *Mowglee* (com o acento tônico no *Mow*)” (K). Em outro lugar, Kipling escreveu: “*Mow* rima com cow [vaca]”. *All the Mowgli Stories*. Londres: Macmillan, 1933, p. 8.

16 “Significa ‘Solitário’, pronuncia-se *Uk-kay-la* (acento tônico em *kay*)” (K).

17 “‘Urso’ em hindustani. Pronuncia-se *Bar-loo* (acento tônico em *Bar*)” (K).

18 “Pantera ou leopardo em hindustani. É uma espécie de diminutivo de *Bagh*, que significa ‘tigre’ em hindustani. Pronuncia-se *Bug-eer-a* (acento tônico em *eer*)” (K).

19 Na religião hindu, o gado é sagrado e nunca deve ser ferido ou comido. Ou seja, Mowgli, ao obedecer à Lei da Selva, sem saber segue a lei da religião e da sociedade humana na qual originalmente nasceu.

20 Nome híndi para um porco-espinho. Na *St. Nicholas* e na *1ª americana*, o nome do porco-espinho é Ikki, sobre o qual Kipling escreveu: “Acho que inventei isso. Rima com ‘*sticky*’ (*Ho-Igoo* é um nome nativo de verdade para ele)”. (K) O nome *Ho-Igoo* aparece em “Como surgiu o medo” (ver p. 258 e nota 11 desse conto).

21 “Mao, o Pavão” em *St. Nicholas* e em outras edições, incluindo a *1ª americana* e a *Sussex*. De acordo com Kipling, “Mao” é “pronunciado mais ou menos como Mor” e “é um nome nativo para o pavão” (K).

22 “Matar-te na Selva, por medo daqueles que te amam” (*1ª americana*).

23 Oodeypore (cuja grafia mais comum é “Udaipur”) é um distrito na região de Rajputana (hoje Rajastão). Fica a cerca de seiscentos quilômetros a noroeste do distrito de Seoni, o que faz com que a história de Bagheera sobre sua jornada até Seoni seja impressionante e até improvável. Kipling visitou Udaipur em novembro de 1887, em meio a uma viagem de um mês por Rajputana, e escreveu que vira no zoológico dos Jardins de Durbar “uma pantera-negra que é o Príncipe da Escuridão, e um cavalheiro”,

além de dois "filhotinhos de pantera fofos que rugiam". Também foi em Udaipur que Kipling viu panteras sendo trazidas para serem mortas a tiros na reserva de caça do rei (*Letters of Marque* [1891], capítulos 8 e 9).

24 "Em geral, nunca fica vivo por muito tempo" (*1ª americana*). "A revisão prepara para o fato de que Akela será a exceção" (DK).

25 "Muitas estações" (*Sussex*). "Kipling talvez quisesse ser menos explícito em relação à idade improvável à qual Akela irá chegar na época em que se passa 'Cão vermelho'" (DK).

26 "'*Săg*', a palavra monossílaba persa que significa cão, é mais usada pelos nativos para indicar um desdém furioso que '*Sūar*', que significa porco" (JLK, p. 264). Veja também a nota 4 deste conto.

27 "Devagar e esticando o lábio inferior" (*1ª americana*).

28 Em *St. Nicholas* também saiu "nós da Alcateia" enquanto na *1ª americana* e na *Sussex* saiu "nós e a Alcateia". "No original, Mowgli refere a si mesmo como alguém que ainda é 'da Alcateia'; na versão revisada, ele já se identifica como 'homem'" (DK).

29 "Sozinho até os campos" (*1ª americana*). Na versão original publicada na revista *St. Nicholas*, Kipling acrescentou depois dessa frase: "No mês que vem vou contar como Mowgli cumpriu o que disse e pôs a pele de Shere Khan sobre a Pedra do Conselho". "Tigre! Tigre", o conto no qual isso acontece, foi mesmo publicado na revista no mês seguinte, fevereiro de 1894.

A CAÇADA DE KAA [PP. 93-122]

1 Gordo e baixo.

2 Frase incluída em *To-day* mas não em *McClure's* ou na *1ª americana*.

3 "Pronuncia-se *Hutee* ou quase isso. Um dos nomes indianos para 'elefante'" (K).

4 "Significa Povo dos Macacos. A pronúncia de Bandar é *Bunder*" (K). Veja também a nota 6 de "Os irmãos de

Mowgli". Kipling se refere a um macaco como "Bandar" em seu poema "Divided Destinies" (incluído na coletânea *Departmental Ditties*, de 1886), que narra uma conversa com um macaco ocorrida em sonho. A palavra também pode ser considerada uma paródia de "Bhadralok" (que significa "gente respeitável"), que, no contexto colonial, se referia à elite de Bengala que tivera uma formação ocidental, também conhecida como "babus".

5 "Lembra uma frase que já foi comumente usada: 'O que Manchester pensa hoje, a Inglaterra pensará amanhã', uma gabarolice dos dias de glória do Partido Liberal, que era particularmente forte nessa cidade, e do *Manchester Guardian*" (NRG).

6 "Ah!" (*McClure's*); "Aaa-sssh!" (*1ª americana* e *Sussex*).

7 "Existem muitas cidades velhas e abandonadas na Índia que se parecem muito com os Antros Gelados de *Os livros da Selva*. Eles se chamam Antros Gelados porque, quando um animal deixa seu antro ou covil, o lugar fica gelado, é claro. É a mesma coisa com os homens" (K). Kipling visitou as velhas cidades abandonadas de Amber e Chitor durante sua viagem a Rajputana em 1887 (veja a nota 23 de "Os irmãos de Mowgli") e elas, sem dúvida, foram a inspiração dos "Antros Gelados" desse conto e de "O *ankus* do rei".

8 "No chão pedregoso" (*To-day* e *McClure's*).

9 "Quando foi deixado ao lado de Mãe Loba" (*1ª americana* e *Sussex*).

10 "Agora nós vamos" (*1ª americana* e *Sussex*).

11 No original, "*Then join our leaping lines that scumfish through the pines*". Como a definição de "*scumfish*" no dicionário, "sufocar, asfixiar (com calor, fumaça ou um cheiro ruim)" (OED), não faz muito sentido nessa frase, já foi sugerido que Kipling tenha usado a palavra para passar a ideia dos movimentos rápidos que os macacos fazem na copa das árvores; ela pode ser vista como uma palavra-valise ou composta que lembra diversas palavras — como "*skim*" ou deslizar (como faz um peixe-voador), "*jump*" ou pular, "*skirmish*" ou escaramuça e "*scum*" ou escória (em referência ao status de párias

do *Bandar-log*) — e como uma onomatopeia imitando o som dos macacos correndo por entre a folhagem. Para uma discussão mais profunda do assunto, veja *Kipling Journal*, n. 243-4 e 246-7 (1987-8).

TIGRE! TIGRE! [PP. 123-44]

1 Na *St. Nicholas*, "Tigre! Tigre!" foi publicado imediatamente depois de "Os irmãos de Mowgli", mas nas edições em livro, "A caçada de Kaa" foi inserido entre esses dois contos. Na *1ª americana*, uma frase extra foi acrescentada antes dessa primeira para fazer com que a transição fosse menos abrupta: "Agora, precisamos voltar à penúltima história". Na *Sussex*, na qual os contos sobre Mowgli de *Os livros da Selva* foram reorganizados em ordem cronológica (veja "Nota sobre os textos"), Kipling pôs "Como surgiu o medo" entre "A caçada de Kaa" e "Tigre! Tigre!", oferecendo como primeira frase: "Agora, precisamos voltar à primeira história".

2 A marca de uma casta.

3 "Pronuncia-se *Mess-wa* (acento tônico em *Mess*)" (K).

4 "Um homem me tornarei" em outras edições, incluindo *St. Nicholas*, *1ª americana* e *Sussex*.

5 Este trecho não está na *1ª americana* ou na *Sussex*.

6 Na *St. Nicholas*, depois deste trecho, Kipling acrescentou um parêntese: "isso era novidade para Mowgli, mas o gosto era bom".

7 Estas duas frases não foram incluídas em outras edições. Na *St. Nicholas*, "muita prata" na segunda frase foi substituída por "quase noventa centavos em prata".

8 "Um lugar de verdade que existe no mapa. Acho que a pronúncia do nome é *Kan-i-war-rer*" (K). Uma aldeia no distrito de Seoni que fica, de acordo com Kipling em "A invasão da selva", a "cinquenta quilômetros" da selva de Mowgli. A grafia mais comum é Kanhiwara, e é assim que está em *O segundo livro da Selva*.

9 John Lockwood Kipling escreveu: "Aqui na Índia há uma regra formal que dita que apenas os ciganos, os

oleiros, os lavadores de roupa e pessoas assim, que são párias ou pertencem à casta mais baixa, podem montar ou ser donos de um burro" (JLK, pp. 76-7). Ele também inclui uma ilustração de "o oleiro e seu burro" (p. 80).

10 Pronuncia-se "quase da maneira como é escrito, mas o *o* não tem muito som (acento tônico em *Bul*)" (K).

11 "Um velho mosquete do exército" (*St. Nicholas*). O mosquete da torre era uma arma de pederneira de cano longo surgida mais ou menos no ano de 1800, chamada assim por ser testada no arsenal da Torre de Londres. Na época em que Kipling estava escrevendo este conto, já havia se tornado uma arma antiquada.

12 "[Pronuncia-se] *Poor-un Darss* e é um nome nativo de verdade" (K).

13 Na *St. Nicholas* e na *1ª americana*, Kipling acrescentou "[$30]". *NRG* observa: "com uma rupia valendo um shilling e quatro pennies, cem rupias valeriam na época seis libras, treze shillings e quatro pennies (ou 6,66 libras)", o que "seria uma larga quantia para camponeses indianos".

14 Na *St. Nicholas* está "a insolência de Mowgli; pois em geral as crianças nativas têm muito mais respeito pelos mais velhos que as crianças brancas". Isso, de certa forma, caracteriza Mowgli como parecido com uma criança branca.

15 "Em regiões remotas onde raramente se vê um homem branco, [os búfalos] são inclinados a se ressentir de sua presença. Há uma certa ignomínia num grupo de intrépidos caçadores britânicos sendo obrigados a subir numa árvore por um rebanho de búfalos furiosos e tendo de esperar que o filho de um pastor os resgate, mas isso já aconteceu" (JLK, p. 156).

16 "O principal macho do rebanho de búfalos, cujo nome pronuncia-se *Rar-mer* (acento tônico em *Rar*)" (K).

17 Pequeno arbusto ou árvore que cresce em muitas partes das selvas indianas; conhecida como "chama da floresta", pois "suas flores de um laranja vivo dão muita cor à selva quando começa a fazer calor" (*Hobson-Jobson*).

18 No original, "*do not even low*", com o verbo "*low*" significando mugir. De acordo com John Lockwood

Kipling, os estudantes indianos das faculdades em que trabalhou tinham dificuldades de compreender o que era "*lowing*" ao ler o poema de Thomas Gray "Elegy Written in a Country Chruchyard" (1751), que contém a estrofe "*The lowing herd wind slowly o'er the lea*" [O rebanho mugindo serpeia devagar pelo campo]; ele explica que isso ocorria porque "nem os bois nem as vacas mugem na Índia. Os grunhidos que emitem são raros e não muito altos" (JLK, p. 142).

19 Na *St. Nicholas*, a frase é: "Você pode vê-los deitando nos charcos lamacentos um depois do outro". Até o fim desse parágrafo na *St. Nicholas*, Kipling continua a se dirigir a um "você" em vez de simplesmente descrever as crianças pastoras como "elas"; "você ouve um abutre... e sabe que se morresse"; "Depois você canta melodias muito longas com estranhos trinados nativos"; "[você] finge que é um rei e os bonequinhos são seus exércitos, ou que eles são deuses que você deve adorar" etc. Isso cria uma impressão muito diferente, pois o uso do "você" inevitavelmente convida o leitor a se identificar com as crianças pastoras, enquanto revela a intimidade do narrador com a cena indiana que está descrevendo.

20 O plano de Mowgli de usar os búfalos contra Shere Khan mostra uma crença popular da Índia que diz que os búfalos não temem os tigres. Nas palavras de Sterndale: "Búfalos atacam e afugentam tigres, muitas vezes salvando a vida dos pastores que cuidam deles" (*Seonee*, p. 70). Rebanhos de búfalos às vezes eram usados por caçadores para afastar um tigre ferido (R. G. Burton, *A Book of Man-Eaters*. Londres: Hutchinson, 1931, p. 114).

21 No original "*ladies'-chain*", um passo de quadrilha no qual duas mulheres pegam a mão direita uma da outra e giram para mudar de lugar e de parceiro.

22 "Estava morto e sua pata manca estava dobrada abaixo do corpo" (*St. Nicholas*).

23 Moeda usada antigamente na Índia que valia um dezesseis avos de uma rupia.

24 Espécie de manjericão "sagrada para Vishnu e cultivada pelos hindus como uma planta sagrada" (OED).

25 Na *1ª americana* e na *Sussex* foi acrescentado o trecho: "Foi aí que Mowgli inventou uma canção sem nenhuma rima, uma canção que surgiu sozinha na sua garganta, e ele gritou-a bem alto, pulando para cima e para baixo sobre a magnífica pele e marcando o ritmo com os calcanhares até ficar sem fôlego, enquanto Irmão Cinzento e Akela uivavam entre um verso e outro".

26 Na *1ª americana* e na *Sussex* foi acrescentado: "ao terminar".

27 "Virou homem, arrumou um emprego e se casou" (*St. Nicholas*). Isso é uma referência a "No *Rukh*" (ver "Apêndice").

28 Um verso separado na *1ª americana* e na *Sussex*.

29 "Do caçador, do homem" (*1ª americana* e *Sussex*).

30 "Águas do Waingunga, sede testemunhas de que Shere Khan" (*1ª americana* e *Sussex*).

31 Um verso separado na *1ª americana* e na *Sussex*.

A FOCA BRANCA [PP. 145-69]

1 Uma das principais colônias (locais de acasalamento) em Saint Paul (veja a nota 2 deste conto), que é ligado ao resto da ilha por uma faixa estreita de terra. Kipling escreve: "Não sei como isso deve ser pronunciado. É um nome russo" (K). De acordo com Elliott, a palavra significa "lugar de crescimento recente", e foi "usada porque esse lugar, no tempo dos pioneiros, era uma ilha independente, que foi recentemente anexada à ilha principal de Saint Paul" (s.p.). "Ponto Noroeste" ou "*North East Point*" no original é o nome inglês do lugar, não uma tradução do nome russo.

2 Uma das ilhas Pribilof (veja a nota de rodapé).

3 "Um passarinho muito estranho" (*1ª americana* e *Sussex*). Limmershin supostamente é outro passageiro do navio *Empress of India* mencionado no Prefácio. "Limmershin" é um nome aleúte para a cambaxirra, que significa literalmente "tabaco mascado" (Elliott, p. 174).

4 "*Sea Catch*" no original. "*Sea Catchee* é o nome rus-

so para uma foca adulta" (K). Elliott usa a grafia "*See-catch*", que Kipling angliciza ludicamente para criar o nome da foca pai.

5 Um morro de pedra vulcânica na parte noroeste de Novastoshnah que, de acordo com Elliott, "com seus aclives baixos e suaves que se erguem nas direções leste e sul, forma uma base rochosa segura e ampla sobre a qual é localizada a maior colônia da ilha, sem dúvida a maior do mundo" (p. 16).

6 Nome russo para jovens focas machos que ainda não se acasalam. Plural de *holluschak*, foca macho solteira (Elliott, p. 173).

7 "Pronuncia-se *Mut-ker* (com acento tônico em *Mut*) e significa foca mãe" (K). Note-se que os machos das focas têm diversas esposas em seus haréns; isso contrasta com a sociedade monogâmica das focas de Kipling.

8 Uma praia de areia na parte sul da ilha Saint Paul e um dos principais locais de acasalamento de focas. Batizada em homenagem a um dos pioneiros russos que estiveram na ilha em 1787-8.

9 "*Otter Island*" no original. Uma ilhota rochosa nove quilômetros a sudoeste de Saint Paul. Elliott conta que a minúscula ilha, "cercada por um precipício de pedra sólida que se estende por ela quase toda", tem apenas "uma praia formada por pedras afiadas e nenhuma areia" (Elliott, p. 16), não sendo, portanto, um local apropriado para o acasalamento. Diversos milhares de *holluschickie* vão anualmente para a Otto Island (p. 16), já que essas focas macho "solteiras" que ainda não se acasalaram não têm permissão para se aproximar dos locais de acasalamento.

10 "Pronuncia-se *Ko-tick*, significa 'foca bebê' (acento tônico no *Ko*)" (K).

11 Elliott escreve que viu "apenas três filhotes albinos entre as multidões em Saint Paul" e "nenhum em Saint George" (p. 47), outra importante ilha de acasalamento de focas nas ilhas Pribilof.

12 Dizem que essa descrição é um erro mencionado a Kipling por um entrevistador de jornal em 1903, de acordo com quem "uma foca dorme com as nadadeiras da frente

dobradas sobre o peito, não junto ao corpo". Kipling teria respondido: "Vá para o diabo" (*Kipling Journal*, n. 58, p. 24, jul. 1941). O autor não mudou a frase na *Sussex*.

13 "Porco-do-Mar, o boto" (1ª *americana* e *Sussex*).

14 Ou abatroz-de-steller, encontrado no Pacífico Norte.

15 Nome popular dado ao pássaro fragata.

16 "Devido à (crescente) prática de pesca das focas em alto-mar" (DK).

17 Um arquipélago (e não apenas uma ilha) no oceano Pacífico, perto da costa do Chile. Uma das ilhas foi rebatizada de "Robinson Crusoé" em 1966, pois o romance de Defoe foi inspirado na história de vida de Alexander Selkirk (1676-1721), um marinheiro escocês que foi abandonado na ilha e viveu ali sozinho por quatro anos. Outra ilha no arquipélago foi rebatizada em homenagem a Selkirk (veja a nota 28 deste conto).

18 Cabo Horn, o ponto mais meridional da América do Sul. Velejar ao redor do Horn é notoriamente perigoso devido aos ventos e marés que já causaram muitos naufrágios.

19 O "primeiro chefe" da comunidade nativa quando Elliott visitou Saint Paul no início da década de 1870. Booterin e seu filho Patalamon estão ambos na lista de residentes nativos do livro de Elliott (p. 159).

20 Um nativo das ilhas Aleútes no Alasca. A maior parte da população indígena da ilha Saint Paul era de origem aleúte e tradicionalmente caçava focas para viver; esses nativos compunham a maior parte dos trabalhadores que "tangia" as focas sob a supervisão da Companhia Comercial do Alasca.

21 Elliott inclui em seu livro um mapa detalhado de Novastoshnah, no qual estão marcados os nomes desses lugares. O cabo do Leão-Marinho é o ponto mais a sudoeste de Novastoshnah e a cerca de 1,2 mil metros dali fica a Casa do Sal, onde as peles das focas são preservadas com sal. Os nativos recebiam quarenta centavos por cada pele que traziam à Casa do Sal (Elliott, p. 156).

22 No original, *Sea Vitch*. "Palavra russa para 'Morsa'" (K); no livro de Elliott, "*seevitchie*". A ilhota das Morsas é uma pequena pedra a dez quilômetros de Novas-

toshnah "frequentada todo verão por centenas de machos de morsa, que excluem as fêmeas de lá" (p. 17).

23 "Outro nome para o que se chama de 'Manati' ou 'Dugongo' nos livros de história natural" (K). Mais precisamente a "vaca-marinha-de-steller" do Pacífico Norte, que foi caçada até se tornar extinta em 1768, apenas 27 anos depois de ser descoberta pelos europeus. É por isso que Vitch comenta: "Se ele ainda estiver vivo".

24 Elliott menciona "ataques carnívoros de tubarões-elefante e baleias assassinas" (p. 63) como algumas das principais ameaças às jovens focas, embora o tubarão-elefante na verdade não coma focas, mas se alimente de plâncton.

25 Uma ilha desabitada no extremo sul do Oceano Índico, também conhecida como ilha da Desolação, no meio do caminho entre a África do Sul, a Austrália e a Antártica, onde, de acordo com Elliott, "cerca de nove décimos das focas do Oriente" costumavam se reunir. Os lobos-marinhos-antárticos que viviam nessa ilha foram caçados quase até a extinção nos séculos XVIII e XIX, mas desde então a população se recuperou.

26 "Todas as ilhas e lugares mencionados em 'A foca branca' estão no mapa. Não deixe de procurá-los" (K). As ilhas estão todas incluídas no livro de Elliott como locais de acasalamento das focas no Hemisfério Sul que foram completamente destruídos por caçadores. *Galápagos*: com a grafia "*Gallapagos*" no original, ela passou a ter a grafia moderna de "*Galapagos*" na *Sussex*. É um arquipélago de ilhas vulcânicas próximo da costa do Equador famoso pela visita de Charles Darwin no HMS *Beagle* em 1835. *Ilhas Georgia*: a Georgia do Sul e as ilhas Sandwich do Sul são um território britânico no oceano Austral, a leste da América do Sul. *Órcades*: as ilhas Órcades do Sul, também localizadas no oceano Austral, a sudoeste da Georgia do Sul, foram descobertas em 1821 por caçadores de focas. *Ilha Esmeralda*: vista pela primeira vez em 1821 e marcada no mapa como estando no meio do caminho entre a Austrália e a Antártica, essa é uma das muitas "ilhas-fantasma" que foram declaradas não existentes desde então; na época de Kipling, ainda

se acreditava que ela era real. *Ilha Nightingale, ilha Gonçalo Álvares*: a ilha Nightingale e a ilha Gonçalo Álvares fazem parte do arquipélago britânico Tristão da Cunha no sul do Oceano Atlântico. *Ilha Bouvet*: ilha Bouvet, a ilha mais ao sul do Oceano Atlântico. *Ilhas Crozet*: as ilhas Crozet, ao sul do Oceano Índico, a 2,2 mil quilômetros ao sul de Madagascar. Uma ilhota minúscula ao sul do cabo da Boa Esperança. Na *National Review*, Kipling acrescentou: "chamada ilhas da Companhia Real". Essa informação foi tirada do livro de Elliott (p. 7) e não parece estar correta, pois as ilhas da Companhia Real, descobertas em torno do ano de 1840, foram marcadas no mapa como ficando a 650 quilômetros ao sul da Tasmânia. Na verdade, esse é um grupo de "ilhas-fantasma" que foi retirado das cartas náuticas em 1904.

27 O cabo Corrientes fica na costa argentina em Mar del Plata, onde "há uma pequena colônia de focas cercada de penhascos [...] que pertence à república argentina e é explorada por ela" (Elliott, p. 7).

28 Isla Más Afuera, uma das ilhas do arquipélago Juan Fernández, hoje conhecida como isla Alejandro Selkirk (veja a nota 17 deste conto).

29 Hoje chamada ilha Medny, uma das ilhas Comandante ("*Komandorskiye Ostrova*" em russo) do mar de Bering, que Elliott lista como uma dentre apenas quatro ilhas com uma população de focas no Pacífico Norte, sendo que as outras três são a ilha de Bering, outra do arquipélago de Comandante, e Saint Paul e Saint George das ilhas Pribilof.

30 "As ondas grandes que vão do Polo Sul até as praias e pedras da Patagônia" (K).

31 Na *National Review*, a frase é: "o lacaio sapo que aparece com a carta em *Alice através do espelho*", embora o lacaio sapo, que troca uma mesura cerimoniosa com o lacaio peixe ao receber uma carta, apareça no capítulo 6 de *Alice no país das maravilhas* (1871), de Lewis Carroll.

32 "Que estivera embaixo deles" (1ª *americana* e *Sussex*).

33 Este trecho não está na 1ª *americana* ou na *Sussex*.

34 Na *National Review*, Kipling escreveu a seguir: "Agora,

dois países poderosos estão brigando para decidir qual deles vai matar focas perto da ilha Saint Paul no mar de Bering; e, enquanto brigam, surgem notícias de que as focas adultas estão ficando cada vez mais raras. E vão ficar cada vez mais, até que afinal os dois países não terão nenhum motivo para discutir. Limmershin me contou. Não é simples quando você sabe tudo sobre o assunto?". Os "dois países poderosos" mencionados aqui são os Estados Unidos e a Grã-Bretanha, e a disputa entre eles estava esquentando no início dos anos 1890, com a Grã-Bretanha ameaçando atacar se os Estados Unidos tentassem prender caçadores de focas canadenses no mar de Bering. Elliott, que voltara recentemente das ilhas Pribilof com a missão de proteger as focas (veja a nota de rodapé), teve um papel importante no processo de negociação entre os dois países, falando da necessidade urgente de restringir a caça para salvar as focas da extinção. "A foca branca" foi a intervenção literária de Kipling na disputa, enfatizando a visão conservacionista defendida por Elliott. A disputa foi finalmente resolvida em 1893, poucas semanas depois da publicação do conto na *National Review.*

35 "Essa é a linda canção do mar profundo que as focas de Saint Paul cantam quando estão voltando para as suas praias no verão. É uma espécie de Hino Nacional das Focas, e é muito triste" (1ª *americana* e *Sussex*).

"RIKKI-TIKKI-TAVI" [PP. 170-90]

1 "Pronuncia-se *Narg* e é um nome nativo para naja. *Nagaina* (pronuncia-se *Na-gy-na*; com o acento tônico no *gy*) é a esposa dele" (K).

2 Atualmente a grafia é Sugauli, um pequeno acampamento militar na província de Bihar, no nordeste da Índia, perto da fronteira com o Nepal.

3 "Significa 'alfaiate', pronuncia-se *Dar-zy*" (K).

4 "[Pronuncia-se] *Chew-chun-drer*" (K). "Rato-almiscarado", ou "*musk-rat*" no original, é o nome popular do musaranho-caseiro, "um animal que se parece muito

com o musaranho-comum, mas que é quase tão grande quanto uma ratazana pequena, com 'um odor forte de almíscar'" (*Hobson-Jobson*). "*Chuchundra*" é o nome em híndi desse tipo de musaranho.

5 Essas rosas, que também recebem o nome francês de "*Maréchal Niel*", são um tipo de rosa de chá com uma cor amarelo-vivo batizada em homenagem a Adolphie Niel (1802-69), um dos marechais de Napoleão. Surgida em 1864, tornou-se uma das mais populares rosas de jardim do século XIX. Dizem que o jardim descrito no conto foi baseado naquele do bangalô "Belvedere" em Allahabad, que pertencia a amigos de Kipling, o professor Alex Hill e sua esposa americana Edmonia Hill. Kipling morou lá em 1888 como "hóspede pagante". *NRG* sugere que o nome Teddy talvez venha de "Ted", apelido de Edmonia, que foi confidente íntima de Kipling na Índia.

6 Deus supremo do hinduísmo.

7 Veja a nota 1 deste conto.

8 "Estremeceu" (*1ª americana* e *Sussex*).

9 "Pronuncia-se *Ker-ite* (acento tônico no *ite*)" (K). A krait, uma das cobras mais venenosas da Índia.

10 "Pronuncia-se *Chew-er*" (K). "*Chua*" é a palavra em híndi para "rato".

11 O pássaro barbudo caldeireiro. JLK descreve-o como "um arauto barulhento da primavera [...] [cujo] canto, que faz 'toc-toc', domina a atmosfera tão completamente quanto o som de um navio ruidoso" (p. 47)

TOOMAI DOS ELEFANTES [PP. 191-215]

1 De acordo com JLK, "como consequência à propensão dos machos a ataques ocasionais de mau humor, por motivos funcionais, foi decretado que apenas as fêmeas irão trabalhar para o governo" (p. 239). *NGR* comenta que "Kala Nag teria sido recrutado muito antes desse decreto". "Cobra Negra" (ou Kala Nag) e "Radha Pyari" (algumas linhas abaixo) estão incluídos entre outros nomes

genuínos de elefantes no livro de JLK (p. 217). Para saber mais sobre nomes de elefantes, veja a nota 21 deste conto.

2 "Um elefante de 25 anos de idade pode ser comparado com um humano de dezoito. Ele atinge sua força e vigor máximo mais ou menos aos 35 anos e às vezes chega a viver 120 anos" (JLK, pp. 239-40).

3 Conhecida como Primeira Guerra Anglo-Afegã (1839-42), começou com a invasão britânica do Afeganistão para instaurar um governo fantoche, mas terminou em fiasco, causando muitas mortes entre os britânicos. Foi a primeira guerra importante lutada pelos britânicos no Afeganistão com o intuito de reprimir a ameaça russa ao domínio colonial da Grã-Bretanha na Índia, sinalizando o início do "Grande Jogo", expressão usada para descrever a rivalidade anglo-russa pela supremacia na Ásia Central.

4 Muitos acreditavam que "as primeiras presas, ou presas de leite, de um elefante [...] caem entre o primeiro e o segundo ano de vida". (Charles Knight, *The English Cyclopaedia*. Londres: Bradbury and Evans, 1866, v.2, p. 505), embora algumas autoridades contemporâneas, como G. P. Sanderson, discordassem dessa ideia.

5 Na Expedição Britânica à Abissínia feita em 1868, mais de quarenta elefantes acompanharam o Exército britânico à Etiópia, pegando a rota marítima a partir de Bombaim. A expedição era para resgatar diversos reféns britânicos capturados pelo imperador Tewodros (Teodoro) II da Etiópia em sua fortaleza em Magdala, e terminou com o suicídio do imperador antes que este pudesse ser capturado pelos britânicos.

6 Uma referência à batalha de Ali Masjid, primeira batalha da Segunda Guerra Anglo-Afegã (1878-80). Ali Masjid é o ponto mais estreito do Passo Khyber.

7 Hoje conhecida como "Mawlamyaing", um porto de exportação de teca e centro comercial na Birmânia na época da colonização britânica. Quando Kipling visitou Moulmein em 1889 num navio a vapor, viu elefantes "trabalhando duro em madeireiras" e descreveu o lugar como "uma cidade pacata, com apenas uma fi-

leira de casas ladeando um riacho lindo, habitada por elefantes vagarosos e solenes que construíam paliçadas para divertimento próprio" (*From Sea to Sea and Other Sketches: Letters of Travel*. Londres: Macmillan, 1900. v. 1, p. 231). Moulmein também é o cenário do conto "O abate de um elefante" (1936), de George Orwell.

8 Colinas cobertas por uma densa floresta de Assam, no nordeste da Índia; um dos principais locais para as expedições de captura de elefantes organizadas pelo governo indiano (veja a nota de rodapé).

9 "*Tusker*", no original, um elefante macho com presas.

10 Condutores de elefantes.

11 Uma enorme cadeira ou assento protegido disposto sobre as costas de um elefante. Os *howdahs* cerimoniais dos rajás eram ricamente decorados com dosséis e ornamentos dourados, simbolizando seu prestígio e poder.

12 Hoje conhecida como Kanpur, uma importante base militar no Ganges a 960 quilômetros a noroeste de Calcutá, famosa por ser o cenário do massacre dos britânicos durante a Revolta Indiana de 1857. Cawnpore é o cenário de outro conto sobre elefantes de Kipling, "My Lord the Elephant" (incluído na coletânea *Many Inventions*, de 1893).

13 Veja a nota de rodapé.

14 Citada no "Prefácio" como fonte do material usado em "Toomai dos elefantes".

15 Unidade monetária usada antigamente na Índia, quando um *anna* era igual a um dezesseis avos de rupia.

16 Nas palavras de John Lockwood Kipling: "O coronel Lewin me contou que nos povoados da colina de Chittagong existe a crença de que os elefantes selvagens se reúnem para dançar! Além disso, que certa vez ele e seus homens encontraram uma grande clareira na floresta com o chão duro e liso, como o de uma choupana nativa. 'Isso', disseram os homens com completa boa-fé, 'é uma *nautch-khana* de elefante' — ou seja, um salão de baile. [...] Confesso ter sentido uma inveja profunda do *coolie* de Assam que disse ter sido uma testemunha oculta e não convidada num baile de elefantes. [...] Acreditemos, por-

tanto, até que um especialista desagradável nos proíba, que o *beau monde* dos elefantes se encontra sob a brilhante lua indiana nos salões que se abrem nas profundezas da floresta e que dança pesadamente quadrilhas e escocesas ao som do vento suspirando por entre as árvores e de seus próprios barridos, tão agudos e súbitos quanto uma gaita de foles!" (JLK, pp. 224-5). O coronel Thomas Herbert Lewin (1839-1916) foi superintendente da região da colina de Chittagong entre 1866 e 1875.

17 "Oh, pai"; "uma exclamação comum que os hindus soltam quando sentem surpresa ou tristeza" (*Hobson-Jobson*).

18 Um nome para o trecho mais ao norte do Brahmaputra.

19 Trono de um governante indiano.

20 "Outro nome para o urso-preguiça" (*Hobson-Jobson*), um urso noturno e onívoro conhecido pelo hábito de cavar em busca de formigas e cupins.

21 "Hira Guj (*Hee-ra*), Birchi Guj e Kuttar Guj são todos nomes verdadeiros de elefantes" (K). Falando mais um pouco sobre nomes comuns para elefantes, JLK escreveu: "A palavra em sânscrito *hāthi* [...] é menos usada pelos *mahouts* que a palavra em páli, *gaj*, frequentemente alinhada num substantivo composto junto com armas, flores etc., para formar um nome, como *Katár-gaj*, o elefante-adaga, ou *Moti-gaj*, o elefante-pérola. A palavra persa *pil* também é usada" (p. 217).

22 Outro nome para Shiva, a terceira deidade da trindade hindu, ao lado de Brahma e Vishnu. A caracterização de Kipling de Shiva como "o Preservador" é interessante, pois ele em geral é conhecido como o destruidor ou o transformador.

SERVOS DA RAINHA [PP. 216-37]

1 Na aritmética, um "método de descobrir uma quarta quantidade, quando se tem três quantidades conhecidas, que tenha a mesma relação com a terceira que a segunda tem com a primeira" (*OED*). Em algumas línguas, tam-

bém conhecida como "regra de ouro" por sua grande utilidade.

2 No original, "*But the way of Tweedle-dum is not the way of Tweedle-dee*". Em inglês, "*Tweedle-dum*" e "*Tweedle--dee*" são expressões usadas para descrever duas coisas tão parecidas que é impossível distingui-las uma da outra. Tweedle-dum e Tweedle-dee também aparecem como personagens numa cantiga de ninar inglesa e em *Alice através do espelho* (1871), de Lewis Carroll.

3 No original, "*But the way of Pilly Winky's not the way of Winkie Pop!*". Pilly Winky e Winkie Pop são variantes de Tweedle-dum e Tweedle-dee, além de serem nomes que lembram o coro que aparece no poema de Kipling "The Song of the Banjo", escrito em 1894: "*With my 'Pilly-willy-winky-winky popp!'/ (Oh, it's any tune that comes into my head!)*". [Com meu "Pilly-willy--winky-winky popp!"/ (Oh, é qualquer melodia que me aparece na cabeça!)]

4 Uma das maiores bases militares do Punjab na época, hoje é uma cidade no Paquistão, perto de Islamabad.

5 Kipling notou que camelos são "criaturas nervosas e estúpidas quando estão todas juntas num acampamento. Às vezes saem em disparada no meio da noite sem nenhum motivo e despencam sobre as barracas e os cercados dos cavalos" (K).

6 Kipling tinha uma fox terrier com esse nome. "Vixen" também surge como a companheira adorada do narrador em outros contos do autor, como "My Lord the Elephant" (incluída na coletânea *Many Inventions*, de 1893) e "Garm — um refém" (incluída na coletânea *Actions and Reactions*, 1909).

7 No original "*plowter*", uma variação de "*plouter*", "chapinhar... em qualquer coisa molhada ou suja" (OED).

8 "Por que diabos você não ficou lá" (*1ª americana* e *Sussex*).

9 Kipling escreveu na nota que fez para a *Sussex*: "Os bois e elefantes das baterias de canhões Armstrong de vinte quilos não são necessários agora que virou moda usar máquinas para puxar a artilharia, e essas baterias foram abolidas há muito tempo" (K).

10 “Por conta própria, em silêncio” (*1ª americana* e *Sussex*).

11 O eucalipto-da-tasmânia é uma espécie de eucalipto nativo da Austrália.

12 Um par de cestos enormes que os camelos levavam um de cada lado do corpo. O uso de *kajawahs* era uma maneira eficiente de levar doentes e feridos ou de transportar equipamento militar.

13 Uma cidade a cerca de 65 quilômetros a leste de Delhi.

14 Ormonde (1883-1904) foi um lendário cavalo puro-sangue inglês que permaneceu invicto e ganhou a “Tríplice Coroa” do turfe nos Estados Unidos em 1886. Um pangaré, ou “*cocktail*” no original, se refere a um cavalo que não é inteiramente puro-sangue, e seria um grande insulto a Ormonde ser chamado disso por um “cavalo de ônibus” — ou seja, usado para puxar o ônibus. Na *1ª americana* e na *Sussex*, a frase foi modificada para: “Imagine o que Sunol ia achar se um cavalo de bonde a chamasse de ‘*skate*’.” Sunol (nascida em 1886) foi uma grande competidora na modalidade atrelagem, nascida e treinada na Califórnia. Ela criou uma grande sensação em 1891, quando quebrou o recorde mundial de velocidade na modalidade, que não era quebrado desde 1885. Um cavalo de bonde puxa bondes; e “*skate*” é um xingamento que significa “um cavalo pobre, exaurido e decrépito” (OED).

15 Carbine (1885-1914) foi “um grande corredor australiano que levou todos os prêmios de hipismo há muitos anos” (K). Nascido na Nova Zelândia e tendo competido principalmente na Austrália, esse cavalo ganhou 33 corridas na vida, incluindo a Melbourne Cup, a mais importante da Austrália, em 1890, em tempo recorde.

16 “Declamando um verso” (*1ª americana*); “declamando um versinho” (*Sussex*).

17 “O sentido (jocoso) é ‘imprestável de pele grossa’” (DK). *Pachydermata* é uma ordem de mamíferos no sistema classificatório de Georges Cuvier (1769-1832) que inclui elefantes e outros animais “de pele grossa” (paquidermes), como rinocerontes, hipopótamos, porcos e cavalos. O termo em si já sugere “anacronismo” (ou seja, “existir fora de seu tempo”), pois o sistema de Cuvier,

embora ainda popular, estava se tornando obsoleto na época em que Kipling escreveu isso. Sterndale, em seu livro *Mammalia*, compara o sistema de Cuvier com o sistema moderno de classificação de animais.

18 Esta frase lembra o aviso de Sanderson aos oficiais britânicos para que não confiassem a saúde e os cuidados dos elefantes a condutores nativos, pois eles eram "invariavelmente muito supersticiosos e ignorantes" (p. 96).

19 De acordo com JLK, "os elefantes odeiam e temem os cães tanto quanto alguns dos grandes homens de hoje em dia odeiam jornais histéricos, e com mais razão. A natureza, ao dar a esse animal uma tromba macia e sensível, obrigou-o a manter a paz com toda a criação" (JLK, pp. 226-7). Vixen aterroriza elefantes de maneira semelhante em "My Lord the Elephant" (veja a nota 6 deste conto).

20 No original, "*slued*"; "variante de '*slewed*', significa girar" (DK).

21 Música usada pela maioria dos regimentos de cavalaria do Exército britânico. A letra da música foi originalmente escrita por Sir Walter Scott.

22 "Houve uma ordem" (1ª *americana* e *Sussex*).

23 Esses versos lembram, e têm a mesma melodia, da famosa canção de marcha "The British Grenadiers", que começa assim: "*Some talk of Alexander, and some of Hercules/ Of Hector and Lysander, and such great names as these...*" [Alguns falam de Alexandre, e outros de Hércules/ De Heitor e Lisandro, e dos nomes de outros poderosos...].

24 Também lembrando e tendo a mesma melodia de "The British Grenadiers": "*Those heroes of antiquity ne'er saw a cannon ball, / Or knew the force of powder to slay their foes withal...*" [Esses heróis da Antiguidade nunca viram uma bala de canhão,/ Ou tampouco conheceram a força da pólvora para acabar com seus inimigos...].

25 Tem a melodia de "Bonnie Dundee". Veja a nota 22 deste conto.

26 Esses versos lembram e têm a mesma melodia de "The Lincolnshire Poacher": "*As me and my companions was setting out a snare/ 'Twas then we spied the gamekeeper,*

for him we didn't care/ For we can wrestle and fight, my boys and jump from anywhere/ Oh, 'tis my delight on a shiny night in the season of the year..." [Quando eu e meus companheiros estávamos preparando uma armadilha/ Foi então que vimos o couteiro, mas não ligamos para ele/ Pois podemos lutar e brigar, meninos, e pular de qualquer lugar/ Oh, é o que eu mais amo numa noite clara nesta época do ano...].

27 "Trombone de pelo" (*1ª americana*).

O SEGUNDO LIVRO DA SELVA

COMO SURGIU O MEDO [PP. 241-63]

1 "Deve lembrar que Mowgli" (*Sussex*). Na *1ª americana*, em vez de "os outros contos", está "o outro livro".

2 "Como muitos jardineiros descobrem a grande custo, os porcos-espinhos são escrupulosamente delicados e epicuristas ao comer" (A. C. McMaster, *Notes on Jerdon's Mammals of India* (1871), citado na *Mammalia* de Sterndale, p. 364).

3 "Ninhos das abelhas" nas publicações em periódicos; "provavelmente mudado [para 'Pedras das Abelhas'] para ficar igual ao local citado em 'Cão vermelho'" (NRG) — veja a nota 21 de "Cão vermelho".

4 "Que, naquela época, tinha certeza" (*1ª americana* e *Sussex*).

5 "Machuquem o Filhote de Homem" (*1ª americana* e *Sussex*).

6 "Pronuncia-se *Mow-er* para rimar com *cow-er* e é uma árvore que dá flores com um cheiro doce de enjoar que algumas das tribos da Selva usam para fazer uma bebida forte. O nome científico é *Bassia longifolia*, creio eu" (K).

7 "Sabia que era" (*1ª americana* e *Sussex*).

8 "Pronuncia-se *Tar*. É um nome inventado" (K).

9 Esse trecho não está na *1ª americana* ou na *Sussex*.

10 “Eu inventei. Pronuncia-se *My-ser* (com acento tônico em *My*)” (K).

11 Os gondi são uma tribo aborígene da Índia Central — “um povo dravidiano, grande parte do qual vive na selva” (OED) —, enquanto “*Ho-Igoo*” é um nome gondi para o porco-espinho. Veja a nota 20 de “Os irmãos de Mowgli”.

O MILAGRE DE PURUN BHAGAT [PP. 264-82]

1 “Pronuncia-se *lun-goors*, são macacos grandes que vivem nos Himalaias” (K). Veja a nota 2 do Prefácio.

2 “Achou que a ordem mais antiga” (*1ª americana* e *Sussex*).

3 “Progredir no mundo” (*1ª americana* e *Sussex*).

4 “Do pequeno reino” nos periódicos da série *Pall Mall*.

5 Jornal diário publicado em Allahabad. Kipling trabalhou nesse jornal como editor assistente de novembro de 1887 até deixar a Índia, em março de 1889.

6 O marajá foi sagrado grande cavaleiro comandante da Ordem da Estrela da Índia, instituída pela rainha Vitória em 1861 depois da Revolta Indiana de 1857, para honrar príncipes indianos que permaneceram leais e os britânicos que serviram na Índia.

7 Uma ordem subordinada à Ordem da Estrela da Índia (veja a nota 6 deste conto), criada pela rainha Vitória em 1878, um ano depois de ela assumir o título de Imperatriz da Índia.

8 Iniciais de Knight Commander of the Order of the Indian Empire, cavaleiro comandante do Império Indiano.

9 Primeiro-ministro de um estado indiano.

10 “Aquelas cascas de coco muito grandes que vêm, acredito eu, das ilhas Seychelles, e não nascem na Índia” (K). As ilhas Seychelles ficam na costa leste da África, perto de Madagascar.

11 Kala Pir é uma deidade tribal “idolatrada nas colinas baixas e em todos os distritos do leste do Punjab” (G. W. Briggs, *Gorakhnāth and the Kānphaṭa Yogīs*. Calcutá: Motilal Banarsidass, 1938, p. 138). Os Joguis (“Yoguis” na *1ª americana*) são os seguidores do deus hindu

Shiva e acredita-se que Kala Pir seja uma manifestação desse deus.

12 Rohtak é uma cidade a noroeste de Delhi e Kurnool (cuja grafia agora é "Karnal"), é uma cidade na Grand Trunk Road, maior estrada da Índia, que se estende por 2,4 mil quilômetros de Calcutá a Peshawar. Samanah, que fica a cinquenta quilômetros a sudoeste de Ambala, é descrita por Charles Knight como "a antiga capital, hoje em ruínas" (*The English Cyclopaedia*. Londres: Bradbury and Evans, 1867, v. 4, p. 583). Purun Bhagat deve ter seguido mais ou menos a Grand Trunk Road e depois continuado até Ambala.

13 Um tributário do grande rio Sutlej, que nasce no sul dos Himalaias.

14 Um distrito nos Himalaias, a cerca de 110 quilômetros de Simla. A Sahiba de *Kim* (1901) é uma Rajput de Kulu.

15 "Siwaliks" (*Sussex*); a cordilheira mais ao sul das mais baixas que correm paralelamente aos Himalaias.

16 Estação e capital de verão da Índia britânica nas montanhas mais baixas na base dos Himalaias, além de principal cenário do primeiro livro de Kipling, *Plain Tales from the Hills* (1888). A grafia moderna é "Shimla" e a cidade hoje é capital do estado indiano de Himachal Pradesh.

17 Fazer um *salaam* ou salamaleque é fazer uma mesura profunda com a palma da mão direita sobre a testa.

18 "Significa 'Pequena Simla' e é o bairro nativo da cidade de Simla" (K). Veja a nota 17 deste conto.

19 Produzido naturalmente no Tibete, o bórax era importado dos Himalaias para a Índia antes de ser exportado para suprir o mercado europeu.

20 Mutteeanee (hoje Matiana) é uma cidade a cerca de setenta quilômetros a noroeste de Simla que fica na estrada Himalaia-Tibete. O Passo de Mutteeanee também é mencionado no poema de Kipling "The Truce of the Bear" (1898).

21 "Pronuncia-se *Kar-li* e é o nome de uma deusa indiana (acento tônico no *Kar*)" (K). Durga, uma deusa guerreira com diversos braços, e Sitala, a deusa que é a personificação da varíola, muitas vezes são associadas ou identificadas com Kali.

22 De Ladakh, uma região montanhosa da Caxemira do outro lado da cordilheira central dos Himalaias, a cerca de 320 quilômetros a norte de Simla.

23 "Lotes de campos diversos" em outras edições.

24 "Palavra nativa que significa 'Chifre Grande' (pronuncia-se *Burra Sing*)" (K).

25 Palavra pahari para o cervo-almiscarado (Sterndale, *Mammalia*, p. 494, que dá a grafia como "*mussuck-naba*").

26 "Irmão" em híndi.

27 Uma palavra para o urso-negro tibetano na língua lepcha, de acordo com Sterndale (*Mammalia*, p. 113).

28 Iniciais de Doctor of Civil Law ou doutor em Direito Civil, título dado por algumas universidades de países de língua inglesa.

29 Não identificado.

30 Trono de um governante indiano.

31 Um mendicante (*vairāgya*, em sânscrito) que decide se libertar das paixões humanas e desejos mundanos. O termo também é usado para se referir à muleta que esses mendicantes carregam com eles, como faz Purun Bhagat (veja a frase "sua *bairagi* — sua muleta de apoio de metal" na p. 270).

32 A madeira da árvore sal é comum e valiosa na Índia; além disso, essa árvore é considerada sagrada no hinduísmo e no budismo, sendo associada a Vishnu e Buda. O *kikar* "(*kee-kar*) é uma árvore baixa e espinhosa que pertence à família das acácias (acento tônico em *kee*)" (K).

A INVASÃO DA SELVA [PP. 283-315]

1 Este trecho não está na *Sussex*.

2 "Deixa os homens em paz... Deixa os homens em paz." (1ª *americana* e *Sussex*). O trecho do parágrafo seguinte, "cheirar o Homem", saiu como "cheirar os homens" nas revistas.

3 "Pensar nos homens" (1ª *americana* e *Sussex*).

4 Aparelho usado para transmitir sinais e mensagens através dos reflexos da luz do sol num espelho. Na Ín-

dia, foi muito usado em campanhas militares e em operações de reconhecimento. O heliógrafo tem um papel essencial no poema de humor de Kipling "A Code of Morals" (incluído na coletânea *Departmental Ditties*, de 1886).

5 "Os quatro lobos... sumindo nos arbustos e na vegetação rasteira como uma toupeira some num gramado" (*1ª americana* e *Sussex*).

6 "Era Homem" (*1ª americana* e *Sussex*).

7 "Trilha do dia anterior" (*1ª americana* e *Sussex*).

8 Em outras edições, incluindo as publicações em revista, é Bagheera quem faz a pergunta: "'O Homem prende outros homens em armadilhas?', perguntou Bagheera".

9 Maior antílope da Índia, cujo macho adulto é conhecido pela coloração azul-escura. Sobre o nome em inglês, "*nilghai*", Kipling escreve: "Pronuncia-se *Neal-guy*. Significa, literalmente, 'macho azul' e é um antílope selvagem tão grande quanto um pônei de pequeno porte (acento tônico em *guy*)" (K).

10 Uma piscina ou lago artificial (híndi).

11 "Noite passada" em outras edições.

12 Grafado como "Khaniwara" em todo o conto na *1ª americana* e na *Sussex*. Veja também a nota 8 de "Tigre! Tigre!".

13 De acordo com Daniel Karlin, "Bagheera está citando o Velho Testamento, mas a implicação é ambivalente; de dois textos possíveis, um contradiz seu desprezo pelo homem e o outro o confirma" (DK). Veja o Salmo 8: "que é um mortal, para dele te lembrares [...]? E o fizeste pouco menos do que um deus [...]. Para que domine as obras de tuas mãos sob seus pés tudo colocaste: ovelhas e bois, todos eles, e as feras do campo também"; e o Salmo 144: "Iahweh, que é o homem, para que o conheças, o filho do mortal, que o consideres? O homem é como um sopro, seus dias como a sombra que passa. [...] fulmina o raio e dispersa-os, lança tuas flechas e afugenta-os!".

14 "Desabou como um morto" (*1ª americana* e *Sussex*).

15 "A mulher" (*1ª americana* e *Sussex*).

16 "Tua mãe loba" (*1ª americana* e *Sussex*).

17 “As Palavras Mestras” (*1ª americana*); “As Palavras Mestres” (*Sussex*).

18 Também grafada “Bharatpur”, um principado em Rajputana (hoje Rajastão).

19 A armadilha de cova era um método tradicional de capturar elefantes selvagens; era considerado “muito bárbaro” (Sanderson, p. 75) pelos britânicos e foi substituído pela sistema da *keddah*, no qual os elefantes eram levados até uma paliçada (veja a nota de rodapé de “Toomai dos elefantes”).

20 “Ikki” na *Sussex*, enquanto na *1ª americana*, estranhamente, está “Sahi” (veja a nota 3 do Prefácio).

21 De acordo com Sterndale, búfalos selvagens e domesticados são “idênticos, e sabe-se de inúmeros casos em que os segundos se juntaram às manadas dos primeiros” (*Mammalia*, p. 491).

22 No original “*leeped*”; palavra que vem do urdu (híndi) *līpna*, que significa “lavar com esterco de vaca ou água” ou “fechar com reboco”. Esterco de vaca misturado com água era muito usado tanto para a lavagem diária e ritual da casa quanto como reboco.

23 A cabaça amarga.

24 “Não tiveram tempo” (*1ª americana* e *Sussex*).

25 Na *1ª americana* e na *Sussex* foi acrescentado o trecho: “como as lanças de um exército de duendes depois de uma retirada”.

26 “Mais nada a perder” (*McClure’s*); “mais nada a ser roubado” (*1ª americana* e *Sussex*).

OS NECRÓFAGOS [PP. 316-43]

1 Crocodilo mencionado em “Cão vermelho” e “A corrida de primavera”.

2 Em 1887 Kipling escreveu dois artigos no *Civil and Military Gazette* sobre a construção de pontes de estradas de ferro que passavam sobre os rios Sutlej e Jhelum em Chak-Nizam (incluídos em *Kipling’s India*. Org.

de Thomas Pinney. Basingstoke: Macmillan, 1986, pp. 206-23). Acredita-se que esses artigos serviram de base para o conto "The Bridge-Builders", publicado em 1893 (e incluído na coletânea *The Day's Work*, de 1898), que fala da luta heroica dos ingleses contra as forças da natureza na Índia através da construção de pontes. "Os necrófagos", publicado um ano depois, pode ser visto como uma outra versão de "The Bridge-Builders" contada do ponto de vista dos animais, na qual a violência da natureza é equiparada com a ameaça (e as lembranças) de insurgência nativa. Veja a nota 21 deste conto.

3 "[Ghaut] pronuncia-se *Gort* e significa 'a barca do crocodilo' ou 'a ribanceira'" (K). O "*mugger*" é um crocodilo que vive nos pântanos, descrito no *Hobson-Jobson* como "o destrutivo crocodilo de focinho largo do Ganges e outros rios da Índia" e temido pela fama de comedor de homens. (Veja também a nota 7 deste conto). Como observou Daniel Karlin: "a semelhança com o termo inglês '*mugger*' (bandido de rua) é pura sorte" (DK).

4 Morcegos comedores de frutas.

5 Espécie de cegonha de grande porte que é nativa da Índia e necrófaga. O nome em inglês, "*adjutant*", poderia ser traduzido literalmente para "oficial subalterno", e o *Hobson-Jobson* diz: "Um pássaro que tem esse nome (sem dúvida) devido à sua semelhança com um ser humano de roupa formal marchando devagar numa parada".

6 Ally Sloper era um popular personagem fictício de tirinhas britânicas, que apareceu pela primeira vez em *Judy* em 1867. Era conhecido pelo nariz de batata vermelho, pela careca e por se comportar de maneira desabonadora, porém cômica, tendo o hábito, por exemplo, de fugir pelos becos para evitar seu senhorio e seus credores; isso era conhecido como "*sloping*", e é daí que vem o nome do personagem.

7 Também chamado de "*gharial*" na Índia, um membro da ordem *Crocodylia*, de reptéis de grande porte, que inclui crocodilos e jacarés. Kipling descreve esse animal como "um jacaré de nariz fino que em geral não come homens. O nariz do Mugger é grosso como um cano de bota" (K).

8 Esse ditado não foi identificado. Kasi e Prayag são nomes antigos para Benares e Allahabad, respectivamente.

9 De acordo com JLK, "dizer 'O chacal que nasce em agosto vê a enchente de setembro e diz que nunca viu tanta água na vida' é uma maneira popular de criticar a arrogância dos jovens" (p. 279).

10 JLK também comenta: "O marabu indiano é o rei absoluto da dança grotesca e perversa [...] os passos são tão leves e exuberantes, cada gesto solene traz tanta devassidão que a coisa toda é quase demoníaca" (p. 37).

11 O rio Ganges.

12 "Brâmane" (*1ª americana* e *Sussex*).

13 Rewa, mohoo, chapta, batchua e chilwa são todos "nomes de peixes de água doce" (K).

14 Os jats são um povo do norte da Índia e os malwais são nativos de Malwa (Malwah), uma região do Punjab também conhecida como Bêt, "um distrito rico e cheio de fazendas entre dois rios [o Sutlej e o Jamuna] na norte da Índia" (K).

15 "(*Kee-kar*) é uma árvore baixa e espinhosa que pertence à família das acácias (acento tônico no *Kee*)" (K).

16 O gelo vindo do lago Wenham, em Massachusetts, era uma mercadoria popular no século XIX, exportado para o mundo todo pela Tudor Ice Company de Boston. O gelo do lago Wenham dominou o mercado de gelo até que uma máquina de fabricar gelo de motor a vapor foi inventada e passou a ser usada em muitos lugares na segunda metade do século. A primeira fábrica de gelo de Calcutá foi fundada em 1878.

17 O Mugger está se referindo à "Revolta Indiana" de 1857 (hoje em dia conhecida também como Primeira Guerra de Independência Indiana), na qual tropas indianas se rebelaram contra o domínio britânico e muitos britânicos foram mortos. A história que se segue narra o acontecimento do ponto de vista do Mugger.

18 Uma planície árida que fica no Punjab entre os rios Jamuna e Sutlej. O *Reader's Guide* especula a rota trilhada pelo Mugger: "Se supormos [...] que o Mugger começou sua jornada por terra na Ponte Kashi perto de Ferozpore, onde ela cruza o Sutlej, ele teria viajado para o Sul e

o Leste cruzando o deserto [ou seja, Sirhind] até chegar ao Jamuna em algum ponto depois da cidade de Agra. Cruzando o Jamuna, chegaria ao Ganges via Etawah em Cawnpore ou mais abaixo, onde esperaria encontrar sua colheita de cadáveres da Revolta, depois seguindo rio abaixo por Allahabad, Benares, Patna e Monghyr, o ponto mais ao leste que atingiu, numa jornada de um total de 1,3 mil quilômetros" (ORG, v. 7, p. 3000).

19 "Ou seja, o Mugger comeu chacais em sua jornada; comer um animal estabelece uma 'ligação de sangue' irônica com ele" (DK).

20 Essas cidades ao longo do rio Jamuna foram importantes centros da rebelião de 1857 (veja a nota 17 deste conto).

21 Local de um cerco dramático durante a rebelião de 1857 (veja a nota 17 deste conto); como escreveu Kipling em outro livro: "Arrah é um lugar onde dez homens brancos e cinquenta e seis nativos leais ergueram uma barricada em torno de uma sala de sinuca num jardim e aguentaram um cerco de três regimentos de amotinados durante três semanas" (*Land and Sea Tales for Scouts and Guides*. Londres: Macmillan, 1923, p. 8). Kipling publicou um conto chamado "The Little House em Arrah" no *Pioneer* em 24 de fevereiro de 1888.

22 Ou seja, tropas nativas do Exército indiano que se voltaram contra os britânicos.

23 Sipais (soldados nativos) do exército de Bengala.

24 "Uma velha marca de rifle que usa pólvora negra. O rifle de calibre quatro era uma arma usada para caçar elefantes, muito pesada, que usava uma bala de cerca de 2,5 centímetros de diâmetro" (K).

25 A batalha entre o inglês construtor de pontes e o Mugger lembra aquela em "The Bridge-Builders" (veja a nota 2 deste conto), na qual o Mugger aparece como a Mãe Ganga, a deusa do rio, enfurecida com o fato de que os ingleses estão construindo a ponte.

26 Descanse: "Uma vez descansada" (*Pall Mall Gazette*); "Descanse do outro lado" (*1ª americana* e *Sussex*).

O *ANKUS* DO REI [PP. 344-66]

1 Estes versos têm seu modelo em Provérbios 30,15-16: "A sanguessuga tem duas filhas: 'Traz, traz!'. Três coisas são insaciáveis, e uma quarta jamais diz: 'Basta!'. Xeol, o ventre estéril, a terra que não se farta de água, e o fogo que não diz: 'Basta!'." Jacala é o crocodilo mencionado em "Cão vermelho" e "A corrida de primavera".

2 "Pela centésima vez" (*St. Nicholas*).

3 Veja a nota 8 de "A caçada de Kaa".

4 Bappa Rawal (713-53) é o poderoso governante hindu que fundou a Dinastia Mewar em Chitor, no sul do Rajastão. Kipling se refere à vida de Bappa e ao seu status de figura lendária no capítulo 10 de *Letters of Marque* (1891), no qual escreve uma curta história de Chitor. O livro *Annals and Antiquities of Rajasthan* (Madras: Higginbotham, 1873), consultado por Kipling, menciona um certo Salomdhi, soberano do reino de Magadha, como provavelmente tendo sido um contemporâneo de Bappa Rawal, e dá sua genealogia (Chandrabija, Viyeja, Yegasuri) (v. 1, s.p.).

5 Uma enorme cadeira ou assento protegido disposto sobre as costas de um elefante (veja a nota 11 de "Toomai dos elefantes").

6 "Pronuncia-se *Thoo-oo*" (K).

7 Literalmente, um toco de árvore apodrecido.

8 "A trinta metros de distância" (*1ª americana*).

QUIQUERN [PP. 367-97]

1 Baleia do Ártico que também é conhecida como unicórnio-do-mar, pois o macho adulto tem um longo chifre espiralado.

2 Uma lâmpada rasa em forma de barco feita de pedra-sabão (veja a nota 10 deste conto) que queima a gordura tirada de focas e outros mamíferos marinhos; também conhecida como lâmpada de pedra-sabão. É usada como fonte de luz e também para cozinhar e aquecer ambientes.

3 Fenômeno óptico em que luzes são vistas nos céus das regiões polares do Norte.

4 A Terra de Baffin (cujo nome mais usado hoje é "ilha de Baffin"), maior das ilhas do Arquipélago Ártico Canadense, é separada da península de Labrador, no leste do Canadá, pelo estreito de Hudson (que leva à baía de Hudson), da península de Melville, na costa norte do Canadá, pelos estreitos de Fury e de Hecla e também pelo estreito de Lancaster de Devon do Norte (hoje chamada de "ilha de Devon"), ao lado da qual fica a Terra de Ellesmere (hoje chamada de "ilha de Ellesmere"), na costa noroeste da Groenlândia. A ilha de Bylot fica na ponta norte da Terra de Baffin. Assim, de acordo com Franz Boas: "A Terra de Baffin conecta três regiões habitadas pelos esquimós: o território da baía de Hudson, Labrador e a Groenlândia" (p. 415).

5 A palavra "esquimó", derivada do termo "*eskimo*" ou "*esquimaux*", que significa "comedores de carne crua", é o nome dado por antropólogos europeus ao povo indígena das regiões árticas do Canadá. Alasca, Groenlândia e do leste da Sibéria. Eles referem-se a si mesmos como "*inuit*", uma palavra que significa "povo"; o singular é "*inuk*", embora em português seja comum usar "inuíte" para se referir a um membro do povo inuíte.

6 O povo de Tununirn, "a região que fica depois de alguma coisa" (Boas, p. 665), que é a região mais ao norte da Terra de Baffin (veja a nota 4 deste conto).

7 Um corpo d'água que fica entre a Terra de Baffin e o lado leste da ilha de Bylot (veja a nota 4 deste conto).

8 Grande ruminante encontrado na região Ártica da América do Norte que tem uma pelagem grossa e emaranhada e longos chifres curvos.

9 Um "barco da mulher" é um *umiak*, um largo barco aberto dos inuítes que tem cerca de dez metros de comprimento e muitas vezes é impulsionado por mulheres nos remos. Ele é diferente do *kayak* ("barco do homem"), uma canoa coberta por peles de foca.

10 Ou seja, cozinhar sobre uma lâmpada de pedra-sabão. A pedra-sabão em geral é composta por esteatito ou pe-

dra de talco, que pode ser esculpida com facilidade para fazer utensílios como panelas e lâmpadas a óleo (veja a nota 2 deste conto), além de esculturas.

11 "Os dentes da frente do boi-almiscarado são considerados joias" (*The Private Journal of Captain G. F. Lyon* [1824], citado na p. 592 do livro de Boas). Os inuítes davam grande valor a ossos e dentes de animais, considerados amuletos poderosos.

12 No sudeste da Terra de Baffin (veja a nota 4 deste conto).

13 Famoso mercado em Mumbai, conhecido pelo ambiente animado e cosmopolita.

14 De acordo com Boas, a palavra esquimó para "chefe", *piman*, significa "aquele que sabe tudo melhor por experiência" (p. 660).

15 Raposas pequenas. O mais apropriado seria "raposas-do-ártico", pois as raposas-kit, que são as menores raposas do continente americano, vivem nos desertos e pradarias do sudoeste dos Estados Unidos e do norte do México.

16 Veja a nota 22 deste conto.

17 De acordo com Boas, "o cão mais forte e corajoso fica no tirante mais longo e pode correr alguns metros na frente dos outros, na posição de líder; seu sexo não importa, pois o que mais pesa na escolha é a força do animal. Depois do líder vêm dois ou três cães fortes com tirantes do mesmo comprimento e, quanto mais fracos e indisciplinados forem os animais, mais próximos do trenó eles ficam" (p. 533).

18 "Onomatopeia inventada pelo autor" (ORG, p. 3001). Também é possível que a palavra seja um verbo composto criado por Kipling, formado por *toodle* (que em inglês significa "trautear ou cantar baixinho") e *ki-yi* ("o uivo ou ganido de um cachorro", em inglês americano [OED]).

19 Uma verdadeira canção inuíte, cuja letra e melodia foram gravadas por Boas, que traduziu o título para "Os caçadores que regressam" (p. 653). Veja a nota 37 do poema "Angutivun Tina".

20 Um conhecido refrão das mulheres que "elas seguem cantando [...] durante quase uma hora" (Capitão W. E.

Parry, *Journal of a Second Voyage for the Discovery of a North-West Passage from the Atlantic to the Pacific*. Londres: John Murray, 1824, p. 542; também registrado em Boas, p. 657).

21 Maior animal da família das doninhas.

22 Uma fivela com dois buracos. "Uma das pontas do arreio é amarrada com um nó forte à fivela, passando por um dos buracos, enquanto a outra ponta passa pelo segundo buraco e é bem apertada. Os arreios podem ser arrancados depressa se o caçador fizer um grande esforço, mas isso o ajuda a não se mexer demais" (Boas, p. 477). A fivela é usada quando "um caçador de focas acredita que terá de esperar um longo tempo", como nas ocasiões em que "apenas alguns homens vão caçar e a fome é iminente" (p. 477).

23 Raiva. Veja a nota 5 de "Os irmãos de Mowgli".

24 Ursa Maior, uma importante constelação no hemisfério norte, cujas sete estrelas de brilho mais forte formam "o Grande Carro" (ou "a Caçarola").

25 A *tornaq* em forma de urso-branco é mencionada em Boas, mas não há indicação de que ela tenha dez pernas. Tampouco "Qiqirn", um cão-fantasma (veja a nota de rodapé sobre o título), parece ter "pares extras de pernas", ao contrário da explicação de Kipling na página.

26 "Dezesseis quilômetros" (*1ª americana* e *Sussex*).

27 "Uma miragem, causada pela refração da luz em camadas de ar de temperatura e densidade variantes" (*NRG*).

28 O mar entre a Terra de Baffin (veja a nota 4 deste conto) e a Groenlândia.

29 "Do lado da água onde fica a Groenlândia" (*1ª americana* e *Sussex*).

30 Uma grande baía na costa noroeste da Groenlândia (veja também a nota 4 deste conto).

31 "Inofensivo na água profunda" (*1ª americana* e *Sussex*).

32 "Toneladas de gelo" (*1ª americana* e *Sussex*).

33 "Todas escuras" (*1ª americana* e *Sussex*).

34 Na parte sul da Terra de Baffin (veja a nota 4 deste conto).

35 Uma ilha ao norte do estreito de Cumberland.

36 Um nativo do Ceilão (hoje Sri Lanka).

37 Cantada por Kotuko no conto, essa canção parece ser uma invenção inspirada de Kipling. Em 1899, Franz Boas e Henry Rink publicaram uma tradução de uma verdadeira canção inuíte (com o título "Os caçadores que regressam"), cuja letra era a seguinte: "Como nossos maridos estão lá embaixo, pois estão caçando as renas, pois têm caçado regularmente, eu terei bastante carne agora" ("Eskimo Tales and Songs". In: *The Journal of American Folklore*, v. 2, n. 5, p. 131, 1899). De acordo com eles, a canção é "cantada pelas mulheres que ficam esperando pela chegada [dos homens]" (p. 131), num grande contraste com a versão de Kipling, na qual são os caçadores que falam de sua volta para casa depois de ir matar focas.

CÃO VERMELHO [PP. 398-428]

1 "Pagamos nossas dívidas até o último centavo" (*McClure's)*; "pagamos nossas dívidas" (*1ª americana* e *Sussex*).

2 "Um pouquinho de medo" (*1ª americana* e *Sussex*).

3 De acordo com Sanderson, "dos casos registrados de animais muito violentos, talvez o mais notável seja o do elefante de Mandla, que diziam ser louco e que matou um número imenso de pessoas há cerca de cinco anos. Dizem que ele comeu pedaços de algumas de suas vítimas, mas é provável que só tenha segurado seus membros com a boca ao estraçalhá-los" (p. 53). O animal foi morto a tiros em 1871 pelo capitão A. Bloomfield, cujo relato sobre o elefante louco foi incluído no livro com organização de Dhriti Lahiri-Choudhury, *The Great Indian Elephant Book* (1999). Mandla fica a a cerca de cem quilômetros a noroeste de Seoni.

4 Possivelmente a Grande Fome ocorrida entre 1876-8, um dos períodos de fome da Índia do século XIX a se espalhar por mais lugares e durar mais tempo.

5 "Que mais uma vez tinha caído numa armadilha" (*1ª americana* e *Sussex*). (Veja também a nota 19 de "A invasão da Selva".)

6 "Sem chefe, com dentes brancos e peitos fortes" (*McClure's*); "sem chefe e de uivos altos" (*1ª americana* e *Sussex*).

7 Phao "pronuncia-se *Fay-ou*: filho de *Fay-owner*. Um nome inventado" (K).

8 Estas duas palavras não estão na *1ª americana* e na *Sussex*.

9 "Pronuncia-se *Fe-arl* e é o barulho que o chacal às vezes faz quando está seguindo ou caminhando na frente de um tigre que caça. Alguns homens já me disseram que esse barulho é bem diferente daquele que o chacal faz normalmente, e que é horrível de ouvir" (K).

10 "Os Quatro estacaram imediatamente, rosnando com o pelo eriçado. Mowgli pôs a mão na faca e ouviu, com o rosto rubro e o cenho franzido" (*1ª americana* e *Sussex*).

11 Na *McClure's*, foi acrescentado o trecho "que era como um sino batendo num navio afundado".

12 "É o Dole: um dos nomes nativos para o cão selvagem caçador da Índia" (K).

13 "Pronuncia-se *Woon-toller* (com o acento tônico no *tol*)" (K). De acordo com Sir Walter Elliot (1803-87), um naturalista que viveu na Índia, "às vezes vê-se um lobo grande caçando suas presas sozinho; a eles dá-se o nome de *Won-tola*, e são considerados particularmente ferozes" (citado na *Mammalia* de Sterndale, pp. 234-5).

14 A grafia hoje é "Deccan", local que faz "parte do vasto Planalto Central da Índia. Procure no mapa" (K).

15 Na *1ª americana* e na *Sussex* foi acrescentado o trecho: "apesar de comerem lagartos no Dekkan".

16 Na *1ª americana* e na *Sussex* foi acrescentado o trecho: "e meu estômago me diz que Shere Khan teria dado sua própria companheira para os dholes comerem se houvesse farejado uma matilha a três cordilheiras de distância".

17 "Ganha" (*McClure's*); "come" (*1ª americana* e *Sussex*).

18 Provavelmente uma espécie de jerboa, roedores do deserto que usam as patas de trás para saltar.

19 Presas de leite (veja a nota 4 de "Toomai dos elefantes").

20 "A lua acabou de se pôr" (*1ª americana* e *Sussex*).

21 A nota de Kipling sobre as "Pedras das Abelhas" diz: "Existem algumas pedras que dão num rio perto de

Jubbulpore, na Índia, onde abelhas selvagens vivem há muitos anos. Ninguém se aproxima delas se puder evitar, pois às vezes atacam e matam homens e cavalos" (K). Ele se refere às "Pedras de Mármore" da cidade de Jubbulpore, às margens do rio Narmada, um lindo desfiladeiro que é uma famosa atração turística e onde os visitantes muitas vezes eram atacados por um enxame de abelhas. Jubbulpore (que agora se chama "Jabalpur") fica a cerca de 130 quilômetros de Seoni. Dizem que as "Pedras das Abelhas", como elas são chamadas mais adiante no conto (assim como em "Como surgiu o medo") foram inspiradas por fotografias das Pedras de Mármore tiradas pelos Hill, amigos de Kipling que visitaram o lugar (ORG, p. 3031). Essas fotos estão na Carpenter Kipling Collection da Biblioteca do Congresso, em Washington DC.

22 "Não conheciam a Lei" (*1ª americana* e *Sussex*).

23 Este trecho não está na *1ª americana* ou na *Sussex*.

24 "A cabeça de Kaa estava perto da orelha de Mowgli; e passou-se algum tempo antes que o menino respondesse" (*1ª americana* e *Sussex*).

25 Na *1ª americana* e na *Sussex* foi acrescentado o trecho: "e cantando de si para si".

26 "Significava que eles iam ficar ali até ele cair da árvore" (*McClure's*); "significava que eles iam ficar ali mesmo" (*1ª americana* e *Sussex*).

27 "À moda do *Bandar-log*" (*1ª americana* e *Sussex*).

28 "É claro, saiu correndo atrás dela" (*McClure's*); "instintivamente saiu correndo atrás dela" (*1ª americana* e *Sussex*).

29 "Se espraiando" (*1ª americana* e *Sussex*).

30 Como observou Daniel Karlin, aqui há "algo que lembra [...] Keats, um dos poetas preferidos de Kipling": '*to set budding more,/ And still more, later flowers for the bees,/ Until they drink warm days will never cease,/ For Summer has o'er-brimmed their clammy cells*" ("To Autumn", 1819). [fazer florescer mais,/ E ainda mais, as flores tardias para as abelhas,/ Até que bebam, os dias quentes nunca cessarão,/ Pois o Verão fez transbordar suas celas úmidas"] ("Para o Outono", 1819).

31 Este trecho não está na *1ª americana* ou na *Sussex*.

32 "Descendo até chegar aos turbilhões profundos" (1ª *americana* e *Sussex*).

33 "O Povo Pequeno vai voltar a dormir. Eles nos perseguiram por um longo trecho. Agora eu também vou me deitar, pois não tenho o mesmo sangue que nenhum lobo. Boa caçada, Irmãozinho, e lembra que os dholes mordem na parte baixa." (1ª *americana* e *Sussex*).

34 Este trecho não está na 1ª *americana* ou na *Sussex*.

35 "Ansiosas lahinis" (1ª *americana* e *Sussex*). "Pronuncia-se *Lar-hee-ney* e é um nome inventado para as fêmeas dos lobos (acento tônico no *hee*)" (K).

36 "Morder na barriga" (1ª *americana* e *Sussex*). Sterndale se refere à opinião generalizada de que "os cães selvagens tentam agarrar suas presas pelos flancos e estraçalhar suas entranhas" (*Mammalia*, p. 241).

37 "Continuasse trabalhando sem cessar" (1ª *americana* e *Sussex*).

38 "Mordido todos pelo caminho até conseguirem ficar ao seu lado" (1ª *americana* e *Sussex*).

39 "Encolhidos e com medo" (1ª *americana* e *Sussex*).

40 "Não quisessem fugir" (*Sussex*).

41 "De vez em quando era possível respirar ou dizer algo a um amigo, e, às vezes, só o brilho da faca fazia um dhole dar meia-volta" (1ª *americana* e *Sussex*).

42 "O forasteiro... esse Won-tolla vai te matar" (1ª *americana* e *Sussex*).

43 "Não há mais nada a dizer" (1ª *americana* e *Sussex*).

44 Este trecho não está na 1ª *americana* ou na *Sussex*.

45 "O pôs de pé, jogando os cadáveres para o lado" (1ª *americana* e *Sussex*).

46 "Os dholes que ainda fugiam" (1ª *americana* e *Sussex*).

47 "Dholes, que afirmam que todas as Selvas lhes pertencem e que nenhum ser vivo ousa enfrentá-los" (1ª *americana* e *Sussex*).

48 *Chil! Atenção, é Chil!*: "*Chil! Por Chil*" (1ª *americana* e *Sussex*); aqui e nas duas vezes subsequentes em que essa frase se repete no poema.

A CORRIDA DE PRIMAVERA [PP. 429-56]

1 "Com raiva" (*1ª americana*).
2 "É o pica-pau escarlate, cujo nome pronuncia-se *Feer-ow*; é um nome inventado que significa 'Voltar mais uma vez', que nem a primavera faz" (K).
3 "Para a primavera" (*Cosmopolitan*).
4 "Ouve só o Ferao e fica feliz!" (*1ª americana* e *Sussex*).
5 "Esquecendo a infelicidade" (*1ª americana* e *Sussex*).
6 Significa literalmente "Ó minha mãe" e é uma interjeição em híndi.
7 Este trecho não está na *1ª americana* ou na *Sussex*.
8 "Como fiz antigamente, e vou ver" (*1ª americana* e *Sussex*).
9 "Por que não fui morto pelos cães vermelhos?" (*1ª americana* e *Sussex*).
10 "Apagar rastros antigos" (*Cosmopolitan*).
11 "Esse é o último dos contos de Mowgli, pois não há mais nenhum para contar" (*Cosmopolitan*).
12 Bráctea ampla que envolve a inflorescência de certas plantas, como as aráceas ou as palmeiras.
13 "Dos homens conheço o valor" (*1ª americana* e *Sussex*).

APÊNDICE [PP. 457-93]

NO *RUKH*

1 No original "*tyre*", corruptela da palavra tâmil *tayir*, termo comum no sul da Índia para leite coalhado, que é parecido com iogurte. Em híndi, leite coalhado é *dahi* (*Hobson-Jobson*).
2 Palavra francesa que significa reflorestamento.
3 "Pinheiros tristes" (*McClure's* e *1ª americana*).
4 Entre 1867 e 1886, os oficiais que seriam mandados para o Departamento de Engenharia Florestal indiano antes estudavam na Escola Nacional de Engenharia Florestal da cidade de Nancy, na França. Mesmo depois de 1885,

quando foi aberta uma escola de engenharia florestal em Cooper's Hill, propriedade próxima a Londres, para realizar esse treinamento, os alunos tinham de passar diversas semanas em Nancy para completar os estudos.

5 Espécie de eucalipto nativa da Austrália.

6 No original "*poll and lop*", que significa cortar o topo de uma árvore e alguns de seus galhos.

7 "Pequena máquina manual que insere novas espoletas em cartuchos vazios de espingarda" (NRG).

8 Originalmente fundado em 1787 pela Companhia das Índias Ocidentais, o Jardim Botânico de Calcutá se tornou um importante centro de pesquisa botânica que orientava a engenharia florestal indiana, além de agir como distribuidor de plantas e sementes por todo o país.

9 Caçada feita por diversão.

10 "Sede de sangue" (*McClure's*).

11 Veja a nota 3 de "Canção de Kabir" ("O milagre de Purun Bhagat").

12 Medida de distância usada na Índia que varia de 1,5 a 4,5 quilômetros, dependendo do local.

13 No original "*clomb*", forma arcaica de pretérito perfeito do verbo "*to climb*".

14 Veja a nota 12 de "Os irmãos de Mowgli".

15 Caçador.

16 Anomalia da natureza; em latim, "brincadeira da natureza".

17 No original "*grey hairs*" que, literalmente, significa "cabelos cinza"; a grafia "*gray*" foi usada na coletânea *Many Inventions*, de 1893. Na maior parte das edições anteriores de *Os livros da Selva*, incluindo a primeira edição inglesa e a primeira edição americana, Kipling usou a grafia "*gray*" e não "*grey*", enquanto que na *Sussex Edition* (1937-9), da qual foi tirado o texto de "No *Rukh*" reproduzido nesta edição, "*gray*" foi mudado para "*grey*" em todo o texto; assim, "Irmão Cinzento", que no original é "Gray Brother", passou a se chamar "Grey Brother" na *Sussex Edition*. De acordo com o OED, "no século XX, grey se tornou a grafia usada no Reino Unido, enquanto nos Estados Unidos a grafia padrão é *gray*."

18 Prisão.

19 Honra de um indivíduo e sua família. Parte importante da cultura da comunidade muçulmana na Índia.

20 Corruptela da palavra árabe *Huzur*, que significa "Vossa Majestade".

21 Maior e mais antiga floresta criada pelo homem na Índia, a cerca de oitenta quilômetros a sudoeste de Lahore, cuja plantação foi iniciada em 1866. Berthold Ribbentrop (veja a nota 22 deste conto) foi o encarregado do planejamento da plantação de Changa Manga.

22 Dizem que Muller foi baseado em Berthold Ribbentrop, um engenheiro florestal alemão que entrou para o Departamento de Engenharia Florestal da Índia em 1866 e se manteve no cargo de inspetor-geral de Florestas do Governo da Índia de 1889 a 1900. Ele é o autor dos livros *Hints on Arboriculture in the Panjab* (1873) e *Forestry in British India* (1900). De acordo com uma entrevista dada por Ribbentrop ao jornal *San Francisco Call* em 8 de setembro de 1895, ele conhecia o pai de Kipling muito bem e conheceu Kipling quando este trabalhava como jornalista em Lahore. Ribbentrop também mencionou que Kipling o chamara de "o gigantesco chefe da Engenharia Florestal da Índia" em seu conto. Já foi sugerido que o nome "Muller" talvez seja uma referência ao eminente filólogo alemão Friedrich Max Müller (1823-1900), famoso por sua obra sobre religião comparada.

23 No original "*brass-hat*", termo para oficial de alta patente.

24 Bikanir (ou "Bikaner"), um distrito no noroeste do Rajastão, é parte do Grande Deserto da Índia, o Deserto de Thar.

25 Uma referência ao poema "Almansor", do poeta alemão Heinrich Heine, incluído na coletânea *Buch der Lieder* ("Livro de Canções"; 1827): "E elas caem juntas loucamente,/ Todos os padres e o povo ficam pálidos,/ O domo cai com um estrondo sobre elas,/ E os deuses cristãos se lamentam alto" (Vertido para o português a partir da tradução para o inglês feita por E. A. Bowring para o livro *The Poems of Heine*. Londres: Longman, 1859, p. 82). Essa é a última estrofe do poema, que con-

ta a história de Almansor, um mouro que se converte ao cristianismo e tem um sonho no qual a catedral de Córdoba, que foi a Grande Mesquita durante a época em que os islâmicos governavam a Espanha e que ainda tem inscrições do Alcorão, desmorona de forma dramática, sem conseguir mais suportar o jugo cristão. O poema, portanto, exprime o poder das religiões não cristãs, até então reprimidas pelos governos europeus.

26 Deus romano das matas e protetor dos rebanhos, identificado com o deus grego Pã; em geral representado com os chifres e as patas de um bode, muitas vezes tocando flauta.

27 Em híndi *kālā pānī*, termo usado pelos hindus para se referir ao mar. Acreditava-se que quem cruzava a Água Negra perdia sua casta.

28 Citação incorreta da sétima estrofe de "Dolores" (1866) de Algernon Charles Swinburne. O original é: "Nós nos cobrimos de sedas e joias,/ Tu és nobre, nu e ancestral;/ Libitina é tua mãe e Príapo/ Teu pai, uma toscana e um grego".

29 Corruptela da palavra árabe *Iblīs*, o demônio na mitologia islâmica.

30 Corruptela da palavra sânscrita *mleccha*, que significa pária; de acordo com o OED, a palavra originalmente significava "um não ariano ou pessoa de raça sem casta; um bárbaro" na Índia antiga e mais tarde passou a se referir a "uma pessoa que não segue as crenças e práticas hindus convencionais; um estrangeiro".

31 "Casamento" em híndi.

32 "Deus do Céu" em alemão.

Cronologia

1865 Joseph Rudyard Kipling nasce em 30 de dezembro em Bombaim, na Índia, filho de Alice e John Lockwood Kipling, professor de Artes na Sir Jamesetjee Jejeebhoy School of Art and Industry.

1868 Nasce sua irmã Alice ("Trix").

1871-7 Rudyard e Alice são levados para a Inglaterra e deixados aos cuidados da família Holloway na casa Horne Lodge, em Southsea (à qual ele passaria a se referir como "Casa da Desolação").

1878-82 Estuda na United Services College em Westward Ho!, Devon.

1880 Apaixona-se por Florence ("Flo") Garrard e se corresponde com ela durante quatro anos.

1881 *Schoolboy Lyrics* é impresso em Lahore, na Índia, numa edição paga por Alice Kipling.

1882 Deixa a escola para ir morar com a família em Lahore (onde Lockwood Kipling estava trabalhando como diretor da Escola de Arte de Lahore e como curador do Museu de Lahore desde 1875); noivado "não oficial" com Flo Garrard.

1882-7 Trabalha como repórter júnior do jornal *Civil and Military Gazette* em Lahore, com um salário inicial de 150 rupias por mês, subindo para duzentas rupias depois de seis meses e quatrocentas após um ano.

1884 O Partido do Congresso Nacional Indiano é fundado. Flo Garrard termina o namoro com Kipling. Em parceria com a irmã, escreve *Echoes*, um livro de paródias e poemas cômicos impresso numa edição paga pela família e depois publicado.

1885 Em Lahore, publica *Departmental Ditties* e *Quartette*, um suplemento do *Civil and Military Gazette* escrito pela família Kipling, que inclui os contos "The Phantom 'Rickshaw" e "The Strange Ride of Morrowbie Jukes".

1886 *Departmental Ditties* é publicado em Londres. Entre novembro de 1886 e junho de 1887, os contos de *Plain Tales From the Hills* são publicados no *Civil and Military Gazette*; começa negociações com a Thacker Spink em Bombaim para publicá-los em livro.

1887 Muda-se para Allahabad para escrever para o jornal *Pioneer*, com o salário maior de seiscentas rupias por mês. Escreve relatos de viagem sobre os estados da Índia intitulados "Letters of Marque" (mais tarde publicados sob o título *From Sea to Sea*, 1899).

1888 Thacker Spink publica uma edição revisada e ampliada de *Plain Tales From the Hills* em Bombaim e na Inglaterra. Os contos "Soldiers Three", "Wee Willie Winkie", "Under the Deodars", "The Phantom 'Rickshaw", "In Black and White" e "The Story of the Gadsbys" são publicados por A. D. Wheeler na série Indian Railway Library.

1889 Deixa a Índia para se tornar um escritor freelancer em tempo integral, viajando por China, Japão e Estados Unidos como descrito em *From Sea to Sea*. Chega à Inglaterra, vai morar em Londres próximo à Charing Cross e logo obtém um espetacular sucesso literário. A Macmillan se torna sua editora em Londres, publicando todas as suas obras, com exceção da poesia.

1890 Torna-se membro do Savile Club. Publica os poemas de *Barrack-Room Ballads* no jornal *Scots Observer* e muitos poemas e contos em *Macmillan's Magazine*, *St James's Gazette* e *Lippincott's Monthly Magazine*, de Nova York. Sofre um colapso nervoso e se recupera; encontra Flo Garrard, apaixona-se de novo e é rejeitado mais uma vez, relatando a experiência em forma de ficção em *A luz que se apagou*. Torna-se amigo íntimo de Wolcott Balestier, agente literário americano, e começa a escrever com ele o romance *The Naulahka*.

1891 *A luz que se apagou* e *Life's Handicap: Stories of Mine Own People* são publicados. Em outubro, faz uma viagem de navio pela África do Sul, Nova Zelândia e Austrália, revisitando a Índia pelo que acabaria sendo a última vez. No dia 7 de dezembro recebe um telegrama de Caroline (Carrie) Balestier anunciando a morte do seu irmão Wolcott Balestier e no dia 27 de dezembro deixa Lahore rumo à Inglaterra.

1892 Em 10 de janeiro, casa-se com Carrie Balestier em All Souls, Langham Place, Londres. No dia 3 de fevereiro, o casal parte para Brattleboro, Vermont, para encontrar a família Balestier. Em março, eles continuam a viagem de lua de mel, passando por Vancouver rumo ao Japão. Em 9 de junho, Kipling perde suas economias no valor de quase 2 mil libras quando seu banco (o New Oriental Banking Co.) vai à falência; eles voltam aos Estados Unidos e se mudam para o Bliss Cottage em Brattleboro. No dia 29 de dezembro, sua filha Josephine (que ele chamaria de "A Mais Amada") nasce. *The Naulahka* é publicado. *Barrack-Room Ballads* (Methuen) vende 7 mil cópias no primeiro ano.

1893 Os Kipling se mudam para sua própria casa, que batizam de Naulakha. *Many Inventions* é publicado.

1894 *O livro da Selva* é publicado. Lockwood e Alice Kipling deixam a Índia e vão morar em Tisbury, Wiltshire.

1895 *O segundo livro da Selva*, *Soldiers Three and Other Stories* e *Wee Willie Winkie and Other Stories* são publicados. O sentimento anti-Inglaterra que surge nos Estados Unidos por causa da Venezuela incomoda Kipling. Oferecem-lhe a possibilidade de se tornar Poeta Laureado depois da morte de Tennyson, ele dá sinal de que pretende recusar.

1896 Uma segunda filha, Elsie, nasce no dia 3 de fevereiro. Uma briga com o irmão de Carrie, Beatty Balestier, seguida de um processo jurídico constrangedor, faz com que Kipling decida voltar à Inglaterra. Em setembro ele e Carrie alugam uma casa em Torquay, Devon.

1897 A família se muda para Rottingdean, East Sussex. Em junho, o Jubileu de Diamante da rainha Vitória é celebrado; Kipling escreve o poema admoestador "Recessional", publicado no *Times* no dia 17 de julho. Seu filho John Kipling nasce no dia 17 de agosto. Os livros *Captains Courageous* e *The Seven Seas* (poemas) são publicados.

1898 Kitchener é morto em Omdurman. *The Day's Work* é publicado. A família Kipling visita a Cidade do Cabo, na África do Sul, de janeiro a abril. Kipling se torna amigo de Cecil Rhodes e Alfred Milner.

1899 *Stalky & Co.* é publicado. Fevereiro: O poema "O fardo do homem branco", encorajando os Estados Unidos a anexar as Filipinas, é publicado no *Times* e no *McClure's Journal* nos Estados Unidos. Kipling e a família fazem uma visita desastrosa ao país. Ao chegar a Nova York, Kipling pega pneumonia e fica em estado crítico; o risco de vida que corre e sua recuperação são manchete no mundo todo. Dia 6 de março: sua filha Josephine morre. Sua irmã "Trix" sofre seu primeiro colapso mental. Relatos de viagem são publicados na coletânea *From Sea to Sea* (dois volumes). A Guerra dos Bôeres tem início. Kipling, dando grande apoio ao governo, escreve o poema "The Absent-Minded Beggar", que, musicado por Arthur Sullivan para o Fundo das Famílias dos Soldados, angaria 300 mil libras.

1900 Entre janeiro e abril, Kipling e a família visitam a África do Sul, permanecendo na Cidade do Cabo; Kipling visita o exército para levantar o moral das tropas. Mais tarde trabalha em *Kim*, discutindo o progresso da obra com o pai. De 1900 a 1908, Kipling e a família passam os invernos na Cidade do

Cabo em The Woolsack, uma casa construída especialmente para eles por Cecil Rhodes.

1901 *Kim* é publicado.

1902 Cecil Rhodes morre. A Guerra dos Bôeres termina com o Tratado de Vereeniging. Em 2 de janeiro, o *Times* publica "The Islanders", um poema de Kipling repreendendo os britânicos por falta de preparo militar. Kipling compra a casa Batemans em Burwash, East Sussex, e se muda no dia 3 de setembro. *Histórias assim* é publicado.

1903 *The Five Nations* (livro de poemas) é publicado.

1906 *Puck of Pook's Hill* é publicado.

1907 Kipling recebe o Prêmio Nobel de Literatura e doutorados honoríficos em Letras das universidades de Oxford e Durham.

1909 *Actions and Reactions* é publicado.

1910 *Rewards and Fairies* é publicado. Morte de Eduardo VII. A União Sul-Africana é criada, para desgosto de Kipling. Em 23 de novembro, Alice Kipling morre.

1911 Em 26 de janeiro, Lockwood Kipling morre. *History of England* de C.L.R. Fletcher, com poemas de Kipling, é publicado. Passeatas pedem o sufrágio feminino; Kipling publica o poema "The Female of the Species", numa resposta hostil.

1912 O "escândalo Marconi" sobre o uso de informações privilegiadas por membros do Gabinete Liberal, incluindo Rufus Isaacs, deixa Kipling indignado. *Songs from Books* (livro de poemas) é publicado.

1913 Rufus Isaacs é nomeado procurador-geral: Kipling escreve e distribui privadamente o poema antissemita "Gehazi", atacando-o. O projeto de lei pedindo o autogoverno autônomo (a Home Rule) da Irlanda passa duas vezes pela Câmara dos Comuns, sendo rejeitado pela Câmara dos Lordes. Edward Carson fomenta a rebelião no Ulster, sendo apoiado por Kipling em diversos discursos.

1914 O projeto de lei pedindo a Home Rule da Irlanda passa pela terceira sessão na Câmara dos Comuns, enfurecendo os Manifestantes de Ulster. Em abril, o poema "Ulster", escrito por Kipling em apoio à insurreição de Edward Carson, é publicado no *Morning Post*; ele faz um discurso em Tunbridge Wells atacando os liberais e a Home Rule. No dia 4 de agosto, a Grã-Bretanha declara guerra à Alemanha. Em 1º de setembro, o chamado às armas de Kipling, o poema "For All We Have and Are", é publicado no *Times*. Em 10 de setembro, John, filho de Kipling, se alista na Irish Guards.

1915 Kipling escreve contos sobre a guerra, entre eles "Mary Postgate". O batalhão de John Kipling vai para a França participar da Batalha de Loos (25-28 de setembro). Em 27 de setembro, o segundo-tenente John Kipling é declarado "ferido e perdido". Kipling começa a sofrer das graves dores no estômago que o atormentarão pelos próximos dezenove anos. Escreve contos e poemas navais publicados em *The Fringes of the Fleet*; quatro dos poemas são musicados por Edward Elgar.

1916 A Revolta da Páscoa em Dublin é reprimida pelo Exército britânico; seus líderes são executados. *Sea Warfare*, incluindo o poema "My Boy Jack", é publicado.

1917 Pede-se a Kipling que ele escreva a história regimental da Irish Guards e ele concorda. *A Diversity of Creatures* é publicado. O poema "Mesopotamia", protestando contra as vidas perdidas na desastrada Campanha da Mesopotâmia, é publicado no *Morning Post*. Setembro: Kipling passa a fazer parte da Comissão de Túmulos de Guerra. Começa a escrever "Epitaphs of the War".

1918 Fim da Primeira Guerra Mundial. Eleição do Sinn Féin na Irlanda, levando a protestos reprimidos por tropas britânicas (as chamadas "Black and Tans"). Kipling escreve o poema "Gods of the Copybook Headings". *The Years Between*, um livro de poemas que inclui "Epitaphs of the War", é publicado.

1921 O Estado Livre Irlandês é estabelecido.

1922 Kipling sofre dores no estômago e é erroneamente diagnosticado com câncer.

1923 Eleito reitor da St. Andrews University. *History of the Irish Guards in the Great War* e *Land and Sea Tales* são publicados.

1924 Elsie Kipling se casa com o capitão George Bambridge.

1926 *Debits and Credits* é publicado.

1930 *Thy Servant a Dog* é publicado e se torna um best-seller instantâneo.

1932 *Limits and Renewals* é publicado. Kipling escreve o texto da primeira mensagem de Natal real para o Império Britânico, lida pelo rei Jorge v.

1934 A dor no estômago de Kipling afinal é diagnosticada como uma úlcera duodenal e corretamente tratada. A saúde dele melhora.

1935 Kipling começa a escrever *Something of Myself*.

1936 Em 12 de janeiro, Kipling adoece de uma úlcera duodenal perfurada. Morre no dia 16 de janeiro. É cremado em Golders Green. Em 23 de janeiro, suas cinzas são enterradas no Canto dos Poetas da Abadia de Westminster; entre os carregadores de seu caixão está o primeiro-ministro, seu primo Stanley Baldwin.

1937 *Something of Myself* é publicado.

1937-9 Sai a *Sussex Edition* da obra de Kipling, em 35 volumes.

Sugestões de leitura

OUTRAS OBRAS DE RUDYARD KIPLING

KIPLING, Rudyard. *The Day's Work* (1898). Org. de Constantine Phipps. Londres: Penguin Books, 1988.

____. *A Diversity of Creatures* (1917). Org. de Paul Driver. Londres: Penguin Books, 1987.

____. *From Sea to Sea and Other Sketches: Letters of Travel.* 2 v. Londres: Macmillan, 1900.

____. *Histórias assim.* São Paulo: Octavo, 2012.

____. *The Jungle Play.* Org. de Thomas Pinney. Londres: Penguin Books, 2001.

____. *Kim.* Rio de Janeiro: Best Bolso, 2014.

____. *Kipling's India: Uncollected Sketches 1884-88.* Org. de Thomas Pinney. Basingstoke: Macmillan, 1986.

____. *Life's Handicap: Being Stories of Mine Own People* (1891). Org. de P. N. Furbank. Londres: Penguin Books, 1987.

____. *Many Inventions.* Londres: Macmillan, 1893.

____. *The Naulahka: A Story of East and West.* Escrita em colaboração com Wolcott Balestier. Londres: William Heinemann, 1892.

____. *Land and Sea Tales for Scouts and Guides.* Londres: Macmillan, 1923.

____. *Something of Myself and Other Autobiographical Writings.* Org. de Thomas Pinney. Cambridge: Cambridge University Press, 1990.

BIBLIOGRAFIA E REFERÊNCIAS

HARBORD, R. E. (Org.). *The Readers' Guide to Rudyard Kipling's Work*. 8 v. Canterbury: Gibbs, 1961-72.

MARTINDELL, Ernest Walter. *A Bibliography of the Works of Rudyard Kipling*. Londres: Bookman's Journal, 1922.

New Readers' Guide to the Works of Rudyard Kipling (disponível no site da Kipling Society: <www.kipling.org.uk>).

RICHARDS, David A. *Rudyard Kipling: A Bibliography*. New Castle, Delaware: Oak Knoll Press, 2010.

STEWART, James. *Rudyard Kipling: A Bibliographical Catalogue*. Toronto: Dalhousie University Press e University of Toronto Press, 1959.

BIOGRAFIA E CARTAS

ALLEN, Charles. *Kipling Sahib: India and the Making of Rudyard Kipling*. Londres: Little, Brown, 2007.

BIRKENHEAD, Lord. *Rudyard Kipling*. Londres: Weidenfeld & Nicolson, 1978.

CARRINGTON, Charles. *Rudyard Kipling: His Life and Work*. Londres: Macmillan, 1955.

GILMOUR, David. *The Long Recessional: The Imperial Life of Rudyard Kipling*. Londres: John Murray, 2002.

KIPLING, Rudyard. *The Letters of Rudyard Kipling*. Org. de Thomas Pinney. 6 v. Basingstoke: Macmillan, 1990-2004.

LYCETT, Andrew. *Rudyard Kipling*. Londres: Weidenfeld & Nicolson, 1999.

RICKETTS, Harry. *The Unforgiving Minute: A Life of Rudyard Kipling*. Londres: Chatto & Windus, 1999.

WILSON, Angus. *The Strange Ride of Rudyard Kipling*. Londres: Secker & Warburg, 1977.

CONTEXTO LITERÁRIO E HISTÓRICO

BROGAN, Hugh. *Mowgli's Sons: Kipling and Baden-Powell's Scouts*. Londres: Cape, 1987.

COSSLETT, Tess. *Talking Animals in British Children's Fiction, 1786-1914*. Aldershot: Ashgate Publishing, 2006.

MACKENZIE, John M. *The Empire of Nature: Hunting, Conservation and British Imperialism*. Manchester e Nova York: Manchester University Press, 1988.

____. (Org.). *Imperialism and the Natural World*. Manchester e Nova York: Manchester University Press, 1990.

MORSE, Deborah Denenholz; DANAHAY, Martin A. (Orgs.). *Victorian Animal Dreams: Representations of Animals in Victorian Literature and Culture*. Aldershot: Ashgate Publishing, 2007.

RITVO, Harriet. *The Animal Estate: The English and Other Creatures in the Victorian Age*. Londres: Penguin Books, 1990.

SAID, Edward W. *Culture and Imperialism*. Londres: Vintage, 1994.

CRÍTICA SOBRE *OS LIVROS DA SELVA*

BENSON, Stephen. "Kipling's Singing Voice: Setting the Jungle Books". *Critical Survey*, v. 13, n. 3, pp. 40-60, 2001.

BUTTER, Francelia; ROSEN, Barbara; PLOTZ, Judith A. (Orgs.). *Children's Literature 20*, edição especial sobre Rudyard Kipling, 1992.

GREEN, Roger Lancelyn. *Kipling and the Children*. Londres: Elek Books, 1965.

HAGIIOANNU, Andrew. *The Man Who Would be Kipling: The Colonial Fiction and the Frontiers of Exile*. Nova York: Palgrave Macmillan, 2003.

HOTCHKISS, Jane. "The Jungle of Eden: Kipling, Wolf Boys, and the Colonial Imagination". *Victorian Literature and Culture*, v. 29, n. 2, pp. 435-49, 2001.

ISLAM, Shamsul. *Kipling's "Law": A Study of His Philosophy of Life*. Londres: Macmillan, 1975.

MCBRATNEY, John. *Imperial Subjects, Imperial Space: Rudyard Kipling's Fiction of the Native-Born*. Columbus: Ohio State University Press, 2002.

MONTEFIORE, Jan. "Kipling as a Children's Writer and the Jungle Books" In: BOOTH, Howard (Org.). *The Cambridge Companion to Rudyard Kipling*. Cambridge: Cambridge University Press, 2011, pp. 95-110.

NYMAN, Jopi. *Postcolonial Animal Tale from Kipling to Coetzee*. Nova Delhi: Atlantic, 2003.

RANDALL, Don. *Kipling's Imperial Boy: Adolescence and Cultural Hybridity*. Basingstoke: Palgrave, 2000.

STEVENSON, Laura C. "Mowgli and His Stories: Versions of Pastoral". *Sewanee Review*, v. 109, n. 3, pp. 358-78, verão 2001.

WALSH, Sue. *Kipling's Children's Literature: Language, Identity, and Constructions of Childhood*. Farnham: Ashgate Publishing, 2010.

CRÍTICA GERAL

CORNELL, Louis L. *Kipling in India*. Londres: Macmillan, 1966.

DOBRÉE, Bonamy. *Rudyard Kipling: Realist and Fabulist*. Oxford: Oxford University Press, 1967.

GILBERT, Elliot L. *The Good Kipling: Studies in the Short Story*. Manchester: Manchester University Press, 1972.

____. (Org.). *Kipling and the Critics*. Londres: Peter Owen, 1965.

GREEN, Roger Lancelyn (Org.). *Kipling: The Critical Heritage*. Londres: Routledge & Kegan Paul, 1971.

HAVHOLM, Peter. *Politics and Awe in Rudyard Kipling's Fiction*. Aldershot: Ashgate Publishing, 2008.

KEMP, Sandra. *Kipling's Hidden Narratives*. Oxford: Blackwell, 1988.

KUTZER, Daphne M. *Empire's Children: Empire and Imperialism in Classic British Children's Books*. Nova York e Londres: Garland Publishing, 2000.

MALLETT, Philip. *Rudyard Kipling: A Literary Life*. Basingstoke: Palgrave Macmillan, 2003.

MCCLURE, John A. *Kipling and Conrad: The Colonial Fiction.* Cambridge (MA) e Londres: Harvard University Press, 1981.

MONTEFIORE, Jan. *Rudyard Kipling.* Horndon: Northcote House, 2007.

____. (Org.). *"In Time's Eye": Essays on Rudyard Kipling.* Manchester: Manchester University Press, 2013.

MOORE-GILBERT, B. J. *Kipling and "Orientalism".* Londres e Sydney: Croom Helm, 1986.

____. (Org.). *Writing India 1757-1990.* Manchester: Manchester University Press, 1996.

NAGAI, Kaori. *Empire of Analogies: Kipling, India and Ireland.* Cork: Cork University Press, 2006.

OREL, Harold (Org.). *Kipling: Interviews and Recollections.* 2 v. Londres: Macmillan, 1983.

RAO, K. Bhaskara. *Rudyard Kipling's India.* Norman: University of Oklahoma Press, 1967.

ROONEY, Caroline; NAGAI, Kaori (Orgs.). *Kipling and Beyond: Patriotism, Globalisation and Postcolonialism.* Basingstoke: Palgrave Macmillan, 2010.

RUTHERFORD, Andrew (Org.). *Kipling's Mind and Art.* Edimburgo e Londres: Oliver & Boyd, 1965.

SULERI, Sara. *The Rhetoric of English India.* Chicago: University of Chicago Press, 1992.

SULLIVAN, Zohreh T. *Narratives of Empire: The Fictions of Rudyard Kipling.* Cambridge: Cambridge University Press, 1993.

TOMPKINS, J. M. S. *The Art of Rudyard Kipling.* 2 ed. Londres: Methuen, 1965.

Jack London

Caninos Brancos

Tradução de
SONIA MOREIRA
Introdução de
DANIEL GALERA

Se em *O chamado selvagem* Jack London (1876-1916) narra a sofrida adaptação de um cão doméstico à vida na natureza na paisagem gelada do noroeste do Canadá, em *Caninos Brancos*, publicado três anos depois, o autor percorre o caminho inverso, contando a história de um lobo nascido na selva que é capturado e obrigado a aprender a viver em um novo ambiente — o da civilização. Submetido aos arroubos de hostilidade dos outros animais e à crueldade recorrente dos seres humanos, Caninos Brancos terá que lutar com todas as forças para encontrar sua redenção e enfim fazer as pazes com o mundo ao seu redor.

Esta edição de *Caninos Brancos* traz também um perfil biográfico de Jack London, o grande aventureiro das letras norte-americanas, pelo historiador e romancista britânico Andrew Sinclair.

John Reed

Dez dias que abalaram o mundo

Tradução de
BERNARDO AZJENBERG
Introdução de
A. J. P. TAYLOR

Dez dias que abalaram o mundo é não só um testemunho vivo, narrado no calor dos acontecimentos, da Petrogrado nos dias da Revolução Russa de 1917, como também a obra que inaugura a grande reportagem no jornalismo moderno. A Universidade de Nova York elegeu este livro como um dos dez melhores trabalhos jornalísticos do século XX. Reed conviveu e conversou com os grandes líderes Lênin e Trotski, e acompanhou assembleias e manifestações de rua que marcariam a história da humanidade.

"Jack" Reed fixou a imagem do repórter romântico, que corre riscos e defende causas socialmente justas. Cobriu os grandes eventos de sua época — a Revolução Russa, a Revolução Mexicana e a Primeira Guerra Mundial. Suas coberturas serviram de inspiração para dois filmes clássicos dirigidos por Sergei Eisenstein, *Outubro* (1927) e *Viva México!* (1931). Em 1981, Warren Beatty dirigiu o filme *Reds*, no qual interpreta Reed.

Esta edição traz apêndice com notas e textos de panfletos, decretos, ordens e resoluções dos principais personagens e grupos ligados à revolução, além de introdução assinada pelo historiador A. J. P. Taylor.

Nathaniel Hawthorne

A letra escarlate

Tradução de
CHRISTIAN SCHWARTZ
Introdução de
NINA BAYM
Notas de
THOMAS E. CONNOLLY

Na rígida comunidade puritana de Boston no século XVII, a jovem Hester Prynne tem uma relação extraconjugal que termina com o nascimento de uma criança ilegítima, Pearl. Desonrada e renegada publicamente, ela é obrigada a levar sempre a letra "A" de adúltera bordada em seu peito. Hester, primeira autêntica heroína da literatura norte-americana, se vale de sua força interior e convicção de espírito para criar sozinha sua filha, lidar com a volta do marido e proteger o segredo acerca da identidade de seu amante.

Aclamado desde seu lançamento como um clássico, *A letra escarlate* é um retrato dramático e comovente da submissão e da resistência às normas sociais, da paixão e da fragilidade humanas. Com uma heroína de grande ressonância e alcance, que luta por toda a vida contra uma comunidade que a condena e ignora, o primeiro romance de Nathaniel Hawthorne consagrou-se como seu texto mais popular e uma das obras-primas da literatura mundial.

Esta edição traz introdução de Nina Baym, professora da Universidade de Illinois, notas de Thomas E. Connolly e sugestões de leitura.

Honoré de Balzac

Ilusões perdidas

Tradução de
ROSA FREIRE D'AGUIAR

Por volta de 1830, aos trinta e poucos anos de idade, Honoré de Balzac elegeu seu projeto de vida: escrever uma série de romances, novelas e contos que retratasse a sociedade de sua época em todos os seus aspectos, um painel vasto e abrangente da vida francesa que, segundo o autor, realizaria pela pena o que "Napoleão não conseguiu concluir pela espada". E, caso esse ambicioso panorama tenha um centro, este necessariamente deve ser *Ilusões perdidas*, o mais extenso e profundo dos romances escritos por Balzac.

Publicado em três partes entre 1837 e 1843, *Ilusões perdidas* explora com maestria três aspectos fundamentais para compreender a sociedade francesa do século XIX: os jogos de poder e intriga das classes aristocráticas francesas, o contraste entre a vida na capital e na província, e o lado sujo — cínico, politiqueiro — da atividade jornalística de então. Tudo isso através da história do poeta Lucien Chardon, que sai da pequena cidade de Angoulême para buscar fortuna e consagração literária em Paris apenas para ver, um a um, seus sonhos caírem por terra.

Esta edição de *Ilusões perdidas* conta ainda com introdução do estudioso britânico Herbert J. Hunt.

LEIA MAIS PENGUIN-COMPANHIA

CLÁSSICOS

Daniel Defoe

Robinson Crusoé

Tradução de
SERGIO FLAKSMAN
Introdução e notas de
JOHN RICHETTI

O argumento básico de Robinson Crusoé é universalmente conhecido. Isolado em sua "Ilha do Desespero" após um trágico naufrágio, o marujo inglês luta pela sobrevivência valendo-se dos escassos meios a seu alcance. Com o tempo, ele se torna um competente marceneiro e agricultor, além de pastor de cabras e profundo conhecedor da Bíblia — a única leitura disponível.

Sem contato com qualquer ser humano por mais de duas décadas, certo dia Crusoé salva um nativo do assassinato por canibais e logo o faz seu criado, dando-lhe o nome de Sexta-Feira. Alguns anos mais tarde, o acaso leva um navio inglês às proximidades da ilha, e depois de diversos combates com a tripulação amotinada Crusoé toma o controle da embarcação, retornando à Inglaterra na companhia de Sexta-Feira.

Arquétipo do empreendedor capitalista, asceta puritano, antropólogo *avant la lettre*: as múltiplas leituras proporcionadas pelo engenho narrativo de Daniel Defoe fazem deste clássico da literatura inglesa — que inclui uma significativa passagem do protagonista pelo Brasil — um dos livros mais discutidos e influentes de todos os tempos.

Liev Tolstói

Os últimos dias de Tolstói

Tradução de
ANASTASSIA BYTSENKO, BELKISS J. RABELLO,
DENISE REGINA DE SALLES,
NATALIA QUINTERO E GRAZIELA SCHNEIDER
Coordenação editorial de
ELENA VASSINA
Introdução de
JAY PARINI

Em sua juventude, Liev Tolstói (1828-1910) levava uma vida notavelmente desregrada. Dado a frequentar bordéis, fã do jogo e da bebida, o aristocrático herdeiro de vastas propriedades no Volga não chegou a concluir os cursos de direito e letras orientais da Universidade de Kazan. Autor de romances como *Anna Kariênina* (1878) e *Guerra e paz* (1869), Tolstói já era comparado a gigantes como Goethe e Shakespeare quando se inicia a crise espiritual que culminaria a publicação de *Uma confissão* (1882), livro-chave de sua conversão mística.

Escritos a partir dessa data decisiva, os textos reunidos em *Os últimos dias de Tolstói* incluem cartas, contos, fábulas morais, trechos de diários e textos filosóficos, bem como ensaios críticos e políticos. Traduzidos pela primeira vez diretamente do russo para o português, e com prefácio de um dos maiores estudiosos da obra de Tolstói, essa coletânea de textos ilumina a fascinante personalidade criadora de um dos maiores gênios da literatura universal.

Esta obra foi composta em Sabon por TANRA e ACOMTE
e impressa em ofsete pela Geográfica
sobre papel Pólen Soft da Suzano Papel e Celulose
para a Editora Schwarcz em novembro de 2015